포르투나의 선택
1

포르투나의 선택

Fortune's Favorites

COLLEEN
McCULLOUGH

1

콜린
매컬로
지음

강선재 · 신봉아
이은주 · 홍정인
옮김

교유서가

페미나 옵티마 막시마
세상에서 가장 위대한 여성
A. 레베카 웨스트 중령 목사에게

MASTERS OF ROME

FORTUNE'S
FAVORITES
1

CONTENTS

이탈리아 - 지형과 도로

『로마의 일인자』 이전의
로마사 주요 사건들

(연도는 모두 기원전)

1100년경	트로이아의 망명자 아이네아스가 라티움에 정착하다. 그의 아들 율루스가 알바롱가의 왕이 되다.
753~715	로마의 초대 왕 로물루스가 팔라티누스 시를 세우다.
715~673	2대 왕 누마 폼필리우스가 정원 100명의 원로원과 여러 신관단을 창설하고 1년을 열 달에서 열두 달로 변경하다.
673~642	3대 왕 툴루스 호스틸리우스가 원로원 의사당을 건립하다.
642~617	4대 왕 앙쿠스 마르키우스가 수블리키우스 목교를 만들고 야니쿨룸 언덕을 요새화하고 오스티아의 소금갯벌을 점유하다.
616~578	5대 왕 타르퀴니우스 프리스쿠스가 대경기장을 건립하고 로마 중심부에 하수 설비를 하다. 원로원 정원을 300명으로 확대하고 트리부스 및 계급 제도를 창시하고 인구조사를 시작하다.
578~534	6대 왕 세르비우스 툴리우스가 신성경계선을 창시하고 아게르를 건립하다.
534~510	7대 왕 타르퀴니우스 수페르부스가 유피테르 옵티무스 막시무스 신전을 완성하고 가비 시를 파괴하다.
509	타르퀴니우스 수페르부스가 축출되고 왕정이 폐지되다. 로마 공화정이 시작되다. 브루투스와 발레리우스가 (집정관이 아니라 법무관으로 불린) 첫 수석 정무관을 역임하다.
508	제사장의 권한을 능가하는 최고신관 직이 신설되다.
500	티투스 라르키우스가 최초의 독재관이 되다.
494	평민회가 처음으로 철수 투쟁하다. 각각 두 명으로 구성되는 호민관 및 조영관 직이 신설되다.
471	평민회가 두번째로 철수 투쟁하다. 트리부스를 기준으로 평민회가 창설되다.
459	호민관 정원이 두 명에서 열 명으로 늘어나다.
456	평민회가 세번째로 철수 투쟁하다. 평민들이 토지를 받다.
451	10인 법전 제정관단이 로마 12표법을 집대성하다.
449	평민회가 네번째로 철수 투쟁하다. 발레리우스 · 호라티우스법이 호민관들의 신성불가침권을 규정하다.
447	트리부스 인민회가 창설되다. 정원 두 명의 재무관 직이 신설되다.
445	카눌레이우스법이 제정되어 집정관급 권한을 보유한 군관들이

집정관들을 대신하게 되고 파트리키와 평민의 결혼이 가능하게 되다.

443	감찰관들이 최초로 선출되다.
439	로마의 왕이 되려고 한 마일리우스가 세르빌리우스 아할라에게 살해되다.
421	재무관 정원이 네 명으로 늘고 재무관 직이 평민들에게도 열리다.
396	로마군에 유급제가 도입되다(군인의 봉급은 독재관 카이사르가 두 배로 인상할 때까지 동결 상태였다).
390	갈리아인들이 로마를 약탈하다. 카피톨리누스 언덕은 거위들의 경고로 무사히 지켜지다.
367	집정관 직이 부활하다. 정원 두 명의 고등 조영관 직이 신설되다.
366	최초의 평민 출신 집정관이 당선되다. 수도 담당 법무관 직이 신설되다.
356	최초의 평민 출신 독재관이 탄생하다. 평민도 감찰관이 될 수 있게 되다.
351	최초의 평민 출신 감찰관이 당선되다.
343~341	제1차 삼니움 전쟁이 발발하다. 로마가 화의를 맺다.
342	채무 구제, 10년 내 동일 관직 재선 불가 및 두 집정관 모두 평민 출신이 될 수 있다는 내용의 게누키우스법이 통과되다.
339	감찰관 한 명은 반드시 평민이어야 하고, 백인조회에서 통과된 모든 법은 원로원의 재가를 받아야 하며, 평민회 결의에 일부 법적 효력을 부여함을 골자로 한 푸블릴리우스법이 통과되다.
337	최초로 평민 출신인 수도 담당 법무관이 당선되다.
326~304	제2차 삼니움 전쟁이 벌어지다(카우디움 협곡 전투 패배, 멍에 사건).
300	평민의 신관단 입단을 허용하는 오굴니우스법이 통과되다.
298~290	제3차 삼니움 전쟁이 벌어지다. 이번에는 로마가 우위를 차지하다.
289	화폐 주조소 및 3인 조폐위원단이 신설되다.
287	호르텐시우스법 통과로 평민회 결의가 완전한 법적 구속력을 갖게 되다.
267	재무관 직 정원이 여섯 명에서 여덟 명으로 확대되다.

니코메데스 3세 에피파네스 필로파토르

⟨마스터스 오브 로마⟩
제1·2부 줄거리

필자는 제1부 『로마의 일인자』나 제2부 『풀잎관』을 읽지 않은 독자들도 『포르투나의 선택』을 완전하고 독립적인 소설로서 즐겁게 읽을 수 있기를 바란다. 아래의 내용은 독자의 편의와 즐거움을 위해 먼저 나온 두 작품을 요약한 것이다.

연대순으로 쓴 『로마의 일인자』 속 주요 사건

기원전 110년, 로마 공화정은 계획적이라기보다는 우발적으로 제국주의적 영토 확장을 시작하였고, 그 과정에서 기존의 낡은 제도에 갈수록 감당하기 힘든 문제가 일어났다. 기존의 제도는 작은 도시국가를 다스리고, 기원전 110년에도 여전히 원로원이라는 틀로 고정된 지배계급의 이익을 보호하는 데나 적합했다.

로마의 진정한 원동력은 전쟁이었다. 로마는 전쟁에 아주 능했으며, 성장과 호경기를 유지하기 위해 전쟁에 의존하게 되었다. 또한 로마는 로마 시민권 및 상업과 관련하여 동등한 권리를 주지 않는 방식으로 이탈리아 반도 내 여러 동맹시들의 종속적인 지위를 유지시켰다.

그러나 인민의 목소리가 나날이 커지면서, 원로원의 권력을 박탈하겠다고 공언하는 그라쿠스 형제 같은 선동 정치가들이 연이어 등장했다. 권력은 계급이 약간 더 낮은 로마 인민, 즉 부유한 사업가들이 대다수인 기사계급에 이양될 터였다. (고대 세계에서 사회 변화를 위한 선동은 결코 빈자들을 위해 시행된 것이 아니라, 토지를 보유한 귀족과 상업 기반 부호계급 사이의 투쟁이라는 형태를 띠었다.)

기원전 110년, 마흔일곱 살이던 가이우스 마리우스는 라티움의 작은 도시 아르피눔에서 태어난 상대적으로 무명인 인물이었다. 그는 군인으로서의 탁월한 능력 덕분에 두번째로 높은 선출 정무관인 법무관까지 지내고 막대한 부를 축적했다. 마리우스는 최고 관직인 집정관이 되기를 열망했지만, 자신의 보잘것없는 태생과 족보 때문에 꿈을 이루지 못할 거라고 생각했다. 집정관은 장사판에서 돈을 벌며 손을 더럽힌 적이 없는 유서 깊은 가문 출신 지주 귀족들의 전유물이었다.

그러던 어느 날, 가난한 파트리키(최고 신분의 귀족) 원로원 의원 가이우스 율리우스 카이사르(독재관 카이사르의 할아버지)와의 우연한 만남으로 마리우스가 집정관이 될 가능성이 커진다. 마리우스는 늙은 카이사르의 두 아들이 출세하는 데 재정적인 도움을 주고 둘째 딸의 지참금을 제공하는 대신, 첫째 딸 율리아를 아내로 맞이한다. 이로써 마리우스의 가문은 고귀해지고 선거판에서 그의 이미지가 크게 향상된다.

율리아와 결혼한 마리우스는 기원전 109년, 편지 쓰기를 좋아하는 친구 푸블리우스 루틸리우스 루푸스와 함께 누미디아의 유구르타 왕을 처치하기 위한 전쟁에 파견된다. 그러나 총사령관은 마리우스가 아니라 귀족인 메텔루스였다(메텔루스는 훗날 누미디아 전쟁에서 자신의 공적을 기념하기 위해 스스로 메텔루스 누미디쿠스라고 칭했지만,

마리우스는 그를 훨씬 더 경멸적인 이름인 똥돼지로 불렀다). 메텔루스 누미디쿠스는 그의 스무 살짜리 아들 새끼 똥돼지 메텔루스 피우스를 데리고 참전했다.

아프리카에서의 전쟁은 느리게 진행되었다. 메텔루스 누미디쿠스가 그다지 유능한 지휘관이 아니었기 때문이다. 기원전 108년, 마리우스는 로마로 돌아가 다음해의 집정관 선거에 출마할 수 있도록 선임 보좌관 직위를 해제해달라고 부탁하지만 메텔루스는 거절한다. 이에 마리우스는 메텔루스의 전쟁 수행에 대한 불만과 비난이 담긴 편지들이 로마에 쇄도하게끔 했다. 결국 마리우스의 계획은 성공하여 메텔루스는 아프리카에서 마리우스의 임무를 중단시킬 수밖에 없게 되었다.

아프리카를 떠나기 전, 마리우스는 시리아의 점술가 마르타한테서 자신이 사상 유례없이 일곱 번이나 로마의 집정관이 되고 로마 제3의 건국자라고 불리게 될 거라는 예언을 듣는다. 하지만 그녀는 가이우스라는 이름을 지닌 마리우스의 처조카가 로마 역사상 가장 위대한 인물이 될 거라고도 말했다. 아직 태어나지 않은 아이였다. 마리우스는 그녀의 예언을 절대적으로 믿었다.

로마로 돌아온 마리우스는 기원전 107년 차석 집정관에 당선되었다. 그는 곧 평민회라는 입법기구를 이용하여 메텔루스 누미디쿠스한테서 유구르타 전쟁의 지휘권을 빼앗아 자신의 것으로 만든다.

그러나 군대를 마련하는 것이 큰 문제였다. 메텔루스 누미디쿠스가 아프리카에서 데리고 있던 6개 군단은 다른 임무를 위해 수석 집정관이 지휘하게 되었기 때문이다. 이탈리아에는 로마군으로 징병할 남자들이 거의 남아 있지 않았다. 지난 15년 동안 극히 무능한 귀족 출신

지휘관들 수하에서 싸우느라 너무 많은 남자들이 헛되이 죽었기 때문이다. 또한 메텔루스 누미디쿠스의 영향력 있는 친구들은 마리우스가 그에게서 유구르타 전쟁의 지휘권을 빼앗아간 것에 격분하여, 마리우스의 신병 모집을 방해하기 위해 뭉쳤다.

하지만 인습타파적으로 생각하는 마리우스는 지금껏 활용한 적 없는 군인들을 생각해냈다. 그는 로마 시민 가운데 가장 낮은 무산 계급인 최하층민들로 군대를 구성하기로 결심했다. 혁명적인 생각이었다!

그때까지 로마의 군인이 되려면 토지가 있고 자비로 군장을 마련할 만큼 재산이 있어야 했고, 따라서 수세기 동안 형편이 넉넉한 농민들이 로마군을 구성해왔다. 이제 그런 농민들 가운데 살아남은 사람은 거의 없었고, 그들의 소규모 농지는 원로원 의원이나 최상위 기사 사업가의 수중에 떨어졌다. 그 결과 노예 노동으로 운영되는 라티푼디움이라는 대목장들이 생겨나고 자유인 남자들은 실업자가 되었다.

최하층민들을 대상으로 모병하겠다는 마리우스의 계획은 격렬한 저항을 불러일으켰다. 마리우스는 원로원 귀족들과 기사 사업가들 대다수까지 포함된 저항세력과 맞서 싸우며 평민회에서 자신의 계획을 실행에 옮겼고, 극빈자 병사들의 군장을 로마의 국고로 부담하도록 하는 법까지 통과시켰다.

뱃길을 통해 아프리카로 돌아가는 마리우스의 곁에는, 원로원에서 용기도 충성심도 없다고 여긴 최하층민들로 이루어진 6개 군단이 있었다. 그의 재무관(재정을 담당하는 하급 정무관) 루키우스 코르넬리우스 술라도 함께였다. 술라가 늙은 카이사르의 차녀 율릴라와 결혼하여 마리우스와 동서지간이 된 직후였다.

술라는 마리우스와 거의 정반대의 인물이었다. 흠잡을 데 없는 파트리키 혈통의 잘생긴 귀족 술라는 극심한 가난 때문에 애인 니코폴리스와 계모 클리툼나를 교묘히 살해하여 유산을 상속한 후에야 원로원에 들어갈 수 있었다. 야망이 크고 무자비하기 이를 데 없는 술라 역시 마리우스처럼 자신의 운명을 믿었다. 그러나 술라는 하층민 배우들로 이루어진 극히 비천한 세상에서 33년을 보냈고, 위험한 비밀을 갖게 되었다. 동성애를 혐오하는 로마 사회에서, 술라는 아직 성년이 되지 않은 그리스인 배우 메트로비오스를 향한 사랑을 억누르고 출세의 사다리를 오르기 시작했다.

마리우스가 누미디아의 유구르타를 무찌르는 데는 3년이 걸렸다. 유구르타 왕을 실제로 체포한 것은 이제 마리우스의 보좌관이자 믿음직한 심복이 된 술라였다. 천성과 삶의 배경이 매우 달랐음에도 마리우스와 술라는 사이가 매우 좋았다. 마리우스의 최하층민 군대가 전투에서 탁월한 능력을 보여주자, 그들을 비판하던 원로원 의원들은 할말이 없게 되었다.

마리우스와 술라가 아프리카 전쟁에 몰두하는 동안 로마를 위협하는 새로운 적이 나타났다. 막대한 수의 게르만 부족들(킴브리족, 테우토네스족, 케루스키족/마르코만니족/티구리니족)이 갈리아(오늘날의 프랑스)로 이동하여, 무능한 귀족 장군들이 이끄는 로마군을 연거푸 참패시켰다. 이 장군들은 자기들보다 열등하다고 여겨지는 자들과의 협력을 거부했다.

마리우스는 자기도 모르는 사이 두번째로 집정관에 당선되어 게르만족과의 전쟁을 지휘하게 되었다. 메텔루스 누미디쿠스와 원로원 최고참 의원 마르쿠스 아이밀리우스 스카우루스의 반대에도 불구하고, 로마의 모든 사람들은 게르만족을 물리칠 수 있는 유일한 사람은 마리우스라고 믿었다. 그리하여 마리우스는 입후보도 하지 않았는데 유례없이 집정관 직을 연임하게 되었던 것이다.

기원전 104년, 마리우스는 술라와 열일곱 살의 퀸투스 세르토리우스(마리우스의 종질)를 데리고 최하층민 병사들(이제는 경험 많고 노련한 병사들이었다)을 이끌어 알프스 너머 갈리아로 가서 게르만족이 오기를 기다렸다.

그러나 게르만족은 오지 않았다. 마리우스가 병사들을 공공사업에 전념시키는 동안 술라와 세르토리우스는 갈리아인으로 변장하여 게르만족의 계획을 파악하기 위해 떠났다. 기원전 103년 마리우스는 또다시 집정관으로 선출되었다. 그리고 호민관 루키우스 아풀레이우스 사투르니누스의 노력 덕분에 기원전 102년에는 네번째로 집정관이 되었다. 그해에 게르만족이 왔다. 딱 좋은 시기였다. 원로원 내 마리우스의 정적들은 마리우스를 영원히 축출할 준비를 하고 있었기 때문이다.

술라와 세르토리우스의 성공적인 첩보 활동 결과, 마리우스는 게르만족의 가공할 전략에 대해 알게 되었다. 게르만족의 보이오릭스 왕은 생각할 줄 아는 지도자였다. 왕은 엄청난 수의 자기 사람들을 셋으로 나누어 이탈리아를 3면에서 공격하는 작전에 착수했다. 테우토네스족은 로다누스 강(론 강)을 따라 이동하여 알프스 서쪽을 가로질러 이탈리아로 들어가고, (보이오릭스 왕이 직접 이끄는) 킴브리족은 브렌누스 고개라고 불리는 알프스 산길을 통과하여 이탈리아 중북부를 침략하기로 했다. 나머지 여러 부족들은 함께 알프스 동쪽을 가로질러 이탈리아로 들어가 오늘날의 베네치아까지 행군할 예정이었다. 그런 다음

세 집단이 모두 만나 이탈리아 반도를 침략하고 로마를 정복할 계획이 었다.

* * *

기원전 102년 마리우스의 동료 집정관은 카이사르의 혈족인 퀸투스 루타티우스 카툴루스 카이사르였는데, 자신의 능력을 과신하는 오만한 귀족이었다. 마리우스는 카툴루스가 실제로는 군사적인 재능이 없다는 것을 알고 있었다.

마리우스는 오늘날의 엑상프로방스 부근에 계속 머무르며 테우토네스족을 저지하기로 결정했기에 킴브리족은 어쩔 수 없이 카툴루스 카이사르에게 맡겨야 했다(나머지 여러 부족들 집단은 알프스 동쪽을 가로지르기로 한 시기보다 한참 전에 포기하고 게르마니아로 돌아간 상황이었다). 2만 4천 명의 병사들을 받은 카툴루스 카이사르는 북쪽으로 행군하여 킴브리족을 저지하라는 원로원의 명령을 받았다. 그러나 그를 믿지 못한 마리우스는 술라를 카툴루스의 부관으로 보냈다. 마리우스가 술라에게 내린 명령은, 카툴루스 카이사르가 저지를 수 있는 최악의 실수에도 불구하고 소중한 병사들이 목숨을 잃지 않도록 할 수 있는 모든 일을 하라는 것이었다.

기원전 102년의 늦여름, 10만 명이 넘는 테우토네스족 군대는 마리우스가 있던 곳에 도착했다. 마리우스의 병력은 3만 7천 남짓이었다. 마리우스는 전투에서 천재성을 발휘하며 규율 없고 수준 낮은 테우토네스족을 살육했다. 생존한 적군은 흩어졌고, 이탈리아 서쪽의 위협은 사라졌다.

하지만 마리우스가 테우토네스족을 소탕하고 있던 때와 거의 같은 시기에 카툴루스 카이사르와 술라, 그리고 그들의 소규모 군대는 아테시스(지금의 아디제) 강의 산지 계곡으로 들어갔고, 그곳에서 막 브렌누스 고개를 빠져나온 킴브리족과 마주쳤다. 그곳에 군대를 움직일 공간이 없었기 때문에 술라는 카툴루스 카이사르에게 후퇴하자고 주장했지만, 카툴루스 카이사르는 완강하게 거부했다. 그래서 술라는 항명을 일으키고 군대를 안전하게 포 계곡으로 데려가 플라켄티아(지금의 피아첸차)에 숙영시켰다. 그동안 킴브리족 남자들 20만 명(그리고 그들의 여자와 아이, 가축)은 포 계곡의 동쪽을 장악했다.

테우토네스족을 무찌른 덕분에 기원전 101년 다섯번째로 집정관에 뽑힌 마리우스는 그의 군대 대부분을 데리고 이탈리아 반도 북쪽으로 가서 카툴루스 카이사르의 군대와 합류했다. 그 결과 병력은 5만 4천 명이 되었다. 여름이 한창일 때 게르만족과의 마지막 전투가 알프스 서쪽 기슭의 베르켈라이의 들판에서 벌어졌다. 보이오릭스 왕은 전사하고 킴브리족은 몰살당했다. 마리우스는 게르만족으로부터 이탈리아와 로마를 구해냈고, 게르만족은 향후 50년간 이빨 빠진 호랑이가 될 터였다.

그러나 메텔루스 누미디쿠스, 원로원 최고참 의원 스카우루스, 카툴루스 카이사르와 그 외 마리우스의 정적들은 여전히 적대적이었다. 이제 마리우스는 열렬한 지지와 함께 로마 제3의 건국자라고 불리며 기원전 100년에 여섯번째로 집정관에 뽑혔기 때문이다.

그해 혼란은 전장에서 포룸 로마눔으로 옮겨갔다. 포룸 로마눔은 핏빛 폭동과 격렬한 정치 선동의 장이 되었다. 마리우스의 추종자 사투르니누스는 (공모자 글라우키아에게 도움을 받고 호민관 한 명을 살해한 덕분에) 두번째로 호민관에 당선되었고, 그해의 호민관단 (급진론자와 선동자 들로 알려진) 임기 내내 마리우스의 최하층민 퇴역병들을 위해 무상 토지를 확보하려고 애썼다.

이는 재산 없는 남자들을 군단병으로 모병하는 정책의 단점이었다. 로마는 가진 것이 전혀 없고 봉급도 얼마 되지 않는 그들의 군사적 재능을 이용하고 나면 그들에게 보상을 해야 했다. 마리우스는 그들에게 땅을 약속했다. 하지만 그가 생각한 건 이탈리아 땅이 아니었다. 마리우스의 목표는 최하층민 퇴역병사들을 국외에 정착시켜 로마의 문화와 관습을 우후죽순 늘어나는 속주들에 전파하는 것이었다(로마는 속주들 내에 대규모 공유지를 보유했다). 사실, 로마 공유지를 하층 계급 퇴역병들에게 주는 골치 아픈 문제는 궁극적으로 로마 공화정의 몰락에 크게 기여하게 되었다. 원로원은 근시안적으로 반대하며, 기꺼이 토지를 주어 로마의 장군들과 협력하기를 계속 거부했다. 이는 시간이 갈수록 최하층민 퇴역병들이 그들의 장군에게 우선적으로 충성하는 것이 상책이며(장군들은 그들에게 땅을 주려고 했기 때문이다) 로마는 그다음이라고 생각하게 되리라는 의미였다(원로원으로 대표되는 로마는 그들에게 땅을 주는 일에 망설였기 때문이다).

사투르니누스의 토지 법안 두 가지에 찬성하는 상류 계급 사람들이 전혀 없는 것은 아니었지만, 원로원의 반대는 격렬하고 완강했다. 첫번째 토지 법안은 성공했지만 두번째 토지 법안은 마리우스가 원로원 의원들로 하여금 그 법안을 지지하겠다는 맹세를 강제로 시킨 후에야 통과되었다. 메텔루스 누미디쿠스는 마리우스의 주장에 설득되지 않았고, 자발적으로 막대한 벌금을 물고 추방길에 올랐다—맹세하지 않은 데 대한 벌이었다.

그러나 마리우스보다 정치적인 수완이 뛰어난 원로원 최고참 의원 스카우루스는 두번째 토지 법안을 두고 벌어진 논쟁중에 교묘하게, 마리우스로 하여금 사투르니누스의 토지법 두 가지 모두 무효일 가능성이 있다고 인정하게 만들었다. 그때까지 마리우스에게 완전히 충성했던 사투르니누스는 이때부터 원로원은 물론 마리우스에게도 등을 돌리고, 그들 모두를 몰락시킬 방법을 구상하기 시작했다.

마리우스로서는 불행하게도 그 시기에 그의 건강이 악화되었다. 마리우스는 가벼운 뇌졸중을 겪은 후 몇 달간 정계를 떠나 있을 수밖에 없었고, 그동안 사투르니누스는 음모를 꾸몄다.

가을이 되어 수확한 곡물이 로마에 도착할 때가 왔지만 지중해 전역의 가뭄 때문에 흉년이었다. 로마인들은 4년째 비싼 곡물 가격과 심각한 곡물 부족에 맞닥뜨렸다. 사투르니누스에게는 기회였다. 그는 집정관이 아닌 호민관으로서 로마의 일인자가 되기로 결심했다. 호민관인 그는 매일 포룸 로마눔에 모여 다가오는 겨울의 궁핍에 항의하는 수많은 군중을 조종할 수 있었다. 정부가 산 곡물을 제공한다는 곡물법을 도입하면서 사투르니누스가 꾀었던 건 하층 계급 사람들이 아니었다. 사실 그는 하층 계급이 잘 먹지 못해서 위협받던 상인들과 무역 조합들을 꾀고 있었다. 하층 계급 사람들의 표는 가치가 없었지만, 상인들과 무역 조합원들의 표는—그들이 지지해준다면—사투르니누스가 원로원과 가이우스 마리우스를 끌어내릴 수 있을 정도의 영향력이 있었다.

뇌졸중에서 얼마간 회복한 마리우스는 기원전 100년 12월의 첫째 날에 사투르니누스를 저지할 방법을 찾기 위해 원로원 회의를 소집했다. 사투르니누스는 세번째로 호민관이 되려 계획하고 있었고 그의 친구 글라우키아는 집정관에 출마했다. 두 사람의 출마는 불법은 아니었지만 관습을 깨는 것이었기에 지탄을 받았다.

집정관 선거 기간 동안 상황이 악화되었다. 글라우키아가 후보자 한 명을 살해했기 때문이다. 마리우스는 원로원을 소집했고, 원로원은 최종 결의(계엄령의 한 형태)를 통과시켰다. 원로원 의원들과 지지자들은 집에서 무기를 가지고 나와 포룸 로마눔으로 싸우러 갔다. 사투르니누스와 글라우키아는 기아의 공포에 직면한 하층 계급 사람들이 폭동을 일으킬 거라고 생각했다. 그러나 실상은 달랐다. 하층민들은 조용히 자신들의 집으로 돌아가버렸다. 마리우스는 술라를 심복으로 삼아 사투르니누스가 동원한 얼마 안 되는 사람들을 물리쳤다. 사투르니누스는 유피테르 옵티무스 막시무스 신전을 피난처로 삼으려고 했지만, 술라가 카피톨리누스 언덕에 수도 공급을 중단시켜서 항복할 수밖에 없었다.

글라우키아는 자살했지만, 사투르니누스와 그의 가까운 친구들은 원로원 의사당에 갇혀서 반역 재판을 기다리게 되었다. 원로원 의원들은 그 재판이 이미 위태로운 로마의 기존 제도에 부담을 줄 거라는 사실을 알고 있었다. 술라는 귀족 청년 몇 명을 이끌고 조용히 의사당 지붕으로 올라가서, 기왓장을 부수어 아래로 떨어뜨려 사투르니우스 일당을 죽임으로써 문제를 해결했다.

사투르니누스의 곡물법은 폐지되었지만, 마리우스는—이제 쉰일곱 살이었다—자신의 정치 경력이 서서히 끝나가고 있다는 사실을 인정해야만 했다. 여섯번째로 집정관이 된 지금, 그가 일곱 번 집정관이 된다는 예언은 절대 실현되지 않을 것처럼 보였다. 그러나 술라는 1년 안에 법무관으로 선출되기를 바랐다. 그래서 그는 자신의 경력을 위해, 이제 정계의 혐오 대상이 된 마리우스와 거리를 둬야만 하겠다고 판단했다.

지난 10년 동안 마리우스와 술라의 사생활과 사랑은 다른 양상을 보였다.

마리우스와 율리아의 결혼생활은 순탄했다. 그들은 기원전 109년에 외아들 마리우스 2세를 낳았다. 늙은 카이사르는 죽었지만, 죽기 전에 두 아들이 모두 미래의 정치적·군사적 명성을 보장받으며 자리를 잡는 것을 보았다. 차남 가이우스는 명문 아우렐리우스 코타 집안의 부유하고 아름다운 딸 아우렐리아와 결혼했다. 이 젊은 부부는 경제적으로 합리적인 선택을 하여, 로마의 평판 나쁜 지역인 수부라 지구에 아우렐리아의 명의로 아파트를 구입해 살기로 한다. 그들은 딸 둘을 낳은 뒤 마침내 기원전 100년에 아들(독재관 카이사르)을 낳았다. 물론 마리우스는 그 아이가 마르타가 역사상 가장 위대한 로마인이 될 거라고 예언한 조카임을 즉시 알아차렸다. 마리우스는 자신의 소중한 예언에서 그 부분만은 실현되지 않게 하겠다고 결심한다.

술라와 늙은 카이사르의 차녀 율릴라의 결혼생활은 행복하지 못했다. 대부분 율릴라의 쉽게 흥분하고 과도하게 극적인 성격 때문이었다. 그들은 아들 하나와 딸 하나를 낳았다. 술라를 집착에 가깝게 사랑한 율릴라는 자신이 술라의 마음을 전부 차지하지 못하고 있음을 알았지만, 그의 진짜 성적 취향은 전혀 몰랐다. 불행한 그녀는 술을 마셨고, 시간이 가면서 포도주가 없이는 살 수 없게 되었다.

그러던 어느 날 특별한 사건이 발생했다. 젊은 그리스인 배우 메트로비오스가 술라의 집에 찾아온 것이다. 메트로비오스를 본 술라는 다시는 그와 신체 접촉을 하지 않겠다는 자신과의 약속을 어겼다. 율릴라는 두 사람이 사랑을 나누는 모습을 아무도 모르게 목격했고 곧바로 자살했다. 이후에 술라는 매력적이고 자식이 없는 명문가의 과부 아일리아와 재혼했다. 자기 자식들에게 어머니가 필요하다고 생각했기 때문이다.

원로원 최고참 의원 스카우루스의 아들은 이탈리아 북부에서 카툴루스 카이사르의 군대에 복무하던 당시 비겁 행위를 저질렀다. 스카우루스는 혐오감 때문에 아들과 의절했고, 아들은 자살했다. 예순 살이다 되어가던 스카우루스는, 아들의 약혼자였던 메텔루스 누미디쿠스의 열일곱 살짜리 조카딸 달마티카와 곧바로 결혼했다. 아무도 그녀에게 그 결혼에 대해 어떻게 생각하는지 묻지 않았다.

유명 귀족 정치가의 아들인 전도유망한 젊은 마르쿠스 리비우스 드루수스는 기원전 105년에 두 쌍의 결혼을 성사시켰다. 그 자신은 절친한 파트리키 친구인 퀸투스 세르빌리우스 카이피오의 여동생과 결혼하고, 카이피오는 자신의 여동생인 리비아 드루사와 결혼시킨 것이다. 드루수스 부부는 자식이 없었지만 카이피오와 리비아 드루사는 딸을 둘 낳았다. 그중 맏이가 세르빌리아로, 장차 브루투스의 어머니이자 독재관 카이사르의 정부가 되는 여자다.

연대순으로 쓴 『풀잎관』 속 주요 사건

이야기는 『로마의 일인자』의 사건들로부터 2년여가 지난 기원전 98년부터 시작된다. 그 2년 동안에는 중요한 사건이 비교적 적었기 때문이다.

술라는 두번째 아내 아일리아의 외모와 선량함에 완전히 물려 있었고 두 사람에 대한 갈망에 시달렸다. 한 사람은 젊은 그리스인 배우 메트로비오스였고, 다른 사람은 원로원 최고참 의원 마르쿠스 아이밀리우스 스카우루스의 열아홉 살짜리 부인 달마티카였다. 그러나 야망과 운명에 대한 생각은 여전히 술라 내면의 다른 모든 열정을 통제했기에, 그는 메트로비오스를 만나지도, 달마티카와 불륜을 저지르지도 않았다.

그러나 술라만큼 자제력이 강하지 못했던 달마티카는 군중이 보는 앞에서 술라에 대한 짝사랑을 드러내고 말았다. 모욕감을 느낀 스카우루스는 술라에게 추문이 멈추도록 로마를 떠나라고 요구했다. 하지만 자신은 잘못이 없었으니 부당한 처사라고 생각한 술라는 거절했다. 술라는 법무관 선거에 출마할 생각이었으므로 로마에 계속 있어야 했다. 늙은 스카우루스는 술라가 결백하다는 것을 알면서도 술라의 법무관 당선을 막았고, 달마티카를 집밖에 나가지 못하게 했다.

정치 경력이 어긋난 술라는 가까운 히스파니아로 가서 호전적인 총독 티투스 디디우스의 보좌관이 되기로 했다. 스카우루스가 이긴 것이다. 술라는 떠나기 전에 가이우스 율리우스 카이사르의 아내 아우렐리아를 유혹하지만 거절당했다. 격분한 술라는 (추방지에서 갓 돌아온) 메텔루스 누미디쿠스를 만나러 가서 그를 살해했다. 메텔루스 피우스는 술라가 아버지를 죽였다는 의심을 전혀하지 못했고, 계속 술라를 존경하고 신뢰했다.

카이사르 집안은 번성하고 있었다. 늙은 카이사르의 두 아들 섹스투스와 가이우스 모두 마리우스의 후원 아래 승승장구중이었다. 가이우스의 경우, 이는 그가 먼 외국에서 대부분의 시간을 보낸다는 뜻이었다. 가이우스의 아내 아우렐리아는 자기 아파트를 관리하며 두 딸과 소중한 아들 카이사르를 훌륭하게 돌보고 교육시켰다. 카이사르는 아주 어릴 적부터 놀라운 지성과 능력을 보여주고 있었다. 다만 친척과 친구들은 아우렐리아가 술라를 좋아하는 것이 아닌지 의심하였다. 아우렐리아를 존경하던 술라가 가끔씩 그녀의 집을 방문했기 때문이다.

여전히 정치적 영향력을 회복하지 못한 마리우스는 아내 율리아와 아들 마리우스 2세를 데리고 동방으로 긴 휴가를 떠났고, 그곳에서 아나톨리아의 여러 지역을 방문했다.

킬리키아의 타르소스에 도착한 마리우스는, 폰토스의 미트리다테스 왕이 카파도키아를 침략하여 젊은 왕을 죽이고 자신의 여러 아들 중 하나를 왕좌에 앉혔다는 사실을 알게 되었다. 마리우스는 아내와 아들을 유목민들에게 맡겨놓은 후, 사실상 혼자서 카파도키아의 수도로 가 폰토스의 미트리다테스 왕에게 당당히 맞섰다.

심술궂고 교활한 미트리다테스는 비겁자와 영웅, 허풍쟁이와 겁쟁이의 면모를 모두 갖고 있는 별난 인물로, 대군을 지휘하여 로마를 제외한 모든 이웃 나라들을 침략하며 자신의 왕국을 확장하고 있었다. 그는 아르메니아의 왕 티그라네스와 혼인을 통해 끈끈한 협력 관계를 구축했다. 둘이서 힘을 합쳐 로마를 물리치고 전 세계를 함께 다스리는 것이 그들의 계획이었다.

그들의 거창한 계획은 미트리다테스가 마리우스를 만나면서 틀어졌다. 마리우스는 혼자 와서도 폰토스의 왕에게 카파도키아를 떠나라고 명령할 만큼 당당했다. 미트리다테스는 마리우스를 죽일 수도 있었지만, 그렇게 하는 대신 다리 사이에 꼬리를 감추고 군대와 함께 폰토스로 돌아갔다. 마리우스는 아내와 아들에게 돌아가 다시 휴가를 즐겼다.

이탈리아의 상황은 악화중이었다. 로마는 이탈리아 반도라는 체스판을 구성하는 여러 준독립국가들의 종주국이었다. 그 나라들은 로마의 이탈리아 동맹이라고 불렸고 오랜 세월 로마와 불평등한 협력 관계를 맺고 있었으며, 로마가 자기들을 열등한 존재로 여긴다는 사실을 잘 알고 있었다. 동맹시들은 로마가 외국에서 벌이는 전쟁에 군인들을 제공하고 비용까지 부담해야 했지만, 로마는 이탈리아 동맹에 로마 시민권이라는 보상을 주기를 중단한 지 오래였다. 따라서 이탈리아인들은 완전한 로마 시민권에 수반되는 교역·상업상의 동등한 조건 및 여러 혜택을 받지 못하고 있었다. 여러 이탈리아 동맹시의 지도자들은 이제 로마와 동등한 지위를 달라며 갈수록 목소리를 높이고 있었다.

마르쿠스 리비우스 드루수스의 친구 퀸투스 포파이디우스 실로는 높은 신분의 이탈리아인으로 마르시족의 지도자였다. 실로는 마르시족 사람들을 모두 완전한 로마 시민권자로 만들겠다고 결심했고, 드루수스는 그의 의견에 동감했다. 엄청난 부와 정치적 영향력을 지닌 위대한 로마 귀족 드루수스는, 자신이 돕는다면 이탈리아 사람들이 오랫동안 바라온 시민권과 평등을 얻게 될 거라고 확신했다.

그러나 드루수스의 가족 문제가 그를 방해했다. 여동생 리비아 드루사와 드루수스의 절친한 벗 퀸투스 세르빌리우스 카이피오의 결혼생활은 불행했다(심지어 카이피오는 아내를 학대하기 시작했다). 그러던 중 리비아 드루사는 마르쿠스 포르키우스 카토와 사랑에 빠지고 은밀히 그를 만나기 시작했다. 이미 딸 둘이 있던 리비아 드루사는 카토의 아들을 낳았고, 남편이 그 아이를 자기 아들이라고 믿게 만드는 데 성공했다. 그러나 그녀의 큰딸 세르빌리아가 리비아 드루사와 카토의 관계를 폭로하여 가족을 위기에 빠뜨렸다. 카이피오는 리비아 드루사와 이혼하고 세 자식 모두와 연을 끊었다. 드루수스와 드루수스의 아내는 리비아 드루사의 곁을 지켰다. 리비아 드루사는 카토와 결혼하여 그의 자식을 두 명 더 낳았다. 포르키아와 어린 카토(훗날의 카토 우티켄시스)였다. 이 모든 일이 일어나는 동안 드루수스는 원로원에서 이탈리아의 시민권 요구가 정당하다고 설득하기 위해 계속 노력하지만, 리비아 드루사 사건 이후 카이피오의 갑작스럽고 깊은 적의 때문에 자신의 일이 훨씬 더 어려워졌음을 알게 되었다.

기원전 96년에는 드루수스의 아내가 세상을 떠났다. 기원전 93년에는 리비아 드루사가 죽었다. 그녀의 다섯 아이들은 모두 드루수스가 맡게 되었다. 기원전 92년 마르쿠스 카토도 세상을 떠났다. 남은 것은 사이가 틀어진 카이피오와 드루수스뿐이었다.

호민관이 되기에는 나이가 지나치게 많았음에도, 드루수스는 이탈리아인들에게 로마 시민권을 주기 위해서는 자신이 호민관이 되어서 평민회를 설득해 원로원의 완강한 반대에 맞서 뜻을 이뤄야 한다고 판단했다. 인내심이 매우 강하고 똑똑한 드루수스는 자신의 일을 훌륭하게 해낸다. 그러나 (스카우루스, 카툴루스 카이사르, 카이피오 등) 원로원의 일부 강경파는 반드시 드루수스를 좌절시키겠다고 결심했다. 승리의 바로 전날, 드루수스는 자기 집 아트리움에서 암살당했다. 기원전 91년 말의 일이었다.

리비아 드루사의 자식 다섯 명과 드루수스의 양자 드루수스 네로는 드루수스가 죽어가는 끔찍한 모습을 목격했다. 아이들에게 남은 보호자는 카이피오밖에 없었지만 카이피오는 아이들에 대해 어떤 책임도 지지 않으려 했다. 그래서 아이들은 드루수스의 어머니와 남동생 마메르쿠스 아이밀리우스 레피두스 리비아누스가 돌보게 되었다. 기원전 90년에 카이피오가 죽고 다음해에는 드루수스의 어머니가 죽었다. 이제 남은 보호자는 마메르쿠스밖에 없었다. 마메르쿠스의 부인이 아이들을 받아줄 수 없다고 하여 그는 아이들을 드루수스의 집에서 지내게 해야만 했다. 그는 친척 노처녀와 그녀의 엄한 어머니가 아이들을 돌보도록 조치했다.

술라는 가까운 히스파니아에서 제때 귀국하여 기원전 93년 법무관에 당선되었다. 기원전 92년에(드루수스가 모든 이탈리아인에게 로마 시민권을 주려고 고군분투하는 동안) 술라는 킬리키아 총독으로 파견되어 있었다. 킬리키아에서 술라는 로마가 소홀했던 5년 동안 대담해진 미트리다테스가 또다시 카파도키아를 침략했음을 알게 되었다. 술라는 킬리키아 병사들로 구성된 2개 군단을 이끌고 카파도키아로 가서 완벽하게 요새화한 진지에 군인들을 배치했다. 미트리다테스 왕의 군대가 규모에서 압도적으로 우세했음에도 불구하고, 술라는 미트리다테스보다 자신의 군사적 능력이 훨씬 뛰어나다는 걸 증명했다. 미트리다테스는 또다시 혼자 온 로마인한테서 자기 나라로 돌아가라는 명령을 받았고, 또다시 겁을 먹고 군대와 함께 폰토스로 돌아갔다.

그러나 미트리다테스의 사위인 아르메니아 왕 티그라네스는 여전히 마음대로 돌아다니면서 전쟁에 열중하고 있었다. 술라는 2개 군단과 함께 아르메니아로 갔고, 이로써 군사적 목적으로 에우프라테스 강을 건넌 최초의 로마인이 되었다. 아미다 부근의 티그리스 강가에서 술라는 티그라네스를 발견하고 그에게 경고했다. 그런 다음 제우그마의 에우프라테스 강가에서 티그라네스와 파르티아 왕의 사절단과의 회담을 열었다. 조약이 체결되었고 그 결과 에우프라테스 강의 동쪽은 파르티아의 소관이, 서쪽은 로마의 소관이 되었다. 회담장에서 술라는 유명한 칼데아인 예언자에게 예언을 듣게 되었다. 그는 술라가 대서양부터 인더스 강에 이르는 지역에서 가장 위대한 사람이 될 것이며, 부와 명성이 최고조에 이르렀을 때 죽을 거라고 말했다.

그 여정에서 술라는 죽은 율릴라가 낳은 아들과 함께 있었다. 십대 중반이던 아들은 술라의 삶의 빛이었다. 그러나 술라가 로마로 돌아온 후(그는 원로원이 자신의 업적과 훌륭한 조약 내용에 무관심하다는 걸 깨달았다) 술라 2세는 비극적인 죽음을 맞이했다. 아들의 죽음은 술라에게 엄청난 타격을 주었다. 술라는 가끔씩 아우렐리아의 집을 방문하는 것 외에 카이사르 집안과의 관계를 끊었다. 술라는 아우렐리아의 집에 갈 때마다 그녀의 아들인 어린 카이사르를 만나게 되었고, 범상치 않은 아이라고 느꼈다.

이탈리아 전쟁이 발발했다. 초기 전투들에서 로마는 연거푸 참패를 당했다. 기원전 90년 초, 집정관 루키우스 카이사르는 술라를 선임 보좌관으로 삼아 남부 전장(캄파니아)을 지휘했다. 북부 전장(피케눔과 에트루리아)은 여러 장군들이 번갈아가며 지휘했는데, 그들 모두 비참하리만큼 무능하다는 사실이 드러났다.

마리우스는 자신이 북부 전장을 지휘하기를 간절히 바랐지만, 원로원의 정적들은 여전히 강력했다. 마리우스는 일개 보좌관으로 참전하게 되었고 총사령관들에게 갖은 수모를 당했다. 그러나 그 지휘관들이

한 명 한 명씩 패배하여 몰락하는 동안(카이피오의 경우 전사했다), 마리우스는 지극히 미숙하고 겁 많은 병사들을 끈기 있게 훈련시키며 기회를 기다렸다. 기회가 오자 마리우스는 곧바로 그것을 붙잡았다. 자신을 돕도록 파견된 술라와 함께, 마리우스는 로마에 처음으로 중요한 승리를 안겼다. 그 다음날 마리우스는 두번째 뇌졸중을 일으켰고(첫번째 뇌졸중보다 훨씬 더 심했다) 전장을 떠날 수밖에 없게 되었다. 술라는 내심 기뻤다. 술라가 남부 전선에서 승리한 모든 전투를 지휘했음에도, 마리우스는 그를 진짜 장군으로 인정하기를 거부했기 때문이다(그리고 공은 늘 상관이 차지했다).

기원전 89년, 이탈리아 전쟁은 로마에 유리하게 전개되기 시작했다. 특히 남부 전장에서 우세했다. 술라는 놀라 시 앞에서 부하들로부터 로마 최고의 군사 훈장인 풀잎관을 받았고, 캄파니아와 아풀리아 대부분의 지역을 평정했다. 기원전 89년의 집정관들인 폼페이우스 스트라보와 카토는 서로 매우 다른 상황에 처했다. 집정관 카토는 군사적 패배를 피하고자 한 마리우스 2세에게 살해당했다. 마리우스는 카토의 자리를 이어받은 지휘관 루키우스 코르넬리우스 킨나에게 뇌물을 주고 아들의 처벌을 막았다. 마리우스의 뇌물을 받기는 했지만 명예를 아는 남자인 킨나는 이때부터 계속 마리우스의 추종자로, 그리고 술라의 적으로 남았다.

기원전 89년의 수석 집정관 폼페이우스 스트라보에게는 열일곱 살 난 아들 폼페이우스가 있었다. 아들 폼페이우스는 아버지를 사랑했고 아버지 곁에서 싸우겠다고 고집을 부렸다. 기원전 90년 폼페이우스 부자는 아스쿨룸 피켄툼 시를 포위했고, 거기서 이탈리아 전쟁 최초의 잔학행위가 발생했다. 그들 부자와 함께 있던 마르쿠스 툴리우스 키케로는 군인의 임무에 몹시 서투르고 의욕도 없었다. 젊은 폼페이우스는 그런 키케로를 아버지의 화와 멸시로부터 보호해주었다. 키케로는 폼페이우스의 친절을 절대 잊지 않았으며, 이는 향후 키케로의 정치 성향에 큰 영향을 미쳤다. 기원전 89년 아스쿨룸 피켄툼이 함락되자, 폼페이우스 스트라보는 그곳의 모든 남자들을 처형하고 여자와 아이 들은 입고 있는 옷 외에 아무것도 없이 내쫓았다. 끔찍한 전쟁 기록 중에서도 눈에 띄게 잔인한 사건이었다.

기원전 88년경 술라가 마침내 퀸투스 폼페이우스 루푸스와 함께 집정관에 당선되었을 때, 로마는 이탈리아 동맹시들과의 전쟁에서 승리했다. 그러나 로마는 전쟁을 하는 한이 있어도 주지 않으려고 했던 것을 대부분 내놓을 수밖에 없었다. 이탈리아인들은—적어도 명목상으로는—완전한 로마 시민권을 얻게 되었다.

술라와 율릴라의 딸 코르넬리아 술라는 외사촌인 마리우스 2세와 사랑에 빠져 있었지만, 술라는 그녀를 동료 집정관의 아들에게 강제로 시집보냈다. 결혼 후 코르넬리아는 딸 폼페이아(훗날 독재관 카이사르의 두번째 부인)와 아들 하나를 낳았다.

열 살이 된 어린 카이사르는 어머니의 지시로, 두번째 뇌졸중 때문에 몸이 불편한 고모부 마리우스를 도우러 다녔다. 그리고 그에게서 전쟁 기술에 대해 배울 수 있는 건 뭐든 열성적으로 배웠다. 예언을 잘 기억하고 있던 마리우스는, 어린 카이사르를 만날수록 그의 미래 군사·정치 경력을 방해해야 한다는 결심을 더욱 굳혔다.

술라는 따분한 아내 아일리아의 악의 없는 말 한마디에 격분하여 곧바로 그녀와—불임을 구실로—이혼했다. 늙은 스카우루스는 죽은 뒤였고, 술라는 스카우루스의 부인이었던 달마티카와 결혼했다. 대다수 로마인들은 (널리 존경받았던) 아일리아에 대한 술라의 행동을 비난했지만, 술라는 개의치 않았다.

폰토스의 왕 미트리다테스는 로마가 이탈리아 동맹과의 전쟁에만 집중하고 있는 틈을 타 기원전 88년 로마의 아시아 속주를 침략하고 그곳의 모든 로마인과 이탈리아인 남자·여자·아이들을 살육했다. 죽은 사람들이 8만 명에 달했고, 그들의 노예 7만 명도 죽임을 당했다.

이 대량 살육 소식이 로마에 당도하자, 원로원은 회의를 열고 미트리다테스 왕을 처리하러 동방으로 갈 군대를 누구에게 맡길지 논의했다. 자신의 병이 나았다고 생각한 마리우스는 자기가 가야 한다고 목소리를 높였지만, 원로원은 이 독단적인 요구를 현명하게도 무시하고 수석 집정관 술라에게 지휘권을 주기로 결정했다. 이 모욕을 용서할 수 없던 마리우스는 술라를 적으로 선언했다.

술라는 자신이 미트리다테스를 물리칠 수 있음을 알았기에 흡족한 마음으로 지휘권을 받아들이고 이탈리아를 떠날 준비를 했다. 그러나 국고는 텅 비었고, 포룸 로마눔 근처의 국유지를 팔아서 자금을 마련한 후에도 술라의 군자금은 지나치게 빈약했다. 술라가 전쟁 동안 필요한 돈은 그리스와 에페이로스의 신전들을 약탈해서 충당해야 할 터였다. 술라의 군대는 규모가 상대적으로 작았다.

같은 해인 기원전 88년, 오래 기억될 또 한 명의 호민관이 등장했다. 그의 이름은 술피키우스로, 보수파였다가 폰토스의 왕 미트리다테스가 아시아 속주의 주민들을 학살한 후 급진파로 변했다. 외국 왕의 눈에는 로마인과 이탈리아인이 별반 차이가 없음을 깨달았기 때문이었다. 미트리다테스는 로마인과 이탈리아인을 모두 죽였다. 술피키우스는 로마가 모든 이탈리아인에게 완전한 시민권을 주지 않으려는 것이 원로원 탓이며, 따라서 원로원을 처리해야 한다고 생각했다. 외국 왕이 차이점을 찾지 못한다면 로마인과 이탈리아인 사이에 다른 점이 있을 수 없다. 그래서 술피키우스는 평민회에서 연거푸 법안을 통과시켜, 정족수도 성립하지 못할 만큼 원로원 의원들을 대거 축출했다. 원로원의 힘이 약해졌다고 판단한 술피키우스는 이어서 신규 이탈리아인 시민들의 선거 및 정치적 영향력을 강화했다. 그러나 이 모든 일들은 포룸 로마눔에서의 유혈 폭동 가운데서 발생했고, 그 와중에 술라의 딸 코르넬리아 술라의 젊은 남편이 살해당했다.

기세등등한 술피키우스는 이제 마리우스와 손을 잡고 평민회에서 법을 하나 더 통과시켰다. 미트리다테스와의 전쟁 지휘권을 술라에게서 빼앗아 마리우스에게 주는 법이었다. 일흔에 육박한 나이에 병으로 몸이 온전치 못할지라도 마리우스는 다른 누군가가, 특히 술라가 미트리다테스와의 전쟁을 지휘하도록 내버려둘 수 없었다.

술라는 캄파니아에서 군대를 정비하다가 새로운 법과 자신의 해임 소식을 들었다. 그는 중대한 결심을 했다. 로마로 진군하기로 한 것이다. 로마 탄생 후 600여 년간 어떤 로마인도 하지 않은 행위였다. 그러나 술라는 할 터였다. 군관들 중에 술라를 지지하기로 한 사람은 충직한 재무관 루키우스 리키니우스 루쿨루스밖에 없었지만, 병사들은 열광적으로 술라의 편에 섰다.

로마에서는 아무도 술라가 감히 고국과 전쟁을 할 거라고 믿지 않았다. 그래서 술라와 그의 군대가 로마 성벽 바깥에 도착하자 시민들은 공황 상태에 빠졌다. 전문적인 군인들을 쓸 수 없었기에, 마리우스와 술피키우스는 전직 검투사들과 노예들을 무장시켜 술라에 대항할 수밖에 없었다. 술라는 로마로 들어와서 오합지졸인 적을 완파하고 로마를 점령했다. 마리우스와 술피키우스, 늙은 브루투스와 나머지 몇몇은 도망쳤다. 술피키우스는 이탈리아를 벗어나기 전에 잡혀서 참수당했다. 마리우스와 마리우스 2세 일행은 민투르나이 시에서 심한 고초를 겪은 후 아프리카에 도착했고, 갖은 모험 끝에 마리우스가 퇴역병들을 정착시킨 케르키나에서 지내게 되었다.

로마의 실질적인 주인이 된 술라가 한 최악의 행위는 술피키우스의 머리를 포룸 로마눔의 로스트라 연단에 전시한 일이었다. 누구보다도 킨나를 고분고분하게 만들기 위해서였다. 술라는 술피키우스의 법들을 모두 무효화하고 자기가 만든 법들을 시행시켰다. 술라의 법들은 극단적으로 보수적이었으며, 원로원을 완전히 복구하고 급진적 사상을 지닌 미래 호민관들의 기를 꺾는 것을 목표로 했다. 전통적 공화정을 강화하기 위해 자신이 한 일에 만족한 술라는 기원전 87년에 마침내 미트리다테스 왕과의 전쟁을 위해 동방으로 떠났다. 떠나기 전에 그는 과부가 된 딸을 마메르쿠스와 결혼시켰다. 마메르쿠스는 죽은 드루수스의 동생이자 고아가 된 드루수스 집 아이들의 보호자였다.

마리우스와 마리우스 2세, 늙은 브루투스 일행의 망명은 1년 정도 지속되었다. 술라는 자신이 급하게 마련했던 긴급 법령을 강화하려는 마지막 조치를 시도했다. 그는 자신에게 충성할 사람들을 기원전 87년의 집정관으로 당선시키려고 애썼다. 수석 집정관 나이우스 옥타비우스 루소의 경우는 성공이었다. 그러나 까다로운 유권자들은 킨나를 차석 집정관으로 재선시켰다. 술라는 킨나가 마리우스의 사람임을 알고 있었다. 그래서 술라는 킨나가 새 법령에 계속 충성하게 만들기 위해 그 법을 지지하겠다는 신성한 맹세를 하도록 시켰다. 하지만 킨나는 맹세할 때 한 손에 돌을 쥐어서 그 맹세를 무효로 만들었다.

기원전 87년 봄 술라가 뱃길로 동방으로 떠나자마자 로마에서는 갈등이 발생했다. 킨나는 자신의 무가치한 맹세를 파기하고 나이우스 옥타비우스와 그의 초보수적인 지지자들(카툴루스 카이사르, 푸블리우스 크라수스, 루키우스 카이사르 등)에게 공공연하게 반기를 들었다. 킨나는 로마에서 쫓겨나고 범법자가 되었지만, 초보수파는 군사적 준비를 하지 못했다. 반대로 킨나는 군대를 일으켜 로마를 둘러쌌다. 마리우스는 즉시 망명지를 떠나 에트루리아에 도착했고, 그곳에서 군대를 모집해 킨나와 그의 동료 퀸투스 세르토리우스, 나이우스 파피리우스 카르보를 도우러 왔다.

절박해진 초보수파는 피케눔에 있는 폼페이우스 스트라보에게 와서 구해달라고 사정했다. 폼페이우스 스트라보는 충성스러운 부하들로 이루어진 그의 군대를 해산하지 않고 있었기 때문이다. 그는 아들 폼페이우스를 데리고 로마로 진군했다. 그러나 도착한 후에 킨나, 마리우스, 카르보, 세르토리우스와 전투를 벌이려는 노력은 전혀 하지 않았다. 그가 한 일이라고는 콜리나 성문 밖의 거대하고 비위생적인 진지에 자리를 잡고 로마 북부 언덕 주민들의 반감을 사며 그곳의 물을 오염시켜 장티푸스라는 무서운 역병을 촉발시킨 것뿐이었다.

로마를 둘러싸고 대치 상태가 이어지다가 결국 폼페이우스 스트라보와 세르토리우스 간에 전투가 벌어졌다. 승부는 나지 않았다. 폼페이우스 스트라보가 장티푸스에 걸려 쓰러졌기 때문이다. 얼마 안 가 그는 죽었다. 아들 폼페이우스는 친구 키케로의 도움을 받아 아버지를 매장

할 준비를 했지만, 재앙을 겪은 로마 북부 여러 언덕의 주민들은 아버지 폼페이우스의 시신을 훔쳐 발가벗긴 뒤 노새 뒤에 묶어 길에 끌려다니게 만들었다. 아들 폼페이우스와 키케로는 정신없이 수색한 끝에 시신을 찾았다. 격노한 폼페이우스는 로마를 떠나기로 하고 아버지의 시신과 군대와 함께 피케눔으로 돌아가버렸다.

폼페이우스 스트라보의 군대가 없어진 로마는 더이상 저항할 수 없었기 때문에 킨나와 마리우스에게 항복했다. 킨나는 곧바로 로마로 들어왔다. 반면 마리우스는 그렇게 하기를 거부하면서, 자신은 아직 공식적인 범법자이기 때문에 킨나가 범법자 결의를 무효화해줄 뿐만 아니라 자신을 예언대로 일곱번째 집정관으로 당선시켜주지 않는 한 자기진지와 군인들의 보호에서 벗어나지 않을 거라고 말했다. 세르토리우스도 로마로 들어가기를 거부했지만 이유는 달랐다. 마리우스의 친척인 세르토리우스는 마리우스가 미쳤음을, 그의 뇌가 두번째 뇌졸중 때 망가졌음을 알고 있었기 때문이다.

선택의 기로에 선다면 모든 군인들이 자신이 아니라 마리우스를 택할 것임을 알았던 킨나는, 자신과 마리우스가 며칠 후 시작될 기원전 86년의 집정관으로 선출되도록 하는 것 외에는 선택지가 없었다. 새해 첫날 마리우스는 7선 집정관으로서 로마로 들어왔다. 예언은 실현되었다. 마리우스는 자신의 대의에 광적으로 헌신했던 해방노예 5천여 명을 함께 데려왔다.

로마 역사상 전례를 찾기 힘든 대학살이 시작되었다. 정신이 온전치 못한 마리우스는 해방노예들에게 그의 적들 모두와 벗들 대다수를 죽이라고 명령했다. 로스트라 연단에 머리들이 빼곡하게 늘어섰다. 카툴루스 카이사르, 루키우스 카이사르, 카이사르 스트라보, 푸블리우스 크라수스, 나이우스 옥타비우스 루소의 머리도 있었다.

어린 카이사르의 아버지 가이우스 율리우스 카이사르는 대학살중에
로마로 돌아왔다. 마리우스는 그를 포룸 로마눔으로 불러냈다. 그리고
그의 열세 살짜리 아들이 로마의 최고신 유피테르 옵티무스 막시무스
의 특별 신관인 유피테르 대제관이 될 거라고 말했다. 늙고 미친 마리
우스는 어린 카이사르가 정치·군사 경력을 쌓을 수 없게 만들 완벽한
방법을 찾아낸 것이다. 이제 어린 카이사르는 로마 역사에서 결코 가이
우스 마리우스를 능가할 수 없게 되었다. 유피테르 대제관은 쇠를 만져
서도, 말을 타서도, 무기를 들거나 죽음의 순간을 보아서도 안 되었기
때문이다(그 외에 다른 금기들도 많았다). 또한 전장에서 싸우거나 고
등 정무관 직에 출마할 수도 없었다. 유피테르 대제관은 임명될 때 다
른 파트리키와 결혼한 상태여야 하기 때문에, 마리우스는 (파트리키
인) 킨나에게 일곱 살짜리 차녀 킨닐라를 어린 카이사르의 신부로 주
라고 명령했다. 두 아이들은 곧바로 결혼했으며, 어린 카이사르는 정식
으로 유피테르 대제관이 되었고 킨닐라는 유피테르 여제관이 되었다.

가이우스 마리우스는 일곱번째로 집정관이 된 지 며칠밖에 지나지
않은 어느 날에 세번째이자 마지막 뇌졸중으로 쓰러졌고, 1월의 열세
번째 날 죽었다. 마리우스의 종질 세르토리우스는 마리우스의 해방노
예 무리를 죽였고, 대학살은 끝이 났다. 킨나는 발레리우스 플라쿠스를
마리우스 대신 동료 집정관으로 삼고 충격에 빠진 로마를 안정시키는
과정에 착수했다. 이제 유피테르 대제관이자 어린 나이에 유부남이 된
소년 카이사르는 평생 동안 유피테르 옵티무스 막시무스의 종으로서
살게 될 음울하고 실망스러운 미래에 대해 생각했다.

연대순으로 쓴 기원전 86년부터 기원전 83년까지의 주요 사건

간섭에서 벗어난 킨나는 규모가 크게 줄어든 원로원을 장악했다. 그는 술라의 법들 가운데 일부는 철폐했지만 전부 다 철폐하지는 않았으며, 원로원은 존속할 수 있게 되었다. 킨나의 주도하에 원로원은 정식으로 미트리다테스 전쟁의 지휘권을 술라한테서 빼앗았고, 집정관 플라쿠스에게 4개 군단과 함께 동방으로 가서 술라를 해임할 권한을 주었다. 이번 작전에서 플라쿠스의 선임 보좌관은 핌브리아였는데, 그는 야비하고 무례한 사람이었지만 병사들이 좋아했다.

그러나 중부 마케도니아에 도착한 플라쿠스와 핌브리아는, 남쪽으로 방향을 틀어 그리스(술라는 이곳에 군대와 함께 있었다)로 가지 않기로 결정했다. 그들은 계속 행군하여 마케도니아를 지나고 헬레스폰트 해협과 소아시아를 향해 갔다. 핌브리아를 통제하기 힘들어진 플라쿠스는 자신이 부하의 부하가 되었다고 생각했다. 다투고 반목을 거듭하며 그들은 비잔티온에 도착했다. 그곳에서 마지막이자 치명적인 다툼이 벌어졌다. 플라쿠스는 살해당했고, 핌브리아는 지휘권을 손에 넣었다. 핌브리아는 소아시아로 건너가 미트리다테스 왕과의 전쟁을—매우 성공적으로—시작했다.

술라는 그리스에서 교착 상태에 빠져 있었다. 그리스는 미트리다테스의 장군들과 군대를 환영한 뒤 이제 미트리다테스의 대군을 주둔시킨 상황이었다. 술라는 로마를 배반한 아테네를 포위했다. 아테네는 격렬한 저항 끝에 함락되었다. 그런 다음 술라는 보이오티아의 오르코메노스 호수 근처에서 두 차례의 놀라운 승리를 거뒀다.

술라의 보좌관 루쿨루스는 함대를 편성하고 폰토스에 여러 차례 패배를 안겼다. 그후 핌브리아가 미트리다테스를 피타네에 몰아넣은 뒤 루쿨루스에게 사람을 보내, 항구를 봉쇄하여 자신이 왕을 체포할 수 있게 도와달라고 했다. 루쿨루스는 자신이 생각하기에 적법하게 임명되지 않은 로마인과 협력하는 것을 도도하게 거부했고, 그 결과 미트리다테스는 바닷길로 탈출했다.

기원전 85년 여름, 술라는 유럽에서 폰토스의 군대들을 쫓아내고 직접 소아시아로 건너갔다. 8월(섹스틸리스) 5일, 폰토스의 왕은 다르다노스 조약에 동의했다. 미트리다테스는 폰토스로 물러가 자기 나라 안에서만 머물러야 했다. 술라는 핌브리아 문제도 처리했다. 핌브리아는 술라의 추격에 쫓기다가 절망에 빠져 자살했다. 술라는 핌브리아의 병사들이 다시는 이탈리아로 돌아오지 못하게 했고 그들을 아시아 속주와 킬리키아에 상비군으로 배치했다.

술라는 미트리다테스 왕이 다르다노스 조약을 맺고 물러가기로 했지만 결코 이빨 빠진 호랑이가 아님을 잘 알았다. 그러나 그가 더 오래 동방에 머무르면, 자신이 생각하기엔 로마에서 응당 차지해야 할 지위를 얻을 기회를 전부 놓치게 되리라는 것도 알았다. 술라의 아내 달마티카와 딸 코르넬리아 술라는 어쩔 수 없이 로마를 떠나 마메르쿠스의 보호 아래 술라가 있는 곳으로 도망쳐 와 있었다. 로마에 있는 술라의 집은 약탈당한 뒤 불태워졌고 재산은 몰수되었다(하지만 마메르쿠스는 술라의 재산 대부분을 은닉하는 데 성공했다). 또한 술라의 사회적 지위는 범법자로, 로마 시민권을 박탈당하고 추방령이 내려진 상태였다. 그의 추종자들도 마찬가지였다. 원로원 의원 다수가 킨나 정부하에 살고 싶지 않아서 달아나 술라와 합류한 터였다. 도망자들 중에는 아피우스 클라우디우스 풀케르, 푸블리우스 세르빌리우스 바티아, 그리고 히스파니아에서 온 마르쿠스 리키니우스 크라수스가 있었다.

따라서 술라는 미트리다테스에게 등을 돌리고 로마로 돌아올 수밖에 없었다. 술라가 그렇게 하려고 계획한 것은 기원전 84년이었지만, 심각한 병에 걸려 그리스에 1년 더 머물러야만 했다. 술라는 초조했다. 자신이 오래 로마를 비울수록 킨나와 그 추종자들에게 전쟁 준비를 할 시간을 줄 것이기 때문이었다. 전쟁은 불가피했다. 이탈리아는 너무나 완고하게 서로를 반대하는, 그리고 평화를 위해 과거를 용서하고 잊을 생각이 전혀 없는 두 무리를 수용하기에는 너무 작았다.

킨나와 킨나가 통치하는 로마 역시 술라가 돌아오면 전쟁은 불가피하다는 사실을 알고 있었다. 동료 집정관 플라쿠스의 죽음을 전해들은 킨나는 더 강력한 인물인 나이우스 파피리우스 카르보를 차석 집정관으로 삼았다. 그들은 고분고분한 원로원과 함께, 술라가 이탈리아 전쟁의 여파로 여전히 고난을 겪고 있는 이탈리아에 도착하기 전에 그를 미리 저지해야 한다고 결정했다. 술라가 아드리아 해를 건너기 전에 서부 마케도니아에서 막아낸다는 목표를 위해, 킨나와 카르보는 대규모 군사를 모병하기 시작했다. 모병 된 군대는 배편으로 서부 마케도니아의 북쪽에 있는 일리리쿰으로 수송되었다.

그러나 모병은 느렸고, 특히 죽은 폼페이우스 스트라보의 영지인 피케눔에서는 더욱 느렸다. 자신이 직접 가면 자원병들이 더 많아질 거라는 생각에 킨나는 앙코나로 가서 모병 작업을 감독했다. 폼페이우스 스트라보의 아들 폼페이우스는 킨나를 만나러 앙코나로 와서 킨나의 군대에 합류할 것처럼 굴었지만, 결국 그런 일은 없었다. 그 직후 킨나는 앙코나에서 수수께끼의 죽음을 맞는다. 카르보는 로마를 넘겨받아 원로원을 통제했지만, 술라가 이탈리아에 와야만 할 것이라고 결론을 내렸다. 술라와의 전쟁은 결국 이탈리아 땅에서 벌어지게 될 터였다. 일리리쿰의 병사들이 돌아왔고, 카르보는 계획을 세웠다. 스키피오 아시아게누스와 가이우스 노르바누스라는 두 명의 순종적인 집정관들을 당선시킨 후 그는 이탈리아 갈리아의 총독으로 떠났다. 그는 자신이 맡은 군대를 데리고 항구도시 아리미눔에 자리를 잡았다.

이제 준비는 끝났다. 이어서 읽으시길······.

1장

기원전 83년 4월부터
기원전 82년 12월까지

젊은 폼페이우스

집사는 등불이 다섯 개 달린 등잔을 침대에 누운 두 사람을 비출 만큼 높이 들어올렸지만, 그것으로 폼페이우스를 깨울 순 없다는 사실을 알고 있었다. 폼페이우스를 깨우려면 그의 부인이 필요했다. 그녀는 잠에서 깨지 않으려 몸을 뒤척이고 얼굴을 찡그리며 고개를 돌렸다. 하지만 열린 침실 문 너머로 거대한 저택에 가득한 소곤거림이 들리는데다, 집사가 그녀를 부르고 있었다.

"마님! 마님!"

혼란스러운 와중에도 조심성 있는—평소 하인들은 폼페이우스의 침실에 들어오지 않았다—안티스티아는 일어나 앉기 전에 몸이 이불에 제대로 덮여 있는지 확인했다.

"뭔가? 무슨 일인가?"

"주인어른께 급한 전갈이 왔습니다. 주인어른을 깨워서 아트리움으로 보내주십시오." 집사가 무례하게 고래고래 소리를 질렀다. 할 일을 다한 집사가 휙 돌아서자 등잔의 불꽃들이 일순 잦아들며 연기를 뿜어냈다. 침실 문이 닫히고 그녀는 갑자기 어둠 속에 남겨졌다.

발칙한 놈! 일부러 저러는 거야! 그러나 자신의 옷이 침대 발치의 어디쯤 놓여 있는지 알았던 그녀는 옷을 걸치고 등불을 가져오라고 소리쳤다.

그래도 폼페이우스는 일어나지 않았다. 안티스티아는 등불과 따뜻한 겉옷을 챙긴 다음 침대를 향해 돌아섰지만, 남편은 아직도 잠에 빠져 있었다. 반듯이 누워 허리까지 맨살을 드러내고 있었지만 추워하는 것 같지도 않았다.

예전에도 그녀는 여러 차례—각기 다른 이유로—남편에게 입을 맞추며 깨우려고 해봤지만 결코 성공한 적이 없었다. 깰 때까지 흔들고 때리는 것이 유일한 방법이었다.

"뭐야?" 폼페이우스가 일어나 앉아 더부룩하게 숱 많은 노란색 머리카락을 두 손으로 쓸어 올리며 물었다. 가운데가 뾰족하게 내려온 이마선 위로 곱슬곱슬한 앞머리가 바짝 서 있었다. 마찬가지로 바짝 뜬 푸른 눈이 그녀를 쳐다보고 있었다. 폼페이우스다웠다. 그는 죽은듯이 자다가도 순식간에 벌떡 일어났다. 둘 다 군인의 습성이었다. "뭐야?" 그가 다시 물었다.

"아트리움에 급한 전갈이 와 있대요."

안티스티아가 그 말을 미처 다하기도 전에, 폼페이우스는 일어서서 뒤꿈치 없는 슬리퍼를 신고 주근깨가 난 어깨에 튜닉을 무심하게 걸치더니 문을 활짝 열어둔 채 사라져버렸다.

안티스티아는 한동안 망설이며 서 있었다. 남편은 등불을 갖고 가지 않았지만 고양이처럼 밤눈이 밝았으므로, 그녀가 남편을 뒤따라가지 못한 것은 오직 그가 싫어할지 모른다는 생각 때문이었다. 뭐, 어때! 가장의 잠을 깨울 만큼 중요한 소식은 아내도 마땅히 알 권리가 있어! 그리하여 안티스티아는 작은 등불을 들고 방을 나섰지만, 등불은 바닥과

벽이 석괴로 된 널따란 통로를 제대로 비추지도 못했다. 여기서 한 번 꺾고 저기서 계단 하나를 통과하자, 순식간에 으스스한 갈리아식 요새를 벗어나 구석구석 예쁘게 채색되고 회칠이 된 고상한 로마식 빌라로 들어섰다.

도처에서 불빛이 이글거렸다. 하인들이 분주하게 움직인 결과였다. 그리고 그곳에 폼페이우스가 있었다. 튜닉밖에 입고 있지 않았지만 꼭 마르스의 화신 같았다. 정말 멋졌다!

심지어 폼페이우스는 그녀에게 속마음을 털어놓았을지도 몰랐다. 그가 그녀를 골똘히 쳐다보고 있었던 걸 보면 말이다. 그러나 그 순간 바로가 놀란 표정으로 허둥지둥 들어오는 바람에, 뭐가 됐든 이 소동의 원인에 대해 안티스티아가 남편과 내밀하게 나눌 기회는 사라져버렸다.

"바로, 바로!" 폼페이우스가 소리치더니, 전혀 로마인답지 않은 날카롭고 섬뜩한 함성을 질렀다. 오래전에 죽은 갈리아인들이 알프스 산맥에서 쏟아져나와 폼페이우스의 피케눔을 포함해 이탈리아 전역을 집어삼킬 때 지르던 함성과 똑같았다.

안티스티아는 움찔하며 몸을 떨었다. 바로도 똑같은 반응을 보이고 있었다.

"무슨 일인가?"

"술라가 브룬디시움에 당도했습니다!"

"브룬디시움! 어떻게 알았나?"

"그게 뭐 중요합니까?" 폼페이우스는 그렇게 대꾸하고는 모자이크 바닥을 가로질러 가서 덩치 작은 바로의 양쪽 어깨를 움켜쥐고 흔들었다. "때가 왔습니다, 바로! 모험이 시작된 거죠!"

"모험?" 바로가 입을 딱 벌렸다. "오, 마그누스, 철 좀 들게! 이건 모험이 아니라 내전일세. 그것도 또다시 이탈리아 땅에서 벌어지는 내전이라고!"

"상관없습니다!" 폼페이우스가 외쳤다. "나한테는 모험이니까요. 아, 이 소식을 얼마나 기다려왔는지 모를 겁니다! 술라가 떠난 후 이탈리아는 베스타 신녀의 애완견마냥 활기가 없었죠!"

"로마 포위도 있었잖나?" 바로가 아연하여 물었다.

폼페이우스의 얼굴에서 유쾌한 흥분이 사라졌다. 두 손이 내려갔다. 그는 뒤로 물러나 어두운 표정으로 바로를 쳐다보며 매섭게 말했다. "로마 포위는 떠올리기 싫습니다! 그들은 내 아버지의 벌거벗은 시신을 당나귀에 묶어 누추한 거리에서 끌고 다녔다고요!"

불쌍한 바로의 얼굴은 어찌나 벌게졌는지 머리숱이 줄어들고 있는 정수리까지 붉어질 지경이었다. "오, 마그누스, 미안하네! 내가 그런 게……. 나라면 그렇게……. 나는 자네의 손님이잖나……. 부디 용서해주게!"

하지만 분위기는 곧바로 풀렸다. 폼페이우스는 웃으면서 바로의 등을 쳤다. "물론 의원님이 그런 게 아니죠, 압니다!"

널따란 방안은 살을 에는 듯 추웠다. 바로는 두 팔로 몸을 감쌌다. "나는 당장 로마로 떠나야겠군."

폼페이우스가 바로를 빤히 쳐다보았다. "로마요? 로마로 갈 게 아니라 나랑 같이 가야죠! 로마에서 무슨 일이 벌어질 거라고 생각하세요? 겁쟁이 양떼가 매애매애 울면서 갈팡질팡할 거고 원로원의 할멈들은 끝없이 말싸움을 할 겁니다. 나와 같이 가시죠, 그편이 훨씬 재미있을 거예요!"

"어디로 가는데?"

"물론 술라 진영에 가담하러 가는 거죠."

"나까지 갈 필요는 없네, 마그누스. 말을 타고 달려가게나. 장담컨대 술라는 반색하며 하급 참모군관 자리를 내어줄 걸세. 자네는 전투 경험이 많으니까."

"아, 바로!" 폼페이우스가 흥분해서 두 손을 휘저었다. "난 하급 참모군관이나 하자고 술라 군에 합류하는 게 아닙니다! 술라에게 3개 군단을 데려갈 거예요! 내가 술라의 종복이 될 수는 없죠! 나는 이 거사에서 술라의 정식 동료가 될 겁니다."

이 선언은 폼페이우스의 벗이자 식객만큼 폼페이우스의 아내도 경악하게 만들었다. 안티스티아는 자신이 숨을 헐떡였으며 충격 때문에 비명을 지를 뻔했음을 깨닫고 재빨리 폼페이우스의 시선이 닿지 않는 곳으로 몸을 숨겼다. 그는 그녀의 존재를 거의 잊고 있었고, 그녀는 더 듣고 싶었다. 들어야만 했다.

결혼 후 2년 반 동안 폼페이우스는 단 한 번을 제외하고는 하루 이상 안티스티아의 곁을 떠난 적이 없었다. 정말이지 근사했다! 그의 관심을 독차지하다니! 간질이고, 어르고, 엉클고, 헝클고, 껴안고, 물고, 멍들이고, 쓰러뜨리고……. 꿈만 같았다. 누가 상상이라도 했을까? 재산 요건을 겨우 충족하는 일개 중간급 원로원 의원의 딸인 그녀가 스스로 마그누스라 칭하는 나이우스 폼페이우스와 결혼하게 될 줄이야! 누구와도 결혼할 수 있을 만큼 부유하고, 움브리아의 절반과 피케눔의 주인이며, 모두가 알렉산드로스 대왕이 환생한 것 같다고 여길 만큼 새하얀 피부의 미남과. 그녀의 아버지는 정말이지 대단한 사윗감을 찾아낸 것이다! 그것도 딸의 지참금이 너무 적어 제대로 된 사윗감을 결코 찾을 수 없을 거라고 절망하며 여러 해를 보내던 중에.

물론 안티스티아는 폼페이우스가 자신과 결혼한 이유를 알고 있었다. 그는 그녀의 아버지에게 큰 신세를 져야 했던 것이다. 그녀의 아버지는 폼페이우스의 재판을 담당한 재판관이었다. 물론 날조된 재판이었다. 모든 로마인이 아는 사실이었다. 그러나 킨나는 모병 활동에 막대한 자금이 절실하게 필요했고 젊은 폼페이우스의 재산은 그 돈의 출처가 될 터였다. 그래서 젊은 폼페이우스는 엄밀히 말하면 그의 선친, 폼페이우스 스트라보가 받았어야 할 혐의로 고발당했다. 아스쿨룸 피켄툼의 일부 전리품을 착복했다는 혐의였다. 사냥용 그물 한 개와 책 몇 바구니 따위의 시시한 것들이었지만, 문제는 죄의 경중이 아니라 벌금이었다. 폼페이우스가 유죄판결을 받으면, 벌금 액수를 결정하는 배심원단으로 뽑힌 킨나의 수하들은 폼페이우스의 전 재산을 벌금으로 요구할 수도 있었다.

로마인다운 방식은 법정에서 소송을 벌이고 필요하다면 배심원들을 매수하는 것이겠지만, 얼굴에서부터 갈리아인의 피가 섞였음이 드러나는 폼페이우스는 재판관의 딸과 결혼하는 방법을 택했다. 그때가 10월이었고, 11월과 12월 내내 안티스티아의 아버지는 노련한 솜씨로 재판 진행을 막았다. 재판관의 새 사위에 대한 재판은 불길한 징조와 부패한 배심원들에 대한 고발, 원로원 회의, 학질과 역병을 핑계로 연기되다가 사실상 흐지부지되었다. 그리하여 1월이 되자 집정관 카르보는 절박하게 필요한 모병 자금을 다른 데서 찾도록 하자고 킨나를 설득했다. 이로써 폼페이우스의 재산은 안전해졌다.

갓 열여덟 살이 된 안티스티아는 선물 같은 눈부신 신랑을 따라 이탈리아 반도 북동부에 있는 그의 사유지로 갔고, 위협적인 검은 돌무더

기인 폼페이우스의 요새 안에서 그의 아내로서 행복을 만끽하며 지냈다. 다행히 그녀는 포동포동하고 예쁘장한 소녀였으며 딱 성적으로 무르익어 있었기에 그녀의 행복은 꽤 오랫동안 지속되었다. 평온을 깨는 아픔이 시작된 것은 사랑하는 마그누스가 아니라 그의 충직한 종자와 하인, 수행원 들 때문이었다. 그들은 안티스티아를 무시했을 뿐만 아니라, 자기들이 그녀를 무시한다는 걸 그녀가 알든 말든 개의치 않는 듯이 보였다. 그리 큰일은 아니었다. 폼페이우스가 밤마다 귀가할 만큼 가까이 머무는 한. 그런데 그는 지금 전쟁에 나가겠다고, 군단을 꾸려 술라 진영에 합류하겠다고 말하고 있다! 아, 아랫사람들의 냉대로부터 나를 지켜줄 사랑하는 마그누스가 떠나면 나는 어쩌지?

폼페이우스는 여전히 함께 술라 진영에 합류하는 것이 유일한 대안이라고 바로를 설득하려 애썼다. 하지만 깐깐하고 현학적이며 자그마한 이 남자는—원로원에 들어간 지 2년도 안 된 사람치고 그는 사고력이 매우 노숙하였다—계속 거부하고 있었다.

"술라는 병사들을 얼마나 데리고 있나?" 바로가 물었다.

"5개 퇴역병 군단에 기병 6천, 마케도니아와 펠레폰네소스의 지원병들이 좀 있고, 그 더러운 사기꾼 마르쿠스 크라수스가 이끄는 히스파니아인 5개 대대까지 해서 총 3만 9천 명쯤 됩니다."

대답을 들은 바로는 손사래를 치며 소리를 질렀다. "마그누스, 다시 말하지만 철 좀 들게! 얼마 전까지 내가 있던 아리미눔에서 카르보는 8개 군단과 대규모 기병대를 거느리고 있다네. 그뿐만이 아니야! 캄파니아 한 군데에만 16개 군단이 또 있지! 킨나와 카르보가 3년 동안 군사를 모은 결과, 이탈리아와 이탈리아 갈리아에 있는 무장 군인들은

15만 명에 이른다네! 술라가 이런 대군을 어찌 상대할 수 있겠나?"

"술라는 놈들을 씹어먹을 겁니다." 폼페이우스가 심드렁한 표정으로 말했다. "게다가 나는 아버지의 퇴역병들로 구성한 3개 군단을 데리고 갈 겁니다. 카르보의 병사들은 젖내 나는 신병들이에요."

"정말 군대를 일으킬 작정인가?"

"그렇습니다."

"마그누스, 자넨 스물두 살밖에 안 됐어! 자네 선친의 퇴역병들이 자네를 위해 징병에 응할 거라는 기대는 접게!"

"어째서요?" 폼페이우스가 정말로 당황해서 물었다.

"첫째, 자넨 8년 후에나 원로원 입회 대상이 되고, 집정관 선거에 출마하려면 20년이나 더 기다려야 하네. 설사 자네 선친의 병사들이 자네를 위해 입대하겠다고 하더라도, 자네가 그들을 동원하는 건 명백히 불법이야. 자네는 민간인 시민이고, 민간인 시민은 군대를 모집할 수 없네."

"로마 정부는 3년이 넘도록 불법 상태이지 않습니까." 폼페이우스가 대꾸했다. "킨나는 네 번, 카르보는 두 번 집정관을 지냈고, 마르쿠스 그라티디아누스는 수도 담당 법무관을 두 번 지냈고, 원로원 의원들의 절반가량은 쫓겨났지요. 아피우스 클라우디우스는 임페리움을 유지한 채로 추방당하고, 핌브리아는 소아시아를 돌아다니면서 미트리다테스 왕을 상대하고 있습니다. 웃기는 상황 아닙니까?"

바로는 용케 거만한 노새 같은 표정을 지었다. 노새가 많은 로세아 루라 출신의 사비니족으로서는 그리 어렵지 않은 일이었다. "이번 일은 합법적으로 해결되어야 하네."

그 말에 폼페이우스는 대놓고 웃음을 터뜨렸다. "아, 의원님! 난 의원님을 정말로 좋아하지만, 정말이지 속수무책으로 현실감각이 떨어지는군요! 합법적으로 해결될 일이면 어째서 이탈리아와 이탈리아 갈리아에 15만 병력이 있겠습니까?"

바로는 다시 한번 손사래를 쳤지만, 이번에는 졌다는 의미였다. "아, 그래, 알겠네! 자네와 함께 가지."

폼페이우스는 환하게 웃더니, 한 팔을 바로의 어깨에 두르고 자신의 거처로 이어지는 통로 쪽으로 바로를 이끌었다. "멋집니다, 멋져요! 의원님은 내 첫 군사 작전을 기록할 수 있을 겁니다. 의원님은 의원님의 벗 시센나보다 뛰어난 문장가이지 않습니까. 나는 이 시대의 가장 중요한 인물이니 전속 역사가를 곁에 둘 자격이 있죠."

그러나 마지막 일침을 놓은 것은 바로였다. "중요한 인물이고말고! 그렇지 않고서야 어떻게 자기를 마그누스라고 부를 만큼 뻔뻔스럽겠나?" 바로는 코웃음을 쳤다. "'위대한 자'라! 스물두 살에 위대한 자라니! 자네 선친께서는 기껏해야 '사팔뜨기'를 별칭으로 삼으셨는데!"

폼페이우스는 이 일침을 듣지 못했다. 벌써부터 집사와 무기 제작자에게 명령을 내리는 데 정신이 팔려 있었기 때문이다.

마침내 화려하게 채색하고 금칠한 아트리움 안에는 폼페이우스와 안티스티아만 남게 되었다. 폼페이우스는 아내를 발견했다.

"철없는 새끼 고양이, 그러다 감기 걸려." 폼페이우스가 아내를 나무라더니 다정하게 키스해주었다. "침실로 가, 내 꿀 케이크."

"당신 짐 싸는 걸 도와주면 안 돼요?" 안티스티아가 쓸쓸한 목소리로 물었다.

"짐은 아랫사람들이 쌀 거지만, 구경하는 건 괜찮아."

이번에는 커다란 장식등을 든 하인이 길을 밝혔다. (아직도 자신의 작은 등불을 움켜쥐고 있던) 안티스티아는 폼페이우스 옆에 꼭 붙어서 그의 군장 보관실로 걸어갔다. 막대한 양의 군장이었다. 가죽끈으로 팔레라이를 달아놓은 온갖 금·은·강철 판갑이 T자형 장대에 걸려 있었는데 족히 열 개는 되어 보였다. 검과 투구는 긴 가죽끈들로 만든 프테루게스와 두툼한 각양각색의 속옷과 같이 벽에 박힌 못에 걸려 있었다.

"이제 거기서 귀여운 생쥐처럼 가만히 있어." 폼페이우스는 아내를 사뿐히 들어올려 커다란 궤짝 두어 개 위에 내려놓으며 말했다. 그곳에 앉자 안티스티아는 바닥에 발이 닿지 않았다.

그녀의 존재는 잊혀버렸다. 폼페이우스와 남자 하인들은 모든 물건들을 하나하나 살펴보았다(이게 쓸모가 있을까? 필요할까?). 그러다 폼페이우스는 여기저기 놓인 다른 짐짝들을 뒤지기 시작하더니, 아내가 앉아 있던 궤짝을 뒤지기 위해 그녀를 무심히 다른 궤짝들 위로 옮겼다. 대기중인 노예들에게 이런저런 물건들을 던지면서 남편이 어찌나 행복하게 혼잣말을 해대는지, 안티스티아는 그가 아내나 집, 민간인 생활을 그리워할 거라는 환상을 품을 수가 없었다. 물론 그녀는 남편이 스스로 무엇보다도 군인이라고 생각한다는 사실을, 그리고 웅변술, 법률, 정부, 민회, 정치적 권모술수처럼 동년배들이 관습적으로 추구하는 것들을 혐오한다는 사실을 잊은 적이 없었다. 남편이 얼마나 자주 번지르르한 말이나 공허한 문구가 아니라 창으로써 집정관의 상아 의자에 앉겠다고 이야기했던가? 이제 남편은 자신의 호언을 실행에 옮기는 중이었다. 출정을 앞둔, 군인 아버지의 군인 아들.

마지막 노예가 장비를 한아름 안고 휘청거리며 나가자마자 안티스티아는 궤짝 위에서 미끄러지듯 내려와 남편 앞에 가서 섰다.

"마그누스, 당신이 가기 전에 꼭 해야 할 말이 있어요."

폼페이우스는 아까운 시간이 낭비된다고 생각하는 기색이었지만, 그래도 일단 멈추어 섰다. "그래, 뭔데?"

"얼마나 오래 집을 비울 건가요?"

"전혀 짐작 못하겠어." 폼페이우스가 유쾌하게 대답했다.

"몇 달? 1년?"

"아마 몇 달일 거야. 술라는 카르보를 씹어먹을 테니까."

"그럼 나는 당신이 없는 동안 로마의 아버지 집에서 지내고 싶어요."

그녀의 말에 그는 깜짝 놀라 고개를 저었다. "말도 안 돼! 술라와 함께 카르보와 싸울 나의 부인이 카르보 치하의 로마에서 돌아다니게 할 수는 없어. 여기 있어."

"하인들도 그렇고, 당신 부하들은 나를 좋아하지 않아요. 당신이 없으면 난 여기서 지내기가 힘들어질 거예요."

"말도 안 된다니까!" 폼페이우스가 가려고 돌아서며 말했다.

안티스티아는 다시 한번 남편 앞을 막아섰다. "오, 여보, 제발, 내게 시간을 조금만 내줘요! 무기가 중요하다는 건 알지만 난 당신의 아내잖아요."

폼페이우스는 한숨을 쉬었다. "그래, 알았어! 하지만 짧게 끝내, 안티스티아!"

"난 여기 못 있어요!"

"있을 수 있어. 있게 될 거고." 그는 다른 쪽 발로 체중을 옮겼다.

"마그누스, 당신 부하들은 당신이 단 몇 시간이라도 집을 비웠을 때면 내게 불친절해요. 그동안 내가 한 번도 불평하지 않은 건 당신이 늘 내게 친절하고, 킨나를 만나러 앙코나에 갔을 때 말고는 집을 떠나 있은 적이 없기 때문이에요. 하지만 여자라고는 나밖에 없는 이 집에서 난 이제 외톨이가 될 거예요. 난 전쟁이 끝날 때까지 아버지 집에 가 있는 편이 훨씬 나을 거라고요."

"있을 수 없는 일이야. 당신 아버지는 카르보의 수하라고."

"아니에요. 아버진 누구의 수하도 아니에요."

그녀는 이제껏 단 한 번도 그의 말에 반대한 적이 없었고, 심지어 말대꾸도 한 적이 없었다. 폼페이우스의 인내심이 바닥나기 시작했다. "안티스티아, 나는 지금 여기서 당신과 입씨름하는 것보다 중요한 일을 해야 해. 당신은 내 아내야. 당신은 내 집에 있어야 한다는 뜻이지."

"당신 집사가 나를 조롱하고 어두운 방에 내버려둔 채 가버리는 집, 내 하인도 없고 말동무 하나 없는 집 말이죠." 안티스티아가 말했다. 그녀는 차분하고 이성적으로 보이려 애썼지만 속으로는 겁을 먹기 시작했다.

"헛소리!"

"헛소리가 아니에요, 마그누스. 그렇지 않다고요! 이유는 모르겠지만 다들 날 업신여겨요."

"그들이 그러는 건 당연하잖소!" 폼페이우스가 아내의 아둔함에 놀라며 말했다.

안티스티아의 눈이 휘둥그레졌다. "그들이 날 업신여기는 게 당연하다고요? 무슨 뜻이죠?"

폼페이우스는 어깨를 으쓱했다. "내 어머니는 루킬리아야. 할머니도 마찬가지고. 그런데 당신은 뭐지?"

"참 좋은 질문이네요. 나는 뭐죠?"

그는 아내가 화가 났음을 알아차렸고, 그래서 화가 났다. 여자들이란! 내가 생전 처음으로 큰 전쟁에 나가게 되었는데, 이 하찮은 여자는 혼자서 연극을 하고 있군! 여자들은 지각이라는 게 전혀 없는 건가?

"당신은 나의 첫번째 아내야." 폼페이우스가 대답했다.

"첫번째 아내라뇨?"

"임시방편이란 말이지."

"아, 그래요!" 안티스티아는 생각에 잠긴 표정이었다. "임시방편. 재판관의 딸이란 말이죠."

"당신도 처음부터 알았던 사실 아닌가?"

"하지만 그건 다 지난 일이라고 생각했어요, 당신이 나를 사랑한다고 생각했다고요. 나는 원로원 의원의 딸이에요, 부적격자가 아니라고요."

"평범한 남자한테는 그렇지. 하지만 나한테는 부족해."

"오, 마그누스, 무슨 근거로 그렇게 스스로를 과대평가하는 거죠? 그래서 한 번도 내 몸안에서 끝까지 가지 않은 건가요? 내가 당신 자식을 낳기에 부족해서?"

"그래!" 폼페이우스는 그렇게 대답하고는 방에서 나갔다.

안티스티아는 조그만 등불을 들고 남편을 따라갔다. 이젠 화가 잔뜩 나서 누가 듣든 말든 신경조차 쓰지 않았다. "킨나가 당신 돈을 노릴 때 당신을 궁지에서 빼내는 데엔 나도 부족함이 없었죠!"

"이미 끝난 일이야." 폼페이우스가 발길을 재촉하며 말했다.

"그후에 킨나가 죽어서 참 홀가분했겠어요!"

"로마와 모든 선량한 로마인들이 홀가분해했지."

"당신은 킨나를 죽였어요!"

그 말은 군대가 지나갈 수 있을 만큼 널따란 석조 통로에 울려퍼졌다. 폼페이우스가 걸음을 멈췄다.

"킨나는 술에 취해 징병 기피자들과 싸우다가 죽은 거야."

"당신 구역인 앙코나에서 말이죠, 마그누스! 당신 구역이요! 그것도 당신이 그를 만나러 그곳으로 간 직후에!" 안티스티아가 소리쳤다.

자신의 두 발로 서 있던 그녀는 순식간에 벽으로 밀쳐졌다. 그녀의 목에 폼페이우스의 두 손이 올라와 있었다. 목을 조르지는 않았다. 그저 두 손을 올려두었을 뿐이었다.

"다시는 그런 말 하지 마, 이 여자야." 폼페이우스가 속삭이듯 말했다.

"우리 아버지처럼 말하는군요." 안티스티아는 바싹 마른 입으로 겨우 말했다.

그의 두 손에 힘이 조금 들어갔다. "당신 아버지는 킨나를 별로 좋아하지 않았지만 카르보는 전혀 싫어하지 않았어. 그래서 나는 아주 즐겁게 카르보를 죽일 거야. 하지만 당신을 죽이는 건 전혀 즐겁지 않겠지. 난 여자를 죽이지 않으니까. 입 조심해, 안티스티아. 킨나의 죽음은 나와 아무 상관없어. 사고였을 뿐이라고."

"로마의 부모님께 가고 싶어요!"

폼페이우스는 안티스티아를 확 밀치듯 놓아주었다. "안 돼. 그리고 이제 나를 방해하지 마!"

그는 집사를 부르면서 가버렸다. 멀리서 남편이 가증스러운 집사에게, 자기가 전쟁에 나간 후 마님이 폼페이우스 요새 밖으로 나가지 못하게 하라고 이르는 소리가 들렸다. 안티스티아는 몸을 떨면서 자신이 2년 반 동안 그와 함께 지낸 침실로 천천히 걸어갔다. 폼페이우스의 첫번째 아내, 그의 자식을 낳기에는 부족한 임시방책으로서. 어째서 눈치채지 못했을까? 왜 그가 매번 몸을 빼고 자신의 배 위에 끈적끈적한 웅덩이를 남겨 나중에 닦아내게 만드는지 늘 의아해했으면서도.

눈물이 차오르기 시작했다. 일단 눈물이 흘러내리면 몇 시간 동안 울음을 멈출 수 없을 터였다. 사랑의 가장 예리한 날이 무뎌지기 시작하는 순간의 환멸은 끔찍한 법이다.

다시 한번 그 오싹한 야만족 같은 함성이 들리더니, 폼페이우스의 목소리가 희미하게 들렸다. "나는 전쟁에 나간다, 전쟁에 나간다! 술라가 이탈리아에 도착했다. 이제 전쟁이다!"

동이 채 트기도 전에 폼페이우스는 번쩍이는 은 갑옷을 입고 열여덟 살 난 아우와 바로, 그리고 서기와 필경사 몇 명을 대동하여 아욱시뭄의 장터로 갔다. 폼페이우스가 공터 한가운데에 선친의 깃발을 꽂고 초조한 기색을 감추지 못하면서 기다리는 동안 그의 비서들이 일련의 가설 탁자 뒤에 모이고, 종이가 준비되고, 갈대 펜이 깎이고, 묵직한 돌벼루에 먹이 갈렸다.

그 과정이 끝날 때쯤에는 이미 수많은 군중이 몰려들어, 공터는 물론 그리로 연결된 거리와 샛길까지 사람들이 바글거렸다. 폼페이우스는 가볍고 유연한 동작으로 아버지 폼페이우스 스트라보의 딱따구리 깃발 밑에 설치된 임시 연단에 뛰어올랐다.

"자, 때가 왔습니다!" 그는 소리쳤다. "루키우스 코르넬리우스 술라가 브룬디시움에 당도했습니다! 그에게 마땅히 주어져야 할 강력한 임페리움과 개선식, 로마 카피톨리누스 신전의 유피테르 옵티무스 막시무스의 발밑에 월계관을 내려놓을 특권을 요구하기 위해섭니다. 작년 이맘때 코그노멘이 킨나인 다른 루키우스 코르넬리우스는 이곳 근처에서 제 아버지의 퇴역병들을 입대시키려 했지만 실패했고, 목숨을 잃었습니다. 오늘은 제가 여러분께 왔습니다. 그리고 지금 제 앞에는 제 아버지의 수많은 퇴역병들이 모였습니다. 저는 제 아버지의 후계자입니다! 그분의 사람은 저의 사람이고, 그분의 과거는 저의 미래입니다. 저는 술라의 편에서 싸우기 위해 브룬디시움으로 갈 것입니다. 술라는 그럴 자격이 있기 때문입니다. 여러분 중 얼마나 많이 저와 함께 가시겠습니까?"

짧고 간결하군. 바로는 감탄하며 생각했다. 어쩌면 번지르르한 말이 아니라 창으로써 집정관의 고관 의자에 앉겠다는 저 청년의 말이 이루어질지도 모르겠어. 분명한 건, 폼페이우스의 연설이 부족하다는 기색을 띤 청중은 전혀 보이지 않는다는 사실이었다. 폼페이우스의 말이 끝나기가 무섭게 여자들은 임박한 남편과 아들의 부재에 대해 구시렁거리며 이리저리 흩어지기 시작했다. 몇몇은 생각만 해도 초조한 듯 양손을 쥐어짰고, 몇몇은 벌써부터 여벌 튜닉과 양말로 잠낭을 꾸릴 실용적인 생각에 빠져 있었으며, 몇몇은 음흉한 웃음을 감추려는 듯 땅만 쳐다보고 있었다. 남자들은 흥분한 아이들을 때리고 차는 척하며 밀쳐내고 앞으로 나와서 가설 탁자 주변에 모여들었다. 곧 폼페이우스의 서기들은 뭔가를 열심히 휘갈겨 쓰기 시작했다.

바로는 아욱시뭄의 유서 깊은 피쿠스 신전의 높은 계단에 앉아 아래에서 벌어지는 일을 지켜보았다. 저들이 사팔뜨기 폼페이우스 스트라보의 전쟁에도 저렇게 선선히 자원했던 적이 있었을까? 바로는 자문했다. 아마 없었겠지. 아버지 폼페이우스는 주인이었고 대하기 어려운 자였지만 능력 있는 장군이었다. 저들은 선의를 갖고, 하지만 긴장된 표정을 지으며 그에게 봉사했을 것이다. 아들 폼페이우스의 경우 얘기가 완전히 달랐다. 바로는 생각했다. 나는 지금 비범한 인물을 보고 있다.

아킬레우스를 따르던 미르미돈족도, 알렉산드로스 대왕을 따르던 마케도니아인도 저들처럼 기뻐하며 싸움터로 가지는 못했으리라. 저들은 폼페이우스를 사랑한다! 폼페이우스는 저들의 총아이자 마스코트, 저들의 아비이자 자식이다.

거구의 남자가 바로의 옆에 와서 섰다. 바로가 고개를 돌리자 붉은 얼굴과 그 위의 붉은 머리카락이 보였다. 지적인 푸른색 눈이 이곳에 있는 유일한 이방인을 분주히 뜯어보고 있었다.

"뉘신지?" 불그레한 거인이 물었다.

"마르쿠스 테렌티우스 바로, 사비니족이오."

"우리 부족이군요? 그러니까, 적어도 옛날에는 말이죠." 두툼한 손이 폼페이우스를 향해 흔들렸다. "저분을 보십시오. 우린 애타게 오늘을 기다려 왔습니다, 사비니족 마르쿠스 테렌티우스 바로! 저분은 꼭 여신의 꿀단지 같지 않습니까?"

바로는 웃음을 지었다. "나라면 그렇게 표현할 것 같지 않지만, 무슨 말인지는 알겠소."

"아! 당신은 이름이 세 개일 뿐 아니라 많이 배운 양반인가 보군요! 저분의 지인이신지?"

"그렇소."

"무슨 일을 하시는지?"

"로마에서는 원로원 의원이지만 레아테에서는 암말을 사육하오."

"노새가 아니고요?"

"노새보다는 노새를 낳는 암말을 키우는 게 낫소. 나는 로세아 루라에 땅이 조금 있고 씨당나귀도 몇 마리 있다오."

"나이는 어떻게 되시는지?"

"서른둘이오." 바로가 몹시 즐거워하며 대답했다.

그러나 질문은 갑자기 그쳤다. 바로의 대화 상대는 위쪽 계단에 팔꿈치를 대고 헤르쿨레스의 다리 같은 두 다리를 뻗어 발목을 겹치며 편안한 자세를 취했다. 자그마한 바로는 남자의 지저분하고 자기 손가락만한 발가락을 홀린 듯 쳐다보았다.

"그쪽은 뉘신지?" 바로는 꽤 자연스럽게 그 지방 말투로 물었다.

"퀸투스 스캅티우스입니다."

"군대 경험은 있으신지?"

"한니발의 코끼리떼도 나를 막진 못했죠!"

"퇴역병이신지?"

"열일곱 살 때 저분 아버지의 군대에 입대했습니다. 그게 8년 전이지만, 전 이미 작전에 열두 번 참여했으니 이제 원치 않으면 입대하지 않아도 되죠." 퀸투스 스캅티우스가 대답했다.

"하지만 원하는가 보오."

"난 한니발의 코끼리떼를 상대한 사람이라고요, 마르쿠스 테렌티우스, 한니발의 코끼리떼요!"

"백인대장이신지?"

"이번에는 될 수도 있습니다."

대화를 나누는 바로와 스캅티우스의 시선은, 가운데 탁자 앞에 서서 군중 속의 이 사람 저 사람을 쾌활하게 부르고 있는 폼페이우스에게 고정되어 있었다.

"그는 지금의 달이 이울기 전에 진군할 거라고 했소." 바로가 말했다. "하지만 난 그게 가능할지 모르겠소. 오늘 여기 모인 남자들에게 훈련은 별로 필요하지 않겠지만 무기와 갑옷은 어디서 구하겠소? 짐 나르는 동물은? 마차와 황소, 식량은? 게다가 대군의 유지비는 어떻게 구하려고?"

스캅티우스는 꿀꿀거리는 소리를 냈다. 아마도 즐거움의 표현인 듯했다. "저분은 그런 것들을 걱정할 필요가 전혀 없습니다! 저분의 선친께서는 이탈리아인들과 전쟁을 시작할 때 우리 모두에게 무기와 갑옷을 주셨습니다. 그분이 돌아가신 후 저분은 우리한테 그것들을 계속 갖고 있으라고 하셨지요. 병사들은 노새를, 백인대장들은 짐수레와 황소를 넘겨받았습니다. 그러니 우리는 그날을 위한 준비가 되어 있는 셈이죠. 폼페이우스 집안사람들은 모든 걸 다 생각해두고 있답니다! 우리의 곡물 저장고에는 밀이 넉넉하고 다른 식량도 창고에 많이 있습니다. 우리는 군사작전중에 잘 먹기 때문에 여자와 아이 들도 배를 주릴 일이 없을 거고요."

"돈 문제는 어떡하오?" 바로가 점잖게 물었다.

"돈이요?" 스캅티우스는 이 불가결한 문제에 대해 경멸스럽다는 듯 콧방귀를 뀔 뿐이었다. "우리가 저분의 선친을 위해 싸울 때 돈 구경을 그다지 못한 건 사실입니다. 그때는 건질 돈이 전혀 없었어요. 저분은 돈이 생기면 우리한테 줄 겁니다. 돈이 안 생기면 우리는 받지 않을 거고요. 저분은 좋은 주인이에요."

"그런 것 같소."

바로는 새삼 흥미를 느끼며 폼페이우스를 말없이 바라보았다. 이탈리아 전쟁 때 폼페이우스 스트라보의 전설적인 독자 행보는 장안의 화제였다. 그가 군대 해산 명령을 받고도 오랫동안 군대를 유지한 방식과 군대를 해산하지 않음으로써 로마의 정세를 직접적으로 바꾼 방식. 마리우스 사후 킨나가 검사한 국고 장부에는 거액의 임금 청구서가 보이지 않았는데, 이제 바로는 그 이유를 깨달았다. 폼페이우스 스트라보는 자신의 병사들에게 봉급을 주지 않았다. 줄 이유가 있겠는가, 그가 실상 그들의 주인인데?

이때 폼페이우스가 피쿠스 신전의 계단으로 걸어올라왔다.

"난 야영지를 찾으러 갑니다." 폼페이우스는 바로에게 말한 다음 옆에 앉은 헤르쿨레스에게 함박웃음을 지었다. "일찍 왔군, 스카티우스."

스카티우스는 육중한 몸을 일으켰다. "네, 마그누스. 전 이제 집에 가서 무기를 꺼내야겠지요?"

다들 마그누스라고 부른단 말이지! 바로도 일어섰다. "난 자네를 따라가겠네, 마그누스."

군중은 줄고 있었고 여자들은 장터로 돌아오기 시작했다. 여태껏 방해를 받은 상인 몇몇은 분주히 가판을 설치하고 있었고 노예들은 부지런히 가판을 채우고 있었다. 더러운 빨랫감 뭉치들이 라레스를 기리는 제단 앞의 커다란 분수 옆 포장도로로 떨어졌고, 소녀 한두 명은 치마를 추켜올리고 얕은 분수로 들어갔다. 참으로 전형적인 도시다. 바로는 폼페이우스보다 약간 뒤에서 걸어가며 생각했다. 햇빛과 먼지, 그늘이 좋은 나무 몇 그루, 벌레 우는 소리, 시간을 초월한 목적의 감각, 쭈글쭈글한 겨울 사과들, 서로를 너무 잘 아는 바쁜 사람들. 이곳 아욱시뭄에 비밀이라는 건 없다!

"이곳 사람들은 거칠군." 바로는 폼페이우스와 함께 장터를 나서서 말이 있는 곳으로 가면서 말했다.

"사비니족이니까요, 의원님처럼요." 폼페이우스가 말했다. "수세기 전에 아펜니누스 산맥 동쪽으로 오기는 했지만."

"나와는 다르네!" 바로는 폼페이우스의 마부에게 도움을 받아 안장에 올랐다. "나는 사비니족이긴 해도 선천적으로도 후천적으로도 군인은 아니야."

"하지만 이탈리아 전쟁에서 복무했잖아요."

"물론 그래. 무려 열 번이나 출정했지. 이탈리아 전쟁에서는 출정 횟수를 어찌나 빨리 채우게 되던지! 하지만 그후론 검이나 쇠사슬 갑옷은 까맣게 잊고 지냈어."

폼페이우스가 웃었다. "꼭 내 친구 키케로처럼 말하는군요."

"법조계의 신동 마르쿠스 툴리우스 키케로 말인가?"

"네. 키케로는 전쟁을 싫어했습니다. 그런 그를 아버지는 전혀 이해하지 못하셨죠. 하지만 그래도 키케로는 좋은 친구였습니다. 그는 내가 싫어하던 일을 즐겨 해주었고, 우린 전능하신 아버지께 너무 많은 것을 말씀드리지 않는 방법으로 그분이 기분 상하지 않게 해드렸죠." 폼페이우스는 한숨을 쉬었다. "아스쿨룸 피켄툼이 함락된 후 키케로는 캄파니아로 가서 술라 밑에서 일하겠다고 고집을 부렸습니다. 그가 어찌나 그립던지요!"

8일장이 두 번 지난 후, 폼페이우스는 퇴역병 자원자들로 구성된 3개 군단을 아욱시뭄에서 8킬로미터쯤 떨어진 아이시스 강 지류 근처의 요새에 야영시켰다. 폼페이우스의 야영지 위생 관념은 나무랄 데 없었다. 위생 관리는 엄격한 감시 대상이었다. 그의 선친 폼페이우스 스트라보는 전형적인 시골 사람이었기에 오물 구덩이와 변소, 쓰레기와 오수를 처리하는 데 있어 한 가지 방법밖에 몰랐다─악취가 견딜 수 없어지면 이동하기. 그 결과 그는 로마의 콜리나 성문 밖에서 열병으로 죽었고, 그의 오물로 오염된 샘들이 있던 퀴리날리스와 비미날리스 언덕의 주민들은 그의 시체를 그토록 욕보였던 것이다.

바로는 어린 벗의 군대가 진화하는 모습에 점점 더 매혹을 느끼며 지켜보았고, 폼페이우스가 조직과 병참 면에서 발휘하는 천재적인 재능에 감탄했다. 폼페이우스는 아주 사소한 것도 지나치지 않으면서도 자신의 원대한 계획을 극히 효율적으로 신속하게 실행시켰다. 나는 지금 진정 비범한 인물을 바로 곁에서 지켜보고 있구나, 하고 바로는 생각했나. 폼페이우스는 이 세상이 존재하는 방식을 바꾸고 우리가 이 세상을 보는 방식을 바꿀 것이다. 그에게는 티끌만치의 두려움도 없고 그의 자신감에는 머리카락 한 올만치의 균열도 없다.

그러나—바로는 스스로에게 상기시켰다—혼란이 시작되기 전에는 누구나 그렇게 바람직한 모습을 보인다. 폼페이우스의 군사 행동이 시작되고 적들이 그의 주위로 모여들 때, (카르보나 세르토리우스가 아닌) 술라와 대면할 때 폼페이우스는 어떤 모습을 보일 것인가? 그것이 진정한 시험일 것이다! 같은 편이든 아니든, 늙은 황소와의 관계가 젊은 황소의 미래를 결정할 것이다. 폼페이우스는 굽힐 것인가? 그는 굽힐 수 있는가? 오, 이토록 젊고 자신만만한 사람에게 장차 무슨 일이 벌어질 것인가? 그를 부러뜨릴 수 있는 힘이나 사람이 세상에 존재하기는 할 것인가?

물론 폼페이우스는 그런 것은 없다고 생각했다. 그는 신비주의적인 것과는 거리가 멀었지만, 스스로 소중히 여기는 타고난 본성에 어울리는 정신적인 환경을 마련했다. 예컨대 폼페이우스에게는 그가 보유한 것이 아니라 소유했다고 여기는 특성들—불패, 난공불락, 불가침성—이 있었다. 그 특성들은 그의 내부뿐 아니라 외부에도 존재했기에 보유보다는 소유가 더 정확한 표현 같았다. 마치 신성한 피가 몸속에 흐르는 동시에 신성한 기운이 그를 휘감고 있는 것처럼. 폼페이우스는 아주 어릴 적부터 터무니없는 백일몽을 꿨다. 상상 속에서 그는 만 번의 전투를 지휘하고, 백 번의 개선식에서 고풍스러운 승자의 전차를 탔으며, 몇 번이고 지상으로 내려온 유피테르처럼 서서 불세출의 위인인 자신을 숭배하는 로마인들의 절을 받았다.

몽상가 폼페이우스가 비슷한 부류의 사람들과 달랐던 점은 현실감각이었다. 그는 냉철하고 날카로운 명민함으로 실제 세상을 바라보았고, 가능성이나 개연성을 절대 놓치지 않았으며, 산맥만한 것부터 투명한 물방울 하나만큼 사소한 것까지 사실에 거머리처럼 집착했다. 그는 매일의 생활을 엄청난 백일몽이라는 모루에 두드려 형태를 잡고, 담금질하고 단련시켜서 자신의 실제 삶이라는 정확한 틀로 만들어냈다.

그렇게 그는 자신의 사람들을 백인대로, 대대로, 군단으로 만들었다. 그들을 훈련시키고 그들의 장비를 점검했다. 짐 나르는 동물 중 너무 늙은 것들을 도태시켰고, 짐수레의 굴대를 두드려서 점검했으며, 짐마차를 날쌔게 몰아 야영지 아래의 거친 여울을 통과했다. 모든 것은 완벽해야 했다. 그의 부족함을 드러내는 일이 발생하는 건 용납할 수 없었다.

폼페이우스가 병력을 집결하기 시작한 지 열이틀 후 브룬디시움에서 전령이 왔다. 그에 따르면 술라는 모든 촌락과 마을, 읍과 도시에서 열광적인 환영을 받으며 아피우스 가도를 행군하고 있었다. 전령은 술라가 행군 전에 군대를 소집하여 개별적으로 충성 맹세를 시켰다고 말했다. 장차 대반역죄로 기소될 위험을 철저하게 피하겠다는 술라의 결심을 로마에 있는 사람들이 설사 의심한 적 있었다 해도, 술라의 군대가 로마 정부에 대항해서라도 그를 따르겠다고 맹세한 점은 이제 전쟁이 기정사실임을 모두가 깨닫게 했다.

이어 폼페이우스의 전령은 전했다. 술라의 병사들은 술라가 칼라브리아와 아풀리아의 중심부를 통과하는 중에 모든 밀알과 푸성귀와 씨와 열매에 값을 치르도록 자신들의 돈을 몽땅 술라에게 주었으며, 군대에 불운을 가져올 사악한 행위는 하지 않기로 했다. 그들은 밭을 짓밟거나 양치기를 죽이거나 여자를 욕보이거나 아이들을 굶주리게 만들지 않을 것이다. 모든 것은 술라가 원하는 대로 이루어져야 했다. 술라는 나중에, 로마는 물론 이탈리아 반도 전체의 주인이 되었을 때 그들에게 보상할 수 있을 터였다.

이탈리아 반도 남부의 주민들이 술라를 열렬히 환영했다는 소식은 폼페이우스를 그다지 기쁘게 하지 못했다. 폼페이우스는 노련한 퇴역병들로 구성한 3개 군단을 이끌고 술라 진영에 합류할 때쯤에 술라가 자신을 필요로 할 만큼 곤경에 처해 있기를 바랐기 때문이다. 하지만 그럴 가능성은 없어 보였다. 폼페이우스는 어깨를 으쓱하고는 보고받은 상황에 맞춰 계획을 수정했다.

"해안을 따라 부카로 행군한 다음 내륙으로 틀어 베네벤툼으로 가겠소." 폼페이우스는 각 군단을 지휘하는 최고참 백인대장 세 명에게 말했다. 원래 최고참 백인대장은 명문가 출신 참모군관이어야 했고, 폼페이우스가 애썼다면 적당한 이들을 찾아낼 수 있었을 것이다. 그러나 명문가 출신 참모군관은 폼페이우스의 군대 통솔권에 의문을 품을 것이었기에, 폼페이우스는 명문가의 로마인들 몇몇이 알면 개탄할 것임에도 불구하고 자기 부하들 중에서 최고참 백인대장을 뽑기로 했다.

"언제 출발하나?" 바로가 물었다. 자기말고는 아무도 묻지 않을 게 뻔했기 때문이다.

"5월이 되기 여드레 전에요." 폼페이우스가 대답했다.

그러나 그후 카르보가 등장하면서 폼페이우스는 계획을 다시 한번 수정해야 했다.

직선인 아이밀리우스 가도는 알프스 서쪽에서부터 멀리 아리미눔 근처 아드리아 해안까지 이탈리아 갈리아를 양분했다. 아리미눔부터 또 하나의 훌륭한 길이 해안을 따라 파눔 포르투나이로 이어졌고, 거기서 플라미니우스 가도가 시작되어 로마까지 이어졌다. 그렇기 때문에 아리미눔은 아펜니누스 산맥 서쪽에서 로마까지의 경로를 지배하는 아레티움과 함께 전략적 요지였다.

따라서—집정관을 두 번 지내고 현재는 이탈리아 갈리아 총독인— 나이우스 파피리우스 카르보가 자신의 8개 군단과 기병대를 아리미눔 근처에 야영시킨 것은 합리적이었다. 그는 그곳에서부터 세 방향으로 움직일 수 있었다. 아이밀리우스 가도로 이탈리아 갈리아를 통과하여 알프스 서쪽을 향해, 아드리아 해안을 따라 브룬디시움 쪽으로, 그리고 플라미니우스 가도를 따라서 로마로.

1년 반 동안 카르보는 술라가 올 것을 알고 있었다. 물론 술라의 목적지는 브룬디시움일 터였다. 그러나 너무 많은 사람들이 아직도 로마에서 꾸물거리고 있었다. 그들은 스스로 완벽히 중립이라고 선언했지만 언제 술라의 편에 설지 몰랐다. 그들 모두 현정부를 전복시킬 만큼 정치적 영향력이 있었고, 이 때문에 로마는 손에 넣어야 할 목표지가 되었다. 또한 카르보는 새끼 똥돼지 메텔루스 피우스가 이탈리아 갈리아의 서부 알프스 쪽 리구리아에서 종적을 감췄다는 것도 알고 있었다.

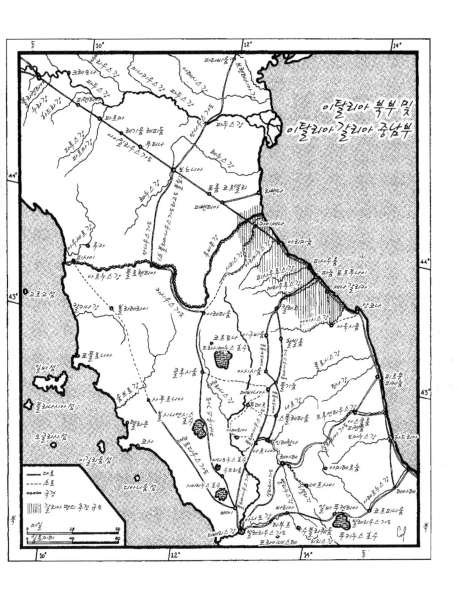

메텔루스 피우스는 아프리카에서 카르보의 지지자들에게 쫓겨났을 때 아프리카 속주의 훌륭한 2개 군단을 데리고 갔다. 새끼 똥돼지는 술라의 도착 소식을 듣자마자 행군하여 술라 진영에 가담할 것이고, 이 때문에 이탈리아 갈리아마저 취약하게 될 거라고 카르보는 확신했다.

물론 캄파니아에는 16개 군단이 주둔중이었다. 이들은 아리미눔에 있는 카르보보다 브룬디시움과 훨씬 가까이 있었다. 하지만 카르보는 자신의 강철 같은 의지가 사라진 로마에서 올해의 집정관들인 노르바누스와 스키피오 아시아게누스를 어느 정도로 믿을 수 있을지 확신이 서지 않았다. 지난해 말 카르보는 두 가지, 술라가 봄에 오리라는 것과 카르보 자신이 로마를 비우면 로마는 술라를 반대하는 쪽으로 더 기울 것임을 확신했다. 그래서 노르바누스와 스키피오 아시아게누스라는 충실한 두 추종자를 당선시킨 후 이탈리아 갈리아 총독 직을 맡아 상황을 주시하다가 행동이 필요해지면 즉시 움직일 수 있도록 했다. 카르보가 선택한 집정관들은 어쨌거나 이론적으로는 나쁘지 않았다. 노르바누스도, 스키피오 아시아게누스도 술라의 자비를 바랄 수 없는 자들이었기 때문이다. 노르바누스는 가이우스 마리우스의 피호민이었다. 스키피오 아시아게누스는 이탈리아 전쟁 때 노예로 변장하여 아이세르니아에서 탈출했는데, 술라는 그 행위를 역겨워했다. 그러나 두 사람은 충분히 강한가? 그들은 16개 군단을 타고난 장군처럼 활용할 것인가, 아니면 자신들의 기회를 놓칠 것인가? 카르보는 전혀 짐작할 수 없었다.

카르보가 예측하지 못한 변수가 있었다. 폼페이우스 스트라보의 애송이 후계자가 선친의 퇴역병들로 온전한 3개 군단을 일으켜서 술라 진영에 합류하러 행군할 만큼 대담하다는 사실! 그러나 카르보가 고민

하는 이유는 그 청년이 아니라 청년의 3개 퇴역병 군단이었다. 그들이 술라 쪽에 가담하면 술라는 그들을 아주 영리하게 활용할 것이다.

임박한 폼페이우스의 원정 소식을 카르보에게 전한 것은 카르보의 유능한 재무관 가이우스 베레스였다.

"애송이가 출발하기 전에 막아야 해." 카르보가 얼굴을 찌푸리며 말했다. "골칫덩이 같으니! 내가 젊은 폼페이우스를 처리하는 동안 메텔루스 피우스가 리구리아를 벗어나지 않고 집정관들이 술라를 상대할 수 있기를 바랄 수밖에 없겠어."

"젊은 폼페이우스는 금방 처리할 수 있을 겁니다." 베레스가 자신만만한 목소리로 말했다.

"그렇겠지. 그래도 여전히 골칫덩이야. 지금 즉시 보좌관들을 불러주게."

카르보의 보좌관들은 찾아내기 어려웠다. 베레스는 거대한 진지 안이리저리 그들을 찾아다녔지만 시간이 많이 걸린 나머지 아무래도 카르보가 불만스러워할 듯했다. 그러는 동안 베레스의 머릿속에는 이런저런 생각이 떠올랐지만, 그중에 폼페이우스 스트라보의 후계자인 젊은 폼페이우스의 행보와 관련된 건 전혀 없었다. 베레스의 머릿속을 장악한 건 술라였다. 베레스는 술라를 한 번도 만나본 적이 없었다(당연한 것이, 베레스의 부친은 원로원 뒷자리의 평의원에 불과했고 베레스 자신은 이탈리아 전쟁시 가이우스 마리우스 수하에서, 그후에는 킨나수하에서 복무했다). 하지만 그는 집정관 취임식장으로 가던 행렬 속 술라의 모습을 기억했으며 그 당시 엄청난 감동을 받았었다. 베레스는 천성적으로 군인 체질이 아니었기에, 술라의 동방 원정에 합류할 생각이나 킨나와 카르보 치하의 로마가 견딜 수 없는 곳이라는 생각은 해본 적이 없었다. 사치스러운 예술 취향과 원대한 야망을 지닌 베레스는 돈이 있는 장소에 머무는 것이 좋았다. 그러나 카르보의 선임 보좌관들을 찾아다니는 지금, 베레스는 편을 바꿀 때가 된 것이 아닐까 생각하기 시작했다.

엄밀히 말해 가이우스 베레스는 재무관이 아니라 재무관 권한대행이었다. 그의 공식적인 재무관 임기는 작년까지였다. 그가 아직도 재무관 일을 하는 건 카르보 때문이었다. 카르보는 베레스를 개인 지명했다. 베레스의 일 처리가 마음에 쏙 든 나머지 이탈리아 갈리아 총독으로 올 때 베레스를 데려가고 싶다고 한 것이다. 재무관의 일은 상관의 돈과 장부를 다루는 것이므로 베레스는 국고위원회에 신청해 카르보 대신 총 2,235,417세스테르티우스를 받았다. 당연하게도 마지막 1세스테르티우스까지 꼼꼼하게 합산된(417세스테르티우스까지 계산된 것을 보라!) 이 지불금은 카르보가 쓸 비용을 충당하기 위한 것이었다. 즉 군인들의 급료 지불과 식료품 구입, 카르보 본인과 재무관, 보좌관과 하인 들의 적절한 생활비 확보, 기타 무수히 많은 자잘한 물품 구입에 쓸 돈이었다.

4월이 아직 끝나지도 않았건만 벌써 150만 세스테르티우스가 넘는 지출이 발생했고, 이는 카르보가 곧 국고위원회에 돈을 더 요청해야 한다는 의미였다. 카르보의 보좌관들은 몹시 사치스럽게 생활했고 카르보 또한 로마의 공적 자원을 손쉽게 이용하는 데 익숙해진 지 오래였다. 가이우스 베레스는 말할 것도 없었다. 그 역시 꿀단지 속에서 끈적해진 두 손을 돈자루 깊숙이 파묻었다. 지금까지 베레스는 횡령액을 적정 수준으로 유지했지만, 이제 현상황에 대해 새로이 통찰을 마친 만큼 마음을 정했다. 더이상 조심스레 행동할 이유가 없었다! 베레스는 카르보가 폼페이우스의 3개 군단을 처리하러 떠나는 즉시 떠나기로 했다. 편을 바꿀 때였다.

그리하여 가이우스 베레스는 정말로 떠났다. 다음날 새벽 카르보는 자신의 군대 중 4개 군단을 이끌고—그러나 기병대는 없이—폼페이우스 스트라보의 후계자를 처리하러 떠났으며, 태양이 아직 높이 뜨기도 전에 베레스 역시 길을 떠났다. 자기 하인들 외에는 아무도 데려가지 않았고 카르보를 따라 남쪽으로 가지도 않았다. 그는 카르보의 자금이 보관된 은행가의 금고가 있는 아리미눔으로 향했다. 그 돈을 인출할 수 있는 사람은 단 두 명, 총독 카르보와 재무관 베레스뿐이었다. 베레스는 노새 열두 마리를 빌렸고 총 48.5탈렌툼이 든 가죽 자루들을 은행가의 보관소에서 꺼내어 노새들의 등에 실었다. 이유를 설명할 필요조차 없었다. 술라의 도착 소식은 이미 여름 폭풍보다도 빨리 아리미눔에 돌고 있었고, 은행가는 카르보가 보병대 절반을 이끌고 행군중임을 알고 있었기 때문이다.

정오가 되기도 한참 전에 베레스는 카르보의 공적 자금 60만 세스테르티우스를 챙겨 아리미눔을 벗어났다. 그는 우선 뒷길로 티베리스 계곡 상류에 위치한 자신의 사유지로 간 다음—더 가벼운 은화 24탈렌툼과 함께—어디든 술라가 있을 법한 곳을 향해 떠났다.

재무관이 야영지를 이탈했다는 사실을 모른 채, 카르보는 아드리아 해안을 따라 아이시스 강 근처의 폼페이우스 진지 쪽으로 내려갔다. 자신만만한 그는 빠르게 이동하지도 않았고, 행군 사실을 감추기 위해 특별한 예방조치를 취하지도 않았다. 그에게 이번 작전은 전투에서 피를 본 적이 없는 대부분의 병사들을 위한 좋은 훈련 기회일 뿐이었다. 폼페이우스 스트라보의 퇴역병들로 구성된 3개 군단이 얼마나 막강한지는 모르나, 카르보는 장군의 능력 이상으로 싸울 수 있는 군대란 없다는 걸 알 만큼 경험이 충분했다. 그들의 장군은 어린애다! 그들을 처리하는 건 식은 죽 먹기일 것이다.

카르보의 진군 소식을 들은 폼페이우스는 기쁨의 환성을 지르며 곧바로 병사들을 집합시켰다.

"우리는 우리 땅을 떠나 첫 전투를 치를 필요도 없게 되었다!" 그는 병사들에게 외쳤다. "카르보가 우리를 처리한답시고 아리미눔에서 내려오는 중이다. 그는 이미 이번 싸움에서 졌다! 왜냐? 그는 적군의 수장이 나라는 걸 알기 때문이다! 그는 제군들을 존중하지만 나를 존중하지는 않는다. 여러분은 카르보가 도살자의 아들이 뼈를 토막 내고 살코기를 저미는 법은 알 거라고 여기리라 믿겠지만, 카르보는 바보다! 그는 도살자의 아들이 너무 곱게 자란 나머지 손에 피를 묻혀가며 아비처럼 일할 수 없다고 생각한다! 제군들도 알고 나도 알듯이, 틀린 생각이다! 그러니 이제 카르보가 그것을 깨닫게 해주자!"

그들은 카르보가 제대로 깨닫게 해주었다. 카르보의 4개 군단은 질서정연하게 아이시스 강가로 내려왔고, 봄이 되어 녹은 아펜니누스 산맥의 눈으로 불어난 강을 정찰대가 시험 삼아 건너보는 동안 대열을 잘 정비한 채 기다렸다. 카르보는 폼페이우스가 그 얕은 여울 너머 멀지 않은 곳에 있음을 알고 있었지만, 적장을 지나치게 무시한 나머지 폼페이우스가 바로 근처에 있을 수도 있다고는 꿈에도 생각하지 못했다.

카르보의 2개 군단이 강을 건너고 나머지 2개 군단이 뒤따라 건너려는 순간, 카르보가 오기 한참 전에 병력의 반을 아이시스 강 건너편으로 보내놓은 폼페이우스가 카르보를 습격했다. 폼페이우스의 병사들은 양쪽 강변의 숲속에서 동시에 쏟아져나와 양면 공격을 감행했고 순식간에 승리했다. 그들은 도살자의 아들이 아버지보다도 훨씬 유능하다는 것을 보여주었다. 지휘관이라 남쪽 강변에 머물러야 했던 폼페이우스는 가장 하고 싶던 일—카르보를 직접 쫓아가는 것—을 할 수 없었다. 그의 아버지는 생전에, 장군은 전투가 계획대로 전개되지 않을 경우 신속히 후퇴해야 하므로 절대 기지에서 멀리 벗어나서는 안 된다고 수없이 말했다. 그래서 폼페이우스는 카르보와 보좌관 루키우스 켕티우스가 자기들 쪽 강변에 있던 2개 군단의 대열을 정비해 아리미눔 방향으로 달아나는 모습을 지켜볼 수밖에 없었다. 폼페이우스 쪽 강변에 있던 카르보의 군대는 전멸했다. 도살자의 아들은 가업을 제대로 이해하고 있었던 것이다. 폼페이우스는 기쁨의 환성을 질렀다.

이제는 술라가 있는 곳으로 행군할 때였다!

이틀 뒤 폼페이우스는 그가 폼페이우스 가의 공마—국가가 제공하기 때문에 이렇게 불렸다—라고 부르는 큰 백마를 타고 3개 군단을 이끌며, 불과 몇 년 전까지도 지독히 반로마적이었던 땅으로 들어섰다. 남부의 피케눔족과 베스티니족에서 마루키니족과 프렌타니족까지, 모두 기나긴 로마의 속박으로부터 이탈리아 동맹시들을 해방시키고자 싸운 이들이었다. 그들이 패배한 가장 큰 원인은 폼페이우스가 가서 힘을 보태주려는 인물, 루키우스 코르넬리우스 술라였다. 하지만 아무도 폼페이우스 군대의 이동을 방해하려 하지 않았으며, 심지어 입대하겠다고 찾아오는 사람들도 있었다. 이 호전적인 사람들에게 폼페이우스가 카르보를 무찔렀다는 소식은 폼페이우스 자신보다도 먼저 당도해 있었다. 이탈리아를 위한 싸움에서는 패배했지만, 다른 명분들도 있었다. 대다수 사람들은 카르보가 아닌 술라의 편에 서는 것이 낫다고 생각하는 듯했다.

이 사기 높은 소규모 군대는 부카에서 해안을 등지고 상태 좋은 도로를 따라 아풀리아 중부의 라리눔으로 향했다. 8일장이 두 번 지난 후 폼페이우스의 만 8천 퇴역병사들은 풍요로운 농촌과 목가적인 시골 한가운데에서 번성하는 소도시 라리눔에 도착했다. 라리눔의 주요 인사들은 한 명도 빠짐없이 폼페이우스를 환영하는—그리고 그가 얼른 지나가도록 미묘한 압력을 가하는—대표단에 참여했다.

폼페이우스의 그다음 전투는 라리눔을 벗어난 후 5킬로미터도 못 가서 벌어졌다. 카르보는 지체 없이 도살자의 아들과 3개 퇴역병 군단에 대하여 로마에 경고를 보냈고, 로마는 지체 없이 폼페이우스와 술라의 만남을 막기 위해 손을 썼던 것이다. 가이우스 알비우스 카리나스의 지휘 아래 캄파니아에 있던 군단 중 2개가 폼페이우스의 이동을 막기 위해 파견되었다. 양 진영 모두 행군중에 서로를 맞닥뜨렸다. 교전은 격렬하고 지독했으며 결정적이었다. 카리나스는 자신에게 승산이 없음을 알자마자 비교적 부상이 경미한 부하들과 함께, 도살자의 아들에 대해 더욱 깊은 존경심을 느끼며 황급히 달아났다.

이때쯤 폼페이우스의 병사들은 행군에 이골이 나서, 밑창이 두껍고 징 박힌 샌들을 신은 채 전혀 힘들지 않다는 듯 기세 좋게 나아가고 있었다. 그들은 시고 밍밍한 포도주를 한두 모금 마시는 것만으로 500킬로미터 돌파를 기념했고, 라리눔보다 작은 도시 사이피눔을 지나갔다. 술라가 멀지 않은 곳에 있다는 소식을 들은 폼페이우스는 아피우스 가도가 지나는 베네벤툼 외곽에서 야영했다.

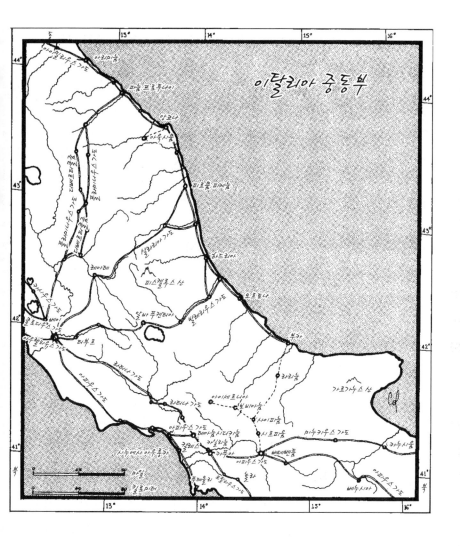

이탈리아 중동부

하지만 또 전투를 치러야 했다. 폼페이우스 스트라보의 오랜 벗이자 선임 보좌관이었던 사람의 형제인 루키우스 유니우스 브루투스 다마시푸스가, 사이피눔과 시르피움 사이의 좁고 황량한 시골에서 스트라보의 아들에게 매복 공격을 시도한 것이다. 젊은 폼페이우스의 넘치는 자신감은 근거 없는 것이 아니었다. 폼페이우스의 정찰대는 다마시푸스와 그의 2개 군단이 숨어 있는 곳을 발견했으며, 오히려 폼페이우스 쪽에서 다마시푸스를 급습했다. 다마시푸스는 부하 수백 명이 죽은 후에야 겨우 궁지에서 빠져나가 보비아눔 쪽으로 달아났다.

지금까지 세 번의 전투를 치르면서 폼페이우스는 한 번도 적을 뒤쫓지 않았다. 하지만 그 이유는 바로와 최고참 백인대장 세 명이 추측한 것과는 달랐다. 자신이 지세를 모른다거나, 전투가 대군이 있는 곳으로 자신을 꾀어내기 위한 양동작전일 수도 있다는 사실 같은 건 폼페이우스의 머릿속에 떠오른 적조차 없었다. 폼페이우스의 머릿속은 루키우스 코르넬리우스 술라와의 임박한 만남으로 꽉 차 있었던 것이다.

그 만남의 환영은 몽상으로 멀어버린 폼페이우스의 눈앞에 한 편의 감동적인 야외극처럼 펼쳐졌다. 불꽃같은 머리카락과 강인하고 아름다운 얼굴의 신과 같은 두 남자가 큰 고양이처럼 우아하고 힘차게 안장에서 뛰어내려, 텅 빈 길 한복판을 정연하고 당당하게 걸어 서로에게 다가간다. 길 양쪽은 시골의 모든 여행객과 주민 들로 발 디딜 틈이 없고, 그들의 시선은 각자 뒤에 군대를 거느린 위대한 두 남자에게 붙박여 있다. 유피테르를 향해 성큼성큼 걸어가는 제우스. 마르스를 향해 성큼성큼 걸어가는 아레스. 밀론을 향해 성큼성큼 걸어가는 헤라클레스. 헥토르를 향해 성큼성큼 걸어가는 아킬레우스. 그렇다, 우리의 만남은 아이네아스와 투르누스를 시시하게 보이게 만들 정도로 대대손

손 소리 높여 낭송될 것이다! 이 세상의 두 위인, 하늘의 두 태양의 첫 만남. 지는 해는 여전히 뜨겁고 강렬하나 궤도의 끝에 다다르는 중이다. 아! 하지만 뜨는 해는! 이미 뜨겁고 강렬하지만 앞으로는 정점을 향해 도약하며 훨씬 더 뜨겁고 강렬해지겠지. 술라의 태양은 서쪽으로 가고 있다! 폼페이우스는 의기양양하게 생각했다. 반면 나의 태양은 이제 겨우 동쪽 지평선 위로 떠올랐을 뿐이다.

폼페이우스는 술라에게 경의를 표하고 아욱시뭄에서부터 자신의 행군 상황을, 자신이 죽인 사람 수와 무찌른 장군들의 이름을 들려주려는 목적으로 바로를 미리 보냈다. 술라에게 친히 걸어나와 자신을 맞이해 달라고, 그리하여 폼페이우스가 자신의 군대를 이 시대의 가장 위대한 인물에게 바치는 장면을 연출하게 해달라고 부탁하기 위해서이기도 했다. 하지만 바로에게 '이 시대의' 다음에 '그리고 다른 모든 시대를 통틀어'라는 말을 덧붙이라고는 하지 않았다. 그것은 폼페이우스로서는 미사여구의 인사말에서조차 용납할 수 없는 표현이었다.

폼페이우스는 술라와의 만남을 수도 없이, 아주 세세한 것까지 상상한 나머지 그날 입을 옷까지 그려보게 되었다. 처음 수백 번의 상상 속에서 폼페이우스는 머리부터 발끝까지 금빛으로 빛나고 있었다. 그러나 그는 의혹에 시달렸고, 금 갑옷이 지나치게 화려하고 우둔해 보일 수 있다고 결론지었다. 다음 수백 번의 상상 속에서는 군사적 의미가 전혀 없는, 오른쪽 어깨부터 좁은 자주색 띠가 그어진 기사의 흰색 토가를 입고 있었다. 그러나 다시 의심에 시달렸다. 흰 토가를 입고 백마를 타면 특색 없는 형체가 될 것 같았다. 이윽고 마지막 수백 번의 상상 속에서 그는 아스쿨룸 피케눔 포위가 끝난 뒤 아버지한테서 선물받은

은 갑옷을 입고 있었다. 이번에는 의혹에 시달리지 않았기에 그는 그 모습이 마음에 쏙 들었다.

그러나 그날 마부의 도움을 받아 덩치 큰 흰색 공마의 등에 올라탔을 때 폼페이우스 마그누스는 흔하디흔한 강철 판갑을 착용했다. 프테루게스의 가죽끈에는 돌출 장식도 술 장식도 없었고, 머리에는 사병들이 쓰는 평범한 투구를 쓰고 있었다. 치장한 것은 그의 백마였다. 폼페이우스는 1계급으로 구성된 18개의 정통 백인조에 속한 기사였고, 그의 가문은 수 세대 동안 공마를 보유했다. 폼페이우스의 공마는 은 단추와 커다란 메달, 은박을 입힌 주홍색 가죽 마구, 공들여 마감한 화려한 안장과 그 아래 깔린 수놓은 담요, 쨍그랑거리는 온갖 펜던트까지 떠올릴 수 있는 모든 기사용 장식으로 꾸며져 있었다. 정렬한 군대를 이끌고 텅 빈 길의 한복판을 향해 출발하면서 폼페이우스는 기분이 무척 좋았다. 흡사 군인 중의 군인, 장인이자 전문가 같은 모습이야. 말이 나의 영광을 드러내게 하자!

베네벤툼은 칼로르 강 건너편, 아풀리아의 해안 쪽 칼라브리아에서 시작된 미누키우스 가도와 아피우스 가도가 분기점을 이루는 곳에 있었다. 폼페이우스의 군대가 작은 언덕의 비탈을 오르며 갈라지는 칼로르 강을 내려다볼 때 태양은 그들의 정수리 위에 있었다. 그리고 강의 이쪽 편에는 말도 못하게 지친 노새를 탄 루키우스 코르넬리우스 술라가 길 한복판에서 기다리고 있었다. 동행인은 바로뿐이었다. 이곳 주민들은 어디 있지? 술라의 보좌관과 병사 들은? 여행객들은?

어떤 본능에 이끌려, 폼페이우스는 고개를 돌리고 선도 군단의 기수에게 멈춰서 대기하라고 소리쳤다. 그런 다음 매우 불쾌한 기분으로 술라를 향해 혼자서 비탈길을 내려갔다. 얼굴이 어찌나 굳어졌는지 마치 회반죽에 담았다 뺀 것처럼 느껴졌다. 그가 술라의 노새한테서 100 보 정도 떨어진 곳에 이르자 술라는 노새에서 거의 떨어지다시피 내려왔지만 넘어지지는 않았다. 한 팔은 노새의 목에 두르고 다른 손으로는 노새의 길고 후줄근한 귀를 꼭 붙잡고 있었기 때문이다. 술라는 똑바로 서더니, 텅 빈 길 한복판을 따라 선원처럼 다리를 넓게 벌리고 어기적어기적 걷기 시작했다.

폼페이우스는 쨍그랑 소리를 내며 공마에서 뛰어내렸다. 넘어지지 않고 착지할 수 있을지 확신하지 못했지만 다행히 넘어지진 않았다. 그는 둘 중 한 사람만이라도 제대로 행동해야 한다고 생각하며 성큼성큼 걸어갔다.

멀리서 봐도 현재의 술라는 폼페이우스가 기억하는 술라와 닮은 구석이 하나도 없었지만, 가까이 다가가자 세월과 지병의 상흔이 여실히 보였다. 폼페이우스는 잠시 동안 몸속 깊은 곳에서부터 메슥거림을 느꼈다. 연민이나 동정이 아니라 멍한 공포 때문이었다.

우선, 술라는 술에 취해 있었다. 현재의 술라가 폼페이우스가 기억하는 집정관 취임식 날의 술라였다면 폼페이우스도 그 정도는 용서할 수 있었을지도 모른다. 그러나 그토록 아름답고 매력적이었던 남자는 지금 어디에도 없었다. 숱 많은 회색이나 흰색 머리카락에서 풍기는 위엄조차 없었다. 현재의 술라는 대머리를 가발로 덮고 있었다. 꼴사나운 새빨간 빛의 꼬불꼬불한 가짜 곱슬머리 아래, 양쪽 귀 근처에는 본연의 은빛 직모가 자라고 있었다. 이도 다 빠져서 갈라진 턱이 축 처졌으며, 주름진 틈새에 불과한 입 위에는 실제로 그의 것이 틀림없는, 끝에 살짝 주름이 진 코가 있었다. 얼굴 피부는 마치 군데군데 껍질을 벗겨낸 것처럼 보였는데, 대부분 핏빛 심홍색이었고 몇 군데만 예전처럼 하얬다. 게다가 술라는 말라깽이라고 할 만큼 말라 있긴 했지만, 얼마 전에는 엄청나게 뚱뚱했던 것이 틀림없었다. 얼굴 살이 여기저기 주름 속에 묻힌데다 목에는 속빈 큰 볏 같은 것들이 생겨, 마치 희화화한 독수리의 목 같았기 때문이다.

아, 이렇게 엉망으로 황폐해진 사람을 배경으로 내가 어떻게 빛날 수 있단 말인가? 폼페이우스는 뜨거운 실망의 눈물을 참기 위해 애쓰며 속으로 탄식했다.

두 사람은 서로의 코앞까지 왔다. 폼페이우스는 오른손을 내밀어 손가락을 펼치고 손바닥을 수직으로 세웠다.

"임페라토르!" 폼페이우스가 외쳤다.

술라는 낄낄 웃더니 아주 힘겹게 손을 뻗어 장군의 경례를 했다. "임페라토르!" 그는 다급하게 외치더니 폼페이우스 위로 쓰러졌다. 술라의 축축하고 더러운 가죽 판갑은 속이 쓰릴 때 올라오는 신물과 포도주의 악취를 풍기고 있었다.

그 순간 바로가 술라 옆에 나타났다. 바로와 폼페이우스는 술라를 부축하여 그의 민망한 노새한테 가서 어깨로 술라를 밀어 올렸다. 술라는 노새의 더러운 맨등에 대자로 널브러졌다.

"술라는 자네가 부탁한 대로 직접 이놈을 타고 자네를 맞이하러 가겠다며 고집을 부렸네." 바로가 낮은 목소리로 말했다. "어떤 이야기로도 그를 말릴 수 없었다네."

폼페이우스는 공마에 올라타고 고개를 돌려 병사들에게 행진하라는 손짓을 한 후, 술라의 노새를 사이에 두고 바로의 건너편에 서서 베네벤툼으로 출발했다.

"믿을 수가 없습니다!" 폼페이우스는 거의 의식불명인 술라를 그의 부하들에게 넘긴 뒤 바로를 향해 소리쳤다.

"어제 그는 아주 끔찍한 밤을 보냈다네." 바로가 말했다. 그는 폼페이우스의 환상에 대해 전혀 몰랐기에, 폼페이우스가 어떤 기분인지도 몰랐다.

"끔찍한 밤이라니요?"

"피부 때문이야, 불쌍한 사람. 술라가 너무 아파서 의사들도 그의 목숨을 포기했을 때, 그를 에우보이아의 칼키스 근처에 있는 작은 온천 아이뎁소스로 보냈다더군. 그곳의 신전 소속 의사들은 그리스 전역에서 최고라고 해. 그들은 실제로 술라를 살려냈지! 그들은 술라가 익은 과일과 꿀, 빵과 케이크, 포도주를 먹지 못하게 했어. 그런데 그들이 술라에게 온천욕을 시켰을 때 그의 얼굴 피부에 탈이 나버렸다네. 아이뎁소스에서 얼마간 시간을 보낸 후 술라는 끔찍한 가려움증에 시달린 나머지 얼굴을 잡아 뜯어 피부가 핏빛 날고기처럼 변했지. 그는 지금까지도 익은 과일과 꿀, 빵과 케이크를 먹지 않네. 하지만 포도주는 가려움에서 벗어나게 해주기 때문에 마신다네." 바로는 한숨을 내쉬었다. "지나치게 많이 마시지."

"어째서 얼굴입니까? 팔다리가 아니라?" 폼페이우스가 반신반의하며 물었다.

"술라는 얼굴에 심한 화상을 입었네. 그가 햇볕에 나갈 때마다 챙 달린 모자를 쓰던 걸 기억하나? 그런데 현지 주민들이 열어준 어느 환영식 날 그는 자신의 병을 무시하며 참석하겠다고 고집을 피웠고, 허영심 때문에 모자 대신 투구를 썼지. 내 생각엔 그때 입은 화상으로 얼굴 피부가 망가지기 시작한 것 같아." 바로는 폼페이우스가 혐오스러워하는 만큼이나 열성적으로 말했다. "그의 얼굴 전체가 곡물 가루를 뿌린 오디 열매 같네! 정말 기이해!"

"꼭 번지르르한 그리스인 의사처럼 말하는군요." 폼페이우스가 말했다. "우린 어디서 지냅니까? 숙소가 먼가요? 내 병사들은요?"

"자네의 군대는 메텔루스 피우스가 야영지로 데려갔을 걸세. 우린 이 길로 조금만 가면 있는 괜찮은 집에서 묵을 거고. 거기 가서 밥을 먹은 다음에 함께 병사들을 보러 가세나." 바로는 한 손을 폼페이우스의 강인한 주근깨투성이 팔에 다정하게 얹었다. 대체 뭐가 문제인지 알 수가 없었다. 폼페이우스는 천성적으로 동정심이 없다. 바로는 그것만큼은 알고 있었다. 그런데 어째서 폼페이우스는 이토록 슬퍼하고 있는 것인가?

그날 밤 술라는 총사령관 숙소에서 성대한 만찬을 열어 새로 온 두 사람을 대접했다. 두 사람과 다른 보좌관들을 인사시키기 위한 만찬이었다. 폼페이우스의 등장 소식—그의 젊음과 아름다움, 그를 숭배하는 병사들—은 금세 베네벤툼에 퍼졌다. 그래서 술라의 보좌관들은 마음이 아주 산란하구먼. 바로는 왠지 즐거운 기분으로 그들의 면면을 살피면서 생각했다. 그들은 하나같이 입에 맛있는 벌집을 물고 있다가 매정한 보모에게 뺏긴 것 같은 표정을 하고 있었다. 게다가 술라가 자신의 긴 의자에 앉힌 폼페이우스를 귀빈석에 소개하고 두 사람 사이에 다른 사람은 아무도 앉히지 않자 보좌관들의 얼굴에서는 살기가 뿜어져 나왔다. 물론 폼페이우스는 신경쓰지 않았다! 그는 태연히 기뻐하며 편안하게 자리를 잡고, 다른 사람들은 존재하지 않는 것처럼 술라에게 말을 건넸다.

술이 깬 술라는 가려워하지 않는 것 같았다. 아침 이후 그의 얼굴에는 딱지가 앉았다. 그는 차분하고 친절했으며 폼페이우스에게 푹 빠진 게 분명해 보였다. 술라도 알아본 것이라면 폼페이우스에 대한 내 판단은 틀리지 않았어, 하고 바로는 생각했다.

바로는 일단 방안에 있는 모든 사람을 하나하나 뜯어보지 않고 근처에만 시선을 두는 게 더 현명하리라 판단하고, 같은 긴 의자에 앉아 있던 아피우스 클라우디우스 풀케르에게 웃음을 지어 보였다. 바로가 좋아하고 높이 평가하는 사람이었다. "총사령관께서는 지병이 있는데 지휘를 하실 수 있을까요?" 바로가 물었다.

"총사령관님의 능력은 예전과 마찬가지로 출중하오." 아피우스 클라우디우스가 대답했다. "우리가 저분을 술이 깬 상태로 유지할 수만 있다면, 저분은 카르보가 군인들을 얼마나 데려오든 간에 그자를 썹어드실 거요." 그는 몸을 떨고 얼굴을 찡그렸다. "바로, 이 방안의 사악한 기운이 느껴지시오?"

"물론이죠." 바로는 대답했지만, 아무래도 상대가 말하는 것은 자신이 느낀 분위기가 아닌 것 같았다.

"내가 그 주제를 좀 연구하는 중이오." 아피우스 클라우디우스가 설명하기 시작했다. "델포이의 작은 신전과 숭배소 들에서 말이오. 우리 주변 사방에는 힘의 손가락들이 존재하오—물론 잘 보이지는 않소. 대다수 사람들은 그걸 의식하지 못하지만, 당신과 나 같은 사람들은 다른 장소들에서 발산되는 것에 아주 민감하지."

"다른 장소들이라니요?" 바로가 깜짝 놀라서 물었다.

"우리의 아래쪽과 위쪽. 사방에서 말이오." 아피우스 클라우디우스는 음침한 목소리로 말했다. "힘의 손가락들! 그 외에 어떤 말로 설명해야 할지 모르겠소. 아주 예민한 사람들만 그 감촉을 느낄 수 있는 보이지 않는 뭔가를 어떻게 설명할 수 있겠소? 난 신들이나 올림포스, 심지어 신령들 얘기를 하고 있는 것도 아니라오……."

그러나 바로는 이내 방안의 다른 사람들한테 정신이 팔렸고, 아피우스 클라우디우스가 들떠서 계속 웅얼대는 동안 술라 보좌관들의 자질을 평가했다.

필리푸스와 케테구스, 변절의 달인들. 운명의 여신 포르투나가 총애하는 무리를 바꿀 때마다, 두 사람은 로마의 새 주인을 섬기려고 토가를 뒤집어 입었다가 바로 입었다가 했다. 그들은 각자 30년째 그러고 있는 중이었다. 필리푸스는 둘 중 더 솔직한 사람으로, 여러 번 실패한 끝에 집정관이 되었으며 킨나와 카르보 정부에서는 정치 경력의 정점인 감찰관까지 지냈다. 반면에 술라와 먼 친척뻘 되는 파트리키 코르넬리우스인 케테구스는 배후에서 동료 평의원들을 조종하며 영향력을 행사하는 편을 선호했다. 두 사람은 나란히 누워 남들을 모조리 무시하며 큰 소리로 떠들고 있었다.

역시 나란히 누워 남들을 싹 무시하고 있는 젊은이 세 명도 있었다. 참으로 사랑스러운 3인방이야! 베레스와 카틸리나, 오펠라. 모두 악당들이긴 하지만—바로는 그렇게 확신했다—오펠라는 미래의 어떤 돈벌이보다도 자신의 존엄을 우선시했다. 베레스와 카틸리나는 의심할 여지없이 미래의 돈벌이를 가장 우선시하는 인간들이었다.

다른 긴 의자에는 존중할 만하고 강직한 남자 셋, 마메르쿠스와 메텔루스 피우스와 바로 루쿨루스(바로 가문에 입양되었지만 원래는 술라의 가장 충직한 추종자인 루쿨루스의 형제였다)가 있었다. 그들은 폼페이우스를 대놓고 못마땅해했으며 그 사실을 굳이 감추려고도 하지 않았다.

마메르쿠스는 술라의 사위로, 술라의 재산을 지켜내고 그의 가족을 안전하게 그리스로 보낸 조용하고 차분한 남자였다.

새끼 똥돼지 메텔루스 피우스와 그의 재무관 바로 루쿨루스는 4월 중순에 뱃길로 리구리아에서 푸테올리로 간 다음 캄파니아를 행군하여, 카르보의 원로원이 그들을 저지할 수 있었을 군대를 편성하기 직전 술라 진영에 합류했다. 오늘 폼페이우스가 나타날 때까지 두 사람은 술라의 감사와 호의를 한껏 즐기고 있었다. 그들은 술라에게 전투로 단련된 2개 군단을 데려왔기 때문이다. 그러나 그들의 태도는 대체로 폼페이우스의 인성이나 심지어 그의 동기도 아니라 그의 출신과 연관되어 있었다. 피케눔 북부에서 온 폼페이우스? 벼락출세자, 벼락부자, '비로마인'! 전쟁 수행 방식 때문에 도살자로 불렸던 폼페이우스 스트라보는 집정관 직과 상당한 정치적 영향력을 얻었을지 모르나, 그와 그의 아들을 메텔루스 피우스 또는 바로 루쿨루스와 화합시킬 수 있는 것은 전혀 없었다. 원로원 집안이든 아니든 간에 순수 로마인이 아닌 자는, 스물두 살에—완전히 불법적으로!—군대를 데려와 위대한 파트리키 귀족 루키우스 코르넬리우스 술라에게 사실상 그의 동료가 되겠다고 요구할 자격이 없었다. 메텔루스 피우스와 바로 루쿨루스가 술라에게 데려온 군대는 자동적으로 술라의 것, 술라가 마음대로 할 수 있는 것이 되었다. 따라서 술라가 그 군대를 고맙게 받은 다음 메텔루스 피우스와 바로 루쿨루스에게 해산을 명했다면 그들은 아마도 화가 났겠지만 곧바로 사라졌을 것이다. 둘 다 격식을 따지는 까다로운 자들이야, 하고 바로는 생각했다. 그들은 지금 나란히 하나의 긴 의자에 누워서 폼페이우스를 노려보고 있었다. 폼페이우스는 술라에게 데려온 병력을 빌미로, 나이로 보나 이력으로 보나 용납할 수 없는 최고 통솔권을 얻으려 하고 있었기 때문이다. 그는 술라를 압박하고 있었다.

그러나 단연코 바로에게 가장 흥미로운 사람은 마르쿠스 리키니우스 크라수스였다. 그는 작년 가을 그리스에 도착하여 술라에게 훌륭한 히스파니아인 병사 2천500명을 바쳤지만, 여름에 아프리카에서 메텔루스 피우스한테서 받았던 정도의 환영만 받았던 것이다.

그 냉담한 환영은 대부분, 마르쿠스 리키니우스와 그의 친구인 티투스 폼포니우스 2세가 킨나 치하 로마의 투자자들을 상대로 꾀했던 일확천금 계획의 극적인 실패 때문이었다. 킨나가 카르보와 손잡고 집정관이 된 첫해가 끝나갈 때쯤, 돈이 다시 조심스럽게 돌기 시작했을 때의 일이었다. 미트리다테스 왕의 위협은 더이상 없을 것이며 술라가 그와 다르다노스 조약을 체결했다는 소식이 들려왔다. 크라수스와 티투스 폼포니우스 2세는 갑작스러운 낙관주의적 앙등을 활용하여 아시아 투기 주식을 새로 공모했다. 폭락이 온 것은, 술라가 아시아 속주의 재정을 완전히 재정비했고 결과적으로 징세 노다지는 없을 거라는 소문이 돌면서였다.

크라수스와 티투스 폼포니우스 2세는 로마에서 성난 채권자들을 상대하기보다 얼른 도망치기로 했다. 갈 곳은 오직 하나였고 그들의 편으로 끌어들일 사람은 술라밖에 없었다. 그 사실을 즉시 깨달은 티투스 폼포니우스 2세는 자신의 온전하고 막대한 재산을 싸들고 아테네로 갔다. 교육 수준이 높고 도회적이며 문학 애호가인데다 개인적인 매력도 있으며 조금 과하게 어린 소년들을 좋아하는 티투스 폼포니우스 2세는 곧 술라와 친해졌다. 그러나 아테네의 분위기와 생활양식이 맘에 든다고 느낀 그는 아테네에 계속 머물기로 결정하고 자신의 코그노멘을 아티쿠스, 즉 '아테네 사람'이라고 지었다.

반면 확신이 들지 않았던 크라수스는, 술라가 자신의 유일한 대안임을 아티쿠스보다 훨씬 늦게야 깨달았다.

마르쿠스 리키니우스 크라수스는 주변 상황 탓으로 가장이 된 동시에 가난해졌다. 유일하게 남은 돈은 죽은 큰형의 부인이자 마찬가지로 죽은 작은형의 부인이었던 악시아의 것이었다. 악시아의 매력은 지참금 액수만이 아니었다. 그녀는 예쁘고 명랑하고 인정이 많았으며 사랑스러웠다. 크라수스의 어머니 비눌레이아처럼 악시아도 레아테 출신의 사비니족이었고 외가의 가까운 친척이기도 했다. 악시아의 부는 이탈리아 최고의 목초지이자 엄청난 가격에 팔리는 훌륭한 씨당나귀—미래에 튼튼한 군용 노새 여러 마리를 수태시킬 이 짐승의 가격은 한 마리에 흔히 6만 세스테르티우스씩 했다—의 사육장인 로세아 루라에서 나왔다.

악시아는 남편이자 크라수스 가의 장남이던 푸블리우스가 이탈리아 전쟁 때 그루멘툼 외곽에서 살해당하자 임신한 몸으로 과부가 되었다. 유대가 긴밀하고 검소한 크라수스 가에서 답은 한 가지밖에 없어 보였다. 열 달의 애도 기간이 끝난 뒤 악시아는 크라수스 가의 차남 루키우스와 결혼했다. 루키우스와는 자식을 낳지 못했다. 루키우스가 집 문밖의 길에서 핌브리아에게 살해당하면서 그녀는 다시 과부가 되었다. 비눌레이아도 과부가 되었다. 아들이 살해당하는 것을 보고 자신이 처한 운명을 깨달은 아버지 크라수스가 그 자리에서 자살했기 때문이다.

크라수스 가의 막내아들 마르쿠스는 당시 스물아홉 살로, (한창때에 집정관과 감찰관을 지낸) 아버지가 가문의 이름과 혈통을 지키기 위해 집안에 숨겨놓은 아들이었다. 비눌레이아의 재산을 포함해 크라수스가의 재산은 모두 압수되었다. 그러나 악시아의 친정은 킨나와 매우 호의적인 관계를 구축해놓았기에 악시아의 지참금은 무사했다. 그리고 다시 한번 열 달의 애도 기간이 끝나자 마르쿠스 리키니우스 크라수스는 형수와 결혼하고 그녀의 어린 아들이자 자신의 조카인 푸블리우스를 양자로 들였다. 삼 형제와 세 번 결혼한 악시아는 그때부터 테르툴라―귀여운 셋째―라고 불렸다. 그녀의 개명은 그녀 자신이 제안한 것이었다. 악시아는 라틴어답지 않은 거친 느낌이 있던 반면 테르툴라는 발음하기가 쉬웠다.

크라수스와 아티쿠스가 꾸몄던, 술라가 예기치 않게 아시아 속주의 재정 체제를 바꾸지 않았더라면 대성공했을 화려한 계략은 크라수스가의 재산이 다시 불기 시작하자마자 박살이 났다. 이 일로 크라수스는 모든 희망을 잃고 지갑 속의 쥐꼬리만한 돈만 가진 채 달아나야 했다. 그는 두 여자, 어머니와 아내를 남성 보호자 없이 남겨두고 떠났다. 테르툴라는 그가 떠나고 두 달 뒤 그의 아들 마르쿠스를 낳았다.

하지만 어디로 가야 하지? 크라수스는 히스파니아로 정했다. 히스파니아에는 과거 크라수스 집안이 지녔던 부의 잔재가 있었다. 수년 전 크라수스의 아버지는 배를 타고 '주석 제도' 카시테리데스로 가서 그곳의 주석을 히스파니아 북부를 가로질러 지중해 해안으로 수송하는 독점 계약을 체결했다. 이탈리아 내전은 그 거래를 파괴했지만 더이상 잃을 것이 없던 크라수스는 가까운 히스파니아로 달아났다. 아버지의 피호민 비비우스 파키아누스는 크라수스를 동굴에 숨겨주었다. 크라수스는 자신의 재정적 부정의 여파가 멀리 히스파니아까지 쫓아오지 않을 거라는 확신이 들고 나서야 모습을 드러내 주석 독점 계약을 정리하기 시작했고, 그후 히스파니아 남부의 함은연광에 눈독을 들였다.

결과는 대성공이었다. 그러나 사업이 번성하려면 로마의 금융기관과 무역회사를 다시 이용할 수 있어야 했다. 크라수스가 개인적으로 아는 어느 누구보다도 힘있는 협력자가 필요하다는 뜻이었다. 크라수스에게는 술라가 필요했다. 그러나 크라수스한테는 티투스 폼포니우스 아티쿠스의 넘치는 매력과 해박함이 없었기에, 술라를 꾀기 위해 그는 술라에게 줄 선물을 가져가야 했다. 그가 바칠 수 있는 선물은 군대뿐이었다. 그는 아버지의 옛 피호민들을 대상으로 모병을 했다. 5개 대대밖에 되지 않았지만 잘 훈련되고 군장을 갖춘 군대였다.

크라수스가 히스파니아를 떠나 처음 들른 곳은 아프리카 속주의 우티카였다. 그곳에서는 마리우스가 새끼 똥돼지라고 부르던 메텔루스 피우스가 총독 자리를 놓지 않으려고 계속 애쓰고 있었다. 크라수스는 지난해 초여름에 도착했지만, 로마의 강직함의 기둥인 새끼 똥돼지는 자신의 사업 활동을 달가워하지 않는다는 사실만 알게 되었다. 크라수스는 자신의 총독권이 무너질 때를 대비하여 만반의 준비를 하는 새끼 똥돼지를 떠나서 그리스로 왔다. 술라는 히스파니아인 군대 5개 대대라는 크라수스의 선물은 받았지만, 그를 계속 냉대했다.

지금 크라수스는 조그마한 회색 눈이 아프도록 술라에게 시선을 고정시킨 채로 앉아 일말의 인정의 기미를 기다리면서, 폼페이우스에게만 관심을 갖는 술라 때문에 티 나게 안달복달하고 있었다. 명문 리키니우스 가에서 크라수스라는 코그노멘이 생겨난 지 수 세대가 지났지만, 이 집안이 코그노멘과 어울리는 후손을 지금까지도 용케 생산하고 있음을 바로는 알아차렸다. 크라수스는 땅딸막하다는 뜻이었다(혹은, 처음으로 크라수스라고 불린 리키니우스의 경우 우둔하다는 뜻이었을지도 모른다). 보기보다 키가 훨씬 큰 크라수스는 몸의 윤곽선이 황소처럼 우람했으며, 그의 대체로 무표정한 얼굴 역시 어느 정도 소처럼 냉담한 차분함을 띠고 있었다.

바로는 방에 모인 사람들을 마지막으로 한번 훑어본 후 한숨을 쉬었다. 그랬다, 바로가 크라수스에 대해 생각하느라 대부분의 시간을 쓴 것은 옳은 일이었다. 그들 모두 야심가였고, 대부분 아마도 유능했으며, 일부는 부도덕한 만큼 무자비했다. 하지만―물론 폼페이우스와 술라는 제외하고―계속 지켜봐야 할 인물은 마르쿠스 크라수스였다.

조금도 취하지 않은 폼페이우스와 나란히 숙소로 걸어가던 바로는, 폼페이우스의 권유를 받아들여 이번 작전에 직접 참여하게 된 것이 무척 기뻤다.

"술라와 무슨 얘기를 했나?" 바로가 물었다.

"중요한 이야기는 없었습니다." 폼페이우스가 대답했다.

"두 사람 다 목소리를 계속 낮추고 있던데."

"네, 우리가 그랬죠?" 바로는 폼페이우스가 싱긋 웃는 것을 보지 않고도 느꼈다. "술라는 예전과 다를지 몰라도 바보는 아닙니다. 그곳의 부루퉁한 나머지 사람들이 우리의 대화를 듣지 못했다면, 우리가 자기들 이야기를 하지 않았다는 것도 모르겠죠?"

"술라가 이번 일에서 자네를 동료로 삼겠다던가?"

"나는 내 군대의 지휘권을 유지해야 합니다, 내가 원하는 건 그게 전부예요. 술라는 내가 내 군대를 자기한테 주거나 빌려준 게 아니라는 걸 알고 있습니다."

"그 문제에 대해 공개적으로 대화했는가?"

"말씀드렸다시피, 술라는 바보가 아닙니다." 폼페이우스가 함축적으로 말했다. "그다지 많은 이야기를 하지는 않았습니다. 따라서 우리 사이에 협정은 없고, 술라는 얽매이지 않을 수 있죠."

"자넨 그걸로 만족하나?"

"물론입니다! 술라도 자기한테 내가 필요하다는 걸 알고 있어요." 폼페이우스가 대답했다.

다음날 술라는 동틀 무렵 일어났고 한 시간 뒤 자기 군대와 함께 카푸아로 출발했다. 술라는 이제 얼굴 상태가 호전되면 활동량을 크게 늘리는 데 익숙했다. 가려움증은 늘 도지지는 않고 주기적으로 왔다. 한바탕의 가려움증과 그로 인한 포도주 섭취에서 막 벗어난 술라는 며칠 동안—또 한번의 주기를 촉발할 행위를 전혀 하지 않는다면—평화로울 것임을 알았다. 그러려면 자신의 손을 엄격하게 감시하여, 이유를 막론하고 얼굴을 만지지 않아야 했다. 사람들은 이런 곤경에 처한 뒤에야 손이 얼마나 자주, 의도치 않게 무의식적으로 얼굴로 가는지를 깨닫게 된다. 지금 술라가 겪고 있는 건 나으려는 과정중에 점점 딱딱해지고 진물이 나는 물집들, 그것에 동반되는 온갖 가려움과 따가움과 씰룩거림이었다. 얼굴에 손대지 않는다는 것은 첫날에는 지키기 쉽지만 시간이 지나면서 잊히게 될 터였고, 지극히 자연적인 현상처럼 느껴지는 코나 뺨의 가려움 때문에 손이 얼굴로 올라가게 될 터였다. 그러면 그 무시무시한 과정이 처음부터 다시 시작될 수 있었다. 아니, 다시 시작될 것이었다. 따라서 술라는 다음번 가려움증이 도지기 전에 최대한 많은 일을 마무리한 후, 가려움증이 시작되면 끝날 때까지 인사불성이 되도록 술을 마시는 습관을 들였다.

그러나 그건 정말 어려운 일이었다! 할 일도 너무 많고 끝내야 할 일도 너무 많은데다가 술라는 예전의 술라가 아니었다. 그는 지금까지 달성한 모든 일에서 극복해야 하는 거대한 장애물을 만났지만, 1년 전 그리스에서 피부병이 도진 뒤로는 자신이 왜 굳이 계속 애써야 하는지 생각하곤 했다. 폼페이우스가 단언한 대로, 술라는 바보가 아니었다. 술라는 자신에게 남은 시간이 한정되어 있다는 사실을 알고 있었다.

물론 오늘처럼 한바탕의 가려움증에서 막 벗어난 날에는 왜 굳이 계속 애를 써야 하는지 잘 알고 있었다. 세상은 그가 가장 위대한 사람임을 인정하려 하지 않았지만, 그는 세상에서 가장 위대한 사람이었기 때문이다. 나보폴라사르는 에우프라테스 강가에서 술라가 어떤 인물인지 알아보았다. 신들조차 그 칼데아인 예언자의 눈을 속일 수 없었다. 다른 모든 이들보다 위대해진다는 건 엄청난 고난이 함께 따라오는 일임을, 오늘 같은 날 술라는 잘 알 수 있었다. 그는 어젯밤 긴 의자에 함께 앉았던 사람을 떠올리며 웃음을 짓지 않으려고 애썼다(웃는 표정은 치유 과정을 방해할 수 있었다). 위대함의 본질에 대해 아직 전혀 이해하지도 못하는 사람이 나타났군!

위대한 폼페이우스. 술라는 폼페이우스의 사람들이 그를 어떻게 부르는지 이미 알고 있었다. 위대함은 애써서 얻는 것이 아니라고, 태어날 때부터 자신에게 주어졌으며 결코 사라지지 않을 거라고 진심으로 믿는 청년. 술라는 생각했다. 나는 진심으로 바란다, 폼페이우스 마그누스, 누가 그리고 무엇이 너를 무너뜨리는지 볼 만큼 내가 오래 살기를! 하지만 매력적인 자다. 영재 비슷한 부류인 건 분명하다. 충직한 부하감이 아니라는 것만큼은 분명했다. 아니, 위대한 폼페이우스는 술라의 호적수였다. 그리고 폼페이우스도 술라를 호적수로 보고 있었다. 스물두 살에 벌써부터. 술라는 폼페이우스가 데려온 퇴역병 군대를 어떻게 이용할지 알고 있었다. 하지만 위대한 폼페이우스는 어떻게 이용하는 게 최선일까? 물론 그가 마음껏 뛰어다닐 수 있게 고삐를 풀어줘야 겠지. 그가 해낼 수 없는 임무는 절대로 주지 말고. 그를 기쁘게 하고 우쭐하게 하고, 그의 위풍당당한 자부심을 절대로 건드리지 말 것. 그로 하여금 자기 쪽이 술라를 이용하는 거라고 믿게 만들고, 그쪽이 이용당하고 있다는 사실은 절대 모르게 할 것. 나는 그가 무너지기 훨씬 전에 죽을 것이다. 왜냐하면 나는 내가 살아 있는 동안에는 누구도 폼페이우스를 무너뜨리게 두지 않을 테니까. 그는 지나치게 유용하다. 지나치게…… 가치 있다.

술라를 태운 노새가 동의한다는 듯 쾌액 소리를 지르며 고개를 치켜들었다. 그러나 항상 얼굴에 신경쓰는 술라는 똘똘한 노새의 행동에도 웃지 않았다. 그는 기다리고 있었다. 연고 단지와 그 연고의 제조법이 도착하기를. 술라는 십여 년 전 에우프라테스 강에서 돌아오던 길에 처음으로 이 피부병에 걸렸다. 그 원정은 얼마나 만족스러웠던가!

술라는 아들과 함께 갔다. 율릴라가 낳은, 당시 청소년이던 아들은 술라 인생 최초의 벗이자 상담자였다. 완벽한 관계의 완벽한 구성원. 두 사람이 어떻게 대화했던가! 무엇이든지, 모든 것에 대해서. 소년은 술라가 자신을 절대로 용서할 수 없었던 수많은 것들에 대해 아버지를 용서할 수 있었다. 물론 살인과 기타 필요에 의한 실용적인 행위들은 예외였다. 그것들은 한 남자의 인생이 그에게 강제한 것들일 뿐이었다. 감정적 실수들, 이성이 어리석고 무익하다고 외치던 열망과 기질에서 비롯된 정신적 약점들. 술라 2세는 얼마나 진지하게 들었으며, 그토록 어렸음에도 얼마나 완벽하게 이해했던가. 아이는 그를 격려했다. 당시에는 타당해 보이기까지 한 변명을 해주기도 했다. 그리하여 술라의 황폐한 세계는 빛나고 넓어졌으며, 오직 사랑하는 아들만이 줄 수 있는 깊이와 차원을 약속했다. 그런데, 에우프라테스 강 너머로의 여행과 로마인다운 경험을 무사히 마치고 돌아온 술라 2세는 죽었다. 예고도 없이. 고작 이틀이라는 사소하고 평범한 시간 안에 모든 것이 끝났다. 벗도 상담자도 사라졌다. 사랑하는 아들은 사라졌다.

눈이 시리더니 눈물이 차올랐다. 안 돼! 안 돼! 울 순 없다, 울면 안돼! 한 방울이라도 뺨에 흘렀다가는 고통스러운 가려움이 시작될 거다. 연고. 연고만 생각해야 한다. 모르시모스는 킬리키아 페디아의 피라모스 강 인근에 있는 이름 모를 마을에서 발견한 그 연고로 술라의 증상을 덜어주고 치료해준 적이 있었다.

6개월 전 술라는 이제 타르소스의 행정장관이 된 모르시모스에게 전갈을 보내, 킬리키아 페디아의 모든 마을을 뒤져서라도 그 연고를 찾아달라고 부탁했다. 그가 그 연고를—그리고 더 중요한 연고 제조법을—다시 찾을 수 있다면 술라의 피부는 정상으로 돌아올 터였다. 그때까지 술라는 기다린다. 고난을 겪는다. 훨씬 더 위대해진다. 듣고 있나, 위대한 폼페이우스?

술라는 안장에 앉은 채로 고개를 돌려, 말을 타고 뒤따라오던 새끼 똥돼지 메텔루스 피우스와 크라수스에게 손짓했다(위대한 폼페이우스는 자신의 3개 군단을 이끌고 맨 뒤에서 오고 있었다).

"문제가 하나 있네." 술라는 메텔루스 피우스와 크라수스가 가까이 오자 말했다.

"누굽니까?" 새끼 똥돼지가 예리하게 물었다.

"대단하군! 우리의 존경받는 필리푸스지." 술라는 얼굴에 주름이 지지 않도록 무표정하게 말했다.

"설사 우리한테 아피우스 클라우디우스가 없었다고 해도 루키우스 필리푸스는 문제가 됐을 겁니다." 크라수스가 머릿속으로 주판을 튕기며 말했다. "그러나 아피우스 클라우디우스 때문에 상황이 악화된다는 것은 부인할 수 없습니다. 장군께서는 필리푸스가 그의 생질이기 때문에 그를 원로원에서 추방하지 않았다고 생각하시겠지만, 그렇지 않습니다."

"그건 아마 필리푸스가 외삼촌 아피우스 클라우디우스보다 몇 살 연상이기 때문이겠지." 술라는 즐거워하며 말했다.

"이 문제에 관해서 정확히 어떻게 하고 싶으십니까?" 일행의 대화가 로마 상류 계층의 복잡한 혈연관계로 빠져들지 않기를 바라며 메텔루스 피우스가 물었다.

"어떻게 하고 싶은지는 알고 있지만 그것이 가능한지 여부는 자네에게 달려 있네, 크라수스." 술라가 말했다.

크라수스가 눈을 깜빡였다. "그렇습니까?"

술라는 그늘을 드리우는 밀짚모자를 살짝 뒤로 젖히면서 전보다 따뜻한 눈으로 보좌관을 바라보았다. 크라수스는 자기도 모르게 가슴께가 부풀어오르는 느낌이 들었다. 술라가 나를 존중해주고 있다!

"현지 농부들한테서 곡물과 식료품을 구입하며 행군하는 건 아주 좋아." 술라가 설명을 시작했다. 이가 없어서 이제 발음이 약간 불분명했다. "그러나 늦여름쯤 우리는 한 장소에서 배로 실어올 수 있는 수확물이 필요하게 될 거야. 시칠리아나 아프리카의 수확물만큼 많은 양은 필요 없지만, 내 군대의 주식은 공급할 수 있어야 해. 또한 나는 시간이 흐를수록 내 군대의 규모가 커질 거라고 확신하네."

메텔루스 피우스가 조심스럽게 말했다. "물론 우리는 가을쯤 시칠리아와 아프리카에서 필요한 곡식을 모두 공급받게 될 겁니다. 그때쯤이면 우리가 로마를 차지한 후일 테니까요."

"그렇게 되진 않을 거네."

"어째서요? 로마는 속부터 썩어가고 있는데요!"

술라는 축 처진 입술 사이로 한숨을 뱉었다. "이보게, 새끼 똥돼지, 내가 장차 로마의 회복을 도와야 한다면, 로마가 평화적으로 내 편에 설 기회를 줘야만 하네. 그렇기 때문에 가을쯤에 그렇게 될 일은 없을 거야. 따라서 나는 너무 위협적으로 보여서는 안 되고, 내가 동방으로 떠난 후 킨나와 마리우스가 로마를 덮친 것처럼 라티나 가도를 따라 구보 행진하여 로마를 공격해서도 안 돼. 내가 처음 로마로 진군했을 때 나는 의외의 존재였어. 아무도 내가 그럴 거라고 믿지 않았지. 그래서 가이우스 마리우스에게 속한 일부 노예와 용병 외에는 아무도 나를 반대하지 않았어. 하지만 이번엔 다르네. 다들 내가 로마로 진군할 거라고 예상하고 있지. 너무 서두르면 난 절대로 이길 수 없을 거야. 물론 로마는 무릎을 꿇겠지! 하지만 그 온갖 반란의 무리와 반대파들은 강경해질 거야. 나는 저항을 진압하느라 내 여생보다도 긴 세월이 필요하게 될 거고. 나한테는 그런 시간이나 노력을 들일 여유가 없네. 그러니 난 아주 천천히 로마로 갈 거라네."

메텔루스 피우스는 술라의 말을 이해하고 그 뜻을 깨달았다. 쓰라린 피부로 감싸인 술라의 냉담한 눈은 메텔루스 피우스가 기뻐하는 기색을 훤히 볼 수 있었다. 메텔루스 피우스가 생각하기에 현명함은 로마 귀족의 자질이 아니었다. 로마 귀족은 사고가 지나치게 정치적이라서 현명할 수가 없었다. 모든 것은 순간적이며 근시안적으로 판단되었다. 심지어 원로원 최고참 의원 스카우루스조차 온갖 경험과 엄청난 권위에도 불구하고 현명하지는 않았다. 새끼 똥돼지의 아버지 메텔루스 누미디쿠스도 마찬가지였다. 용감하고 두려움을 모르며 단호하고 원칙이 확고했지만 결코 현명하지는 않았다. 따라서 자신이 현명한 사람과 함께 로마로 가는 긴 여정에 올랐다는 깨달음은 새끼 똥돼지를 무척 기운 나게 했다. 그는 카이킬리우스 메텔루스 집안사람이었으며, 개인적으로 술라를 선택하기는 했지만 양쪽 진영에 모두 발을 걸치고 있었기 때문이다. 이번 일에서 그가 꺼리는 점이 조금이라도 있다면—그로서는 피하려고 노력할 테지만—불가피하게 친인척 관계의 상당 부분을 망치게 되리라는 것이었다. 그러므로 그는 로마에 천천히 접근한다는 현명함이 반가웠다. 현재 카르보를 지지하는 카이킬리우스 메텔루스 집안사람들이 너무 늦기 전에 자신들의 실수를 깨달을 수도 있을 테니까.

물론 술라는 새끼 똥돼지가 무슨 생각을 하는지 정확히 알고 있었기에 그가 평화롭게 생각을 마무리하도록 내버려두었다. 그는 쓸쓸하게 축 처진 노새의 두 귀 사이를 응시하며 자신의 과업을 생각하고 있었다. 나는 이탈리아로 돌아왔고, 곧 캄파니아로 돌아간다. 땅에서 나는 모든 좋은 것들의 보고로. 푸르고 완만하고 포근한 산이, 달콤한 물이 멀리서 보이기 시작할 것이다. 그리고 내가 의도적으로 나의 내적 시야에서 로마를 빼버리면 로마는 이 가려움증처럼 나를 초조하게 만들지 못할 것이다. 로마는 나의 것이 될 것이다. 하지만 나의 죄가 셀 수 없고 회개는 결코 없었다 하더라도, 강탈이라면 나는 그 생각조차 좋아한 적이 없다. 로마가 자진하여 내게 오는 것이 내가 로마를 강탈할 수밖에 없게 되는 것보다 훨씬 낫다…….

"자네도 눈치챘는지 모르겠지만, 나는 브룬디시움에 도착한 후부터 예전 이탈리아 동맹의 지도자들 모두에게 편지를 써서 이탈리아 전쟁

말기의 법과 조약에 따라 모든 이탈리아인들을 로마 시민으로 만들겠다고 약속하고 있네. 심지어 그들을 35개 트리부스에 골고루 배분하겠다고까지 했어. 새끼 똥돼지, 나는 로마를 공격하기 전에 바람 속의 거미줄 가닥처럼 유연해질 거야!"

"이탈리아인들이 로마와 무슨 상관입니까?" 메텔루스 피우스가 물었다. 그는 이탈리아인에게 완전한 로마 시민권을 주는 데 한 번도 찬성한 적이 없었으며, 감찰관으로서의 필리푸스를 은밀하게 찬양하고 있었다. 필리푸스와 그의 동료 페르페르나는 이탈리아인들을 로마 시민으로 등록하기를 거부했기 때문이다.

"폼페이우스와 나 사이에 있던, 로마에 대항해 싸운 대다수 지역들을 행군하는 동안 우리는 환영—그리고 아마도 내가 그들의 시민권과 관련하여 로마의 상황을 바꿀 거라는 희망—외에는 아무것도 느낄 수 없었네. 이탈리아의 지지는 내가 로마의 평화적 항복을 끌어내는 데 도움이 될 거야."

"그렇지 않을 것 같지만," 메텔루스 피우스가 딱딱한 목소리로 말했다. "장군께서 더 잘 아시겠지요. 문제인 필리푸스 이야기로 돌아가시죠."

"얼마든지!" 술라가 눈을 굴리며 말했다.

"필리푸스가 저와 어떤 관련이 있습니까?" 이중창처럼 되어버린 대화에 끼어들 기회가 왔다고 판단한 크라수스가 물었다.

"나는 그를 제거해야만 하네, 마르쿠스 크라수스. 하지만 어쨌거나 그가 자신을 신성한 로마의 제도로 만들었으니, 최대한 고통 없이 그렇게 해야 하네."

"필리푸스가 그럴 수 있었던 건, 모두의 이상형인 헌신하는 정치적 곡예사가 되었기 때문이죠." 새끼 똥돼지가 싱긋 웃으며 말했다.

"괜찮은 묘사로군." 술라는 웃음 짓지는 않고 고개만 끄덕이며 말했다. "자, 나의 크고 차분해 보이는 친구 마르쿠스 크라수스, 자네에게 질문을 하나 하겠네. 나는 정직한 답을 듣고 싶어. 자네의 애석한 평판에도 불구하고, 내게 정직하게 대답해줄 수 있겠나?"

이 기습 공격도 크라수스의 황소 같은 침착성엔 흠집 하나 내지 못하는 듯했다. "최선을 다해보겠습니다, 루키우스 코르넬리우스."

"자네는 자네의 히스파니아인 군대에 애착이 큰가?"

"장군께서 내가 그들의 식량을 계속 찾도록 만드신다는 걸 감안한다면, 아니요, 그렇지 않습니다." 크라수스가 대답했다.

"좋아! 그들과 헤어질 수 있겠나?"

"장군께서 우리에게 그들이 없어도 괜찮다고 생각하신다면, 그렇습니다."

"좋아! 그럼 자네의 멋지게 침착한 동의를 받아, 친애하는 마르쿠스, 난 화살 한 개로 사냥감 여럿을 쓰러뜨릴 생각이야. 자네의 히스파니아인 군대를 필리푸스한테 주려고 하네. 그는 나를 위해 사르디니아를 맡아 거기 머무르면서 사르디니아의 수확물이 들어오면 전부 나한테 보낼 것이네." 술라가 말했다. 그는 안장의 돌기에 묶여 있는 신 백포도주가 든 가죽 부대를 들어올리더니 이 없는 입속으로 솜씨 좋게, 얼굴에 한 방울도 흘리지 않고 술을 들이부었다.

"필리푸스는 가지 않으려고 할 겁니다." 메텔루스 피우스가 딱 잘라 말했다.

"아니, 갈 거야. 기꺼이 가겠다고 할걸." 술라가 홀쭉해진 술 부대의 마개를 닫으며 말했다. "그는 자기가 측량한 모든 것의 명실상부한 주인이 될 거고, 사르디니아의 산적들은 그를 형제처럼 맞이할 거야. 그는 그들의 마지막 한 명까지 도덕적으로 보이게 만드니까."

크라수스는 의혹에 시달리기 시작했다. 목구멍 깊은 곳이 꾸르륵거렸지만, 그는 아무 말도 하지 않았다.

"자네가 지휘할 군대도 없이 무엇을 하게 될지 궁금한가?"

"아무래도요." 크라수스가 조심스럽게 대답했다.

"자네는 내게 매우 유용한 사람이 될 수 있네." 술라가 태평한 어조로 말했다.

"어떻게요?"

"자네의 모친과 부인은 둘 다 명망 있는 사비니족 가문 출신이지. 레아테로 가서 나를 위해 모병 활동을 하는 게 어떤가? 거기서 시작해서 마지막에는 마르시족한테 가면 되네." 술라가 손을 뻗어 크라수스의 굵은 손목을 꽉 쥐었다. "나를 믿게, 내년 봄에는 자네가 해야 할 군사 업무도, 자네가 지휘할 훌륭한 병사들도 많을 것이네. 로마인이 아니라면 이탈리아인이라도."

"좋습니다." 크라수스가 말했다. "말씀대로 하겠습니다."

"아, 모든 일이 이렇게 잘 풀릴 수만 있다면!" 술라가 소리치더니 다시 한번 포도주 부대를 향해 몸을 굽혔다.

크라수스와 메텔루스 피우스는 수그러진 술라의 우스꽝스러운 가짜 곱슬머리 위로 시선을 교환했다. 술라는 가려움증을 완화하기 위해 마신다고 하겠지만, 사실 요즘 그는 술로 목을 축이지 않고서는 그리 오래 버티지 못하는 것처럼 보였다. 신체적 고통이라는 악몽의 골목 어딘가에서 그는 변치 않고 끈질긴 애정으로 자신의 완화제를 끌어안았다. 하지만 그는 이 사실을 알고 있는가, 모르고 있는가?

그들이 술라에게 물어볼 용기가 있었더라면 술라는 아무렇지 않게 대답해주었을 것이다. 그렇다, 술라는 알고 있었다. 또한 남들이 알게 될까봐 신경쓰지도 않았다. 그의 기만적으로 순해 보이는 포도주가 사실은 알코올이 듬뿍 든 것이라는 사실도. 빵과 꿀, 과일과 케이크가 빠진 식단에서 술라가 정말로 좋아하는 것은 거의 없었다. 아이뎁소스의 의사들이 술라의 식단에서 온갖 맛있는 음식을 제거한 일은 옳았다. 술라는 의심 없이 그렇게 믿었다. 그들에게 갔을 때 술라는 자신이 죽어가고 있다는 걸 알았다. 우선 그는 달콤한 탄수화물 음식에 대한 끝없는 갈망에 죽 시달린 결과 무시무시하게 살이 쪘다. 그의 노새조차 그가 올라타면 불평을 했다. 곧 양발이 저리고 따끔거리게 되었으며, 이어 화끈거림과 통증까지 찾아왔다. 자려고 누우면 두 발의 고통 때문에 잠들지 못했다. 그런 느낌은 발목과 종아리까지 올라왔고 잠은 갈수록 더 요원해졌다. 그 결과 술라는 식사 때마다 아주 달고 독한 포도주를 마셨고 술기운을 빌어서 잠을 잤다. 결국 땀을 흘리고 숨을 헐떡이는, 그리고 너무나 빨리 살이 빠져서 거의 사라지는 것처럼 보이는 지경까지 갔다. 큰 병에 든 물을 마시고 또 마셔도 갈증이 가시지 않았고, 가장 무서운 일은 시력이 나빠지기 시작했다는 것이었다.

대부분의 증상은 아이뎁소스로 간 뒤 사라지거나 크게 완화되었다. 자신의 얼굴에 대해서는 생각하지 않으려고 했다. 어릴 때는 너무 아름다워서 다른 남자들을, 성인이 된 후에는 너무 아름다워서 여자들을 웃음거리로 만든 술라였다. 그러나 단 하나, 포도주에 의존하는 습관은 버리지 못했다. 어쩔 수 없어서 포기해버린 아이뎁소스의 신관 겸 의사들은 술라에게 달고 독한 포도주 대신 구할 수 있는 가장 신 포도주를 마시라고 설득했고, 그후 몇 달에 걸쳐 술라는 얼굴이 찡그려질 정도로 쓴 포도주를 선호하게 되었다. 가려움증에 시달리지 않을 때는 주량을 어느 정도 통제해서 생각을 방해하지 않는 정도로 마셨다. 그는 딱 생각하는 데 도움이 될 정도만 마셨다― 적어도 스스로는 그렇다고 생각했다.

"오펠라와 카틸리나는 계속 데리고 있을 거야." 술라는 또다시 술 부대의 마개를 열며 크라수스와 메텔루스 피우스에게 말했다. "하지만 베레스는 자기 이름대로 만족을 모르는 탐욕스러운 수돼지의 전형이야. 적어도 당분간은 그를 베네벤툼으로 보내놓을 생각이네. 보급품을 준비하고 우리의 후방을 주시하게 하면 돼."

새끼 똥돼지가 낄낄거렸다. "그는 그 일을 좋아할 겁니다, 그 탐욕 덩어리!"

그 말에 크라수스는 짧게 싱긋 웃었다. "저기 있는 케테구스는요?" 그가 물었다. 힘없이 늘어뜨리고 있던 묵직한 다리가 아파와서, 그는 몸을 살짝 움직였다.

"지금 당장은 케테구스를 데리고 있을 거야." 술라가 말했다. 그는 자기도 모르게 포도주 쪽으로 움직이던 손을 재빨리 거뒀다. "캄파니아의 일을 맡기면 돼."

술라는 그의 군대가 카실리눔 시 근처 볼투르누스 강을 건너기 직전에, 카르보의 유순한 집정관들 가운데 더 유능한 쪽인 가이우스 노르바누스에게 협상을 위해 특사 여섯 명을 보냈다. 노르바누스는 8개 군단을 이끌고 카푸아를 방어하러 왔지만, 술라의 특사들이 휴전기를 들고 나타나자 말도 들어보지 않고 그들을 체포했다. 그러고는 8개 군단을 행군시켜 티파타 산비탈 바로 아래 있는 카푸아의 평원으로 갔다. 자신의 특사들이 당한 비도덕적인 처우에 화가 난 술라는 노르바누스에게 잊을 수 없는 교훈을 가르쳐주기로 했다. 술라는 티파타 산의 비탈을 따라 군대를 구보 행군시켜서 불시에 노르바누스를 덮쳤다. 전투가 제대로 시작되기도 전에 패배한 노르바누스는 카푸아 안쪽으로 후퇴했으며, 거기서 겁에 질린 부하들을 진정시키고 카르보의 로마를 위해 2개 군단을 보내 네아폴리스 항을 지키게 했다. 그리고 자신은 포위 공격을 견딜 준비에 들어갔다.

호민관 마르쿠스 유니우스 브루투스의 영리함 덕분에 카푸아는 현 로마 정부를 무척 좋아하게 되었다. 그해 초에 브루투스가 카푸아를 로마 시민권 도시로 만드는 법을 제정한 것이다. 여러 차례의 반란 때문에 수세기 동안 로마의 징벌을 받았던 카푸아 사람들은 크게 기뻐했다. 그래서 노르바누스는 카푸아 사람들이 자신과 군대를 체류시키는 데 싫증을 낼까봐 걱정할 필요가 없었다. 카푸아는 로마군에게 거처를 제공하는 데 익숙했다.

"우리한텐 푸테올리가 있으니 네아폴리스는 필요 없어." 술라는 폼페이우스와 메텔루스 피우스에게 말했다. 그들은 말을 타고 테아눔 시디키눔으로 가는 중이었다. "그리고 베네벤툼을 쥐고 있으니 카푸아도 없어도 돼. 그곳에 가이우스 베레스를 남겨둘 때 나는 분명 어떤 예감을 느꼈지." 술라는 잠시 멈춰 서서 뭔가 생각하더니 자신의 생각에 응답하듯 고개를 끄덕였다. "케테구스에게 새로운 직책을 주면 되겠군. 나의 모든 보급품을 책임지는 보좌관 말이야. 외교적 수완을 짜내야 할 거야."

폼페이우스가 불만스러운 말투로 말했다. "정말 느린 전쟁이군요. 어째서 로마로 진군하지 않는 겁니까?"

그를 바라보는 술라의 얼굴은, 피부병 상태를 고려하면 퍽 온화했다. "인내심을 갖게, 폼페이우스! 자네는 전쟁 기술에 도가 텄지만 정치적 기술은 전혀 없어. 올해 안에 다른 것은 못 배워도 정치 공작에 대해서는 배울 수 있을 거야. 우리는 로마로의 진군을 고려하기 전에 로마가 현정부로는 이길 수 없다는 걸 깨닫게 해야 해. 로마가 분별 있는 숙녀라면 조건 없이 우리에게 스스로를 내줄 것이네."

"로마가 그렇게 하지 않으면요?" 술라가 메텔루스 피우스, 크라수스와 이 문제에 대해 이미 이야기를 끝냈음을 모르는 폼페이우스가 물었다.

"두고보면 알 거야." 술라의 대답은 그게 다였다.

그들은 마치 노르바누스가 카푸아에 없다는 듯 그곳을 우회해 지나친 뒤, 스키피오 아시아게누스와 그의 선임 보좌관 퀸투스 세르토리우스가 이끄는 또다른 집정관의 군대를 향해 진군했다. 주변의 번성하는 캄파니아 소도시들은 술라를 두 팔 벌려 맞이했다기보다도 그에게 굴복했다. 그곳 사람들은 술라를 잘 알고 있었기 때문이다. 술라는 이탈리아 전쟁 때 대부분의 시간을 이곳에서 로마군을 지휘하며 보냈다.

스키피오 아시아게누스는 테아눔 시디키눔과 칼레스 사이에서 야영중이었다. 여러 샘들의 물이 흘러드는 볼투르누스 강의 작은 지류로부터 살짝 거품 이는 물이 풍부하게 공급되는 곳이었다. 강물의 온기는 여름에도 기분좋을 정도였다.

"겨울 진지로 훌륭하겠군!" 술라는 이렇게 말하고, 건너편에 적들이 있는 실개천의 다른 쪽 기슭에 진을 쳤다. 기병대를 케테구스의 지휘하에 베네벤툼으로 돌려보내고, 새 특사단을 꾸려 스키피오 아시아게누스와의 휴전 협상에 대해 분명한 지시를 내렸다.

"그는 가이우스 마리우스의 예전 피호민이 아니니 노르바누스보다는 훨씬 다루기 쉬울 거야." 술라는 메텔루스 피우스와 폼페이우스에게 말했다. 술라의 얼굴은 여전히 무탈했고 포도주 섭취량도 베네벤툼에서보다 상당히 줄어들었다. 이는 그가 쾌활하고 정신이 맑다는 뜻이었다.

"그럴 수도 있겠지요." 새끼 똥돼지가 미심쩍은 표정으로 말했다. "스키피오 한 사람만 있다면야 흔쾌히 동의하겠지만 퀸투스 세르토리우스가 그와 함께 있습니다. 이 말이 뭘 뜻하는지 아시지요, 루키우스 코르넬리우스."

"문제지." 술라가 걱정하지 않는 말투로 말했다.

"세르토리우스를 무력화할 방법을 궁리하지 않아도 되겠습니까?"

"그럴 필요 없을 거야, 새끼 똥돼지. 내가 나서지 않아도 스키피오가 그렇게 할 거거든." 술라는 작은 강이 급히 굽어지며 자신의 진지 경계가 건너편의 스키피오 진지 경계에 바싹 붙는 곳을 막대기로 가리켰다. "나이우스 폼페이우스, 자네의 퇴역병들은 땅을 팔 줄 아나?"

폼페이우스는 눈을 깜박였다. "둘째가라면 서럽죠!"

"좋아. 그럼 다른 병사들이 겨울 요새를 완성하는 동안 자네의 병사들은 방벽 바깥의 강기슭을 파서 크고 번듯한 수영장을 만들도록 하게." 술라가 온화하게 말했다.

"멋진 생각입니다!" 폼페이우스도 차분하게 말하며 웃음을 지었다. "지금 바로 시작하겠습니다." 그는 멈칫하더니 술라한테서 막대기를 빼앗아 강 건너편 기슭을 가리켰다. "장군께서 허락하신다면, 수영용 웅덩이를 따로 만드는 대신 저 기슭을 무너뜨리고 강을 넓히는 데 집중하겠습니다. 그리고 그곳의 일부에라도 지붕을 덮어 가리면 병사들이 무척 좋아할 것 같습니다. 나중에 덜 추울 듯해서요."

"좋은 생각이네! 그렇게 하게." 술라는 상냥하게 말한 다음, 성큼성큼 걸어가는 폼페이우스를 바라보았다.

"이게 다 무슨 소립니까?" 메텔루스 피우스가 얼굴을 찌푸리며 물었다. 그는 술라가 저 건방진 어린 도둑을 그렇게 상냥하게 대하는 것이 싫었다.

"그는 알아들었어." 술라가 아리송하게 말했다.

"저는 모르겠습니다!" 새끼 똥돼지가 시무룩하게 말했다. "설명해주십시오!"

"친목 도모 말이네, 새끼 똥돼지! 스키피오의 병사들이 폼페이우스의 겨울 온천을 거부할 수 있을 거라고 생각하나? 심지어 여름에도? 결국 우리 병사들도 로마 군인들이네. 즐거운 일을 함께하는 것만큼 우정을 도모하는 데 좋은 건 없지. 폼페이우스의 수영장이 완성되면 우리 병사들만큼이나 스키피오의 병사들도 많이 와서 즐길 거야. 그리고 얼마 못 가 그들은 같은 농담을 하고 같은 불만과 비슷한 생활에 대해 신나게 떠들어대겠지. 장담컨대 우린 전투를 벌일 필요도 없게 될 거야."

"폼페이우스는 장군께서 별말씀도 없으셨는데 그걸 알아냈단 말입니까?"

"물론."

"그가 돕기로 했다는 게 놀랍군요! 그는 전투를 하고 싶어하니까요."

"그건 사실이야. 하지만 폼페이우스는 나에 대한 판단을 끝냈네, 피우스. 그리고 봄이 오기 전에는 전투가 없을 거라는 것도 알아. 나를 화나게 하는 건 폼페이우스의 전략에 없어. 나에게 그가 필요한 만큼 그도 내가 필요하거든." 술라는 그렇게 말하더니 얼굴을 움직이지 않고서 슬며시 웃었다.

"그는 일찌감치 총사령관님이 필요 없다고 판단한 것 같은데요."

"그렇다면 자넨 그를 잘못 본 거야."

사흘 뒤 술라와 스키피오 아시아게누스는 테아눔과 칼레스를 잇는 길 위에서 정전 회담을 한 끝에 휴전 협정을 맺었다. 이때쯤 폼페이우스는 수영용 웅덩이를 완성했고—언제나처럼 꼼꼼하게—강 건너편의 침략자들에게도 충분한 공간을 확보해주기 위해 이용자 등록부를 만든 뒤 군대 휴양용 수영장을 개방했다. 이틀 정도 지나자 양쪽 병사들 간의 왕래가 어찌나 활발했던지, 퀸투스 세르토리우스는 자신의 총사령관에게 말했다. "차라리 우리가 적군이라는 시늉조차 하지 않는 편이 낫겠군요."

스키피오 아시아게누스는 놀란 표정이었다. "뭐가 문젠가?" 그는 점 잖게 물었다.

세르토리우스는 남아 있는 한쪽 눈을 위로 굴렸다. 언제나 건장했던 그의 체격은 삼십대 중반이 되면서 최종적인—목이 두껍고 황소 같으며 위협적인—형태로 굳어졌다. 어떤 의미에서는 딱한 일이었는데, 세르토리우스의 정신적 힘과 자질에 전혀 부합하지 않는 소 같은 모습이었기 때문이다. 가이우스 마리우스의 종질인 세르토리우스는 마리우스의 개인적·군사적 탁월함을, 예컨대 마리우스의 친아들보다도 훨씬 많이 물려받았다. 로마 포위 직전의 소전투에서 잃은 눈은 왼쪽 눈이었기 때문에, 오른손잡이인 그는 싸움에서 딱히 느려지지 않았다. 호감가는 얼굴은 반흔 조직 때문에 우스꽝스럽게 변했다. 여전히 호감형인 오른쪽 얼굴과 왼쪽 얼굴이 극심한 대비를 이루었던 것이다.

그래서 스키피오는 세르토리우스를 과소평가했고, 존중하지도 이해하지도 않았다. 이제야 그는 놀라서 세르토리우스를 쳐다보고 있었다.

세르토리우스는 노력해보았다. "아시아게누스, 생각해보십시오! 우리 병사들이 적과 지나치게 친해지도록 내버려둔다면 그들이 우리를 위해 싸우겠습니까?"

"그들은 싸우라는 명령을 받으면 싸울 것이네."

"저는 그렇게 생각하지 않습니다. 술라가 왜 수영용 웅덩이를 만들었다고 생각하십니까? 우리 병사들을 매수하기 위해서이지 않습니까? 자기 병사들을 위해 그런 게 아닙니다. 이건 덫입니다. 지금 장군께서 빠지고 있는 덫 말입니다!"

"우리는 휴전중이고, 저쪽 사람들도 우리처럼 로마인들이네." 스키피오 아시아게누스는 고집스럽게 말했다.

"저쪽의 지휘관과 그 군대는 잠자는 용의 이빨에서 나온 것처럼 두려워해야 할 인물입니다! 그자에게 한 치의 틈도 보이면 안 됩니다, 아시아게누스. 틈을 보이면 그자는 여기서부터 로마까지의 경로를 모두 장악할 겁니다."

"과장이 지나치군." 스키피오가 퉁명스럽게 말했다.

"장군은 바보요!" 세르토리우스는 참지 못하고 소리쳤다. 그러나 그 감정의 격발에도 스키피오는 요지부동이었다. 스키피오는 하품을 하고 턱을 긁고 아름답게 손질한 자신의 손톱을 내려다보더니, 자신을 내려다보고 있는 세르토리우스를 올려다보며 상냥한 웃음을 띠고 말했다. "제발 좀 나가주게!"

"그럴 겁니다! 지금 당장이요!" 세르토리우스는 매섭게 말했다. "가이우스 노르바누스라면 장군의 분별력을 찾아줄 수 있겠지요!"

"안부 전해주게." 스키피오는 세르토리우스의 등에 대고 외친 다음 다시 손톱을 살피기 시작했다.

그리하여 세르토리우스는 전속력으로 말을 달려 카푸아로 갔으며, 그곳에서 스키피오 아시아게누스보다 입맛에 맞는 사람을 찾았다. 노르바누스는 마리우스의 사람들 중에도 가장 충직했으며, 광신적인 카르보 추종자와는 거리가 멀었다. 하지만 킨나가 죽은 후에도 그쪽에 계속 충직했는데, 카르보보다 술라를 훨씬 더 혐오했기 때문이었다.

"그 우유부단한 귀족 별종이 정말로 술라와 정전 협정을 맺었다는 말인가?" 노르바누스가 물었다. 혐오하는 이름을 말할 때면 그의 목소리는 끽끽거렸다.

"분명 그렇습니다. 게다가 그는 자기 병사들이 적들과 친목을 도모하게 내버려두고 있습니다." 세르토리우스가 착실하게 대답했다.

"어째서 나는 아시아게누스같이 어리석은 동료를 떠안게 된 거지?" 노르바누스가 탄식하고는 어깨를 으쓱했다. "뭐, 우리 로마가 그렇게 되어버린 거라네, 퀸투스 세르토리우스. 그에게 따끔한 전갈을 보내겠네, 그는 무시하겠지만. 하나 자네는 그에게 돌아가지 않는 게 좋을 것 같군. 자네가 술라의 포로가 되는 상상은 하기 싫구먼. 술라는 자네를 죽일 방법을 궁리할 거야. 자네는 술라를 화나게 만들 일을 생각해보게나."

"훌륭하십니다." 세르토리우스가 말하고는 한숨을 쉬었다. "저는 캄파니아의 도시들에서 술라를 괴롭힐 문제를 일으키겠습니다. 그곳 사람들은 모두 술라에 지지를 표명했지만, 별로 그러고 싶지 않아하는 남자들이 많습니다." 그는 역겹다는 듯한 표정을 지었다. "여자들이 문젭니다, 가이우스 노르바누스! 여자들이요! 그 여자들은 술라라는 이름만 들어도 황홀해서 축 늘어지거든요. 캄파니아의 도시들이 가담할 편을 결정한 건 남자들이 아니라 여자들입니다."

"그렇다면 그 여자들은 술라를 직접 봐야겠군." 노르바누스가 말하고는 얼굴을 찌푸렸다. "술라는 사람이라고 하기도 힘든 몰골이라던데."

"저보다 심합니까?"

"훨씬 더 심하다더군."

세르토리우스는 얼굴을 찡그렸다. "저도 비슷한 얘기를 들은 적이 있지만, 스키피오가 휴전 협정을 맺을 때 저를 데려가지 않아서 술라를 보지 못했습니다. 스키피오가 술라의 외모에 대해 언급하지도 않았고요." 그는 냉혹한 웃음을 지었다. "아, 술라는 분명 얼굴 때문에 속이 상할 겁니다, 그 곱상한 좆대가리! 그는 허영심이 아주 강하거든요! 꼭 여자처럼요."

노르바누스는 싱긋 웃었다. "여자를 별로 좋아하지 않나 보군?"

"여자의 몸뚱이야 쓸모 있지요. 하지만 저는 절대 결혼하지 않을 겁니다! 제가 조금이라도 시간을 내줄 수 있는 여자는 제 어머니뿐입니다. 여자들은 제 어머니를 본받아야 합니다! 남자들의 일에 참견해서도, 지배권을 쥐려고 해서도, 아랫도리를 무기처럼 써서도 안 됩니다." 그는 투구를 들어 머리에 풀썩 얹었다. "가보겠습니다, 가이우스. 부디 스키피오가 자신이 틀렸다는 걸 알도록 설득해주실 수 있기를 바랍니다. 답답한 위인 같으니!"

세르토리우스는 생각을 좀 한 끝에 카푸아를 떠나 캄파니아 해변으로 가기로 했다. 술라에 반대를 표명할 분위기가 무르익었을 듯한 예쁜 소도시 시누에사 아우룽카가 거기 있었기 때문이다. 캄파니아 전역의 도로들은 문제될 게 별로 없었다. 술라는 네아폴리스를 정식으로 포위한 것 외에는 전혀 봉쇄 시도를 하지 않고 있었다. 술라가 노르바누스를 고립시키기 위해 곧 카푸아 외곽에 병력을 배치할 것은 분명했지만, 세르토리우스가 갔을 때는 그런 기미가 전혀 보이지 않았다. 그렇다 하더라도 주요 도로는 피하는 것이 현명하다고 세르토리우스는 느꼈다. 세르토리우스는 도망자 생활이 주는 느낌을 좋아했다. 거기엔 특별한 차원의 현실이 있었고, 게르만족을 염탐하기 위해 벽지 부족 출신의 켈트이베리아 전사인 척했던 시절을 생각나게 만들었다. 아, 그런 게 인생인데! 달래고 존중해야 하는 바보 로마 귀족들도 없고! 쉼 없는 행동, 자신의 위치를 아는 여자들. 그는 심지어 게르만인 부인도 얻고 아들도 낳았지만, 부인이나 아기가 자신을 방해한다고 느낀 적은 한 번도 없었다. 그들은 지금 가까운 히스파니아에 있는 오스카 산의 요새에서 살고 있었다. 그리고 그 아들은—세월이 어찌나 빠른지!—거의 다 자랐을 터였다. 세르토리우스가 그들을 그리워한다거나 하나뿐인 자식을 만나보고 싶어하는 건 아니었다. 그가 그리워하는 것은 당시의 삶이었다. 그 자유, 전사인 남자가 임무를 다하는 방식인, 그 비길 데 없는 지배적 탁월함. 그래, 그땐 그랬지…….

세르토리우스는 언제나 그랬듯 호위대 없이 여행했다. 심지어 노예 하나도 없이. 그의 외당숙이었던 친애하는 가이우스 마리우스처럼, 세르토리우스는 군인이라면 자기 한 몸은 완벽하게 돌볼 줄 알아야 한다고 믿었다. 물론 세르토리우스의 군장은 스키피오 아시아게누스의 진지에 있었지만 그것 때문에 돌아가지는 않을 터였다. 아니, 돌아갈까? 생각해보니 몹시 아쉬워질 물건이 몇 개 있었다. 그가 일상적으로 쓰는 검. 먼 갈리아에서 구한, 이탈리아의 어느 대장장이도 흉내낼 수 없을 만큼 가볍고 세공 기술이 돋보이는 쇠사슬 갑옷. 그리고 리구리아에서 산 겨울 장화. 그래, 돌아가자. 스키피오가 몰락하려면 며칠은 더 걸릴 테니까.

그리하여 세르토리우스는 말머리를 돌려 다시 북동쪽으로 향했다. 술라의 진지는 먼 쪽에서 빙 돌아서 갈 생각이었다. 그때 저멀리서 바퀴자국 투성이인 길을 따라 이동중인 작은 무리가 보였다. 남자 넷에 여자 셋. 아, 여자들이라니! 그는 말머리를 다시 한번 돌리려다가, 속력을 높여 얼른 그 무리를 지나쳐가기로 했다. 어쨌거나 그들은 바다 쪽으로 가는 중이고 그는 다시 산 쪽으로 갈 예정이었으니까.

그러나 그들이 더 잘 보일 만큼 다가갔을 때 세르토리우스는 얼굴을 찌푸렸다. 맨 앞에 가는 저 남자는 분명 낯이 익은데? 진짜 거인, 아마색 머리털과 거대한 근육, 그가 아는 수많은 게르만족과 똑같은……. 부르군두스! 맙소사, 맞아! 부르군두스다! 그리고 그뒤에서 말을 타고 있는 건 루키우스 데쿠미우스와 그의 두 아들이다!

부르군두스는 세르토리우스를 알아보았다. 두 남자는 말의 갈비뼈를 차서 서로를 향해 달렸고, 조그마한 데쿠미우스도 그들을 따라잡으려고 자신이 탄 짐승을 채찍질했다. 데쿠미우스가 한 단어라도 놓칠 대화는 없었다!

"여기서 대체 뭘 하고 있나?" 서로 악수를 하고 등을 두드린 후 세르토리우스가 물었다.

"길을 잃어서 헤매는 중입죠." 데쿠미우스가 부르군두스를 심술궂게 노려보며 대답했다. "저 게르만 쓰레기더미는 길을 안다고 맹세했습니다! 하지만 과연 그럴까요? 아니, 천만에요!"

데쿠미우스의 끝없는 (꽤 근거 있는) 모욕을 다년간 견뎌온 부르군 두스는 이제 무감각해진 나머지 그런 모욕에 동요하지 않고 인내할 수 있었다. 황소가 각다귀를 보듯이 그 조그만 로마인을 쳐다볼 뿐이었다.

"우린 퀸투스 페디우스의 땅을 찾고 있어요." 부르군두스는 호감 어린 미소를 세르토리우스에게 보내며 라틴어로 느릿느릿 말했다. 부르군두스가 호감을 느끼는 사람은 드물었다. "아우렐리아 마님이 따님을 로마로 데리고 갈 거예요."

아우렐리아가 나타났다. 터벅터벅 걷는 노새 위에 꼿꼿하게 앉은 그녀의 머리카락은 한 올도 삐져나와 있지 않았고, 엷은 황갈색 여행복에는 얼룩 한 점 없었다. 그녀는 건장한 갈리아인 하녀 카르딕사, 그리고 세르토리우스가 모르는 다른 여종과 함께 있었다.

"퀸투스 세르토리우스." 남자들이 있는 곳으로 다가온 후 왠지 주도권을 차지한 아우렐리아가 말했다.

그래, 아우렐리아도 여자였지! 세르토리우스는 노르바누스에게 자신이 오직 한 명의 여자, 자기 어머니만 귀히 여긴다고 말했을 때 아우렐리아를 잊어버리고 있었다. 그녀는 어찌하여 아름다운 동시에 현명할 수 있는지 세르토리우스는 알 수가 없었다. 그가 아는 것은 그녀가 그 두 가지 자질을 지닌 세상의 유일한 여자라는 사실이었다. 또한 아우렐리아는 여느 남자와 똑같이 고결했다. 그녀는 거짓말을 하지 않았고, 한탄하거나 불평하지 않았으며, 열심히 일했고 자기 일에 집중했다. 두 사람은 마흔 살쯤으로 거의 동갑이었고, 아우렐리아가 가이우스 율리우스 카이사르와 결혼한 20여 년 전부터 서로 알고 지냈다.

"제 어머니를 본 적 있습니까?" 세르토리우스는 나머지 일행과 조금 떨어져서 가기 위해 노새를 재촉하는 아우렐리아에게 물었다.

"작년 로마 경기대회 이후로는 뵙지 못했으니, 당신이 저보다 더 최근에 그분을 만났을 거예요. 하지만 그분은 올해 경기대회 때도 저희 집에 와서 지내실 거랍니다. 매년 그리하시게 되었어요."

"어머니도 참, 우리집에선 절대로 지내지 않으려고 하시니." 세르토리우스가 말했다.

"그분은 적적해하세요, 퀸투스 세르토리우스. 당신 집도 너무 적적하고요. 그분은 우리집의 왁자지껄한 분위기를 좋아하시죠. 그런 즐거움이 경기대회 기간보다 더 오래 지속하진 않겠지만, 일 년에 한 번 정도는 그분께 좋은 일이에요."

사랑해 마지않는 어머니 이야기를 충분히 한 그는 현재의 곤경으로 생각을 돌렸다.

"정말로 길을 잃었습니까?"

아우렐리아는 고개를 끄덕이고 한숨을 쉬었다. "유감스럽게도 그래요. 제 아들이 들으면 얼마나 신나할지! 내가 절대로 이 일을 잊지 못하게 만들겠죠. 하지만 아들은 유피테르 대제관이라서 로마를 떠나지 못해요. 그래서 나는 부르군두스에게 의지해야만 했고요." 그녀는 침울한 표정을 지었다. "카르딕사는 그가 포룸 로마눔과 수부라 지구 사이에서도 길을 잃을 거라고 했지만, 난 카르딕사가 과장한다고 생각했었죠. 이젠 그 말이 전혀 과장이 아니었다는 걸 알겠어요!"

"루키우스 데쿠미우스와 그의 아들들도 소용없죠."

"도시의 성벽을 벗어나면 사실 그래요. 하지만," 그녀는 충직하게 말했다. "저 사람들보다 더 친절하고 든든한 호위대는 없을 거예요. 게다가 이제 당신을 만났으니, 우린 당장 퀸투스 페디우스한테 갈 수 있겠죠."

"당장은 어렵지만 반드시 길을 잘 찾을 수 있도록 해드리겠습니다."

그는 성한 눈으로 그녀를 조심스럽게 살폈다. "따님을 집으로 데려가려고 한다고요?"

그녀는 얼굴을 붉혔다. "정확히 말해 그런 건 아니에요. 퀸투스 페디우스가 편지로 내게 와달라고 부탁했답니다. 스키피오와 술라가 모두자기 땅 근처에서 야영중이니 리아가 다른 곳에 있는 게 더 안전할 거라고 느낀 거지요. 하지만 제 딸은 떠나지 않겠다고 했죠!"

"전형적인 카이사르 집안사람이군요." 세르토리우스가 웃으면서 말했다. "고집 센."

"지당하신 말씀이세요! 정말이지 리아의 남동생이 왔어야 하는 건데—그애가 누나들한테 이래라저래라 하면 딸들도 당장 움직이기 시작하거든요! 하지만 퀸투스 페디우스는 내가 그애처럼 할 수 있을 거라고 생각하나봐요. 제가 할 일은 딸을 집으로 데려가는 거라기보다도 그애가 집으로 가도록 설득하는 거예요."

"그럴 수 있을 겁니다. 카이사르 집안사람들은 고집이 세지만 아드님의 지배자 같은 분위기는 카이사르 가에서 물려받은 것이 아닙니다. 당신한테서 받은 거죠, 아우렐리아." 세르토리우스가 말했다. 그는 별안간 활기를 띠었다. "제게 지금 좀 급한 일이 있다고 말씀드려도 이해해주시겠지요? 저는 당신의 여정을 잠시 함께하겠지만, 안타깝게도 퀸투스 페디우스의 집 앞까지 호위해드리지는 못할 것 같습니다. 그건 술라에게 부탁하셔야 할 겁니다. 그는 지금 정확히 우리가 있는 곳과 퀸투스 페디우스의 집 사이에 있거든요."

"당신은 스키피오에게 가는 중이지요." 그녀는 그렇게 말하면서 고개를 끄덕였다.

"원래는 그렇지 않았는데," 그는 솔직하게 말했다. "그의 진지에 두고 올 수 없는 군장이 너무 많다는 걸 깨달았지 뭡니까."

커다란 자줏빛 눈동자가 그를 고요하게 쳐다보았다. "오, 알겠어요! 스키피오는 시험을 통과하지 못했군요."

"그가 통과할 수 있을 거라 생각하십니까?"

"아니요, 절대."

잠시 침묵이 내렸다. 그들은 이제 함께 왔던 길로 되돌아가고 있었다. 아우렐리아 일행의 나머지 사람들은 말 한 마디 없이 두 사람의 뒤쪽에서 따라오고 있었다.

"당신은 뭘 할 건가요, 퀸투스 세르토리우스?"

"저는 술라를 괴롭힐 문제를 최대한 많이 일으키려고 합니다. 아마도 시누에사에서요. 하지만 일단은 스키피오의 진지에서 군장을 가져와야겠죠." 그는 목을 가다듬었다. "술라의 진지까지는 데려다드릴 수 있습니다. 이런 일로 왔다고 하면 그도 나를 절대 잡아 가두지 않을 겁니다."

"아뇨, 그냥 우리가 길을 잃지 않고 술라의 진지로 갈 수 있는 곳까지만 데려다주세요." 아우렐리아는 작고 유쾌한 한숨을 내쉬었다. "루키우스 코르넬리우스를 다시 만나다니 어쩌나 반가운지요! 그가 로마를 떠난 지도 4년이 지났어요. 그는 언제나 로마에 오면 제일 먼저 저를 보러 오고 로마를 떠나기 직전에도 저를 보러 왔답니다. 일종의 전통이죠. 이제 나는 그 전통을 깨야 해요, 고집 센 딸애 하나 때문에. 그래도 상관없어요. 중요한 건 루키우스 코르넬리우스를 만나게 되었다는 거지요. 나는 그의 방문을 몹시 그리워해왔거든요."

세르토리우스는 하마터면 그녀에게 경고할 뻔했지만, 결국 그만두기로 했다. 그가 아는 술라의 상황은 풍문이었고, 그가 아우렐리아에 대해 알고 있는 것은 엄연한 사실이었다. 그녀는 본인의 눈으로 직접 확인하는 편을 더 선호할 거라고 세르토리우스는 확신했다.

그리하여 흙과 목재로 만든 술라의 진지 방벽이 캄파니아의 언덕 너머로 윤곽을 드러내기 시작했을 때, 세르토리우스는 그의 인척에게 정중하게 작별인사를 한 다음 말을 달려 떠났다.

새로운 길이 들판을 가로질러 방벽까지 이어져 있었다. 길은 이미 끝없는 보급 물자용 수레들의 바퀴 자국과 발굽 자국 투성이었다. 길을 잃으려야 잃을 수 없는 상황이었다.

"우린 저 길을 바로 옆에서 지나쳐버린 게 분명해." 데쿠미우스가 노려보면서 말했다. "네놈의 커다란 엉덩이에 가려서 말이야, 부르군두스!"

"자자," 아우렐리아가 차분하게 말했다. "이제 그만해요!"

그것으로 대화는 끝났다. 말을 탄 작은 무리는 한 시간 후 데쿠미우스가 총사령관을 만나러 왔다고 말하는 동안 문 앞에 멈춰 섰다가, 평생 동안 군대 야영지 근처에도 가본 적이 없던 아우렐리아에게는 아주 낯설고 새로운 세계로 들어갔다. 그들이 저멀리 작게 보이는 다른 문까지 창 자루처럼 곧게 이어진 너른 길을 따라 걸어가는 동안, 군인들의 시선이 아우렐리아에게 쏟아졌다. 두 문 사이의 거리가 5킬로미터는 되는 것 같아. 아우렐리아는 놀라워하며 생각했다.

프링키팔리스 가도를 절반 정도 가면 진지 안에서 유일하게 높게 솟은 땅이 있었다. 인위적으로 만든 듯한 그 둔덕 위에는 커다란 돌집이 있었다. 크고 붉은 장군기가 휘날리며 집안에 총사령관이 있다는 걸 알렸다. 차양 밑의 책상 뒤에 앉은 빨간 머리 당번 참모군관은 방문객이 여자인 걸 알고 어색하게 일어섰다. 데쿠미우스와 그의 아들들, 부르군두스와 카르딕사와 다른 여종이 말들 옆에서 대기하는 동안 아우렐리아는 침착하게 당번 참모군관과 그 옆에 선 보초병들 쪽으로 걸어갔다.

그녀는 품이 넉넉한 옅은 황갈색 양모 옷으로 몸을 완전히 가리고 있었기 때문에, 당번 참모군관 젊은 마르쿠스 발레리우스 메살라 루푸스에게 보이는 건 그녀의 얼굴뿐이었다. 그러나 그것으로 충분하다고 그는 호흡을 가다듬으며 생각했다. 그의 어머니만큼 나이가 많은데도 엄청나게 아름다운 여인이다! 트로이아의 헬레네도 젊지는 않았다. 세월은 아우렐리아의 마법을 약화시키지 못했다. 지금도 그녀가 아파트 밖으로 나갈 때마다 모든 사람이 그녀를 돌아보았다.

"루키우스 코르넬리우스 술라를 만나게 해주세요."

메살라 루푸스는 그녀의 이름을 묻거나 술라에게 손님의 존재를 알려줄 생각조차 하지 못했다. 그저 그녀에게 목례를 하고 열린 문 쪽으로 손짓을 했을 뿐이다. 아우렐리아는 감사를 담아 미소를 보낸 뒤 안으로 들어갔다.

환기를 위해 덧문이 활짝 열려 있었지만 방안은 온통 어두웠다. 한 남자가 책상 위로 몸을 굽히고 커다란 등잔 불빛에 의지하여 바쁘게 글을 쓰고 있는 방 안쪽은 더욱 어두웠다.

그녀의 목소리는 다른 사람의 것으로 착각할 수 없었다. "루키우스 코르넬리우스?"

순간 어떤 일이 일어났다. 굽은 두 어깨가 뻣뻣해지더니 뭔가 무서운 충격을 피하려는 듯 움츠러들었고, 책상 위의 펜과 종이가 거칠게 옆으로 밀쳐졌다. 그러나 그런 후 그는 그녀에게 등을 보인 채 미동도 없이 앉아 있었다.

그녀는 몇 걸음 다가갔다. "루키우스 코르넬리우스?"

여전히 아무런 반응이 없었다. 그러나 그녀의 눈이 어둠에 익숙해지자 술라의 것이 아닌 머리카락이 붙은 머리가 보였다. 우스꽝스러운 빨간색의 뻣뻣한 곱슬머리.

순간 남자가 마치 경련하듯 몸을 휙 돌렸다. 그녀는 그가 루키우스 코르넬리우스 술라임을 알아봤지만, 그건 순전히 루키우스 코르넬리우스 술라의 눈이 그녀를 바라보았기 때문이었다. 틀림없이 술라의 눈이었다.

맙소사, 내가 그에게 이런 짓을 하다니! 하지만 난 몰랐어! 만약에 알았다면 공성탑조차도 나를 이곳으로 끌고 오지 못했을 텐데! 내 얼굴이 무슨 말을 하고 있을까? 그는 내 표정에서 무엇을 보고 있을까?

"오, 루키우스 코르넬리우스, 정말 반가워요!" 그녀는 딱 알맞은 어조로 말하고 그의 책상으로 가서 흉터가 난 그의 가련한 양볼에 입을 맞췄다. 그런 다음 가까이 있는 접의자에 앉아 두 손을 무릎에 얹고 자의식 없는 웃음을 지어 보이며 기다렸다.

"다시는 당신을 만나지 않을 생각이었소, 아우렐리아." 술라가 그녀의 눈에서 시선을 떼지 않으며 말했다. "내가 로마에 갈 때까지 기다릴 수 없었소? 이건 내가 예상치 못한, 우리의 평소 습관에서 벗어나는 일이오."

"당신이 로마에 오기는 힘들 것 같아서요. 당신 뒤에 군대가 딸려 있으니까요. 아니, 어쩌면 이번에는 당신이 저를 만나러 오지 않으리라는 걸 느꼈나 봐요. 하지만 친애하는 루키우스 코르넬리우스, 전 상상할 수도 없는 연유로 이곳에 왔답니다. 길을 잃었거든요."

"길을 잃었다고?"

"네. 전 퀸투스 페디우스에게 가는 중이에요. 제 어리석은 딸이 로마로 가지 않겠다고 하고, 퀸투스 페디우스는—당신은 모르죠, 그애의 두번째 남편이에요—야영중인 두 군대 근처에 아내를 두고 싶어하지 않았거든요." 꽤 쾌활하고 설득력 있게 말하고 있어. 그녀는 생각했다. 술라가 마음을 놓을 거야.

그러나 그는 술라였고, 이렇게 말했다. "나를 보고 충격받지 않았소?"

그녀는 가식적으로 굴려고 하지 않았다. "그랬어요, 어떤 면에서는. 특히 그 머리카락. 당신 머리카락은 없어진 것 같네요."

"이빨도 없소." 그는 원숭이처럼 잇몸을 드러내 보였다.

"뭐, 오래 살면 우리 모두 그렇게 되죠."

"몇 년 전에 했던 것처럼 내가 당신한테 입맞추는 걸 이젠 원치 않겠지?"

아우렐리아는 고개를 한쪽으로 기울이고 웃음을 지었다. "전 그때도 당신이 내게 입맞추지 않기를 바란 걸요, 그 상황을 진심으로 즐겼음에도 불구하고 말이에요. 제 마음의 평화를 유지할 수 없을 것 같았어요. 그때 당신은 어찌나 성을 내던지!"

"뭘 기대했소? 당신은 날 거절했소. 나는 날 거절하는 여자를 싫어하오."

"그건 아주 잘 기억하고 있어요!"

"그 포도들이 기억나오."

"저도 그래요."

그는 깊이 숨을 내쉬고 눈을 질끈 감았다. "울 수 있다면 좋을 텐데!"

"전 당신이 울 수 없어서 기쁜 걸요." 그녀가 부드럽게 말했다.

"당신은 그때 나를 위해 울었소."

"네, 그랬어요. 하지만 지금 전 당신을 위해 울지 않을 거예요. 그건 강물에 멀리 떠내려간 환영을 애도하는 눈물일 테니까요. 당신은 여기 있고, 그래서 난 아주 기뻐요."

그가 마침내 일어났다. 늙고 지친 남자였다. "포도주 한잔 하겠소?"

"네, 간절하네요."

그녀는 그가 두 개의 다른 술병에서 술을 따른다는 걸 눈치챘다. "당신은 내가 요즘 마셔야 하는 오줌을 좋아하지 않을 거요. 나만큼이나 쓰고 시거든."

"저도 꽤 쓰고 신 사람이지만, 당신이 권하지 않는 걸 굳이 맛보지는 않겠어요." 아우렐리아는 술라가 건네준 소박한 잔을 받아 기분좋게 홀짝였다.

"고마워요, 맛이 좋네요. 우린 퀸투스 페디우스를 찾느라 긴 하루를 보냈어요."

"당신 남편은 무얼 하고 있기에 남편이 할 일을 직접 하시오? 또 멀리 떠났소?" 술라가 아까보다 좀더 편하게 앉으면서 물었다.

빛나던 두 눈이 무심하게 황량해졌다. "전 2년 전에 과부가 됐어요, 루키우스 코르넬리우스."

술라는 충격을 받았다. "가이우스 율리우스가 죽었다고? 소년처럼 튼튼하던 사람이! 전사했소?"

"아뇨. 그냥 죽었어요, 갑작스럽게."

"그런데 가이우스 율리우스보다 천 살은 더 먹은 나는 아직 살아 있군. 아직도 목숨에 연연하면서 말이지." 이 말은 쓸쓸하게 들렸다.

"당신은 '시월의 말'이에요, 그이는 경주로의 중간쯤에 있었고요. 남편은 착한 사람이었고, 저는 그가 제 남편이라는 게 좋았어요. 하지만 그이가 목숨에 매달려야만 하는 사람이라고 생각한 적은 한 번도 없어요." 아우렐리아가 말했다.

"그가 그러지 않은 건 다행일지도 모르오. 내가 로마를 차지하면 그는 힘들어졌을 테니. 아마 그는 카르보의 편에 서기로 했을 거요."

"그이가 킨나의 편에 섰던 건 가이우스 마리우스를 위해서였어요. 하지만 그이가 카르보의 편에 섰을지는 의문스러워요." 그녀는 주제를 바꿨다. 그녀는 아폴론처럼 아름다웠던 술라의 변해버린 외모에 점점 익숙해지고 있었다. "부인은 잘 지내나요, 루키우스 코르넬리우스?"

"마지막으로 들은 소식에 따르면 그렇소. 아내는 아직 아테네에 있다오. 작년에 쌍둥이를 낳았지, 아들 하나에 딸 하나요." 술라는 킬킬 웃었다. "아내는 그애들이 크면 자기 숙부인 똥돼지를 닮을까봐 걱정하고 있다오."

"오, 불쌍한 어린것들! 하지만 자식을 낳는 건 좋은 일이에요. 당신의 다른 쌍둥이, 게르만족 부인이 낳은 아들들이 궁금하지는 않아요? 이제 청년들이 됐겠네요."

"케루스키족 청년들이겠지! 로마인을 고리버들 우리에 가두고 산 채로 머리 가죽을 벗기고 불에 태우는."

괜찮을 것이다. 그는 더 차분해졌고 덜 괴로워했다. 술라의 특별하고 독특한 매력이 사라진 것은, 아우렐리아가 그에게 닥치리라고 상상했던 그 많은 일들 중에도 없던 것이었다. 그럼에도 그는 여전히 술라였다. 아마 술라의 아내는 그가 아폴론처럼 생겼을 때와 똑같이 그를 사랑하겠지, 하고 아우렐리아는 생각했다.

두 사람은 도도히 흘러간 세월을 거슬러 이런저런 정보를 교환하며 한동안 계속 이야기를 나누었다. 아우렐리아는 술라가 부하인 루쿨루스에 대해 얘기하길 좋아한다는 걸 알아차렸고, 술라는 아우렐리아가 이제 카이사르라고 불리는 외동아들에 대해 얘기하길 좋아한다는 걸 알아차렸다.

"내가 기억하는 카이사르 2세는 학자 같았소. 유피테르 대제관은 당신 아들한테 어울리는 자리요." 술라가 말했다.

아우렐리아는 주저하더니, 무슨 말인가 하려다 다른 이야기를 하는 것 같았다. "그앤 훌륭한 신관이 되려고 무척 노력하고 있어요, 루키우스 코르넬리우스."

술라는 얼굴을 찡그리며 가장 가까운 창문을 쳐다보았다. "해가 지고 있소. 그래서 이 안이 이렇게 어두운 거요. 당신을 보낼 때가 됐소. 수습군관 몇 명한테 길을 안내하라고 지시하겠소. 퀸투스 페디우스는 여기서 멀지 않은 곳에 있소. 당신 딸한테 계속 거기 있으면 바보라고 전하시오. 내 부하들이 먹이를 찾아 날뛰는 짐승은 아니지만 진짜 율리우스 가의 여자라면 강렬한 유혹이 될 터인데, 캄파니아에 장기 주둔 중인 병사들에게 포도주 금지령을 내릴 수는 없으니 말이오. 딸과 함께 곧바로 로마로 가시오. 모레에 당신을 페렌티눔까지 데려다줄 호위대를 보내겠소. 경호대는 당신 일행이 이곳에 야영중인 두 군대의 손아귀에서 안전하게 벗어날 때까지 데려다줄 것이오."

아우렐리아는 일어섰다. "저한텐 부르군두스와 루키우스 데쿠미우스, 데쿠미우스의 두 아들까지 있지만 당신에게 폐가 되지 않는다면 감사한 마음으로 경호대를 받겠어요. 당신과 스키피오는 조만간 전투를 할 예정인가요?"

아, 멋진 술라의 미소를 다시는 볼 수 없다니 어쩌나 슬픈지! 요즘 술라는 얼굴의 딱지와 흉터에 자극이 가지 않게 끙끙거리는 정도만 할 수 있었다. "그 멍청이와? 아니, 전투는 없을 거요." 술라가 문간에서 말했다. 그는 아우렐리아를 살짝 밀쳤다. "이제 가시오, 아우렐리아. 내가 로마에서 당신을 찾아갈 거라는 기대는 말고."

아우렐리아가 밖에서 기다리는 일행에게 가는 동안 술라는 메살라 루푸스에게 지시를 내리기 시작했다. 곧 그들은 술라의 드넓은 야영지에 있는 네 개의 문들 중 하나를 향해 프라이토리아 가도를 달리고 있었다.

아우렐리아의 일행은 그녀의 표정을 보자 감히 말을 걸 수 없었다. 덕분에 아우렐리아는 혼자만의 생각에 빠져 여행을 마칠 수 있는, 그녀에게 절실했던 평온을 얻었다.

나는 늘 그를 좋아했어, 그가 우리의 적이 된 후로도. 심지어 그가 착한 사람이 아닌데도. 내 남편은 정말로 착한 사람이었지. 나는 그를 사랑하고 그에게 몸과 마음 모두 충실했어. 하지만—이제야 알겠어—나는 나의 작은 조각 하나를 루키우스 코르넬리우스 술라에게 준 거야. 남편이 원하지 않은, 남편은 어떻게 해야 할지 몰랐을 조각을. 우리는, 루키우스 코르넬리우스와 나는 그때 딱 한 번 입을 맞췄지. 아름다웠고 또 그만큼 불길하기도 했어. 열정적이고 휩쓸어버리는 수렁. 나는 거기에 굴복하지 않았어. 하지만—오, 신들이여—얼마나 굴복하고 싶었던가! 나는 어떤 의미에서 승리했어. 하지만, 어쩌면 나는 싸움에서 졌던 걸까?

그가 나의 안락하고 작은 세계 속으로 걸어들어올 때면 그를 휘감은 한줄기 강풍이 불어 들어왔었지. 아폴론이면서 아이올로스(그리스 신화 속 바람의 신—옮긴이)이기도 한 그는 내 영혼의 바람을 지배해 내 안의 리라가 남편은 단 한 번도 들어본 적 없는 선율을 연주하게 만들었어……. 오, 이건 죽음이라는 완전한 이별의 슬픔보다도 더 나빠! 나는 나의 것인 만큼 그의 것이기도 한 부서진 꿈을 보았어. 불쌍한 루키우스 코르넬리우스도 그걸 알지. 하지만 대단한 용기야! 여느 소인배였다면 자기 칼로 자결해버렸겠지. 그의 고통, 그의 고통! 나는 왜 이런 감정을 느끼고 있는 걸까? 나는 바쁘고 실용적이고 사무적인 사람인데. 내 인생은 잘 정리되어 있고 아주 만족스러워. 하지만 난 이제 늘 그에게 속했던 나의 조각이 뭔지 알아. 새의 조각. 그 조각은 저 아래의 땅이 모두 불타서 하찮은 무(無)로 사라지는 동안 가슴이 터지도록 큰 소리로 노래하고 소용돌이를 그리며 순식간에 날아오를 수도 있었어. 하지만 내가 두 발을 계속 땅에 붙이고 있었다는 걸, 한 번도 날아오르지 않은 걸 후회하진 않아. 이편이 내게는 어울리니까. 그와 나는 단 한 순간도 평화롭지 못했을 거야. 오, 그 사람 때문에 피가 흐르는구나! 그 사람 때문에 눈물이 흐르는구나!

아우렐리아는 앞에서 길을 안내하는 로마군 참모군관들을 제외하고는 맨 앞에서 가고 있었기 때문에, 일행은 그녀의 눈물을 보지 못했다. 그들이 부서진 꿈, 루키우스 코르넬리우스를 보지 못했듯이.

가이우스 노르바누스가 스키피오 아시아게누스에게 보낸, 인내심이 느껴지는 항의 서한은 스키피오가 자초한 재앙에서 벗어나게 하는 데 아무런 역할을 하지 못했다. 그러나 마침내 전투를 하기로 결정한 스키피오가 병사들이 싸움을 거부한다는 걸 알게 되었을 때, 가장 충격을 받은 건 스키피오 본인이었다. 그의 8개 군단 병사들은 싸우기는커녕 술라에게 집단 투항했다.

실제로 술라가 집정관 휘장을 빼앗고 기병대 1개 대대를 호위대로 붙여 스키피오를 쫓아냈을 때조차 스키피오 아시아게누스는 로마가 처한 곤경을 이해하지 못했다. 그는 지극히 태평하고 자신만만하게 에트루리아로 가서, 그곳에 많이 있는 가이우스 마리우스의 피호민들을 대상으로 다시 모병 활동을 시작했다. 마리우스는 죽었으나 마리우스에 대한 기억은 조금도 희미해지지 않았다. 하지만 스키피오 아시아게누스는 지나가는 과객에 불과했다.

"그자는 본인이 엄숙한 정전 협약을 깼다는 것조차 이해하지 못하고 있어." 술라는 곤혹스러운 표정으로 말했다. "스키피오 집안이 내리막길에 있다는 건 알지만 그놈은……! 코르넬리우스 스키피오라는 이름이 아까워. 로마를 손에 넣으면 놈을 처형할 거야."

"그자를 잡았을 때 처형하셨어야 합니다." 새끼 똥돼지가 조금 심술궂게 말했다. "그자를 살려두면 골치 아파질 겁니다."

"아니, 그자는 내가 에트루리아라는 종기에 붙인 습포제라네." 술라가 말했다. "처리할 알맹이가 딱 하나 남아 있는 동안 독을 빼내야 해, 피우스. 부스럼이 되게 놔두지 말고."

역시 현명한 사람이다. 메텔루스 피우스는 빙긋 웃었다. "정말 멋진 비유군요!"

여전히 7월이었고 여름이 끝나지 않았지만, 술라는 그해가 다 가도록 더는 움직이지 않았다. 스키피오가 떠나면서 두 진지는 손쉽게 합쳐졌고, 머리가 희끗희끗한 술라의 백인대장들은 카르보의 로마에 속했던 젊고 미숙한 병사들을 훈련시키기 시작했다. 카르보의 신병들에게, 술라의 노련병들에 대한 두려움은 친목 도모라는 우호적인 측면보다도 더 큰 영향을 미쳤다. 함께 어울린 지 불과 며칠 만에 신병들은 그때

껏 보지 못한 부류의—단련되고 산전수전 다 겪은, 그야말로 전문적인—군인들이 존재함을 깨달았다. 풋내기 신병이 전장에서 자신 있게 대적할 수 있는 부류는 분명 아니었다. 그리하여 그들은 투항하는 것이 낫다고 생각했던 것이다.

퀸투스 세르토리우스의 영향을 받은 시누에사 아우룽카의 변절은 타격이랄 것도 없었다. 술라는 그곳을 포위하긴 했으나 투항한 스키피오 병사들의 훈련 장소로 썼을 뿐, 그곳 사람들을 굶기거나 험한 성곽을 공격하지는 않았다. 그해 술라는 대량 살상과 관련된 일에는 무관심했다. 시누에사의 가장 유용한 용도는 매우 유능한 세르토리우스를 가둬놓는 것이었다. 그곳에 은신한 세르토리우스는 그를 분명 더 나은 용도로 썼을 카르보에게 그림의 떡이 되었다.

필리푸스와 히스파니아 보병대가 사르디니아를 손쉽게 장악했다는 전갈이 왔다. 필리푸스는 사르디니아의 수확물을 모두 보낼 수 있을 터였다. 얼마 후 곡식을 실은 배들이 중간에 전함이나 해적과 맞닥뜨리는 일 없이 푸테올리에 도착하여 술라의 앞에 화물을 내려놓았다.

일찍 찾아온 겨울은 유난히 혹독했다. 술라는 갑절이 넘게 늘어난 병력의 규모를 쪼개기 위해 일부 대대에게 카푸아와 시누에사와 네아폴리스 포위를 맡겼다. 그리하여 테아눔을 제외한 캄파니아 지역은 술라의 군대를 먹일 식량을 내놓아야 했다. 베레스와 케테구스는 유능한 식량 공급자임을 증명했다. 심지어 그들은 눈을 꾹꾹 눌러 채운 통에 아드리아 해에서 잡은 생선을 보관하는 방법까지 발명했다. 생선을 좋아하지만 신선한 생선을 실컷 먹어본 일이 없던 술라의 군대는 예상치 못한 만찬을 마음껏 즐겼다. 군의관들은 목에 가시가 걸린 병사들을 줄줄이 치료해야 했다.

그러나 술라에게 있어 이런 것들은 전혀 중요하지 않았다. 진정된 얼굴에서 딱지 몇 개를 잡아떼는 바람에 또 가려움증이 도졌기 때문이다. 사람들은 하나같이 그에게 딱지가 저절로 떨어질 때까지 놔두라고 신신당부했지만, 가만히 있질 못한 술라는 딱지가 들려서 달랑거리기 시작하면 기다릴 수 없어서 잡아떼버렸던 것이다.

이번에는 증상이 아주 심각했으며(혹시 추위 때문인가? 과학적 호기심으로 간호에 가담한 바로는 궁금해했다) 석 달 내내 중단 없이 혹독하게 계속되었다. 석 달 동안 기운이 쭉 빠진 술라는 진짜 미친 것처럼 보였다. 신음하고 긁고 비명을 지르고 술을 마셨다. 결국 바로는 술라가 얼굴을 긁지 못하게 양손을 옆구리에 대고 묶었다. 술라는—세이렌이 노래할 때 돛대에 묶인 울릭세스처럼—협조적 자세로 이러한 속박을 견뎠지만, 풀어달라고 애원하기도 했다. 그리고 물론 그는 풀려나는 데 성공해 또다시 얼굴을 긁었다.

새해가 다가올 무렵 바로는 절망하여 메텔루스 피우스와 폼페이우스에게 술라의 병이 봄까지 나을 수 있을 것 같지 않다고 말했다.

"타르소스에서 총사령관님께 온 편지가 있소." 겨울 내내 폼페이우스와 어울릴 수밖에 없던 메텔루스 피우스가 말했다. 크라수스는 마르시족에게 가 있었고 아피우스 클라우디우스와 마메르쿠스도 각기 다른 곳에서 포위 작전을 지휘하고 있었기 때문이다.

바로는 관심을 보였다. "타르소스요?"

"그렇소. 행정장관 모르시모스가 보낸 거요."

"단지도 왔습니까?"

"아니, 편지뿐이오. 총사령관께서 읽으실 수 있겠소?"

"절대 불가능합니다."

"그럼 바로 의원님이 읽어보는 게 낫겠군요." 폼페이우스가 말했다.

메텔루스 피우스는 아연한 표정이었다. "곤란하오, 폼페이우스!"

"오, 새끼 똥돼지, 고상한 척 좀 그만하십시오!" 폼페이우스가 지친다는 듯 말했다. "우리 모두 알다시피 총사령관님은 마법의 연고인가 뭔가를 기다리는 중이고, 모르시모스에게 연고를 찾아달라고 부탁하셨습니다. 이제 소식이 왔지만 총사령관님은 읽을 수가 없고요. 다른 사람이 아니라 총사령관님을 위해, 바로 의원이 모르시모스의 편지를 읽어야 하지 않겠습니까?"

그리하여 바로는 모르시모스의 편지를 읽게 되었다.

연고 조제법을 보내드립니다. 저의 벗이자 보호자이신 친애하는 루키우스 코르넬리우스, 제가 할 수 있는 건 여기까집니다. 연고를 만들어 킬리키아 페디아의 피라모스에서 로마까지 보내면 도중에 변질되기 때문입니다. 장군께서 재료를 구해 직접 만드셔야 합니다. 대부분의 재료가 추출하기 힘든 것 같지만 다행히 희귀한 재료는 필요치 않습니다.

양이 한 마리 또는 여러 마리 필요합니다. 먼저 생 양털을 구해 일꾼들이 그 섬유를 긁어내게 하십시오. 양털이 찌부러질 만큼 날카롭되 잘릴 만큼 날카롭지는 않은 도구를 써야 합니다. 그렇게 하다보면 긁개 가장자리에 다소 기름지면서 치즈 덩어리처럼 점성이 있는 물질이 생기는데, 그걸 어마어마하게 많이 얻을 만큼 양털을 긁어내야 합니다. 제 정보통은 양털 뭉치가 엄청나게 많이 필요하다고 했습니다. 그런 다음 그 생성물을 따뜻한—뜨겁지 않고 따뜻한!—물에 담급니다. 하지만 물이 너무 식어 있어도 안 됩니다. 손가락 끝을 물에 넣었을 때 뜨거운 느낌이 들되, 결코 못 견디게 뜨거워서는 안 됩니다. 그러면 물질의 일부가 녹아서 물 위에 층을 이루며 뜰 것입니다. 그 뜬 부분을 커다란 큰 잔에 가득찰 만큼 모아야 합니다.

그런 다음 가죽이 붙어 있는 양털을 준비합니다. 가죽 뒷면에 반드시 지방이 약간 붙어 있어야 합니다. 꼭 방금 도살한 양에서 구해서 끓이십시오. 이렇게 해서 얻은 지방을 꼭 두 번 녹여 정제해서 큰 잔 하나 가득 모으십시오.

제 정보통에 따르면 이 양의 지방에 덧붙여 양의 몸속에 있는 특수한 지방이 조금 필요하다고 합니다. 양의 지방은 따뜻한 방안에서조차 몹시 딱딱하기 때문이라는군요. 제 정보통인 아주 자그맣고 혐오스러운데다 지독하게 욕심 많은 노파는 그 지방을 꼭 신장 위쪽의 더 딱딱한 지방에서 뜯어내 으깨야 한다고 말했습니다. 뜯어낸 지방을 양모를 긁어 얻어낸 물질과 마찬가지로 따뜻한 물에 녹이고 물 위에 생성된 층을 건져냅니다. 큰 잔의 3분의 2 정도를 모은 후, 양의 쓸개에서 꺼낸 싱싱한 담즙 3분의 1잔을 더합니다.

마지막으로 준비된 모든 재료를 살살, 하지만 골고루 섞습니다. 이렇게 만든 연고는 꽤 딱딱하지만, 양의 지방만 단독으로 녹여서 정제한 것보다는 부드럽습니다. 이 연고를 적어도 하루에 네 번 바르십시오. 경고합니다만, 친애하는 루키우스 코르넬리우스, 이 연고는 구역질이 나도록 지독한 악취를 풍길 겁니다. 그러나 제 정보통은 연고에 향수나 향료, 송진을 섞지 말고 써야 한다고 우기더군요.

효과가 있으면 부디 제게 알려주십시오! 그 고약한 노파는 예전에 장군께서 크게 효과를 본 연고를 자기가 만들었다고 맹세했지만, 저는 약간 의심스럽거든요.

건강하십시오. 모르시모스 올림.

바로는 그길로 노예들을 불러모아 양떼를 구해 오라고 명령했다. 얼마 후 그는 술라가 사는 튼튼한 건물 바로 옆의 덜 튼튼한 작은 집에서 힘들게 긁개질을 하는 사람들과 솥들 사이를 초조하게 왔다갔다하고 있었다. 직접 모든 양의 시체와 신장을 검사하고 수온을 확인하겠다며 고집을 피우고, 꼼꼼하게 계량하고, 법석과 잔소리와 혀 차는 소리로 하인들의 화를 돋웠다. 연고 공장이 가동되기 한 시간 전에는 잔들의 크기를 두고 조바심을 치며 성질을 부렸지만, 한 시간 후 그는 진실을 깨닫고 눈물이 나도록 웃었다. 모든 잔을 같은 크기의 것들로 준비하면 될 것 아닌가?

양 100마리를 잡은 끝에(담즙과 녹인 지방은 두 마리로 충분했지만, 신장 위쪽의 작은 지방 조각과 양모를 긁어 나오는 물질은 얻는 데 고통스러울 만큼 긴 시간이 소요됐다) 바로는 꽤 큰 반암 단지에 가득 연고를 얻었다. 노예들은 기진맥진했지만, 고스란히 남은 양 100마리의 맛있는 고기를 배 터지게 구워먹으면서 고생한 보람이 있다고 생각했다.

늦은 밤이었다. 술라의 몸종은 술라가 식당의 긴 의자에서 자고 있다고 속삭였다.

"취하셨군." 바로는 고개를 끄덕였다.

"그렇습니다, 마르쿠스 테렌티우스."

"어쩌면 그편이 나을지도 몰라."

바로는 살금살금 들어가, 고통에 시달리는 가련한 술라를 한동안 내려다보았다. 가발이 안쪽에 붙은 거즈를 드러내며 바닥에 떨어져 있었다. 셀 수 없이 많은 머리카락을 하나하나 힘들게 거즈에 잡아매서 만든 가발이었다. 내 연고보다도 저런 걸 만드는 데 시간이 더 걸린다니! 바로는 이런 생각을 하며 한숨을 쉬고 고개를 저었다. 이어 그는 피가 흐르고 엉망인 술라의 얼굴에 손가락으로 아주 살살 연고를 발랐다.

술라가 눈을 번쩍 떴다. 포도주가 마비시킨 번들거리는 눈이 고통과 공포로 절규하고 있었다. 그는 입을 벌리고 입술을 당겨 잇몸과 혀를 드러냈지만, 소리는 전혀 내지 않았다.

"그 연고입니다, 루키우스 코르넬리우스." 바로가 속삭였다. "제가 제 조법대로 만들었습니다. 연고를 바르는 동안 참으실 수 있겠습니까?"

똑바로 누워 있는 술라의 눈에 눈물이 고였다. 바로는 눈물이 얼굴로 흘러나오기 전에 얼른 아주 부드러운 천으로 눌러 닦았다. 눈물은 다시 고였고, 바로는 다시 닦았다.

"울지 마십시오, 루키우스 코르넬리우스. 이 연고는 마른 피부에 발라야 합니다. 눈을 감고 가만히 계십시오."

그래서 술라는 눈을 감고 가만히 누워 있었다. 얼굴에 손이 닿자 반사적으로 몇 번 움찔하는 것 외에는 전혀 저항하지 않았고, 차츰 긴장을 풀기 시작했다.

바로는 연고를 다 바른 후 등불이 다섯 개 달린 등잔을 들어올려 자신의 작업을 점검했다. 피부가 손상된 곳마다 맑은 물 같은 액체가 거품 사이로 솟아오르고 있었지만, 연고가 출혈을 완화한 것 같았다.

"긁으시면 안 됩니다. 간지럽습니까?" 바로가 물었다.

술라는 계속 눈을 감고 있었다. "그래, 가렵네. 하지만 지금보다 훨씬 더 간지러울 때도 있었지. 내 손을 옆구리에 대고 묶어주게."

바로는 그렇게 했다. "동틀 무렵에 다시 와서 더 발라드리겠습니다. 누가 압니까? 동틀 무렵에는 가렵지 않을지도 모르지요." 그러고는 살금살금 걸어 식당을 나왔다.

동틀 무렵에도 가려움증은 있었지만, 의사처럼 냉정한 바로가 보기에는 술라의 피부가 뭐랄까, 차분해진 것 같았다. 바로는 다시 연고를 발랐고, 술라는 손을 계속 묶어두라고 했다. 그러나 연고를 세 번 바른 후 저녁이 되자 술라는 손을 풀어줘도 긁지 않을 것 같다고 말했다.

"연고는 효과가 있습니다!" 바로는 폼페이우스와 새끼 똥돼지에게 외쳤다. 바로는 의사도 아니었고 의사가 되고 싶은 생각도 없었지만, 마치 실력을 증명한 의사처럼 만족감에 들떠 있었다.

"총사령관님이 봄에 군대를 지휘하실 수 있겠습니까?" 폼페이우스가 물었다.

"연고가 지금처럼만 계속 듣는다면 그보다 훨씬 전에 그렇게 될 거네." 바로는 대답한 후 연고가 든 반암 단지를 들고 서둘러 사라졌다. 단지를 눈 속에 파묻기 위해서였다. 차갑게 보관하면 더 오래가겠지. 손에서 썩은 악취가 났지만, 그는 이렇게 생각하며 혼잣말을 했다. "술라는 진정 펠릭스야!" 물론 술라가 운이 좋다는 뜻으로 한 말이었다.

이른 겨울 추위와 함께 로마에 눈이 내렸을 때, 대다수 로마인들은 한파가 불길한 징조라고 생각했다. 노르바누스와 스키피오 아시아게누스는 둘 다 전투에서 진 뒤 돌아오지 않고 있었으며, 이후로 그들의 행보와 관련한 고무적인 소식도 없었다. 노르바누스는 카푸아에서 강제 포위를 당한 상태였고, 스키피오는 에트루리아에서 병력을 모집하며 정처 없이 돌아다니는 중이었다.

연말에 원로원은 원로원의—그리고 로마의—미래를 논하는 회의를 열기로 했다. 의원 수는 술라가 있을 때의 꽤 많았던 숫자에서 3분의 1 정도로 줄어 있었다. 술라와 함께하려고 그리스로 떠난 의원들도 있었고, 이제 술라가 이탈리아로 돌아오자 그를 공개적으로 지지하려고 안달이 나서 최근에 로마를 떠난 의원들도 있었다. 고집스럽게 중립을 자처하는 일부 원로원 의원들의 저항에도 불구하고, 모든 로마인들은 최상류층부터 최하류층까지 편이 갈라졌음을 확신하고 있었다. 이탈리아와 이탈리아 갈리아를 합해도 술라와 카르보가 평화롭게 공존할 만큼 넓지는 않았다. 두 사람은 정반대의 가치와 정부 체계, 로마의 미래상을 추구했다. 술라는 토지를 보유한 귀족들이 평시든 전시든 사회를 이끈다는 오랜 관습과 전통인 모스 마이오룸을 지지했고, 카르보는 상업 및 사업의 주역들인 기사계급을 지지했다. 어느 쪽도 권력을 똑같이 나누는 데엔 동의하지 않을 것이므로, 또 한번의 내전을 통해 한쪽이 권력을 차지해야만 할 터였다.

원로원이 회의를 열 생각이라도 하게 된 건, 호민관 마르쿠스 유니우스 브루투스의 호출을 받은 카르보가 이탈리아 갈리아의 아리미눔에서 귀국했기 때문이다. 브루투스는 카푸아 주민들에게 완전한 로마시민권을 부여하는 법을 만든 사람이었다. 두 사람은 팔라티누스 언덕에 있는 브루투스의 집에서 만났다. 브루투스의 오랜 벗인 나이우스 파피리우스 카르보에게는 매우 익숙한 장소였다. 또한 (소문에 따르면) 카르보의 다음 행보가 궁금한 뭇사람들로부터 요강 씻는 소년까지도 뇌물을 받고 있다는 카르보의 집보다 더 신중하게 선택된 장소이기도 했다.

브루투스의 집에 부패한 하인들이 없는 건 전적으로 그의 아내 세르빌리아 덕분이었다. 그녀는 스키피오 아시아게누스가 군대를 운영하는 것보다도 엄격하게 가정을 운영했다. 아르고스(그리스 신화에서 눈이 100개 달린 거인—옮긴이)만큼 많은 눈이 달리고 박쥐떼만큼 많은 귀가 달린 듯한 세르빌리아는 그 어떤 비행도 묵과하지 않았다. 그녀보다 한 수 위거나 계략으로 그녀를 이길 수 있는 하인은 없었고, 그녀를 두려워하지 않는 하인은 며칠도 버티지 못했다.

그리하여 브루투스와 카르보는 철통같은 보안 속에서 매우 사적인 대화를 시작할 수 있었다. 물론 세르빌리아 본인은 예외였다. 그녀의 집에서 일어나는 일이나 대화 중에 그녀가 모르는 것은 아무것도 없었다. 이 매우 사적인 대화 역시 그녀는 들어야 했다. 두 남자는 브루투스의 문 닫힌 서재에 있었고, 세르빌리아는 서재 바깥의 주랑에서 열린 창문 아래 웅크리고 앉아 있었다. 세르빌리아는 불편한 자세로 추위에 떨며 엿듣고 있었지만, 그 내밀한 서재에서 진행되는 대화를 들을 수 있다면 그쯤은 아무것도 아니라고 생각했다.

남자들은 사교적인 대화부터 시작했다.

"제 아버지는 어떻게 지내십니까?" 브루투스가 물었다.

"잘 계시네, 자네한테 안부를 전해달라 하시더군."

"제 아버지를 견뎌내시다니 놀랍군요!" 브루투스가 별안간 소리치더니 자기가 한 말에 놀라서 멈칫했다. "죄송합니다. 화난 것처럼 말하려던 생각은 아니었는데. 정말로 화난 건 아닙니다."

"그저 내가 그분을 견뎌내는 게 의외라는 게지?"

"네."

"그분은 자네의 부친이시네." 카르보가 편안한 어조로 말했다. "그리고 연로하시지. 자네가 왜 자네 아버님을 문제라고 여기는지는 알아. 하지만 나한테 그분은 문제가 아니야. 정말로. 베레스가 나의 나머지 총독 수당을 챙겨 달아난 뒤 내게는 후임 재무관이 필요했다네. 자네도 알겠지만 자네 아버님과 나는 그분이 마리우스와 함께 추방지에서 돌아왔을 때부터 가깝게 지냈지." 카르보는 잠시 말을 멈췄다. 아마도 그이의 팔을 두드리고 있겠지, 하고 도청자는 냉소적으로 생각했다. 세르빌리아는 카르보가 자기 남편을 다루는 방식을 알고 있었다. 카르보가 말을 이었다. "자네 부친께서는 자네가 결혼할 때 당신께서 방해가 될까봐 자네한테 이 집을 사주셨네. 하지만 그분과 자네, 그러니까 독신 남성 둘이 그렇게 오랫동안 함께 살다가 각각 혼자 살게 됐을 때 느낄 외로움은 예상하지 못하셨지. 그분은 성가신 존재가 되고 자네 부인의 심기를 건드렸을지도 몰라. 그래서 내가 편지로 그분께 새 재무관 권한 대행이 되어달라고 부탁했을 때 그분은 선뜻 응하셨네. 나는 자네가 죄책감을 느낄 필요가 없다고 생각하네, 브루투스. 그분은 지금 아주 잘 지내고 계셔."

"감사합니다." 브루투스가 한숨을 쉬며 말했다.

"자, 내가 직접 와야 할 정도로 긴급한 일이라는 게 뭔가?"

"선거입니다. 만인의 벗 필리푸스가 도망친 후 로마의 사기는 곤두박질쳤습니다. 아무도 우두머리가 되려고 하지 않을 겁니다. 아무도 우두머리가 될 용기가 없습니다. 그래서 저는 적어도 선거가 끝날 때까지는 총독께서 로마에 계셔야 한다고 생각했습니다. 적임자들 중에 집정관이 되고 싶어하는 사람이 아무도 없습니다! 그들은 아무런 요직도 맡지 않으려 하고 있습니다, 정말로요." 브루투스가 초조한 듯 말했다. 그는 성마른 사람이었다.

"세르토리우스는?"

"아시겠지만 그는 까다로운 인물입니다. 제가 편지를 써서 시누에사에 있는 그에게 집정관 선거에 출마해달라고 애원했지만, 그는 두 가지 이유를 대며 거절하더군요. 제가 예상했던 이유는 그가 아직 법무관이고 관례상 집정관이 되려면 2년을 기다려야 한다는 것 하나였는데 말입니다. 그가 그 이유만 댔더라면 제가 어떻게 설득해볼 수도 있었겠지만, 그가 말한 두번째 이유는 제가 어찌할 수 없는 것이었습니다."

"두번째 이유가 뭐였기에?"

"그는 로마는 끝났다고, 겁쟁이와 기회주의자 들이 득시글거리는 곳에서 집정관이 되고 싶지 않다고 말하더군요."

"점잖은 표현이구먼!"

"그는 가까운 히스파니아의 총독이 될 거라고, 곧바로 떠나겠다고 말했습니다."

"썩을 놈 같으니!" 카르보가 으르렁거렸다.

상스러운 말을 좋아하지 않는 브루투스는 그 말에 아무 대꾸도 하지 않았다. 한동안 아무 소리도 들리지 않는 걸로 보아 어떤 주제에 대해서도 할말이 남지 않은 듯했다.

주랑의 도청자는 성이 나서 화려한 격자창에 한쪽 눈을 갖다댔다. 카르보와 남편이 책상을 사이에 두고 앉아 있었다. 그녀는 뜬금없이 두 사람이 형제일지도 모른다고 생각했다. 두 사람 다 아주 거무스름하고 이목구비가 못생겼으며, 특별히 키가 크거나 체격이 좋지도 않았다.

세르빌리아는 종종 자문했다. 포르투나 여신은 어째서 내게 더 잘생기고 정치적 성공이 보장된 남편을 주시지 않은 걸까? 그녀는 브루투스의 군 경력에 있어서는 일찌감치 기대를 접었으니, 남은 것은 정계밖에 없었다. 그러나 브루투스가 생각해낸 최선은 카푸아 주민들에게 로마 시민권을 주는 법을 제정하는 것이었다. 나쁜 생각은 아니었지만—실제로 그 일은 밋밋하기 그지없던 그의 호민관 경력을 구제했다—그는 결코 그녀의 외삼촌 드루수스처럼 위대한 호민관으로 기억되지는 못할 터였다.

브루투스는 마메르쿠스 외삼촌이 택한 사람이었다. 마메르쿠스 외삼촌은 뼛속까지 술라의 사람이었다. 피후견인 여섯 명 중 맏이인 세르빌리아의 혼기가 찼을 때 술라와 함께 그리스에 있었음에도 불구하고 그랬다. 마메르쿠스의 피후견인들은 그때까지도 로마에서 천덕꾸러기 세르빌리아 나이아와 그 어머니 포르키아 리키니아나—무시무시한 여자였다!―의 보살핌을 받고 있었다. 피후견인과 아무리 멀리 떨어져 있는 후견인이라 해도, 포르키아 리키니아나가 감독하는 아이의 미덕과 도덕 수준에 대해서는 전혀 걱정할 필요가 없었다! 해가 갈수록 더 못나지고 노처녀 티가 나던 그녀의 딸 나이아 쪽도 마찬가지였다.

따라서 세르빌리아의 열여덟 살 생일을 앞두고 구혼자들을 받은 건 포르키아 리키니아나였으며, 동쪽에 있던 마메르쿠스 외삼촌에게 구혼자들에 관한 정보를 보낸 것도 포르키아 리키니아나였다. 그녀는 자신이 보기에 바람직한 남편감이 갖추어야 할 덕목들인 미덕과 도덕, 검약과 절제, 기타 모든 자질에 관한 날카로운 논평도 함께 보냈다. 포르키아 리키니아나는 특정 구혼자에 대해 노골적인 호감을 표하는 부적절한 행위를 절대 하지 않았지만, 그녀의 예리한 논평은 마메르쿠스 외삼촌의 마음속에 들어가 박혔다. 어쨌거나 세르빌리아에게는 막대한 지참금과 유서 깊은 파트리키 가문의 멋들어진 이름이 있었으며, 포르키아 리키니아나의 말을 듣고 마메르쿠스 외삼촌이 확신하게 되었듯이 외모도 떨어지지 않았다.

그래서 마메르쿠스 외삼촌은 쉬운 길을 택했다. 포르키아 리키니아나가 가장 많이 언급한 남자인 마르쿠스 유니우스 브루투스를 택한 것이다. 삼십대 초반의 원로원 의원인 브루투스는 어리석고 무분별한 젊음의 시기를 넘어섰으리라 짐작되었으며, 늙은 부친이 죽으면(그리 멀지 않은 일이라고 포르키아 리키니아나는 말했다) 가장이 될 터였다. 또한 그는 평민귀족이긴 해도 나무랄 데 없는 혈통의 부자였다.

세르빌리아는 자신의 남편감이 누군지 몰랐으며, 심지어 포르키아 리키니아나에게서 결혼이 임박했다고 들은 후에도 결혼식 날까지 그와의 만남을 허락받지는 못했다. 이러한 구식 관습이 세르빌리아에게 적용된 것은 위압적인 포르키아 리키니아나 때문이 아니라 세르빌리아가 어렸을 때 받은 벌 때문이었다. 떨어져 살던 아버지를 위해 드루수스 외삼촌의 집에서 첩자 짓을 한 세르빌리아에게 외삼촌은 가택 연금이라는 벌을 내렸다. 외삼촌의 집에서 세르빌리아는 자기만의 방을 비롯해 다른 어떤 사생활도 허락받지 못했으며, 발걸음과 표정 하나까지 감시하는 사람들과 동행하지 않는 한 그 집밖으로 나가는 것조차 허락되지 않았다. 세르빌리아가 결혼 적령기가 되기 수년 전에 주위의 모든 어른들—어머니와 아버지, 숙모와 외삼촌, 할머니와 새아버지—이 죽었음에도 그 벌은 계속해서 유효했다.

그러니 세르빌리아가 결혼을 통해 드루수스 외삼촌의 집을 떠날 날을 어찌나 기다렸던지, 남편이 누군지는 거의 개의치 않았다고 해도 과장이 아니었다. 세르빌리아에게 남편이란 끔찍한 지배로부터의 해방을 의미했다. 그럼에도 불구하고 남편의 이름을 듣게 되었을 때 세르빌리아는 눈을 감고 깊이 안도했다. 드루수스 외삼촌이 그녀에게 짝지어 줄 거라고 엄포를 놓았던 시골 지주가 아니라 그녀와 같은 계급과 배경의 남자였던 것이다. 다행히 마메르쿠스 외삼촌은 조카딸을 그녀보다 낮은 신분의 사람과 결혼시킬 생각은 절대 하지 않았다. 포르키아 리키니아나도 같은 생각이었다.

감사하는 마음으로 꽉 찬 신부 세르빌리아는 마르쿠스 유니우스 브루투스의 집으로 떠났다. 200탈렌툼, 즉 500만 세스테르티우스라는 막대한 지참금과 함께. 이 돈은 계속 그녀의 것일 터였다. 마메르쿠스 외삼촌은 조카딸이 괜찮은 수익을 확보할 수 있도록 그 돈을 잘 투자해뒀으며, 그녀가 죽으면 그녀의 딸들이 상속하도록 조치했다. 부유한 새신랑 브루투스는 아내의 지참금에 관한 그러한 합의에 실망하지 않았다. 자신에게 드는 비용을 언제까지나 부담할 능력이 있는 최상류 파트리키 귀족 부인을 얻은 게 아닌가. 노예들, 노예들의 급료, 옷, 보석, 집, 기타 필요한 모든 비용을 부인 스스로 마련해야 할 터였다. 브루투스 자신의 돈은 안전하게 지킬 수 있었다!

세르빌리아에게 결혼이란 원하는 곳에 가고 원하는 사람을 만날 수 있는 자유를 제외하면 지극히 재미없는 것이었다. 어머니나 다른 여자가 없는 집에서 너무 오래 독신으로 살아온 남편은 생활방식이 고정되어 있었고, 거기에 아내는 포함되지 않았다. 남편은 아무것도 아내와 함께 나누지 않았다. 그녀가 느끼기에는 심지어 그의 몸도. 그는 친구들을 저녁식사에 초대할 때면 아내에게 식당에 오지 말라고 말했으며, 서재는 그녀에게 늘 출입금지였다. 브루투스는 무엇에 관해서든 세르빌리아의 의견을 구하는 법이 없었고, 자기가 사거나 받은 물건도 보여주지 않았으며, 시골의 빌라에 갈 때도 결코 함께 가자고 하지 않았다. 세르빌리아에게 있어 남편의 몸이란 이따금씩 자신의 방으로 오기는 하지만 아무런 흥분도 느끼게 해주지 않는 존재에 지나지 않았다. 이제 그녀는 개인 생활이 없던 길고 긴 유년시절이 편안하고 즐거웠다고 느껴질 정도로 지나치게 많은 개인 생활을 누리고 있었다. 남편은 혼자 자는 걸 좋아했기에 세르빌리아의 침실에는 그녀 외에 아무도 없었고 무시무시한 침묵만 흘렀다.

결국 그 결혼은 거의 태아 적부터 세르빌리아를 괴롭혀온 주제인 '아무도 나를 중요하게 생각하지 않는다, 아무도 나를 신경쓰지 않는다'의 변주에 지나지 않았다. 그녀는 심술궂고 악의적이고 사악해질 때만 신경쓰이는 사람이 될 수 있었고, 그 집의 모든 하인들은 봉변을 당하면서 그녀의 이러한 면모를 알게 되었다. 그러나 그녀는 남편에겐 절대로 그런 면모를 보이지 않았다. 남편이 자신을 사랑하지 않으며 따라서 자신이 언제든 이혼당할 수 있음을 알았기 때문이다. 그녀는 남편에게는 늘 상냥했고 하인들에게는 늘 냉혹했다.

하지만 어쨌거나 브루투스는 자신의 의무를 다했고, 세르빌리아는 결혼 2년 만에 임신했다. 어머니에게서 아이를 수월하게 낳는 몸을 물려받았는지 임신중에 그녀는 전혀 고생하지 않았으며, 심지어 출산조차도 그녀가 들어왔던 것처럼 끔찍한 고통은 아니었다. 그녀는 3월의 어느 추운 밤 일곱 시간 만에 아들을 낳았고, 목욕을 시켜 향기가 나는 아기를 받아 안고 매혹당한 채 기뻐할 수 있었다.

그러니 아기 브루투스가 사랑에 주린 어머니의 삶에서 모든 빈 구석을 채우게 되었다는 사실은 놀랄 일이 아니었다. 세르빌리아는 자신 말고 어떤 여자도 아들에게 젖을 물리지 못하게 했으며, 전적으로 혼자 직접 아들을 보살폈고, 아기 침대도 자신의 침실에 두었다. 아들이 태어났을 때부터 그녀에게는 오직 아들뿐이었다.

그렇다면 어째서 세르빌리아는 술라가 이탈리아로 온 그해, 살을 에도록 추운 11월 말에 굳이 서재 밖에서 대화를 엿듣고 있었는가? 물론 남편을 위해서, 그의 정치 활동에 관심이 있어서는 아니었다. 그는 그녀가 사랑하는 아들의 아버지였기 때문에, 그리고 그녀는 아들의 상속재산과 명성, 미래의 안녕을 지키겠다고 맹세했기 때문이었다. 이는 세르빌리아가 모든 것에 대해 끊임없이 알아야 한다는 의미였다. 그녀는 아무것도 놓쳐서는 안 되었다! 특히 남편의 정치 활동에 대해서라면.

세르빌리아는 카르보가 시시한 인간이 아니라는 건 인정했지만 그를 좋아하지는 않았다. 그녀는 그가 로마의 이익보다 본인의 이익을 우선할 사람임을 정확하게 간파하고 있었으며, 남편이 카르보의 약점을 알 만큼 똑똑한지 확신이 들지 않았다. 세르빌리아는 술라가 이탈리아에 있다는 사실이 매우 걱정스러웠다. 극히 정치적인 사고의 소유자인 그녀는 원로원에서 반생을 보낸 남자들의 대다수보다도 정확하게 앞으로의 일을 내다볼 수 있었다. 그녀가 확신하는 한 가지는, 카르보에겐 술라 같은 인물을 상대로 로마를 단결시킬 만한 힘이 없다는 사실이었다.

세르빌리아는 격자창에서 눈을 떼고 귀를 갖다대며 고통스럽도록 차가운 테라초 바닥에 무릎을 꿇고 앉았다. 다시 눈이 내리기 시작했다. 다행이야! 눈발은 겹겹이 옷을 입은 그녀와, 부엌들이 있고 하인들이 종종걸음으로 돌아다니는 주랑정원 저쪽 끝의 살림 공간 사이에 가림막이 되어줄 것이었다. 그녀가 들킬까봐 두려워하는 것은 아니었다. 브루투스의 하인들은 세르빌리아가 어디서 어떤 자세로 있던 감히 문제삼지 못할 터였다. 다만 세르빌리아는 하인들에게 우월한 존재로 인식되기를 원했는데, 우월한 존재는 창밖에서 무릎을 꿇고 앉아 남편의 말을 엿듣지 않는다는 사실이 마음에 걸렸던 것이다.

갑자기 세르빌리아는 긴장하며 귀를 더 바싹 갖다댔다. 카르보와 남편이 다시 대화를 하기 시작했다!

"법무관 출마 자격자들 가운데 괜찮은 사람들이 좀 있습니다." 브루투스가 말했다. "카리나스와 다마시푸스는 능력도 있고 인기도 있죠."

"하!" 카르보였다. "나처럼 그들도 맨송맨송한 어린애한테 졌지. 하지만 나와 달리 그들은 폼페이우스가 그의 아비만큼 무자비한데다 열 배는 더 교활하다고 사전에 경고라도 받았어. 폼페이우스가 법무관에 출마한다면 카리나스와 다마시푸스의 표를 합친 것보다도 많은 표를 얻을 거야."

"폼페이우스의 퇴역병들이 이긴 거죠." 브루투스가 합리적인 말투로 말했다.

"그럴지도 모르지. 그렇다고 해도 폼페이우스는 그들이 기량을 마음 껏 발휘하도록 해준 거야." 앞일에 대한 논의가 더 급했던 카르보는 주제를 바꿨다. "내가 걱정하는 건 법무관들이 아니네, 브루투스. 난 집정관 자리가 걱정이야, 자네의 우울한 예측 덕분에 말이지! 필요하다면 난 집정관에 출마할 거야. 하지만 동료 집정관을 누구로 해야 하지? 이 비참한 도시에서 나를 끌어내리는 게 아니라 떠받쳐줄 사람이 누가 있 겠나? 분명한 건 봄에는 전쟁이 날 거라는 사실이네. 술라는 계속 몸이 좋지 않았지만, 내 정보원은 다음 작전 기간엔 그의 상태가 아주 좋을 거라고 하더군."

"술라가 작년에 잠자코 있었던 건 병 때문만은 아니었습니다." 브루 투스가 말했다. "로마가 전쟁 없이 항복할 기회를 주기 위해 기다린 거 라는 소문을 들었습니다."

"그렇다면 그자는 헛짓을 한 게지!" 카르보가 사납게 말했다. "아, 추측은 그만하도록 하지! 나의 동료 집정관으로 누가 좋겠나?"

"떠오르는 사람이 아무도 없습니까?"

"아무도 없네. 내겐 사람들의 사기를 진작시킬 수 있는 사람이 필요해. 젊은이들은 입대하게 만들고 늙은이들은 입대하고 싶다고 느끼게 만들 수 있는 사람. 세르토리우스 같은 사람 말이야. 하지만 자네는 그가 응하지 않을 거라고 단언했고."

"마르쿠스 마리우스 그라티디아누스는 어떻습니까?"

"그는 마리우스 집안에 입양된 사람이라 부족하네. 내가 세르토리우스를 원하는 건 그가 진짜 마리우스 집안사람이기 때문이야."

잠시 침묵이 흘렀지만, 무기력한 침묵은 아니었다. 창밖의 도청자는 남편이 숨을 들이마시는 소리를 들으면서, 다음 말을 한 마디도 놓치지 않겠다고 결심하며 숨을 죽였다.

"마리우스의 핏줄을 원하시는 거라면," 브루투스가 천천히 말했다. "마리우스 2세는 어떻습니까?"

다시 한번 침묵이 흘렀다. 아연실색한 침묵이었다. 이윽고 카르보가 말했다. "말도 안 돼! 맙소사, 브루투스, 그는 겨우 스무 살이야!"

"스물여섯 살입니다."

"원로원 의원이 되려고 해도 4년 더 기다려야 하는 나이잖나!"

"법이 정한 공식 연령은 없습니다. 빌리우스 정무직 연령법이 있지만 관습에 따르는 경우가 더 많지요. 페르페르나께 부탁해 지금 바로 마리우스 2세를 원로원에 입회시키면 됩니다."

"그는 자기 아버지의 군화 끈도 못 되네!" 카르보가 외쳤다.

"그게 중요합니까? 진정 그렇습니까, 나이우스 파피리우스? 세르토리우스를 이상적인 마리우스 가의 일원으로 생각하시는 건 압니다. 로마에서 세르토리우스보다 더 군대를 잘 이끌고 병사들한테서 존경받을 수 있는 사람은 없죠. 하지만 그는 응하지 않을 겁니다. 그러니 마리우스 2세밖에 없지 않습니까?"

"사람들이 입대하러 몰려오리라는 건 확실하군." 카르보가 부드럽게 말했다.

"그리고 스파르타인들이 레오니다스를 위해 한 것처럼 그를 위해 싸우겠지요."

"자네는 마리우스 2세가 그렇게 될 수 있다고 생각하나?"

"그는 기꺼이 노력할 겁니다."

"그가 벌써 집정관이 되고 싶다는 의사를 표현했다는 뜻인가?"

브루투스가 웃었다. 그로서는 보기 드문 행동이었다. "아닙니다, 당연히 아니죠! 마리우스 2세는 우쭐대는 친구긴 해도 솔직히 야심이 그다지 크지 않습니다. 다만 제 생각에, 그에게 기회를 주신다면 그는 기꺼이 응할 것입니다. 그는 지금까지 살면서 한 번도 아버지와 우열을 다툴 기회를 얻지 못했습니다. 적어도 한 가지 면에서 이번 일은 그에게 부친을 능가할 기회가 될 겁니다. 가이우스 마리우스는 공직 생활을 늦게 시작했습니다. 마리우스 2세는 스키피오 아프리카누스보다도 어린 나이에 집정관이 되는 거고요. 이 때문에 마리우스 2세는 얼마나 잘해내든지 간에 명성을 얻게 되겠지요."

"마리우스 2세가 스키피오 아프리카누스의 반만 따라가도, 로마는 술라 때문에 위험해지진 않을 거야."

"마리우스 2세가 스키피오 아프리카누스처럼 되기를 바라지 마십시오." 브루투스가 경고했다. "집정관 카토의 패전을 막기 위해 마리우스 2세가 할 수 있던 유일한 일은 카토의 등을 찌르는 것이었습니다."

카르보가 웃었다. 그가 자주 하는 행동이었다. "글쎄, 그건 적어도 킨나한테는 조금 행운이었어! 가이우스 마리우스는 살인죄 고발을 막기 위해 그에게 거금을 지불했지."

"네." 브루투스가 매우 진지하게 대답했다. "하지만 그 일화는 마리우스 2세를 동료 집정관으로 삼은 뒤 직면할 문제들 중 한 가지를 보여줍니다."

"등을 보이지 마라?"

"최정예 병력을 그에게 맡기지 마십시오. 그가 군사를 지휘할 수 있다는 걸 먼저 증명하도록 하십시오."

의자 다리들이 바닥을 긁는 소리가 나자 세르빌리아는 일어나서 자신의 따뜻한 작업실로 달아났다. 거기서는 육아실 빨래 담당인 젊은 여자가 아기 브루투스를 껴안는 드문 행운을 누리고 있었다.

세르빌리아가 자제력을 발휘하기도 전에 마음속에서 질투의 불꽃이 화르륵 치솟았다. 세르빌리아의 손이 순식간에 여종의 뺨을 후려갈겼다. 어찌나 세게 맞았던지, 아기침대에 앉아 있던 여종은 방바닥에 쓰러지면서 아기를 놓쳤다. 아기는 땅에 떨어지지 않았다. 엄마가 재빨리 몸을 날려 아기를 받아냈기 때문이다. 세르빌리아는 아기를 가슴에 꼭 안은 채 말 그대로 여종을 발로 차서 방 밖으로 밀어냈다.

"네년을 내일 팔아버릴 테다!" 세르빌리아는 주랑정원을 둘러싼 주랑의 끝까지 들릴 정도로 새된 소리를 질렀다. 그런 다음 목소리를 가다듬고 평상시처럼 고함을 질렀다. "디토스! 디토스!"

에파프로디토스라는 화려한 이름이 있지만 보통 디토스라고 불리는 집사가 한달음에 달려왔다. "부르셨습니까, 마님?"

"저년, 아기 빨래를 시킨다고 네가 데려온 갈리아 년을 매질하고 헐값에 팔아라."

집사는 입을 딱 벌렸다. "하지만 마님, 저애만한 하녀도 없습니다! 빨래도 잘할뿐더러 도련님도 얼마나 예뻐하는데요!"

세르빌리아는 에파프로디토스를 여종만큼이나 세게 갈긴 다음, 자신이 공격적인 폭언에 통달했음을 보여주었다. "잘 들어, 버릇없고 배부른 그리스 놈아! 내가 명령을 하면 대꾸 한 마디 없이 복종해야지 감히 토를 달아! 난 네가 누구 소유인지 따윈 상관 안 해. 네 주인한테 가서 징징댔다가는 후회하게 될 거야! 저년을 네 집무실로 데려가서 나를 기다려. 넌 저년을 좋아하니까 내가 지켜보지 않으면 제대로 때리지 않겠지."

집사의 얼굴에는 세르빌리아의 손자국이 손가락 하나하나까지 선명했지만, 그가 공포에 질린 건 그녀의 말 때문이었다. 에파프로디토스는 득달같이 물러갔다.

세르빌리아는 다른 하녀를 부르지 않고 직접 아기 브루투스를 고운 양모 숄로 따뜻하게 감싼 뒤 품에 안고 집사의 집무실로 갔다. 에파프로디토스는 눈물을 흘리며, 여주인이 바실리스크(그리스 신화에서 노려보거나 입김을 뿜어 사람을 죽인다는 전설의 동물—옮긴이)처럼 지켜보는 가운데 묶인 여종의 등이 시뻘건 젤리처럼 변하고 사방에 살점이 튈 때까지 매질을 했다. 비명소리가 쉴새없이 그 방에서 눈으로 덮인 공기 속으로 퍼져나갔지만, 눈도 그 소리를 덮지는 못했다. 주인은 무슨 일인지 알아보러 오지 않았다. 세르빌리아의 짐작대로, 브루투스는 카르보와 함께 마리우스 2세를 만나러 갔던 것이다.

마침내 세르빌리아는 고개를 끄덕였다. 집사의 팔이 내려갔다. 집사의 작품을 꼼꼼하게 살펴보기 위해 다가간 세르빌리아는 만족한 표정을 지었다. "좋아! 이년의 등짝을 보아하니 다시는 새살이 돋지 않겠구나. 팔려고 내놓을 필요도 없겠어, 한푼도 못 받을 거니까. 이년을 주랑정원으로 끌고 가 십자가에 매달아 죽여라. 너희들 모두한테 교훈이 될 거야. 다리는 부러뜨리지 마! 천천히 죽게 놔둬."

세르빌리아는 작업실로 돌아가 아들을 감싼 숄을 벗기고 아마포 기저귀를 갈았다. 그런 다음 아들을 무릎에 앉히고 애정을 듬뿍 담아 얼렀다. 그녀는 이따금씩 몸을 숙여 아기에게 살짝 입을 맞추며 다정하고 약간 으르렁거리는 소리로 말했다.

작고 거무스름한 어머니의 무릎 위에 있는 작고 거무스름한 아이는 예쁜 그림 같았다. 세르빌리아는 아름다운 여자였다. 탄탄하고 육감적인 몸매에 조용히 다문 입술, 수많은 비밀을 품은 눈이 두툼하고 반쯤 내리깐 눈꺼풀에 덮인 얼굴은 작았고 턱은 뾰족했다. 그러나 아기는 순전히 아기라서 예뻤을 뿐 사실 못생기고 무기력한 아이였다. 사람들이 그애를 '착한 아기'라고 부르는 건 아기가 울거나 법석을 떠는 일이 거의 없었기 때문이다.

그리하여 마리우스 2세의 집에서 돌아와 모자의 모습을 본 브루투스는 빨래를 게을리한 여종의 처벌에 대한 냉담한 이야기를 잠자코 듣고만 있었다. 그는 평소 세르빌리아의 노련하고 효율적인 집안일 처리에 전혀 간섭을 하지 않았으므로(결혼 전에 그의 집안은 한 번도 지금처럼 잘 굴러간 적이 없었다는 것만은 분명했다) 아내의 처분에 이의를 제기하지 않았고, 나중에 집사를 불렀을 때도 정원에서 십자가에 묶여 축 늘어져 있는 눈 덮인 형체에 대해 언급하지 않았다.

"카이사르! 어디 있니, 카이사르?"

카이사르는 과거 아버지가 쓰던 서재에서 맨발로 어슬렁거리며 나왔다. 한 손에는 펜을, 다른 손에는 두루마리 종이를 들고 있었으며 얇은 튜닉 차림이었다. 어머니가 부르는 바람에 생각하다가 방해를 받았기에 얼굴은 찡그리고 있었다.

그러나 집에서 짠 우아한 고급 양모를 겹겹이 두른 어머니는 아들의 사고력보다도 몸의 안녕이 더 신경쓰였기 때문에 성마른 목소리로 말했다. "어째서 넌 추위를 조심하지 않는 거니? 덧신도 신지 않고! 카이사르, 네가 이때쯤 끔찍한 병으로 고생할 거라는 점괘가 있었잖니. 어째서 운명의 여신이 악한 측면을 드러내고 싶게끔 만드는 거냐? 아기가 태어날 때 점성술 의뢰를 하는 건 잠재적인 재앙이 실제로 벌어지지 않게 하기 위해서다. 엄마 말 들어라!"

카이사르는 어머니가 정말로 그렇게 믿고 있다는 걸 알았기에 어머니를 향해 이미 명성이 자자한 그 웃음을 지었다. 자신의 자긍심을 위협하지 않는 무언의 사과였다.

"무슨 일이죠?" 카이사르가 물었다. 외출복 차림의 어머니를 보자마자 자신의 일은 나중으로 미뤄야 한다는 사실을 납득했던 것이다.

"우린 율리아의 집에 가야 해."

"이 시간에요? 이런 날씨에?"

"날씨에 신경을 쓰고 있었다니 기쁘구나! 그럼 옷을 제대로 입으렴." 아우렐리아가 말했다.

"저한테는 화로가 있어요, 어머니. 그것도 두 개씩이나."

"그럼 화롯불 옆에서 옷을 갈아입어. 여긴 채광정으로 바람이 내려와서 많이 추우니까." 카이사르가 서재로 가려고 몸을 돌리기 직전에 아우렐리아는 덧붙였다. "루키우스 데쿠미우스를 불러야겠어. 모두 다 가야 하거든."

누나 둘도 간다는 뜻이었다. 카이사르는 놀랐다. 아주 중요한 가족회의인 게 분명해! 카이사르는 루키우스 데쿠미우스는 필요 없다고, 자신이 백 명의 여자라도 안전하게 보호할 수 있다고 호언하려다 입을 다물었다. 승산도 없는 싸움에 애를 쓸 이유가 있을까? 어머니는 언제나 자신의 뜻대로 일을 처리하는데.

카이사르는 유피테르 대제관복을 차려입고 방에서 나왔다. 날씨가 추웠으므로 옷 안에 튜닉 세 벌과 무릎 아래까지 오는 모직 반바지를 입고 두꺼운 양말과 끈 없는 헐렁한 장화를 신었다. 그리고 토가 대신 신관용 망토를 걸쳤다. 이 어색한 두 겹의 옷은 한가운데에 머리를 집어넣는 동그란 구멍이 뚫린 천이었고, 자주색과 보라색이 번갈아 폭넓은 줄무늬를 이루고 있었다. 망토는 무릎까지 내려와 팔과 손을 완전하게 가렸기에—카이사르는 그 혐오스러운 망토에서 애써 장점을 찾으려고 애쓰며 침울하게 생각했다—지금처럼 혹독한 눈보라 속에서도 벙어리장갑을 낄 필요가 없었다. 머리에는 아펙스를 쓰고 있었다. 못이 박히고 그 위에 원반 모양의 두꺼운 양모가 꽂힌 꽉 끼는 상아 투구였다.

카이사르는 공식적으로 성인이 된 이래 유피테르 대제관을 속박하는 금기들을 지켜왔다. 그는 마르스 평원에서의 군사 훈련을 포기했고, 어떤 쇠붙이도 몸에 댈 수 없었다. 옷이나 신발에 매듭이나 죔쇠도 쓸 수 없었고, 개에게 인사를 할 수도 없었으며, 사람이 죽이지 않은 동물의 가죽으로 만든 신발만 신었고, 유피테르 대제관이 먹어도 되는 음식만 먹었다. 카이사르에게 턱수염이 없는 건 청동 면도칼로 면도했기 때문이었고, 그가 신관용 나막신이 불편할 때 장화를 신을 수 있는 건 장화가 발목과 종아리에 편안하게 감기게 하는 일반적인 장치가 필요 없는 장화를 직접 발명했기 때문이었다.

카이사르가 유피테르 대제관이라는 일생의 형벌을 얼마나 혐오하는지는 그의 어머니조차 알지 못했다. 카이사르는 열다섯 살 반에 성인이 되면서 대제관 직의 비상식적이고 진부한 교리를 군말 한번, 찡그림 한번 없이 받아들였다. 아우렐리아는 안도의 숨을 쉬었다. 최초의 반항은 오래가지 않았다. 아우렐리아가 몰랐던 것은 카이사르가 복종하는 진짜 이유였다. 뼛속까지 로마인인 카이사르는 조국의 관습을 절대적으로 따랐고 미신을 신봉했다. 그는 복종해야만 했다! 그러지 않으면 결코 포르투나 여신의 총애를 얻을 수 없을 것이기 때문이다. 여신은 카이사르에게나 그가 하는 일에 미소를 보내지 않을 것이고, 그는 지독히 운이 없게 될 것이다. 이 끔찍한 평생의 형벌에도 불구하고, 카이사르는 자신이 유피테르 옵티무스 막시무스의 특별 신관으로서 그 신을 성심껏 섬기면 포르투나가 자신을 구할 방법을 찾을 거라고 지금도 믿고 있었다.

그러므로 카이사르의 복종은 아우렐리아의 생각처럼 체념을 의미하는 게 아니었다. 그의 복종은 하루하루 지날수록 유피테르 대제관 직이 더 싫어진다는 의미일 뿐이었다. 가장 싫은 건 법적인 탈출구가 전무하다는 사실이었다. 죽은 가이우스 마리우스는 카이사르에게 영원히 족쇄를 채우는 데 성공했다. 포르투나가 카이사르를 구해주는 방법밖에 없었다.

카이사르는 열여덟 살이 되려면 일곱 달은 더 있어야 했지만 나이보다 성숙해 보였으며, 마치 감찰관까지 지낸 전직 집정관 같은 분위기를 풍겼다. 키가 크고 어깨가 넓기도 했지만 우아한 근육질 몸도 한몫했다. 그의 아버지는 2년 반 전에 죽었다. 이는 카이사르가 매우 일찍 가장이 되었으며 지금은 자연스럽게 가장 역할을 하고 있다는 뜻이었다. 소년 시절의 아름다운 외양은 그대로 유지하면서 더욱 남자다워졌다. 그의 코는—모든 신들에게 감사하게도—길어져서 제대로 울퉁불퉁하고 로마인다운 코가 되었으며, 남자가 되어야 하는 모든 것—군인, 정치가, 남자들의 애인이라는 의심을 받지 않는 여자들의 애인—이 되기를 갈망하는 카이사르에겐 무척 부담스러웠을 귀여움을 벗어날 수 있었다.

카이사르의 가족은 추운 날 걷기에 적합한 옷차림을 하고 응접실에 모여 있었다. 카이사르의 부인 킨닐라만이 예외였다. 열한 살인 킨닐라는 이 흔치 않은 집안 모임에 참석하기엔 어리다고 여겨졌다. 그러나 이 집에서 유일하게 작고 거무스름한 그녀도 응접실에 와 있었다. 카이사르가 들어오자, 킨닐라의 팬지같이 까만 두 눈은 언제나처럼 남편의 얼굴에 가 박혔다. 킨닐라를 귀여워하는 카이사르는 두 팔로 부인을 안아올렸고 눈을 감은 채 아내의 부드러운 분홍빛 뺨에 입을 맞췄다. 어머니가 늘 깨끗이 씻기고 향유를 발라주는 소녀의 절묘한 향기를 더 잘 맡기 위해서였다.

"집에 있어야 해?" 카이사르는 다시 한번 아내의 뺨에 입을 맞춘 뒤 물었다.

"언젠가는 나도 어른이 될 거예요." 킨닐라는 보조개가 패는 매혹적인 웃음을 지으며 말했다.

"그렇고말고! 그때가 되면 네가 어머니보다 더 중요한 사람이 될 거야. 이 집의 여주인이 될 거니까." 카이사르는 소녀를 내려놓고 그녀의 구불거리는 검은 머리카락을 쓰다듬으며 아우렐리아를 향해 한쪽 눈을 찡긋했다.

"난 이 집의 여주인이 되는 게 아니에요." 킨닐라는 진지하게 말했다. "유피테르 여제관, 관저의 여주인이 될 거예요."

"그렇지." 카이사르가 태연하게 말했다. "어쩌다 내가 그걸 깜빡했을까?"

카이사르는 세차게 내리는 눈 속으로 걸어나갔다. 아우렐리아의 아파트 바깥쪽 상점들을 따라 삼각형 아파트의 뭉툭한 꼭짓점까지 갔다. 선술집처럼 보이지만 사실 다른 공간이 있는 곳이었다. 그곳의 쌍여닫

이문 밖에 있는 교차로의 안녕과 종교 생활을, 특히 탑처럼 생긴 라레스 제단과 지금은 푸르스름한 고드름들이 엉킨 가운데 천천히 흐르고 있는—올겨울은 그 정도로 추웠다—큰 분수를 관리하는 교차로 형제단의 본부였다.

루키우스 데쿠미우스는 언제나처럼 널찍하고 깨끗한 실내의 왼쪽 깊숙한 곳에 놓인 탁자에 앉아 있었다. 이제 머리카락은 희끗희끗했으나 아직 얼굴에 주름살은 없었다. 최근 그는 두 아들을 교차로단에 가입시키고 교차로단의 온갖 활동에 참여시키며 가르치고 있었다. 그래서 아들들은 데쿠미우스의 양옆에, 언제나 마그나 마테르 신상의 옆을 지키는 두 마리 사자처럼 앉아 있었다. 침착하고 황갈색이며 갈기는 두 텁고 눈은 노란색이며 발톱은 숨기고 있는 그 사자들처럼. 물론 데쿠미우스에게 마그나 마테르와 비슷한 구석이라곤 없었지만! 그는 몸집이 작고 깡말랐으며 평범하게 생겼고, 그의 두 아들은 갈리아 땅 출신의 덩치 큰 켈트족 여자인 어머니를 닮았다. 데쿠미우스의 외모는 그를 처음 보는 사람에게 그의 실제 성격—용감하고 놀랍도록 교활하며, 비도덕적이고 엄청나게 똑똑하며 충직한—을 드러내주지 않았다.

카이사르가 문을 열고 들어오자 세 데쿠미우스들의 표정이 밝아졌지만, 루키우스 데쿠미우스만 자리에서 일어섰다. 그는 탁자와 벤치 사이를 누비고 나왔다. 까치발을 하고 자기 아들들한테보다 더 애정을 담아 청년의 입술에 입을 맞췄다. 아버지의 입맞춤이었다. 비록 카이사르와 루키우스 데쿠미우스의 유일한 연관성은 데쿠미우스의 적지 않은 마음속 끈들 사이에 엉켜 있긴 했지만.

"내 아들!" 그는 환성을 지르며 카이사르의 손을 잡았다.

"안녕, 아빠." 카이사르는 웃으며 대답하고 데쿠미우스의 손을 들어올려 자신의 차가운 뺨에 갖다댔다.

"죽은 사람 집을 쓸고 왔냐?" 데쿠미우스가 카이사르의 대제관복을 보고 물었다. "죽기엔 고약한 날씨인데! 따뜻하게 포도주 한잔 어떠냐?"

카이사르는 얼굴을 찌푸렸다. 데쿠미우스와 형제단의 노력에도 불구하고 카이사르는 포도주를 진심으로 즐긴 적이 한 번도 없었다. "시간이 없어요, 아빠. 형제단 사람 두 명 정도가 필요해서 왔어요. 어머니랑 누나들이랑 가이우스 마리우스 저택에 가야 하는데, 물론 어머니는 저 혼자론 부족하다고 생각하시거든요."

"현명한 분이지, 네 어머니는." 데쿠미우스는 짓궂게 고소해하는 표정으로 말했다. 그가 손짓으로 부르자 아들 둘이 곧바로 일어나서 다가왔다. "옷 입어라, 애들아! 숙녀 분들을 가이우스 마리우스 저택까지 모셔다 드려야 해."

카이사르에 대한 아버지의 노골적인 편애에도, 루키우스 데쿠미우스 2세와 차남 마르쿠스 데쿠미우스는 아무런 감정적 동요도 보이지 않았다. 그들은 그저 고개를 끄덕이고 애정을 듬뿍 담아 카이사르의 등을 두드린 뒤 제일 따뜻한 옷을 가지러 갔다.

"오지 마요, 아빠." 카이사르가 말했다. "추운데 나오지 말고 여기 있어요."

하지만 데쿠미우스는 그럴 사람이 아니었다. 그는 어머니가 애지중지하는 갓난쟁이의 옷을 입히듯 아들들이 자신한테 옷을 입히도록 놔두었다. "미련퉁이 부르군두스는 어디 간 거냐?" 휘몰아치는 눈발 속으로 다 같이 나가면서 데쿠미우스가 물었다.

카이사르는 싱긋 웃었다. "지금은 아무도 부르군두스를 못 불러요!

어머니가 카르딕사와 부르군두스를 보빌라이로 내려보냈거든요. 카르
딕사는 초산이 늦었을지는 몰라도 부르군두스를 만난 후로 해마다 아
이를 낳고 있어요. 이번이 네번째에요, 아빠도 잘 알겠지만."

"네가 집정관이 되면 경호원이 모자랄 일은 없겠구나."

카이사르는 몸을 떨었지만 추워서 그런 것은 아니었다. "전 절대 집
정관이 될 수 없어요." 그는 가차 없이 말하더니 양어깨를 으쓱하고는
쾌활한 척했다. "어머니 말로는 마치 티탄 가족을 먹이는 것 같대요. 맙
소사, 다들 어찌나 잘 먹는지!"

"그래도 착한 사람들이야."

"네, 착한 사람들이죠."

그들이 아우렐리아의 아파트 대문 앞에 도착하자 여자들이 나왔다.
다른 귀족 숙녀들이라면―특히나 이런 날씨에는―가마를 타고 가겠
지만, 율리우스 가의 숙녀들은 그렇지 않았다. 그들은 걸어갔다. 데쿠
미우스의 아들들이 앞쪽에서 걸으며 발로 땅을 문질러 쌓인 눈에 길을
내준 덕분에 여자들은 수부라 입구를 걷기가 수월해졌다.

포룸 로마눔은 황량하기 그지없었다. 기둥과 벽과 지붕과 동상 들의
생동감 넘치는 색채가 보이지 않으니 낯설었다. 모든 것이 대리석처럼
하얗고, 꿈도 없는 깊은 잠에 빠진 것 같았다. 로스트라 연단 근처에 서
있는 위풍당당한 가이우스 마리우스 조각상의 숱 많은 눈썹 위에도 눈
이 쌓여, 원래 부리부리하던 거무스름한 눈의 인상을 누그러뜨렸다.

일행은 은행가 언덕을 힘겹게 오르고 폰티날리스 성문의 큰 통로들
을 지나 마리우스 저택 안으로 들어갔다. 그 집은 주랑정원이 뒤쪽에
있었기에 일행은 곧바로 현관으로 가서 외투를 벗었다(대제관복을 입
은 카이사르는 예외였다). 루키우스 데쿠미우스와 그의 두 아들은 집

사 스트로판테스를 따라 훌륭한 음식과 포도주를 대접받으러 갔고, 카이사르와 여자들은 아트리움으로 갔다.

날씨가 이렇게까지 춥지 않았다면 그들은 아트리움에 머물렀을 것이다. 저녁식사 시간이 한참 지났기 때문이다. 그러나 아트리움의 개방된 직사각형 지붕 물받이에는 소용돌이치듯 물이 흐르고 있었고, 그 밑의 수조는 눈송이들이 빠르게 녹으면서 표면이 반짝이고 있었다.

그때 마리우스 2세가 와서 일행을 환대하고, 식당이 더 따뜻할 거라며 그들을 데려갔다. 마리우스 2세는—카이사르는 조심스럽게 생각했다—행복에 겨워 마치 빛이 나는 듯했으며, 그것은 그에게 어울리는 모습이었다. 사촌 카이사르만큼 키가 큰 마리우스 2세는 카이사르보다 더 체격이 건장했고 금발머리에 회색 눈동자를 한 인상적인 미남이었다. 그러나 마리우스 2세는 자기 아버지보다 신체적으로 훨씬 더 매력적이긴 했어도, 가이우스 마리우스를 로마의 불사신 반열에 올려놓은 중요한 요소를 갖고 있지 않았다. 앞으로 수 세대 동안 모든 학생들은 가이우스 마리우스의 공적에 대해 배울 것이다, 하고 카이사르는 생각했다. 하나 그의 아들 마리우스 2세의 운명은 그렇지 못하리라.

카이사르로서는 오고 싶지 않은 집이었다. 너무 많은 일이 이곳에서 일어났다. 같은 나이의 소년들이 마르스 평원에서 걱정 없이 뛰어노는 동안, 카이사르는 매일 여기에 와서 앙심 깊고 늙은 가이우스 마리우스의 간병인이자 말벗이 되어야 했다. 마리우스가 여기서 죽은 후 카이사르는 신성한 빗자루로 이곳을 맹렬히 쓸어냈지만 그 사악한 존재는 아직까지 남아 있었다. 적어도 카이사르는 남아 있다고 생각했다. 한때 카이사르는 마리우스를 존경하고 사랑했다. 그러나 마리우스는 그런 카이사르를 유피테르 대제관으로 만들었고, 그 때문에 카이사르는 영원히 마리우스와 겨뤄볼 수 없게 되어버렸다. 쇠붙이 금지, 무기 금지, 죽음을 보는 것도 금지—유피테르 대제관에게 군 경력이란 없다! 정무관 선거 출마권이 없는 원로원 입회자인 유피테르 대제관에겐 정치 경력도 없다! 경력 없음! 명예를 구하지 않고 명예롭게 되는 것, 존경을 얻지 않고 존경받는 것이 카이사르의 운명이었다. 유피테르 대제관은 원로원에 소속되고 국가에서 집과 돈과 음식을 받는, 굳어진 관습과 전통인 모스 마이오룸의 죄수였다.

그러나 카이사르의 혐오감은 물론 율리아 고모를 보자마자 사라져버렸다. 아버지의 누이이자 가이우스 마리우스의 아내. 그리고 어머니와 다른 방식으로 그가 세상에서 가장 사랑하는 사람. 만약 사랑이 순수한 감정의 격발에 불과하다면, 카이사르는 진정 어머니보다 율리아 고모를 더 사랑한다고 할 수 있었다. 적수이자 지지자, 비판자, 동료, 동등한 자인 어머니는 그의 지성에 영원히 각인되어 있었다. 반면 율리아 고모는 카이사르를 품에 꼭 안고 입맞춤을 해주며 조금의 질책도 담겨 있지 않은 상냥한 회색 눈으로 웃음을 지었다. 카이사르는 두 여자 중 한 명이라도 없는 삶을 생각조차 할 수 없었다.

율리아와 아우렐리아는 하나의 긴 의자에 함께 앉기로 했다. 여자들은 긴 의자에 기대 눕지 않았기 때문에 불편한 자세로 있어야 했다. 관습 때문에 편안히 눕지 못하는 두 사람은 바닥에 발이 닿지 않은 채 등을 기대지도 못하고 긴 의자 가장자리에 걸터앉아 있었다.

"고모랑 엄마한테 의자 좀 갖다주지 그래요?" 카이사르는 어머니와 고모의 등에 베개를 받쳐주며 마리우스 2세에게 물었다.

"고맙구나, 우린 네가 준 베개 때문에 괜찮다." 언제나 평화의 중재자 역할을 하는 율리아가 말했다. "우리가 다 앉으려면 우리집에 있는 의자들론 부족할 거야! 이건 여자들의 회의니까."

카이사르는 그 말이 부정할 수 없는 사실이라고 침울하게 인정했다. 이 집안에 남자는 두 명밖에 남지 않았다. 마리우스 2세와 카이사르. 아버지를 여읜 외아들 둘.

여자들은 더 많았다. 만약 로마가 나란히 앉은 율리아와 아우렐리아를 볼 수 있다면, 자신이 낳은 가장 아름다운 여인들이 한눈에 들어오는 광경에 흡족해할 것이다. 둘 다 키가 크고 날씬했지만 율리아는 카이사르 집안사람 특유의 우아함을 지녔고, 아우렐리아는 활기차고도 단호하게 효율적으로 움직였다. 굵게 구불거리는 금발에 커다란 회색 눈을 한 율리아는 포룸 로마눔의 높은 구역에 있는 클로일리아 조각상의 모델 같았다. 연갈색 머리카락의 아우렐리아는 젊을 때 트로이아의 헬레네에 비유되던 미인이었다. 그녀의 눈썹과 속눈썹은 거무스름했고, 과거 수많은 구혼자들이 자줏빛이라고 단언한 눈은 우묵하게 들어가 있었으며, 옆얼굴은 여신과 같았다.

율리아는 올해 마흔다섯, 아우렐리아는 마흔이었다. 두 사람은 매우 다르면서도 똑같이 힘든 상황에서 남편을 여의었다.

가이우스 마리우스는 세번째로 찾아온 심각한 뇌졸중으로 죽었지만, 그전에 어떤 로마인도 결코 잊지 못할 광란의 살인 행각을 벌였다. 마리우스의 적들은 모두 죽었다. 그의 친구들 일부도 죽었다. 그리하여 로스트라 연단에는 머리들이 바늘꽂이에 꽂힌 핀처럼 빽빽하게 들어서 있었다. 율리아는 그로 인한 슬픔을 지닌 채 살고 있었다.

마리우스가 죽은 후 킨나에게 충성한 아우렐리아의 남편은—킨나의 차녀에게 아들을 장가보냈으니 그럴 수밖에 없었다—모병을 하러 에트루리아로 떠났다. 어느 여름날 아침 그는 피사이에서 장화 끈을 묶기 위해 몸을 굽혔고, 그것이 마지막이었다. 부검 결과 뇌혈관 파열이라고 했다. 그는 가족 하나 없는 곳에서 장작더미 위에 누워 화장되었고, 유골은 로마에 있는 부인에게 보내졌다. 아우렐리아는 킨나의 전령이 납골함을 전달하러 올 때까지 남편이 죽었다는 사실조차 모르고 있었다. 그녀가 어떤 마음이었을지, 어떤 생각을 했을지 아무도 알 수 없었다. 열다섯 살 생일을 한 달 남겨두고 가장이 된 그녀의 아들조차 알 수 없었다. 아우렐리아는 눈물을 흘리지도, 표정이 변하지도 않았다. 아우렐리아는 그녀답게 마음속을 꼭 잠가두었고, 아들을 제외하고는 어떤 사람에게도 관심 없이 인술라 주인의 업무에만 전념하는 것처럼 보였다.

마리우스 2세에게는 누이가 없었지만 카이사르에겐 누나 둘이 있었는데, 둘 다 율리아 고모를 닮았다. 아우렐리아를 닮은 카이사르의 얼굴과는 달랐다.

리아라고 부르는 큰 율리아는 올해 스물한 살이었고 살짝 근심 어린 표정을 띠고 다녔다. 그럴 만도 했다. 그녀의 첫 남편이었던 루키우스 피나리우스는 무일푼의 파트리키였다. 꺼림칙한 결정이었지만, 리아가 사모하는 남자였기에 그녀는 그와의 결혼을 허락받았다. 결혼한 지 일년도 안 돼 리아는 아들을 낳았고(사람들은 그로 인해 피나리우스의 성격이나 행동이 변하기를 바랐지만 그런 일은 없었다), 얼마 후 피나리우스는 의문의 죽음을 당했다. 같은 패에게 살해당했다고 추측되었지만 증거는 없었다. 그리하여 열아홉 살의 리아는 찢어지게 가난한 과부가 되어 어머니의 집으로 돌아와야만 했다. 그러나 그사이 친정집의 가장은 바뀌어 있었고, 그녀는 곧 남동생이 아버지만큼 마음이 약하지도 융통성 있지도 않다는 걸 깨닫게 되었다. 카이사르는 리아에게 반드시 재혼을 해야 하며 게다가 자신이 고른 남자와 해야 한다고 말했다. 카이사르는 누나에게 냉정하게 말했다. "누나가 마음대로 하게 놔두면 또 멍청이를 고를 게 분명하니까."

카이사르가 대관절 어떻게, 또는 어디서 퀸투스 페디우스를 찾아냈는지는 아무도 몰랐다(몇몇 사람들은 4계급의 비천한 남자이긴 해도 무척 발이 넓은 루키우스 데쿠미우스가 도왔을 거라고 의심했지만). 카이사르는 페디우스를 집으로 데려왔고, 과부가 된 큰누나를 이 완고하고 정직하며 캄파니아의 귀족은 아니지만 괜찮은 집안 출신의 기사와 약혼시켰다. 페디우스는 잘생기지도 화려하지도 않았다. 나이도 마흔 살로 젊지 않았다. 그러나 그는 어마어마한 부자였고, 사랑스럽고 젊은 최고 파트리키 가문의 여자와 결혼할 기회를 얻었다는 사실에 안쓰러울 정도로 고마워하고 있었다. 리아는 침을 꿀꺽 삼키고 열다섯 살짜리 남동생을 쳐다보더니, 우아하게 청혼을 받아들였다. 카이사르는 나이가 어렸지만 논쟁을 허락하지 않는 표정과 눈빛을 지어 보일 수 있었다.

다행히 그 결혼은 잘 풀렸다. 피나리우스는 잘생기고 화려하고 젊었지만 남편으로서는 실격이었다. 이제 리아는 자신보다 갑절이나 나이 많고 부유한 남자의 사랑을 받는 일에 여러 보상이 뒤따른다는 걸 깨달았으며, 시간이 흐르면서 따분한 두번째 남편을 무척 좋아하게 되었다. 그녀는 아들을 낳았으며 쾌적하고 호화로운 생활에 아주 익숙해졌다. 그래서 테아눔 시디키움 외곽의 남편 사유지에서 스키피오 아시아게누스와 술라가 야영을 하고 있었음에도 친정으로 가기를 단호히 거부했던 것이다. 리아는 어머니가 자신의 행동과 식단, 두 아들과의 생활을 간섭하며 본인의 금욕적인 이상을 강요할 거라고 생각했다. 물론 아우렐리아는 직접 리아의 집으로 왔고(도중에 예기치 않게 술라를 만나고 온 듯했지만, 간단히 언급하는 것 이상으로는 그 일에 대해 말하지 않았다) 리아는 로마로 끌려갔다. 게다가 아들 둘은 집에 남겨두고서. 페디우스는 아이들을 테아눔에서 자신이 데리고 있기를 원했다.

유유라고 부르는 작은 율리아는 올해 초 열여덟 살 생일이 지나고 결혼했다. 그녀에게는 부적격자를 고를 기회가 허락되지 않았다! 남편감은 카이사르가 골랐다. 얼마든지 스스로 할 수 있는 일이라고 생각했던 유유는 그 강압적인 권리 침탈에 동생에게 욕을 퍼부었지만, 물론 카이사르가 이겼다. 카이사르는 다시 한번 엄청나게 부유한 구혼자를 집으로 데려왔다. 이번 신랑감은 유서 깊은 원로원 의원 가문 출신으로, 뒷자리에 머무르는 데 만족하는 평의원이었다. 그는 카이사르의 보빌라이 땅에서 아피우스 가도를 따라 내려가면 나오는 아리키아 출신이었는데, 그가 캄파니아인보다 우월한 라티움인이라는 뜻이었다. 마르쿠스 아티우스 발부스를 본 유유는 불평 한 마디 없이 그와 결혼했다. 그는 퀸투스 페디우스보다 나았다. 서른일곱 살밖에 되지 않은데다 나이에 비해 미남이었다.

발부스는 원로원 의원이기 때문에 로마에 단독주택이 있었고, 아리키아에 넓은 땅도 있었다. 그래서 유유는 언니보다 또 한 가지 면에서 낫다며 기뻐했다. 유유는 거의 평생 로마에서 살게 될 터였다. 마리우스의 집에서 가족 모두가 모인 그날의 늦은 오후, 유유는 아이를 가져서 몸이 무거워져 있었다. 그렇다고 해서 아우렐리아가 유유를 걷지 않게 할 리는 없었다!

"임신한 여자들을 과잉보호하는 건 좋지 않아." 아우렐리아가 말했다. "그래서 여자들이 아이를 낳다가 그렇게 많이 죽는 거야."

"여자들이 아이를 낳다가 죽는 건 누에콩만 먹어서라고 하셨잖아요." 유유는 카리나이 지구에 있는 남편의 집에서 어머니의 수부라 아파트까지 타고 온 가마를 아쉽게 쳐다보며 대꾸했다.

"그것도 이유긴 하지. 피타고라스학파 의사들은 골칫덩이야."

그 외에도 여자가 한 명 더 있었다. 그녀는 혈통상으로는 다른 여자들과 아무런 관계가, 적어도 밀접한 관계는 없었다. 마리우스 2세의 부인 무키아 테르티아였다. 최고신관 스카이볼라의 외동딸인 그녀는 유명한 두 재당고모, 조점관 스카이볼라의 딸들과 구분하기 위해 무키아 테르티아로 불리고 있었다.

무키아 테르티아는 엄밀히 말해 아름다운 여자는 아니었으나 뭇남성들의 잠을 설치게 만들었다. 탁한 녹색의 두 눈은 기이할 정도로 멀리 떨어져 있었고, 검은 속눈썹이 가장자리 장식처럼 빽빽하게 나 있어두 눈 사이의 거리가 한층 두드러졌다. 그녀가 말하지 않는 비밀은 옛이집트의 조그만 상아 가위로 눈 안쪽의 가장자리 속눈썹을 일부러 자른다는 사실이었다. 무키아 테르티아는 자신의 특이한 매력을 잘 알고 있었다. 그녀의 길고 곧은 코를 두고 순수주의자들은 혹이나 마디 같은게 있어야 한다고 생각했지만, 그녀의 코는 웬일인지 단점이 되지 않았다. 그녀의 입 역시 폭이 매우 넓어 로마의 이상적인 아름다움과는 거리가 멀었다. 그녀가 미소 지을 때면 백 개는 되는 듯한 완벽한 치아들이 드러났다. 입술은 도톰하고 육감적이었으며, 피부도 암적색 머리카락과 잘 어울리게 도톰하고 크림빛이었다.

카이사르도 그녀가 매혹적이라고 생각했다. 열일곱 살 반인 그는 이미 성 경험이 많았다. 수부라 지구의 모든 여자들은 이토록 사랑스러운 청년이 성적인 수완을 쌓아가는 데 기꺼이 도움을 주려고 했다. 카이사르가 목욕을 한 깨끗한 몸을 고집스럽게 요구하는데도 아무도 단념하지 않았다. 젊은 카이사르가 강력한 무기를 보유하고 있으며 그것을 최대한 활용하는 법을 안다는 소문은 순식간에 퍼져나갔다.

카이사르가 무키아 테르티아에게 흥미를 느낀 가장 큰 이유는 그녀의 독특한 불가해성이었다. 그녀는 그가 애써도 속내를 알 수 없는 사람이었다. 그녀는 백 개도 되어 보이는 그 완벽한 이들을 드러내며 자주 미소 지었지만, 결코 그녀의 독특한 눈에서부터 나온 미소는 아니었다. 그녀는 자신의 진짜 생각을 드러내는 몸짓이나 표현은 전혀 하지 않았다.

무키아 테르티아는 자신과 남편 모두의 무관심이 지배하는 결혼생활을 4년째 하고 있었다. 부부의 대화는 유쾌하고 수다스러웠지만 지극히 예의발랐다. 그들은 다른 많은 부부들처럼 내밀한 공감의 눈빛을 교환한 적이 한 번도 없었고, 보는 사람 하나 없는 곳에서도 서로를 만지려고 하지 않았다. 그러니 자식도 없었다. 이 결혼에 감정이 전혀 없다고 해도, 적어도 마리우스 2세는 분명 고통스럽지 않았다. 그의 엽색 행각은 모르는 사람이 없었다. 하지만 무키아 테르티아는 어떨까? 부정은 고사하고 무분별한 행동에 대한 소문도 전혀 돌지 않는 그녀는? 무키아 테르티아는 행복할까? 그녀는 마리우스 2세를 사랑할까, 미워할까? 알 수 없다. 하지만, 하지만—카이사르의 본능은 그녀가 절망적으로 불행하다고 말하고 있었다.

다들 자리에 앉았고, 모두의 시선은 이상하게도 의자에 앉은 마리우스 2세에게 쏟아졌다. 지지 않으려고 카이사르도 의자를 앞으로 당겼다. 그러나 카이사르의 자리는 식사용 긴 의자 세 개가 만든 U자의 우묵한 곳에 앉은 마리우스 2세에게서 멀리 떨어져 있었다. 어머니의 어깨 뒤, U자의 바깥쪽이었기 때문에 그가 가장 사랑하는 여자들의 얼굴이 보이지 않는 곳이었다. 카이사르는 지금은 마리우스 2세와 무키아 테르티아, 집사 스트로판테스를 지켜보는 것이 훨씬 더 중요하다고 생각했다. 참석해달라고 부탁받은 스트로판테스는 앉으라는 마리우스 2세의 권유를 조용히 거절한 채 문간에 서 있었다.

마리우스 2세는 입술을 축이고―평소와 다른 초조함의 표시였다―말하기 시작했다. "오늘 오후 나이우스 파피리우스 카르보와 마르쿠스 유니우스 브루투스가 저를 찾아왔습니다."

"이상한 조합이네요." 카이사르가 말했다. 그는 사촌이 방해 없이 술술 말하기를 원치 않았다. 마리우스 2세를 조금 당황하게 하고 싶었다.

마리우스 2세는 성난 표정으로 카이사르를 잠깐 쳐다봤지만, 생각이 흐트러질 만큼 화가 난 건 아니었다. 이야기는 이제 막 시작됐을 뿐이었다.

카이사르는 자신의 책략이 좌절되었음을 금방 깨달았다. 마리우스 2세는 말했다. "그들은 내게 나이우스 카르보와 함께 집정관에 출마하겠느냐고 묻더군요. 나는 그렇게 하겠다고 했습니다."

대부분이 동요하는 듯했다. 카이사르는 누나들의 놀란 표정을, 갑자기 경련하는 고모의 등을, 무키아 테르티아의 진기한 눈에서 그녀 특유의, 그러나 가늠할 수 없는 표정을 보았다.

"아들아, 넌 아직 원로원 의원도 되지 않았어." 율리아가 말했다.

"내일 될 겁니다. 페르페르나가 저를 명부에 올리면요."

"넌 법무관은 고사하고 재무관도 되지 못했는데."

"원로원은 제게 일반적인 요건을 적용하지 않기로 했어요."

"네겐 그럴 만한 경험이나 지식이 없다!" 율리아가 절망적인 목소리로 계속 주장했다.

"저는 집정관을 일곱 번 지낸 아버지의 아들이고, 전직 집정관들에게 둘러싸여 자랐어요. 거기다 경험은 카르보가 많잖아요."

아우렐리아가 물었다. "우린 왜 여기 있는 거니?"

마리우스 2세는 진지하고 호소하는 듯한 시선을 어머니로부터 외숙모한테로 돌렸다. "당연히 이 일을 함께 의논하기 위해서죠!" 그는 조금 멍한 표정으로 말했다.

"헛소리!" 아우렐리아가 쌀쌀맞게 말했다. "너는 이미 마음을 정했을 뿐 아니라 카르보에게 동료 후보로 출마하겠다고 말하기까지 했어. 내가 보기엔, 네가 우리를 따뜻한 집에서 끌어낸 이유는 단지 도시의 풍문이 순식간에 우리에게 알려줬을 소식을 들려주기 위해서 같구나."

"그렇지 않아요, 아우렐리아 숙모!"

"전혀 못 믿겠는데!" 아우렐리아가 내뱉었다.

얼굴이 벌게진 마리우스 2세는 다시 어머니를 돌아보며 호소하듯한 손을 내밀었다. "그게 아니에요, 엄마! 제가 출마하겠다고 카르보에게 말한 건 사실이지만, 저는 늘 가족의 의견을 들으려고 했어요, 정말이에요! 제 마음을 바꿀 수도 있어요!"

"하! 그런 일은 없을 것 같은데." 아우렐리아가 말했다.

율리아가 아우렐리아의 손목을 살짝 잡았다. "진정해요, 아우렐리아! 나는 이 방에서 아무도 화내지 않았으면 좋겠어요."

"맞아요, 율리아 고모. 분노는 우리에게 가장 쓸모없는 감정이죠." 카이사르가 어머니와 고모 사이에 끼어들며 말했다. 그는 이 새로운 위치에서 사촌을 골똘히 쳐다보더니 물었다. "어째서 카르보한테 그러겠다고 말했어요?"

마리우스 2세는 이 질문에 잠시도 당황해하지 않았다. "오, 내 지성을 그렇게까지 의심하지는 마라, 카이사르!" 그는 퉁명스럽게 대답했다. "만일 네가 라이나를 입고 아펙스를 쓰지 않았더라면 너도 그러겠다고 했을걸. 네가 승낙했을 이유와 내가 승낙한 이유는 똑같아."

"형이 왜 내가 승낙했을 거라고 생각하는지는 알겠지만, 솔직히 말해 나라면 절대로 승낙하지 않았을 거예요. 적령기에 출마하는 게 가장 좋으니까요."

"지금 승낙하는 건 불법이에요." 무키아 테르티아가 갑자기 말했다.

"아뇨." 마리우스 2세가 대답하기 전에 카이사르가 말했다. "확립된 관습과 심지어 빌리우스 정무직 연령법에도 어긋나지만 엄밀히 말해 불법은 아니에요. 형이 원로원과 인민의 의사에 반해 집정관 직을 탈취하는 경우에만 불법이 되어 기소되죠. 원로원과 인민은 빌리우스법을 무효화하는 법을 만들 수 있어요. 곧 그렇게 될 겁니다. 원로원과 인민은 필요한 법을 마련할 거고, 이 말은 형의 행위를 불법으로 선언할 유일한 사람이 술라라는 뜻이에요."

침묵이 깔렸다. "최악이구나." 율리아가 떨리는 목소리로 말했다. "넌 술라의 적이 되는 거야."

"저는 어차피 술라의 적이에요, 엄마." 마리우스 2세가 말했다.

"취임한 원로원과 인민의 대표로서는 아니지. 집정관이 된다는 건 최종적인 책임을 받아들인다는 거야. 넌 로마의 군대를 통솔하게 돼." 율리아의 뺨에 눈물이 흘러내렸다. "넌 술라의 머릿속에서 표적이 될 거야. 그는 무서운 사람이다! 가이우스, 나는 네 숙모 아우렐리아만큼 그를 잘 알지는 못하지만 나름대로 알고 있다. 그가 네 아버지를 돌보던 시절에는—너도 알다시피 정말 그랬지—난 그를 좋아하기까지 했었다. 그는 네 아버지가 있는 곳에서 언제나 일어나는 것 같던 약간 거북한 상황을 수습하곤 했어. 술라는 네 아버지보다 참을성과 통찰력이 있는 사람이야. 어느 정도 명예를 아는 남자이기도 해. 하지만 네 아버지와 루키우스 코르넬리우스에게는 한 가지 매우 중요한 공통점이 있었어. 법부터 대중의 지지까지 다른 모든 것이 실패하면, 두 사람은 목표를 이루기 위해 뭐든지 할 수 있어, 아니, '있었어'라고 해야 하나? 그래서 두 사람 모두 로마로 진군한 거야. 또한 그렇기 때문에 루키우스 코르넬리우스는 로마가 이대로 너를 집정관으로 뽑으면 다시 로마로 진군할 거야. 네가 당선된다는 건 로마가 그와 끝까지 싸울 거라고, 평화적인 해법은 있을 수 없다고 선언하는 것과 같으니까." 율리아는 한숨을 쉬고 눈물을 닦았다. "네가 마음을 돌리기를 바라는 이유는 술라란다, 사랑하는 가이우스. 네가 술라만큼 연륜과 경력이 있다면 이길 수도 있겠지. 하지만 그렇지 않아. 너는 이길 수 없다. 나는 하나밖에 없는 자식을 잃게 될 거야."

합리적이고 성숙한 어른의 간청이었다. 마리우스는 합리적이지도 성숙하지도 않았기에 이 진심 어린 말을 굳은 얼굴로 들을 뿐이었다. 그의 입술이 대답하기 위해 열리는데 카이사르가 끼어들었다.

"자, 어머니. 율리아 고모 말씀대로 어머니는 우리 중에 술라를 가장 잘 아시죠! 어떻게 생각하세요?"

아우렐리아는 조금 심란했고, 마지막으로 느꼈던 혼란에 대해 여기서 세세하게 말하고 싶지 않았다. 진지에서의 그 끔찍하고 비극적인 만남을. "그래, 나는 술라를 잘 알아. 다들 알다시피 몇 달 전에 그를 직접 만나기까지 했지. 하지만 예전에 난 그가 로마를 떠나기 전에 늘 마지막으로 만나는 사람이자 귀국하면 가장 먼저 만나는 사람이었지. 그런 경우가 아니면 그는 나를 만나러 온 적이 거의 없어. 딱 술라다운 행동이야. 그의 마음속에서 그는 배우란다. 연극 없이는 살지 못해. 또는 그가 지루한 상황을 의미심장한 것으로 만드는 방법을 아는 사람이거나. 그래서 그런 식으로 나를 만나기로 한 거야. 그렇게 하면 자기 삶 속의 존재에 더 많은 특색과 중요성이 부여되니까. 그저 사소한 일들에 대해 대화하기 좋아하는 여자를 방문하는 게 아니라, 모든 방문이 작별이나 재회가 되는 거지. 술라는 내게 징조 같은 것이 있다고 생각했어, 내 생각에도 그런 것 같아."

카이사르는 어머니를 향해 미소를 짓고 예의바르게 말했다. "제 질문에 대답하지 않으셨어요, 어머니."

"그래." 이 특별한 여인은 놀라거나 죄책감을 느끼지 않으며 대답했다. "이제 할 거야." 아우렐리아는 마리우스 2세를 엄한 표정으로 바라보았다. "네가 반드시 알아야 하는 게 있어. 네가 만일 원로원과 인민의 대표, 그러니까 집정관이 되어 술라를 상대하게 된다면 너는 술라에게 있어 징조 같은 것이 있는 사람이 될 거야. 술라는 네 아버지의 정체성과 네 나이를, 로마를 지배하게 되기까지의 고난이라는 연극을 돋보이게 하는 데 이용할 거야. 그리고 그 모든 건 네 어머니께 위안을 주지 못해. 어머니를 위해 단념하거라! 숱한 참모군관들 중 한 명이 되어 전장에서 술라를 상대하렴."

"넌 어떻게 생각해?" 마리우스 2세는 카이사르에게 물었다.

"나는…… 뜻대로 해요, 형. 관례보다 일찍 집정관이 되라고요."

"리아?"

리아는 당혹스러워하는 눈으로 율리아 고모를 쳐다본 후 말했다. "포기해요!"

"유유?"

"언니랑 같은 생각이에요."

"당신?"

"당신의 운을 시험해봐요."

"스트로판테스?"

늙은 집사는 한숨을 쉬었다. "하지 마십시오, 나리!"

마리우스 2세는 의자에 깊숙이 몸을 파묻었다. 상체를 앞뒤로 부드럽게 흔들면서 한 팔을 의자의 긴 등받이 위로 넘겼다. 그는 입을 꾹 닫고 콧구멍으로 부드럽게 숨을 내쉬었다. "놀랍지 않은 결과군요." 그는 말했다. "여자 분들과 집사는 제 나이와 지위에 맞지 않는 일을 해서 다치지 말라고 하고, 숙모님은 아마도 제가 자신의 명성까지 위태롭게 만들 거라고 하시는 것 같습니다. 제 아내는 모든 것을 포르투나 여신의 무릎 위에 올려놓으라고 하고요……. 저는 포르투나의 총아일까요? 사촌 남동생은 제 뜻대로 밀고 나가라고 하는군요."

마리우스 2세는 일어섰다. 위엄 없는 풍채는 아니었다. "저는 나이우스 파피리우스 카르보와 마르쿠스 유니우스 브루투스에게 한 약속을 번복하지 않겠습니다. 마르쿠스 페르페르나가 저를 원로원에 들이기로 동의하고 원로원이 필요한 법률을 마련하기로 하면, 저는 집정관 출마를 선언할 것입니다."

"너는 우리한테 제대로 된 이유를 설명하지 않았다." 아우렐리아가 말했다.

"이유야 명백하지 않습니까? 로마는 절박합니다. 카르보는 적당한 동료 집정관을 찾지 못했고요. 그래서 그가 어디로 눈을 돌렸겠습니까? 가이우스 마리우스의 아들입니다. 로마는 저를 사랑합니다! 로마는 제가 필요합니다! 그게 이유예요." 청년은 말했다.

오직 가장 오래되고 충성스러운 하인만이 스트로판테스처럼 말할 수 있었을 것이다. 마리우스 2세의 괴로워하는 어머니는 물론이고 죽은 아버지를 위해서이기도 했다. "주인어른, 로마가 사랑하는 건 주인어른의 아버님입니다. 로마가 주인어른께 의지한 것도 주인어른의 아버님 때문입니다. 로마는 주인어른을 모릅니다. 주인어른께서 로마를 게르만족으로부터 구하고, 대 이탈리아 전쟁 초기에 연거푸 승리를 거두고, 집정관을 일곱 번 지낸 분의 아들이라는 것말고는요. 주인어른께서 그 일을 하시게 된다면, 그건 주인어른께서 아버님의 아들이기 때문이지 주인어른 자신이라서가 아닙니다."

마리우스 2세는 스트로판테스를 사랑했다. 집사도 그것을 잘 알고 있었다. 자신에게 반대하는 의미임을 고려하면 마리우스 2세는 집사의 말을 상당히 겸손하게 받아들였다. 마리우스 2세는 입술을 꽉 다물었지만, 스트로판테스가 말을 끝내자 이렇게만 말했다. "아네. 나는 로마에게 마리우스 2세가 그들이 사랑하는 선친 못지않다는 걸 보여줘야겠지."

카이사르는 방바닥을 쳐다보며 아무 말도 하지 않았다. 그는 자문하고 있었다. 어째서 그 미친 노인네는 유피테르 대제관의 라이나와 아펙스를 다른 사람한테 주지 않은 걸까? 나라면 저 일을 할 수 있다. 하지만 마리우스 2세는 결코 그럴 수 없다.

그리하여 12월 말 유권자들은 백인조회 선거를 위해 마르스 평원에서 양 우리라는 이름으로 불리는 곳에 모여 마리우스 2세를 수석 집정관으로, 나이우스 파피리우스 카르보를 차석 집정관으로 선출했다. 마리우스 2세가 카르보보다 훨씬 더 많은 표를 얻었다는 사실은 그 자체로 로마의 절박함을, 로마의 공포는 물론 의심까지 드러냈다. 그러나 대다수 유권자들은 가이우스 마리우스의 뭔가가 틀림없이 그 아들에게 전해졌을 거라고, 마리우스 2세가 이끌면 술라에게 이길 가능성이 높다고 진심으로 생각했다.

한 가지 면에서 선거는 매우 만족스러운 결과를 낳았다. 곧바로 에트루리아와 움브리아 등지에서 모병이 가속화한 것이다. 가이우스 마리우스의 피호민이었던 이들의 아들과 손자 들은 갑자기 훨씬 마음이 가벼워지고 새로운 자신감에 가득차서 마리우스 아들의 군대에 합류하겠다고 몰려들었다. 선친의 드넓은 땅을 방문한 마리우스 2세는 구원자처럼 환호를 받고 잔치로 환대받았으며 숭배를 받았다.

잔치 분위기로 바뀐 로마에서 1월 첫날 취임한 신임 집정관들은 군중을 실망시키지 않았다. 마리우스 2세는 진정 행복한 표정으로 갖가지 의식을 치렀고, 그 모습을 지켜본 모두가 그를 사랑했다. 그는 당당해 보였고, 웃음을 지었으며, 손을 흔들었다. 군중 속의 낯익은 사람들에게 소리쳐 인사했다. 그리고 다들 그의 어머니가 어디 서 있는지 알았기에(로스트라 연단 근처, 죽은 남편의 매서운 조각상 아래였다), 그들은 신임 수석 집정관이 행렬에서 잠시 이탈하여 어머니의 두 손과 입술에 입을 맞추고 아버지에게 용맹하게 경례하는 모습을 볼 수 있었다.

로마 인민은 이 중대한 시기에 풋내기를 집권시켜야 했나보군, 하고 카르보는 냉소적으로 생각했다. 하지만 물론, 군중이 취임 첫날의 집정관에게 함성을 지르며 지지를 보내는 건 수년 만에 처음이었다. 오늘 군중은 그렇게 했다. 그리고 모든 신들에게 바라건대―카르보는 마지막으로 생각했다—로마가 이 흥정 같은 선거를 후회하지 않게 되기를! 지금까지 마리우스 2세는 무신경한 태도를 보였다. 그는 모든 것이 공짜로 자신의 무릎 위에 떨어지는 걸, 자신은 일할 필요가 없으리라는 걸, 향후의 모든 전투는 이미 쉽게 이긴 거나 마찬가지라는 걸 당연하게 여기는 듯이 보였다.

징조들은 불길했다. 새 집정관들이 카피톨리누스 언덕 꼭대기에서 불침번을 서는 동안 뭔가 목격한 것은 아니었지만, 불길한 것은 부재 자체였다. 그 누구도 잊거나 무시하지 못할 순간이 없었다는 것. 카피톨리누스 언덕의 가장 높은 곳, 500년간 유피테르 옵티무스 막시무스의 대신전이 위풍당당하게 서 있었던 곳에는 형체를 알 수 없는 검은 파편들의 무더기밖에 없었다. 지난해 7월의 여섯번째 날, 불은 위대한 신의 거처 내부에서 시작되어 내리 이레 동안 타올랐다. 아무것도 남지 않았다. 아무것도. 아득한 옛날에 지은 신전이라 기단말고는 돌로 된 것이 없었기 때문이다. 신전의 수수하고 거대한 도리아식 기둥들은 벽과 들보, 내부 판재와 마찬가지로 목조였다. 그 신전이 '가장 훌륭하고 위대한' 유피테르에게 걸맞은 거처처럼 보였던 건 오직 그곳의 규모와 견고함, 귀하고 비싼 도료의 색채, 화려한 벽화들과 아낌없는 금도금 덕분이었다. 최고신 유피테르가—그리스의 제우스도 그랬듯—가장 높은 언덕의 꼭대기를 집 삼아, 신전 없이 살게 되었다는 생각은 어떤 로마인과 이탈리아인도 용납할 수 없었다.

재가 식자 신관들이 조사를 시작했다. 재앙이 겹겹이 쌓인 현장이었다. 옛 타르퀴니우스가 로마의 왕이던 시절 에트루리아의 조각가 불카가 만든 유피테르 신의 테라코타 조각상은 흔적조차 없었다. 유피테르의 부인 유노와 딸 미네르바의 상아 조각상 역시 사라지고 없었으며,

신전에 웅크리고 있던 으스스한 무단점유자들인 경계석 테르미누스와 젊음의 여신 유벤타스도—이들은 타르퀴니우스 왕이 그 건물을 유피테르의 거처로 삼았을 때 그곳을 떠나지 않으려 했다—마찬가지였다. 무척 오래된 법 서판과 기록 들은 물론, 로마가 위기를 겪을 때마다 신의 지침으로서 의지하던 시빌라의 예언서를 비롯한 수많은 예언서들도 사라졌다. 금과 은으로 만든 다량의 보물들도 녹아버렸다. 심지어 트라시메누스 호수 전투 후 시라쿠사이의 히에론이 준 승리의 여신 순금 조각상도, 이두마차 비가를 모는 승리의 여신을 묘사한 거대한 청동 도금 조각상도. 화마가 뒤섞어놓은 금속 덩이들을 잔해 사이에서 발견하고 제련시키기 위해 모아서 대장장이들에게 보냈지만, 그들이 용해한 주괴는(장인들에게 맡겨 새로운 작품들을 만들 날을 위해 사투르누스 신전 밑의 국고로 들어갔다) 원래 조각가들의 불멸의 이름들—프락시텔레스와 미론, 스트롱길리온과 폴리클레이토스, 스코파스와 리시포스—을 대체할 수 없었다. 유피테르 옵티무스 막시무스의 지상의 집을 태운 불꽃은 예술과 역사까지 증발시켜버렸다.

근처에 있던 신전들도 화를 당했다. 특히 옵스 신전의 피해가 컸다. 옵스는 로마의 국부를 수호하는 신비한 신으로 얼굴이나 몸이 없었다. 옵스 신전은 어찌나 큰 피해를 입었던지 다시 지어서 봉헌해야 할 판이었다. 피데스 푸블리카 여신의 신전도 심각한 피해를 입었다. 근처에서 난 화재의 열기는 옵스 신전 내부의 벽에 붙어 있던 온갖 조약서와 계약서 들을 비롯하여, 피데스 푸블리카 본인이라고 추정—추정일 뿐이었지만—되는 고대 조각상의 오른손에 감겨 있던 아마포 붕대까지 새카맣게 태워버렸다. 화마에 당한 또다른 건물은 최근에 지은 대리석 건물이라 도료만 다시 칠하면 되었다. 마리우스가 세운, 명예와 덕을 기리는 신전이었다. 마리우스의 전승 기념물과 군 훈장들, 그가 로마에 가져온 선물들의 보관소이기도 했다. 로마인들을 불안하게 만든 것은 화재 피해자들의 의미심장함이었다. 유피테르 옵티무스 막시무스는 로마를 이끄는 정신이었고, 옵스는 로마의 공적인 번영이었으며, 피데스 푸블리카는 로마인과 신들 사이의 신의였다. 또한 명예와 덕은 로마의 군사적 영광에 있어 최고로 중요한 두 가지 특징이었다. 따라서 모든 로마인들은 자문했다. 이 불은 로마의 패권이 끝났다는 계시인가? 로마가 끝났다는 계시인가?

그래서 올해의 첫날에 두 집정관은 사상 최초로, 가장 훌륭하고 위대한 유피테르의 안식처에서 정화를 받지 못한 채 취임했다. 유피테르 신전이 있던 곳, 검게 변한 오래된 석조 기단의 발치에 차양을 친 임시 제단이 설치되었다. 신임 집정관들은 그곳에서 제물을 바치고 취임 선서를 했다.

상아 투구 안에 밝은색 머리카락을, 라이나의 숨막히는 주름들 사이에 몸을 숨긴 유피테르 대제관 카이사르는 실질적으로 하는 일은 없었지만 취임식의 공식 참여자였다. 의식은 마리우스 2세의 장인이자 공화국의 최고신관인 퀸투스 무키우스 스카이볼라가 진행했다.

카이사르는 상충하는 두 가지 고통이 퍼져나가는 것을 느끼며 서 있었다. 하나, 대신전이 파괴되면서 유피테르 특별 신관은 종교적 노숙자가 되었다. 둘, 그는 결코 자주색 단을 댄 토가를 입고 집정관 취임식을 할 수 없을 것이다. 그러나 카이사르는 고통을 처리하는 법을 이미 터득했기에 의식이 진행되는 내내 무표정한 얼굴로 똑바로 서 있을 수 있었다.

다음 순서인 원로원 회의와 연회는 유피테르 옵티무스 막시무스의 집을 떠나, 원로원의 집이자 정식 개관된 신전인 쿠리아 호스틸리아로 가서 열었다. 원래 카이사르의 나이에는 들어갈 수 없는 곳이었지만, 유피테르 대제관은 원로원의 일원이다. 그래서 아무도 의사당으로 들어가는 카이사르를 막지 않았다. 카이사르는 수석 집정관 마리우스 2세가 꽤 믿음직스럽게 진행하는 짧은 공식 절차들을 무표정하게 지켜봤다. 그해에 시작될 총독 직들이 추첨으로 법무관들과 두 집정관에게 배분되었고, 알바누스 산 위에서 열리는 유피테르 라티아리스 축제일이 결정되었으며, 기타 유동적인 공적·종교적 기념일들도 정해졌다.

회의가 끝난 후 제공되는 푸짐하고 값비싼 음식들 중에 유피테르 대제관이 먹을 수 있는 건 거의 없었으므로, 카이사르는 눈에 띄지 않는 곳을 찾아 자리를 잡고 사람들이 어느 긴 의자에 앉을지 고르느라 왔다갔다하며 나누는 모든 대화를 엿들었다. 정무관, 신관, 조점관 등 몇몇 사람들의 자리는 지위에 따라 정해졌지만, 대다수 의원들은 친구들 사이에 자유롭게 자리를 잡고 돈이 마를 날 없는 마리우스 2세의 지갑에서 제공된 음식을 나눠먹었다.

백 명도 채 모이지 않았다. 달아나서 술라 진영에 합류한 의원들이 너무 많았고, 물론 집정관 취임식 참석자 가운데서도 신임 집정관들이나 그들의 계획을 마음에 들어하지 않는 사람들이 있었다. 퀸투스 루타티우스 카툴루스는 참석해 있었지만 카르보의 대의에 전혀 공감하지 않았다. 그의 아버지(마리우스의 유혈 숙청 때 죽었다) 카툴루스 카이사르는 마리우스의 철천지원수였으며, 그 본인도 같은 천에서 잘린 조각이었다. 하지만 아들은 부친만큼 능력을 타고나거나 많이 배우지 못했다. 그를 보면서 카이사르는 그것이 아버지의 율리우스 혈통이―명문가이지만 지성으로 유명하지는 않은―도미티우스 아헤노바르부스 집안사람인 어머니 도미티아의 피와 섞였기 때문이라고 생각했다. 카이사르는 퀸투스 루타티우스 카툴루스를 좋아하지 않았다. 그의 외모가 주는 선입견 때문이었다. 카툴루스는 호리호리하고 몸집이 작았으며, 외가인 도미티우스 집안사람 특유의 붉은 머리카락과 주근깨를 지니고 있었다. 그는 같은 긴 의자에 누워 있는 퀸투스 호르텐시우스의 누이와 결혼했고, 호르텐시우스(로마에 남은 또 한 명의 중립 귀족)는 카툴루스의 누이 루타티아와 결혼했다. 삼십대 초반에 불과한 호르텐시우스는 킨나와 카르보의 로마에서 이미 유명한 변호인이었는데, 그가 법률 분야에서 로마 역사상 최고의 인물이라고 생각하는 사람들도 있었다. 그는 꽤 잘생긴 남자였다. 육감적인 아랫입술은 인생의 소소한 사치에 대한 취향을, 카이사르를 보는 시선은 아름다운 소년에 대한 취향을 드러냈다. 카이사르는 우스꽝스럽게 입술을 핥고 사팔눈을 떠서―그는 이런 얼굴을 만드는 데 도사였다―호르텐시우스가 했을지도 모를 온갖 생각을 지워버렸다. 호르텐시우스는 곧바로 얼굴을 붉히며 카툴루스 쪽으로 고개를 돌려버렸다.

그때 하인이 오더니 카이사르에게 방 건너편에 있는 사촌이 찾는다고 속삭였다. 카이사르는 웅크리고 앉아 사람들을 관찰하던 계단 아래쪽에서 일어나, 뒤축 없는 나막신을 신고 마리우스 2세와 카르보가 누워 있는 곳으로 갔다. 카이사르는 사촌의 뺨에 입을 맞춘 후 긴 의자 뒤에 있는 고관용 단상의 가장자리에 걸터앉았다.

"안 먹어?" 마리우스 2세가 물었다.

"먹을 수 있는 게 별로 없어요."

"그러네, 깜빡했어." 마리우스 2세는 생선을 입안 가득 씹으면서 웅얼거렸다. 그는 생선을 삼킨 뒤 앞에 있는 식탁 위의 거대한 접시를 가리키며 말했다. "저건 좀 먹어도 되지 않나?"

카이사르는 군데군데 뜯어 먹힌 죽은 고기를 무심하게 쳐다보았다. 티베리스 강의 리커피시였다. "고마워요. 하지만 난 똥을 먹어서 좋을 일은 하나도 없다고 생각해요."

그 말은 마리우스 2세를 낄낄거리게 만들었지만, 그가 로마의 거대한 하수도에서 배설물을 먹고 사는 생명체를 맛보며 얻는 즐거움을 사라지게 하지는 못했다. 반면 카르보는 그 정도로 비위가 좋지 못했다. 카이사르가 즐거워하며 눈치챈 사실이었지만, 리커피시를 한 점 떼어내려고 뻗었던 그의 손이 그 대신 갑자기 작은 닭구이 조각을 집은 것이다.

물론 카이사르가 새로 옮긴 자리는 눈에 더 띄는 위치였지만, 꽤 큰 보상도 뒤따랐다. 거기서는 훨씬 더 많은 사람들을 볼 수 있었다. 카이사르는 마리우스 2세와 친근하게 농담을 하면서 이 사람에서 저 사람으로 바쁘게 시선을 옮기며 생각했다. 로마는 스물여섯 살짜리 수석 집정관의 당선에 기뻐하고 있을지도 모르지만, 이 연회의 참석자들 가운데 일부는 전혀 기뻐하지 않는군. 특히 카르보의 추종자들이. 브루투스 다마시푸스, 카리나스, 마르쿠스 판니우스, 켄소리누스, 푸블리우스 부리에누스, 루카니족 푸블리우스 알비노바누스…… 물론 마르쿠스 마리우스 그라티디아누스와 최고신관 스카이볼라처럼 뛸 듯이 기뻐하는 사람들도 있었다. 그러나 그들은 모두 마리우스의 친인척으로, 말하자면 신임 수석 집정관이 잘될 경우 이익을 보는 자들이었다.

젊은 마르쿠스 유니우스 브루투스가 카르보 뒤쪽에서 나타났다. 카이사르는 그가 평소보다 열렬하게 환영받는다는 걸 눈치챘다. 카르보는 원래 누구를 열렬히 환영하는 사람이 아니었다. 이를 본 마리우스 2

세는 브루투스에게 자기 자리를 양보하고 자신에게 더 우호적인 무리를 찾아 떠났다. 브루투스는 카이사르 앞을 지나갈 때 목례를 했다. 무심한 인사였다. 유피테르 대제관의 최고 장점은 이거였다. 누구의 관심도 끌지 않는다는 것. 정치적으로 전혀 중요치 않은 존재이기 때문이다. 카르보와 브루투스는 거리낌없이 대화하기 시작했다.

"우리의 훌륭한 책략이 성공했음을 자축해도 될 듯하군요." 브루투스가 무너져가는 리커피시 사체를 손가락으로 뒤적거리며 말했다.

"하." 카르보는 혐오감으로 얼굴을 찌푸리며 별로 먹지도 않은 닭고기를 버리고 빵을 집어들었다.

"왜 그러세요! 집정관께서는 의기양양해하셔도 됩니다."

"뭣 때문에? 마리우스 2세 때문에? 브루투스, 그는 빨아먹고 난 달걀 껍질처럼 속이 텅 비었네! 장담컨대 난 이런 결론을 내릴 만큼 지난 한 달간 그를 쭉 지켜봤어. 그는 1월 동안 파스케스의 주인이지만, 일을 다 해야 할 사람은 나지."

"이렇게 될 줄 모르셨던 건 물론 아니죠?"

카르보는 어깨를 으쓱하더니 빵을 휙 던져버렸다. 카이사르의 똥 이야기를 듣고 그는 입맛을 잃어버렸다. "모르겠네……. 그에게 지각이 조금 생기기를 바랐는지도. 어쨌거나 그는 마리우스의 아들이고 모친은 율리우스 집안사람이니까. 보통은 그런 사실이 가치 있으리라 생각하기 마련이지."

"전 그렇게 생각하지 않습니다."

"자네 조모께서 쓰시던 손수건 같은 자가 아니야. 최대한 좋게 말한다면 그는 쓸모 있는 장신구야. 우리를 돋보이게 만들고, 지원병들이 몰려들게 하니까."

"그가 군대를 잘 지휘할 수도 있지요." 브루투스는 기름 묻은 두 손을 노예가 건넨 아마포 냅킨에 닦으면서 말했다.

"글쎄. 내 생각엔 그 반대일 것 같아. 그 문제에 있어 난 자네의 충고를 완벽하게 따르려고 하네."

"무슨 충고요?"

"그에게 절대로 최정예 군대를 주지 말 것."

"아." 브루투스는 냅킨을 허공에 아무렇게나 던지고, 카이사르 근처에서 배회하던 과묵한 하인이 그걸 잡았는지 어쨌는지 신경조차 쓰지 않았다. "퀸투스 세르토리우스는 안 왔군요. 적어도 이 행사를 위해서는 로마에 와주기를 바랐는데. 어쨌거나 그는 마리우스 2세의 친척이니까요."

카르보는 웃었지만 유쾌한 웃음소리는 아니었다. "이보게, 브루투스, 세르토리우스는 우리의 대의를 버렸어. 그는 시누에사를 운명에 맡겨두고 서둘러 텔라몬으로 가서, 가이우스 마리우스의 에트루리아 피호민들로 1개 군단을 편성한 뒤 겨울바람을 타고 바닷길로 타라코로 떠났네. 다시 말해, 그는 가까운 히스파니아의 총독 직을 일찌감치 받아들였어. 자신의 임기가 끝날 때쯤에 이탈리아의 상황이 마무리되어 있기를 바라는 게 틀림없어."

"비겁한 놈!" 브루투스는 성이 나서 말했다.

카르보가 야유하는 소리를 냈다. "그건 아니야! 나라면 그를 이상한 놈이라고 하겠네. 그는 친구가 없어, 몰랐는가? 부인도 없고. 하지만 그는 가이우스 마리우스 같은 야망이 없지. 우리 모두는 그 사실에 대해 행운의 별들에 감사해야 할 거야. 만약 그가 야심가였다면, 브루투스, 그는 수석 집정관이 됐을 테니까."

"저는 그가 곤경에 처한 우리를 외면한 것이 유감입니다. 전장에 그가 있었다면 모든 것이 달라졌을 텐데요. 무엇보다도 그는 술라의 전쟁 방식을 아니까요."

카르보는 트림을 하고 배를 눌렀다. "가서 구토제를 먹어야겠네. 내 위장이 애송이의 으리으리한 잔칫상을 감당하지 못하는구먼."

브루투스는 차석 집정관을 긴 의자에서 일으켜, 단상 뒤쪽의 칸막이로 가려진 구석으로 안내했다. 일렬로 늘어선 요강들을 하인 여럿이 관리하는 곳이었다.

카이사르는 카르보의 등을 냉담하게 쳐다보며, 자신이 이 집정관 취임 축하연에서 들을 수 있는 가장 중요한 대화를 들었다고 판단했다. 그는 나막신을 벗어던져 집어들고는 조용히 연회장을 빠져나갔다.

루키우스 데쿠미우스는 원로원 의사당 현관의 비바람이 닿지 않는 구석에 숨어 있다가, 카이사르가 나오자마자 옆에 와서 섰다. 그는 편한 옷과 신발을 한아름 안고 있었다. 점잖은 장화와 모자 달린 망토, 양말과 양모 반바지. 유피테르 대제관의 정복은 벗겨졌다. 데쿠미우스의 뒤에서 무시무시한 거구의 인물이 나타났다. 그는 데쿠미우스한테서 아펙스와 라이나, 나막신을 받아서 입구를 졸라매는 가죽가방에 집어넣었다.

"여, 보빌라이에서 돌아온 거야, 부르군두스?" 카이사르가 추위 때문에 숨을 헐떡이며 힘들게 끈 없는 장화를 신으면서 물었다.

"네, 카이사르."

"어떻게 지내? 카르딕사는 잘 있고?"

"아들이 한 명 더 늘었어요."

데쿠미우스가 킬킬거렸다. "내가 말했잖니, 공작새! 네가 집정관이 되면 이놈 덕에 경호대를 통째로 얻게 될 거라고!"

"나는 절대 집정관이 될 수 없어요." 카이사르는 대답하고서 고통스럽게 침을 삼키며 눈 덮인 아이밀리우스 회당을 바라보았다.

"헛소리! 넌 당연히 집정관까지 지낼 거다." 데쿠미우스가 그렇게 말하고 벙어리장갑을 낀 손으로 카이사르의 양볼을 감싸쥐었다. "우울한 생각일랑 당장 그만둬! 네가 그렇게 하기로 마음만 먹으면 세상 천지에 너를 막을 건 아무것도 없다, 알겠니?" 그가 손을 떼고 한 손으로 부르군두스에게 성마른 손짓을 했다. "움직여, 덩치 큰 게르만 놈아! 주인어른 가시게 길을 내!"

처음부터 혹독했던 그해 겨울은 영원히 끝나지 않을 것만 같았다. 스카이볼라가 최고신관이 되고 몇 년이 지난 후 계절은 달력과 상당한 조화를 이루는 상태였다. 메텔루스 달마티쿠스처럼 스카이볼라도 날짜와 계절이 조화로워야 한다고 믿었다. 그러나 두 사람 사이에 최고신관을 지낸 나이우스 도미티우스 아헤노바르부스는 달력이 계절을 훨씬 앞질러 질주하도록—달력이 태양년보다 열흘 짧았다—내버려두었다. 그는 지나치게 까다로운 그리스인들의 관습을 경멸한다고 말했다.

그러나 3월이 되자 마침내 눈이 녹기 시작했고, 이탈리아 사람들은 시골과 저택에 다시 온기가 돌 거라고 믿기 시작했다. 10월부터 잠들어 있던 군대는 몸을 뒤척이며 깨어나 활동을 시작했다. 가이우스 노르바누스는 쌓여 있는 눈에도 불구하고 3월 초에 자신의 8개 군단 중 6개 군단과 함께 카푸아를 떠났다. 아리미눔으로 돌아온 카르보 진영에 합류하기 위한 행군이었다. 노르바누스는 술라의 바로 옆을 지나쳐갔고, 술라는 그를 무시하기로 했다. 노르바누스는 라티나 가도와 플라미니우스 가도에서 힘들게 눈을 헤치며 이동하는 데 성공했고 곧 아리미눔에 도착했다. 이로 인해 카르보의 현지 병력은 늘어나 30개 군단과 기병 수천이 되었다. 이는 로마가, 그리고 갈리아 땅이 져야 할 막대한 부담이었다.

그러나 카르보는 아리미눔으로 떠나기 전에 그를 가장 압박하던 문제를 해결했다. 이 대군의 무장을 유지할 돈을 어디서 구할 것인가 하는 문제 말이다. 아마 그는 불에 탄 유피테르 옵티무스 신전에서 건진, 주괴 형태로 국고에 보관중이던 금과 은에서 아이디어를 얻었을 것이다. 그는 차용증을 쓰고 그것들을 차지하는 일부터 시작했기 때문이다. 차용증에는 로마가 위대한 수호신에게 막대한 양의 금과 은을 빚진다고 쓰여 있었다. 종교는 국가의 일부이자 국가가 관리했기에, 카르보와 마리우스 2세는 자신들의 책임으로 로마의 여러 신전에 보관된 돈을 '빌렸다'. 이론적으로 불법은 아니지만 실제로는 사위스러운 일이었고, 재정 위기에 대한 해법으로서 시행된 적은 한 번도 없었다. 그럼에도 불구하고 신전들의 귀중품 보관실에서는 주화가 담긴 궤짝이 줄지어 나왔다. 로마 시민이 자식을 낳을 때마다 유노 루키나에게 바친 세스테르티우스들, 로마인 소년이 성년이 될 때마다 유벤타스에게 바친 데나리우스들, 사업가가 월계수 가지를 신성한 분수에 적신 뒤 메르쿠리우스에게 기부한 데나리우스들, 로마 시민이 죽을 때마다 베누스 리비티나에게 바치는 세스테르티우스들, 잘나가는 매춘부들이 베누스 에루키나에게 기부한 세스테리티우스들. 이 돈 전부가, 그리고 이보다 훨씬 더 많은 것들이 카르보의 군수 비용으로 탈취되었다. 금괴와 은괴도 넘겨졌고, 신전에 바쳐진 금은제 선물들 중에도 예술적 상실로 간주될 법하지 않는 것은 모조리 녹여졌다.

말더듬이 법무관 퀸투스 안토니우스 발부스―귀족 안토니우스 집 안사람은 아니었다―는 새 주화를 주조하고 헌 주화를 정리하는 임무를 맡았다. 대다수 사람들은 신성모독으로 보았을지 모르나, 이러한 포획물의 가치는 어마어마했다. 카르보는 마리우스 2세에게 로마와 로마 이남의 작전을 맡긴 채 편안한 마음으로 아리미눔으로 떠날 수 있었다.

양쪽 진영 중 어느 쪽도 서로에게 공통점이 있다는 걸 몰랐지만, 술라와 카르보는 비슷한 결심을 한 상태였다. 이번 내전은 이탈리아를 파괴하지 않을 것이며, 전쟁에 필요한 사람과 짐승이 먹는 것은 모두 꼭 현금으로 값을 치르고, 군사 작전으로 파괴되는 땅을 최소화한다는 것. 이탈리아 전쟁은 온 나라를 멸망 직전까지 몰고 갔었다. 이 나라는 그런 전쟁을 한번 더 겪을 여유가 없다. 특히나 그 전쟁이 끝난 지 얼마 되지도 않은 시기에. 술라와 카르보 둘 다 이 사실을 알고 있었다.

또한 두 사람은 알고 있었다. 보통 사람들이 보기에, 그들의 전쟁에는 이탈리아 전쟁에 충분했던 고귀한 목적과 절박한 이유가 없었다. 이탈리아 전쟁은 로마로부터 독립하려는 이탈리아 동맹시들과, 이탈리아 국가들이 계속 어느 정도의 종속 상태에 있기를 원한 로마의 싸움이었다. 한데 이 새로운 갈등의 주제는 대체 무엇인가? 단순하게 말하자면 어느 쪽이 로마를 지배하고 소유하게 될 것이냐이다. 그것은 술라와 카르보 두 사람의 주도권 싸움이었다. 양 진영이 아무리 선전을 하더라도 그 사실을 완전히 윤색할 수도, 로마와 이탈리아의 보통 사람들을 속일 수도 없었다. 그러므로 이 나라를 극한의 고난에 몰아넣을 수도, 로마 및 이탈리아 공동체들의 경제적 안녕을 해칠 수도 없었다.

술라는 군인들한테서 돈을 빌리고 있었고, 카르보는 신들에게 기댈 수밖에 없었다. 두 사람의 마음 한구석에는 끔찍한 딜레마가 있었다. 싸움이 끝났을 때 어떻게 빚을 갚을 것인가?

마리우스 2세는 이런 문제로 전혀 골머리를 앓지 않았다. 그는 어마어마한 부자의 아들로, 값비싼 개인적 도락의 대가이든 군대에 드는 비용이든 지금껏 단 한 번도 돈에 신경쓰며 살아보지 않은 것이다. 죽은 가이우스 마리우스가 전쟁의 재정적 측면에 대해 들려준 사람이 있다면, 두번째 뇌졸중 회복기에 몇 달간 그를 간호했던 카이사르였다. 마리우스는 아들에게 얘기해준 것이 거의 없었다. 그에게 아들이 필요했던 시기에 마리우스 2세는 아버지보다도 로마의 여러 유혹들에 더 이끌리는 나이였기 때문이다. 마리우스의 회고담은 마리우스 2세보다 아홉 살 어린 카이사르를 산사태처럼 덮쳤다. 카이사르는 수많은 이야기를 경청했다. 카이사르가 신관이 된 후엔 자기한테 백해무익하다고 생각하게 된 이야기들이었지만.

3월 중순이 지나 눈이 녹기 시작했을 때 마리우스 2세와 보좌진은 로마를 떠나 라비쿰 가도상의 소도시 아드 픽타스의 외곽에 있는 야영지로 이동했다. 라비쿰 가도는 알바누스 산을 우회하고 사크리포르투스라는 곳에서 라티나 가도와 다시 만나는 디베르티쿨룸이었다. 편평한 충적평야 위의 이 야영지에서는 에트루리아와 움브리아의 지원병들로 구성된 8개 군단이 초겨울부터 야영하고 있었다. 그들의 강도 높은 훈련은 추위 때문에 더욱 힘들었다. 백인대장들은 모두 마리우스의 노련한 군인들이라 훈련에 능숙했지만, 3월 말쯤 마리우스 2세가 도착했을 때 병사들은 여전히 아주 미숙했다. 물론 마리우스 2세는 걱정하지 않았다. 순진하게도 그는 이 극히 미숙한 신병들이, 노련한 군인들이 아버지를 위해 싸운 것과 똑같이 자기를 위해 싸울 거라고 믿었다.

그는 줄어들지 않은 자신감으로 술라를 저지하는 임무에 임했다.

진지에는 그 임무의 심각성을 마리우스 2세보다 훨씬 더 잘 이해한 사람들이 있었지만, 아무도 그들의 집정관급 사령관을 일깨워주려 하지 않았다. 굳이 이유를 물어보았다면, 그들은 마리우스 2세의 온갖 허세 뒤에는 그토록 엄청난 진실을 처리할 내적 자원이 없었기 때문이라고 대답했을 것이다. 명목상의 우두머리인 마리우스 2세는 반드시 소중히 여기고 보호하여 온전하게 유지해야 하기 때문이라고.

술라가 이동 준비중이라는 정보원들의 보고서가 도착했을 때 마리우스 2세는 환호했다. 술라는 일부 대대를 제외한 나머지 기병대와 자신의 18개 군단 중 11개로 이루어진 대군을 새끼 똥돼지 메텔루스 피우스에게 맡겨 아드리아 해안과 카르보가 있는 아리미눔 쪽으로 보낸 것 같았기 때문이다.

"나는 그를 이길 수 있소!" 마리우스 2세는 선임 보좌관 나이우스 도미티우스 아헤노바르부스에게 말했다.

킨나의 장녀와 결혼한 아헤노바르부스는 물론 술라에게 끌렸지만 카르보의 편에 섰다. 그는 아름다운 빨간 머리 아내를 매우 사랑해서, 그녀가 바라는 건 뭐든 할 만큼 아내에게 사로잡혀 있었다. 자신과 가까운 친척 대다수가 완전히 중립적이거나 술라와 함께한다는 사실을 그는 애써 외면했다.

이제 그는 환희에 찬 마리우스 2세의 말을 들으면서 더욱더 불안해졌다. 어쩌면 슬슬, 마리우스 2세가 자신의 허풍대로 그 늙다리 붉은 여우 술라를 이기지 못할 경우 도망칠 방법과 목적지를 궁리하기 시작해야 할지도 몰랐다.

4월의 첫날 마리우스 2세는 득의양양하게 진지 밖으로 군대를 끌고 나가, 사크리포르투스의 오래된 탑문들을 통과하고 라티나 가도를 따라 캄파니아와 술라가 있는 동남쪽으로 행군했다. 그는 시간을 전혀 낭비하지 않았다. 서로 8킬로미터쯤 떨어져 있는 다리 두 개를 건너야 했는데, 적군과 마주치기 전에 그것들을 건너고 싶었기 때문이다. 술라쪽으로 행군하기보다는 원래 있던 곳에 있는 것이 더 신중한 처사라고 마리우스 2세에게 충고해주는 사람은 아무도 없었다. 마리우스 2세는 라티나 가도를 수십 번 여행한 적이 있었음에도, 지형을 기억하거나 군사적 관점에서 지형을 볼 줄 몰랐다.

사기 높은 병사들이 베레기스 강을 가로지르는 첫번째 다리를 건너는 동안 마리우스 2세는 뒤에 남아 있었다. 갑자기 그는 자신의 목적지보다 사크리포르투스의 탑문들 근처가 전투에 더 유리함을 깨달았지만, 잠자코 있었다. 더 크고 물살이 센 톨레루스 강을 가로지르는 두번째 다리에서, 자기 군대가 기동하기 어려운 시골로 계속 들어가고 있다는 사실이 마침내 그에게 분명해졌다. 정찰대가 와서 술라가 전방 15킬로미터 지점에서 페렌티눔 시를 빠르게 통과해오는 중이라고 보고하자 마리우스 2세는 공포에 질렸다.

"사크리포르투스로 돌아가는 게 낫겠소." 그는 아헤노바르부스에게 말했다. "이 시골에서는 내가 원하는 방식으로 군을 배치시킬 수 없고, 술라를 지나쳐서 더 탁 트인 땅으로 갈 수도 없소. 그러니 우리는 사크리포르투스에서 술라를 상대해야 하오. 그게 최선이지 않겠소?"

"장군께서 그렇게 생각하신다면," 아헤노바르부스는 말했다. 그는 뒤로 돌아 후퇴하라는 명령이 미숙한 병사들에게 미칠 영향을 잘 알고 있었지만, 한 마디도 하지 않기로 마음먹었다. "명령을 전달하겠습니다. 사크리포르투스로 돌아갑니다."

"구보로!" 마리우스 2세가 외쳤다. 그의 자신감은 순식간에 줄줄 새어나가고, 공포가 커지고 있었다.

아헤노바르부스는 깜짝 놀라 그를 쳐다보았지만 이번에도 아무 말도 하지 않기로 했다. 마리우스 2세가 자기 병사들을 수 킬로미터나 빠른 걸음으로 후퇴시켜 지치게 만들고 싶어한다면 입씨름해서 무얼 하겠는가? 어차피 승산 없는 싸움이다.

그리하여 8개 군단은 다시 사크리포르투스를 향해 구보로 이동했다. 여러 젊은 병사들은 백인대장들이 뒤돌아서 가라고 명령하자 점점 당혹스러워졌다. 마리우스 2세도 이 절박하게 서두르는 분위기에 감염되어 병사들 가운데서 말을 탄 채 그들을 다그쳤다. 그에게는 병사들에게 후퇴하는 게 아니라 그저 싸움에 더 적합한 장소로 이동중이라고 알려줄 생각 같은 건 떠오르지 않았다. 그 결과 사병과 장군 들 모두 그 더 나은 장소에 도착하긴 했지만, 제대로 싸울 정신적·신체적 상태가 아니었다.

마리우스 2세는 그의 모든 동년배들처럼 전투를 치르는 법을 교습받았지만, 지금까지 그저 아버지의 능력과 기술이 자동적으로 자신의 머릿속에 쏟아져 들어올 거라고 생각하고 있었다. 그러나 사크리포르투스에서, 옆에서 명령을 기다리며 자신을 쳐다보는 보좌관과 참모군관 들 앞에서 그는 아무런 생각도 나지 않았다. 그에게 아버지의 능력과 기술은 단 한 조각도 없었다.

"아." 마침내 그는 말했다. "군대를 정방형들이 모인 형태로 배치하시오. 각 사각형의 변마다 여덟 명씩, 그리고 2개 군단은 뒤쪽에 정렬시켜 지원군 역할을 하도록."

적절한 명령이 아니었지만, 아무도 그에게 더 나은 명령을 요구하려 애쓰지 않았다. 마리우스 2세는 목마르고 숨찬 병사들의 닳아 없어진 사기를 연설로 북돋아주지 못했다. 그는 그들에게 말하려 하는 대신, 말을 타고 들판의 한쪽 끝으로 가서 어깨를 움츠리고 자신의 깊은 딜레마를 드러내는 표정으로 말 위에 앉아 있었다.

톨레루스 강과 사크리포르투스 사이에 있는 산마루에서 마리우스 2세의 배짱 없는 전투 계획을 파악한 술라는 한숨을 쉬며 어깨를 으쓱했다. 그러고는 노련병으로 이루어진 5개 군단을 돌라벨라와 세르빌리우스 바티아에게 맡겨 이동시켰다. 예전 스키피오 아시아게누스 군대 출신의 최정예 2개 군단은 루키우스 만리우스 토르콰투스를 지휘관으로 하여 만약을 위해 대기시켰다. 술라 본인은 1개 기병대대와 함께 산마루에 남았다. 이 대대는 전령단 역할을 하기로 했는데, 전술이 바뀔 경우 전속력으로 달려 전장에 총사령관의 지시를 전달할 터였다. 술라의 곁에는 다름 아닌 원로원 최고참 의원, 늙은 루키우스 발레리우스 플라쿠스가 있었다. 플라쿠스는 겨울이 한창일 때 마음을 정하고 2월 중순경 로마를 떠나 술라에게 왔다.

술라의 군대가 다가오는 것을 본 마리우스 2세는—낙천성까지는 아니더라도—냉정을 되찾았고, 자기가 뭘 하고 있는지 또는 뭘 해야 하는지 제대로 된 생각도 없이 혼자서 좌익의 지휘를 맡았다. 양 진영의 군대는 그 다소 짧았던 하루의 오후 중반쯤에 격돌했다. 그로부터 한 시간도 채 지나지 않아, 마리우스 2세를 위해 그토록 열정적으로 입대했던 에트루리아와 움브리아의 농장 일꾼들은 사방으로 달아나고 있었고 술라의 노련병들은 힘든 기색도 없이 그들을 토막 내고 있었다. 마리우스 2세가 예비로 남겨두었던 2개 군단 중 하나는 세르빌리우스 바티아에게 집단 투항하여, 몇 걸음 떨어지지 않은 곳에서 동료들이 학살당하는 모습을 말없이 쳐다보고 있었다.

마리우스 2세를 끝장낸 건 그 탈영한 군단의 모습이었다. 난공불락의 요새 도시 프라이네스테가 사크리포르투스 동쪽 가까이에 있다는 사실을 기억해낸 그는 프라이네스테로 후퇴하라고 명령했다. 해야 할 일이 생기자 그는 나아졌고, 고군분투하며 자신의 좌익군을 꽤 질서 있게 철수시켰다. 술라의 오른쪽에서 지휘하던 오펠라는 산마루에서 지켜보던 술라가 매우 흡족해할 정도로 신속하고 사납게 마리우스 2세를 뒤쫓았다. 오펠라가 15킬로미터쯤 가면서 낙오자들을 괴롭히고 희롱하고 고립시켜 칼로 베는 동안, 마리우스 2세는 최대한 많은 병사들을 구하려고 애썼다. 그러나 마침내 프라이네스테의 거대한 성문들이 그의 뒤에서 닫혔을 때, 그와 함께 있는 부하들은 7천 명에 불과했다.

마리우스 2세의 주축 부대는 거의 마지막 사람까지 전장에서 죽어갔지만, 아헤노바르부스가 이끌던 우익은 교전을 중단하고 노르바로 달아나는 데 성공했다. 카르보의 대의에 광신적으로 충성하는 볼스키족의 오래된 요새 노르바는 남서쪽으로 30킬로미터쯤 떨어진 산꼭대기에 있었다. 노르바는 난공불락의 성벽 문들을 기꺼이 열어 아헤노바르부스의 1만 병사들을 받아주었다. 그러나 정작 아헤노바르부스는 그곳으로 들어가지 않았다! 가련한 병사들의 앞날에 행운을 빌며 아헤노바르부스는 계속 이동했다. 그는 타라키나에 있는 해변으로 가서 아프리카행 배를 탔다. 그가 냉정하게 생각해낸, 이탈리아에서 최대한 먼 장소였다.

자신의 선임 보좌관이 몰래 달아난 걸 모르는 마리우스 2세는 프라이네스테라는 피난처에 만족했다. 술라는 이 도시에서 자신을 몰아내기가 불가능하거나 극히 어렵다는 사실을 알게 될 터였다. 로마에서 40킬로미터쯤 떨어진 프라이네스테는 아펜니누스 산맥에서 나온 지맥의 고원에 자리잡고 있었다. 그래서 이 요새는 마리우스 2세가 이용하기 전에도 오랜 세월 동안 그 위압적인 벽에 가해진 수많은 공격을 버텨냈다. 그곳을 뒤쪽에서 함락할 수 있는 군대는 없었다. 뒤쪽은 요새의 터인 노두가 더 높고 가파른 산지와 만나는 곳이었다. 하지만 그 뒤쪽으로 요새는 식량을 구할 수 있었고, 따라서 보급을 차단시켜 요새 사람들을 밖으로 나오게 할 수도 없었다. 요새 안에는 샘이 많았으며, 프라이네스테의 유명세에 가장 큰 역할을 하는 강대한 포르투나 프리미게니아 신전 밑에 있는 큰 동굴들 속에는 수 메딤노스의 밀과 기름과 포도주, 딱딱한 치즈와 건포도 등 저장식품, 가을에 딴 사과와 배까지 있었다.

프라이네스테의 뿌리는 라티움이라고 할 수 있었고, 그곳 시민들이 자랑스럽게 지켜온 라틴어는 가장 오래되고 순수했다. 하지만 그럼에도 불구하고 프라이네스테는 결코 로마와 연합하지 않았다. 프라이네스테는 이탈리아 전쟁 때 이탈리아 동맹 편에서 싸웠으며, 주민들은 여전히 자신들의 시민권이 로마 시민권보다 우월하다는 도전적인 생각을 버리지 않았다. 로마는 벼락부자 도시다! 그러므로 마리우스 2세에 대한 프라이네스테의 열광적인 지지는 이해할 만했다. 그곳 사람들이 보기에 마리우스 2세는 복수심에 불타는 술라의 힘 앞에 선 약자인데다 가이우스 마리우스의 아들이기까지 했다. 따뜻한 환영을 받은 마리우스 2세는 감사의 뜻으로, 자기 병사들로 식량 징발대를 여럿 꾸렸다. 그는 식량을 최대한 많이 구해오라며 그들을 요새 뒤쪽의 구불구불한 길들로 내보냈다. 이제 프라이네스테에는 먹일 입들이 많아졌기 때문이다.

"여름쯤 되면 술라는 별수없이 떠날 겁니다. 그때 나가시면 됩니다."
프라이네스테의 고위 정무관은 말했다.

빗나간 예언이었다. 사크리포르투스 전투로부터 장날 주기가 한 번 지나기도 전에, 마리우스 2세와 프라이네스테 주민들은 그때껏 본 적 없는, 프라이네스테의 몰락을 보고야 말겠다는 강철 같은 의지라고밖에 할 수 없는 포위 공격을 목도하게 되었다. 로마 쪽 지맥에서 흘러나오는 지류들은 모두 아니오 강으로 들어가고, 반대쪽 지맥에서 흐르는 지류들은 모두 최종적으로 톨레루스 강으로 들어갔다. 프라이네스테는 분수령이었다. 그리고 지금, 갇혀 있는 구경꾼들이 믿을 수 없는 속도로 거대한 벽과 해자가 지맥의 아니오 강 쪽에서 저멀리 톨레루스 강 쪽까지 생겨나기 시작했다. 그 공성보루가 완성되면 프라이네스테의 유일한 출입구는 뒤쪽 산지의 구불구불한 길들밖에 없을 터였다. 그것도 그 길들이 계속 비무장 상태로 남아 있을 때의 이야기였다.

사크리포르투스 전투 소식은 그 치명적인 하루가 저물기도 전에, 하지만 매우 비밀스럽게 로마에 당도했다. 공공연한 소문이 퍼지려면 좀 더 지나야 할 터였다. 소식을 전한 건 마리우스 2세가 직접 보낸 특별 전령이었다. 마리우스 2세는 프라이네스테로 들어가자마자 로마의 수도 담당 법무관 루키우스 유니우스 브루투스 다마시푸스에게 보내는 긴급 서신을 작성했다.

로마 이남은 다 잃었습니다. 이제 우리는 아리미눔의 카르보께서 압도적인 수적 우세를 활용하여 술라가 감당할 수 없는 싸움을 벌이

시기를 바랄 수밖에 없습니다. 차석 집정관의 병사들은 제 병사들보다 훨씬 우수합니다. 제 병사들은 적절한 훈련과 경험이 부족한 나머지 극도의 불안에 빠져서 술라의 노련한 군인들을 한 시간도 상대하지 못했습니다.

저는 법무관께서 로마를 포위공격에 대비시켜주셨으면 합니다. 그렇게 크고 충성심이 분열된 장소에서 불가능한 일일 수도 있겠지만요. 법무관께서 로마가 포위 공격을 버텨내길 거부하리라고 생각하신다면, 술라가 다음번 장날이 지나기 전에 도착할 거라고 예상하십시오. 이곳과 로마 사이에는 그를 막을 군대가 없기 때문입니다. 술라가 로마를 점령하려는 생각인지는 모르겠습니다. 저는 그가 로마를 우회하여 카르보 집정관님을 공격하러 가기를 바랍니다. 술라에 대해 제 아버지가 예전에 하신 말씀을 떠올려보면, 술라는 메텔루스 피우스를 다른 턱으로 삼아 협공으로 차석 집정관님을 으깨려고 할 것 같습니다. 확신한다고 말씀드리고 싶지만 그럴 수는 없군요. 다만 지금 술라에게 로마 점령은 너무 성급한 일이고, 저는 술라가 그런 실수를 하리라고 보지 않습니다.

제가 프라이네스테를 떠나려면 시간이 좀 필요할 듯합니다. 프라이네스테는 저를 기꺼이 받아줬습니다. 이곳 사람들은 제 선친이신 가이우스 마리우스에 대한 애정이 깊어서 그분의 아들을 구하는 일을 거절하지 않았습니다. 술라가 카르보를 처리하러 떠나자마자 저는 반드시 로마를 도우러 갈 것입니다. 아마 제가 지금 로마에 있다면, 로마 사람들도 포위 공격을 견디겠다고 할 텐데요.

한 가지 더 말씀드리자면, 이제 우리의 사랑하는 도시에 있는 술라의 독사들의 소굴을 남김없이 파괴해야 할 때가 온 것 같습니다.

그들을 전부 다 죽이십시오, 다마시푸스! 감정에 흔들려 일을 그르치지 마십시오. 술라를 지지하기로 결정할 수 있는 사람들이 살아 있으면, 로마는 절대 술라에게 저항할 수 없을 것입니다. 하지만 우리에게 문제가 될 주요 인사들이 죽으면 나머지 사람들은 모두 군말 없이 복종할 겁니다. 카르보 집정관께 군사적으로 도움이 될 만한 사람들은 모두 당장 로마를 떠나야 합니다. 거기에는 당신도 포함됩니다, 다마시푸스.

지금 당장 머릿속에 떠오르는 술라의 독사들을 극히 일부만 적어보겠습니다. 이들 외에도 아주 많을 테니, 전부 다 생각해내십시오! 최고신관. 루키우스 도미티우스 아헤노바르부스. 카르보 아르비나. 푸블리우스 안티스티우스 베투스.

다마시푸스는 명령에 따랐다. 늙은 가이우스 마리우스가 죽기 전 저지른 짧지만 광범위한 학살 시기에, 최고신관 퀸투스 무키우스 스카이볼라는 아무도 합당하다고 보지 않는 이유로 칼을 맞았다. 그를 암살하려 했던 자(미트리다테스 왕의 처리에 대한 지휘권을 술라에게서 빼앗으려고 보결 집정관 플라쿠스를 데리고 간 후 살해한 핌브리아)가 당시에 스카이볼라는 죽어 마땅하다며 내놓았던 변명은 비웃음만 샀다. 스카이볼라는 심각한 상처를 입었지만 죽지 않았다. 최고신관은 억세고도 대담하게 두 달 만에 공직에 복귀했다. 하나 이제는 도망칠 수 없었다. 마리우스 2세의 장인임에도 불구하고, 그는 베스타 신전으로 도망치던 도중 칼에 베여 쓰러졌다. 사실 그는 마리우스 2세에 대한 배반 행위를 전혀 하지 않았다.

형이 개혁파 최고신관이 되고 난 얼마 후 집정관이 된 루키우스 도미티우스 아헤노바르부스는 집에서 살해당했다. '위대한' 폼페이우스가 이제 장인의 피로 자신의 손을 더럽힐 필요가 없어졌다는 걸 알았더라면 틀림없이 무척 기뻐했으리라. 푸블리우스 안티스티우스도 살해되었으며, 그의 아내는 슬픈 나머지 실성하여 스스로 목숨을 끊었다. 다마시푸스가 카르보의 로마를 위험하게 할 수 있다고 간주되는 사람들을 거의 다 처단했을 즈음에는 30여 개의 머리가 포룸 로마눔 낮은 구역의 로스트라 연단을 장식했다. 카툴루스, 레피두스, 호르텐시우스 등 중립을 자처하는 사람들은 대문을 걸어 잠그고 감히 밖으로 나가려 하지 않았다. 다마시푸스의 수하들이 그들도 죽어야 한다고 생각할 수 있기 때문이었다.

임무를 완수한 다마시푸스는 서둘러 로마를 떠났다. 동료 법무관 가이우스 알비우스 카리나스도 마찬가지였다. 그들은 모두 카르보 진영에 합류했다. 주화 주조 업무를 맡았던 법무관 퀸투스 안토니우스 발부스도 그즈음 로마를 떠났지만, 그의 임무는 1개 군단을 이끌고 사르디니아로 가서 그 섬을 필리푸스한테서 빼앗는 것이었다.

그러나 가장 기이한 탈주자는 호민관 퀸투스 발레리우스 소라누스였다. 훌륭한 학자이자 저명한 박애주의자인 그는, 술라와 어떤 식으로든 관련이 있다고 입증조차 되지 않은 사람들의 학살을 좌시할 수 없다고 느꼈다. 하지만 어떻게 해야 전 로마를 동요시킬 공적인 저항이 가능할까? 어떻게 해야 일개 개인이 로마를 파괴할 수 있을까? 소라누스는 로마가 존재하지 않으면 세상이 더 나은 곳이 되리라는 결론에 도달했던 것이다. 얼마간 생각한 끝에 그는 해법을 찾아냈다. 소라누스는 로스트라 연단에 올라갔다. 다마시푸스의 피 흘리는 전리품들에 둘러싸여, 로마의 비밀 이름을 큰 소리로 외쳤다.

"아모르(AMOR)!" 그는 외치고 또 외쳤다.

그게 무슨 소린지 알아들은 이들은 두 손으로 귀를 막고 그 목소리가 들리지 않는 곳으로 도망쳤다. 로마의 비밀 이름은 결코 소리내어 말해서는 안 되었다! 로마와 로마가 상징하는 모든 것이 지진을 맞은 조악한 건물처럼 붕괴될 터였다. 소라누스는 그렇다고 믿었다. 그리하여 공기와 새들과 겁에 질린 사람들에게 로마의 비밀 이름을 말한 후, 어째서 로마가 여전히 일곱 언덕 위에 건재한지 의아해하며 오스티아로 달아나 시칠리아행 배를 탔다. 소라누스는 양쪽 진영 모두에서 요주의 인물이 되었다.

로마는 사실상 무정부 상태였지만, 붕괴되거나 허물어지지는 않았다. 사람들은 늘 그랬듯이 자신의 일을 하러 갔다. 중립파 귀족들은 대문에서 고개를 내밀고 냄새를 쿵쿵 맡은 후 용감하게 밖으로 나갔으며, 아무 말도 하지 않았다. 로마는 술라가 이제 어떻게 하는지 보려고 기다렸다.

술라는 정말로 로마에 들어왔다. 하지만 조용히, 자신을 지켜줄 군대도 거느리지 않고 들어왔다.

술라가 절대 로마에 들어와선 안 될 이유는 없는 반면 들어와야 할 이유는 무척 많았다. 자신의 임페리움이라든지, 그가 도시의 신성경계선을 넘는 순간 임페리움을 포기했는지 여부 따위에 그는 거의 신경쓰지 않았다. 방향키 없는 로마에 술라를 반대하거나 그의 위법 행위를 고발하거나 종교적으로 비난할 사람이 누가 있겠는가? 술라가 로마로 돌아왔다면, 그의 지난 이력을 수습하는 데 필요한 모든 힘을 지니고 로마의 정복자이자 주인으로서 돌아온 것일 터였다. 따라서 술라는 조금의 거리낌도 없이 신성경계선을 넘어와 로마 정부를 외형적으로 어느 정도 복구시켰다.

로마에 남아 있던 최고위 정무관은 법무관으로, 아이클라눔 출신의 두 마기우스 형제 중 한 명이었다. 술라는 그와 두 명의 조영관, 푸블리우스 푸리우스 크라시페스와 마르쿠스 폼포니우스가 자신을 돕게 했다. 술라는 소라누스가 로마의 비밀 이름을 입 밖에 냈다는 이야기를 듣자 얼굴을 흉측하게 찌푸리고 몸서리를 쳤지만, 로스트라 연단을 빽빽이 둘러싼 창에 꽂힌 머리들의 울타리는 극히 냉정한 눈길로 쳐다보면서, 머리들을 내려서 제대로 장사를 지내주라고 명령했을 뿐이었다. 술라는 사람들에게 연설 한 번 하지 않았고 원로원 회의도 소집하지 않았다. 들어온 지 하루도 채 되지 않아 술라는 다시 로마를 떠나 프라이네스테로 갔다. 그러나 그는 로마에 토르콰투스가 지휘하는 2개 기병대대를 남겨두고, 정무관들의 질서 유지 업무를 돕기 위해서라고 온화하게 말했다.

술라는 이번엔 어떨지 궁금해하고 있던 아우렐리아를 만나려 하지 않았다. 그가 다시 떠났다는 소식을 들은 그녀는 가족들에게, 특히 카이사르에게 짐짓 무관심한 표정을 보였다. 카이사르는 테아눔 외곽에서 어머니와 술라의 만남이 아주 중요했음을, 하지만 어머니는 그날 일에 대해 말해주지 않을 것임을 잘 알고 있었다.

프라이네스테 봉쇄를 맡은 보좌관은 변절자 퀸투스 루크레티우스 오펠라였다. 그는 술라로부터 직접 명령을 받았다.

"나는 마리우스 2세가 죽을 때까지 프라이네스테에 갇혀 있기를 바라네." 술라는 오펠라에게 말했다. "아니오 강 뒤쪽의 산지부터 톨레루스 강 뒤쪽의 산지까지 높이 9미터의 벽을 세우게. 벽에는 200보마다 18미터 높이의 요새 탑을 세워. 벽과 도시 사이에는 깊이 6미터, 너비 6미터의 해자를 파고 해자 바닥에는 푸키누스 호숫가 모래톱의 갈대만큼 빽빽하게 뾰족한 말뚝을 설치하게. 봉쇄 작업이 끝나면 군인들을 야영시켜서 프라이네스테 뒤쪽에서 아펜니누스 산맥과 통하는 모든 길을 지키게 하게. 아무도 그곳으로 지나다니지 못하도록 말이야. 그 건방진 강아지는 죽을 때까지 자기가 프라이네스테에서 살아야 한다는 걸 깨달아야 해." 술라가 쓴웃음을 짓자 양 입가가 비틀렸다. 이가 있었더라면 흉악한 긴 송곳니가 드러났을 터였다. 아직까지도 그의 웃음은 흉측했다. "또한 프라이네스테 주민들은 자기들이 마리우스 2세를 죽을 때까지 데리고 있어야 한다는 걸 깨달아야 해. 그러니 자네는 하루에 여섯 번씩 포고관을 시켜서 그들에게 알리게. 유명한 가문의 사랑스러운 청년을 구하는 일과, 그 유명한 가문의 사랑스러운 청년이 프라이네스테에 죽음과 고통을 몰고 왔음을 깨닫는 건 전혀 다른 문제지."

술라는 로마 북쪽의 베이로 떠나면서, 오펠라가 임무를 실행할 수 있도록 2개 군단을 남겨두었다. 오펠라와 그의 군대는 임무에 착수했다. 다행히 그 지역에는 치즈처럼 쉽게 잘리면서도 공기에 노출되면 바위처럼 단단해지는 신기한 돌인 화산 응회암이 많았다. 응회암 벽은 버섯이 자라듯 쑥쑥 올라갔으며, 벽과 프라이네스테 사이의 해자는 나날이 깊어졌다. 해자에서 퍼낸 흙은 쌓아서 두번째 벽을 만들었다. 이 공성보루 안에 존재하는 대규모 '무인지대'에는 공성망치 역할을 할 만큼 키가 큰 나무나 물체가 하나도 없었다. 도시 뒤쪽의 산지에 세운 벽과 야영중인 오펠라의 군인들 사이에 있는 나무들도 모조리 베어냈다. 이들이 도시 뒤쪽의 구불구불한 길들을 지키고 있는 바람에 프라이네스테 사람들은 식량을 구하러 갈 수 없었다.

오펠라는 엄격한 공사 감독이었다. 그는 술라의 신망을 얻어야 했고, 이번 일이 기회였다. 그 결과 아무도 잠시 일을 멈추고 쉬지 못했다. 요통이나 근육통을 불평할 시간조차 없었다. 군단병들 역시 술라의 신망을 얻어야 하는 상황이었다. 2개 군단 중 1개 군단은 사크리포르투스에서 마리우스 2세를 버린 군단이었고, 다른 1개 군단은 스키피오 아시아게누스한테서 넘어온 군단이었다. 그들은 충성심을 의심받을 수 있었기에, 잘 만든 벽과 해자로 술라에게 자신들의 가치를 입증해야 했다. 그들에게 주어진 건 손과 군단병용 땅파기 도구뿐이었다. 그러나 손은 2만 개가 넘었고 도구도 넉넉했으며, 백인대장들이 공성보루를 빠르게 만드는 요령을 가르쳐주었다. 이렇게 엄청난 작업을 조직하는 건 꼼꼼하게 실행하는 전형적 로마인인 오펠라에게 그다지 어렵지 않았다.

두 달 뒤 벽과 해자가 완성되었다. 길이 12킬로미터가 넘는 벽과 해자는 두 곳에서 프라이네스테 가도와 라비쿰 가도 모두를 양분했다. 그래서 두 가도는 투스쿨룸과 볼라 너머에서 무용지물이 되고 말았다. 이 공성보루의 영향이 미치는 토지를 보유한 로마의 기사와 원로원 의원들은 포위 공격이 끝나기를 침울하게 기다리는 것, 그리고 마리우스 2세를 저주하는 것 외에는 할 수 있는 일이 없었다. 반면 현지 소농들은 그 응회암 시설물을 바라보며 기뻐했다. 포위가 끝나면 벽은 허물어질 것이고, 그렇게 되면 소농들은 울타리와 건물, 헛간과 외양간의 건축 재료를 무한정 얻을 수 있게 될 터였다.

봉쇄 작업은 노르바에서도 진행중이었지만, 노르바에는 프라이네스테에서처럼 거대한 공성보루가 필요하진 않았다. 노르바 정복 업무에 파견된 건 마메르쿠스와 (마르쿠스 크라수스가 사비니족 촌락에서 급파한) 1개 신병 군단이었다. 마메르쿠스는 그가 위험한 상황을 여러 번 극복하게 해준 은근하지만 집요한 효율성을 발휘하며 임무를 실행했다.

한편 술라는 베이에 이르자 남겨두었던 5개 군단을 바티아와 나누었다. 바티아는 그중 2개 군단을 이끌고 에트루리아 해안 지역으로 행군하고, 술라와 큰 돌라벨라는 나머지 3개 군단과 함께 카시우스 가도를 통해 더 내륙 쪽인 클루시움 쪽으로 행군할 터였다. 5월 초가 되자 술라는 자신의 진행 상황이 매우 만족스러웠다. 메텔루스 피우스와 그가 데리고 있는 술라군의 대다수도 일을 잘해낸다면 가을쯤에는 이탈리아와 이탈리아 갈리아 전역을 차지할 가능성이 높았다.

메텔루스 피우스와 병사들은 잘하고 있을까? 카시우스 가도를 따라 클루시움 쪽으로 출발했을 때까지 술라는 그들의 진행 상황에 대해 보고받은 것이 거의 없었다. 하지만 그는 자신의 가장 충성스러운 추종자 메텔루스 피우스를 굳게 믿었다. 또한 술라는 '위대한' 폼페이우스가 어떻게 해낼 것인지 무척 궁금했다. 술라는 그야말로 의도적으로 메텔루스 피우스에게 더 많은 병력을 내주었다. 상대적으로 안정적이고 언덕이 많은 지역을 통과하는 술라 본인의 작전에는 필요 없다고 생각한 기병 5천 명의 지휘권을 폼페이우스에게 준 것 역시 의도적이었다.

메텔루스 피우스는 아드리아 해안으로 이동해 있었다. 본인 소유의 2개 군단(그의 보좌관 바로 루쿨루스가 이끌었다)과 스키피오한테서 넘어온 6개 군단, 폼페이우스 소유의 3개 군단, 그리고 술라가 폼페이우스에게 내준 기병 5천 명과 함께였다.

물론 사비니족 바로는 폼페이우스와 함께 다녔다. 바로는 폼페이우스의 생각을 받아들이게끔 조정된 기민하고 호의적인 귀였다(기민하고 호의적인 기록자임은 말할 것도 없었다).

"크라수스와 더 사이좋게 지내야겠어요." 피케눔을 지나갈 때 폼페이우스는 바로에게 말했다. "메텔루스 피우스와 바로 루쿨루스는 편해요. 어쨌든 나는 그들이 무척 마음에 듭니다. 하지만 크라수스는 험악한 짐승이에요. 훨씬 더 위협적이죠. 그를 내 편으로 만들어야 합니다."

조랑말에 걸터앉은 바로는 고개를 한껏 들어 커다란 흰색 공마에 탄 폼페이우스를 쳐다보았다. "정말이지 자네는 술라와 함께 겨울을 보내면서 뭔가 배운 것 같네!" 바로는 순수하게 놀라서 말했다. "자네가 사람을 회유하겠다고 하게 될 줄이야! 물론 술라는 제외하고 말이지만."

"네, 배웠지요." 폼페이우스는 선선히 인정했다. 그는 순수한 애정을 담아 웃음 지으며 반짝이고 아름다운 흰 치열을 드러냈다. "바로 의원님! 아시다시피 나는 순조롭게 술라의 가장 소중한 조력자가 되어가고 있지만, 술라가 나보다 다른 사람들을 필요로 한다는 것도 압니다! 의원님 말씀이 맞을 수도 있지만," 그는 신중하게 말을 이었다. "난 지금 태어나서 처음으로 내 아버님이 아닌 다른 총사령관 밑에 있습니다. 나는 아버님이 아주 위대한 군인이셨다고 생각합니다. 하지만 그분은 당신의 땅말고는 아무것도 신경쓰지 않으셨죠. 술라는 다릅니다."

"어떻게?" 흥미를 느낀 바로가 물었다.

"술라는 거의 모든 것에 신경을 쓰지 않습니다. 그가 보좌관, 동료, 또는 그때그때 적절하다고 생각하는 명칭으로 부르는 모든 것들을 포함해서요. 나는 그가 로마조차도 신경쓰지 않는다고 생각합니다. 술라가 정말로 신경쓰는 게 뭐가 됐든, 그건 물질적인 것이 아닙니다. 돈, 땅—심지어 자기 권위의 크기나 공적인 평판의 성질도 아니에요. 그런 것들은 술라에게 중요하지 않아요."

"그럼 술라에게 중요한 건 뭔가?" 바로는 폼페이우스 집안사람이 자기 자신 이상의 것을 내다보고 있다는 불가사의한 현상에 매혹당했다.

"아마도 존엄뿐일 겁니다."

바로는 신중하게 생각해보았다. 폼페이우스의 말이 맞을까? 존엄! 로마 귀족 남자의 모든 소유물 가운데 가장 무형적인 것, 그것이 존엄이다. 권위는 권력과 공적인 영향력, 여론과 원로원부터 신관들과 국고위원회까지 공적 기구들을 좌지우지하는 능력의 크기다.

존엄은 다르다. 존엄은 극히 개인적이고 사적이면서도 개인의 공적 생활의 모든 규정 요인들로 확장된다. 정의하기가 무척이나 어렵다! 물론 그렇기 때문에 그것을 위한 표현이 있는 것이다. 존엄은…… 한 사람의 장엄함…… 영광의 정도라고 할까? 존엄은 개인이 사람으로서, 그리고 그가 속한 사회의 지도자로서 무엇인지를 요약한다. 존엄은 개인의 자존감, 온전함, 말, 지성, 행동, 능력, 지식, 지위, 사람으로서의 가치의 총합이다……. 존엄은 사람의 죽음을 넘어서기에, 사람이 죽음에 승리할 수 있는 유일한 길이다. 그래, 이것이 가장 올바른 정의다. 존엄은 사람의 물리적 존재의 멸실에 대한 승리다. 그리고 이런 관점에서 바로는 폼페이우스가 절대적으로 옳다고 생각했다. 술라에게 중요한 것이 존재한다면 그것은 자신의 존엄이다. 술라는 미트리다테스를 무찌를 거라고 말했다. 옛날의, 전통적인 형태로 공화국을 재건하리라고 말했다. 그리고 술라는 말한 대로 할 것이다. 그러지 않으면 자신의 존엄이 손상될 테니까. 사회적인 추방과 공식적인 오명 속에서 존재할 수 있는 존엄은 없었다. 따라서 술라는 자기 바깥에서 자신의 약속을 이행할 힘을 찾아야 한다. 자신의 약속을 이행했을 때 그는 만족할 것이다. 그때까지 술라는 쉴 수 없다. 쉬지 않을 것이다.

"그렇게 말함으로써 자네는 술라에게 최고의 찬사를 바쳤네." 바로가 말했다.

새파란 눈이 멍해졌다. "네?"

"내 말은," 바로가 참을성 있게 설명했다. "자네가 술라는 패배할 수 없다고 말했다는 뜻이야. 그는 카르보로선 이해조차 할 수 없는 것을 위해 싸우고 있는 거니까."

"아, 네! 물론 그렇죠!" 폼페이우스가 쾌활하게 말했다.

그들은 아이시스 강에 거의 다다랐다. 폼페이우스 영지의 심장부로 돌아온 것이다. 지난해의 무모한 젊음은 여전히 존재했지만, 이제 신선하고 자극적인 경험들로 이루어진 뻗어가는 구조물에 둘러싸여 있었다. 즉, 폼페이우스는 성장했다. 사실 그는 매일매일 조금씩 성장했다. 술라가 선물해준 기병대 지휘권 때문에, 폼페이우스는 지금껏 한 번도 진지하게 생각해본 적 없는 종류의 군사 활동에 흥미를 갖게 되었다. 그동안의 무관심은 물론 로마적인 것이었다. 로마인들은 보병을 신봉했고, 기병은 유용하다기보다는 장식적인 것이며 자산이라기보다도 성가신 것이라고 어느 정도 믿게 되었다. 바로는 로마인들이 기병대를 쓰는 유일한 이유는 적들이 쓰기 때문이라고 확신했다.

먼 옛날, 왕정 로마와 공화정 로마의 초창기에 기병은 군사 엘리트이자 로마군의 선봉이었다. 가이우스 그라쿠스가 오르도 에퀘스테르라고 부른 기사계급이 바로 이들로부터 성장했다. 말은 대단히 비쌌다. 너무 비싸서 대다수 사람들은 개인적으로 살 수 없을 정도였다. 그래서 국가가 기사에게 말을 사주는 공마의 관습이 탄생했다.

그로부터 오랜 세월이 흐른 지금, 로마의 기병은 사회적·경제적 측면에서만 존재했다. 사업가거나 지주이자 백인조 1계급의 구성원인 기사는 기병의 로마적인 유물이었다. 그리고 국가는 지금까지도 상위 1천800명의 기사들에게 말을 사주었다.

바로는 생각의 구불구불한 골목길을 탐험하는 데 빠져 원래 생각의 요점을 놓치고 있음을 깨닫고, 자신을 다시 생각의 큰길로 단호하게 이끌었다. 폼페이우스와 기병대에 관한 그의 관심. 더이상 로마적이지 않은 병력. 이 무리는 술라가 그리스에서 데려왔기에 갈리아인이 없었다. 이탈리아에서 모병 되었다면 대부분 갈리아인으로 구성되었을 것이다. 파두스 강 건너 쪽에 있는 완만하게 경사진 초원들이나, 알프스 너머 갈리아에 있는 위대한 로다누스 계곡에서 왔을 것이다. 현재 술라의 병사들은 대부분 트라키아인에 갈라티아인 수백 명이 섞여 있었는데,

비로마인한테서 기대할 수 있는 최대한도로 충성스럽고 뛰어난 전사들이었다. 로마군에서 그들의 지위는 보조군이었으며, 그들 중 일부는 힘든 전쟁에서 승리할 경우 완전한 로마 시민권이나 땅 한 뙈기라는 보상을 받을 수도 있었다.

폼페이우스는 테아눔 시디키움에서부터 계속, 작고 둥근 방패와 긴 창을 들고 가죽 바지와 가죽 조끼 차림인 기병들 사이를 바쁘게 오가며 움직였다. 기병들의 장검은 보병들의 단검보다 말 등에 앉아 적을 베는 데 적합했다. 바로는 폼페이우스와 함께 말을 타고 아이시스 강을 향해 가면서, 적어도 이 친구는 머리를 쓸 줄 안다고 생각했다. 폼페이우스는 기병대의 가치를 발견하고 뭘 할 수 있을지 궁리하고 있었다. 계획하고 있었다. 그들의 역량이나 장비를 향상시킬 수 있는 방법이 있는지 알아보고 있었다. 기병대는 500명으로 구성된 연대들로 이루어졌고, 각 연대는 50명으로 구성된 대대 10개로 이루어져 있었으며, 지휘관은 직속 참모군관이었다. 기병대를 지휘하는 유일한 로마인은 기병대 전체의 지휘관으로, 여기서는 폼페이우스였다. 기병대에 더할 수 없이 몰두해 있고 완전히 푹 빠진, 로마인에게 보기 드문 수완과 자신감으로 그들을 이끌기로 결심한 지휘관이었다. 바로는 폼페이우스의 이 같은 열의가 어느 정도는 그의 몸에 짙게 흐르는 갈리아인의 피 때문이라고 생각했을 수도 있겠지만, 적어도 그는 그런 생각을 절대로 폼페이우스에게 말하지 않을 만큼 현명했다.

정말 기이한 일이다! 여기 그들이 있었다. 아이시스 강이 보이는 곳, 폼페이우스의 예전 야영지가 눈앞에 보이는 곳에. 마치 그동안의 기나긴 여정이 아무것도 아니라는 듯, 출발했던 곳으로 돌아와 있었다. 두세 번의 작은 전투와 길고 긴 행군 외에는 기억나는 게 없는, 이도 머리카락도 없는 노인을 보러 간 여행이었다.

"궁금하군." 바로가 생각에 잠겨 말했다. "병사들이, 지금까지 한 일이 무엇을 위한 것이었는지 자문하지 않을지."

폼페이우스는 눈을 깜박인 후 고개를 돌려 바로를 보았다. "희한한 질문이군요! 병사들이 왜 뭔가를 자문해야 합니까? 그들을 위한 건 이미 모두 준비되어 있습니다. 내가 다 준비하죠! 그들은 시키는 대로만 하면 됩니다." 아버지의 퇴역병들 가운데 생각할 줄 아는 사람이 단 한 명이라도 있을 수 있다는 전복적인 생각에 그는 얼굴을 찡그렸다.

하지만 바로는 굽히지 않았다. "이보게, 마그누스! 설사 다른 모든 점에서 그렇지 않다고 하더라도, 이 점에 있어서는 저들도 우리와 똑같은 사람이네. 사람이라면 생각하는 능력을 갖고 태어나. 대다수 병사들이 읽고 쓸 줄 모른다 해도 말이네. 명령에 토를 달지 않는 것과 명령의 목적이 뭔지 의문해보지 않는 건 달라."

"내 생각은 그렇지 않습니다." 폼페이우스가 솔직하게 말했다.

"마그누스, 나는 그걸 인간의 호기심이라고 부르네! 이유를 구하는 건 사람의 본성이야! 로마에 가본 적도 없고 로마와 이탈리아의 차이점을 모르는 피케눔 사병조차 그렇지. 우리는 테아눔에 갔다가 막 돌아왔네. 저 아래엔 우리의 예전 야영지가 있어. 적어도 병사들 중 일부는 우리가 뭣 때문에 테아눔에 갔는지, 그리고 왜 1년도 되지 않아 돌아왔는지 분명 자문하고 있을 거라고 생각하지 않나?"

"아, 저들은 알고 있습니다!" 폼페이우스는 성급하게 말했다. "게다가, 저들은 퇴역병들이에요. 만약 저들이 지난 10년간 행군한 거리의 1.5킬로미터마다 천 세스테르티우스를 받는다면, 팔라티누스 언덕에 살면서 귀여운 물고기도 키울 수 있을 겁니다. 분수에 오줌을 싸고 요리사의 약초 정원에 똥을 싸긴 하겠지만요! 의원님은 참 희한해요! 의원님을 괴롭히는 생각들은 언제나 날 놀라게 하는군요!” 폼페이우스는 공마의 갈비뼈를 걷어차고 마지막 비탈을 빠르게 내려가기 시작했다. 그러다가 별안간 큰 소리로 웃으며 허공에 두 손을 흔들었다. 폼페이우스의 말이 분명하게 들려왔다. “꼴찌로 오는 사람 바보!”

아이고, 어린 녀석! 바로는 속으로 말했다. 내가 대체 여기서 뭘 하는 거지? 내가 무슨 쓸모가 있을까? 폼페이우스에게는 모든 것이 놀이, 신나고 멋진 모험일 뿐이다.

그럴지도 모르지만, 그날 밤늦게 메텔루스 피우스가 회의를 위해 세 보좌관들을 불러모았을 때 바로는 언제나처럼 폼페이우스와 함께 참석했다. 고조된 분위기였다. 새 소식이 도착했다.

“카르보가 가까이에 있소.” 새끼 똥돼지가 말했다. 그는 자기 말을 잠시 곱씹은 후 고쳐 말했다. “적어도 카리나스는 그렇소. 그리고 켄소리누스가 빠르게 그에게로 오고 있소. 카르보는 8개 군단이면 우리를 충분히 막을 수 있다고 생각했다가 우리 병력의 규모를 안 후 켄소리누스에게 추가로 4개 군단을 딸려서 보낸 듯하오. 그들은 우리보다 먼저 아이시스 강에 도착할 것이고, 거기서 우리는 그들을 만나게 될 거요.”

“카르보는 어디 있소?” 마르쿠스 크라수스가 물었다.

“아직 아리미눔에 있소. 술라의 다음 행보를 알아내려고 기다리고 있는 것 같소.”

“마리우스 2세의 행보도요.” 폼페이우스가 말했다.

“그렇소.” 새끼 똥돼지가 눈썹을 추어올리며 수긍했다. “하나 그건 우리가 신경쓸 일이 아니오. 우리가 신경쓸 일은 카르보가 펄쩍 뛰게 만드는 거요. 카리나스가 강을 건너게 만들어야겠소, 건너편에 놔둬야 겠소?"

"그건 그다지 중요하지 않습니다." 폼페이우스가 차분하게 대답했다. "양쪽 강변이 비슷비슷하죠. 배치 공간이 많고, 차폐물 역할을 하는 나무들이 좀 있고, 할 수 있다면 전면전을 하기에도 좋은 평지입니다." 그는 천사 같은 얼굴로 상냥하게 말했다. "결정은 당신한테 달렸습니다, 피우스. 난 당신의 보좌관일 뿐입니다."

"현재 우리의 목적지는 아리미눔이니, 우리가 건너편으로 가는 게 낫소." 메텔루스 피우스는 꽤 침착하게 말했다. "우리가 실제로 카리나스를 후퇴하게 만들 경우, 강을 건너서 그를 추격하는 건 바람직하지 않소. 보고에 따르면 기병대가 우리의 강점이라고 하더군. 폼페이우스, 당신 생각에 지형과 강이 적합하다면 먼저 강을 건너서 당신의 기병대가 계속 적군과 우리 보병대 사이에 있게 해주시오. 그럼 나는 강 건너편에서 보병대를 선회시키고, 당신은 다시 기병대와 길 밖으로 빠지는 거요. 그러면 우리가 공격하겠소. 속임수를 쓸 여지가 많지 않으니 정면 충돌이 될 것이오. 하나 앞에서 내가 그와 싸운 후 당신이 적군의 뒤에서 기병대를 급선회할 수 있다면, 우리는 카리나스와 켄소리누스를 격파하게 될 거요."

아무도 이 전략에 반대하지 않았다. 메텔루스 피우스가 지휘관으로서 나름 재능이 있다는 뜻이었다. 폼페이우스가 기병대 지휘에 전념할 수 있도록 바로 루쿨루스가 폼페이우스의 3개 퇴역병 군단을 지휘하는 게 어떻겠냐는 제안에 폼페이우스는 선선히 동의했다.

"난 중앙 부대를 지휘하겠소." 메텔루스 피우스가 결론을 내렸다. "크라수스는 우익을, 바로 루쿨루스는 좌익을 지휘하시오."

날씨가 좋고 땅도 지나치게 축축하지 않았기에, 일은 거의 메텔루스 피우스가 계획했던 대로 흘러갔다. 폼페이우스는 어렵지 않게 선두에서 강을 건넜고, 뒤이은 보병들의 전투는 퇴역병 부대가 지휘관에게 주는 큰 장점을 보여주었다. 예전 스키피오의 병사들은 매우 미숙했지만, 바로 루쿨루스와 크라수스는 5개 퇴역병 군단을 훌륭하게 지휘했다. 그들의 자신감은 예전 스키피오의 병사들한테까지 번졌다. 퇴역병들이 없는 카리나스와 켄소리누스에게 메텔루스 피우스는 별로 힘들이지 않고 승리했다. 폼페이우스가 적의 후방을 습격하는 데 성공했더라면 카리나스와 켄소리누스는 완패했을 테지만, 그렇게 하려고 전장을 둘러가던 폼페이우스 앞에 새로운 변수가 나타났다. 카르보가 6개 군단을 더 이끌고 온 것이다. 폼페이우스의 전진을 막기 위한 기병 3천 명도.

카리나스와 켄소리누스는 3~4천 명 정도만 잃고 가까스로 철수한 뒤 카르보 옆에서 야영했다. 전장에서 1.5킬로미터 정도밖에 떨어져 있지 않은 곳이었다. 메텔루스 피우스와 보좌관들의 진군은 중단되었다.

"우리는 강의 이남, 당신의 원래 야영지로 돌아갈 것이오." 메텔루스 피우스가 단호하게 말했다. "우리가 지나치게 신중을 기하느라 진군하지 않는다고 저들이 생각했으면 하오. 또한 우리는 저들과 적당한 거리를 유지할 필요가 있소."

그날 싸움의 실망스러운 결과에도 불구하고 사병들의 사기는 높았다. 저녁 무렵 폼페이우스, 크라수스, 바로 루쿨루스가 지휘관을 만나러 온 사령부 막사 안의 분위기도 비슷했다. 탁자는 지도들로 다소 무질서하게 덮여 있었는데, 새끼 똥돼지가 그것들을 열심히 들여다보았

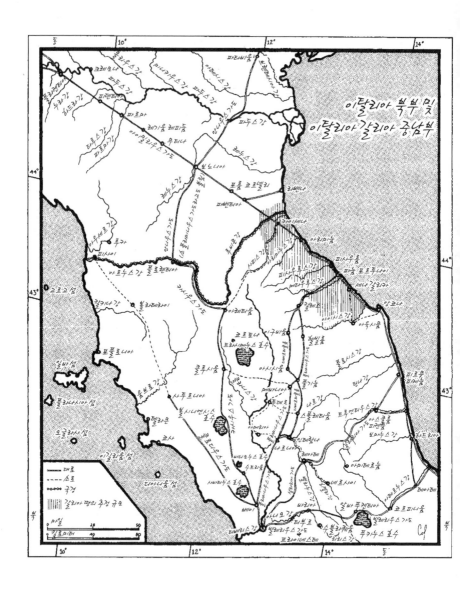

이탈리아 북부 및
이탈리아 갈리아 중남부

다는 증거였다.

"좋소." 탁자 뒤에 선 새끼 똥돼지가 말했다. "이걸 보면서 카르보를 덫에 빠뜨릴 최선책을 찾아봅시다."

보좌관들이 탁자 주위로 모여들었다. 바로 루쿨루스는 잉크로 신중하게 표시가 된 양피지 위로 등불이 다섯 개 달린 등잔을 들었다. 지도에는 앙코나에서 라벤나까지의 아드리아 해안과 아펜니누스 산마루 너머의 내륙이 그려져 있었다.

"우린 지금 여기 있소." 새끼 똥돼지는 아이시스 강 밑의 한 지점을 손가락으로 가리키며 말했다. "앞으로 만날 큰 강은 메타우루스 강인데, 변덕이 심해 건너기가 쉽지는 않소. 여기는 전부 갈리아 땅이오. 여기, 그리고 여기. 북쪽 끝에 아리미눔이 있소. 강이 몇 개 있지만 걸어서 건너기는 어렵지 않을 거요. 우리가 이곳, 아리미눔과 라벤나 사이, 보이시오? 이탈리아 갈리아와의 자연 경계인 루비콘 강까지 가는 동안 말이오." 꼼꼼한 새끼 똥돼지는 모든 것을 빠짐없이 언급하고 지나갔다. "카르보가 아리미눔으로 들어간 이유는 분명하오. 거기서는 아이밀리우스 가도로 이탈리아 갈리아로 갈 수도 있고, 사피스 길을 따라가다 아레티움에서 카시우스 가도로 들어서서 티베리스 계곡 상류에서 로마를 위협할 수도 있소. 플라미니우스 가도로 로마에 갈 수 있고. 아드리아 해를 따라 피케눔으로 갈 수도 있고 필요하다면 아풀리아와 삼니움을 가로질러 캄파니아로 들어갈 수도 있소."

"그렇다면 그를 몰아내야 하오." 크라수스가 당연한 말을 했다. "할 수 있소."

"그런데 걸리는 게 있소." 메텔루스 피우스가 얼굴을 찌푸리며 말했다. "이제 카르보는 아리미눔에 완전히 갇힌 것 같지가 않소. 그는 영리하게도 가이우스 노르바누스 휘하의 8개 군단을 아이밀리우스 가도를 따라 포룸 코르넬리로 보냈소. 보이시오? 파벤티아에서 멀지 않소. 아리미눔에서도 그리 멀지 않고, 60킬로미터쯤 될 거요."

"필요하다면 그가 8개 군단을 강행군시켜 하루 만에 다시 아리미눔으로 보낼 수 있다는 뜻이군요." 폼페이우스가 말했다.

"그렇소. 이삼일 만에 아레티움이나 플라켄티아로 보낼 수도 있고." 바로 루쿨루스가 말했다. 그는 전체적인 상황을 결코 망각하는 법이 없었다. "정리하면 아이시스 강 건너편에는 카르보와 카리나스, 켄소리누스가 18개 군단과 기병 3천 명을 데리고 있소. 또한 포룸 코르넬리에는 노르바누스와 8개 군단에, 아리미눔에 기병 수천 명과 함께 주둔중인 4개 군단까지."

"나는 만족할 만한 전략 없이는 한 발짝도 움직이지 않을 거요." 메텔루스 피우스가 보좌관들을 보며 말했다.

"전략이야 쉽소." 크라수스가 머릿속으로 주판을 퉁기며 대답했다. "우리는 카르보와 노르바누스의 재회를 막고 카르보를 카리나스와 켄소리누스로부터, 카리나스를 켄소리누스로부터 떼어놓아야 하오. 이들 모두가 서로 다시 만나지 못하게 하는 것이오. 술라가 말한 대로, 분열이오."

"우리 중 한 명은, 아마도 내가 되겠지만, 5개 군단과 함께 아리미눔의 끝으로 가서 노르바누스를 단절시키고 이탈리아 갈리아를 차지해야 할 것이오." 메텔루스 피우스가 찡그린 표정으로 말했다. "쉬운 일은 아니오."

"아뇨, 쉽습니다." 폼페이우스가 열성적으로 말했다. "보십시오, 앙코나가 여깁니다. 아드리아 해에서 두번째로 큰 항구죠. 이맘때 앙코나는 여름 무역을 위해 동쪽으로 가려고 편서풍을 기다리는 배들로 붐빕니다. 사령관께서 5개 군단과 함께 앙코나로 가서, 병사들을 배에 태워 해로로 라벤나로 가면 됩니다. 안전한 여행이 될 겁니다. 죽 육지를 보면서 갈 거고 폭풍우도 전혀 없을 거예요. 거리도 150킬로미터 정도밖에 안 되니, 설사 노를 젓게 된다 해도 여드레나 아흐레면 도착할 겁니다. 이 시기엔 그럴 가능성이 낮지만, 혹시 순풍을 만나면 나흘 만에 도착할 거고요." 폼페이우스가 손으로 지도를 짚었다. "라벤나에서 파벤티아까지 빠르게 행군하면 노르바누스를 아리미눔으로부터 영원히 단절시키게 될 겁니다."

"일을 비밀스럽게 진행시켜야 하오." 새끼 똥돼지가 눈을 반짝이며 말했다. "좋소, 폼페이우스, 그렇게 하면 되겠소! 적들은 우리 군대가 여기서 앙코나로 이동하는 줄은 꿈에도 모를 거요. 저들의 정찰대는 모두 아이시스 강 이북에 있을 테니까. 폼페이우스, 크라수스, 두 사람은 5개 군단이 빠져나가지 않은 척하며 이곳에 있으시오. 바로 루쿨루스와 내가 앙코나에서 배를 타면 움직이시오. 카리나스를 따라잡으려고 하면서 전력으로 추격하는 척하시오. 가능하다면 그를 옭아매시오, 켄소리누스도. 카르보는 처음에는 그들과 함께 있겠지만 내가 라벤나에 도착했다는 소식을 들으면 노르바누스를 구하러 이동할 거요. 물론 카르보 자신은 이곳에 계속 있고 카리나스나 켄소리누스를 노르바누스한테 보낼 수도 있소. 하지만 그럴 가능성은 적다고 보오. 그는 중간 지점에 있어야 하니까 말이오."

"아, 이거 엄청 재미있겠는데!" 폼페이우스가 외쳤다.

사령부 막사 안의 사람들 모두 만족감에 흠뻑 취한 나머지 그의 말이 지나치게 경박하다는 걸 알아채지 못했다. 심지어 구석에 조용히 앉아 메모를 하고 있던 바로조차도.

전략은 성공이었다. 메텔루스 피우스가 바로 루쿨루스와 5개 군단과 서둘러 앙코나로 이동하는 동안, 나머지 6개 군단과 기병대는 11개 군단인 척했다. 그후 폼페이우스와 크라수스는 진지를 벗어나 방해 없이 아이시스 강을 건넜다. 카르보는 그들을 아리미눔 쪽으로 유인하기로 결심한 것 같았다. 그에게 더 익숙한 곳에서 결전을 하기로 계획한 것이 분명했다.

폼페이우스는 앞장서서 기병대를 이끌고 카르보의 후위 부대인 켄소리누스의 기병대를 바짝 뒤따르면서 만족스러울 만큼 규칙적으로 적군의 후방을 건드렸다. 이 작전은 결코 인내심이 강하다고 할 수 없는 켄소리누스의 화를 돋우었고, 켄소리누스는 세나 갈리카 시 근처에서 회군하여 전투를 벌였다. 기병대와 기병대의 싸움이었다. 승자는 폼페이우스였다. 그는 기병대 지휘 능력을 키우는 중이었다. 상심한 켄소리누스는 보병대와 기병대를 모두 데리고 세나 갈리카 안으로 철수했지만 그리 오래 도피하지는 못했다. 폼페이우스가 도시의 조촐한 성채에 맹공을 가한 것이다.

켄소리누스는 현명하게 대처했다. 그는 자신의 기병대를 희생시키며 보병 8개 군단과 함께 세나 갈리카의 뒷문을 서둘러 빠져나가서 플라미니우스 가도 쪽으로 달아나버렸다.

이때쯤 카르보는 새끼 똥돼지와 그의 군대가 파벤티아에 와 있다는 반갑지 않은 소식을 들었다. 노르바누스는 아리미눔에서 단절되었다. 카르보는 카리나스가 8개 군단과 함께 자신을 뒤따라오게 둔 채 파벤티아로 행군했다. 그리고 켄소리누스는 알아서 스스로를 구해야 하겠다고 결정해버렸다.

　그런데 그때 다마시푸스가 와서 행군중인 카르보를 발견하고, 술라가 마리우스 2세의 군대를 사크리포르투스에서 전멸시켰다는 소식을 전해주었다. 지금 술라가 카시우스 가도로 아레티움의 이탈리아 갈리아 국경으로 오는 중이라고도 했다. 다만 술라가 이끄는 병력은 3개 군단뿐이라고. 순간 카르보는 계획을 변경했다. 방법은 오직 하나였다. 노르바누스는 지원군 없이 메텔루스 피우스를 상대해 이탈리아 갈리아를 지켜야 했다. 카르보와 그의 보좌관들은 아레티움에서 술라를 저지해야 했다. 술라에게 3개 군단밖에 없다면 어렵지 않을 터였다.

　폼페이우스와 크라수스는 술라가 마리우스 2세를 격파했다는 소식을 카르보와 거의 같은 시기에 듣고 환호성을 지르며 기뻐했다. 두 사람은 아레티움에서 카르보와 합류하기 위해 각각 8개 군단을 이끌고, 카시우스 가도를 이동중인 카리나스와 켄소리누스를 쫓아 서쪽으로 방향을 틀었다. 속도는 맹렬했고 추격은 단호했다. 폼페이우스는 크라수스와 플라미니우스 가도로 가면서 이번 작전은 기병대에게 적합하지 않다고 결론지었다. 그들은 산지로 향하고 있었던 것이다. 폼페이우스는 아이시스 강으로 기병대를 돌려보내고 다시 선친의 퇴역병들을 지휘했다. 그가 보기에 크라수스는 그의 지도에 만족하며 따르고 있었다. 폼페이우스의 제안이 크라수스의 단단하고 둥그런 머릿속에서 정답이라고 판단되는 한.

　다시 한번, 수많은 퇴역병들의 존재가 큰 영향을 미쳤다. 폼페이우스와 크라수스는 풀기눔과 스폴레티움 사이의 플라미니우스 가도에서 켄소리누스를 따라잡았는데, 전투는 할 필요도 없었다. 지치고 굶주리고 겁에 질린 켄소리누스의 병사들은 뿔뿔이 흩어졌다. 켄소리누스가 가까스로 유지할 수 있었던 건 총 8개 군단 중 3개였고, 그는 이 소중한 병사들을 반드시 보존하기로 마음먹었다. 그는 병사들을 도로 밖으로 이끌고 시골을 가로질러 카르보와 만날 아레티움으로 갔다. 나머지 5개 군단의 병사들은 어찌나 사방팔방 흩어졌던지, 그들 가운데 아무도 나중에 다시 뭉쳐 군대를 이루지 못했다.

사흘 뒤 폼페이우스와 크라수스는 튼튼하고 큰 요새 도시 스폴레티움 밖에서 카리나스를 따라잡았다. 카리나스는 이번엔 전투를 벌였지만 수세에 몰렸고, 8개 군단 중 3개와 함께 스폴레티움 안으로 들어가버렸다. 3개 군단은 투데르로 달아나 잠적했고, 2개 군단은 달아나서 결코 다시 찾을 수 없었다.

"좋았어!" 폼페이우스는 바로에게 외쳤다. "저 둔한 늙은이 크라수스와 헤어질 방법이 생겼습니다!"

폼페이우스는 크라수스에게 그의 3개 군단과 함께 투데르로 가서 포위를 하라고, 자기는 부하들을 데려와 스폴레티움으로 가는 게 좋겠다고 말했다. 크라수스는 단독으로 작전을 수행할 생각에 매우 기뻐하며 투데르로 떠났다. 폼페이우스는 한껏 고양되어 스폴레티움 앞에 와 있었다. 그는 스폴레티움에 온 사람이 가장 큰 영광을 차지하리라는 걸 알았다. 장군인 카리나스가 숨은 곳이었기 때문이다. 웬걸, 일은 폼페이우스가 꿈꾸던 대로 풀리지 않았다! 카리나스는 영리하고 대담하게도, 폭풍우가 치는 밤에 스폴레티움을 슬그머니 빠져나가 3개 군단을 온전히 데리고 카르보와 합류하러 가버렸다.

폼페이우스는 카리나스의 탈주에 분노했다. 바로는 폼페이우스 집안사람이 울화가 나면 어떤 행동을 하는지 목격하고 넋이 빠졌다. 눈물이 줄줄 흐르고, 손가락 마디들이 물어뜯겼으며, 발꿈치와 주먹이 바닥을 치고, 컵과 접시가 깨어지고 가구가 박살났다. 그러나 카리니스에게 그토록 유익했던 밤중의 폭풍우처럼, 폼페이우스의 상궤를 벗어난 분노도 얼마 후엔 그쳐버렸다.

"우린 술라가 있는 클루시움으로 갑니다." 그가 선언했다. "일어나요, 바로! 그렇게 꾸물거리지 말고!"

바로는 고개를 절레절레 흔들며, 꾸물거리지 않으려고 애썼다.

6월 초 폼페이우스와 그의 퇴역병들은 클라니스 강가의 술라 진지에 당도했다. 그들의 총사령관은 약간 의기소침한 상태였다. 카르보가 아레티움에서 클루시움 쪽으로 내려왔을 때 상황은 술라에게 그다지 좋지 않았다. 우연한 만남이 낳은, 따라서 계획이 불가능했던 전투에서 카르보는 거의 이길 뻔했다. 술라의 군대가 교전을 중단하고 지극히 튼튼한 진지 안으로 철수하여 패배를 면한 건 오직 술라의 침착성 덕분이었다.

"상관없네." 술라가 말했다. 그는 무척 든든해하는 것처럼 보였다. "이제 자네가 왔고, 멀지 않은 곳에 크라수스도 있어. 자네 둘 다 오면 상황은 완전히 바뀔 거야. 카르보는 끝났어."

"메텔루스 피우스는 어떻게 됐습니까?" 폼페이우스가 물었다. 그는 술라가 크라수스를 자신과 나란히 언급해서 기분이 좋지 않았다.

"그는 이탈리아 갈리아를 확보했네. 파벤티아 외곽에서 노르바누스를 교전으로 이끌었지. 그동안 바로 루쿨루스는—그는 피난처를 찾아 멀리 플라켄티아까지 가야만 했네—피덴티아 근처에서 루키우스 큉티우스와 푸블리우스 알비노바누스를 상대했고. 다 잘됐어. 적군은 흩어지거나 죽었네.”

“노르바누스는요?”

술라는 어깨를 으쓱했다. 그는 패배한 적이 어떻게 되었는지에 크게 신경쓰지 않는 사람이었다. 노르바누스는 그의 개인적인 적도 아니었다. “아리미눔으로 가지 않았을까.” 술라는 대답하고는 돌아서서 폼페이우스의 야영지와 관련한 지시를 내렸다.

물론 크라수스는 다음날 투데르에서 이곳으로 왔다. 그의 군단병들은 몹시 뚱하고 불만스러운 표정이었다. 투데르 함락 후 크라수스가 막대한 양의 금을 발견하고 꿀꺽했다는 소문이 사병들 사이에 파다했다.

“사실인가?” 술라가 물었다. 그의 얼굴에 깊게 파인 주름살이 더 깊어졌고, 입은 어찌나 앙다물었는지 입술이 보이지 않을 정도였다.

그러나 그 무엇도 크라수스의 황소 같은 침착성을 조금이나마 손상시킬 순 없었다. 크라수스의 순한 회색 눈이 커졌다. 당황했지만 태연한 기색이었다. “아닙니다.”

“확실해?”

“투데르에서 가질 거라곤 노파들 몇 명밖에 없었습니다. 그중에 제가 갖고 싶은 건 전혀 없었고요.”

술라는 크라수스가 일부러 뻣뻣하게 굴고 있는 건가 생각하며 의심의 눈초리를 던졌지만 별수없었다. “자네는 솔직하지 않은 만큼 속을 알 수가 없네, 마르쿠스 크라수스.” 술라는 이윽고 말했다. “나는 자네와 자네 가문의 지위에 맞는 분배물을 줄 것이고, 자네 말을 믿기로 하겠네. 하지만 조심하게! 만일 단 한 번이라도 자네가 국가를 희생시키고 나의 목표와 노력을 이용해 돈벌이를 했다는 게 밝혀지면 난 자네를 두 번 다시 보지 않겠네.”

"잘 알겠습니다." 크라수스는 고개를 끄덕이며 대답하고는 느릿느릿 걸어가버렸다.

이 대화를 듣고 있던 푸블리우스 세르빌리우스 바티아는 술라를 보며 웃음을 지었다. "저 사람을 누가 좋아할 수 있을까요."

"내가 정말로 좋아하는 사람은 거의 없네." 술라는 바티아의 어깨에 팔을 두르며 말했다. "자네는 운이 좋지 않나, 바티아?"

"어째서요?"

"자네는 내가 좋아하거든. 자넨 좋은 동료라네. 월권행위를 하거나 내게 따지는 법이 결코 없지. 뭐가 됐든 내가 부탁하는 건 다 해주고." 술라는 눈물이 고이도록 하품을 했다. "목이 마르군. 포도주 한잔 해야겠어!"

날씬하고 매력적이며 적당히 그을린 피부의 바티아는 파트리키 세르빌리우스 가문 사람은 아니었다. 하지만 그의 가문은 상상할 수 없을 정도로 오래되어서 가장 엄격한 사회적 심사도 충분히 통과하는데다, 그의 어머니는 최고의 위엄을 자랑하는 카이킬리우스 메텔루스 집안 사람이자 메텔루스 마케도니쿠스의 딸이었다. 이는 바티아가 모든 주요 인사들의 친척임을 의미했다. 그는 술라의 인척이기도 했다. 그래서 바티아는 술라의 묵직한 팔이 자신의 등에 걸쳐지자 편안함을 느꼈고, 그 자세로 몸을 돌려 술라와 나란히 사령부 막사로 향했다.

"로마가 내 것이 되고 나면 저 사람들을 어떻게 해야 할까?" 바티아가 술라의 특별한 포도주를 잔 가득 따라 건네주자, 술라가 그것을 받아들고 물었다. 바티아는 다른 술병에서 자기가 마실 포도주를 따르고 물을 충분히 섞었다.

"어떤 사람들이요? 크라수스 말입니까?"

"그래, 크라수스. 폼페이우스 마그누스도." 술라의 입술이 말려올라가 잇몸이 드러났다. "말이 되나, 바티아! '마그누스'라니! 그 나이에!"

바티아는 웃으며 접의자에 앉았다. "뭐, 그가 너무 어리다면 전 너무 늙은 거지요. 전 6년 전에 집정관이 되었어야 합니다. 이젠 절대 안 되겠죠."

"내가 이기면 자넨 집정관이 될 거야. 반드시. 나는 적으로는 고약하지만 벗으로서는 든든하지."

"압니다, 루키우스 코르넬리우스." 바티아가 부드럽게 말했다.

"그들을 어떻게 해야 할까?" 술라가 다시 물었다.

"폼페이우스 때문에 곤란해지실 수도 있겠습니다. 그가 싸움이 끝난 뒤에 옛날처럼 조용히 사는 모습은 상상조차 되지 않아요. 더욱이 그가 적령기보다 일찍 공직을 원하면 어떻게 하실 겁니까?"

술라가 소리내어 웃었다. "폼페이우스가 좋는 건 공직이 아니야! 군사적 명성이지. 그리고 난 그가 원하는 걸 주려고 애쓸 거야. 그는 꽤 쓸모가 있을지 몰라." 술라가 술을 다시 받기 위해 빈 잔을 내밀었다. "크라수스는? 크라수스는 어떻게 하지?"

"그자는 자기가 알아서 잘할 겁니다." 바티아가 술을 따라주며 대답했다. "그는 돈을 벌 겁니다. 전 이해가 돼요. 부친과 형 루키우스가 죽었을 때 그는 부유한 과부 하나보다 많은 것을 물려받았어야 했습니다. 리키니우스 크라수스의 재산은 300탈렌툼의 가치가 있었지만, 물론 압수당했죠. 킨나가 누굽니까! 그는 모든 것을 앗아갔고, 불쌍한 크라수스에게는 카툴루스의 영향력 같은 건 전혀 없었죠."

술라는 콧방귀를 뀌었다. "그래, 정말로 불쌍한 크라수스지! 그는 투데르에서 황금을 훔쳤네. 나는 알아."

"아마도요." 바티아가 태연하게 말했다. "하지만 지금 당장은 그 문제를 들춰선 안 됩니다. 총사령관님한텐 그 사람이 필요하니까요! 그도 이 사실을 알고 있죠. 우린 절박한 모험을 하는 중이에요."

폼페이우스와 크라수스의 도착으로 술라의 병력이 팽창했다는 소식은 즉시 카르보의 귀에 들어갔다. 카르보는 보좌관들에게 덤덤한 표정을 보였고 자신이나 병사들의 재배치에 관한 어떤 언급도 하지 않았다. 그는 여전히 술라에 비해 수적으로 극히 우세했다. 이는 술라가 자기 진지 밖으로 나와 또다시 전투를 하려 들지 않는다는 뜻이었다. 카르보가 앞으로의 행보를 정하기 위해 상황을 살피던 중 이탈리아 갈리아에서 첫번째 소식이 왔다. 노르바누스와 그의 보좌관들인 퀸티우스와 알비노바누스가 패배했으며, 메텔루스 피우스와 바로 루쿨루스가 술라의 뜻대로 이탈리아 갈리아를 장악했다는 소식이었다. 이탈리아 갈리아에서 온 두번째 소식은 똑같이 중요하면서도 더 우울한 것이었다. 루카니족 출신의 보좌관 알비노바누스가 노르바누스와 그의 부관들을 아리미눔의 회담으로 유인한 다음 노르바누스만 제외하고 모두 살해했고, 사면받는 대가로 아리미눔을 메텔루스 피우스에게 넘겨줬다는 것이었다. 동방의 모처에서 망명자로 살겠다는 바람을 표출한 노르바누스는 배를 타도록 허락받았다. 화를 면한 보좌관은 살인이 자행될 때 바로 루쿨루스에게 붙잡혀 있었던 퀸티우스뿐이었다.

손에 잡힐 듯한 침울함이 카르보의 진지를 엄습했다. 켄소리누스처럼 가만히 있지 못하는 사람들은 서성거리며 울화를 터뜨리기 시작했다. 그러나 술라는 여전히 전투를 하려 들지 않았다. 카르보는 절망감을 느끼며 켄소리누스에게 할 일을 줬다. 8개 군단을 이끌고 프라이네스테로 가서 마리우스 2세의 포위 상태를 풀어주라는 임무였다. 켄소리누스는 떠난 지 열흘 만에 돌아와서 마리우스 2세를 풀어주는 건 불가능하다고 말했다. 오펠라가 만든 성채는 난공불락이라고 했다. 카르보는 두번째 원정대를 프라이네스테로 보냈지만, 술라의 매복 공격으로 2천 명의 소중한 부하들을 잃었을 뿐이었다. 다마시푸스 휘하의 세번째 파견대가 떠났다. 그들은 산지의 길을 찾아내고 도시 뒤쪽의 구불구불한 길들을 따라 프라이네스테로 침투하고자 했지만 이번에도 실패였다. 다마시푸스는 그 광경을 보았고, 모든 희망을 버렸으며, 카르보가 있는 클루시움으로 돌아왔다.

이제는 아무것도 카르보의 기분을 나아지게 할 수 없었다. 하반신이 마비된 삼니움의 지도자 가이우스 파피우스 무틸루스가 아이세르니아에서 4만 병력을 모아 프라이네스테를 해방시키러 갈 거라는 소식조차도. 카르보의 우울은 날마다 깊어졌다. 루카니아의 마르쿠스 람포니우스가 2만 병사를 보내고 카푸아의 티베리우스 구타가 1만 병사를 보낼 예정이니 자신의 병력은 4만이 아니라 7만이 될 거라는 무틸루스의 편지를 받고서도, 카르보의 심적 상태는 변하지 않았다.

카르보가 진정으로 신뢰하는 사람은 오직 한 명, 그의 재무관 권한대행인 늙은 마르쿠스 유니우스 브루투스뿐이었다. 카르보는 6월이 지나 7월에 접어드는데도 이렇다 할 결정을 내릴 수가 없자 그에게로 갔다.

"알비노바누스가 여러 달 함께 웃고 밥을 먹은 사람들을 죽일 정도로 비열해진 마당에, 내가 어떻게 내 보좌관들을 신뢰할 수 있겠습니까?" 카르보는 물었다.

두 사람은 진지 안의 두 큰길 중 하나인 프링키팔리스 가도를 따라

걷고 있었다. 길이가 약 5킬로미터에, 그들이 비밀스럽게 대화를 나눌 만큼 충분히 너른 길이었다.

입술이 푸르스름한 노인은 햇빛 아래에서 천천히 눈을 깜빡였을 뿐, 위안이 될 만한 대답을 얼른 내놓지 않았다. 그는 카르보의 질문에 대해 곰곰이 생각하더니 마침내 아주 차분하게 대답했다. "신뢰하기 어렵겠소, 나이우스 파피리우스."

카르보는 치아 사이로 김빠지는 소리를 내며 숨을 뱉더니 몸을 가볍게 떨었다. "맙소사, 마르쿠스, 저는 어떡해야 합니까?"

"당장은 할 수 있는 일이 없지만, 난 당신의 보좌관들 중 한 명 이상에게 살인이 바람직한 대안이 되기 전에 당신이 이 서글픈 일에서 손을 떼야 한다고 생각하오."

"손을 떼라고요?"

"그렇소." 늙은 브루투스가 분명하게 대답했다.

"그들은 나를 보내주지 않을 겁니다!" 카르보는 소리쳤다. 그는 이제 부들부들 떨고 있었다.

"그럴 거요. 하지만 그들에게 알릴 필요가 있소? 내가 우리 둘이 떠날 준비를 할 테니, 당신은 삼니움 군대에 대해서만 걱정하는 척하시오."

늙은 브루투스는 한 손으로 카르보의 팔을 톡톡 두드렸다. "기운 내시오. 결국엔 다 잘될 거요."

7월 중순에 늙은 브루투스는 준비를 마쳤다. 그와 카르보는 한밤중에 짐도 하인도 없이 아주 조용히 빠져나갔다. 별것 아닌 척 납을 한 겹 씌운 금괴들과, 여행 경비인 데나리우스가 담긴 큼직한 돈 가방을 실은 노새 한 마리가 다였다. 두 명의 지친 상인들처럼 보이는 그들은 텔라몬의 에트루리아 해변으로 가서 아프리카행 배를 탔다. 아무도 그들을 괴롭히지 않았다. 아무도 혹사당하는 노새나 노새의 짐바구니들에 관심을 보이지 않았다. 배가 항구를 빠져나갈 때 카르보는 생각했다. 포르투나 여신께서 돕고 계신다!

무틸루스는 허리 아래가 모두 마비되었기에 삼니움·루카니아·카푸아 연합군을 혼자서 이끌 순 없었지만, 삼니움 병사들과 함께 아이세르니아의 훈련장에서부터 멀리 테아눔 시디키눔까지 이동했다. 테아눔 시디키눔에서는 연합군 전체가 술라와 스키피오의 옛 진지들을 점거하고 있었다. 무틸루스는 자신의 집에서 지내기로 했다.

이탈리아 전쟁 이후 무틸루스의 재산은 크게 불어났다. 이제 그는 삼니움과 캄파니아 전역에 빌라 대여섯 개를 갖고 있었으며 과거 어느 때보다 더 부유했다. 허리 아래쪽의 모든 힘과 감각을 상실한 데 대한 얄궂은 보상이라고 그는 이따금씩 생각했다.

무틸루스는 아이세르니아와 보비아눔을 가장 좋아했지만, 아내 바스티아는 자신의 고향인 테아눔에서 살기를 원했다. 이 반영구적인 별거 상태에 무틸루스가 반대하지 않은 건 자신의 부상 때문이었다. 그는 남편으로서 거의 쓸모가 없었고, 이해할 만한 일이지만 만약 아내가 육체적 위안을 구해야 한다면 자신이 없는 곳에서 그리하는 편이 나았다. 그러나 아이세르니아에서 그의 귀에는 아내의 행실에 대한 추문이 단한 번도 들려오지 않았다. 그의 부상이 그에게 강요한 것만큼 그녀가 스스로 금욕적 생활을 하고 있거나, 혹은 지극히 신중하다는 뜻이었다. 그래서 무틸루스는 테아눔 집에 도착했을 때 자신이 바스티아와의 만남을 무척 기대하고 있음을 깨달았다.

"오실 줄 몰랐어요." 그녀는 조금도 당황하지 않은 목소리로 말했다.

"내가 편지를 쓰지 않았으니 모르는 게 당연하오." 그가 상냥하게 말했다. "좋아 보이오."

"저는 잘 지내요."

"내 한계를 감안한다면, 나도 꽤 건강하다오." 그는 말을 이었다. 아내와의 재회는 그가 바랐던 것보다 어색했다. 그녀는 멀다고 할까, 지나치게 예의발랐다.

"테아눔엔 무슨 일로 오셨어요?" 바스티아가 물었다.

"도시 밖에 내 군대가 있소. 우린 술라와 전쟁을 할 거요. 적어도 내 군대는 그럴 거요. 나는 여기서 당신과 지낼까 하오."

"얼마나 계실 건가요?" 그녀가 정중하게 물었다.

"어떤 식으로든 일이 마무리될 때까지."

"알겠어요." 서른 살의 근사한 여인 바스티아는 의자에 등을 기대고 앉아 그를 바라보았다. 그들이 처음 결혼했을 때, 그리고 그가 진짜 남자였을 때 아내의 눈에서 목격하곤 했던 타는 듯한 욕망은 티끌만치도 보이지 않는 시선이었다. "제가 어떻게 해드리면 편안하시겠어요? 특별히 필요하신 게 있나요?"

"내 몸종이 있소. 그가 알아서 할 거요."

바스티아는 그녀의 멋진 몸을 감싸고 있는 값비싸고 얇은 천의 주름들을 더 아름답게 정리하며 계속 남편을 응시했다. 그녀가 '황소 같은 눈의 숙녀'라는 호메로스풍의 찬사를 듣게 했던 크고 거무스름한 눈으로. "저녁은 당신만 드시나요?" 그녀가 물었다.

"아니, 세 명 더 있소. 내 보좌관들이오. 괜찮겠소?"

"그럼요. 당신의 명예를 높여드릴 음식을 준비하겠어요, 가이우스 파피우스."

그녀의 말은 사실이었다. 바스티아는 유능한 안주인이었다. 고통받는 상관과 식사를 함께하러 온 남자 셋 가운데 두 사람, 폰티우스 텔레시누스와 마르쿠스 람포니우스는 바스티아와 구면이었다. 텔레시누스는 삼니움의 유서 깊은 가문 출신으로, 이탈리아 전쟁 당시에는 지나치게 어려서 삼니움 위인들에 포함되지 못했던 사람이었다. 이제 서른두 살인 그는 준수한 용모의 남자였고, 여주인을 그녀만이 느낄 수 있는 감탄의 눈길로 쳐다볼 만큼 대담했다. 그녀는 분별 있게 그의 시선을 무시했다. 텔레시누스는 삼니움 사람이었고, 이는 그가 여자들을 좋아하는 것 이상으로 로마인들을 싫어한다는 뜻이었다.

마르쿠스 람포니우스는 루카니아의 총지휘관으로, 이탈리아 전쟁 당시 로마의 위협적인 적이었다. 이제 오십대에 접어든 그는 여전히 호전적이고 아직도 로마인의 피에 목말라 했다. 도무지 변하지를 않아, 이 비로마인 이탈리아인들은. 그녀는 생각했다. 그들에게 있어 로마의 파멸은 목숨이나 번영, 평화보다도 더 중요해. 심지어 자식들보다도.

바스티아가 오늘 처음 본 사람은 그녀처럼 캄파니아 사람인 카푸아의 지도자였다. 이름은 티베리우스 구타, 뚱뚱하고 야만적이고 자기중심적이었으며 다른 이들 못지않게 로마인의 피에 광적으로 굶주려 있었다.

남편의 허락이 떨어지자마자 식당에서 나온 바스티아는, 지금껏 최대한 조심스럽게 숨기고 있던 분노로 불타고 있었다. 이건 불공평해! 이탈리아 전쟁이 마치 없었던 일처럼 느껴질 정도로 이제 막 상황이 기막히게 풀려가기 시작했는데, 그 모든 게 또다시 시작이라니. 바뀌는 건 아무것도 없을 거라고, 아까 식당에서 그녀는 소리를 지르고 싶었다. 로마는 또다시 그들의 얼굴과 재산을 갈아 먼지로 만들어버릴 거라고. 그러나 그녀의 자제력이 혀를 단단히 붙들고 있었다. 설사 그녀의 말이 사실이라고 인정한다 해도, 그들은 중간에 멈추지 않을 터였다. 애국심과 자존심 때문이었다.

바스티아를 초조하게 만든 분노는 잦아들 기미가 보이지 않았다. 그녀는 자기 응접실의 대리석 바닥을 이리저리 서성거렸다. 저들에게 덤벼들고 싶은 심정이었다. 멍청한 고집불통 남자들에게. 특히 그녀의 남편, 한 민족의 지도자이자 다른 모든 삼니움 사람들이 조언을 구하는 사람에게. 남편은 그들에게 무엇을 조언하고 있는가? 로마와의 전쟁. 파멸이다. 그는 자신이 무너지면 그와 관련된 모든 이들도 무너지리라는 사실에 신경이나 쓰고 있는가? 천만에! 그는 진짜 남자였다. 진짜 남자답게 천치 같은 애국심과 복수심에 불타는. 진짜 남자였지만, 반쪽 남자이기도 했다. 그에게 남아 있는 반쪽은 그녀에게 아무런 쓸모가 없었다. 아이를 낳는 데도, 기분 전환을 하는 데도.

하지만 그 노예가 있었다……. 사모트라케 출신의 그리스인. 검디검어 빛을 받으면 푸르스름하게 반짝이는 머리카락, 한껏 무성하여 콧대를 가로질러 만나는 눈썹, 산속의 호수 같은 눈동자……. 어찌나 고운지 키스해달라고 애원하는 듯한 살결……. 바스티아는 손뼉을 쳤다.

집사가 들어왔고, 깨물어댄 입술이 딸기처럼 붉게 부풀어오른 바스티아는 턱을 치켜들어 그를 쳐다보았다. "식당의 신사 분들은 만족해하고 계시는가?"

"네, 마님."

"좋아. 계속 그분들의 시중을 들게. 그리고 히폴리토스를 이리로 보내줘. 그에게 부탁할 일이 있네."

집사의 표정에는 변화가 없었다. 자신의 주인 무틸루스가 테아눔 시디키움에서 살고 싶어하지 않고 안주인 바스티아는 그 반대였기에, 그에게는 안주인 바스티아가 더 중요했다. 언제까지고 그녀를 만족시켜야 했다. 집사는 고개를 숙였다. "히폴리토스를 즉시 보내드리겠습니다, 마님." 그는 여러 번 머리를 조아리며 조심스럽게 방에서 나갔다.

식당에 있던 사람들은 바스티아가 자기 처소로 물러가자마자 그녀를 잊어버렸다.

"카르보는 자기가 술라를 클루시움에 못박아뒀다고 장담했소." 무틸루스가 자신의 보좌관들에게 말했다.

"그 말을 믿소?" 람포니우스가 물었다.

무틸루스는 얼굴을 찌푸렸다. "나로서는 달리 생각할 이유가 없지만, 물론 절대적으로 확신할 수는 없소. 달리 생각해야 할 이유라도 있소?"

"없소, 카르보가 로마인이라는 사실 외에는."

"지당하신 말씀입니다!" 텔레시누스가 소리쳤다.

"운은 변하게 마련이죠." 카푸아의 구타가 말했다. 그의 얼굴은 속에 밤을 채워 구운 거세 수탉의 바삭바삭한 껍질에서 나온 기름으로 번들거렸다. "당분간 우리는 카르보의 편에서 싸우지만, 술라를 처리하고 나면 카르보와 다른 모든 로마인들을 갈가리 찢어놓는 겁니다."

"물론이오." 무틸루스가 웃음을 지으며 동의했다.

"당장 프라이네스테로 가야 하오." 람포니우스가 말했다.

"내일 당장이요." 텔레시누스가 재빨리 말했다.

그러나 무틸루스는 단호하게 고개를 저었다. "아니요. 병사들이 여기서 닷새는 더 쉬게 해야 하오. 그들은 지금까지 힘들게 행군을 했고, 앞으로 또 라티나 가도를 따라 이동해야 하오. 그들은 팔팔한 상태로 오펠라의 공성보루에 도착해야 하오."

결정은 이 정도로 내려졌다. 닷새 동안의 편안한 휴식이 예정되어 있음을 감안하여, 만찬은 무틸루스의 집사가 예상한 것보다 훨씬 더 일찍 끝났다. 부엌의 하인들 틈에서 바쁘게 일하느라 아무것도 보거나 듣지 못한 집사는, 집주인이 덩치 큰 게르만족 몸종에게 여주인의 방으로 가자고 명령할 때 그곳에 없었다.

그녀는 알몸으로 긴 의자의 머리받이 위에 무릎을 꿇고 앉아 있었다. 넓게 벌어진 두 다리, 번들거리는 두 허벅지 사이에 검푸른 머리카락으로 덮인 머리가 파묻혀 있었다. 그 머리에 달린 옹골찬 근육질의 몸은 긴 의자에 어찌나 무력하게 널브러져 있는지 잠자는 고양이의 몸 같았다. 두 개의 몸은 오직 한 곳, 머리가 파묻혀 있는 곳에서 닿아 있었다. 바스티아는 두 팔을 뒤로 뻗어 양손으로 머리받이를 움켜쥐고 있었고, 남자의 두 팔은 그의 몸을 따라 축 늘어져 있었다.

조용히 문이 열리고, 게르만족 노예는 주인을 신혼집 문지방을 넘어가는 신부마냥 안은 채로 서서 다음 지시를 기다렸다. 그와 같은 사람들, 고향에서 멀리 끌려왔고 라틴어도 그리스어도 거의 하지 못하는, 영원한 상실의 고통에 못박혀 있으면서도 그 고통을 표현할 수 없는 사람들이 그러하듯 묵묵하게.

남편과 아내의 눈이 마주쳤다. 아내의 눈 속에서 승리의, 환희의 함성이 번쩍였다. 남편의 눈은 충격을 완화하는 진통 작용이 없는 놀라움으로 번쩍였다. 그의 시선은 자기도 모르게 그녀의 영광스러운 젖가슴과 매끄러운 배에 머무르다, 갑작스레 터져나온 눈물로 흐릿해졌다.

자신의 임무에 완전히 몰입해 있던 젊은 그리스인은, 자신과 아무 관련이 없는 여자의 긴장에 변화를 눈치채고 고개를 들려 했다. 검푸른 머리카락 속에서 그녀의 두 손이 서로에게 달려드는 두 마리 뱀처럼 맞물리더니, 그의 머리를 눌러 잡았다.

"계속해!" 그녀는 소리쳤다.

무틸루스는 피가 몰려 터질 듯 부풀어오른 아내의 젖꼭지에서 눈을 뗄 수가 없었다. 남자의 머리가 떠받친 그녀의 엉덩이가 움직이고 있었다. 그리고 바스티아는 남편이 보는 앞에서 절정에 휩쓸려 새된 소리를 지르며 신음했다. 무틸루스에게는 영원처럼 느껴지는 순간이었다.

일을 끝낸 바스티아가 머리를 놓아주고 젊은 그리스인을 찰싹 때리자 그는 몸을 돌려 똑바로 누웠다. 어찌나 겁에 질렸는지 숨도 쉬지 못하는 것처럼 보였다.

"당신은 저걸로 할 수 있는 게 없죠." 바스티아는 쪼그라들고 있는 노예의 성기를 가리키며 말했다. "하지만 당신 혀는 멀쩡해요, 무틸루스."

"그렇소, 멀쩡하오." 그가 대답했다. 눈물은 마지막 한 방울까지 싹 말라 있었다. "내 혀는 아직까지 맛보고 느낄 수 있소. 하지만 썩은 고기에는 관심 없어."

게르만족 노예는 주인을 방 밖으로 데리고 나와 침실로 데려간 후 조심스럽게 침대에 눕혔다. 그런 다음 이런저런 할 일을 마치고 무틸루스를 혼자 두고 나갔다. 아무런 말도, 동정도, 알은 체도 하지 않고. 그것이 다른 그 무엇보다도 큰 자비라고, 무틸루스는 베개에 얼굴을 묻으며 생각했다. 마음의 눈 속에서는 아직까지도 아내의 몸이 불타오르고 있었다. 젖꼭지가 튀어나온 젖가슴과 그 머리, 그 머리! 그 머리……. 그는 허리 아래쪽으로 두 번 다시는 아무것도 느낄 수 없었다. 하지만 그의 나머지 부위들은 고통과 몽상을 알았고 사랑의 모든 측면을 갈망했다. 모든 측면을!

"난 죽지 않았어." 그는 베개에 대고 말했다. 눈물이 났다. "난 죽지 않았다고! 하지만 정말이지, 차라리 죽었으면 좋겠구나!"

6월 말에 술라는 자신의 5개 군단과 예전 스키피오의 3개 군단을 이끌고 클루시움을 떠났다. 떠나면서 클루시움의 지휘관을 폼페이우스로 지명했다. 다른 보좌관들은 이해하기 힘든 결정이었다. 그러나 술라의 결정이니 아무도 불평하지 못했다.

"여기 일을 마무리하게." 술라는 폼페이우스에게 말했다. "저들은 자네보다 수적으로 우세하지만 사기가 떨어져 있어. 하지만 내가 이제 이곳으로 돌아오지 않는다는 걸 알게 되면 싸움을 걸 거야. 다마시푸스를 조심하게. 저들 중에 가장 유능하니까. 마르쿠스 켄소리누스는 크라수스가 처리할 거고, 카리나스는 토르콰투스가 어떻게든 처리해야 해."

"카르보는 어떻게 하죠?" 폼페이우스가 물었다.

"카르보는 하찮은 놈이네. 자기가 해야 할 지휘 업무를 보좌관들한테 넘겼지. 그렇다고 시간을 허비해서는 안 돼, 폼페이우스! 자네한테 맡길 임무가 또 있거든."

술라가 나이 많은 보좌관들을 데리고 간 건 놀랄 일이 아니었다. 바티아도 큰 돌라벨라도 스물세 살짜리한테 명령을 받는 굴욕을 견디지 못했을 것이다. 술라는 삼니움족 소식을 듣고 곧바로 떠났다. 삼니움 군대가 너무 가까이 오기 전에 병력 배치를 끝내야 했기 때문이다.

그쪽의 로마 인근 지역을 모두 정찰한 끝에 술라는 자신이 해야 할 일을 정확하게 파악했다. 오펠라의 벽과 해자 때문에 프라이네스테 가도와 라비쿰 가도는 통행이 불가능했지만, 라티나 가도와 아피우스 가도는 여전히 로마 및 북쪽 지방과 캄파니아 및 남쪽 지방을 연결시키며 열려 있었다. 술라가 전쟁에서 승리하려면 로마와 로마 이남 간의 모든 군사적 통로를 반드시 차지해야 했다. 에트루리아는 기진맥진한 상태였지만 삼니움과 루카니아는 인력도 식량도 거의 고갈되지 않았기 때문이다.

로마와 캄파니아 사이에 있는 시골은 지나가기 쉽지 않았다. 게다가 해안은 포메티아 늪지였다. 캄파니아부터 아피우스 가도는 모기가 아주 많은 직선 길로, 그 늪지를 가로지른 후 로마 근처에서 알바누스 구릉의 측면과 맞닥뜨렸다. 알바누스 구릉은 실제로는 구릉과 거리가 먼, 원래 충적지대였던 라티움 평원이 고대의 화산 분출로 파괴되고 융기되면서 생긴 꽤 험준한 산맥이었다. 이 고대의 지하 소동의 진원지인 알바누스 산은 아피우스 가도와 더 내륙 쪽에 있는 라티나 가도 사이에 우뚝 솟아 있었다. 알바누스 구릉의 남쪽에는 또다른 산지가 아피우스 가도와 라티나 가도를 계속해서 갈라놓으며 캄파니아에서 로마와 매우 가까운 지점까지 이 두 주요 도로의 연결을 막았다. 행군 경로로는 언제나 아피우스 가도보다 내륙 쪽의 라티나 가도가 선호되었다. 병사들은 아피우스 가도를 행군하면 탈이 났다.

그러므로 술라는 라티나 가도상에 머무는 것이 바람직했다. 하지만 필요시 재빨리 아피우스 가도를 통해 병력을 이동시킬 수 있는 곳이어야 했다. 두 가도 모두 알바누스 구릉의 바깥 측면을 가로질렀지만 라티나 가도는 협곡을 통과했다. 이 협곡은 산지의 동쪽 급경사지에 틈을 내면서, 라티나 가도가 산지와 알바누스 산 사이의 편평한 곳을 통해 로마 쪽으로 이어질 수 있게 했다. 협곡이 알바누스 산을 향해 넓어지는 지점에서 샛길 하나가 알바누스 산을 둘러 서쪽으로 굽은 뒤, 네미 호수와 그곳의 신전 구역에 상당히 가까운 곳에서 아피우스 가도와 합류했다.

술라는 그 협곡에 자리를 잡고 협곡 양단에 응회암 덩어리로 거대한 방벽을 구축했다. 방벽은 총안 흉벽 안쪽에서 네모렌시스 호수와 아피우스 가도로 연결되는 그 샛길을 에워쌌다. 이제 그는 둘 중 어느 방향에서든 진군을 막을 수 있는 라티나 가도의 유일한 지점을 차지한 것이다. 술라의 방어시설은 금방 완성되었다. 그는 아피우스 가도에 감시병들을 배치하여, 로마는 물론 캄파니아 쪽에서 오는 어떤 적도 그 경로를 통해 자신을 측면 포위할 수 없도록 했다. 술라 군대의 식량은 모두 아피우스 가도와 그 샛길을 통해 조달되었다.

삼니움·루카니아·카푸아 연합군이 사크리포르투스 현장에 도착할 즈음에는, (폼페이우스와 크라수스 때문에 흩어진 군단병들의 잔존자들이 유능한 지휘자들이 있는 그 강한 군대에 가담하면서 더욱 강화된) 그 군대의 복합적인 성질에도 불구하고 모두가 그들을 '삼니움군'이라고 부르고 있었다. 사크리포르투스에서 연합군은 라비쿰 가도를 선택했지만, 자기 방어시설의 제2선 안으로 들어간 오펠라를 끌어낼 수 없다는 걸 깨달았을 뿐이었다. 고원에 반사된 빛에 무수한 색들로 빛나는 프라이네스테는 헤스페리데스의 정원(세상의 서쪽 끝에 있다는 신들의 정원—옮긴이)만큼 멀어 보였다. 텔레시누스와 람포니우스, 구타는 말을 타고 오펠라의 공성보루를 샅샅이 살펴봤지만 아무런 허점도 찾지 못했고, 길 비슷한 것도 없는 들판을 7만 병사들이 행군하는 일은 불가능했다. 군사 회의가 열렸고 전략은 변경되었다. 오펠라를 끌어내려면 로마를 공격하는 길밖에 없다. 삼니움 군대는 라티나 가도를 타고 로마로 갈 것이다.

그들은 다시 사크리포르투스로 행군한 뒤 라티나 가도를 타고 로마를 향해 가려 했지만, 도로를 완벽하게 통제하면서 거대한 방벽 뒤에 버티고 앉은 술라를 맞닥뜨렸다. 술라의 진지는 오펠라의 벽보다 강습하기 훨씬 더 쉬워보였기에 삼니움 군대는 공격을 감행했다. 공격은 실패했다. 그들은 다시 시도했다. 그리고 또다시. 하지만 결국 술라가 오펠라만큼이나 큰 소리로 자신들을 비웃는 소리만 들었다.

그때 기운 나는 동시에 우울한 소식이 들려왔다. 클루시움에 남은 병사들이 길을 떠나 폼페이우스와 교전했다고 했다. 그들이 완패했다는 건 우울한 소식이었지만, 더 중요한 것은 2만여 명의 생존자들이 켄소리누스와 카리나스, 다마시푸스의 휘하에 남쪽으로 행군중이라는 전갈이었다. 카르보는 사라졌지만 싸움은 계속된다고, 다마시푸스는 텔레시누스에게 쓴 편지에서 맹세했다. 양방향 모두에서 동시에 강습하면 술라는 무너질 것이다. 무너져야만 한다!

"물론 헛소리야." 술라는 폼페이우스에게 말했다. 술라는 클루시움에서 폼페이우스가 승리했다고 듣자마자 회의를 하자며 자신이 있던 협곡으로 폼페이우스를 호출했다. "그들이 원한다면 펠리온 산을 오사 산 위에 쌓을 수는 있을지 몰라도, 나를 끌어내지는 못해. 이곳은 방어용 시설이야! 난공불락이지."

"그렇게 자신만만하신데 제가 왜 필요하십니까?" 청년이 물었다. 호출을 받았다는 자부심이 사그라지고 있었다.

클루시움에서의 전투는 짧고 무자비하고 결정적이었다. 적군은 대부분 죽었고 다수가 포로로 잡혔으며, 그나마 겨우 달아난 사람들은 후퇴를 주도한 유능한 지휘관들의 부하들이었다. 매우 실망스럽게도 투항한 사람들 중에 선임 보좌관은 한 명도 없었다. 전투가 끝난 뒤 카르보 쪽 참모군관과 백인대장, 사병 들이 한목소리로 쓰디쓴 눈물을 흘리

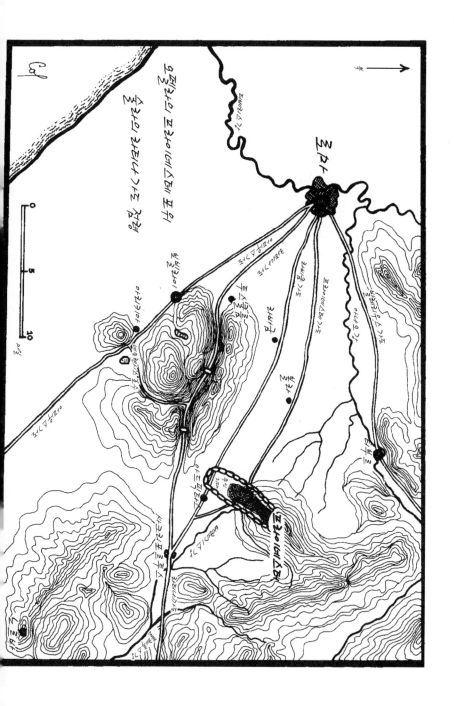

며 폼페이우스 쪽 군인들에게 카르보의 야반도주를 얘기하고 나서야 폼페이우스는 카르보의 변절을 알게 되었다. 엄청난 배신 행위였다.

그후 곧바로 술라의 소집 명령이 왔고, 폼페이우스는 매우 기뻐했다. 6개 군단과 2천 기병을 데리고 오라는 것이었다. 바로도 뒤따라오겠다고 했는데, 폼페이우스는 이를 당연하게 여겼다. 한편 크라수스와 토르콰투스는 클루시움에 남겠다고 했다. 그런데 술라는 이미 터져나갈 듯한 자신의 진지 안에 왜 더 많은 병력을 불러들이려는 걸까? 실제로 폼페이우스의 군대는 아피우스 가도와 인접한 네모렌시스 호숫가의 야영지로 보내졌다.

"아, 난 여기에 자네가 필요한 게 아니야." 술라는 자신의 방벽 위에 있는 감시탑 난간에 두 팔을 얹고 헛되이 로마 쪽을 바라보았다. 그가 말하길 꺼려하는 사실이었지만, 술라의 시력은 그리스에서 병을 앓은 후 심각하게 악화되었다. "가까워지고 있네, 폼페이우스! 점점 더 가까워지고 있어."

폼페이우스는 평소에 수줍음이라곤 없었지만, 지금은 묻고 싶은 걸 묻지 못하고 속만 태우고 있었다. 전쟁이 끝난 후에 술라는 어떻게 하려는 걸까? 그는 어떻게 권위를 유지하고 미래의 보복 행위로부터 자신을 보호할 수 있을까? 그가 군대를 영원히 데리고 있을 수는 없다. 그의 군대가 해산하는 순간 그는 그에게 해명을 요구할, 힘과 영향력 있는 누군가의 처분에 좌지우지될 것이다. 그 누군가는 지금 자신이 충성스러운 추종자라고, 죽을 때까지 술라의 사람이라고 말하는 자일지도 모른다. 바티아나 큰 돌라벨라 같은 자들이 속으로 무슨 생각을 하고 있는지 알게 뭔가? 그들은 둘 다 집정관이 될 수 있는 나이였다. 지금까지는 상황이 꼬여 집정관이 되지 못했지만. 술라는 어떻게 자신을 보호할 수 있을까? 위대한 사람의 적들은 히드라 같다. 아무리 많은 머리를 잘라내도, 더 빨리 자라나고 더 크고 튼튼한 이빨을 뽐내는 머리들이 자라나는 법이다.

"여기에 제가 필요 없으시다면 어디서 필요하다는 말씀입니까?" 폼페이우스가 당혹감을 느끼며 물었다.

"8월 초에." 술라는 이렇게 말한 뒤 돌아서서 계단을 내려가기 시작했다.

탑을 내려와 방벽 아래의 통제된 혼돈 속으로 들어갈 때까지 두 사람은 아무 말도 하지 않았다. 병사들은 사다리를 오르는 자들의 불운한 머리 위에 던질 바윗돌과 기름, 투석기와 이미 방벽 위에 빽빽이 들어서는 중인 쇠뇌로 발사할 포탄들, 창과 화살과 방패 들을 나르느라 분주했다.

"8월 초라고요?" 두 사람이 혼돈을 벗어나 네모렌시스 호수로 이어지는 샛길을 걷기 시작했을 때 폼페이우스는 대화를 유도했다.

"그렇지!" 술라는 놀란 듯 대답한 뒤 폼페이우스의 표정을 보고 박장대소했다.

나도 분명 웃어야 하겠지. 폼페이우스도 웃었다. "그렇습니다. 8월 초예요."

술라는 즐길 만큼 즐겼다고 판단하고 애써 웃음을 그쳤다. 알렉산드로스가 되고 싶어하는 이 청년을 이제는 고통에서 구해줘야겠군.

"자네에게 특명을 내리려 하네, 폼페이우스." 술라는 차분하게 말했다. "다른 사람들도 알아야 하는 일이지만, 나중에 알릴 걸세. 나는 저항의 폭풍이 불어닥치기 전에 자네를 아주 멀리 보내려 하네. 자네도 알겠지만, 내가 자네에게 내릴 명령은 최소한 법무관은 된 사람한테만 내릴 수 있는 명령이네."

흥분한 폼페이우스는 걸음을 멈추고, 술라의 팔을 잡고 돌려세워 그의 얼굴을 똑바로 쳐다보았다. 선명한 파란색 눈이 옅은 파란색 눈을 응시했다. 두 사람은 폐쇄되지 않은 길 한쪽 편의 예쁘장한 작은 골짜기에 서 있었다. 여름의 나무딸기와 장미, 블랙베리 꽃들이 만발한 기슭들이 앞뒤에서 진행중인 운반 작업의 소음을 차단했다.

"그런데 왜 저를 택하신 겁니까, 루키우스 코르넬리우스?" 폼페이우스는 호기심 어린 말투로 물었다. "총사령관님께는 그 조건에 들어맞는 보좌관들이 많습니다. 바티아, 아피우스 클라우디우스, 돌라벨라. 마메르쿠스와 크라수스 같은 사람들은 말할 것도 없고요! 그런데 왜 저를?"

"이제 호기심 때문에 고통받지 말게나, 폼페이우스, 말해줄 테니! 하지만 일단 자네가 해야 하는 일이 뭔지 정확하게 알려주겠네."

"말씀하십시오." 폼페이우스가 아주 침착하게 말했다.

"난 자네한테 6개 군단과 2천 기병을 데려오라고 했네. 상당한 규모의 군대지. 자네는 이 군대를 이끌고 즉시 시칠리아로 가서 곧 수확될 곡물을 확보해야 하네. 8월이니 이제 금방 추수가 시작될 걸세. 그리고 지금 푸테올리 항에 정박한 배들은 대부분 곡물 수송선이네. 수백 척의 빈 배들이란 말이네. 준비된 수송 수단이지, 폼페이우스! 내일 아피우스 가도를 타고 푸테올리로 진군하게. 곡물 수송선들이 항해하기 전에 가야 해. 자네는 나의 명령서와 배를 빌릴 돈을 충분히 갖고 갈 것이고, 법무관급 임페리움도 보유할 거야. 기병대는 오스티아에 배치하게. 거기에도 수는 더 적지만 배들이 있어. 나는 이미 타라키나와 안티움 같은 항구에 전령들을 보냈네. 작은 배를 가진 모든 사람들한테, 평소대로라면 비어 있을 배들로 돈벌이를 하고 싶다면 푸테올리로 모이라고 했지. 자넨 넘치도록 많은 배들을 쓰게 될 거네, 내 장담하지."

한때 그는 자신만큼이나 신적인 루키우스 코르넬리우스라는 사람과의 만남을 얼마나 꿈꾸었던가? 그리고 그 사람이 신이 아니라 사티로스라는 걸 알고 얼마나 비참한 기분에 빠졌던가? 하지만 양손에 그토록 많은 야망을 쥐고 있는 남자의 외양이 뭐가 중요했겠는가? 멀리서는 로마도 보지 못할 만큼 눈이 나쁜, 술독에 빠진 이 늙은 남자가 그에게 온전한 전쟁을 건네고 있었다! 눈곱만큼의 방해도 받지 않을, 적을 독차지하게 될 전쟁……. 폼페이우스는 입을 떡 벌리고, 주근깨투성이 손을 앞으로 뻗어 짧고 약간 굽은 손가락들로 술라의 아름다운 손을 꽉 쥐었다.

"루키우스 코르넬리우스, 정말 대단합니다! 대단해요! 아, 저를 믿으십시오. 시칠리아에서 페르페르나 베이엔토를 몰아내고 장군께 군대 열 개를 먹이고도 남을 밀을 드리겠습니다!"

"내겐 군대 열 개를 먹일 수 있는 것보다 더 많은 밀이 필요하게 될 걸세." 술라는 자기 손을 빼내며 말했다. 폼페이우스의 젊음과 거부할 수 없는 온갖 매력에도 불구하고 그는 술라가 육체적으로 끌리는 부류가 아니었고, 술라는 육체적으로 끌리지 않는 남자나 여자와의 접촉을 절대 좋아하지 않았다. "올해 말쯤이면 로마는 내 것이 될 거야. 로마가 내게 항복하기를 원한다면 로마를 절대로 굶주리게 해서는 안 돼. 이는 즉 시칠리아와 사르디니아의 곡물이 필요하다는 뜻이야. 그리고 가능하다면 아프리카의 곡물까지도. 그러니 자네는 시칠리아를 확보한 후에 아프리카 속주로 가서 할 일을 해야 하네. 자네는 우티카와 하드루멘툼에서 선적되어 출발한 수송선들을 제때 따라잡지는 못할 걸세. 아마 시칠리아에서 여러 달을 보낸 뒤에야 아프리카로 갈 수 있을 거야.

하지만 이탈리아로 돌아오기 전에 반드시 아프리카를 정복해야 하네. 듣자 하니 파비우스 하드리아누스는 우티카 폭동 때 총독 관저에서 불에 타 죽었지만, 사크리포르투스에서 도망친 나이우스 도미티우스 아헤노바르부스가 그의 뒤를 이어 아프리카를 손에 넣었다고 하는군. 만약 자네가 서부 시칠리아에 있다면 릴리바이움에서 우티카까지는 뱃길로 금방 갈 수 있지. 자넨 아프리카 일을 마무리할 수 있어야 해. 왠지 자넨 자신 있어 보이는군."

폼페이우스는 흥분하여 문자 그대로 몸을 떨고 있었다. 그는 빙그레 웃고 숨을 헐떡였다. "실망시켜 드리지 않겠습니다, 루키우스 코르넬리우스! 절대로 실망시켜 드리지 않을 거라고 약속합니다!"

"자네를 믿네, 폼페이우스." 술라는 통나무 위에 앉아 입술을 핥았다. "우리가 여기서 뭘 하고 있는 거지? 포도주가 필요해!"

"여기는 괜찮습니다, 아무도 우리를 보거나 우리 대화를 엿들을 수 없어요." 폼페이우스가 진정시키듯이 대답했다. "기다리십시오, 루키우스 코르넬리우스. 포도주를 가져오겠습니다. 잠시만 앉아 계십시오."

그늘진 곳이었기에, 술라는 폼페이우스가 말한 대로 했다. 자기만 아는 어떤 농담에 슬며시 웃으면서. 날이 참 좋군!

폼페이우스는 조금도 숨차 하지 않으며 달려왔다. 술라는 포도주가 담긴 가죽 부대를 잡아채서 입속에 술을 들이부었다. 술과 공기를 동시에 삼키는 능숙한 솜씨였다. 잠시 후 그는 손을 멈추고 짜내던 술 부대를 내려놓았다.

"아, 이제 살겠군! 내가 어디까지 얘기했더라?"

"루키우스 코르넬리우스, 다른 사람은 속이실 수 있을지 몰라도 저는 안 속습니다. 어디까지 얘기하셨는지 정확히 알고 계시잖습니까."

폼페이우스는 차분하게 대답한 뒤 술라가 앉은 통나무 바로 앞쪽의 잔디에 앉았다.

"아주 좋아! 폼페이우스, 자넨 비둘기 알만큼 큰 바다진주처럼 드문 사람이네! 진심으로 말하건대, 자네가 로마의 골칫거리가 되기 훨씬 전에 내가 죽으리라는 게 정말 기쁘다네." 술라는 포도주 부대를 다시 들어올려 마셨다.

"전 절대 로마의 골칫거리가 되지 않을 겁니다." 폼페이우스가 순진하게 말했다. "저는 로마의 일인자가 될 겁니다, 그것도 포룸이나 원로원에서 젠체하는 헛소리를 늘어놓지 않고서요."

"요란한 연설을 하지 않겠다면, 어떻게?"

"장군께서 내게 맡기신 임무를 완수해서요. 로마의 적들과 싸워 이겨서."

"참신한 방법은 아니구먼. 내가 썼던 방식이야. 가이우스 마리우스가 썼던 방식이기도 하고."

"그렇죠, 하지만 전 권한을 낚아챌 필요가 없을 겁니다. 로마는 제게 어떤 권한이든 다 줄 테니까요."

술라는 이 말을 책망으로, 심지어 노골적인 비판으로 해석할 수도 있었다. 하지만 지금까지 그를 지켜봐왔기에 폼페이우스가 하는 말의 대부분은 자만심에서 나온다는 것을, 이 청년이 그 말을 현실로 만들기가 얼마나 어려운지 아직까지도 전혀 모른다는 것을 알았다. 그래서 술라는 그저 한숨을 쉬고 이렇게 말했다. "엄밀하게 말하자면 나는 자네한테 어떤 임페리움도 줄 수 없네. 난 집정관이 아니고, 뒤에서 내 법안을 통과시켜줄 원로원도 평민회도 없어. 자네가 돌아오면 내가 법무관급 임페리움을 승인받을 수 있게끔 하겠다는 것만 믿어주게나."

"믿어 의심치 않습니다."

"자네가 의심하는 게 있나?"

"저와 직접적으로 연관된 건 의심하지 않습니다. 제가 잘하면 되니까요."

"부디 그대로 변치 않길 바라네!" 술라는 몸을 앞으로 내밀고 양 무릎 사이에서 두 손을 맞잡았다. "좋아, 폼페이우스, 찬사는 여기까지네. 자네한테 말해줘야 하는 게 두 가지 더 있어. 첫번째는 카르보에 관한 거야."

"말씀하십시오."

"카르보는 늙은 브루투스와 함께 텔라몬에서 배를 탔네. 이제 그는 히스파니아나 심지어 마실리아로 향할 수도 있지. 하지만 일 년 중 이맘때엔 시칠리아나 아프리카가 목적지일 가능성이 커. 그는 잡히지 않는 한 계속 집정관이네. '선출된' 집정관이지. 이 말은 곧 그가 총독의 임페리움을 무효화하고, 총독의 군대나 민병대를 징발하고, 보조군을 소집하고, 집정관 임기가 끝날 때까지 아주 성가신 존재가 된다는 뜻이네. 로마가 내 것이 되고 난 후 내가 정확히 무슨 일을 계획하고 있는지는 말하지 않겠네. 다만 이것만은 알아두게. 내 계획을 위해서는 카르보가 집정관 임기가 끝나기 훨씬 전에 죽어야만 해. 그리고 그가 죽었다는 걸 내가 반드시 알아야만 해! 자네의 임무는 카르보를 추적해서 죽이는 거야. 쥐도 새도 모르게 해야 하네. 사고사처럼 보였으면 좋겠어. 할 수 있겠나?"

"네." 폼페이우스는 망설임 없이 대답했다.

"아주 좋아!" 술라는 두 손을 뒤집어 마치 남의 손인 것처럼 찬찬히 보았다. "이제 마지막 주제로 넘어가지. 내가 선임 보좌관들 중 한 명이 아니라 자네에게 이 해외 작전을 맡기는 이유 말이네." 술라는 청년을 골똘히 쳐다보았다. "자네는 그 이유를 알겠나, 폼페이우스?"

폼페이우스는 생각한 후 어깨를 으쓱했다. "몇 가지 짚이는 게 있긴 합니다만, 로마를 손에 넣으신 뒤의 계획을 모르니 아마 대부분 틀렸을 겁니다. 말씀해주십시오."

"폼페이우스, 자네는 이번 임무와 관련해 내가 신뢰할 수 있는 유일한 사람이네! 만일 내가 바티아나 돌라벨라처럼 연륜 있는 자에게 6개 군단과 2천 기병을 주고 시칠리아와 아프리카로 파견한다면, 그 사람이 내 자리를 차지할 의도로 돌아올 경우엔 무슨 수로 막겠나? 내가 군대를 해산해야만 할 때까지 멀리서 계속 기다리다가 돌아와서 내 자리를 차지하기만 하면 되는데. 시칠리아와 아프리카 임무는 반년 안에 끝나기 힘든 일이니, 나는 내가 보낸 사람이 귀국하기 전에 내 군대를 해산해야 하게 될 가능성이 높네. 나는 이탈리아에서 상비군을 계속 데리고 있을 수가 없네. 그럴 돈도 공간도 없지. 로마 원로원과 인민도 절대로 허락하지 않을 테고. 그러니 내 경쟁자가 될 만큼 연륜 있는 사람들은 모두 가까이에 둬야만 해. 따라서 감사할 줄 모르는 로마를 먹이기 위한 추수 곡물을 확보하도록 파견할 사람은 자네인 거야."

폼페이우스는 숨을 들이마시더니 팔짱을 껴서 두 무릎을 감싸고 술라를 똑바로 쳐다보았다. "저는 그렇게 하지 않을 거라고 어떻게 확신하십니까, 루키우스 코르넬리우스? 제가 작전 수행을 할 수 있다면 총사령관님의 지위를 가로챌 수 있다고 생각할지도 모르잖습니까?"

이 질문은 전혀 술라의 등골을 서늘하게 하지 못했다. 술라는 호쾌하게 웃었다. "자네가 무슨 생각을 하건 자네 마음이지, 폼페이우스! 하지만 로마는 절대로 자넬 인정하지 않을 걸세! 단 한 순간도 말이야. 바티아나 돌라벨라는 인정할 거야. 그들에게는 오랜 경력과 인맥, 조상들, 영향력, 피호민들이 있으니까. 하지만 잘 알지도 못하는 피케눔 출신의 스물세 살짜리를? 말도 안 되지!"

이렇게 대화를 마무리한 뒤 그들은 서로 반대 방향으로 걸어갔다. 바로와 마주쳤을 때 폼페이우스는 거의 말을 하지 않았다. 그저 그 지칠 줄 모르는 인생과 자연의 관찰자에게, 추수한 곡물을 확보하러 시칠리아로 갈 거라고만 얘기했다. 임페리움, 연륜 있는 사람들, 카르보의 죽음 등에 대해서는 일언반구도 하지 않았다. 폼페이우스가 술라에게 요구한 것은 단 하나, 자신의 매부인 가이우스 멤미우스를 선임 보좌관으로 데려가게 해달라는 것이었다. 폼페이우스보다 몇 살 더 많지만 아직 재무관이 되지 못한 멤미우스는 술라의 군대에서 복무중이었다.

"정말 잘 생각했네, 폼페이우스." 술라는 웃음을 지으며 말했다. "탁월한 선택이야! 그 일을 같이할 수 있는 건 같은 식구뿐이지."

술라의 방벽이 남쪽과 북쪽에서 동시에 공격받은 건 폼페이우스가 그의 군대와 함께 푸테올리의 곡물 수송선단을 향해 출발한 지 이틀째 되는 날이었다. 군인들이 파도가 들이닥치듯 양쪽 벽을 공략했지만, 파도는 타격을 입히지 못하고 서서히 잦아들고 말았다. 라티나 가도는 여전히 술라의 것이었고 북쪽의 공격자들은 남쪽의 공격자들과 합류할 방도를 찾지 못했다. 공격이 시작된 후 두번째 아침의 동틀 무렵, 양쪽 성벽의 감시자들은 적군을 찾아볼 수 없었다. 적들은 짐을 싸서 야음을 틈타 철수해버린 것이다. 그날 하루종일 들어온 보고들에 따르면 켄소리누스와 카리나스, 다마시푸스 휘하의 2만 명은 아피우스 가도를 따라 캄파니아로 진군중이었고, 삼니움 연합군은 라티나 가도를 따라 같은 방향으로 가고 있었다.

"내버려둬." 술라가 무심하게 말했다. "내 생각에 그들은 결국 하나로 뭉쳐서 돌아올 거야. 돌아온다면 아피우스 가도로 오겠지. 난 거기서 그들을 기다리고 있을 거야."

8월 말, 삼니움 군대와 카르보군의 잔존자들은 프레겔라이에서 병력을 합쳐 라티나 가도를 떠나 멜파 협곡을 통과해 동쪽으로 향했다.

"아이세르니아로 가서 다시 생각하려는 거겠지." 술라는 그렇게 말하고 그들을 그만 쫓으라고 지시했다. "페렌티눔의 라티나 가도와 트레스 타베르나이의 아피우스 가도에 감시 초소를 세우는 것만으로 충분해. 그 이상으로 경계할 필요도 없는데다, 아이세르니아 같은 삼니움족의 영토에서 삼니움족을 감시하는 임무를 줘서 내 정찰병들을 잃고 싶지도 않아."

이제 술라측의 활동은 갑자기 프라이네스테 쪽으로 쏠렸다. 그곳에서 점점 인기가 떨어지고 불안에 빠진 마리우스 2세는 위험을 무릅쓰고 성문 밖으로 나와 무인지대로 들어갔다. 아니오 강과 톨레루스 강으로 나뉘는 분수령이 있는 산맥의 서쪽 끝에서 오펠라의 벽이 가장 취약하다고 판단한 마리우스 2세는 거기에 거대한 공성탑을 만들기 시작했다. 프라이네스테의 방어자들이 쉽게 갈 수 있는 곳들에는 공성탑의 재료로 쓸 나무가 한 그루도 남아 있지 않았다. 집과 신전 들이 목재, 귀한 못과 나사, 블록과 판재와 타일을 내주었다.

가장 위험한 작업은, 공성탑을 만든 곳으로부터 오펠라의 해자 가장자리까지 옮길 편평한 길을 내는 것이었다. 오펠라의 벽 위에 있는 저격병들 앞에서 공성탑 인부들은 속수무책이었기 때문이다. 이 작업을 위해 마리우스 2세는 조력자들 가운데 가장 젊고 민첩한 이들을 선발했고, 그들이 피할 수 있는 간이 지붕을 만들어주었다. 또다른 무리는 안전한 곳에서 공성탑 재료로는 너무 작은 목재들로 힘들게 공성탑을 만들고, 공성탑을 오펠라의 벽에 대고 들어올릴 때 해자 위에 얹을 합판 다리도 만들었다. 일단 공성탑 내부에 제작자들이 숨을 수 있을 만한 공간이 생길 정도로 작업이 진전되고 나자 공성탑은 안에서부터 위로, 그리고 바깥으로 쑥쑥 자라나는 것처럼 보였다.

한 달 뒤에 공성탑이, 그리고 천 쌍의 손들이 공성탑을 옮길 길과 다리까지 준비되었다. 하지만 대응책을 마련할 시간이 충분했던 오펠라도 준비가 되어 있었다. 한밤중에 다리가 해자 위에 놓였고, 공성탑은 기름과 양의 지방을 바른 경사로 위에서 삐걱거리는 소리를 내며 끌어당겨져 굴러갔다. 새벽에 설치가 끝난 공성탑은 오펠라의 벽보다 6미터쯤 더 높았다. 공성탑의 깊숙한 내부에는 강력한 공성 망치가 역청으로 강화한 밧줄에 걸려 있었다. 유피테르의 장녀이자 이탈리아의 행운의 상징인 포르투나 프리미게니아 여신 신전의 신상 안치실에 있던 하나뿐인 들보로 만든 것이었다.

하지만 응회암이 쉽게 깨질 정도로 굳어지려면 아주 긴 시간이 필요했기에, 오펠라의 응회암 벽에 부딪힌 공성 망치는 쿵쿵 울리는 소리만 났을 뿐 목적을 이루지 못했다. 탄력 있는 응회암 블록들은 흔들거리고 심지어 진동하며 떨리기까지 했지만 버텨냈고, 결국 오펠라의 투석기들에서 날아온 불을 붙인 포탄으로 공성탑에 불이 붙었다. 창을 던지고 화살을 쏘던 공격자들은 머리카락에 불이 붙은 채 도망쳤다. 해 질 무렵 공성탑은 뒤틀린 채 해자 안에 쓰러진 잔해가 되었고, 도망치려 한 공격자들은 죽거나 프라이네스테 안으로 돌아갔다.

마리우스 2세는 10월에 여러 차례, 공성탑의 잔해가 다리 역할을 하게 된 해자를 기지로 이용해보려 애썼다. 오펠라의 벽과 해자 사이에 지붕을 덮어 부하들을 보호하고 벽 밑을 파내려고 했다가, 벽을 관통해 가려 했다가, 마지막에는 벽을 기어오르려고도 해보았지만 모두 실패했다. 작년만큼 혹독한 추위를 예고하는 듯한 겨울이 다가오고 있었다. 프라이네스테 사람들은 식량이 떨어졌다는 걸 깨달았고, 가이우스 마리우스의 아들에게 성문을 열어준 걸 후회했다.

삼니움 연합군은 결국 아이세르니아로 가지 않았다. 총 9만 명의 연합군은 푸키누스 호수 남쪽에 있는 험준한 산맥 안으로 들어가 두 달가량 훈련과 식량 조달, 추가 훈련을 하며 느긋하게 시간을 보냈다. 텔레시누스와 다마시푸스는 테아눔으로 가서 무틸루스를 만난 후 로마를 불시에, 술라도 모르게 점령하기로 하고 무장한 채 떠났다. 마리우스 2세는 그의 운명에 맡길 수밖에 없다고 무틸루스는 말했다. 제대로 생각할 줄 아는 사람이라면, 로마를 포위해서 술라와 오펠라를 둘 다 포위에 끌어들이는 것이 유일하게 남은 기회임을 알 것이었다. 포위가 계속되면 그들은 로마에 있는 사람들이 삼니움의 대의에 동참하기로 한 것 아닌가 하는 고약한 의심에 사로잡힐 터였다.

멜파 협곡과 발레리우스 가도 사이의 산맥을 가로지르는 길이 하나 있었다. 도로라기보다는 가축 이동로라는 적절한 이름으로 불리는 이 길은 황무지인 멜파 협곡 뒤쪽과 아티나 사이에 있던 그 산맥을 가로질러 리리스 강의 급격한 굽이 위쪽에 위치한 소라로 갔다가 트레바, 수블라퀘움을 거쳐 종국에는 바리아의 동쪽으로 1.5킬로미터도 떨어지지 않은 만델라라는 작은 촌락에서 발레리우스 가도와 만났다. 이 길은 포장되지도 측량되지도 않았지만 수세기 동안 존재해왔으며, 산맥의 많은 양치기들이 여름철마다 양떼를 같은 고도의 이 목초지에서 저목초지로 이동시키는 경로였다. 또한 라나타리우스 평원 및 로마의 아벤티누스 근방과 인접한 카메나이 골짜기의 가축우리와 도살장들로 양떼를 데려가는 경로이기도 했다.

만일 가이우스 마리우스가 실로와 마르시족을 이기도록 하기 위해 프레겔라이에서 푸키누스 호수로 진군하던 때를 술라가 기억했다면, 이 가축 이동로를 기억해냈을 수도 있다. 실제로 술라는 그 길의 일부 구간을 따라 소라에서 트레바로 가면서 그 길이 통행 가능하다는 걸 깨달았다. 그러나 술라는 트레바에서 그 길을 벗어났으며, 그 길이 트레바의 북쪽에서 어디로 이어지는지는 미처 확인하지 못했다. 그래서 그는 무틸루스의 전략에 미리 손을 쓸 기회를 놓쳤다. 삼니움족이 로마를 공격하려 한다면 그들에게 열린 유일한 경로가 아피우스 가도라고 생각한 술라는, 라티나 가도에 있는 자신의 협곡에 계속 머무르면서 지켜보았다. 자신이 예상치 못한 일은 절대 일어나지 않을 거라고 믿으면서.

술라가 협곡에 있는 동안 삼니움족과 동맹들은 힘들게 가축 이동로를 지나고 있었다. 그들은 자기들이 로마를 전혀 좋아하지 않는 사람들이 사는 시골을 지나는 중이며, 술라의 정보망에서 가장 긴 촉수조차 닿지 않는 곳에 있다고 확신했다. 그들은 소라, 트레바, 수블라퀘움을 지나 마침내 만델라에서 발레리우스 가도에 발을 디뎠다. 이제 로마까지는 고작 50여 킬로미터의 잘 정비된 도로로 하루도 채 걷지 않아 도착할 터였다. 이 발레리우스 가도는 티부르와 아니오 계곡을 통과하여 로마의 이중성벽 아게르 밑의 에스퀼리누스 평원까지 이어졌다.

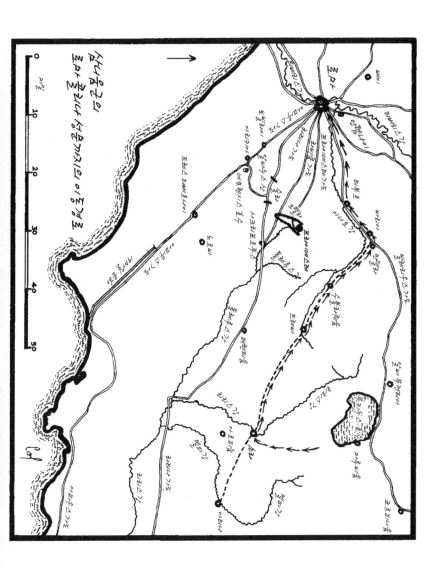

그러나 그 평원은 로마 공격을 위한 최상의 장소가 아니었기에, 그 대규모 연합군이 로마에 가까워질 때쯤 텔레시누스와 다마시푸스는 콜리나 성문과 노멘툼 가도를 연결하는 디베르티쿨룸을 선택했다. 그들이 향한 콜리나 성문의 밖에는 폼페이우스 스트라보가 킨나와 가이우스 마리우스의 로마 포위 기간에 자신을 위해 만들었던 튼튼한 진지가 있었다. 10월의 마지막날 해질 무렵 텔레시누스, 다마시푸스, 람포니우스, 구타, 켄소리누스와 카리나스는 그 진지 안에 편안하게 자리를 잡았다. 그들은 다음날 로마를 공격할 터였다.

9만 병력이 콜리나 성문 밖, 폼페이우스 스트라보의 옛 진지를 점유하고 있다는 소식이 술라에게 들어온 건 10월의 마지막날 밤이 되고 나서였다. 술라는 술에 살짝 취했지만 아직 잠자리에는 들지 않고 있었다. 잠시 후 나팔들이 요란하게 울리고, 북들이 둥둥 울리고, 병사들이 초라한 침상에서 굴러나오고, 횃불들이 도처에서 활활 타올랐다. 술라는 술이 깨고 냉연한 모습으로 보좌관들을 불러모아 말했다.

"그들이 우리의 꼭뒤를 질렀네." 술라가 말하고 입을 앙다물었다. "어떻게 거기까지 갔는지는 모르겠지만 지금 삼니움군은 콜리나 성문 밖에 있고 로마를 공격할 준비가 되어 있어. 우리는 동이 트면 진군해야해. 언덕길이 많은 30여 킬로미터를 가야 하지만, 제때 콜리나 성문에 도착해서 내일 전투를 벌여야 하네." 술라는 기병대 사령관 옥타비우스 발부스를 보고 물었다. "네모렌시스 호수 근처에 보유한 기병이 몇 명인가, 발부스?"

"700명입니다." 발부스가 말했다.

"그럼 지금 당장 출발하게. 아피우스 가도를 바람처럼 달려야 해. 자네는 내가 보병대와 함께 도착하기 몇 시간 전에 콜리나 성문에 도착해서 그들의 발목을 붙잡고 있어야 하네. 무엇을 어떻게 할지는 자네한테 맡기지! 콜리나 성문으로 가서 내가 도착할 때까지 놈들을 붙들고 있게."

발부스는 대답하느라 시간을 낭비하지 않았고, 술라가 다른 보좌관들을 향해 고개를 돌리기도 전에 밖으로 나가 큰 소리로 말을 불렀다.

이제 보좌관은 네 명이었다. 크라수스, 바티아, 돌라벨라, 토르콰투스. 그들은 충격을 받았지만 기지는 잃지 않았다.

"우리는 이곳에 있는 8개 군단으로 해내야 하네." 술라가 말했다. "우리 군의 규모는 적군의 반밖에 되지 않는다는 뜻이지. 당장 모든 준비를 해야 하네. 콜리나 성문에 도착한 뒤에는 회의할 시간이 없을 것 같으니까."

술라는 말없이 보좌관들을 쳐다보았다. 누가 가장 잘해낼 것인가? 누가 필사적인 조우전이 될 이번 싸움을 이끌 만큼 강인한가? 원칙대로라면 바티아와 돌라벨라여야 하겠지만, 그들이 최선일까? 술라의 시선이 마르쿠스 리키니우스 크라수스에게 머물렀다. 크고 바위처럼 단단하며 결코 차분함을 잃지 않는 자. 탐욕에 사로잡힌 자, 도둑이자 협잡꾼. 고결하지도, 윤리적이지도, 아마 도덕적이지도 않을 사내. 하지만 네 사람 중에 이 전쟁에서 패하면 잃을 것이 가장 많은 사람이기도 하다. 영향력 있는 바티아와 돌라벨라는 어찌되건 살아남을 것이다. 토르콰투스는 좋은 사람이지만 지도자 감은 못 된다.

술라는 마음을 정했다. "4개 군단씩 두 부문으로 나뉘어 움직인다." 그는 두 손으로 양 허벅지를 찰싹 치며 말했다. "나는 계속 총지휘를 하겠지만 각 부문을 지휘하지는 않겠네. 더 나은 구별법이 없으니 두 부문을 좌익과 우익이라고 하지. 성문에 도착한 후 내가 명령을 변경하지 않는 한 그렇게 싸우게. 좌익과 우익. 중앙은 없어. 병력이 모자라니까. 바티아, 돌라벨라를 부사령관으로 해서 좌익을 지휘하게. 크라수스, 우익을 지휘하게. 부사령관은 토르콰투스네."

술라는 말하면서 돌라벨라를 쳐다보았다. 화가 잔뜩 난 기색이었다. 크라수스를 볼 필요는 없었다. 그는 자신의 감정을 드러내지 않을 테니까.

"이것이 내가 원하는 바네." 술라는 귀에 거슬리는 목소리로 내뱉듯이 말했다. 이가 없어서 발음이 힘들었기 때문이다. "논쟁할 시간이 없어. 여러분은 모두 나와 운명을 같이하기로 했고, 내게 최종 결정권을 넘겼지. 내가 말한 대로 싸우게. 내가 여러분한테 바라는 건 내 지휘대로 싸우겠다는 의지뿐이야."

돌라벨라는 문가에서 등을 보이고 서 있다가 다른 세 명이 나가고 나자 몸을 돌려 말했다. "단둘이 할 얘기가 있소, 루키우스 코르넬리우스."

"짧게 하게."

코르넬리우스 가문 출신으로 술라의 먼 친척인 돌라벨라는 스키피오라는 광휘를 얻은 고귀한 분가 사람이 아니었다. 심지어 술라라는 광휘도 얻지 못한 분가 출신이었다. 그에게 코르넬리우스 집안사람들 대다수와 공통점이 있다면 못생긴 외모였다. 불룩한 볼, 찡그린 인상, 조금 지나치게 가까이 붙은 두 눈. 야심적이고 부패한 것으로 유명한 그와, 그의 사촌인 작은 돌라벨라는 자신들의 분가를 위해 남들보다 더 명성을 얻겠다고 단단히 마음먹고 있었다.

"난 당신을 부서뜨릴 수 있소, 술라. 당신이 내일 전투에서 이길 수 없게 만들기만 하면 되는 일이지. 그들이 내가 원래부터 자기편이었다고 믿게 될 정도로 순식간에 편을 바꿀 수 있단 말이오."

돌라벨라가 술라의 반응을 살피기 위해 말을 멈췄을 때, 술라는 아주 상냥하게 말했다. "계속 말해보게!"

"하나 난 마르쿠스 크라수스를 내 머리 위에 올려놓은 당신의 결정을 기꺼이 받아들일 것이오. 한 가지 조건만 충족된다면."

"어떤?"

"내년 집정관 자리는 내 것이오."

"알았네!" 술라는 그지없이 호의적으로 소리쳤다.

돌라벨라는 눈을 깜박였다. "화나지 않았소?"

"나를 화나게 하는 건 이제 아무것도 없네, 친애하는 돌라벨라." 술라는 보좌관을 문가로 안내하며 대답했다. "내년 집정관이 누가 되는지는 지금 당장 나한테 문제가 아니야. 지금 중요한 건 내일 전장에서 누가 지휘를 맡느냐지. 그리고 이제 내가 마르쿠스 크라수스를 택한 것이 옳은 선택이라는 것도 알겠어. 잘 자게!"

옥타비우스 발부스가 지휘하는 기병 700명은 11월의 첫날 오전에 폼페이우스 스트라보의 진지 바깥에 도착했다. 발부스가 무리를 한다고 해서 될 일은 아무것도 없었다. 말들은 기진맥진하여 머리를 숙이고 땀으로 창백해진 옆구리를 불룩거리며 입에서 거품을 뚝뚝 흘리고 있었고, 기병들은 말 옆에 서서 뱃대끈을 느슨하게 풀고 다정하게 말의 애칭을 부르며 달래고 있었다. 그래서 발부스는 적들에게 너무 가까이 가지 않고 멈춰 섰다. 내 군대가 공격 준비가 된 것처럼 보이게 하자! 발부스는 돌격 대형을 만들고, 기병들에게 창을 휘두르며 후방의 보이지 않는 보병대에게 고함을 질러 명령을 전달하는 척하라고 시켰다.

　로마 공격은 아직 시작되지 않은 게 분명했다. 콜리나 성문은 도도하게 홀로 서 있었다. 성문의 내리닫이 창살문은 내려져 있었고 튼튼한 떡갈나무 문 두 개도 닫혀 있었다. 성문 측면의 탑 두 개의 총안 흉벽 너머 수많은 사람들의 머리가 보였고 양 측면으로 뻗은 성벽에도 많은 인원이 배치되어 있었다. 발부스가 도착하자 적진 안은 갑자기 활기를 띠었다. 그곳의 군인들은 기병대의 맹습을 저지하기 위해 진지의 동남쪽 문에서 쏟아져 줄을 서는 중이었다. 적에게 기병대가 있다는 기미는 보이지 않았다. 발부스는 숨겨진 기병대가 없기를 바랄 수밖에 없었다.

　행군중인 기병들은 모두 말에게 물을 먹이기 위해 안장 왼쪽 뒤의 끄트머리에 가죽 들통을 묶어서 갖고 다녔다. 앞줄에 있는 기병들이 돌격 태세로 뒤에 보병대가 있는 척하며 소극을 벌이는 동안, 나머지 기병들은 들통을 들고 근처의 샘물로 달려가 물을 떠 왔다. 말들이 안전하게 물을 마실 수 있게 되자 발부스는 그 일을 곧바로 중지시켰다.

　이 가짜 공격 쇼가 어찌나 잘 먹혔던지, 술라와 보병대가 네 시간쯤 지나 이른 오후에 도착할 때까지 아무 일도 일어나지 않았다. 술라의 병사들은 발부스의 말들과 거의 비슷한 상태였다. 기진맥진한데다, 이따금씩 가파른 지대가 섞인 30여 킬로미터를 구보로 진군하여 다리가 떨리고 있었다.

　"오늘은 공격할 수 없겠습니다." 보좌관들과 술라가 함께 지형을 조사하고 앞으로 있을 전투의 전개 양상을 파악하기 위해 말을 타고 돌아본 뒤 바티아는 이렇게 말했다.

　"어째서?" 술라가 물었다.

　바티아는 당황한 표정을 지었다. "병사들이 너무 지쳐 있으니까요!"

"그래도 싸워야 하네."

"안 됩니다, 루키우스 코르넬리우스! 그러면 질 겁니다!"

"할 수 있어, 그리고 지지 않아." 술라가 엄하게 말했다. "바티아, 우리는 오늘 꼭 싸워야 하네! 이 전쟁은 끝이 나야만 하고, 지금 여기가 전쟁을 끝낼 시간과 장소라네. 삼니움군은 우리가 얼마나 힘들게 행군해왔는지 알고 있어. 다른 어느 날보다 오늘이 자기들한테 유리하다는 것도. 그들이 승률이 제일 높다고 보는 오늘 전투를 하지 않는다면 내일은 어떻게 될지 누가 알겠나? 삼니움군이 생각을 바꿔서 야반도주라도 해버리면 어쩔 텐가? 그러고서 여러 달 동안 자취를 감춰버린다면? 내년 봄이나 길면 여름까지? 내년 가을까지? 바티아, 우리는 반드시 오늘 싸워야 하네. 지금 삼니움 놈들은 콜리나 성문 앞 들판에 누운 우리의 시체를 보고 싶어하니까."

술라는 쉬고 먹고 마시는 군인들 사이로 걸어다녔다. 연단 위에서 하는 일반적인 연설보다 사적인 방식으로 그들에게 이야기하기 위해서였다. 어떻게든 싸울 힘과 인내력을 발휘해야 한다고. 몸이 회복할 때까지 기다린다면 전쟁은 끝없이 계속될 거라고. 대다수 군인들은 술라와 오랜 세월을 함께했기에 진심으로 술라를 좋아한다고 할 수 있었지만, 술라는 예전에 스키피오 아시아게누스 밑에 있었던 군단병들조차 자기가 술라의 사람임을 깨달을 만큼 오랫동안 손을 잡아주었다. 이제 술라는 그 숱한 전쟁들이 있기 전, 그들이 놀라 외곽에서 풀잎관을 바쳤던 놀랍고 신적인 존재의 모습은 아니었다. 하지만 그는 '그들의 사람'이었다. 그들 역시 희끗희끗해지고 주름살이 생기고 관절에서 삐걱거리는 소리가 조금씩 나지 않던가? 그리하여 술라가 싸워달라고 부탁했을 때 그들은 무뚝뚝하게 두 손을 들어올려 보이고는 걱정할 것 없다고, 삼니움군을 처치할 거라고 말했다.

전투는 일몰을 겨우 두 시간 남겨놓고 시작되었다. 좌익의 대부분은 스키피오 아시아게누스 밑에 있다가 넘어온 3개 군단이었기에, 술라는 좌익의 지휘관이 아니었음에도 좌익의 작전 구역에 있기로 했다. 그는 평소처럼 노새를 타지 않고 백마를 선택했다. 부하들에게도 그렇게 말해두었다. 병사들이 술라가 자기들 구역에 오면 알아볼 수 있도록. 술라는 전망 좋은 둔덕에서 백마의 등에 올라타 싸움의 전개 양상을 지켜보았다. 그는 로마 안의 사람들이 콜리나 성문의 문들과 내리닫이 창살문을 열어둔 것을 보았다. 하지만 아무도 전투에 참가하러 나오지는 않았다.

술라의 좌익을 상대하는 적군의 부문이 더 강했다. 모두 삼니움족인데다 지휘관이 텔레시누스였기 때문이다. 그러나 숫자는 4만이라 상대적으로 적었다. 어느 정도 벌충이 되겠군, 하고 술라는 생각하며 한 발로 자신의 마부를 건드렸다. 백마를 앞으로 끌라는 신호였다. 술라는 말에 익숙하지 않았고 그 흰 동물을 믿지 못했기에 예전부터 남이 끌어주는 것을 선호했다. 내 좌익이 뒤로 밀리고 있군. 저기로 가야겠어. 저지대에 있는 바티아는 최악의 문제 중 하나가 열려 있는 로마의 성문이라는 걸 알지 못할 것이다. 삼니움군이 짧은 보병용 검으로 찌르고 베며 진격하자, 바티아의 병사들 일부는 버티지 못하고 성문 안으로 들어가고 있었다.

혼전의 현장으로 들어가기 직전에 술라는 마부가 말의 어깨를 찰싹 때리는 소리를 들었고, 말이 갑자기 도약하자 침착하게 몸을 앞으로 숙이면서 양손으로 갈기를 잡았다. 얼핏 돌아보니 이유를 알 수 있었다. 삼니움족 창병 둘이 동시에 술라에게 창을 던진 것이다. 술라가 맞지 않은 건 얼른 말을 달리게 만든 마부 덕분이었다. 마부는 곧바로 뒤따라와 백마의 꼬리를 잡고 매달렸다. 술라는 다치지도 않고 안장에서 떨어지지도 않은 채 말을 멈추었다.

술라는 마부에게 감사의 미소를 보낸 다음 전장 한복판으로 나아갔다. 손에는 검을 들고 왼쪽 옆구리에는 작은 기병용 방패를 끼고 있었다. 아는 부하들 몇 명을 발견한 그는 그들에게 내리닫이 창살문을 떨어뜨리라고 명령했다. 술라로서는 다소 놀랍게도, 그들은 문 밑으로 들어가던 사람들을 거의 신경쓰지 않고 무심히 창살문을 떨어뜨렸다. 이 방법은 통했다. 후퇴할 곳이 없어진 예전 스키피오의 병사들은 버텨냈고, 그동안 노련병들로 구성된 유일한 군단이 천천히, 하지만 꾸준히 적들을 밀어붙이기 시작했다.

술라는 크라수스가 맡은 우익이 어떻게 하고 있는지 전혀 알 수 없었다. 술라가 둔덕 위에 있긴 했지만, 크라수스의 우익은 너무 멀어서 감독할 수 없었다. 처음부터 술라는 좌익이 약점이라는 것을 알고 있었다. 크라수스와 그가 이끄는 노련병 4개 군단은 누구보다도 곤란에 잘 대처할 터였다.

어둠이 내린 후에도, 로마의 성벽 위에 있던 사람들이 높이 들어올린 수천 개의 횃불들 덕에 싸움은 계속되었다. 페이스를 되찾은 술라의 좌익은 자신감을 얻었다. 술라는 여전히 좌익의 한가운데에 있으면서 겁에 질린 예전 스키피오의 병사들을 격려했다. 자기 몫의 백병전도 했다. 그의 훌륭한 마부는 술라의 백마가 절대로 짐이 되지 않도록 해주었기 때문이다.

두 시간쯤 지났을까, 술라의 좌익을 상대하던 삼니움군의 대열이 무너지며 폼페이우스 스트라보의 진지 안으로 도망쳤다. 그들은 너무 지쳐서 술라가 진지 안으로 들어오는 걸 막지 못했다. 고함을 치느라 목이 쉰 술라와 바티아와 돌라벨라는 끝을 내자고 종용했고, 그들의 병사들은 삼니움군 병사들을 진지 안에서 처참하게 베어버렸다. 텔레시누스가 얼굴이 둘로 쪼개져서 쓰러지자 그의 부하들은 사기가 땅에 떨어졌다.

"포로는 없다." 술라가 말했다. "다 죽여라, 무리 지어 투항하려는 자들에겐 화살을 쏴라."

전투가 끝날 무렵이라 싸움이 너무 격해져 있었기에, 병사들에게 적군을 살려주라고 설득하는 편이 더 어려웠을 것이다. 삼니움군은 전멸했다.

자신의 믿음직한 노새로 갈아탄 술라는 적의 완패가 확실해지고 나서야 크라수스가 어떻게 되었는지 궁금해졌다. 우익의 흔적이 보이지 않았다. 적의 흔적도 보이지 않았다. 크라수스와 그가 상대하던 적군은 사라져버렸다.

한밤중에 전령이 왔다. 술라는 폼페이우스 스트라보의 옛 진지 안에서 도처에 널린 움직임 없는 몸들이 정말로, 완전히 죽었는지 확인하며 이리저리 배회하고 있었다. 하지만 전령을 발견하자 소식이 궁금해 걸음을 멈췄다.

"마르쿠스 크라수스가 보냈나?" 술라가 전령에게 물었다.

"그렇습니다." 전령은 대답했다. 그는 풀 죽은 기색이 아니었다.

"마르쿠스 크라수스는 어디에 있나?"

"안템나이에 있습니다."

"안템나이?"

"적들은 해가 지기 전에 혼란에 빠져 달아났고 그 뒤를 마르쿠스 크라수스가 쫓았습니다. 안템나이에서 또다시 전투가 벌어졌지요. 우리가 이겼습니다! 마르쿠스 크라수스가 저를 보낸 건 병사들을 위한 음식과 포도주를 부탁하기 위해서입니다."

술라는 활짝 웃으며 음식을 준비하라고 소리쳐 명령했다. 그러고는 노새를 타고 짐 나르는 동물들의 행렬과 함께 살라리아 가도를 따라 불과 몇 킬로미터 떨어져 있는 안템나이로 갔다. 술라와 바티아가 도착한 안템나이는 원치 않게 터를 제공한 전투의 폐해를 수습하기 위해 휘청거리고 있었다. 집들은 불타고 있었고, 양동이를 든 주민들이 불이 번지는 걸 막으려고 고군분투중이었으며, 도처에 널브러진 시체들은 공포에 질린 채 목숨과 재산을 구제하려 애쓰는 주민들에게 짓밟히고 있었다.

크라수스는 안템나이의 저 끝에서 기다리고 있었다. 그가 적군의 생존자들을 모아놓은 들판이었다.

"6천 명 정도 됩니다." 크라수스가 술라에게 말했다. "바티아는 삼니움족을 맡았고 저는 루카니족과 카푸아인, 카르보군의 잔존자들을 맡았습니다. 티베리우스 구타는 전장에서 죽었고 마르쿠스 람포니우스는 달아난 것 같습니다. 브루투스 다마시푸스와 카리나스, 켄소리누스는 포로로 잡았습니다."

"잘했네!" 술라가 잇몸이 보이도록 활짝 웃으며 말했다. "자네한테 맡긴 임무 때문에 돌라벨라가 화가 났었지. 그래서 그의 협력을 얻기 위해 내년 집정관 자리를 약속해야 했어. 하지만 난 자네가 적임자인 줄 알고 있었네, 마르쿠스 크라수스!"

바티아가 깜짝 놀라 고개를 홱 돌리며 술라를 응시했다. "돌라벨라가 그런 요구를 했단 말입니까? 나쁜 놈! 개자식! 천박한 놈! 후레

자식!"

"신경쓸 것 없네, 바티아, 자네도 집정관이 될 거니까." 술라가 계속 웃으며 달래듯이 말했다. "돌라벨라는 집정관이 돼 봐야 별 재미를 못볼 거네. 아주 먼 속주의 총독으로 가서 온갖 방탕한 바보들과 함께 마실리아에서 추방 상태로 여생을 보내게 될 테니까." 술라는 짐 나르는 짐승들 쪽으로 손짓을 했다. "요깃거리는 어디에 둘 건가, 마르쿠스 크라수스?"

"포로들을 다른 곳으로 옮길 수 있다면, 여기 두면 좋겠습니다." 전혀 방금 대승을 거둔 사람처럼 보이지 않는 크라수스가 무뚝뚝하게 대답했다.

"옥타비우스 발부스와 기병대를 데려왔네. 곧 포로들을 빌라 푸블리카로 호송할 거야." 술라가 말했다. "동틀 무렵에 출발할 걸세."

발부스가 안템나이의 기진맥진한 생존자들을 모으는 동안 술라는 켄소리누스, 카리나스, 다마시푸스를 자기 앞에 대령시켰다. 그들은 패배자들이었지만, 그중 아무도 풀 죽어 보이지 않았다.

"아하! 다음 기회가 있다고 생각하나보군?" 술라가 다시 웃음을 지으며 말했다. 그러나 이번에는 유쾌함이라고는 느껴지지 않는 웃음이었다. "나의 동료 로마인들이여, 그럴 일은 없을 거야. 폰티우스 텔레시누스는 죽었고 삼니움족 생존자들은 화살을 쏴서 죽였지. 너희는 삼니움족, 루카니족과 손을 잡았으니 로마인이라 볼 수 없어. 따라서 너희가 반역 혐의로 재판받는 일은 없을 거다. 너희는 처형될 거야, 지금 바로."

그리하여 이 전쟁의 가장 완강한 적들 세 명은 안템나이 외곽의 들판에서 참수되었다. 재판도 통지도 없었다. 그들의 시체는 다른 모든 적들의 시체와 함께 거대한 합장묘 속으로 던져졌다. 그러나 술라는 세 사람의 머리는 자루에 넣었다.

술라는 바티아와 함께 말을 타고 그리로 온 루키우스 세르기우스 카틸리나에게 말했다. "카틸리나, 나의 벗, 이걸 가져가게. 티베리우스 구타의 머리를 찾고 콜리나 성문으로 돌아가 폰티우스 텔레시누스의 머리까지 합쳐서, 말을 타고 오펠라에게 가서 전하게. 머리들을 하나씩 하나씩 그의 가장 강력한 포에 넣어 프라이네스테의 성벽 너머로 쏘라고."

카틸리나의 거무스름하고 잘생긴 얼굴이 창백해지더니 조심스러운 표정을 띠었다. "알겠습니다, 루키우스 코르넬리우스. 부탁을 하나 드려도 되겠습니까?"

"하게. 들어준다는 보장은 없지만."

"로마로 들어가 마르쿠스 마리우스 그라티디아누스를 찾도록 허락해주십시오! 저는 그의 머리를 원합니다. 마리우스 2세가 그의 머리까지 본다면 로마가 총사령관님의 것이며, 자신의 경력은 끝났음을 깨닫게 될 겁니다."

술라는 천천히 고개를 저었다. 하지만 거절의 의미는 아니었다. "오, 카틸리나, 자넨 내 보물이야! 마음에 쏙 들어! 그라티디아누스는 자네의 처남인데."

"지난 얘기지요." 카틸리나가 점잖게 말하고 덧붙였다. "제 아내는 제가 장군께 오기 얼마 전에 죽었습니다." 그는 자신이 더 편하게 간통을 저지르기 위해 아내를 죽였다고 그라티디아누스에게 의심받고 있다는 이야기는 하지 않았다.

"어차피 그자도 조만간 죽일 생각이었어." 술라가 어깨를 으쓱하며 돌아섰다. "마리우스 2세에게 인상적일 거라 생각한다면 그자의 머리도 추가하게."

이렇게 일은 깔끔하게 정리되었고, 술라와 바티아와 함께 온 보좌관들은 크라수스, 토르콰투스와 우익 병사들과 흥겨운 잔치를 벌였다. 안템나이는 계속 불타고 있었고, 카틸리나는 기뻐하며 자신의 소름 끼치는 일에 착수했다.

술라는 전혀 잠이 모자라 보이지 않는 모습으로 노새를 타고 로마로 돌아갔지만, 시내로 들어가지는 않았다. 그가 미리 보낸 전령이 마르스 평원의 벨로나 신전에 원로원 회의를 소집해놓았다. 술라는 신전으로 가다가 (신전과 가까운) 빌라 푸블리카의 공터에 포로 6천 명이 와 있는지 확인한 후 어떤 명령을 내렸다. 그런 다음 목적지에 도착해 노새에서 내렸다. 언제나 '적의 영역'이라고 불려왔던, 신전 앞의 매우 황량하고 어수선한 공터였다.

물론 술라의 소집에 감히 응하지 않은 자는 하나도 없었기에, 100여 명의 의원들이 신전 안에서 기다리고 있었다. 그들은 모두 서 있었다. 접의자에 앉은 채 술라를 기다리기가 꺼림칙했기 때문이다. 몇몇―카툴루스, 호르텐시우스, 레피두스―은 평온하고 차분해 보였고, 몇몇―플라쿠스 한두 명, 핌브리아 한 명, 작은 카르보 한 명―은 겁에 질린 것 같았다. 그러나 대다수는 양떼와도 같이 멍한 표정으로 두려워하고 있었다.

갑옷은 입었지만 투구는 쓰지 않은 술라는, 마치 의원들이 그 자리에 없는 것마냥 지나쳐 벨로나 신상의 대좌에 올라갔다. 그 신상은 가장 오래된 로마의 신들까지도 의인화하는 것이 유행하게 된 후 벨로나의 신전에 추가된 것이었다. 역시 전쟁을 위한 복장을 한 신상은, 지나치게 그리스풍인 얼굴의 사나운 표정까지 술라와 아주 잘 어울렸다. 하지만 여신은 아름다운 반면 술라는 전혀 아름답지 않았다. 출석한 의원들 대다수는 술라의 겉모습에 엄청난 충격을 받았지만 감히 동요하는 기색을 보일 수 없었다. 주황색 곱슬머리 가발은 약간 비뚤어져 있었고, 심홍색 튜닉은 지저분했으며, 얼굴의 붉은 얼룩은 과거 백색증에 가까웠던 피부 때문에 눈길 위의 피웅덩이처럼 도드라져 보였다. 많은 의원들이 비탄했지만 그 이유는 제각각이었다. 일부는 술라와 친하고 그를 좋아했기 때문이며, 나머지는 로마의 새 주인이 적어도 주인다운 용모를 갖추었기를 바랐기 때문이다. 술라의 모습은 망쳐버린 희화화 작품에 가까웠다.

그가 입을 열자 입술이 펄럭거렸고 말도 군데군데 알아듣기가 힘들었다. 하지만 청중의 자기 보호 본능은 그들에게 그의 말을 완전히 이해하도록 촉구했다.

"내가 너무 일찍 귀국한 건 결코 아니더군!" 술라가 말했다. "'적의 영역'은 잡초로 뒤덮이고, 칠과 세척이 필요하지 않은 데가 없으며, 도로 밑의 돌들은 흔적만 남은 포장 위로 튀어나와 있고, 빨래하는 여자들은 빌라 푸블리카를 빨래 너는 장소로 쓰고 있소! 로마를 참 잘 돌보고 계셨어! 바보! 무뢰한! 멍청이들!"

술라의 연설은 아마도 계속 같은 분위기로─신랄하고 냉소적으로 혹독하게─이어졌겠지만, '멍청이들!' 이후의 말은 빌라 푸블리카에서 들려오는 끔찍한 불협화음에 덮여버렸다. 절규, 울부짖음, 비명. 등골이 오싹했다! 처음에는 다들 술라의 말이 계속 들리는 척했지만, 그 소음은 지나치게 불안하고 무시무시한 소리로 변했다. 의원들은 움직이고 속삭이며 겁에 질린 시선을 교환하기 시작했다.

갑자기 시작되었던 소음은 서서히 잦아들었다.

"어린 양들께서 겁을 먹으셨나?" 술라가 조소했다. "그럴 것 없소! 내 부하들이 범죄자들을 좀 벌하고 있을 뿐이니까."

그러더니 술라는 돌연 벨로나의 두 발 사이에서 재빨리 내려와, 단 한 명의 로마 원로원 의원도 쳐다보지 않고 밖으로 나가버렸다.

"저런, 그의 심기가 아주 불편한 것 같군!" 카툴루스가 처남 호르텐시우스에게 말했다.

"외모가 저런데 심기가 불편한 게 당연하지." 호르텐시우스가 대답했다.

"그는 단지 저 소리를 들려주려고 우릴 여기로 끌어낸 거야." 레피두스가 말했다. "그가 누굴 벌하고 있는지 혹시 아는가?"

"포로들." 카툴루스가 말했다.

사실이었다. 술라가 의원들에게 말하는 동안 그의 부하들은 빌라 푸블리카에서 포로 6천 명을 검과 화살로 죽였다.

"매사에 극도로 몸을 사려야겠네." 카툴루스가 호르텐시우스에게 말했다.

"굳이 왜 그래야 하지?" 훨씬 더 거만하고 낙천적인 호르텐시우스가 물었다.

"레피두스의 말이 사실이기 때문이네. 술라는 자기한테 반발한 사람들이 죽어가는 소리를 들려주려는 단 한 가지 목적으로 우릴 여기 부른 거야. 그의 말은 전혀 중요하지 않네. 하나 그의 행동은 극히 중요해. 목숨을 부지하려면 말이네. 우린 몸을 사리고 그의 성질을 돋우지 않도록 해야 해."

호르텐시우스는 어깨를 으쓱했다. "지나친 걱정 같네, 친애하는 퀸투스 루타티우스. 그는 몇 주 뒤면 떠날 거야. 원로원과 민회를 통해 자신의 행동을 합법화하고 임페리움을 되찾고 나면 전직 집정관석의 앞줄로 돌아갈 거고, 로마도 원래대로 돌아갈 거야."

"정말 그렇게 생각하나?" 카툴루스가 몸을 떨었다. "내 생각에 술라는 앞으로 오랫동안 권력상 우월한 위치에서 우리를 섬뜩하게 주시할 거야. 어떤 방법으로 그리할지는 전혀 모르겠네만."

술라는 다음날인 11월의 셋째 날 프라이네스테에 도착했다.

오펠라는 술라를 유쾌하게 맞이하고, 근처에서 감시받으며 울상을 하고 서 있는 남자 둘을 가리켰다. "저들을 아십니까?"

"아마도, 하지만 이름은 모르겠군."

"스키피오의 군대에 소속된 하급 참모군관들입니다. 그들은 총사령관님이 콜리나 성문 밖에서 싸우신 다음날 아침에 한 쌍의 그리스 기수들처럼 질주해 오더니, 전투는 패했고 총사령관님이 전사했다고 하더군요."

"뭐라고? 그 말을 믿은 건 아니겠지?"

오펠라는 호쾌하게 웃었다. "총사령관님이 그 정도밖에 안 되는 분일 리가 없지요, 루키우스 코르넬리우스! 얼마 되지도 않는 삼니움족으로는 장군을 죽일 수 없을 겁니다." 이어 오펠라는 요강에서 토끼를 꺼내는 마술사처럼 과장된 몸짓을 하며 술라의 뒤쪽으로 팔을 뻗더니, 마리우스 2세의 머리를 꺼내 보였다.

"아!" 머리를 뚫어져라 쳐다보며 술라가 말했다. "참 잘생겼어, 그렇지 않나? 물론 어머니를 닮은 외모야. 머리 쓰는 건 누굴 닮았는지 모르겠지만, 아버지 쪽은 확실히 아니고." 만족한 술라는 머리를 치우라는 손짓을 했다. "당분간 보관하고 있게. 그래서, 프라이네스테는 항복했나?"

"카틸리나가 가져온 머리들을 쏘아서 날렸더니 곧바로 항복하더군요. 성문들이 벌컥 열리더니 사람들이 백기를 흔들고 가슴을 치면서 쏟아져나왔습니다."

"마리우스 2세도?" 술라가 놀라서 물었다.

"아, 아닙니다! 그는 하수도로 달아나려고 했습니다. 하지만 제가 이미 여러 달 전에 모든 유출구를 막아놓았죠. 우리가 발견했을 때 그는 자기 검으로 배를 찌른 채 하수도 앞에 웅크리고 있었습니다. 그 옆에서 그리스인 하인이 울고 있었고요."

"그가 죽었으니 이제 다 죽었군!" 술라가 의기양양하게 말했다.

오펠라가 술라를 예리한 눈초리로 쳐다보았다. 뭔가를 잊다니 루키우스 코르넬리우스 술라답지 않았다! "아직 한 명이 잡히지 않았습니다." 그는 성급하게 말한 후 혀를 깨물고 싶은 심정이 되었다. 이 사람은 자기한테도 약점이 있다는 걸 상기시켜서는 안 되는 사람인데!

그러나 술라는 아무렇지 않은 듯했다. 천천히 미소가 번졌다. "카르보 말이지?"

"네."

"카르보도 죽었네, 친애하는 오펠라. 젊은 폼페이우스가 그를 잡아서 9월 말에 릴리바이움의 광장에서 반역 혐의로 처형했네. 대단한 청년이지 않나! 난 그가 시칠리아를 정리하고 카르보를 붙잡는 데 여러 달이 걸릴 거라고 생각했지만 그는 한 달 만에 일을 다 끝내더군. 게다가 특사 편으로 카르보의 머리까지 보내줬지! 식초 단지에 절여서! 틀림없이 카르보였네." 술라는 킬킬 웃었다.

"늙은 브루투스는요?"

"폼페이우스에게 카르보의 행방을 말하지 않으려고 스스로 목숨을 끊었어. 그렇다고 문제가 된 것도 아니지만. 그의 선원들이—그는 카르보를 위해 배를 구하고 있었다네—폼페이우스에게 다 털어놓았거든, 당연하게도. 그래서 나의 놀랍도록 수완 좋은 젊은 보좌관은 자기 인척을 카르보가 달아나 있던 코수라로 보냈고, 카르보는 사슬에 묶인 채 릴리바이움으로 끌려왔지. 그런데 나는 폼페이우스에게서 머리 두 개가 아니라 세 개를 받았네. 카르보, 늙은 브루투스, 그리고 소라누스까지."

"소라누스? 호민관이던 학자 퀸투스 발레리우스 소라누스 말씀입니까?"

"바로 그자야."

"하지만 어째서? 그가 무슨 짓을 했습니까?" 오펠라가 당황하여 물었다.

"그는 로스트라 연단에서 로마의 비밀 이름을 소리쳐 불렀다네." 술라가 말했다.

오펠라가 입을 쩍 벌리고 몸을 떨었다. "유피테르 신이시여!"

술라는 상냥하게 거짓말을 했다. "다행히 그 위대한 신이 포룸 로마눔에 있던 귀들을 모두 막았고, 소라누스는 귀머거리들에게 소리친 게 되었지. 아무 일 없네, 친애하는 오펠라. 로마는 건재할 거야."

"아, 그렇다면 안심이군요!" 오펠라가 눈썹에서 땀을 닦아내며 숨을 헐떡였다. "온갖 기행을 다 들어봤지만 로마의 비밀 이름을 말하다니, 상상을 뛰어넘는군요!" 오펠라는 다른 일을 떠올리고 술라에게 묻지 않을 수 없었다. "폼페이우스가 시칠리아에서 뭘 하고 있었습니까, 루키우스 코르넬리우스?"

"수확된 곡물을 확보하고 있었네."

"비슷한 이야기를 들은 적은 있는데, 믿지 않았습니다. 폼페이우스는 어린애니까요."

"흐음." 술라는 생각에 잠겨 동의했다. "하지만 마리우스 2세가 아버지한테서 물려받지 못한 것을 젊은 폼페이우스는 폼페이우스 스트라보한테서 확실히 물려받았지! 사실 그 이상을 물려받았어."

"그럼 어린애는 곧 귀국하겠군요." 오펠라는 술라의 하늘에 뜬 이 새 별이 그다지 마음에 들지 않았다. 그 하늘에서 내 경쟁자는 없다고 생각해왔건만!

"아직 아냐." 술라는 사무적인 어조로 말했다. "그후 나는 그를 아프리카로 보냈네. 속주를 확보하는 임무를 맡겼어. 그는 지금 그 임무를 수행하고 있을 거야." 술라는 수많은 사람들이 뙤약볕 아래 비참한 몰골로 서 있는 무인지대를 가리켰다. "무장한 채로 항복한 자들인가?"

"네. 숫자로는 1만 2천입니다. 여러 무리가 섞여 있습니다." 오펠라는 대화의 주제가 바뀌어 기분이 좋았다. "일부는 마리우스 2세 휘하에 있던 로마인들이고, 대다수는 프라이네스테 주민들이며, 삼니움족도 조금 있습니다. 가까이서 보고 싶으십니까?"

술라는 그런 것 같았다. 하지만 그런 기분이 오래가지는 않았다. 그는 로마인들은 사면하고 프라이네스테와 삼니움 사람들은 그 자리에서 처형하라고 명령했다. 그런 다음 프라이네스테의 살아남은 시민들—늙은 남자들, 여자들, 아이들—이 그 시체들을 무인지대에 묻게끔 했다. 술라는 예전에 와본 적 없는 프라이네스테를 구경하다가, 마리우스 2세의 공성탑을 만드는 목재를 제공하느라 아수라장이 된 포르투나 프리미게니아 신전을 보고 성이 나서 얼굴을 찌푸렸다.

"나는 포르투나가 선택한 사람이다." 술라는 무인지대에서 죽지 않은 프라이네스테 의회 의원들에게 말했다. "따라서 난 너희들의 포르투나 프리미게니아 사원을 이탈리아 전역에서 가장 화려하게 만들 것이다. 물론 그 비용은 프라이네스테가 부담해야 하고."

11월의 넷째 날 술라는 노르바로 말을 달렸다. 그러나 그는 도착하기 한참 전에 그곳의 운명을 알게 되었다.

"그들은 항복하기로 했었습니다." 분노로 입을 앙다문 마메르쿠스가 말했다. "그래놓고서 도시를 불태우고 마지막 생존자까지 죽여버렸습니다. 살인에 자살까지. 여자들, 아이들, 아헤노바르부스의 군인들, 도시의 모든 사람들이 항복하지 않고 죽음을 택했습니다. 죄송합니다, 루키우스 코르넬리우스. 노르바에서는 약탈품이나 포로가 없을 겁니다."

"상관없어." 술라가 무심하게 말했다. "프라이네스테에서 많이 얻었어. 어차피 노르바에서는 쓸 만한 게 많지 않았을 거야."

그리고 11월의 다섯째 날, 새로 뜬 태양이 신전 지붕들 위의 도금 조각상들을 스치고 그 신선한 빛이 도시를 덜 허름하게 보이도록 할 때, 루키우스 코르넬리우스 술라는 로마에 입성했다. 그는 엄숙한 행렬 속에서 말을 타고 카페나 성문을 통과했다. 술라의 마부는 콜리나 성문에서의 전투 내내 술라를 안전하게 태웠던 백마를 이끌었다. 술라는 그의 가장 좋은 갑옷을 입었다. 근육 형태의 은제 판갑에는 놀라 성벽 밖에서 군인들이 술라에게 풀잎관을 바치는 장면이 새겨져 있었다. 술라의 옆에는 자주색 단을 댄 토가 차림으로 말을 탄 원로원 최고참 의원 루키우스 발레리우스 플라쿠스가 있었다. 그 뒤에는 술라의 보좌관들이 두 명씩 짝지어 말을 타고 있었는데, 나흘 전 이탈리아 갈리아에서 소집 명령을 받고 이 위대한 행사에 참석하기 위해 내처 달려온 메텔루스 피우스와 바로 루쿨루스도 있었다. 앞으로 중요 인물이 될 사람들 가운데 불참한 것은 폼페이우스와 사비니족 바로뿐이었다.

술라의 군인 호위대는 삼니움군을 속여 술라를 도왔던 기병 700명 뿐이었다. 그의 나머지 군인들은 협곡으로 돌아가 라티나 가도의 통행이 재개되도록 방벽을 무너뜨렸다. 그후 오펠라의 벽도 해체되었다. 어마어마한 양의 건축 자재들이 여러 들판에 버려졌다. 응회암 블록은 대부분 산산조각이 났는데, 술라는 그것의 용도를 정해놓고 있었다. 응회암 블록은 프라이네스테의 새로운 포르투나 프리미게니아 신전에서 오푸스 인케르툼을 만드는 데 쓰일 터였다. 전쟁의 흔적은 조금도 남아서는 안 되었다.

로마로 들어오는 술라를 보기 위해 많은 이들이 문밖으로 나왔다. 거기에 어떤 위험이 도사리고 있는지는 중요하지 않았다. 대단한 구경거리를 거부할 수 있는 로마인은 없었고, 이 순간은 역사의 한 장면이었다. 말을 타고 들어오는 술라를 본 대다수 사람들은 그들이 공화국의 마지막 몸부림을 목격하는 중이라고 진심으로 믿었다. 소문에 따르면 술라는 스스로 로마의 왕이 될 거라고 했다. 그가 달리 어떻게 권력을 유지할 수 있겠는가? 사람들이 재빨리 알아본 또 한 가지가 있었다. 보좌관들 바로 뒤에서 말을 타고 있는 특별 기병대 병사들이 똑바로 세워서 든 긴 창들에는 카르보와 마리우스 2세, 카리나스와 켄소리누스, 늙은 브루투스와 마리우스 그라티디아누스, 다마시푸스와 텔레시누스, 카푸아의 구타와 소라누스, 그리고 삼니움족 가이우스 파피우스 무틸루스의 머리가 꽂혀 있었다.

무틸루스는 콜리나 성문 전투 다음날에 소식을 전해 듣고 어찌나 큰 소리로 울었던지, 바스티아가 무슨 일인지 보러 왔을 정도였다.

"졌소, 완전히 졌소!" 그는 아내가 자신을 어떻게 모욕하고 고문했는지도 잊고, 가족과 시간이라는 끈으로 묶인 마지막 남은 한 사람을 보고 외쳤다. "내 군대가 전멸했소! 술라가 이겼소! 술라는 로마의 왕이 될 거고 이제 삼니움은 존재하지 않을 거요!"

아마도 작은 장식등의 모든 심지에 불을 붙이는 데 걸리는 시간만큼 오랫동안, 바스티아는 긴 의자 위의 황폐해진 남자를 응시했다. 그에게 위로의 몸짓도, 위로의 말도 하지 않고 눈을 크게 뜬 채 그저 가만히, 아주 가만히 서 있었다. 그러다가 그녀의 두 눈에 깨달음과 결심의 기색이 비쳤다. 바스티아의 생기 넘치던 얼굴이 점점 차갑고 딱딱해졌다. 그녀는 손뼉을 쳤다.

"네, 마님?" 문간에서 집사가 물었다. 그는 울고 있는 주인을 보고 깜짝 놀랐다.

"주인어른의 게르만족 몸종을 데려오고 주인어른의 가마를 준비시키게."

"마님?" 집사는 당황했다.

무틸루스는 눈물이 마르는 것을 느끼며 입을 딱 벌리고 아내를 쳐다보았다. "그게 무슨 소리요?"

"이 집에서 나가줘요." 바스티아는 앙다문 입술 사이로 말했다. "나는 이 패배의 일부가 되고 싶지 않아요! 내 집과 내 돈, 내 목숨을 지키고 싶다고요! 그러니 나가요, 가이우스 파피우스! 아이세르니아든, 보비아 눔이든, 아무데나 당신 집이 있는 곳으로 가요! 이 집이 아닌 어디든 말이에요! 난 당신과 함께 몰락할 생각이 없어요."

"믿을 수가 없군!" 무틸루스가 숨을 헐떡이며 말했다.

"믿는 게 나을 거예요! 나가요!"

"하지만 난 마비 환자요, 바스티아! 몸이 마비된 당신의 남편이란 말이오! 사랑은 없다 해도, 동정심조차 없소?"

"나는 당신을 사랑하지도 동정하지도 않아요." 그녀는 매몰차게 말했다. "모든 게 오직 당신의 어리석고 무익한 반로마 음모와 싸움 때문이죠. 당신 다리에서 힘을 앗아간 것도, 내게서 당신의 쓸모를 앗아간 것도, 내가 낳았을지도 모를 자식들을 앗아간 것도, 내가 당신 인생의 일부가 되어 누리던 모든 즐거움을 앗아간 것도 말이에요. 거의 7년 동안 나는 여기서 혼자 살았고, 그동안 당신은 아이세르니아에서 계략과 음모를 꾸미고 있었죠. 그러다가 생색내듯 내 집에 와서 똥오줌 냄새를 풍기며 나한테 자꾸 이래라저래라 했어요. 싫어요, 가이우스 파피우스 무틸루스, 나는 당신과 끝났어요! 나가요!"

감당할 수 없는 정신적 충격으로 무력해진 무틸루스는, 게르만족 몸종이 자신을 긴 의자에서 들어올려 가마가 준비된 정문으로 나가는 동안 아무런 저항도 하지 않았다. 바스티아는 사람을 돌로 만드는 눈과 쉬익 소리를 내는 머리카락을 가진 아름답고 사악한 고르곤 같은 모습으로 그들 뒤를 따라갔다. 그녀가 어찌나 빨리 문을 닫아버렸던지 무틸루스의 망토 자락이 문에 끼었고, 그 바람에 게르만족 몸종이 휘청하며 멈춰 섰다. 몸종은 주인의 체중을 모두 왼팔로 옮기고 망토 자락을 잡아당겨 빼냈다.

무틸루스는 허리띠에 군용 단검을 차고 있었다. 그가 삼니움족 전사였던 시절을 말없이 상기시키는 물건이었다. 검이 뽑혀 나왔다. 그는 문의 목재에 머리를 대고 목을 그었다. 피가 사방으로 뿜어져 나와 문을 흠뻑 적시고, 계단 위에 웅덩이를 만들고, 비명을 지르는 몸종을 적셨다. 몸종의 비명소리에 좁은 거리의 여기저기서 사람들이 나타났다. 무틸루스가 마지막으로 본 것은 고르곤 같은 아내였다. 문을 연 그녀에게, 마지막으로 뿜어져 나온 남편의 피가 묻었다.

"너를 저주한다, 여자여!" 그는 간신히 내뱉었다.

그러나 바스티아는 듣지 못했다. 그녀는 충격을 받지도, 겁에 질리지도, 놀라지도 않은 것 같았다. 그저 문을 활짝 열고서 울고 있는 몸종에게 소리를 질렀을 뿐이었다. "네 주인을 데리고 들어와!" 그리고 집안에서 남편의 시신이 바닥에 놓이자 그녀는 말했다. "그의 머리를 잘라라. 술라에게 선물로 보낼 거야."

바스티아는 그 말을 충실히 실행에 옮겼다. 그녀는 술라에게 찬사와 함께 남편의 머리를 보냈다. 그러나 여주인의 강요로 그 선물을 가져간 비참한 집사한테서 술라가 전해 들은 이야기는 바스티아에게 도움이 되지 못했다. 술라는 숙적의 머리를 직속 참모군관에게 건넨 뒤 무표정하게 말했다. "이걸 내게 보낸 여자를 죽여라. 나는 그 여자가 죽기를 원한다."

그렇게 계산은 거의 다 끝났다. 루카니아의 마르쿠스 람포니우스 한 명만 제외하고, 술라의 이탈리아 귀환을 반대하던 강적들은 모두 죽었다. 원한다면 술라는 정말 스스로 로마의 왕이 될 수도 있었다.

그러나 공화정 모스 마이오룸의 모든 전통을 굳게 신봉하던 술라는 그의 입맛에 더 맞는 해법을 찾아냈으며, 따라서 왕이 되겠다는 의도는 조금도 없이 말을 타고 대경기장 가운데를 통과했다.

그는 늙고 병들었으며, 그의 지난 58년은 로마의 체제에 따르면 그가 출생과 능력에 의해 당연히 누려야 했던 정당한 자리를 연거푸 앗아간 상황과 사건 들로 이루어진 비정한 음모와의 싸움이었다. 그에게는 아무런 선택권도, 관직의 사다리를 합법적으로 명예롭게 올라갈 아무런 기회도 주어지지 않았다. 모퉁이마다 항상 누군가가, 또는 무언가가 그를 막았고, 빠르고 합법적인 길로 갈 수 없게 만들었다. 그리하여 지금 여기에 술라가 있었다. 텅 빈 대경기장을 따라 잘못된 방향으로 말을 타고 있는, 뱃속에 승리와 상실이 쌍둥이처럼 함께 불타고 있는 쉰여덟 살의 황폐한 인간. 로마의 주인. 로마의 일인자. 그는 마침내 스스로를 증명했다. 그러나 그의 나이와 추함과 임박한 죽음에 대한 실망감은 그의 기쁨을 쓰디쓴 슬픔, 망가진 쾌락, 악화된 고통과 함께 응고시켰다. 얼마나 늦은, 얼마나 쓰라린, 얼마나 뒤틀린 승리인가…….

술라는 이제 자기 손아귀에 들어온 로마를 좋아하지도, 이상적으로 생각하지도 않았다. 대가가 너무 컸다. 또한 자신이 해야 한다고 생각하는 일들에 대한 기대도 없었다. 그가 가장 갈망한 것은 평화와 여유, 온갖 성적 환상의 충족과 머리가 빙빙 도는 폭음, 관리와 책임으로부터의 완전한 해방이었다. 그런데 어째서 그는 이런 것들을 누릴 수 없었는가? 로마 때문에, 의무 때문에, 그토록 많은 임무들을 마무리하지 않고 자신의 일을 내려놓는 건 견딜 수 없었기 때문에. 술라가 말을 타고 텅 빈 대경기장을 따라 잘못된 방향으로 가는 이유는 오직 하나, 해야만 하는 일이 산더미처럼 있음을 알기 때문이었다. 그는 그 일을 해야만 했다. 그가 아니면 할 수 있는 사람이 정말이지 아무도 없었다.

그는 원로원과 인민을 모두 포룸 로마눔의 낮은 구역에 소집하고 로스트라 연단에서 말하기로 했다. 완전히 진실하지는 않게. 그가 정치적으로 무심하다고 말한 사람이 스카우루스였던가? 그는 기억나지 않았다. 그러나 술라의 내면은 지나치게 정치적이어서 완전히 진실할 수 없었기에, 그는 온화한 목소리로 다음과 같이 말했다. 킨나를 겁주기 위해 최초로 로스트라 위에 술피키우스의 머리를 꽂아 세운 건 자신이라는 사실을 싹 무시하고서.

"아주 최근에 시작되었고, 내가 로마의 수도 담당 법무관일 때는 몰랐던 이 무시무시한 관례는," 술라는 몸을 돌려 창에 꽂힌 머리들을 향해 손짓했다. "모스 마이오룸의 적절한 전통이 완벽하게 복구되고, 잿더미로 전락한 사랑하는 옛 공화국이 다시 일어설 때까지 멈추지 않을 것입니다. 내가 로마의 왕이 되려 한다는 소문을 들었습니다! 퀴리테스 여러분, 그건 사실이 아닙니다! 얼마가 될지는 모르나 내게 남은 수년 동안 음모와 간계, 반란과 보복의 벌을 받으라고요? 아니, 나는 그러지 않을 겁니다! 난 오랫동안 로마를 위해 헌신했으니 마지막 나날은 관리와 책임에서 벗어나, 로마에서 벗어나 사는 보상을 누릴 자격이 있습니다! 따라서 나는 여러분, 원로원과 인민에게 이것만은 약속할 수 있습니다. 나는 로마의 왕이 되지도 않을 거고, 나의 일이 끝날 때까지 내가 유지해야만 하는 권력을 단 한 순간도 즐기지 않을 겁니다."

아마 이 말은 아무도, 심지어 바티아와 메텔루스 피우스 같은 술라의 측근들조차 예상하지 못했던 것이었으리라. 그러나 술라가 말을 잇는 동안 일부 사람들은 그가 자신의 비밀을 이미 누군가와 공유했음을 눈치채기 시작했다. 술라와 함께 로스트라 연단 위에 서 있던 원로원 최고참 의원 루키우스 발레리우스 플라쿠스는 술라의 말에 전혀 놀라지 않는 모습이었기 때문이다.

술라는 손으로 카르보와 마리우스 2세의 머리를 가리키며 계속 말했다. "집정관들은 죽었습니다. 그러니 파스케스는 '아버지들'에게 돌아가야 합니다. 새 집정관들이 뽑힐 때까지 베누스 리비티나 신전에 있는 긴 의자 위에 놓여 있어야 합니다. 로마는 섭정관이 필요하고, 그와 관련된 법은 구체적입니다. 우리 원로원의 지도자인 루키우스 발레리우스 플라쿠스는 원로원과 소속 십인조와 가문의 연륜 있는 파트리키지요." 술라는 플라쿠스를 향해 몸을 돌렸다. "의원께서 첫번째 섭정관입니다. 부디 이 직책을 맡아 닷새라는 임기 동안 의무를 다해주십시오."

"지금까지는 괜찮군." 호르텐시우스가 카툴루스에게 속삭였다. "그는 정확히 해야 하는 대로 하고 있어, 섭정관 임명 말이야."

"조용히!" 카툴루스가 으르렁거렸다. 그는 술라의 말을 알아듣기 힘들었다.

술라는 느리고 신중하게 말을 이었다. "원로원 최고참 의원께 이 회의의 주관을 맡기기 전에, 내가 말하고 싶은 것이 한두 가지 있습니다. 내가 관리하는 로마는 안전합니다, 누구도 아무런 해를 입지 않을 겁니다. 그저 법만 회복될 것이며, 공화국은 영광스러운 과거로 돌아갈 겁니다. 하지만 이는 섭정관이 결정할 일이니 더는 되풀이하여 말하지 않겠습니다. 정말로 하고 싶은 말은 내가 선량한 사람들의 도움을 받았으며, 그들에게 감사해야 할 때가 왔다는 것입니다. 오늘 이곳에 없는 사람들부터 호명하겠습니다. 시칠리아에서 곡물을 확보하여 이번 겨울 로마가 배를 곯지 않게 해준 나이우스 폼페이우스, 지난해 사르디니아의 곡물을 확보하고 올해는 그에 대항하기 위해 파견된 퀸투스 안토니우스 발부스와 싸워 이긴 루키우스 마르키우스 필리푸스. 퀸투스 안토니우스는 죽었고 사르디니아는 안전합니다. 로마의 가장 부유하고 소중한 속주 관리를 위해 아시아에 훌륭한 인물들 세 명을 남겨두었습니다. 루키우스 리키니우스 무레나, 루키우스 리키니우스 루쿨루스, 가이우스 스크리보니우스 쿠리오. 그리고 여기 나와 함께 서 있는 이들은 고난과 절망의 시기 내내 나의 가장 충성스러운 추종자였던 사람들입니다. 퀸투스 카이킬리우스 메텔루스 피우스와 그의 보좌관 마르쿠스 테렌티우스 바로 루쿨루스. 푸블리우스 세르빌리우스 바티아, 나이우스 코르넬리우스 돌라벨라, 마르쿠스 리키니우스 크라수스……."

"맙소사, 끝이 없군!" 호르텐시우스가 불평했다. 그는 자기 말 외에는 어떤 말도 듣기 싫어했다. 술라처럼 웅변이 세련되지 않은 사람의 말은 특히 싫어했다.

"끝났네, 끝났어!" 카툴루스가 초조하게 말했다. "가세, 퀸투스, 그가 원로원 의원들을 의사당으로 소집했네. 이제 더이상 이 포룸의 바보들에게 말하지 않을 거야! 가세, 빨리!"

하지만 고관 의자를 차지한 건 원로원 최고참 의원 루키우스 발레리우스 플라쿠스였다. 그는 로마에서 살아남은 몇 안 되는 정무관들에게 둘러싸여 있었다. 술라는 고관용 단상의 오른쪽에 앉아 있었는데, 아마도 그가 평상시에 앉았을 법한 곳 근처로 전직 집정관과 전직 감찰관, 전직 법무관 들의 앞줄이었다. 그러나 술라는 갑옷을 계속 입고 있었으며, 이를 본 의원들은 그가 결코 의사절차 통제권을 내주지 않을 것임을 깨달았다.

"11월의 칼렌다이에," 플라쿠스는 특유의 씨근거리는 목소리로 말했다. "우리는 로마를 거의 잃을 뻔했습니다. 루키우스 코르넬리우스 술라와 그의 보좌관, 병사 들의 용기와 민첩함이 아니었다면 로마는 지금 삼니움의 지배를 받고, 우리는 카우디움 협곡 전투 후에 그랬던 것처럼 멍에 밑을 통과하고 있을 것입니다. 이에 대해 더 이야기할 필요는 없지요! 삼니움족은 졌고 루키우스 코르넬리우스는 승리했으며, 로마는 안전합니다."

"얼른 말하쇼!" 호르텐시우스가 속삭였다. "맙소사, 저자는 갈수록 노망을 떠는구먼!"

플라쿠스는 조금 안절부절못하면서 얼른 말했다. 마음이 편치 않았기 때문이다. "하나, 전쟁은 끝났음에도 로마를 괴롭히는 문제들이 산적해 있습니다. 국고와 신전의 금고들까지 텅 비었지요. 거리에는 사업의 활기가 부족하고 원로원 의원의 수도 부족합니다. 집정관들은 죽었고, 올해 초 취임한 법무관 여섯 명 가운데 단 한 명만 남아 있습니다." 그는 잠시 말을 멈추고 깊이 숨을 들이쉰 다음, 술라가 명령한 내용을 의연하게 말하기 시작했다. "의원 여러분, 사실 지금 로마는 정상적인 지배가 가능한 상태가 아닙니다. 가장 유능한 손이 로마를 이끌어야만 합니다. 우리가 사랑하는 숙녀 로마를 일으켜 세울 수 있는 유일한 손 말입니다. 나의 섭정관 임기는 닷새고, 선거를 실시할 수 없습니다. 역시 닷새 임기의 두번째 섭정관이 내 뒤를 이을 것입니다. 그가 선거를 실시하기를 바라지만 여력이 없을 수 있고, 그런 경우 세번째 섭정관이 시도해야 합니다. 이런 식으로 계속되는 겁니다. 그러나 이런 식의 불확실한 통치는 안 됩니다. 지금은 긴박하기 그지없는 위기 상황이고, 내 생각에 우리 중 오직 한 사람만이 필요한 일을 해나갈 능력이 있습니다. 하지만 그는 집정관으로서는 제대로 일을 할 수 없습니다. 따라서 나는 다른 해법을 제안하는 바이며, 이 해법을 나는 가장 상급의 투표체인 백인조회를 통해 인민에게 물을 것입니다. 나는 술라를 로마의 독재관으로 임명하고 권한을 부여하는 제정청구법을 입안하여 통과시켜달라고 백인조회에 요청하겠습니다."

의사당은 동요했다. 사람들은 놀라서 서로를 쳐다보았다.

플라쿠스는 계속 말했다. "독재관 직은 그 역사가 길며 통상적으로 전쟁 수행에 국한되지요. 과거 집정관들이 전쟁을 수행할 수 없을 때 전쟁 수행을 계속하는 것은 독재관의 일이었습니다. 마지막 독재관이 집권한 것은 100년 전이고요. 하나 작금의 로마 상황은 일찍이 겪어보지 못한 것입니다. 전쟁은 끝났지만 위기는 끝나지 않았습니다. 의원 여러분, 그 어떤 집정관도 로마를 다시 일으킬 수 없습니다. 필요한 요법들은 사람들의 입맛에 맞지 않을 것이며 큰 분노를 촉발할 것이기 때문입니다. 집정관은 임기 말에 인민이나 평민에게 자신의 행위에 대해 강제로 해명해야 할 수 있습니다. 반역 혐의로 기소될 수도 있으며, 모두가 그에게 등을 돌린다면 추방과 재산 몰수까지 당할 수 있지요. 장차 그런 고발을 당할 수 있다는 걸 아는 한 어느 누구도 지금 로마에 필요한 힘과 결단력을 보여줄 수 없습니다. 반면 독재관은 인민이나 평민의 보복을 두려워하지 않습니다. 독재관 직의 특성상 모든 미래의 보복으로부터 안전하기 때문입니다. 독재관의 행위는 영원히 용인됩니다. 그는 어떤 혐의로도 법적으로 기소되지 않습니다. 자신이 안전하고, 호민관의 거부권에 막히거나 어떤 민회에서든 유죄를 받을 수 없다는 걸 알기에 독재관은 힘과 목적의식을 십분 발휘하여 문제들을 해결할 수 있습니다. 우리의 사랑하는 숙녀 로마를 자립시킬 수 있다는 말입니다."

"그럴싸하군요, 원로원 최고참 의원님," 호르텐시우스가 큰 소리로 외쳤다. "하지만 마지막 독재관 취임 이래 120년이 지나서인지 기억력이 나빠지셨군요! 독재관은 원로원이 제안하지만 반드시 집정관들이 임명하게 되어 있습니다. 지금 우리에겐 집정관이 없습니다. 파스케스는 베누스 리비티나 신전으로 보내진 상태고요. 독재관은 임명될 수 없습니다."

플라쿠스는 한숨을 쉬었다. "내 말을 제대로 듣지 않았구려, 퀸투스 호르텐시우스. 나는 어떻게 그것이 가능한지 말했소. 백인조회가 제정 청구법을 통해 통과시킨다고. 행정부 역할을 할 집정관이 없을 경우 백인조회가 행정부요. 사실상 유일한 행정부지요. 섭정관은 자신의 유일한 임무, 즉 집정관 선거의 준비와 실시를 위해 백인조회에 문의해야 하오. 트리부스회는 행정부가 아니오. 오직 백인조회만 그렇소."

"좋습니다, 그 점은 인정합니다." 호르텐시우스는 퉁명스럽게 말했다. "계속 말씀하십시오, 최고참 의원님."

"나는 내일 새벽에 백인조회를 소집하려고 합니다. 그리고 루키우스 코르넬리우스 술라를 독재관으로 임명하는 법을 입안해달라고 요청할 것입니다. 법은 복잡할 필요가 없습니다―사실, 간단할수록 더 좋지요. 일단 백인조회가 적법하게 독재관을 임명하면 다른 모든 법들은 독재관으로부터 나올 수 있기 때문입니다. 내가 백인조회에 요청할 것은 다음과 같습니다. 루키우스 코르넬리우스를 독재관으로 지명하고 임기는 얼마가 되든 그가 임무를 다하기 위해 필요한 만큼으로 할 것. 그가 집정관 및 집정관 권한대행으로서 한 과거의 모든 행위들을 승인할 것. 범법자나 추방자 형태의 모든 정식 공권 박탈에 대한 면책을 그에게 보장할 것. 독재관으로서 그의 행위를 호민관의 거부권과 모든 민회의 부결이나 반대로부터, 어떤 형태로든 원로원과 인민으로부터, 모든 정무관으로부터, 모든 민회 및 단체, 정무관에 대한 탄원으로부터 보호할 것."

"로마의 왕이 되는 것보다도 더 심하지 않습니까!" 레피두스가 소리쳤다.

 "아니, 전혀 다르오." 플라쿠스는 엄한 목소리로 말했다. 술라가 그에게 원했던 분위기를 내기까지 어느 정도 시간이 걸렸지만, 이제 그는 능숙하게 그리고 진정 열성적으로 말하고 있었다. "독재관은 자신의 행위에 대해 책임을 지지 않지만 혼자서 통치하는 것은 아니오. 원로원과 모든 민회가 자문기관의 역할을 하고, 기병대장이 있고, 독재관이 원한다면 몇 명이든 선출직 정무관들을 휘하에 둘 수 있소. 일례로 집정관들은 독재관을 위해 일하는 것이 관례요."

 레피두스는 대담하게 큰 소리로 말했다. "독재관의 임기는 6개월입니다. 내 청력이 갑자기 나빠지지 않았다면, 의원께서 백인조회에 요청하시려는 것은 임기 제한이 없는 독재관의 임명입니다. 그건 불법입니다, 최고참 의원님! 나는 루키우스 코르넬리우스 술라가 독재관이 되는 것에 반대하지 않지만, 그는 적법 임기인 6개월보다 단 한 순간도 더 오래 일해서는 안 됩니다."

 "6개월은 내가 할 일을 시작하기에도 부족하오." 술라가 앉은 채로 말했다. "믿으시오, 레피두스, 나는 그 넨장맞을 일을 여생 동안은 고사하고 단 하루도 하고 싶지 않소! 할 일을 다 했다고 생각될 때 반드시 물러나겠소. 하지만 6개월은 불가능하오."

 "어째서 그렇습니까?" 레피두스가 물었다.

 "우선 로마의 재정이 파탄 상태요. 재정을 바로잡는 데 1년, 어쩌면 2년이 걸릴 것이오. 27개 군단을 해산하고 군인들에게 줄 토지를 찾고 급료를 지불해야 하오. 마리우스, 킨나, 카르보의 무법 정권 지지자들을 찾아내서 그들이 정당한 처벌을 피할 수 없음을 가르쳐줘야 하오. 로마의 법은, 특히 법정과 속주 총독에 관한 법은 시대착오적이오. 로마의 공무원들은 기강이 해이하고 무기력과 탐욕 모두에 취약하오. 너무나 많은 보물과 돈, 금은괴가 우리의 신전들에서 약탈당한 결과 국고에는 280탈렌툼의 금과 120탈렌툼의 은이 들어 있소, 올해 방탕하게 낭비한 후에도 말이오. 유피테르 옵티무스 막시무스의 신전은 잿더미로 변했소." 술라는 크게 한숨을 쉬었다. "더 말해야겠소, 레피두스?"

"좋습니다, 6개월로는 모자란 일이라는 건 인정하지요. 하지만 시간이 얼마나 필요하든 간에 6개월마다 재임명 절차를 거치면 되는 일 아닙니까?" 레피두스가 물었다.

긴 송곳니들이 사라지고 없다는 사실에도 불구하고, 이 빠진 술라의 냉소는 더할 나위 없이 사악했다. "오, 그래, 레피두스!" 술라는 소리쳤다. "이제 똑똑히 알겠군! 난 매번 6개월 임기의 절반을 백인조회를 회유하는 데 써야 하겠지! 간청하고, 설명하고, 참아주고, 그럴싸한 그림들을 그려 보이고, 모든 기사계급 사업가의 지갑에 오줌을 누고, 나를 세계에서 가장 늙고 슬픈 매춘부로 전락시키면서 말이지!" 술라는 일어서서 두 주먹을 꽉 쥐고 마르쿠스 아이밀리우스 레피두스를 향해 흔들었다. 술라의 얼굴에는 그가 미트리다테스 왕과 전쟁을 하러 로마를 떠난 이후로 의사당에 모인 사람들 대다수가 본 최악의 악의가 서려있었다. "편안하게 집에서 빈둥대며 지내는 레피두스, 정말로 로마의 왕이 되려 했던 반역자의 사위 놈아, 나는 내 방식대로 일하든지 아니면 아예 아무것도 하지 않을 거야! 알겠나, 비참하고 독선적인 집구석 바보, 겁쟁이들아? 너희는 로마를 회복시키길 원하면서도, 그 일에 착수할 사람의 인생을 최대한 비참하고 불안하고 비굴하게 만들 부당한 권리를 원하고 있군! 그래, 원로원 의원님들, 너희가 원한다면 바로 여기서 지금 그렇게 할 수 있어. 루키우스 코르넬리우스 술라가 로마로 돌아왔다. 내가 원한다면 로마가 폐허로 무너질 때까지 그 들보들을 흔들어댈 수 있어! 저기 라티움 시골에 있는 내 군대를 데려와 늑대들이 양떼를 습격하듯 너희의 야비한 가죽을 물어뜯을 수도 있었어! 하지만 나는 그러지 않았지. 원로원에 처음 들어왔을 때부터 나는 너희의 이익을 위해 행동해왔어. 지금도 여전히 너희의 이익을 위해 행동하고 있고. 평화적으로, 친절하게 말이야. 하지만 너희는 내 인내력을 시험하고 있어. 너희 모두에게 분명히 경고하지. 나는 내게 필요한 기간만큼 독재관을 지닐 거야. 알겠나? 알겠나, 레피두스?"

한참 동안 압도적인 침묵이 깔렸다. 바티아와 메텔루스 피우스조차 하얘진 얼굴로 몸을 떨며 앉아서, 달을 향해 울부짖으면 딱 어울릴 갈고리발톱을 드러낸 괴물을 쳐다보고 있었다. 오, 그들은 어떻게 술라의 내면에 살아 있는 이 존재를 잊을 수 있었단 말인가?

레피두스 역시 새하얀 얼굴로 몸을 떨며 술라를 쳐다보고 있었지만, 그에게 있어 공포의 핵심은 술라 안의 괴물이 아니었다. 레피두스는 오랫동안 자신의 아내이자 진실한 연인, 그리고 자기 아들들의 어머니로 지내온 사랑하는 아풀레이아를 생각하고 있었다. 그녀는 정말로 로마의 왕이 되려 했던 사투르니누스의 딸이었다. 술라는 왜 저 오싹한 분노의 폭발중에 그녀를 언급했을까? 그는 독재관이 되면 무엇을 하려는 것인가?

내전과 경제 불황과 이탈리아를 끝도 없이 종횡무진하는 지나치게 많은 군단들에 진절머리가 난 백인조회는, 루키우스 코르넬리우스 술라를 불특정 기간 동안 독재관으로 임명하는 법안을 통과시켰다. 11월의 여섯번째 날 집회에 제출된 발레리우스 독재관 법안은 11월의 스물

세번째 날에 통과되어 법이 되었다. 이 법에는 임기 외에는 아무런 세부사항이 없었다. 법은 술라에게 한계 없는 권한을 부여하고 그의 어떤 행위에 대해서도 책임이 없다고 간주했기에 세부사항이 필요 없었다. 술라는 입법을 비롯해 무엇이든 하고 싶은 일을 할 수 있었다.

대다수 로마인들은 독재관 임명법안이 제출되자마자 술라가 왕성하게 활동할 거라고 잔뜩 기대했지만, 그는 카이킬리우스·디디우스법에 따라 장날이 세 번 지나고 법안이 비준될 때까지 아무것도 하지 않았다.

나이우스 도미티우스 아헤노바르부스(아프리카에서 망명중인)가 살던 집에서 지내기로 한 술라는 쉬지 않고 걸어서 로마를 돌아다니는 것 외에 거의 아무 일도 하지 않는 것처럼 보였다. 술라 자신의 집은 가이우스 마리우스와 킨나가 로마를 점령한 후 파괴되고 불에 타 잿더미가 되었다. 술라는 팔라티누스 언덕의 게르말루스 고지를 가로질러 자기 집이 있던 곳을 살펴보고, 잡석 더미를 천천히 뒤적거리고, 대경기장 너머로 아벤티누스 언덕의 사랑스런 윤곽을 바라보았다. 새벽부터 해질녘까지 하루 중 언제라도 포룸 로마눔에 홀로 서서 카피톨리누스 언덕이나 로스트라 연단 근처의 실물 크기 마리우스 조각상이나 다른 더 작은 마리우스 조각상들 중 일부를, 또는 원로원 의사당이나 사투르누스 신전을 올려다보는 술라를 볼 수 있었다. 그는 강둑을 따라 로마항의 거대한 아이밀리우스 교역소부터 저멀리 젊은이들이 수영을 하는 트리가리움까지 걸었다. 포룸 로마눔에서 로마의 16개 성문들까지 걸었다. 이 골목 저 골목을 걸었다.

술라는 신변의 위협을 전혀 두려워하지 않았으며, 경호원은 고사하고 동행도 한 명 없이 걸어다녔다. 이따금씩 토가 차림이었지만 대개는 헐렁한 망토로 몸을 감싼 모습이었다―겨울은 일찍 왔고, 예년만큼 추울 것 같았다. 어느 맑고 이상하리만치 따뜻한 날에 술라는 튜닉만 입고 걸었고, 그러자 그가 얼마나 왜소한지―사람들은 과거에 그가 보통 몸집에 날씬한 남자였음을 기억했지만―드러났다. 그는 쭈그러들고 구부정하게 변해 있었으며 여든 살 노인처럼 게걸 쳤다. 머리에는 그 우스꽝스러운 가발이 늘 얹혀 있었고, 얼굴의 상처가 가라앉은 상태라 서리 내린 금색 눈썹과 속눈썹에는 옛날처럼 다시 스티비움이 칠해져 있었다.

독재관 임명 비준을 앞두고 장날 주기가 한 번 지났을 즈음, 원로원에서 술라의 끔찍한 분노를 목도했으나 (레피두스처럼) 분노의 직접적인 대상은 아니었던 사람들은 이 걸어다니는 늙은 남자를 어느 정도 모욕할 만큼 마음이 편해졌다. 기억의 수명은 그토록 짧았다.

"웃기는 사람이야!" 호르텐시우스는 콧방귀를 뀌며 카툴루스에게 말했다.

"누군가 그를 죽일 거야." 카툴루스가 따분하다는 듯 말했다.

호르텐시우스는 킬킬 웃었다. "아니면 발작이나 뇌졸중으로 죽거나." 그는 오른손으로 처남의 토가 자락 속 왼팔을 잡고 흔들었다. "내가 뭣 때문에 그렇게 두려워했는지 모르겠어! 그는 여기에 있지만 없는 것 같아. 결국 로마는 악질 감독한테 넘어간 게 아니었어―희한해! 그는 망가졌네, 퀸투스. 늙었어."

이는 모든 계급의 사람들 사이에서 우세해지고 있는 의견이었다. 날이면 날마다 삐뚜름한 가발을 쓰고 스티비움을 요란하게 칠한 채 느릿느릿 걷는 술라의 우울한 모습을 볼 수 있었기 때문이다. 오덧빛 흉터들을 가리려고 분칠을 한 건가? 중얼거리며 머리를 흔드는군. 가끔씩

은 누구한테 그러는 건지 모르지만 고함을 지르고. 망가졌네. 늙었어.

그토록 자만심 강한 사람이 대중 앞에 추하게 늙은 자신의 모습을 드러내는 데엔 굉장한 용기가 필요했다. 병마가 자기한테 한 짓을 그가 얼마나 혐오하는지는 오직 술라 자신만이 알았다. 미트리다테스 왕과 싸우러 떠났던 때의 멋진 남자로 돌아가기를 얼마나 열망하는지도 오직 술라만이 알았다. 그러나 그는 거울을 보지 않으면서 스스로에게 말했다. 용기를 내서 현재의 모습을 로마에 빨리 보여주면 보여줄수록, 자신이 거울을 본다면 보게 될 모습을 잊는 법을 더 빨리 배울 거라고. 그리고 정말로 그렇게 되었다. 가장 큰 이유는 그의 산책이 목적 없는 것도, 노망의 증거도 아니었기 때문이다. 술라는 로마가 어떻게 변했는지, 로마에 무엇이 필요한지, 자신이 무엇을 해야 하는지 알기 위해 걸었다. 그는 걸으면서 점점 더 화가 났다—그리고 흥분했다. 이 몰락하고 초라한 숙녀를 예전의 미녀로 되돌리는 일이 그의 손에 달렸기 때문이다.

또한 술라는 그에게 중요한 사람들 몇이 도착하기를 기다리고 있었다. 자신이 그들—아내와 다 자란 딸, 손주들—을 사랑하거나 필요로 한다고 생각하지는 않았음에도 불구하고. 이집트 왕위 계승자인 프톨레마이오스 알렉산드로스도 그들과 함께 있었다. 그들은 크리소고노스의 보살핌 아래 처음에는 그리스에서, 그다음에는 브룬디시움에서 인내하며 기다리고 있었다. 그들은 12월 말쯤 로마로 돌아올 터였다. 달마티카는 한동안 아헤노바르부스의 집에서 지내야 하겠지만, 최근 술라의 집은 재건되기 시작했다. 사르디니아에서 돌아온, 갈색으로 그을린 피부에 아주 건강해 보이는 필리푸스 덕분이었다. 필리푸스는 비공식 원로원 회의를 소집하고 겁먹은 의원들을 위협해서, 국가가 술라한테서 빼앗은 것을 존재하지도 않는 공적 자금으로 돌려주도록 하는 안을 통과시켰다. 고맙군, 필리푸스!

11월의 스물세번째 날, 술라의 독재관 직은 정식으로 비준되어 법제화되었다. 그날 아침에 일어난 로마인들은 포룸 로마눔과 포룸 보아리움과 포룸 홀리토리움에서, 여러 교차로와 광장과 공터 들에서 가이우스 마리우스 조각상이 몽땅 사라져버렸음을 깨달았다. 마리우스가 세운, 명예와 덕을 기리는 신전 안에 걸려 있던 전승기념물들도 사라졌다. 카피톨리누스 언덕 위에 있는 그 신전은 화재로 피해를 입었으나 죽은 적의 무구, 국기와 군기, 마리우스의 모든 훈장, 그가 아프리카, 아콰이 섹스티아이, 베르켈라이, 알바 푸켄티아에서 입은 판갑들은 무사했었다. 마리우스의 조각상들만 사라진 것이 아니었다. 킨나, 카르보, 늙은 브루투스, 노르바누스, 스키피오 아시아게누스의 조각상들도 사라졌다. 하지만 아마도 그것들은 수가 훨씬 적었기에, 그 여파는 가이우스 마리우스의 실종과 같은 느낌을 주지 못했다. 마리우스 실종의 여파는 컸다. 무수히 많은 텅 빈 대좌들에서 그의 이름이 모조리 지워졌고, 헤르마들의 생식기는 망치질을 당해 떨어져나가고 없었다.

그리고 또다른, 더 심각한 실종에 대한 수군거림이 커졌다. 사람들도 사라지고 있었다! 마리우스나 킨나, 카르보, 또는 셋 모두를 소리 높여 지지했던 사람들. 주로 기사들, 사업적 성공이 어렵던 시기에 사업에서 성공한 기사들이었다. 수지맞는 국가 계약을 따내거나 지지자들에게 돈을 빌려준 기사들. 혹은 마리우스, 킨나, 카르보, 또는 셋 모두와의 협력과는 관계없는 방법으로 부유해진 기사들. 분명 원로원 의원들은 갑자기 사라지지 않으나, 갑자기 사라지는 사람들의 총 숫자는 눈에 띌 만큼 늘어났다. 그러한 대중의 인식 때문인지 또는 그 부작용 때문인지, 이제 사람들은 사라지는 사람들을 직접 목격하게 되었다. 열 명이나 열다섯 명 정도의 건장한 남자들이 기사의 집 대문을 두드리고 집 안으로 들어가더니, 곧 그 기사를 에워싸고 나와서 아무도 모를 곳으로 데리고 가는 것이다!

로마는 불안하게 동요했다. 로마의 주름투성이 주인의 기이한 여행은 단순한 소풍 이상의 무언가로 보이기 시작했다. 애처로운 방식으로 꽤 우스웠던 무언가가 더 불길한 외면을 갖추기 시작했으며, 어제의 순수한 기행은 오늘의 수상한 목적이자 내일의 무서운 목표가 되었다. 술라는 결코 허공에 대고 말한 게 아니었다! 그는 자기 자신에게 말했다! 그는 한곳에 너무 오래 서서, 아무도 모를 누군가를 보고 있었다! 그는 가끔씩 고함을 질렀다! 그는 실제로 무엇을 하고 있었는가? 그리고 왜 그렇게 했는가?

이렇듯 커지는 불안과 정확히 발을 맞춰, 그 무해해 보이는 남자들은 기사 집의 대문을 두드리는 이상한 행동을 했다. 그들은 이제 눈에 띄었다. 이곳저곳에 서서 메모를 하거나, 부유한 카르보파 은행가나 성업중인 마리우스파 중개인의 뒤를 그림자처럼 따라다녔다. 사람들은 점점 더 자주 사라졌다. 그러더니 한 무리가 어느 원로원 평의원의 집 대문을 두드렸다. 늘 마리우스와 킨나, 카르보를 위해 표를 던진 의원이었다. 하지만 그들은 이 의원을 어딘가로 데려가지 않았다. 의원이 거리로 나오자마자 무기들이 난무하고 검이 휘둘리더니 공허한 툭! 소리와 함께 그의 머리가 땅에 떨어져 굴러갔던 것이다. 몸은 배수로를 따라 피를 흘리며 누워 있었지만, 머리는 사라졌다.

모두가 로스트라 연단 앞을 지나갈 구실을 만들기 시작했다. 머리들을 세기 위해서였다. 카르보, 마리우스 2세, 카리나스, 켄소리누스, 스키피오 아시아게누스, 늙은 브루투스, 마리우스 그라티디아누스, 폰티우스 텔레시누스, 브루투스 다마시푸스, 카푸아의 티베리우스 구타, 소라누스, 무틸루스……. 없다, 이게 다! 그 평의원의 머리는 거기 없었다. 실종자들의 머리도 하나도 없었다. 술라는 변함없이 백치 같은 삐뚜름한 가발을 쓰고 눈썹과 속눈썹을 칠한 채 걸어다녔다. 그러나 전에는 그를 보면 멈춰 서서—동정의 웃음이기는 했지만—웃음을 짓곤 했던 사람들은 이제 그를 보면 뱃속에 무시무시한 구멍이 패는 것 같은 느낌을 받았고, 그가 있는 쪽을 제외한 모든 방향으로 황급히 사라지거나 얼른 멀리 달아났다. 아무도 술라를 쳐다보지 않았다. 아무도—설사 동정의 웃음이라 해도—웃음을 짓지 않았다. 아무도 그에게 인사하지 않았다. 아무도 그를 지근덕거리지 않았다. 술라는 흉일에 문두스에서 나온 생령처럼 등에 식은땀이 나게 하는 존재였다.

지금까지 위대한 인물들 가운데 술라처럼 수수께끼에 가려져 있거나 목적이 불투명한 사람은 아무도 없었다. 술라의 행동은 정상에서 벗어나 있었다. 그는 포룸 로마눔의 로스트라 연단에 서서 모두에게 멋진 언어로 자신의 계획을 낱낱이 털어놓거나, 원로원의 눈에 웅변의 모래를 던지고 있어야 했다. 의도를 밝히는 연설, 불만의 장광설, 미사여구—그는 '이야기하고' 있어야 했다! 모두에게가 아니라면 누군가에게라도. 로마인들은 자신의 생각을 혼자 간직하는 사람들이 아니었다. 그들은 온갖 것들에 대해 이야기했다. 풍문은 힘이 셌다. 그러나 술라는 아무 말도 없었다. 아무런 공모도 인정하지 않고 아무런 관심도 보이지 않는 고독한 산책만 할 뿐이었다. 그럼에도 불구하고, 그 모든 일들이 그에게서 나온 게 분명했다! 이 고요하고 말없는 남자는 로마의 주인이었다.

12월의 칼렌다이에 술라는 원로원 회의를 소집했다. 플라쿠스의 연설 이후 첫번째 회의였다. 아, 의원들이 어찌나 황급히 의사당으로 모여들었는지! 겨울의 공기보다도 차가운 몸과 셀 수도 없게 빨리 뛰는 심장, 얕은 호흡과 확장된 동공, 꼬이는 창자. 그들은 폭풍우에 시달린 갈매기들처럼 접의자에 웅크리고 앉아 의사당 지붕 쪽을 올려다보지 않으려고 애썼다. 사투르니누스와 그의 동조자들처럼, 순식간에 비처럼 쏟아져 내리는 타일들에 맞아 죽을까봐 두려워서였다.

이 이름 없는 공포에 휘둘리지 않는 이는 아무도 없었다. 원로원 최고참 의원 플라쿠스조차, 메텔루스 피우스조차, 오펠라 같은 군사적 총아들과 필리푸스와 케테구스 같은 뚜쟁이들조차도. 그럼에도 술라가 발을 끌며 들어왔을 때 그는 너무도 무해해 보였다! 비참한 행색이었다! 그러나 그는 전례 없이 24명의 릭토르들을 앞세우고 들어왔다. 집정관에게 주어지는 릭토르 수의 두 배이자, 과거 모든 독재관에게 주어졌던 릭토르 수의 두 배였다.

“여러분께 나의 의도를 밝힐 때가 된 것 같군요.” 술라는 서지 않고 상아 의자에 앉아서 말했다. 의사당 안이 몹시 추워서 그의 말은 하얀 입김과 함께 나왔다. “나는 적법한 독재관이고, 원로원 최고참 의원 루키우스 발레리우스는 내 기병대장입니다. 나를 독재관으로 임명한 백인조회 법에 따라 나는 원한다면 다른 정무관들이 선출되지 않도록 할 수 있습니다. 그러나 로마는 매년 집정관들의 이름으로 해를 구분했고, 나는 그 전통을 깨고 싶지 않습니다. 또한 사람들이 내년을 ‘코르넬리우스 술라 독재기’라고 부르게 하지도 않을 겁니다. 따라서 나는 집정관 두 명, 법무관 여덟 명, 고등 조영관 두 명과 평민 조영관 두 명, 호민관 열 명, 재무관 열두 명을 뽑는 선거를 실시토록 할 것입니다. 그리고 너무 어려서 원로원 입회 자격이 없는 사람들이 정무관 직 경험을 할 수 있도록 군무관 스물네 명을 선출토록 할 것이며, 화폐 주조자 세 명과 로마의 유치장과 수용소 관리자 세 명을 임명할 것입니다."

카툴루스와 호르텐시우스는 어찌나 겁에 질린 채 의사당으로 왔던지, 둘 다 뱃속의 내용물이 액체로 변하고 말았다. 그들은 괄약근을 조이고 앉아서 자신들이 얼마나 떠는지 들키지 않으려고 두 손을 숨기고 있었다. 그들은 정무관 선거를 실시하겠다는 독재관의 말에 믿을 수 없다는 표정을 지었다! 지붕에서 내던져지거나, 줄을 서서 머리가 잘리거나, 전 재산을 빼앗기고 추방당할 거라고 예상했는데—선거라니 완전히 예상 밖이다! 술라는 정말 결백한가? 그는 지금 로마에서 벌어지는 일을 모르고 있나? 만약 그렇다면 실종과 살인의 배후는 누구인가?

독재관은 이가 없어 거슬리는 모호한 발음으로 계속 말했다. "물론 여러분은 내가 말하는 선거에는 여러 후보가 없음을 알 겁니다. 내가 여러분과 각 민회에게 누구를 선출할지 말해줄 겁니다. 지금은 선택의 자유가 불가능한 시기입니다. 나는 내 일을 도와줄 사람들이 필요하며, 그들은 유권자들이 내게 떠맡기는 사람들이 아니라 '내가' 원하는 사람들이어야 하기 때문입니다. 그러니 지금부터 누가 내년에 무엇이 될지 지금부터 알려주겠습니다. 서기, 명단!" 의사당의 서기 한 명이 술라에게 종이 한 장을 건넸다. 그것을 관리하는 것이 그의 유일한 임무처럼 보였다. 그동안 다른 서기가 고개를 들었다. 술라가 하는 말을 빠짐없이 골필로 밀랍 서판에 적으려는 것이었다.

"자 그럼, 집정관……. 수석—마르쿠스 툴리우스 데쿨라. 차석—나이우스 코르넬리우스 돌라벨라—"

술라는 더 말할 수가 없었다. 토가 차림의 한 사람이 벌떡 일어나 고함을 질렀기 때문이다. 퀸투스 루크레티우스 오펠라였다.

"안 됩니다! 반대합니다! 우리의 소중한 집정관 직을 데쿨라한테 주겠다고요? 안 됩니다! 데쿨라가 누굽니까? 그보다 나은 사람들이 독재관님을 위해 싸우는 동안 로마에서 편안히 지낸 하찮은 놈입니다! 데쿨라가 이름을 떨칠 만한 일을 한 게 있습니까? 어째서죠? 내가 아는 한 그는 해면이 달린 막대기로 독재관님의 똥구멍을 닦을 기회조차 얻지 못했습니다! 참으로 비참하고 악의적이며 불공평하고 부당한 처사입니다! 돌라벨라는 이해할 수 있습니다—독재관님의 보좌관들은 모두 독재관님과 그의 거래에 대해 아니까요. 하지만 데쿨라가 웬 말입니까? 그자가 수석 집정관 직을 맡을 만한 일을 한 게 뭐가 있습니까? 반대합니다! 안 됩니다, 안 됩니다, 안 됩니다!"

오펠라는 말을 멈추고 숨을 쉬었다.

술라는 말했다. "내가 선택한 수석 집정관은 마르쿠스 툴리우스 데쿨라네. 그것뿐이야."

"그렇다면 선택권을 드릴 수 없습니다, 술라! 우리는 후보들이 있는 제대로 된 선거를 할 겁니다—저도 출마할 거고요!"

"그럴 수 없네." 독재관은 온화하게 말했다.

"저를 막아보십시오!" 오펠라는 그렇게 외치고 의사당에서 뛰어나갔다. 밖에는 군중이 모여 있었다. 술라가 독재관으로 정식 임명된 후 처음으로 열린 원로원 회의의 결과를 듣고 싶어한 사람들이었다. 술라를 두려워할 이유가 조금이라도 있는 사람들은 보이지 않았다—그런 자들은 집밖으로 나오지 않았다. 얼마 되지 않았지만 어쨌거나 군중이었다. 오펠라는 그들을 무신경하게 마구 밀치며 원로원 계단을 폭풍처럼 내려가더니 자갈길을 가로질러 민회장의 로스트라 연단으로 갔다.

"로마인 여러분!" 오펠라는 외쳤다. "이리 와서 들으십시오, 우리 위에 군림하라고 우리 손으로 임명한 이 불법적인 군주에 대해 할말이 있습니다! 그는 집정관을 선출시킨다고 하는데, 후보라고는 그가 선택한 두 명뿐입니다! 둘 다 무능력한 멍청이들이죠―특히 마르쿠스 툴리우스 데쿨라는 귀족 가문 출신도 아닙니다! 그는 자기 집안에서 처음으로 나온 원로원 의원이고, 킨나와 카르보의 반역적인 체제에서 순식간에 법무관 직을 꿰찬 평의원이죠! 그런데 그자는 수석 집정관이 되고, 나 같은 사람들한테는 아무 보상도 없군요!"

술라는 일어나서 의사당의 바둑판무늬 바닥을 천천히 가로질러 주랑현관으로 갔다. 밝아진 빛 때문에 눈을 깜빡이며, 오펠라가 로스트라 연단에서 외치는 모습을 살짝 흥미로워하는 표정으로 지켜보았다. 그러자 열다섯 명쯤 되는 평범한 외양의 남자들이 주위의 눈길을 끌지 않으면서 원로원 계단 발치, 술라의 시선이 닿는 곳 안으로 모여들기 시작했다.

의원들도 천천히 의사당에서 나와서 상황을 살폈다. 그들은 술라의 차분함에 매료되어 대담해졌다―술라는 우리가 생각했던 것 같은 괴물이 아니다, 그럴 리가 없다!

"로마인 여러분," 오펠라는 자신감이 붙으면서 더 우렁차게 말을 이었다. "나는 이 의도적인 모욕을 감수하지 않을 겁니다! 나는 데쿨라 같은 하찮은 자보다 더 집정관이 될 자격이 있습니다! 그리고 로마의 유권자들은 선택권이 주어지면 술라가 정한 두 명이 아닌 나를 선택할 거라고 믿습니다! 물론 다른 사람들도 출마를 한다면 선택받을 수 있을 겁니다!"

술라의 시선이 그의 바로 밑에 서 있던 평범한 외양의 남자들 가운데 우두머리의 시선과 마주쳤다. 이어 술라는 고개를 끄덕이고 한숨을 쉬더니 가까운 기둥에 지친 몸을 기댔다.

평범한 모습의 남자들은 조용히 소수의 군중을 통과하여 로스트라로 올라가더니 오펠라를 잡았다. 그들은 정중한 것처럼 보였지만 실상 그렇지 않았다. 오펠라는 필사적으로 저항했지만 소용없었다. 남자들은 그가 무릎을 꿇고 앉을 때까지 내리눌렀다. 그러더니 한 남자가 오펠라의 머리끄덩이를 잡고 뒤로 물러나며 그의 머리와 목이 쭉 늘어나도록 당겼다. 검이 휙 하고 내려갔다가 올라갔다. 머리카락을 잡고 있던 남자는 다리를 넓게 벌리고 서 있었음에도 오펠라의 목이 떨어져나가는 순간 휘청거렸다. 남자는 모두가 볼 수 있게 오펠라의 머리를 높이 치켜들었다. 곧 포룸 로마눔에는 충격을 받은 원로원 의원들 외에는 아무도 남지 않았다.

"머리를 로스트라 위에 두게." 술라가 말한 후 몸을 일으켜 다시 의사당으로 걸어들어갔다.

의원들은 자동인형처럼 따라 들어갔다.

"좋아, 어디까지 했지?" 술라가 서기에게 묻자 서기는 몸을 앞으로 기울이고 낮은 목소리로 중얼거렸다. "오, 그래, 그랬지! 고맙소! 집정관은 끝냈고, 법무관 차례군. 서기, 명단!" 술라가 손을 내밀었다. "고맙소! 계속하겠소……. 마메르쿠스 아이밀리우스 레피두스 리비아누스. 마르쿠스 아이밀리우스 레피두스. 가이우스 클라우디우스 네로. 작은 나이우스 코르넬리우스 돌라벨라, 루키우스 푸피디우스. 퀸투스 루타티우스 카툴루스. 마르쿠스 미누키우스 테르무스. 섹스투스 노니우스 수페나스. 가이우스 파피리우스 카르보. 작은 돌라벨라를 수도 담당 법무관으로, 마메르쿠스를 외인 담당 법무관으로 임명합니다."

참으로 희한한 명단이었다! 제대로 된 선거에서라면 선두를 달릴 거라고 기대되었을 레피두스와 카툴루스보다 술라를 위해 적극적으로 싸웠던 두 사람이 우선시된 건 어쩔 수 없는 일이었으리라. 하지만 원로원 의원이 되기에 적절한 지위와 연령인 충성스런 술라파 인물들이 제외되고 다른 사람들이 법무관 직을 차지하다니! 푸피디우스는 상대적으로 무명이었다. 노니우스 수페나스는 술라 누이의 차남이었다. 네로는 클라우디우스 집안에서도 중요하지 않은 사람이었다. 테르무스는 유능한 군인이었지만 연설을 너무 못해서 포룸 로마눔의 농담거리였다. 그리고 모든 진영을 화나게 한 것은, 법무관 명단의 마지막 자리가 술라의 편에 서기는 했지만 이름을 떨치는 데 실패한 카르보 집안 사람에게 돌아갔다는 사실이었다!

"오, 자네도 포함됐구먼." 호르텐시우스가 카툴루스에게 속삭였다. "난 내년에 명단에 오르기를 바랄 수밖에—안 되면 그 다음해에라도. 맙소사, 이런 광대극을 봤나! 우리가 저자를 어떻게 견딜 수 있을까?"

"법무관들은 중요하지 않아." 카툴루스는 중얼거리듯 말했다. "그들은 그야말로 미친듯이 스스로를 채찍질해야 할걸—술라는 잘못된 사람한테 잘못된 일을 줄 만큼 바보가 아니네. 흥미로운 건 데쿨라야. 타고난 관료지! 그래서 술라는 그를 고른 거야—그래야만 했지, 돌라벨라가 집정관 직을 얻기 위해 술라를 협박한 걸 감안하면! 독재관의 정책은 꼼꼼하게 집행될 거고, 데쿨라는 매 순간을 무척이나 즐길 걸세."

회의는 단조롭게 계속되었다. 정무관들의 이름이 차례차례 낭독되는 동안 반대의 목소리는 전혀 없었다. 호명을 끝낸 술라는 종이를 관리인에게 도로 건네준 뒤 두 손을 펴서 양 무릎에 얹었다.

"내가 하고 싶은 말은 거의 다 했습니다. 이제 한 가지만 남았군요. 나는 로마의 신관과 조점관 부족에 주목하고 있으며, 이 문제를 시정하기 위한 법률을 곧 제정할 겁니다. 하지만 이것만큼은 지금 말하겠습니다!" 술라가 갑자기 포효하자 다들 움찔했다. "앞으로 선출직 신관은 없을 것입니다! 신들을 섬기는 사람들을 투표로 정하는 것은 극히 불경한 일입니다! 그것은 엄숙하고 공식적이어야 할 일을 정치적 곡예로 변질시키며, 신관의 의무에 대해 아무런 전통도 이해도 없는 자들이 임명되게 만드니까요. 로마는 신들을 제대로 섬기지 않는 한 번영할 수 없습니다." 술라는 자리에서 일어섰다.

누군가의 목소리가 들렸다. 술라는 살짝 놀란 기색으로 다시 상아 의자에 앉았다.

"발언하고 싶은가, 친애하는 새끼 똥돼지?" 술라는 메텔루스 피우스가 아버지한테서 물려받은 오래된 별명을 부르며 물었다.

메텔루스 피우스는 얼굴을 붉히면서도 결연한 표정으로 일어섰다. 11월 다섯째 날에 로마에 도착한 후부터 그의—한동안 거의 사라졌던—말더듬증은 꾸준히, 고통스럽게 악화되었다. 그는 이유를 알고 있었다. 술라, 그가 사랑하지만 두려워하는 인물 때문이었다. 그러나 그는 여전히 자기 아버지의 아들이었다. 똥돼지 메텔루스 누미디쿠스는 원칙이 깨어지는 것에 반발하여 포룸 로마눔에서 두 번 끔찍한 구타를 당했으며, 원칙을 지키기 위해 추방까지 당했다. 따라서 새끼 똥돼지에게는 아버지의 전철을 밟고 자기 가문의 명예를, 그리고 그 자신의 존엄을 유지시킬 의무가 있었다.

"루, 루, 루키우스 코르넬리우스, 하, 하, 한 가지 질문에 대답해주, 주, 주시겠습니까?"

"자네 말을 더듬는군!" 술라가 거의 노래하듯 소리쳤다.

"그, 그, 그렇습니다. 죄, 죄, 죄, 죄송합니다. 최대한 자제해보겠습니다." 그는 이를 앙다물고 말했다. "루, 루, 루키우스 코르넬리우스, 로마는 물론 이탈리아 전, 전, 전역에서 사람들이 살해당하고 그들의 재산이 몰수되고 있다는 걸 알고 계십니까?"

의사당 전체가 술라의 답을 듣기 위해 숨을 죽이고 귀를 기울였다. 그는 알고 있었나? 그가 배후인가?

"그래, 알고 있네." 술라가 말했다.

집단적인 한숨과 움찔함과 움츠림. 의사당은 최악의 답을 들었다.

메텔루스 피우스는 끈기 있게 계속 말했다. "죄인들을 벌해야 한다는 건 아, 아, 압니다. 하지만 아무도 재, 재, 재판을 받지 않았습니다. 상황을 분, 분, 분명하게 설명해주시겠습니까? 예를 들면 어디쯤에 선을 그으시려는 건지 말, 말, 말씀해주실 수 있습니까? 혹시 재판을 받게 될 사람이 있습니까? 그들이 법정에서 정식으로 재판을 받지 아, 아, 않는다면 그들이 반역죄를 지었다는 걸 누가 알겠습니까?"

"내가 그들을 죽이라고 지시했네, 친애하는 새끼 똥돼지." 독재관은 단호하게 말했다. "나는 유죄가 확실한 자들의 재판을 열어 국가의 돈과 시간을 낭비하지 않을 것이네."

새끼 똥돼지는 고군분투했다. "그렇다면 누구를 살려주실 생각인지 알려주실 수 이, 이, 있습니까?"

"유감이지만 그럴 수 없네." 독재관이 대답했다.

"누가 살아남을 것인지 모, 모, 모르신다면, 누구를 벌할 것인지는 말씀해주실 수 있습니까?"

"그래, 친애하는 새끼 똥돼지, 그건 말할 수 있어."

"그렇다면, 루, 루, 루키우스 코르넬리우스, 그 내용을 우리에게 알려주실 수 있을까요?" 메텔루스 피우스는 말을 마치고 순수한 안도감에 맥이 풀렸다.

"오늘은 안 되네." 술라가 말했다. "내일 다시 모이도록 하지."

다음날 새벽에 모두가 돌아왔지만, 조금이라도 잠을 잔 것처럼 보이는 사람은 거의 없었다.

술라는 의사당 안에서 상아 대좌에 앉아 그들을 기다리고 있었다. 서기 한 명이 골필과 밀랍 서판들을 갖고 앉아 있었고, 다른 서기는 종이 두루마리 하나를 쥐고 있었다. 희생과 점술로 적법한 개회가 확정되자마자 술라는 두루마리를 잡고, 걱정으로 초췌해진 가련한 메텔루스 피우스를 똑바로 바라보았다.

술라는 말했다. "이것은 반역자로서 이미 죽었거나 곧 죽을 사람들의 명단입니다. 그들의 재산은 이제 국가의 것이 되어 경매에 부쳐질 겁니다. 또한 남녀를 막론하고 누구든 이 명단에 오른 사람을 목격해 직접 처형한다 해도 보복은 없을 것입니다." 술라는 그의 수석 릭토르에게 두루마리를 건네고 말했다. "이걸 로스트라 연단의 벽에 붙이시오. 그러면 친애하는 새끼 똥돼지 한 사람만 물을 용기를 낸 질문의 답을 모두가 알게 될 것이오."

"만약에 제가 명단에 오른 자를 보게 되면 그를 죽여도 됩니까?" 카틸리나가 열성적으로 물었다. 그는 아직 원로원 의원이 아니지만 술라의 허락을 받아 회의에 참석했다.

"물론 그래도 되네, 비위 좋은 친구! 사실은 덤으로 은 2탈렌툼까지 벌 수 있지." 술라가 대답했다. "물론 나는 내가 구상한 공권박탈을 법제화할 것입니다─나는 법의 힘을 빌지 않고는 아무것도 하지 않겠습니다! 보상도 법에 명시할 것이며, 정식 장부에 관련 거래를 모두 기록하여 후손들이 우리 시대에 누가 이익을 봤는지 알도록 할 겁니다."

점잖은 말투였지만, 메텔루스 피우스 같은 사람들은 술라의 악의를 어렵지 않게 파악했다. 카틸리나 같은 사람들은 (설령 사실상 술라의 악의를 파악했다 해도) 전혀 개의치 않았다.

첫 공권박탈자 명단에는 원로원 의원 40명과 기사 65명이 올라 있었다. 노르바누스와 스키피오 아시아게누스가 첫머리를 장식했고, 카르보와 마리우스 2세가 다음 줄이었다. 카리나스, 켄소리누스, 다마시푸스는 적혀 있었지만 늙은 브루투스는 없었다. 이름이 적힌 의원들은 대부분 이미 죽었다. 그러나 그 명단들은 기본적으로 누구의 재산이 몰수되었는지 시민들에게 알리기 위한 것이었으며, 누가 이미 죽었고 누가 아직 살아 있는지는 적혀 있지 않았다. 두번째 명단은 다음날 로스트라에 게시되었다. 기사 200명이었다. 그 다음날 세번째 명단이 올라왔다. 기사 215명이 추가로 적혀 있었다. 술라가 원로원은 정리를 끝낸게 분명해 보였다. 그의 진짜 표적은 기사계급이었다.

공권박탈의 규칙과 적용을 다루는 술라의 코르넬리우스 법률은 철저했다. 하지만 그 대부분은 12월 초에, 불과 이틀 만에 완성되었다. 12월의 노나이 경에는 카툴루스의 예상대로 모든 것이 데쿨라의 질서 아래 있었다. 만일의 사태는 모두 고려되었다. 공권박탈자 가문의 재산은 전부 국가의 것이 되었고, 죄 없는 어느 자손의 명의로도 이전할 수 없었다. 공권박탈자의 유언장은 전부 무효였으며, 거기 적힌 어떤 상속자도 상속할 수 없었다. 법에 따르면 공권박탈자를 목격한 사람은 남녀 불문하고 그를 살해할 수 있었다. 목격자가 자유인이든 해방노예든 노예든 상관없었다. 공권박탈자를 죽이거나 체포한 경우 보상금은 은 2탈렌툼이었는데, 이는 국고위원회에서 몰수 재산으로 지급하고 공공회계장부에 기입되었다. 보상을 요구하는 노예는 해방될 것이며, 해방노예는 지방 트리부스로 이적할 수 있었다. 민간인이든 군인이든, 스키피오 아시아게누스가 정전협약을 깬 후 카르보나 마리우스 2세를 편들었던 사람들은 모두 공공의 적으로 선포되었다. 공권박탈자를 돕거나 호의를 베푼 사람들도 모두 공적으로 선포되었다. 공권박탈자의 아들과 손자는 고위 정무관을 지낼 수 없으며, 몰수된 재산을 재구매하거나 여타 수단으로 소유할 수도 없었다. 이미 죽은 공권박탈자의 아들과 손자도, 명단에 올랐으나 아직 살아 있는 공권박탈자의 아들과 손자나 똑같이 고난을 당할 터였다. 12월의 다섯째 날에 공포된 마지막 관련법은 공권박탈의 전체 과정이 내년 6월의 첫날에 끝난다고 선언했다. 6개월 후였다.

이렇게 술라는 그가 로마의 주인일 뿐만 아니라 공포와 긴장의 대가임을 증명하며 그의 독재관 시대를 개막했다. 가려움증으로 고통받은 날들이 생각 없는 고문이나 술 취한 인사불성의 나날이기만 했던 것은 아니었다. 술라는 여러 가지를 생각했다. 로마를 어떻게 장악할 것인지, 로마의 주인이 되었을 때 어떤 식으로 일을 해나갈 것인지를. 저항이나 폭동 없이 일을 할 수 있도록 남녀노소 모두의 정신 상태를 어떻게 만들어놓을 것인지를. 그러려면 거리에 배치된 군인들이 아니라 마음속의 그림자가, 절망은 물론 희망으로 이끄는 두려움이 필요했다. 그의 심복들은 그들이 몰래 다가가서 휙 채갈 자들의 이웃이나 친구일지도 모르는 익명의 사람들일 터였다. 술라는 날씨가 아닌 기후를 창조하려고 했다. 사람들은 날씨에는 대처할 수 있다. 하지만 기후라면? 그렇다, 기후에는 견딜 수 없음을 알게 될 터였다.

그리고 그는 생각했다. 피 흘리는 넝마가 되도록 자신의 몸을 긁고 찢는 늙고 추하고 실망한 남자에게 주어질 가장 멋진 장난감, 로마를. 로마의 남자와 여자, 개와 고양이, 노예와 해방노예, 하층민과 기사와 귀족. 그가 간직하고 있는 온갖 분노와 차갑고 어두컴컴한 온갖 원한. 술라는 고통의 한가운데서 꼼꼼하고 치밀하게 생각했다. 그리고 자신의 복수를 형상화하며 격렬한 위안을 얻었다.

독재관이 왔다.

독재관은 근질거리는 두 손으로 새 장난감을 잡았다.

2장

기원전 82년 12월부터
기원전 81년 5월까지

루키우스 코르넬리우스 술라 펠릭스

12월 초 루키우스 코르넬리우스 술라는 일이 아주 멋지게 진행되고 있다고 생각했다. 대다수 사람들은 아직도 공권 박탈자 명단에 오른 사람을 죽이는 일을 망설였지만, 카틸리나 같은 일부 사람들이 벌써부터 모범을 보이면서 공권박탈자들로부터 몰수한 돈과 부동산이 빠르게 늘고 있었다. 물론 술라의 행보를 이 길로 이끈 것은 돈과 부동산이었다. 로마가 다시 지불 능력을 갖추기 위해 필요한 거금이 어딘가로부터는 나와야 했다. 정상적인 상황이라면 속주 금고 들에서 돈이 나왔겠지만, 동방에서 미트리다테스의 행보와, 퀸투스 세르토리우스가 두 히스파니아에서 일으키고 있던 문제들 때문에 당분 간 속주에서는 세수를 추가로 짜낼 수 없었다. 따라서 그 돈을 내야 하는 건 로마와 이탈리아여야 했다. 하지만 평범한 사람들이나 술라의 명분에 확실하게 충성한 사람들에게 그런 부담을 지울 수는 없었다.

술라는 기사들을 좋아한 적이 한 번도 없었다. 기사 사업가들로 구성된 1계급의 91개 백인조들, 그중에서도 특히 공마를 받는 18개 백인조의 상급 기사들을. 그들 대다수는 마리우스, 킨나, 카르보의 행정부 때 재산을 불렸다. 바로 이들이 술라가 로마의 경제 회복 비용을 지불하게 만들겠다고 결심한 표적이었다. 완벽한 해법이야! 독재관은 들뜨고 만족스러워하며 생각했다. 국고도 가득차고 그의 적들도 모조리 제거할 수 있을 터였다.

또한 술라는 또하나의 미운털인 삼니움을 처리할 시간이라고 생각했다. 가능한 가장 가혹한 방식으로. 그가 생각해낼 수 있는 최악의 두 사람을 그 박복한 곳으로 보낼 터였다. 케테구스와 베레스. 그리고 유능한 4개 군단을.

"아무것도 남기지 말게." 술라는 말했다. "나는 삼니움이 아무도, 가장 늙고 애국적인 삼니움족조차 다시는 거기 살고 싶지 않을 정도로 영락하기를 바라. 나무를 베고 들판을 망치고 도시는 물론 과수원까지 파괴해." 그는 사위스러운 웃음을 지었다. "문제가 될 만한 인물도 모조리 제거하도록."

좋아! 이렇게 삼니움은 교훈을 얻을 것이며, 게다가 술라는 골칫거리 두 명을 다음해 내내 보지 않아도 될 터였다! 그들은 금방 돌아오지 않을 것이다. 국고로 보낼 것 외에도 돈벌이가 무척 많을 테니까.

아마도 이탈리아의 다른 지역들에게는 다행이었던 것은, 술라가 그리워하는 건 차치하고 필요하다고조차 생각지 않았던 가족들이 이때쯤 로마에 도착하여 그를 어느 정도 정상적인 상태로 회복시켰다는 것이다. 술라는 자신이 달마티카를 보고 습격을 당한 것처럼 무너질 줄은 몰랐다. 그는 순간 무릎이 꺾이며 주저앉았고, 손댈 수 없는 단 한 명의 여인이 갑자기 눈앞에 나타난 풋내기 소년처럼 아내를 쳐다보고 말았다.

그녀는 무척 아름다웠다―예전부터 술라가 알고 있던 사실이긴 했지만. 커다란 회색 눈, 머리카락과 똑같이 갈색인 피부. 그리고 그가 얼마나 늙고 추해졌든 상관없이 결코 바래거나 변하지 않는 듯한 애정이 어린 표정. 그런 그녀가 이곳에 있었다. 그녀는 술라의 무릎 위에 앉아 그의 말라빠진 목을 껴안고, 그의 얼굴에 젖가슴을 대고, 그의 딱지투성이 머리를 어루만지며 그것이 마치 예전에 붉은빛 금발을 과시하던 그 찬란한 머리인 것처럼 입을 맞췄다―가발, 그이의 가발이 어디로 갔지? 그러나 그녀는 곧 남편의 머리를 들어올려 사랑스러운 입술로 그의 주름 잡힌 입술을 감쌌다. 그의 입술에 생기가 돌아올 때까지……. 술라의 안으로 다시 힘이 흘러들었다. 그는 그대로 그녀를 안아 들고 일어섰다. 승리감을 느끼며 두 사람의 방으로 걸어갔고, 승리감 이상의 무언가를 느끼며 그녀를 안았다. 그는 그녀에게 감싸인 채 생각했다. 어쩌면, 결국엔 나도 사랑을 할 수 있는 건지도 몰라.

"아, 당신이 어찌나 그립던지!" 술라가 말했다.

"당신을 어찌나 사랑하는지요." 달마티카가 말했다.

"2년……. 2년 만이오."

"2천 년 같았어요."

그러나 재회의 첫 정열이 사그라들자 그녀는 아내가 되었고, 작은 기쁨을 느끼며 남편을 살펴보았다.

"당신 피부가 훨씬 나아졌네요!"

"모르시모스가 연고를 보내줬소."

"이제 가렵지 않아요?"

"그래, 가렵지 않소."

이어 그녀는 어머니가 되었고, 곧바로 남편이 자신과 함께 육아실로 가서 작은 파우스투스와 파우스타에게 인사를 하게 만들었다.

"우리가 떨어져 있던 시간에 비해 별로 많이 크지 않았군." 술라는 그렇게 말하고 한숨을 쉬었다. "애들이 메텔루스 누미디쿠스를 닮았구려."

그녀는 소리 죽여 웃었다. "알아요……. 불쌍한 어린것들!"

술라의 인생에서 가장 행복한 날들 중 하나였다. 그녀가 그와 함께 웃었다!

어째서 엄마와 우스꽝스러운 늙은 남자가 서로를 붙들고 희희낙락하는지 알 수 없던 쌍둥이는 애매하게 웃음을 지으며 두 사람을 올려다보고 서 있다가, 결국은 참지 못하고 그들에게로 달려왔다. 그렇게 웃음을 터뜨리고 있던 술라가 그 아이들을 사랑하게 되었다고는 말할 수 없을지 몰라도, 최소한 그들이 착한 아이들이라고는 생각했다—설사 아이들이 종조부인 뚱돼지 퀸투스 카이킬리우스 메텔루스 누미디쿠스를, 그들의 아버지가 죽인 사람을 닮았다 하더라도. 얄궂기 그지없군! 아이들의 아버지는 그렇게 생각했다. 신들이 내게 내린 일종의 보복인가? 하지만 그리스인들이나 그런 걸 믿을 것이다. 나는 로마인이다. 게다가, 이 쌍둥이가 누구한테라도 복수를 할 만큼 나이가 들기 한참 전에 나는 이미 이 세상 사람이 아닐 것이다.

나머지 사람들도 무사히 도착했다. 그중에는 술라의 장성한 딸 코르넬리아 술라와, 그녀가 죽은 첫 남편과의 사이에서 낳은 자식 두 명도 있었다. 딸 폼페이아는 여덟 살이었고 스스로도 잘 알고 있는 자신의 아름다움에 완전히 몰두해 있었다. 여섯 살인 아들 퀸투스 폼페이우스 루푸스는 자기 코그노멘에 걸맞게 살 싹수가 보였다. 머리카락도, 피부도, 눈동자도, 심지어 성격마저 새빨갰다.

"그건 그렇고," 술라는 자기 가족을 돌보았던 집사 크리소고노스에게 물었다. "신성경계선을 넘어 로마로 들어오지 못하는 나의 손님은 어쩌고 있나?"

집사는 예전보다 조금 말라 있었다(성격이 각양각색인데다 그토록 많은 사람들을 보살피는 것이 쉬운 일은 아니었으리라고 술라는 생각했다). 그는 표정이 풍부하고 거무스름한 눈을 천장을 향해 굴리더니 어깨를 으쓱해 보였다.

"유감스럽게도, 루키우스 코르넬리우스, 주인어른이 직접 가셔서 그에게 정확한 이유를 설명하지 않으시면 그는 신성경계선 밖에 머물려고 하지 않을 겁니다. 전 정말 최선을 다했습니다! 하지만 그는 저를 경멸하거나 신뢰할 가치조차 없는 아랫사람으로 봅니다."

그야말로 프톨레마이오스 알렉산드로스답다고, 술라는 로마 밖으로 터덜터덜 걸어가며 생각했다. 크리소고노스가 그 거만하고 예민한 이집트 왕자를 두고 온, 아피우스 가도의 첫번째 거리표석 근처에 있는 작은 여관으로 가는 것이었다. 왕자는 술라의 보호를 받은 지 3년이 되었지만, 이제야 짐이 되기 시작하고 있었다.

페르가몬에 나타난 왕자는 폰토스의 궁정에서 도망쳐 왔다며 망명을 허락해달라고 술라에게 간청했다. 술라는 흥미를 느꼈다. 그가 왕좌를 되찾으려 애쓰다가 죽은 파라오의 유일한 적자인 프톨레마이오스 알렉산드로스였기 때문이다. 같은 해에 미트리다테스는 서출인 사촌 두 명과 함께 코스 섬에서 살고 있던 이 왕자를 잡았다. 이집트의 세 왕자 모두가 폰토스로 보내졌고, 이집트는 죽은 파라오의 형인 프톨레마이오스 소테르가 장악했다. 파라오의 지위를 되찾은 이 사람은 별명이 라티로스, 즉 병아리콩이었다.

젊은 프톨레마이오스 알렉산드로스를 보자마자 술라는 왜 이집트가 늙은 라티로스의 통치를 택했는지 깨달았다. 왕자가 말도 못하게 여성스러웠던 것이다. 그는 겹겹의 천을 풍성하게 두른 이시스(고대 이집트의 풍요를 관장하는 대모신—옮긴이)의 화신 같았으며, 곱슬곱슬한 금발에 황금 왕관을 쓰고 얼굴에는 공들여 화장을 하고 있었다. 뽐내듯이 행동하고 추파를 던졌으며, 선웃음을 치고 혀짤배기소리를 내고 아첨을 했다. 그럼에도 불구하고, 그 모든 나약한 겉모습 밑에는 냉혹한 뭔가가 있다고 술라는 빈틈없이 생각했다.

왕자는 가장 호전적인 이성애자의 궁정에서 포로 생활을 한 끔찍했던 3년에 대해 술라에게 말해 주었다. 미트리다테스는 여자 같은 남자가 '치료될' 수 있다고, 이 불쌍한 사내가 걸린 마법을 풀도록 고안된 온갖 모욕과 불명예를 끝도 없이 겪게 만들면 젊은 프톨레마이오스 알렉산드로스가 선택한 성향이 사라질 거라고 진심으로 믿었지만, 소용이 없었다. 폰토스의 고급 매춘부들, 심지어 비천한 창녀들과 함께 침대로 내던져도 프톨레마이오스 알렉산드로스는 침대 가장자리 밖으로 머리를 내밀고 토악질만 했다. 갑옷을 입은 채 조롱하는 군인들 100명과 함께 도보 행군을 하게 되자 그는 울면서 쓰러졌다. 주먹에 이어서 채찍으로 때리기도 했지만, 왕자는 그것이 자신을 매우 자극한다는 사실만 깨달았을 뿐이었다. 화려한 옷을 입고 보석을 걸치고 화장을 한채 아미소스의 장터에서 썩은 과일, 달걀, 채소, 심지어 돌 세례를 맞게 해도 그는 개심하지 않고 버텼다.

왕자에게 기회가 온 것은 술라의 성공적인 대로마 전쟁으로 미트리다테스가 비틀거리기 시작하고 궁정이 붕괴했을 때였다. 젊은 프톨레마이오스 알렉산드로스는 탈출했다.

"서출인 내 사촌들은 물론 아미소스에 남겠다고 했답니다." 왕자는 혀짤배기소리로 술라에게 말했다. "그 진저리나는 궁정은 그들에게 딱 맞아요! 그들은 미트리다테스가 반은 파르티아인, 반은 셀레우케이아인인 부인 안티오키스한테서 낳은 딸들과 얼씨구나 하고 결혼했죠. 폰토스든 공주들이든 다 가지라지! 난 싫으니까!"

"당신은 나한테 뭘 원하오?" 술라가 물었다.

"망명. 당신이 로마로 돌아가면 로마에 피난처를 마련해주고, 병아리콩이 죽으면 이집트의 왕관을 되찾아주는 거예요. 그에게는 베레니케라는 딸이 있고, 그녀가 왕후로서 그와 함께 통치하고 있죠. 하지만 물론 그는 그녀와 결혼할 수 없어요. 그는 숙모나 사촌, 누이하고만 결혼할 수 있는데 셋 다 없거든요. 당연히 베레니케 여왕은 자기 아버지보다 오래 살겠죠. 이집트의 왕통은 모계예요, 왕후나 왕족 중 가장 먼저 태어난 공주와의 혼인을 통해서 왕이 된다는 뜻이죠. 난 유일하게 남은 적통 프톨레마이오스예요. 마케도니아의 프톨레마이오스들이 멤피스가 아닌 알렉산드리아에 수도를 둔 이래 이 문제에 유일하게 참견할 권리가 있는 알렉산드리아 사람들은 내가 병아리콩의 뒤를 잇기를 원할 거고, 나와 베레니케 여왕의 혼인에 찬성할 거예요. 그러니 병아리콩이 죽으면 당신이 날 알렉산드리아로 보내 왕이 되게 해주었으면 해요. 로마의 승인과 함께 말이죠."

술라는 프톨레마이오스 알렉산드로스를 흥미롭게 쳐다보며 잠시 곰곰이 생각한 다음 말했다. "당신은 결혼을 할 수는 있겠지만, 그녀를 수태시킬 수 있소?"

"아마 못 하겠죠." 왕자는 침착하게 대답했다.

"그럼 뭐하러 결혼을 하지?" 술라가 히죽 웃으며 물었다.

왕자는 요점을 파악하지 못하는 듯했다. "나는 이집트의 파라오가 되고 싶어요, 루키우스 코르넬리우스." 그는 진지하게 말했다. "왕관은 정당하게 나의 것이에요. 내가 죽은 다음에 어떻게 될지는 중요하지 않아요."

"왕이 될 수 있는 다른 왕족들은 누구요?"

"서출인 사촌 두 명뿐이에요. 이제 그들은 미트리다테스와 티그라네스의 앞잡이들이죠. 나와 사촌들 세 명 모두 남쪽 시리아에서 왕국을 확장중인 티그라네스에게 보내라는 미트리다테스의 명령이 도착했을 때 나는 탈출할 수 있었어요. 내 생각에 그는 폰토스가 붕괴될 경우 우리가 로마의 보호를 받지 못하게 하려던 것 같아요."

"그렇다면 당신의 사촌들은 아미소스에 없을 수도 있겠군."

"내가 탈출할 때는 거기 있었어요. 내가 아는 건 거기까지예요."

술라는 펜을 내려놓고, 앞에 앉은 야하게 치장한 부루퉁한 사람을 염소처럼 서늘한 눈으로 응시했다. "좋소, 알렉산드로스 왕자, 망명을 허락하겠소. 내가 로마로 돌아갈 때 나와 함께 가도 좋소. 당신이 나중에 이집트의 이중 왕관을 갖느냐 하는 문제는—때가 오면 논의하는 게 최선일 듯하오."

그러나 술라가 아피우스 가도 위 첫번째 거리표석에 있는 작은 여관으로 터덜터덜 걸어가는 지금, 그 '때'란 아직 오지 않았다. 이제 술라는 젊은 프톨레마이오스 알렉산드로스 옆에 놓인 특정한 문제들을 예견할 수 있었다. 물론 술라의 머릿속 깊숙한 곳에는 계획이 있었다. 왕자를 처음 만났을 때 그 계획이 떠오르지 않았다면, 술라는 그 청년을 알렉산드리아에 있는 그의 백부 라티로스에게 돌려보내고 그 일에서 완전히 손을 뗐을 것이다. 그러나 술라는 계획을 떠올렸고, 이제 그는 그 계획이 결실을 맺는 걸 볼 만큼 오래 살기를 바랄 뿐이었다. 라티로스는 술라보다 나이가 훨씬 많았지만 여전히 몹시 건강한 것 같았다. 사람들은 알렉산드리아의 기후가 건강에 이롭다고 했다.

"하지만, 알렉산드로스 왕자," 여관에서 제일 좋은 방으로 안내받은 술라는 말했다. "당신 백부가 언제 죽을지 모르는 상황에서 당신을 로마의 돈으로 숙박시킬 수는 없소, 이런 장소에서조차 말이지."

거무스름한 눈동자에서 분노가 이글거렸다. 프톨레마이오스 알렉산드로스는 공격하는 뱀처럼 몸을 꼿꼿이 세웠다. "이런 곳? 이런 곳에 계속 있느니 아미소스로 돌아가겠어요!"

술라는 냉정하게 말했다. "아테네에서 당신이 아테네인들의 돈으로 호화롭게 생활한 건, 내가 그곳의 일부 지역을 어쩔 수 없이 약탈하고 약간 파괴한 후에 당신 백부가 그 도시에 준 선물들 때문이오. 그로 인한 특혜였단 말이지. 나는 당신한테 돈을 쓸 수 없소. 당신이 여기 있으면 나는 로마도 마련할 수 없는 돈을 내야 하오. 그러니 당신한테 두 가지 선택지를 제시하겠소. 로마가 준비한 배를 타고 알렉산드리아로 가서 당신 백부 병아리콩과 화해하든지, 로마의 은행가에게 돈을 빌려서 핀키우스 언덕이나 신성경계선 밖의 다른 허락된 장소에서 집과 하인들을 마련하시오. 대출을 하면 당신 백부가 죽을 때까지 머물러도 좋소."

프톨레마이오스 알렉산드로스의 안색이 창백해졌는지는 알 수 없었다. 화장이 너무 진했기 때문이다. 술라는 그가 창백해졌을 거라고 추측했다. 그는 분명 전의를 상실한 듯했기 때문이다.

"알렉산드리아로 갈 순 없어요, 그는 나를 죽일 거예요!"

"그럼 돈을 빌리시오."

"그러죠! 방법만 알려줘요!"

"크리소고노스를 보내겠소, 그가 잘 알고 있소." 술라는 그때까지 앉지도 않고 있다가 그대로 나가려고 문 쪽으로 걸음을 옮겼다. "참, 프톨레마이오스 알렉산드로스, 당신은 어떤 경우라도 절대 신성경계선을 넘어 로마로 들어와서는 안 되오."

"지루해 죽겠어요!"

술라의 유명한 냉소가 나왔다. "그렇지 않을 거요, 당신한테 돈과 근사한 집이 생기면 말이오. 물은 가만히 둬도 수평이 되지. 알렉산드리아는 로마에서 멀고, 나는 당신이 병아리콩이 죽자마자 적법한 왕이 될 거라고 가정해야만 하오. 그가 죽었다는 소식이 로마에 도착할 때까지는 나도 당신도 모르는 일이지만. 로마는 경계선 안에 그 어떤 통치 군주도 들이지 않으니, 당신은 로마 밖에 머물러야 하오. 명심하시오. 이를 어기면 당신은 알렉산드리아까지 가지 않고도 요절하게 될 거요."

프톨레마이오스 알렉산드로스는 눈물을 터뜨렸다. "당신은 끔찍해, 정말 싫어!"

술라는 가끔씩 말처럼 히히힝 웃으며 카페나 성문으로 가는 길을 걸었다. 프톨레마이오스 알렉산드로스, 정말 끔찍하고 싫은 작자야! 하지만—라티로스가 아직 술라가 독재관일 동안 죽을 만큼 은혜롭고 분별이 있기만 하다면, 왕자는 얼마나 유용한 존재가 될 것인가! 술라는 이집트의 왕좌가 비었다는 소식을 들으면 자신이 하게 될 일을 생각하면서 껑충껑충 뛰며 즐거워했다.

자신의 웃음과 껑충 뛰기와 게걸음이 우연히 자신을 본 모든 남녀들에게 공포를 불러일으킨 것을 모른 채, 술라는 전설적인 도시 알렉산드리아를 생각했다.

그러나 술라가 가장 신경쓰는 문제는 종교였다. 대다수 로마인들처럼, 술라도 신의 이름을 떠올리고 눈을 감으며 사람의 형상을 떠올리진 않았다—그런 건 그리스인들이 하는 행동이었다. 그즈음엔 벨로나를 무장한 여신으로, 케레스를 밀 한 단을 들고 있는 아름다운 기혼 부인으로, 메르쿠리우스를 날개 달린 모자와 날개 달린 샌들을 신고 있는 모습으로 생각하는 것이 교양과 소양의 증거였는데, 이는 헬레니즘 세계의 우월성 때문이었다. 헬레니즘 세계는 보다 초자연적인 신들을 원시적이고 우둔하며 인간처럼 복잡한 행위를 할 수 없는 존재들로 멸시했다. 그리스인들에게 신이란 본질적으로 초인적인 힘을 지닌 인간 같은 존재였다. 그들은 인간보다 복잡한 존재를 생각하지 못했다. 따라서 그리스 판테온의 왕 제우스는—강력하나 전능하지는 못한—로마의 감찰관 같았으며, 다른 신들에게 할 일을 할당했다. 다른 신들은 제우스를 기만하고, 공갈하고, 약간은 호민관처럼 행동하며 즐거워했다.

하지만 로마인인 술라는 신들이 그리스인들의 생각보다 훨씬 더 무형적이라고 생각했다. 신들은 인간의 형상을 띠지 않았으며 머리에 눈이 달려 있지도 대화를 하지도 않고, '초인적인' 힘을 쓰거나 인간과 비슷한 통합과 분화라는 사고 과정을 지니지도 않았다. 로마인인 술라는 신이 구체적인 사건들에 영향을 주거나 자신보다 열등한 다른 힘을 통제하는 구체적인 힘이라고 생각했다. 신들은 생명력을 먹고 살기 때문에 산 제물을 바치면 좋아했다. 신들은 자기들의 세계에서만큼 산 자들의 세계에서도 질서와 체계성을 원했다. 산 자의 세계가 질서 있고 체계적이면 힘들의 세계에서 질서와 체계를 유지하는 데 도움이 되기 때문이었다.

저장 선반과 헛간, 저장고와 저장실에 스민, 그곳들이 가득차 있기를 바라는 페나테스라는 신들이 있었다. 항해중인 배들과 교차로들을 모으고 무생물 물체들의 목표의식을 유지시키는 힘들은 라레스였다. 나무들이 바르게 생각하도록 하는, 가지와 잎은 위쪽으로, 뿌리는 아래쪽으로 뻗도록 하는 힘들이 있었다. 물을 달콤하게 하고 강이 높은 곳에서 저멀리 바다까지 아래로 흐르게 하는 힘들이 있었다. 소수의 사람들에게 행운과 복을 주고 대대수 사람들에게는 그보다 덜 주며, 또 소수의 사람들에게는 아무것도 주지 않는 힘은 포르투나였다. 그리고 유피테르 옵티무스 막시무스라 불리는 힘은 다른 모든 힘들의 총합이자, 사람들에게는 불가사의하나 힘들에게는 논리적인 방식으로 그 힘들을 한데 묶는 결합조직이었다.

술라는 로마가 자신의 신들, 자신의 힘들과 멀어지고 있다고 확신했다. 그렇지 않다면 어째서 대신전이 불탔겠는가? 어째서 그 귀중한 기록, 예언서들이 연기 속으로 사라졌겠는가? 사람들은 로마의 비밀, 신적인 힘들과 교신하는 엄격한 형식과 양식 들을 잊어버리는 중이었다. 신관과 조점관을 선거로 뽑는 것은 신관단 내부의 균형을 깨뜨렸으며, 아득한 옛날부터 대대손손 같은 가문에서 같은 종교 직을 배출하던 때만 가능했던 미묘한 조화를 깨뜨렸다.

따라서 술라는 로마의 낡은 제도와 법에 힘을 쓰기 전에 우선 로마의 신계를 정화하고 로마 신들의 힘을 안정시켜 제대로 흐를 수 있게 해야 했다. 로마의 비밀 이름을 외쳐야 할 필요가 있다고 여길 정도로 정신 나간 자가 있는데 어찌 로마가 복을 바랄 수 있겠는가? 로마의 신전들을 약탈하고 신관들을 살해하는 자들이 있는데 어찌 로마가 번성을 바랄 수 있겠는가? 물론 술라는 그 자신도 로마의 신전들을 약탈하고 싶어했음을 기억하지 못했다. 그는 자신이 진짜 적과 싸우러 갈 예정이었음에도 그렇게 하지 않았다는 것만 기억했다. 또한 질병과 포도주가 그의 삶을 수라장으로 만들기 전에 그가 신들에게 품었던 감정도 잘 기억하지 못했다.

술라는 대신전 화재에 내재된 메시지가 있다는 것만큼은 직감했다. 혼란을 종식하고 무질서로 치닫는 작금의 상황을 시정하는 것이 그의 임무였다. 그러지 않으면, 닫혀야 할 문들은 활짝 열리고 열려야 할 문들은 쾅 하고 닫힐 터였다.

술라는 신관과 조점관 들을 로마의 가장 오래된 신전, 카피톨리누스 언덕의 유피테르 페레트리우스 신전으로 불러모았다. 로물루스가 봉헌한 매우 오래된 이 신전은 회반죽이나 장식 없이 응회암 블록으로 지어졌고 주랑현관을 지지하는 사각기둥 두 개만 있었으며 신상이 없었다. 역시 그만큼 오래된 단순한 사각형 대좌 위에는 사람의 손에서 팔꿈치까지의 길이인 호박금 막대와 검고 유리 같은 무수규산 부싯돌이 놓여 있었다. 문을 통해 들어오는 빛 외에 아무런 빛도 들어오지 않는 신전은 유구한 세월—쥐똥, 흰곰팡이, 습기, 먼지—의 냄새가 났다. 하나 있는 방은 가로 3미터, 세로 2미터 정도에 불과했기에, 술라는 대신관단과 조점관단 모두 정원의 반도 채우지 못한 상태라는 사실에 감사했다.

술라 본인도 조점관이었으며 마르쿠스 안토니우스, 작은 돌라벨라와 카틸리나도 조점관이었다. 신관단에 가장 오래 몸담은 대신관은 가이우스 아우렐리우스 코타였고, 메텔루스 피우스와 마르스 대제관 겸 기병대장 겸 원로원 최고참 의원인 플라쿠스가 그 뒤를 바짝 따라잡았다. 카툴루스, 마메르쿠스, 클라우디우스 가문에서 유일하게 루키우스라는 이름을 보유한 분가 사람인 제사장 루키우스 클라우디우스—그

리고 아주 불안해하고 있는 대신관인, 늙은 브루투스의 아들 브루투스
가 있었다. 그는 언제 공권박탈자가 될지 걱정하고 있는 게 분명했다.

"지금 로마에는 최고신관이 없소." 술라가 입을 열었다. "나머지 신관
들도 얼마 없소. 더 편안한 장소에서 모일 수도 있었지만, 나는 약간의
불편함이 우리의 신들을 불쾌하게 하진 않으리라 믿소! 지금까지 한동
안 우리는 신들보다 우리를 더 생각해왔고 이에 신들은 기뻐하시지 않
기 때문이오. 우리 공화국이 탄생한 해에 봉헌된 유피테르 옵티무스 막
시무스 신전이 불타버린 건 우연이 아니오. 나는 그 신전이 불타버린
건 가장 훌륭하고 위대하신 유피테르께서 로마 원로원과 인민에게 당
신이 응당 받아야 할 것을 사취당했다고 느끼시기 때문이라고 확신하
오. 우리는 신들의 분노를 믿는 야만인들처럼 미숙하고 어리숙하지 않
소. 우리를 쳐서 죽이는 번개나 납작 으깨는 기둥은 '자연적인' 사건이
오. 이런 것들은 어떤 사람의 개인적인 불운을 암시할 뿐이지. 하나 징
조는 실제로 신들의 불만을 암시하며, 대신전 화재는 끔찍한 징조요.
지금 우리에게 시빌라의 예언서가 있다면 그것에 대해 더 알아낼 수도
있겠지만, 시빌라의 예언서도 불탔소. 집정관 명단과 12표법 원본 등
도 마찬가지고."

모인 사람들은 열다섯 명이었는데, 연사와 청중의 분리를 허락할 만
큼 충분한 공간이 없었기에 술라는 그냥 사람들 가운데 서서 평소 말
투로 말했다. "로마의 종교를 옛 모습대로 되돌리고 여러분 모두가 이
목표를 위해 일하게 만드는 것이 독재관으로서 나의 임무요. 내가 법률
을 제정할 수는 있지만 이를 시행하는 것은 여러분에게 달려 있소. 한
가지 양보할 수 없는 것이 있소. 나는 여러 번 꿈을 꿨고, 조점관이며,
내가 옳다는 걸 확신하기 때문이오. 나는 도미티우스 신관법을 철폐할

것이오. 몇 해 전 최고신관 나이우스 도미티우스 아헤노바르부스가 그리도 즐거워하며 우리에게 억지로 떠안긴 법 말이오. 그가 그렇게 한 것은 그의 가문이 모욕을 받고 자신이 무시당했다고 느꼈기 때문이오. 이는 진정한 종교적인 영혼이 아니라 개인적인 자존심에 근거한 이유요. 나는 그 최고신관이 신들을 언짢게 했다고 믿소. 특히 가장 훌륭하고 위대한 유피테르를. 따라서 종교 직 선거는 더는 없을 것이오. 최고신관 선거도 마찬가지요."

"하지만 최고신관은 언제나 선거로 뽑았소!" 충격을 받은 제사장 루키우스 클라우디우스가 외쳤다. "최고신관은 공화국에서 가장 높은 신관이오! 최고신관은 민주적으로 임명되어야 하오!"

"아니, 지금부터 최고신관도 동료 대신관들이 선택할 것이오." 술라는 논쟁의 싹을 자르는 어조로 말했다. "이 문제에 대해서는 내가 옳소."

"잘 모르겠지만……." 플라쿠스가 입을 열었다가 술라의 무시무시한 시선을 받자 말끝을 흐렸다.

"나는 아주 잘 아오, 그러니 더는 말하지 마시오!" 술라의 시선은 고뇌하는 한 얼굴에서 다른 얼굴로 옮겨다니며 더이상의 저항을 막았다. "또한 우리의 숫자가 부족한 것도 신들을 언짢게 한다고 생각하오. 따라서 나는 상급은 물론 하급 신관단 각각의 정원을 기존의 열 명이나 열두 명이 아닌 열다섯 명으로 할 생각이오. 한 사람에게 두 직책을 떠맡기는 일도 없애고! 게다가 15는 길한 수로, 불길한 13과 17 사이의 지레받침이오. 마법은 중요하오. 마법은 신들의 힘이 여행할 통로를 만들기 때문이오. 나는 수에 대단한 마법이 있다고 믿소. 따라서 우리는 로마를 위해 마법을 부릴 것이오, 우리의 신성한 임무대로."

"저," 메텔루스 피우스가 조심스럽게 말했다. "후, 후, 후보를 하, 하, 한 명만 세우면 어떨까요? 그렇게 하, 하, 하면 적어도 선거는 할 수 있습니다."

"선거는 없을 거네!" 술라가 내뱉었다.

침묵이 내려앉았다. 다들 한 발짝도 움직이지 않았다.

잠시 후 술라는 다시 말하기 시작했다. "여러 타당한 이유로 내 마음을 불편하게 하는 신관이 있소. 유피테르 대제관인 청년 가이우스 율리우스 카이사르 말이오. 루키우스 코르넬리우스 메룰라가 죽은 직후 그는 가이우스 마리우스와 마리우스에게 매수된 앞잡이 킨나에게 유피테르의 특별 신관으로 선택되었소. 그를 선택한 사람들만 봐도 충분히 불길하오! 그들은 모든 신관단이 참여해야 하는 통상적인 선별 과정을 따르지 않았소. 내가 걱정하는 또다른 이유는 나의 선조들과 관련이 있는데, 술라라는 코그노멘을 최초로 얻은 코르넬리우스가 유피테르 대제관이었기 때문이오. 하나 가장 불길한 이유는 대신전 화재요. 그래서 나는 이 청년에 대해 알아보기 시작했고, 그가 성인이 될 때까지 대제관 직과 관련한 규칙 준수를 단호히 거부했음을 알게 되었소. 그후 그의 행동은 내가 보기에는 정통적이었지만, '내가' 어떻게 생각하는지는 중요하지 않소. 중요한 건 유피테르 옵티무스 막시무스께서 어떻게 생각하느냐요! 유피테르 신전의 불이 마침내 꺼진 7월의 이두스 이틀 전, 그날은 유피테르 대제관의 생일이었소. 이것은 징조요!"

"좋은 징조일 수도 있습니다." 그 유피테르 대제관의 운명을 염려한 코타가 말했다.

"물론 그렇소," 술라가 말했다. "그러나 그건 내가 판단할 일이 아니오. 독재관인 나는 신관과 조점관 임명 방식을 마음대로 정할 수 있소,

그들을 뽑는 선거를 마음대로 폐지할 수도 있소. 하지만 유피테르 대제관의 경우는 다르오. 그의 운명은 여러분이 모두 함께 결정해야만 하오. 모두 함께! 페티알레스 신관단, 대신관단, 조점관단, 신성한 책들의 신관단, 심지어 진설관단과 마르스 신관단까지. 코타, 당신을 그 조사의 책임자로 임명하겠소, 당신이 가장 오래 복무한 대신관이기 때문이오. 기한은 12월의 이두스까지요. 그때 우리는 여기서 다시 만나 현 유피테르 대제관의 종교적 지위를 논할 것이오." 술라는 엄숙한 표정으로 코타를 쳐다보았다. "이 일과 관련해 어떤 소문도 돌아서는 안 되오, 특히 젊은 카이사르 본인이 알아서는 결코 안 되오."

집으로 가면서 술라는 싱긋 웃고 양손을 비비며 즐거워서 어쩔 줄을 몰랐다. 유피테르 막시무스가 그의 힘의 통로들을 위한 엄청난 부흥책이라고 여길 기막힌 장난을 생각해냈기 때문이다. 희생양! 로마를 위한 산 제물―공화국의 수석 신관! 최고신관은 제사장을 대신하기 위해 탄생했다. 왕인 동시에 제사장인 왕보다 더 높은 지위를 주기 위해서였다. 끝내주는 장난이군! 술라는 거의 울부짖듯이 웃으며 스스로에게 외쳤다. 나는 위대한 신에게 희생양을 바칠 것이다! 그는 희생에 동의하고 죽을 때까지 계속해서 자신을 희생시킬 것이다. 나는 공화국과 위대한 신에게 한 사람의 인생의 절정기를―그의 고통과 고난, 고뇌를 바칠 것이다. 그것도 그의 전적인 동의를 얻어서. 그는 결코 희생을 거절하지 않을 테니까.

다음날 술라는 국가 종교 규제를 목적으로 한 그의 첫번째 법률을 로스트라와 레기아의 벽에 붙여 공개했다. 처음에 로스트라 근처에 있던 사람들은 그것이 추가 공권박탈자 명단이라고 짐작했다. 현상금 전문 사냥꾼들이 재빨리 모여들었다가 탄식을 뱉으며 돌아서서 가버렸다. 그것은 다양한 상급·하급 신관단들의 새로운 구성원 명단이었기 때문이다. 신관단마다 열다섯 명씩, 파트리키와 평민이 다소 무작위하게 섞여 있었으며(평민이 더 많았다), 명문가 사람들이 절묘하게 골고루 올라 있었다. 가치 없는 이름은 없었다! 폼페이우스나 툴리우스나 디디우스는 없었다. 율리우스, 세르빌리우스, 유니우스, 아이밀리우스, 코르넬리우스, 클라우디우스, 술피키우스, 발레리우스, 도미티우스, 무키우스, 리키니우스, 안토니우스, 만리우스, 카이킬리우스, 테렌티우스 집안사람들이 있었다. 한 가지 더, 술라는 이미 보유한 조점관 직에 신관 직까지 보유하게 되었다. 그런 사람은 그가 유일했다.

"난 양쪽 모두에 발을 담그고 있어야 해." 그는 명단을 작성하면서 혼잣말을 했었다. "독재관이니까."

다음날 술라는 오직 한 명의 이름만 적힌 부록을 공개했다. 신임 최고신관의 이름이었다. 새끼 똥돼지 퀸투스 카이킬리우스 메텔루스 피우스. 보기 드문 말더듬이.

로마 사람들은 로스트라와 레기아에서 그 무시무시한 이름을 보고 겁에 질렸다. 신임 최고신관이 메텔루스 피우스라고? 어떻게 이럴 수가 있는가? 술라는 왜 이러는 것인가? 완전히 미쳐버렸나?

신관과 조점관으로 구성된 대표단이 몸을 떨며 술라를 만나러 아헤노바르부스의 집으로 갔다. 메텔루스 피우스도 포함되어 있었다. 물론 그는 대표단의 대변인이 아니었다. 그즈음 그는 어찌나 말을 더듬는지, 아무도 그가 자기 생각을 표현하려 애쓰는 동안 두 발에 번갈아 체중을 실으며 서서 듣고 있으려 하지 않았다. 대변인은 카툴루스였다.

"루키우스 코르넬리우스, 도대체 왜?" 카툴루스는 울부짖었다. "우리는 이 문제에 발언권이 없는 겁니까?"

"나는 그 자, 자, 자리를 워, 워, 원하지 아, 아, 않습니다!" 새끼 똥돼지는 눈을 굴리고 두 손을 떨면서 고통스럽게 말을 더듬었다.

"루키우스 코르넬리우스, 이럴 수는 없습니다!" 바티아가 소리쳤다.

"불가능한 일입니다!" 술라의 사위 마메르쿠스가 외쳤다.

술라는 무표정한 얼굴과 시선을 유지하며 그들이 지칠 때까지 대답을 미뤘다. 이 일이 장난임을 그들이 조금이라도 눈치챘다면 이 장난을 망치게 되었기 때문이다. 그들은 그가 언제나 진지하고 진심이라고 생각해야만 한다. 실제로 그랬기 때문이다. 실제로 그랬다! 유피테르는 간밤에 술라의 꿈에 나타나 이 멋지고 완벽한 장난이 아주 흡족하다고 말했다.

그들은 지쳤다. 걱정스러운 침묵이 내려앉았다. 새끼 똥돼지만 작은 소리로 흐느끼고 있을 뿐이었다.

"사실," 술라는 평소와 같은 말투로 말했다. "나는 독재관이므로 원하는 건 뭐든지 할 수 있소. 하지만 그건 중요하지 않소. 중요한 것은 유피테르 옵티무스 막시무스께서 나의 꿈에 나타나 퀸투스 카이킬리우스를 최고신관으로 콕 집어서 요구했다는 것이오. 잠에서 깬 후 살펴본 징조들은 아주 길했소. 로스트라와 레기아에 붙일 양피지 두 장을 들고 포룸 로마눔으로 가던 중에 독수리 열다섯 마리가 카피톨리누스 언덕을 가로지르며 왼쪽에서 오른쪽으로 날아가는 것을 보았소. 올빼미도 울지 않았고 번갯불이 번쩍이지도 않았다오."

대표단은 술라의 얼굴을 쳐다본 후 시선을 아래로 떨궜다. 술라는 진지했다. 유피테르 옵티무스 막시무스도 마찬가지인 것 같았다.

"하지만 모든 의식에서 실수는 용납되지 않습니다!" 바티아가 말했다. "몸짓과 행동, 말 한마디조차 틀려서는 안 됩니다! 행위나 말이 잘 못되면 그 즉시 전체 의식을 처음부터 다시 해야만 한다고요!"

"나도 알고 있네." 술라가 상냥하게 말했다.

"루키우스 코르넬리우스, 당신도 분명 알고 있을 겁니다!" 카툴루스 가 외쳤다. "피우스는 하는 말마다 더듬어요! 그러니 그가 최고신관 역 할을 할 때마다 우리는 그곳에 '영원히' 있게 될 겁니다!"

"나도 잘 알고 있소." 술라는 매우 진지하게 말했다. "그곳에 영원히 있게 될 사람들 중에 나도 있으리라는 걸 기억하시오." 술라는 어깨를 으쓱했다. "어쩌겠소, 이것이 우리가 신들을 성실하게 섬기지 않았기 때문에 위대한 신께서 추가로 요구하는 일종의 희생이라면?" 술라는 메텔루스 피우스 쪽으로 몸을 돌리고 그의 떨리는 한 손을 두 손으로 꼭 잡았다. "친애하는 새끼 똥돼지, 물론 자네는 거절해도 된다네. 우리 종교법에 자네가 거절할 수 없다는 조항은 없으니까."

새끼 똥돼지는 잡히지 않은 손으로 토가 자락을 끌어올려 눈과 코를 닦았다. 이어 숨을 들이쉬더니 말했다. "하겠습니다, 루키우스 코르넬 리우스, 위대한 신께서 그것이 나, 나, 나여야 한다고 하신다면요."

"자, 봤지?" 술라는 잡고 있던 손을 토닥이며 말했다. "지금 거의 더듬 지 않네! 연습하게, 친애하는 새끼 똥돼지! 연습하면 돼!"

금방이라도 발작적인 웃음이 터질 것 같아서 술라는 서둘러 대표단 을 돌려보내고 서재로 가서 문을 잠갔다. 그의 두 무릎이 내려앉았다. 그는 긴 의자 위에 쓰러져 두 팔로 몸을 감싸고 눈물을 줄줄 흘리면서 울부짖듯이 웃었다. 숨을 제대로 쉴 수가 없자 땅바닥으로 내려가 누워 서 새된 소리를 내고 숨을 헐떡이며 두 다리를 허공에 휘둘렀다. 어찌 나 아픈지 이러다 죽을 수도 있겠다는 생각이 들었지만 계속해서 웃었다. 징조들이 정말로 길했다는 것을 알기에 안심한 채로. 그리고 그날이 저물도록 술라는 새끼 똥돼지의 고상한 자기희생적 표정이 떠오를 때마다 포복절도했다. 카툴루스와 바티아와 자기 사위의 표정이 기억날 때마다 또 웃었다. 멋지다, 멋져! 완벽한 정의다, 이 유피테르의 농담은. 다들 응당 받아야 할 것을 정확하게 받았다. 루키우스 코르넬리우스 술라도 포함해서.

12월의 이두스 날, 60여 명의 남자들이—상급은 물론 하급 신관단의 구성원들도—서로를 밀치며 유피테르 페레트리우스 신전으로 들어갔다.

"우리는 신들에게 경의를 표했소." 술라가 말했다. "우리가 바깥 공기를 좀 쐬어도 신께서 싫어하진 않으실 거요."

술라는 낮은 벽 위에 앉았다. 카피톨리누스와 아룩스의 쌍둥이 소언덕들 양쪽 경사면에 아늑하게 부푼 공원 같은 구역으로부터 오래된 아실룸을 울타리처럼 구분하는 장소였다. 나머지 사람들에게는 풀밭에 앉으라고 손짓했다.

절망적으로 불행해하던 새끼 똥돼지는 생각했다. 이것이 술라의 가장 이상한 면들 중 하나야. 술라는 사소한 것에 거대한 위엄을 부여하다가도, 지금처럼 거대한 것을 극히 소탈한 것으로 변모시킬 수 있지. 카피톨리누스 언덕의 방문자와 여행자—포룸 로마눔과 마르스 평원 사이의 지름길을 타고 아실룸 계단이나 게모니아이 계단 꼭대기에 숨이 차서 다다른 남녀들—의 눈에 그들은 어슬렁거리며 거니는 철학자와 제자들, 또는 시골의 아버지와 형제, 조카, 아들과 사촌 들로 비칠 것이 분명했다.

"보고할 내용이 무엇이오, 가이우스 아우렐리우스?" 술라는 앞줄 가운데에 앉아 있는 코타에게 물었다.

"이번 일은 제게 아주 어려웠습니다, 루키우스 코르넬리우스." 코타는 대답했다. "독재관께서도 유피테르 대제관인 젊은 카이사르가 제 조카인 걸 아시지요?"

"그는 나의 조카이기도 하오, 혈연이 아니라 혼인에 의해서이긴 하지만." 독재관이 차분하게 말했다.

"그렇다면 독재관께 다른 질문을 해야겠습니다. 카이사르 집안사람들을 공권박탈하실 겁니까?"

술라는 자기도 모르게 아우렐리아를 떠올렸고, 단호하게 고개를 저었다. "아니, 그렇지 않소. 나의 처남들인 카이사르들은 오래전 둘 다 죽었소. 그들은 가이우스 마리우스의 사람들이었지만 사실상 국가에 대한 어떤 범죄도 저지르지 않았소. 그들이 마리우스의 편에 선 건 이유가 있었소. 마리우스는 그들의 가문에 재정적인 도움을 주었고, 그 유대는 의무적인 사이였소. 죽은 마리우스의 미망인은 대제관 청년의 고모이고, 그녀의 여동생은 나의 첫번째 아내였소."

"하지만 독재관께서는 마리우스와 킨나 가문은 둘 다 공권박탈하셨지요."

"그렇소."

"감사합니다." 코타는 안도한 표정으로 말하고 목을 가다듬었다. "젊은 카이사르가 겨우 열세 살에 엄숙하고 적절한 방식으로 유피테르 옵티무스 막시무스의 신관으로 축성되었을 때, 그는 한 가지를 제외하고 모든 기준을 충족했습니다. 그는 양친이 모두 생존한 파트리키였지만, 양친이 모두 생존한 파트리키 여자와 결혼하지 않은 상태였지요. 하지만 마리우스는 그의 신붓감을 구해주었고 그는 그녀와 결혼한 뒤 취임 및 수임 의식을 치렀습니다. 신부는 킨나의 차녀였습니다."

"당시 그녀는 몇 살이었소?" 술라는 하인을 향해 손가락으로 딱 소리를 내며 말했다. 하인은 곧바로 술라에게 챙 넓은 농부의 밀짚모자를 건넸다. 술라는 모자를 편안하게 조정하고 그 밑에서 장난스러운 시선으로 내다보았다. 그야말로 시골의 늙은 아버지였다.

"일곱 살이었습니다."

"문자 그대로 애들의 결혼이었군. 하! 킨나가 어지간히 배가 고팠던 모양이오?"

"그런 것 같습니다." 코타가 불편한 기분으로 대답했다. "여하튼, 소년은 대제관 직을 좋아하지 않았습니다. 그는 성인용 토가를 입을 때까지 로마 귀족 청소년이 하는 활동을 할 거라고 주장했습니다. 그래서 그는 마르스 평원에서 군사 훈련을 받았습니다. 검술을 하고 활을 쏘고 창을 던졌지요─그리고 거기서 시키는 모든 것에서 두각을 나타냈습니다. 그는 놀라운 일을 하곤 했다고 합니다. 아주 빠른 말을 타고 두 손을 등뒤에서 잡은 채 전속력으로 달렸다는군요─그것도 안장 없이 말이죠! 당시 마르스 평원에 함께 있던 사람들은 그를 잘 기억했으며, 그의 천부적인 군사적 적성 때문에 그가 대제관임을 유감스러워합니다. 또한 그의 모친이자 제 이부누이 아우렐리아에 따르면 그는 규정된 식단을 고수하지 않았으며, 쇠칼로 손톱을 자르고 쇠 면도기로 이발을 했으며 매듭과 죔쇠를 착용했다고 합니다."

"그가 토가 비릴리스를 입은 뒤에는 어땠소?"

"그는 완전히 바뀌었습니다." 코타는 상당한 놀라움을 담은 말투로 말했다. "반항─그게 정말 반항이었다면─은 끝났습니다. 그는 종교적 의무를 꼼꼼하게 이행했으며, 아펙스와 라이나를 늘 착용했고, 모든 금기를 지켰습니다. 그의 모친은 그가 자신의 역할을 좋아하게 된 건 전혀 아니지만, 감내하게 되었다고 하더군요."

"알겠소." 술라는 양 발뒤꿈치로 벽을 가볍게 친 다음 말했다. "꽤 만족스러운 결과로 들리는 듯하군, 코타. 그의 대제관 직에 관해 당신은 어떤 결론에 도달했소?"

코타는 얼굴을 찌푸렸다. "문제가 하나 있습니다. 우리에게 예언서들이 있었다면 이 문제를 명료하게 할 수 있을지도 모르지만 아시다시피 예언서는 사라졌습니다. 그래서 우리는 결론을 내리기가 불가능하다는 걸 발견했습니다. 그 청년은 분명 적법한 유피테르 대제관이나, 종교적 관점에서는 확신이 들지 않습니다."

"어째서?"

"카이사르 부인의 시민 지위가 모든 것을 결정할 것입니다. 그의 가족은 그녀를 킨닐라라고 부릅니다. 올해 열두 살이고요. 한 가지 확실한 건 유피테르 대제관 직은 2인 체제로, 남편만큼이나 아내도 중요합니다. 그녀는 유피테르 여제관이라는 종교적 직함을 보유하며 동일한 금기들을 적용받고 자신만의 종교적 임무를 수행합니다. 만일 그녀가 종교적 기준을 충족하지 못하면 대제관 직 전체가 의심스럽게 됩니다. 우리는 킨닐라가 종교적 기준을 충족하지 않는다는 결론에 도달했습니다, 루키우스 코르넬리우스."

"정말이오? 어떻게 그런 결론에 도달하게 된 것이오, 코타?" 술라는 다른 생각을 하면서 벽을 더 세게 찼다. "두 사람 사이에 부부관계가 있었소?"

"아니, 아닙니다. 킨닐라는 젊은 카이사르와 결혼한 이래 제 누이의 가족들과 생활하고 있으며, 제 누이는 모범적인 로마 귀족 여성입니다." 코타가 말했다.

술라는 잠깐 미소를 지었다. "그녀가 모범적이라는 건 알고 있소."

"네, 그것이……." 코타는 불편하게 몸을 움직였다. 그는 코타 집안에서 아우렐리아와 술라의 우정의 성격을 두고 벌인 열띤 논쟁을 기억했으며, 이제 그가 술라의 새 공권박탈 법률 중 하나를 비판해야 함을 알기 때문이었다. 그러나 그는 이 문제를 극복하고 마무리짓기로 결심하고 용감하게 말을 이었다. "우리가 생각하기에 카이사르는 유피테르 대제관이나 그의 부인은 여제관이 아닙니다. 적어도 우리는 독재관님의 공권박탈법을 그렇게 해석했습니다. 본 법은 공권박탈자의 미성년 자녀의 시민권도 미니키우스법의 적용을 받는지 분명히 하지 않았습니다. 킨나의 아들은 킨나가 공권박탈을 당했을 때 성년이었으므로 그의 시민권은 질문의 여지가 없습니다. 그러나 미성년 자녀, 특히 딸들의 시민 지위는 어떻게 됩니까? 독재관님의 법은 미니키우스법에 따라 판단하는 것인지요, 아니면—법정의 유죄판결과 추방에 관련해—아비의 시민권 상실은 본인에게만 적용되는지요? 우리는 이를 결정해야 했고, 독재관님의 공권박탈법이 자녀 및 기타 상속자의 권리에 관해 엄격하다는 것을 근거로 우리는 미니키우스 자녀법이 적용된다는 결론을 도출했습니다."

"친애하는 새끼 똥돼지, 자네 생각은 어떤가?" 독재관은 법률적 모호함에 대한 암시를 완전히 무시하면서 조용히 물었다. "천천히 하게, 천천히! 나는 오늘 다른 일정도 없으니까."

메텔루스 피우스는 얼굴을 붉혔다. "가이우스 코타의 말대로 자녀의 시민 지위에 관한 그 법이 적용됩니다. 부모 중 한 명이 로마 시민이 아닐 때 자녀는 로마 시민이 될 수 없습니다. 따라서 카이사르의 아내는 로마 시민이 아니며, 종교법에 따라 유피테르 여제관이 될 수 없습니다."

"아주 좋아! 전혀 더듬지 않고 말했네, 새끼 똥돼지!" 술라의 양 발뒤꿈치가 벽에 퉁, 퉁 부딪혔다. "그러니까 전부 내 잘못이라는 거군? 나는 모든 세부사항을 결정하지 않고 법에 해석의 여지를 남긴 거란 말이지."

코타는 숨을 깊이 들이쉬었다. "네." 그는 용감하게 말했다.

"사실입니다, 루키우스 코르넬리우스." 바티아가 미력을 보태며 말했다. "그러나 우리는 우리의 해석이 틀릴 수 있음을 잘 알고 있습니다. 우리는 독재관님의 지도를 정중하게 요청하는 바입니다."

"글쎄," 술라는 벽에서 미끄러지듯이 내려오며 말했다. "내가 보기엔 이 딜레마를 벗어나는 최선책은 카이사르에게 새 여제관을 찾아주는 것 같소. 그는 물론 콘파레아티오 결혼을 했겠지만, 민법이나 종교법의 견지에서 보면 이혼은 가능하오. 나는 카이사르가 위대한 신의 여제관이 될 수 없는 킨나의 여식과 이혼해야 한다고 생각하오."

"혼인 무효겠죠, 물론!" 코타가 말했다.

"이혼이오." 술라가 단호하게 말했다. "온갖 사람들이 그들 사이에 부부관계가 없었다고 맹세하겠지만—그리고 베스타 신녀들에게 그 소녀의 처녀막 검사를 시킬 수도 있지만—우리가 다루고 있는 문제는 가장 훌륭하고 위대한 유피테르에 관한 것이오. 그리고 당신은 내 법이 해석에 열려 있다고 지적했소. 사실 당신은 그것을 해석하기까지 했지—결정을 내리기 전에 나와 논의하지 않고 말이오. 그것이 당신의 실수요. 당신은 나와 논의했어야 하오. 하지만 그러지 않았으므로, 당신은 반드시 그 결과를 감내해야 하오. 디파레아티오 이혼이 그 것이오."

코타는 얼굴을 찡그렸다. "디파레아티오 이혼은 끔찍한 일입니다!"

"당신이 괴로워하니 유감이오, 코타."

"그럼 제가 그에게 알려줘야겠군요." 입가가 굳어진 코타가 말했다.

술라가 한 손을 앞으로 뻗었다. "아니!" 꽤 날카로운 목소리였다. "그 에게 아무 말도 하지 마시오, 아무 말도! 내일 저녁식사 시간 전에 우리 집에 오라고만 전하시오. 내가 직접 말하고 싶소, 알아들었소?"

"그래서," 잠시 후 코타는 카이사르와 아우렐리아에게 말하고 있었 다. "조카 네가 술라를 만나야 한다."

카이사르와 그의 어머니 모두 긴장한 표정이었지만 말없이 손님을 문까지 배웅했다. 동생이 떠난 후 아우렐리아는 아들을 따라 서재로 갔다.

"앉으세요, 어머니." 카이사르는 부드럽게 말했다.

그녀는 의자 가장자리에 걸터앉았다. "마음에 안 들어. 그가 왜 너를 직접 만나려는 거지?"

"가이우스 삼촌 말씀 들었잖아요. 술라는 종교적 질서를 재편하기 시작했고, 유피테르 대제관인 나를 만나고 싶어하는 거예요."

"나는 못 믿겠어." 아우렐리아는 고집스럽게 말했다.

카이사르는 걱정이 되어 오른손으로 턱을 괴고 어머니를 탐색하듯 쳐다보았다. 자신을 염려하는 것은 아니었다. 그는 자신에게 무슨 일이 생기든 대응할 수 있음을 알고 있었다. 그가 걱정하는 것은 어머니, 그 리고 가문의 다른 모든 여자들이었다.

마리우스 2세가 집정관 직을 놓고 가족회의를 소집한 때부터 비극은 가차 없이 빠르게 진행되었다. 인위적으로 유발된 기쁨과 자신감의 시기를 지나고, 그 끔찍한 겨울의 추락을 지나서, 종국에는 사크리포르투스에서의 패배라는 아가리를 딱 벌린 구덩이 속으로. 그들은 마리우스 2세가 집정관이 된 후부터 그를 거의 보지 못했는데, 마리우스의 어머니와 아내도 다르지 않은 상황이었다. 정부가 나타난 것이다. 기사 가문의 아름다운 로마인 여성 프라이키아는 마리우스 2세가 낼 수 있는 여분의 시간을 독점했다. 재정적으로 독립할 만큼 부유한 그녀는 마리우스 2세를 홀렸을 때 이미 서른일곱 살이었고 결혼 생각은 없었다. 열여덟 살에 결혼한 적이 있었지만 그건 오직 아버지에게 복종하기 위해서였다. 그녀의 아버지는 곧 세상을 떠났고, 프라이키아는 곧바로 줄줄이 애인들을 두었으며 남편에게 이혼당했다. 하지만 이혼은 그녀와 아주 잘 어울렸다. 그녀는 자신의 구미에 맞는 생활을 시작했다. 같은 계급의 정부들은 물론 몇몇 흥미로운 귀족 정부들까지 두었는데, 후자는 친구와 문제와 정치적 음모를 그녀의 식당 긴 의자와 침대로 데려와서—그녀가 사족을 못 쓰는—정치와 열정의 조합을 즐기게 해주었다.

마리우스 2세는 프라이키아의 가장 큰 물고기였고 그녀는 그를 무척 좋아하게 되었다. 그의 젊은 언동에 놀라고, 가이우스 마리우스라는 이름에 깃든 힘에 매혹되었으며, 이 젊은 수석 집정관이 그의 어머니 율리아와 아내 무키아보다도 자기를 좋아한다는 사실이 기뻤다. 그녀는 마리우스 2세의 모든 친구들에게 그녀의 크고 우아하게 장식된 집을, 마리우스의 최측근들로 구성된 소수 집단에게는 자기 침대까지 개방했다. 그녀는 혐오스러운 카르보가 아리미눔으로 떠나자마자 애인의 매사에 있어 최고의 조언자가 되었고, 실제로 로마를 운영하는 것이 마리우스 2세가 아니라 자기라는 사실을 즐겼다.

그리하여 술라가 테아눔 시디키눔을 떠나려 한다는, 그리고 마리우스 2세가 아드 픽타스의 병사들한테로 가겠다고 선언했다는 소식을 들었을 때, 프라이키아는 전쟁 동안 젊은 수석 집정관과 함께 다녀야겠다고 생각했지만 이는 실현되지 않았다. 마리우스 2세는 골칫거리가 되고 있던 그녀에 대해 전형적인 해법을 찾았다. 그는 그녀에게 떠나겠다는 말도 없이 해 저문 후에 로마를 떠났다. 그러나 원망은 없었다! 프라이키아는 어깨를 으쓱하곤 다른 놀거리를 찾았다.

이는 즉 마리우스 2세의 어머니도 아내도 그에게 작별인사를 하고 분명 필요할 행운을 빌어줄 기회를 얻지 못했다는 의미였다. 그는 사라져버렸다. 그리고 다시는 돌아오지 않았다. 사크리포르투스의 소식은 (프라이키아를 존중하기에는 지나치게 카르보의 사람이었던) 다마시푸스가 피의 숙청을 시작하고 나서야 로마에 퍼졌다. 죽은 사람들 중에는 마리우스 2세의 장인이자 율리아의 좋은 벗이던 최고신관 퀸투스 무키우스 스카이볼라도 있었다.

"내 아들이 한 짓이에요." 율리아는 뭔가 해줄 일이 있는지 보러 온 아우렐리아에게 말했다.

"말도 안 돼요!" 아우렐리아는 따뜻한 목소리로 말했다. "다른 누구도 아닌 브루투스 다마시푸스가 한 일이죠."

"아들이 사크리포르투스에서 직접 써서 보낸 편지를 봤어요." 율리아는 흐느낌보다도 더한 소리를 내며 숨을 들이마셨다. "그앤 이 너절한 보복 행위 없이는 패배를 받아들이지 못한 거예요. 이제 며느리 얼굴을 어떻게 보죠?"

카이사르는 방 한구석에 웅크린 채 냉정하게 집중하며 여자들의 얼굴을 쳐다보았다. 그가 어떻게 율리아 고모에게 이런 짓을 할 수 있는가? 그의 미친 늙은 아비가 인생 말미에 벌인 짓이 모자라서? 율리아는 호박석 안의 파리처럼 슬픔의 덩어리에 갇혀 있었다. 그녀는 더 아름다워졌다. 모든 고통을 보이지 않게 안으로 감춘 정적인 상태였기 때문이다. 심지어 그녀의 눈에서도 고통은 찾아볼 수 없었다.

그때 무키아가 들어왔고, 율리아는 몸을 움츠리며 며느리의 시선을 피했다.

아우렐리아는 날카롭고 무심한 표정으로 꼿꼿이 앉아서 물었다. "무키아 테르티아, 당신 아버지가 돌아가신 일로 율리아를 비난하나요?"

"당연히 그렇지 않아요." 마리우스 2세의 아내는 이렇게 말하고 의자를 당겨 율리아 가까이 앉더니 그녀의 두 손을 잡았다. "어머님, 제발 저를 보세요!"

"그럴 수가 없구나!"

"그러셔야 해요! 전 아버지의 집으로 돌아가 새어머니와 살 생각이 없어요. 친어머니의 집에서 그분의 무시무시한 아들들과 함께 살 생각도 없고요. 저는 제가 좋아하는 마음씨 고운 어머님과 계속 살고 싶어요."

이 문제는 그렇게 해결되었고, 율리아와 무키아 테르티아는 그들만의 생활을 계속했다. 그러나 두 사람은 프라이네스테의 성벽 안에 갇힌 마리우스 2세에게서 아무런 소식도 들을 수 없었고, 여러 전장에서 온 소식들은 언제나 술라에게 유리했다. 아우렐리아의 아들은 생각했다. 마리우스 2세가 아우렐리아의 아들이었다면, 프라이네스테에서의 끝나지 않는 날들 동안 어머니를 떠올리며 거의 아무런 위안도 얻지 못했겠지. 아우렐리아는 율리아만큼 부드럽지도 애정이 깊지도 너그럽지도 않았다. 그러나 카이사르는 슬며시 웃으며 생각했다. 하지만, 어머니가 고모 같았다면 나는 마리우스 2세 같은 사람이 되었을지도 몰라! 카이사르는 어머니의 초연함과 단단함을 물려받았다.

비보에 비보가 이어졌다. 카르보는 야반도주해버렸고 술라는 삼니움군을 되돌려보냈다. 폼페이우스와 크라수스는 카르보가 클루시움에 버려둔 군인들과 싸워 이겼다. 새끼 똥돼지와 바로 루쿨루스는 이탈리아 갈리아를 장악했다. 술라는 몇 시간 동안만 로마에 들어와 임시 정부를 세운 후, 정부가 제대로 작동하도록 트라키아인 기병대와 토르콰투스를 남겨두었다.

그러나 술라는 아우렐리아를 보러 오지 않았다. 카이사르는 이 일에 흥미가 끌려 살짝 낚시질을 해보았다. 그의 어머니는 테아눔 시디키움 외곽에서 술라를 만난 일에 대해 아무 말도 하지 않았었다. 이제 그녀는 깨어진 관습, 그리고 손상되지 않은 차분함과 함께 이곳에 있었다.

"그가 어머니를 만나러 오지 않다니!" 카이사르는 말했다.

"그는 두 번 다시 나를 만나러 오지 않을 거다." 아우렐리아는 말했다.

"어째서죠?"

"그가 나를 만나러 오던 건 다른 시기에 속한 일이야."

"그가 좋아할 수 있을 만큼 잘생겼던 시기 말이죠?" 아들은 단단히 억눌러왔던 성질을 갑자기 드러내며 매섭게 말했다.

그러나 그녀는 냉랭한 표정을 짓고서 아들을 쭈그러뜨리는 시선을 던지며 말했다. "모욕적일 뿐 아니라 멍청한 말이구나! 나가거라!"

카이사르는 방에서 나갔다. 그리고 그후로 그 문제를 완전히 포기했다. 술라가 어머니에게 무슨 의미든 간에 그것은 어머니의 일이었다.

그들은 마리우스 2세가 만든 공성탑과 그것의 비참한 최후에 대해, 그리고 오펠라의 벽을 넘기 위한 다른 시도들에 대해 들었다. 10월의 마지막날 충격적인 소식이 들려왔다. 9만 명의 삼니움군이 콜리나 성문 밖 폼페이우스 스트라보의 진지에 와 있다는 것이었다.

그로부터 이틀 동안은 카이사르의 인생에서 최악의 시기였다. 신관 복 안에서 숨을 죽인 채, 검을 만지거나 죽음을 보지 못하는 그는 서재에 틀어박혀 새 서사시를—그리스어가 아니라 라틴어로—쓰기 시작했다. 일을 더 어렵게 하기 위해 강약약 6보격을 택했다. 전장의 소음이 뚜렷하게 들렸지만 그는 무시하면서 골치 아픈 강강격과 공허한 구절 들과 함께 분투했다. 그는 전장의 한가운데에 있고 싶어서 견딜 수가 없었다, 싸울 수만 있다면 어느 편이든 상관없을 것 같았다…….

밤중에 소음이 차츰 잦아든 후 카이사르는 서재에서 뛰쳐나와 어머니를 찾았다. 그녀는 자신의 집무실에서 장부를 보고 있었다. 카이사르는 분노로 몸을 떨며 집무실 문간에 서서 말했다.

"어떻게 내가 할 수 없는 일에 대해서 쓰지요? 위대한 문학은 전쟁과 전사들에 관한 것이 아닙니까? 호메로스가 쓸데없는 미사여구에 시간을 낭비했습니까? 투키디데스가 양봉 기술을 적절한 글감이라고 봤습니까?"

아우렐리아는 그의 기를 꺾는 법을 정확히 알았다. 그녀는 장부 관리인의 냉정한 말투로 대답했다. "아마도 그러지 않았겠지." 그러고는 자신의 일로 돌아갔다.

그리고 그날 밤 평화는 끝났다. 율리아의 아들은 죽었다. 그의 사람들은 모두 죽고 로마는 술라의 손아귀에 들어갔다. 술라는 그들을 보러 오지도, 전갈을 보내지도 않았다.

모두들 원로원과 백인조회가 투표를 통해 술라를 독재관으로 임명했다는 것을 알았으며, 이에 대해 끝도 없이 얘기했다. 그러나 실종되는 기사들의 수수께끼에 대해서 카이사르와 (1층의 다른 아파트에 사는) 젊은 가이우스 마티우스에게 말해준 건 루키우스 데쿠미우스였다.

"모두 마리우스나 킨나, 카르보 밑에서 부자가 된 사람들이야. 이건 우연이 아니다. 네 아버지가 오래전에 돌아가셔서 다행이야, 부스럼." 데쿠미우스는 젊은 마티우스에게 말했다. 마티우스는 아기 때부터 부스럼이라는 노골적인 별명을 얻었다. 이어 데쿠미우스는 카이사르에게 말했다. "그건 네 아버지의 경우도 마찬가지 같구나, 젊은 공작새."

"무슨 뜻이지요?" 마티우스가 얼굴을 찡그리며 물었다.

"조심스러운 표정으로 로마를 돌아다니며 부유한 기사들을 잡아가는 끔찍한 놈들이 몇몇 있다는 뜻이지." 교차로단의 관리인은 대답했다. "대부분 해방노예들이지만, 사내들끼리 치정 문제를 일으키는 흔한 수다쟁이 그리스인들은 아니야. 그들은 모두 루키우스 코르넬리우스 뭐시기라고 불려. 나와 내 조합원들은 그들을 술라 똘마니들이라고 부르지. 술라의 사람들이니까. 명심해, 젊은 공작새와 부스럼, 그들은 불길해! 장담컨대 그들은 기사들을 훨씬 더 많이 잡아갈 거다."

"술라는 그럴 수 없어요!" 마티우스가 입술을 앙다물고 말했다.

"술라는 뭐든 마음대로 할 수 있어." 카이사르는 말했다. "그는 독재관이고, 그건 왕이 되는 것보다 더한 일이야. 그의 명령은 법적 효력이 있는데다 공표부터 비준까지 17일이 필요한 카이킬리우스·디디우스 법도 적용받지 않아. 게다가 원로원과 민회에서 자신의 법에 대해 논의할 필요조차 없지. 또한 자신의 행위에 대해, 또는 과거의 행적에 대해서 책임지지 않아도 돼. 명심하는 게 좋을 거야." 카이사르는 조심스럽게 덧붙였다. "나는 지금 로마가 아주 강력한 지배를 받지 않으면 끝장이 날 거라고 생각해. 그래서 난 술라의 일이 모두 잘 풀리기를, 그리고 그가 필요한 일을 할 통찰력과 용기를 갖고 있기를 바라."

데쿠미우스가 말했다. "그자는 뭐든 할 만큼 뻔뻔스럽다! 뭐든 말이야."

로마에서 가장 가난하고 가장 다양한 언어가 쓰이는 수부라 지구의 심장부에서 예전처럼 생활하면서, 그들은 술라의 공권박탈 조치가 카리나나 팔라티누스, 퀴리날리스 위쪽과 비미날리스 같은 곳들에 비해 이곳에서는 그다지 큰 영향을 미치지 않는다는 것을 알게 되었다. 물론 대부분 가난한 수부라 주민들 중에는 1계급 기사들도 있었지만, 그들 중에 하급 기사보다 더 높은 지위나 술라가 집권한 현재 그들을 위험하게 할 만한 정치적 연줄을 지닌 자들은 거의 없었다.

첫번째 공권박탈자 명단의 두번째 줄에 마리우스 2세가 올랐을 때, 율리아와 무키아 테르티아가 아우렐리아를 만나러 왔다. 보통은 아우렐리아가 그들을 만나러 갔기에 그들이 온 것은 놀라웠다. 물론 아직 수부라까지 전해지지 않은 그 소식 역시 놀라웠다. 술라는 율리아가 자신의 운명을 기다리도록 놔두지 않았던 것이다.

"작은 돌라벨라라는 수도 법무관 당선자가 통지서를 가져왔더군요." 율리아는 몸을 떨었다. "기분좋은 사람은 아니에요! 불쌍한 내 아들의 재산은 몰수됐어요. 아무것도 못 건져요."

"집도요?" 아우렐리아는 얼굴이 하얘져서 물었다.

"전부 다요. 전부 다 명단에 올랐어요. 히스파니아의 광산 수입, 에트루리아의 땅, 쿠마이의 빌라, 로마의 집, 남편이 루카니아와 움브리아에서 얻은 다른 토지, 아프리카 속주 바그라다스 강변의 밀 라티푼디움, 히에라폴리스의 양모 염색 공장들, 시돈의 유리 공장들. 아르피눔의 농장마저요. 이제 모두 로마의 소유이고, 경매에 부쳐질 거래요."

"오, 율리아!"

율리아는 그녀답게 다시 미소를 지었고 그 미소가 실제로 눈가까지 미치도록 만들었다. "오, 나쁜 소식만 있는 건 아니에요! 그중에서 은 100탈렌툼을 지급받게 될 거라는 술라의 편지를 받았어요. 가이우스 마리우스가 챙겨줄 시간이 있었다면 받았을 내 지참금을 평가한 금액이죠. 하지만 모든 신들께서 아시듯, 나는 결혼할 때 한푼도 가지고 오지 않았어요! 그래도 난 100탈렌툼이 생길 거랍니다. 술라는 내게 전부인의 언니가 곤궁해지는 걸 원치 않는다고 하더군요. 편지는 실제로 정중했어요."

"적지 않은 돈이지만, 원래 재산에 비하면 아무것도 아니군요." 아우렐리아가 말하고 입을 꽉 다물었다.

"100탈렌툼이면 롱구스 구나 알타 세미타에 괜찮은 집을 사고 적당한 수입까지 올릴 수 있을 거예요. 물론 노예들도 재산과 함께 몰수되지만, 술라는 스트로판테스는 데려가도 좋다고 했어요—어찌나 다행인지! 그 불쌍한 영감은 지금 슬퍼서 제정신이 아니랍니다." 말을 멈춘 그녀의 회색 눈에 눈물이 그렁그렁했다—자신을 위해서가 아닌 스트로판테스를 위한 눈물이었다. "하여튼," 율리아는 말을 이었다. "나는 아주 편안하게 살 수 있을 거예요. 명단에 오른 다른 남자들의 아내나 어머니 들은 그렇지 못해요. 그들은 아무것도 받지 못할 거예요."

"형수님은 어떠세요?" 카이사르가 무키아 테르티아에게 물었다. "마리우스 집안사람으로 분류됐나요, 무키우스 집안사람으로 분류됐나요?" 카이사르는 무키아 테르티아에게서 남편을 잃은 슬픔도, 심지어 과부가 된 자기 처지에 대한 한탄의 기미도 전혀 보이지 않음을 알아차렸다. 율리아 고모가 전혀 내색은 하지 않지만 슬퍼하고 있다는 건 누구나 알 수 있었다. 하지만 무키아 테르티아는?

"마리우스 집안사람이요." 그녀는 대답했다. "그래서 내 지참금을 잃게 돼요. 우리 아버지의 재산은 대부분 저당이 잡혀 있고, 그분의 유언장에 나를 위한 건 아무것도 없어요. 있었더라도 새어머니가 그걸 내게서 빼앗아가려고 애쓸 거예요. 친어머니는 괜찮아요―메텔루스 네포스는 술라 편이니 안전하죠. 하지만 그의 두 아들이 선수를 칠 게 뻔해요. 여기 오면서 시어머니와 얘기를 했어요. 나는 어머님과 함께 살 거예요. 술라는 마리우스 집안사람의 아내였던 내게 재혼을 금지시켰어요. 어차피 나도 재혼할 생각은 없지만."

"악몽이군요!" 아우렐리아는 외치더니 자신의 두 손을 내려다보았다. 손가락들에 잉크가 묻어 있고 손가락 마디들은 조금 부어 있었다. "우리도 명단에 오를지 몰라요. 남편은 마지막까지 가이우스 마리우스의 사람이었고, 그분이 돌아가신 후에는 킨나의 사람이었으니까요."

"하지만 이 인술라는 어머니 명의로 되어 있어요. 코타 집안사람들은 모두 술라를 지지했으니 여긴 어머님의 것으로 남을 겁니다." 카이사르가 말했다. "저는 제 땅을 잃게 될 수도 있겠죠. 하지만 적어도 저는 유피테르 대제관이니 국가에서 봉급을 받고 포룸 로마눔의 관저를 받게 될 거예요. 킨닐라는 지참금을 잃게 될 것 같지만."

"제 생각에 킨나의 친척들은 모든 걸 잃을 것 같아요." 율리아가 말한 후 한숨을 쉬었다. "술라는 반대파를 끝장내려고 해요."

"안니아는요? 그리고 큰딸 코르넬리아 킨나는요?" 아우렐리아는 물었다. "나는 늘 안니아를 싫어했어요. 그녀는 우리 킨닐라에게 나쁜 어머니였고 킨나가 죽은 후 부적절할 정도로 서둘러 재혼했죠. 덕분에 그녀는 살아남겠지만."

"맞아요, 그럴 거예요. 안니아는 푸피우스 집안사람으로 분류될 만큼 오래전에 푸피우스 피소 프루기에게 시집을 갔죠." 율리아가 말했다. "돌라벨라한테서 많은 걸 알아냈어요. 그는 내게 누가 고난을 겪게 될 것인지 말해주고 싶어서 안달이 나 있더군요! 불쌍한 코르넬리아 킨나는 나이우스 아헤노바르부스 집안사람으로 분류되었어요. 물론 그녀는 술라가 로마에 도착했을 때 그에게 저택을 빼앗겼고, 안니아는 그녀를 자기 집에서 지내게 해주지 않았어요. 코르넬리아 킨나는 렉타 가도 근처에서 베스타 신녀인 나이 많은 친척 아주머니와 살고 있는 것 같아요."

"아, 내 딸들은 둘 다 유명인사와는 거리가 먼 사람들과 결혼해서 어찌나 다행인지!" 아우렐리아가 외쳤다.

"전할 소식이 하나 있어요." 자기들의 문제에 빠져 있던 여자들의 주의를 끌며 카이사르가 말했다.

"뭔데요?" 무키아 테르티아가 물었다.

"레피두스는 뭔가 예감을 했던 게 분명해요. 어제 그는 아내와 이혼했어요. 사투르니누스의 딸 아풀레이아와 말이죠."

"세상에, 끔찍해라!" 율리아가 소리쳤다. "술라와 싸웠던 사람들이 처벌받아야 한다는 사실은 참을 수 있지만, 어째서 그들의 자식과 손자손녀까지 고통을 받아야 하는 거지? 사투르니누스와 관련된 온갖 소동은 아주 오래전 일인데! 술라는 사투르니누스에 관해 신경도 쓰지 않을 텐데 레피두스는 왜 아내에게 그런 짓을 하는 거지? 그녀는 남편에게 훌륭한 아들을 셋이나 낳아줬잖아!"

"이젠 낳아줄 수 없어요." 카이사르가 말했다. "그녀는 뜨거운 물이 담긴 욕조에 몸을 담근 후 정맥을 그었거든요. 그래서 지금 레피두스는 눈물을 펑펑 흘리면서 날뛰고 있죠. 하!"

"저런, 하지만 그는 늘 그런 식이었지." 아우렐리아가 냉소하며 말했다. "나는 세상에 부족한 사람들을 위한 자리도 있어야 한다는 걸 부인하지 않지만, 마르쿠스 아이밀리우스 레피두스의 문제는 그가 스스로 대단한 사람이라고 정말로 믿고 있다는 거야."

"불쌍한 레피두스!" 율리아가 한숨을 쉬었다.

"불쌍한 아풀레이아." 무키아 테르티아가 무미건조하게 말했다.

그러나 코타의 말을 전해 듣고 나서 보니, 카이사르 집안사람들은 공권박탈을 당하지 않을 것 같았다. 보빌라이의 땅 600유게룸은 안전했고 카이사르는 원로원 인구조사를 받을 예정이었다. 내가 원로원 인구조사를 걱정해야 하는 건 아니지만! 카이사르는 가루 폭포처럼 채광정 아래로 쏟아지는 눈을 바라보며 씁쓸하게 생각했다. 유피테르 대제관은 자동적으로 원로원 의원이 되었다.

카이사르가 갑작스럽게 시작된 진짜 겨울 풍경을 보고 있는 동안, 그의 어머니는 그를 보고 있었다.

아우렐리아는 생각했다. 참 멋진 사람이야—그리고 다른 누구도 아닌 나의 작품이지. 아들은 훌륭한 자질이 많지만 완벽함과는 거리가 멀어. 자기 아버지의 외모를 닮았지만 아버지만큼 동정심이 많거나 너그럽거나 상냥하지는 않아. 물론 나의 외모도 닮았고. 저애는 다방면에서 우수해. 이 건물 어디에서 뭐가 잘못됐든 저앨 보내면 고칠 수 있어. 도관과 타일, 회반죽과 덧문, 배수로, 도료, 목재. 우리의 늙은 발명가가 만든 제동기와 기중기를 여러모로 개선하기까지 했지! 아들은 히브리어와 메디아어로 제대로 글을 쓸 수 있어! 또한 놀랍도록 다양한 우리 세입자들 덕분에 십여 가지 언어를 말할 수 있어. 성인이 되기 전의 아들은 마르스 평원의 전설이었지. 그렇다고 루키우스 데쿠미우스가 단언했어. 아들은 바람처럼 빠르게 헤엄을 치고 말을 타고 달려. 저애가 쓰는 시와 희곡은—어머니인 내가 이렇게 말하면 안 되지만—플라우투스와 엔니우스의 것들만큼 좋아. 안토니우스 니포는 아들의 웅변 실력은 따라올 자가 없다고 말했지. 니포가 뭐라고 했더라? 바위들을 눈물로, 산들을 분노로 바꿀 수 있다고. 저애는 법률을 잘 알고, 어떤 악필로 쓴 글도 단 한 번 보면 읽을 수 있어. 이건 로마의 그 누구도, 신동 마르쿠스 툴리우스 키케로조차 할 수 없는 일이야. 여자들은 또 저앨 어찌나 따라다니는지! 수부라의 모든 곳에서. 저앤 물론 내가 모른다고 생각하지. 사랑스러운 어린 아내가 다 크기를 기다리며 자기가 순결을 지키고 있다고 생각하는 줄 알아. 뭐, 그런 편이 낫지. 남자들은 그들을 남자로 만드는 부위에 있어서는 이상한 피조물들이니까. 내 아들은 완벽한 인간은 아니야. 그저 최고의 재능을 타고났을 뿐. 저앤 끔찍한 성질머리가 있지만 그걸 잘 억제하고 있어. 어떤 면에서는 자기중심적이고 다른 사람들의 감정과 필요에 민감하지 않을 때가 있지. 저애는 청결에 집착해—이 점에서 저애가 아주 까다롭게 구는 걸 보면 기분이 좋지만 저렇게까지 하는 건 나나 다른 누구를 닮은 것도 아니야. 저앤 욕조에서 갓 나온 여자가 아니라면 거들떠도 보지 않을 거고, 실제로 머리 꼭대기에서 발가락 사이사이까지 검사하겠지. 수부라에서 말이야! 하지만 저앤 인기가 아주 많고, 저애가 열네 살이 된 이후 이곳 여자들 사이에서 청결의 기준이 매우 높아졌어. 조숙한 작은 짐승 같으니라고! 나는 언제나 남편이 여러 해 집을 떠나 있을 때면 현지 여자들을 활용하기를 바랐지만 그이는 언제나 그렇게 하지 않는다고, 나와 만날 날만 기다린다고 말했었지. 남편에게서 마음에 들지 않는 점이 있다면 그거였어. 좀처럼 만날 수 없는 나를 기다리며 그가 내게 안겨준 부담스러운 죄책감. 나의 아들은 자기 부인에게 절대로 그러지 않을 거야. 나는 며느리가 자신의 행운에 감사하기를 바라. 술라. 저애는 술라의 호출을 받았지. 나는 그 이유를 알고 싶어. 나는―

아우렐리아는 움칫 놀라 몽상에서 깨어났다. 카이사르가 책상 위로 몸을 굽힌 채 그녀를 향해 손가락으로 딱 소리를 내며 웃고 있었다.

"무슨 생각을 그리하세요?"

"이것저것." 그녀는 대답하며 일어섰고 한기를 느꼈다. "부르군두스에게 난로를 갖다주라고 시켜야겠구나, 카이사르. 이 방은 너무 추워."

"괜한 법석이세요!" 그는 어머니의 등에 대고 다정하게 말했다.

"네가 코를 훌쩍이고 재채기를 하면서 술라와 대면하는 건 싫다."

그러나 다음날 카이사르는 코를 훌쩍이지도 재채기를 하지도 않았다. 청년이 나이우스 아헤노바르부스의 집에 나타난 건 겨울의 저녁식사 시간보다 족히 한 시간은 이른 시각이었다. 그는 너무 늦게 도착하는 위험을 감수하느니 아트리움에서 무료하게 기다리기를 택했다. 당연하게도, 미묘하게 도발적인 시선을 던지는 달변가 그리스인 집사는 카이사르에게 너무 일찍 왔다며 기다릴 수 있겠냐고 물었다. 카이사르는 피부에 소름이 돋는 것을 느끼며 무뚝뚝하게 고개를 끄덕인 뒤, 곧 유명해져서 크리소고노스라는 이름을 온 로마에 떨치게 될 그 남자에게 등을 돌렸다.

하지만 크리소고노스는 떠나려 하지 않았다. 분명 이 손님이 졸졸 따라다닐 만큼 매력적이라는 걸 알아차린 모양이었다. 카이사르는 그를 따끔하게 혼내주고 싶었지만, 실제로 그러지 않을 만큼의 분별은 있었다. 카이사르는 곧 좋은 생각을 떠올렸다. 그가 성큼성큼 걸어서 로지아로 나가자, 추위를 몹시 싫어하는 집사는 그를 따라오지 않았다. 이 집은 로지아가 두 개였는데, 카이사르가 눈 위에 나막신 발꿈치로 초승달 무늬들을 찍으며 서 있는 이 로지아는 포룸 로마눔이 내려다보이지 않았지만 빅토리아 언덕길 방향에서 팔라티누스 절벽을 받쳐주고 있었다. 카이사르 바로 위에 있는 집의 로지아는 아헤노바르부스의 집을 문자 그대로 위에서 덮으며 돌출되어 있었다.

누구 집이더라? 카이사르는 미간을 좁히고 기억해냈다. 10년 전 자기집 아트리움에서 암살당한 마르쿠스 리비우스 드루수스의 집이다. 그러니까 저 고아가 된 여러 아이들이 살았던 집이군. 그리고 아이들의 무미건조한 감독관들이 있었는데……. 누구였지? 맞아, 속주에서 돌아오던 길에 익사한 세르빌리우스 카이피오의 딸! 나이아였나? 그래, 나이아. 그리고 그녀의 무시무시한 모친, 섬뜩한 포르키아 리키니아나! 수많은 꼬마 세르빌리우스 카이피오들과 포르키우스 카토들. 살로니우스 분가의 부적절한 포르키우스 카토들. 노예의 자손들―저기 한 명 있군! 대리석 난간 너머로 몸을 굽히고 있는 안쓰럽게 마른 소년. 목은 황새처럼 길고 코는 여기서도 보일 만큼 크다. 숱 많은 곧고 불그스름한 머리카락. 감찰관 카토의 자식이 틀림없어!

이런 생각들은 아우렐리아가 공상중에 꼽지 않은 카이사르의 한 가지 면을 보여주었다. 그는 풍문을 무척 좋아했고 한번 들은 풍문은 모두 기억했다.

"영예로운 신관님, 주인어른께서 만날 준비가 되셨답니다."

카이사르는 싱긋 웃으며 돌아서서 드루수스 저택의 발코니에 있는 소년을 향해 명랑하게 손을 흔들었고, 소년의 반응이 없자 신이 났다. 어린 카토는 아마도 너무 놀라서 손을 흔들지 못한 것 같았다. 술라의 임시 거처에는 투스쿨룸의 대지주와 켈트이베리아인 노예의 후손인 가련한 새끼 황새 소년에게 다정한 손짓을 보낼 만큼 한가한 사람이 거의 없을 터였다.

마음의 준비가 되어 있었음에도, 카이사르는 독재관 술라를 보고 충격을 받았다. 그가 어머니를 찾지 않은 건 놀랄 일이 아니군! 내가 그라도 그랬을 거야, 하고 카이사르는 생각하며 나무창을 댄 나막신을 최대한 조용히 끌어 앞으로 걸어갔다.

처음에 술라는 전혀 모르는 사람을 보듯 카이사르를 쳐다보았다. 그러나 그것은 추한 붉은색과 보라색 망토, 머리통을 삭발한 것처럼 보이게 하는 크림빛 상아 투구 때문이었다.

"그것들을 다 벗게." 술라는 말한 뒤 책상의 서류 더미들로 다시 시선을 돌렸다.

술라가 다시 올려다보았을 때, 사제가 사라진 자리에는 그의 아들이 서 있었다. 술라의 팔과 목 뒤쪽에 털이 곤두섰다. 그는 자루에서 바람이 빠지는 것 같은 소리를 내며 휘청거렸다. 저 금발, 커다란 푸른색 눈동자, 카이사르 가의 긴 얼굴, 훤칠한 키……. 그러나 눈물에 가려진 술라의 시선은 곧 차이들을 알아보았다. 아래쪽이 움푹한 아우렐리아의 높고 날렵한 광대뼈, 가장자리에 주름이 잡히는 아우렐리아의 우아한 입. 술라 2세가 죽었을 때보다 나이가 많은, 소년이라기보다는 남자에 가까운 청년. 오, 내 아들 루키우스 코르넬리우스, 너는 왜 죽어야만 했느냐?

술라는 얼른 눈물을 훔쳤다. "잠시 자네가 내 아들인 줄 알았네." 그는 냉정하게 말하며 몸을 떨었다.

"술라 2세는 제 사촌이었죠."

"자네는 그애를 좋아한다고 말했지."

"그랬습니다."

"마리우스 2세보다 더 좋아한다고 했어."

"그랬습니다."

"자네는 그애가 죽은 후 그애에 관한 시도 썼어. 하지만 내게 보여줄 만큼 마음에 들지는 않는다고 했지."

"네, 사실입니다."

의자 깊숙이 몸을 파묻는 술라의 두 손이 떨렸다. "앉게나, 젊은이. 거기, 내가 자네를 볼 수 있도록 가장 밝은 곳에. 내 눈이 예전 같지 않거든." 그를 들이마셔라! 그는 위대한 신이 보낸 그분의 신관이다. "자네 외삼촌 가이우스 코타가 뭐라고 하던가?"

"독재관님을 만나야 한다고만 하셨습니다, 루키우스 코르넬리우스."

"술라라고 부르게, 다들 그렇게 부르지."

"저는 다들 카이사르라고 부릅니다, 제 어머니도요."

"자네는 유피테르 대제관이야."

술라에게 불안할 정도로 친근한 두 눈을 뭔가가 번쩍 관통했다─어째서 저 눈은 이리도 친근한 것인가, 내 아들의 눈은 훨씬 더 파랗고 명랑한데도? 분노의 표정이다. 고통인가? 아니, 고통이 아니다. 분노다.

"네, 저는 유피테르 대제관이죠."

"자네를 임명한 사람들은 로마의 적이었어."

"그들이 저를 임명할 당시에는 그렇지 않았습니다."

"그건 그렇지." 술라는 금박을 입힌 갈대 펜을 집어들었다가 다시 내려놓았다. "자네, 부인이 있지."

"그렇습니다."

"킨나의 여식이라고."

"네."

"합방을 했나?"

"아니요."

술라는 책상 뒤에서 일어나 살을 에는 추위에도 활짝 열려 있는 창문 쪽으로 걸어갔다. 카이사르는 어머니가 뭐라고 할까 생각하며 속으로 웃었다―날씨에 무신경한 사람이 여기 또 있구나.

"나는 공화국의 복구에 착수했네." 술라는 높은 기둥 위에 서 있는 스키피오 아프리카누스 조각상을 정면으로 내다보면서 말했다. 이 집의 고도 때문에, 술라와 땅딸막한 늙은 스키피오 아프리카누스는 같은 높이에 서 있었다. "여러 이유로 인해 내가 종교부터 손보기 시작한 걸 자네는 이해하리라 생각하네. 나는 최고신관을 비롯해 신관과 조점관 선거를 철폐했어. 로마에서 정치와 종교는 떼려야 뗄 수 없는 사이지만, 난 종교가 정치의 시녀가 되는 꼴은 볼 수 없어. 그 반대여야 하지."

"이해합니다." 카이사르는 의자에 앉은 채 말했다. "그러나 최고신관은 선출해야 한다고 생각합니다."

"자네 생각에는 관심 없네, 젊은이!"

"그럼 왜 저를 부르셨습니까?"

"내 앞에서 잘난 척하게 하려고 부른 건 분명 아니야!"

"죄송합니다."

술라는 획 돌아서서 유피테르 대제관을 노려보았다. "내가 조금도 두렵지 않은가보군?"

미소가 보였다—똑같은 미소다!—심장과 머리를 동시에 사로잡는 미소. "전 우리집 식당 위에 있는 가천장에 숨어서 어머니와 대화하는 독재관님을 지켜보곤 했습니다. 시절은 바뀌었고 주변 상황도 바뀌었지요. 하지만 어머니의 애인이 아니라는 걸 깨닫자마자 무척 좋아하게 된 사람을 두려워하기란 어려운 일입니다."

이 말에 폭발적인 웃음이 터져나왔고, 다시금 흐르려 하던 눈물도 말라버렸다. "사실이네! 난 애인이 아니었어. 한번 시도했지만 자네 모친은 나를 갖지 않을 만큼 현명했지. 자네 모친은 남자처럼 생각한다네. 나는 여자들한테 결코 행운을 가져다주지 못해, 그런 적이 없지." 동요시키는 옅은 색 두 눈이 카이사르를 위아래로 훑었다. "자네 역시 여자들한테 아무런 행운도 가져다주지 못할 거야. 앞으로 여자들은 무척 많겠지만."

"제 조언이 필요한 게 아니라면 저를 부른 이유가 뭡니까?"

"종교적 위법행위 규제와 관련이 있네. 자네의 생일에 유피테르 신전의 불이 마침내 꺼졌다고 하더군."

"네."

"자네는 그것을 어떻게 해석하나?"

"좋은 징조라고 생각합니다."

"유감스럽게도 신관단과 조점관단의 생각은 그렇지 않네, 젊은 카이사르. 그들은 한동안 자네와 자네의 대제관 직에 대해 집중적으로 조사해왔고 결론을 내렸다네. 자네 대제관 직과 관련한 어떤 부정 때문에 위대한 신전이 파괴되었다고 말이야."

카이사르의 얼굴에 기쁨이 번졌다. "오, 그 말을 들으니 정말 기쁩니다!"

"응? 그 말이라니?"

"제가 유피테르 대제관이 아니라는 말이요."

"그런 말은 한 적 없는데."

"하셨습니다! 하셨어요!"

"자넨 내 말을 오해하고 있네, 젊은이. 자네는 당연히 유피테르 대제관이야. 신관 15명과 조점관 15명은 한 치의 의심도 없이 그렇다고 결론내렸어."

카이사르의 얼굴에서 기쁨이 싹 가셨다. "저는 군인이 되고 싶습니다." 그는 무뚝뚝하게 말했다. "그쪽이 더 적성에 맞아요."

"자네가 무엇이 되고 싶은지는 중요하지 않아. 중요한 건 자네가 무엇이냐지. 그리고 자네의 부인이 무엇이냐."

카이사르는 얼굴을 찌푸리고 탐색하듯 술라를 쳐다보았다. "벌써 두번째로 제 아내를 언급하셨습니다."

"부인과 이혼하게." 술라가 직설적으로 말했다.

"이혼하라고요? 그럴 수 없습니다!"

"어째서?"

"우린 콘파레아티오 결혼식을 올렸습니다."

"디파레아티오 이혼이라는 것도 있지."

"제가 왜 이혼을 해야 합니까?"

"자네 부인이 킨나의 자식이기 때문이야. 나의 공권박탈 법률에는 공권박탈자의 미성년 자녀들의 시민 지위와 관련하여 약간의 흠결이 있다는 게 드러났네. 신관과 조점관 들은 미니키우스법을 적용해야 한다고 결정했어. 이 말은 곧 유피테르 여제관인 자네 부인이 로마인도 파트리키도 아니라는 뜻이지. 따라서 자네 부인은 유피테르 여제관이 될 수 없어. 유피테르 대제관 직은 2인조의 직책이니 그녀의 지위의 합법성은 자네의 그것만큼이나 중요하네. 자네는 이혼해야 해."

"그럴 수는 없습니다." 이 혐오스러운 신관 직에서 탈출할 구멍을 발견한 카이사르는 대답했다.

"자넨 뭐든 내가 하라는 대로 해야 해, 젊은이!"

"저는 제가 해서는 안 된다고 생각하는 것은 아무것도 하지 않을 것입니다."

잔주름 잡힌 입술이 천천히 말려 올라갔다. "나는 독재관이네." 술라는 차분하게 말했다. "자네는 이혼해야 해."

"거절하겠습니다."

"필요하다면 나는 자네를 억지로 이혼시킬 수 있어."

"어떻게요?" 카이사르가 냉소적으로 물었다. "디파레아티오 의식을 치르려면 저의 완전한 동의와 협력이 필요한데요."

이 말썽쟁이 청년을 벌벌 떠는 해파리로 만들어놓을 때가 왔다. 술라는 자기 안에 있는, 오직 달을 향해 울부짖는 데만 어울릴 벌거벗고 갈고리발톱을 세운 괴물을 카이사르에게 드러냈다. 그러나 그 괴물이 튀어나왔을 때 술라는 어째서 카이사르의 눈이 그토록 익숙했는지 깨달았다. 그 눈은 술라 자신의 눈을 닮았다! 차갑고 무감각하고 고요하게, 뱀처럼 술라의 시선을 맞받아치고 있는 눈. 벌거벗은 갈고리발톱 괴물은 무력해져서 슬그머니 달아나버렸다. 태어나서 처음으로, 술라는 다른 사람을 자기 뜻대로 할 수단을 찾지 못했다. 지금쯤 그를 사로

잡았어야 할 분노는 생겨나지 않았다. 다른 사람의 얼굴에서 자신의 모습을 봐야만 하는 상황에 처한 루키우스 코르넬리우스 술라는 무력했다.

술라는 그저 말로 싸워야만 했다. "나는 모스 마이오룸을 따르는 제대로 된 종교 윤리를 복구하겠다고 맹세했네. 로마는 공화국이 탄생할 때 그랬던 것처럼 로마의 신들을 존경하고 돌보게 될 것이네. 지금 유피테르 옵티무스 막시무스께서는 만족하고 계시지 않아. 자네─아니 자네 부인 때문에. 자네는 그의 특별 신관이지만 자네 부인은 자네의 신관 직에서 뗄 수 없는 일부지. 자네는 지금의 용인할 수 없는 부인으로부터 떨어져서 다른 부인을 얻어야 해. 킨나의 비로마인 자식과 이혼하게."

"그럴 수 없습니다." 카이사르가 대답했다.

"그렇다면 나는 다른 해법을 찾아야만 해."

"제게 다른 해법이 있습니다." 갑자기 카이사르가 말했다. "가장 훌륭하고 위대한 유피테르한테서 저를 뗴어내십시오. 저의 대제관 직을 박탈하십시오."

"내가 이 일에 신관단을 끌어들이지 않았다면 독재관으로서 그렇게 할 수 있었을지도 몰라. 하지만 지금 나는 그들의 조사 결과에 따라 일을 처리할 수밖에 없네."

"그렇다면," 카이사르가 담담하게 말했다. "우리는 막다른 골목에 다다른 것 같군요, 그렇지 않습니까?"

"아니, 그렇지 않아. 다른 길이 있네."

"사람을 시켜 저를 죽이는 거군요."

"그렇지."

"그러면 독재관께서는 유피테르 대제관의 피를 손에 묻히게 될 텐데요."

"다른 누군가의 손에 묻히게 하면 되지. 나는 그리스적인 은유에 신경쓰지 않네, 가이우스 율리우스 카이사르. 우리 로마의 신들도 마찬가지지. 죄는 전가될 수 없는 것이야."

카이사르는 이 말에 대해 곰곰이 생각해보았다. "네, 맞는 말씀 같군요. 다른 사람이 나를 죽이게 만든다면 죄는 그 사람이 짓게 되는 거죠." 자리에서 일어난 카이사르는 술라보다 10센티미터 정도 더 컸다. "그럼 우리의 대화는 끝났군요."

"그래. 자네가 마음을 바꾸지 않는다면 말이지."

"저는 아내와 이혼하지 않을 겁니다."

"그럼 난 사람을 시켜 자네를 죽일 걸세."

"그러실 수 있다면." 카이사르는 이렇게 말하고 걸어나갔다.

술라는 카이사르의 등에 대고 소리쳤다. "라이나와 아펙스를 두고 갔네, 신관!"

"다음 유피테르 대제관한테 주십시오."

카이사르는 걸어서 돌아가겠다고 고집을 부렸다. 술라가 얼마나 빨리 평정을 되찾을지 확신할 수 없었다. 그는 독재관이 평정을 잃었음을 재빨리 알아차렸다. 루키우스 코르넬리우스 술라의 말을 거역하는 사람들이 별로 많지 않은 게 분명했다.

살을 에는, 눈조차 내리지 않는 추위였다. 카이사르는 유치한 행동의 대가로 추위에 떨어야 했다. 별로 개의치는 않았지만. 팔라티누스 언덕에서 수부라 지구까지 걸어간다고 얼어죽지는 않을 터였다. 이제 어떻게 할 것이냐가 훨씬 더 중요했다. 술라는 분명 사람을 시켜 그를 죽일 테니까. 카이사르는 한숨을 쉬었다. 도망치는 수밖에 없겠지. 카이사르는 스스로를 지킬 자신이 있었지만 계속 로마에 머문다면 두 사람 중 누가 이길 것인지는 자명했다. 술라. 하지만 카이사르에게는 적어도 하루라는 시간이 있었다. 독재관은 남들과 마찬가지로 천천히 삐걱거리며 돌아가는 관료제라는 장치의 방해를 받고 있었으며, 극히 평범해 보이는 예의 남자들 중 한 명과 면담할 시간을 빡빡한 일정에서 빼내야 할 터였다. 술라의 현관은—카이사르가 재빨리 눈치챘듯이—청부암살자들이 아니라 피호민들로 가득했다. 로마에서의 삶은 그리스 비극과는 전혀 달랐다. 줄에 묶인 사냥개들처럼 긴장한 남자들에게 큰 소리로 열띤 명령을 내리는 장면은 없었다. 술라는 시간이 날 때 명령을 내릴 것이다. 하지만 지금 바로 그럴 수는 없다.

어머니의 아파트에 들어선 카이사르는 추위 때문에 파랗게 질려 있었다.

"옷은 다 어쨌어?" 아우렐리아가 입을 딱 벌렸다.

"술라한테 있어요." 카이사르는 겨우 대답했다. "다음 유피테르 대제관한테 주라고 했어요. 어머니, 그는 내가 대제관 직에서 벗어날 수 있는 방법을 보여줬어요!"

"자세히 말해보렴." 그녀는 아들을 화롯가에 앉혔다.

카이사르는 자초지종을 얘기했다.

"오, 카이사르, 왜 그랬니?" 다 듣고 난 아우렐리아가 소리쳤다.

"아시잖아요, 어머니. 저는 아내를 사랑해요. 그게 첫번째 이유예요. 아내는 아주 오랫동안 우리와 살았고, 장인도 장모도 아내에게 주려 하지 않은 애정을 받기 위해 내게 의지하면서 자신의 짧은 인생에서 내가 최고의 존재라고 생각해요. 아내를 어떻게 버릴 수 있겠어요? 그녀는 킨나의 딸이에요! 빈털터리죠! 게다가 이젠 로마 시민도 아니에요! 어머니, 난 죽고 싶지 않아요. 유피테르 대제관으로나마 사는 게 죽는 것보다는 훨씬 낫죠. 하지만 세상에는 목숨과 바꿀 수 있는 것들이 있어요. 원칙. 어머니가 내게 그토록 부단히 주입하신 로마 귀족의 임무. 킨닐라는 제가 책임져야 할 존재예요. 저는 아내를 버릴 수 없어요!" 카이사르는 어깨를 으쓱하며 의기양양한 표정을 지었다. "게다가 이건 저의 탈출구예요. 제가 아내와의 이혼을 계속 거부하면 저는 위대한 신의 사제가 될 수 없어요. 그러니까 저는 끝까지 이혼을 거부해야 해요."

"술라가 너를 죽이는 데 성공할 때까지 말이지."

"그건 위대한 신의 손에 달려 있어요, 어머니, 아시잖아요. 이번 기회는 포르투나께서 주신 거라고 믿어요. 전 이 기회를 잡아야 하고요. 제가 해야 하는 일은 술라가 죽을 때까지 살아남는 거예요. 술라가 죽고 나면 아무도 감히 유피테르 대제관을 죽일 용기를 내지 못할 거고, 신관들은 저의 대제관 직 족쇄를 풀어줄 수밖에 없을 거예요. 어머니, 저는 유피테르 옵티무스 막시무스께서 저를 대제관으로 쓰려 하시지 않는다고 믿어요! 위대한 신께서는 저를 위한 다른 계획이 있다고 믿어요. 로마에 더 쓸모 있는 일 말이에요."

아우렐리아는 더이상 논쟁하지 않았다. "돈. 넌 돈이 필요하게 될 거야, 카이사르." 아우렐리아는 두 손을 머리카락 속으로 집어넣었다. 어디 두었는지 잊은 돈을 찾으려 할 때마다 하는 버릇이었다. "네겐 은 2탈렌툼 이상이 필요할 거야, 그게 공권박탈자의 현상금이니까. 누군가 숨어 있는 널 발견하면, 그에게 2탈렌툼보다 더 두둑이 쥐어줘야 널 보내줄 거야. 3탈렌툼이면 그 돈에 넉넉한 생활비까지 되겠지. 은행가를 만나지 않고 3탈렌툼을 마련해야 하는데. 7만 5천 세스테르티우스……. 내 방에 1만이 있고, 오늘이 임대료 받는 날이니 지금 받아야겠어. 이유를 들으면 임차인들은 기꺼이 내줄 거야. 그들은 널 아주 좋아하거든, 나로선 이해할 수 없지만—넌 아주 까다롭고 고집이 센데! 가이우스 마티우스는 돈을 더 마련할 방법을 알지도 몰라. 그리고 루키우스 데쿠미우스는 아마 자신의 부정한 수익을 침대 밑 단지에 보관하고 있을 거야……."

아우렐리아는 계속 중얼거리면서 나가버렸다. 카이사르는 한숨을 쉬고 일어섰다. 도피 계획을 세울 때였다. 그리고 떠나기 전에 킨닐라에게 얘기를, 설명을 해야 할 것이다.

늙은 가이우스 마리우스는 유언으로 카이사르에게 부르군두스를 물려주었다. 당시 카이사르는 그러한 행위가 유피테르 대제관이라는 족쇄의 마지막 고리로서 자신의 손발을 묶기 위한 거라고 의심했다. 자신이 어떻게든 유피테르의 특별 신관 직에서 벗어나면 부르군두스가 자기를 죽일 거라고. 하지만 물론 매력 넘치는 카이사르는 곧 부르군두스를 자기 사람으로 만들었다. 어머니의 거인 같은 아르베르니족 여종 카르딕사가 부르군두스를 꽉 물었다는 사실도 한몫했다. 킴브리계 게르만족인 브루군두스는 베르켈라이 전투에서 포로로 잡혔을 때 열여덟 살이었고 지금은 서른일곱 살이었다. 카르딕사는 마흔다섯 살이었다. 카르딕사가 언제까지 매년 아들을 낳을 것인가는 집안의 농담거리 중 하나였다. 현재는 다섯 형제였다. 부르군두스와 카르딕사 둘 다 카이사르가 성인용 토가를 입던 날에 해방되었지만, 그 일로 바뀐 것은 그들의 시민 지위밖에 없었다. 부부는 이제 로마인이었다(하지만 물론 수도 트리부스인 수부라에 등록했기에 그들의 투표권은 가치가 없었다). 검소하면서도 양심적인 아우렐리아는 카르딕사에게 언제나 합당한 임금을 줬고, 부르군두스에게도 넉넉한 급료를 줄 가치가 있다고 생각했다. 자기들의 생계수단이 있는 부부는 아들들을 위해 그 돈을 저축하고 있는 듯했다.

"하지만 이제 주인어른이 우리가 저축한 돈을 가지셔야 해요." 부르군두스는 특유의 억양 강한 라틴어로 말했다. "필요하실 거예요."

그의 주인은 185센티미터가 넘었으니 로마인치고는 큰 키였지만, 부르군두스는 그보다 10센티미터가 더 크고 체격은 두 배였다. 로마인 기준으로는 코가 너무 짧고 곧으며 입이 너무 넓어서 못생긴 부르군두스의 하얀 얼굴은 그 특유의 고지식한 영혼을 드러냈지만, 옅은 파란색 눈동자에는 주인에 대한 애정과 존경이 담겨 있었다.

카이사르는 싱긋 웃으며 고개를 저었다. "제안은 고맙지만 어머니께서 어떻게든 마련하실 거야. 혹시나 어머니가 그렇게 못하시면—뭐, 그때는 받을게. 그리고 이자까지 쳐서 돌려줄 거야."

루키우스 데쿠미우스가 눈보라와 함께 들어오자 카이사르는 부르군두스와의 대화를 서둘러 마무리지었다.

"우리 두 사람의 짐을 싸, 부르군두스. 따뜻한 옷들로. 넌 몽둥이를 들고 가. 나는 아버지의 검을 들고 갈 거야." 오, 이렇게 말할 수 있어서 어찌나 좋은지! 나는 아버지의 검을 들고 갈 거야! 세상에는 독재자의 분노를 피해 도망자가 되는 것보다 더 나쁜 일들도 존재하는 것이다.

"놈이 우리한테 해를 끼칠 줄 알았어!" 데쿠미우스는 싸늘하게 말했다. 하지만 술라가 표정 하나로 자신을 지독히 겁먹게 만들었던 때는 언급하지 않았다. "돈을 가져오라고 아들놈들을 집에 보냈으니 넌 두둑이 갖고 떠날 수 있을 거야." 그는 부르군두스의 등을 째려보았다. "카이사르, 이런 날씨에 저 덩치 큰 촌뜨기하고만 갈 순 없어! 나랑 내 아들놈들도 가야 해."

이런 말이 나올 거라 예상했던 카이사르는 데쿠미우스에게 저항하지 못하게 하는 표정을 지어 보였다. "안 돼요, 아빠, 그럴 순 없어요. 사람들이 늘어날수록 나는 이목을 끌게 될 거예요."

"이목을 끈다고?" 데쿠미우스는 입을 딱 벌렸다. "저 대단한 얼간이가 네 뒤에서 휘청휘청 걸어가는데 어떻게 이목을 안 끌겠냐? 쟤는 집에 두고 날 데려가, 응? 늙은 루키우스 데쿠미우스는 아무도 보지 못할 거야, 나는 벽칠의 일부거든."

"로마에서라면 그렇겠죠." 카이사르는 애정이 듬뿍 어린 미소를 지으며 말했다. "하지만 사비니족의 시골에서 아빠는 개 불알처럼 눈에 띌 걸요. 부르군두스와 나는 잘해낼 거예요. 그리고 나는 아빠가 여기서 우리집 여자들을 지켜준다고 생각하면 멀리서 걱정을 훨씬 덜할 거고요."

이 말은 사실이었기에, 데쿠미우스는 구시렁거리면서도 수긍했다.

"공권박탈 때문에 누군가 여기서 여자들을 보호하는 게 어느 때보다도 중요하게 됐어요. 율리아 고모와 무키아 테르티아한테는 우리밖에 없죠. 나는 퀴리날리스 언덕 위의 두 사람이 다치게 될 거라고는 생각하지 않아요, 온 로마가 율리아 고모를 사랑하니까요. 하지만 술라는 그렇지 않으니 아빠는 그분들을 잘 지켜봐야 해요. 어머니는," 카이사르는 어깨를 으쓱했다. "어머니가 어머니라는 건 술라에 관해 좋기도 하고 나쁘기도 한 사실이죠. 상황이 바뀌면—예컨대 술라가 나를, 그리고 나 때문에 어머니까지 공권박탈하기로 결정하면 아빠가 책임지고 가족들을 탈출시켜줘요." 카이사르는 씩 웃었다. "우린 카르딕사의 아들들을 먹이는 데 돈을 너무 써서 우리집 재산이 술라의 국가에 큰 도움은 안 될 테지만!"

"여기 있는 분들한텐 아무 일도 없을 거다, 새끼 공작새."

"고마워요, 아빠." 카이사르는 또다른 문제를 생각했다. "그리고 우리한테 노새 한 쌍을 빌려다주고 마구간에서 말들을 데려와줘요."

이것은 카이사르의 삶에서 부르군두스와 루키우스 데쿠미우스를 제외하고 모두에게 숨긴 비밀이었다. 유피테르 대제관인 그는 말을 만져서는 안 되었지만, 가이우스 마리우스에게 말 타는 법을 배운 때부터 그 속도감과 두 무릎 사이에서 느껴지는 힘찬 말의 몸을 사랑하게 되었다. 카이사르는 그의 소중한 토지를 제외하면 결코 부유하다고 할 수 없었지만 돈이 조금 있었다. 온전히 그의 것이며, 그의 어머니로서는 관리할 꿈도 꾸지 않을 돈이었다. 아버지가 물려준 그 돈 때문에 카이사르는 아우렐리아에게 말할 필요 없이 뭐든 살 수 있었다. 그래서 그는 말을 샀다. 아주 특별한 말을.

이를 제외하고는 대제관 직이 강제하는 모든 것에 복종할 힘과 자제심이 카이사르에게는 있었다. 그는 먹는 것에 까다롭지 않았으므로 단조로운 식단 때문에 괴로운 적은 없었다. 아버지의 검을 그것이 보관된 가방에서 꺼내 휘두르기를 갈망하기는 했지만. 하지만 단 하나, 말과 말타기에 대한 애정은 포기할 수 없었다. 살아 있는 두 존재 간의 연대와 그에 따르는 완벽함 때문이었다. 그래서 그는 아름다운 적갈색 거세마를 샀고, 보레아스(그리스 신화에서 북풍의 화신—옮긴이)만큼 빠른 그 말에 알렉산드로스 대왕의 전설적인 명마를 따라 부케팔로스라는 이름을 지어주었다. 카이사르의 말은 그의 삶에서 최고의 기쁨이었다. 카이사르는 몰래 빠져나갈 수 있을 때마다 카페나 성문으로 걸어갔다. 성문 밖에는 부르군두스와 데쿠미우스가 부케팔로스와 함께 기다리고 있었다. 그리고 카이사르는 죽거나 다치는 것을 전혀 두려워하지 않고 말을 탔다. 강을, 배 끄는 길을 따라 날래게 달렸고 거룻배들을 상류로 끄는 인내심 강한 소떼를 둘러 방향을 틀었다. 그러다 지루해지면 돌벽을 가뿐히 뛰어넘어서 사랑하는 부케팔로스와 하나가 되어 들판을 가로질렀다. 그 말을 알아보는 사람들은 많았지만 기수가 누구인지는 아무도 몰랐다. 카이사르는 갈라티아인처럼 괴상한 바지를 입고 메디아식 두건으로 머리와 얼굴을 감쌌기 때문이다.

또한 이 비밀스러운 말타기는 카이사르가 스스로 열망한다는 걸 아직 깨닫지 못한 위험 요소를 그의 인생에 부여했다. 그는 로마를 속이고 자신의 대제관 직을 위태롭게 하는 것이 무척 재미있다고 생각했을 뿐이다. 카이사르는 자신이 모시는 위대한 신을 경애하고 존경했지만, 가장 위대한 유피테르와 자신에게 독특한 관계가 있음을 알았다. 카이사르의 조상인 아이네아스는 사랑의 여신 베누스의 사생아이며, 베누스의 아버지는 유피테르 옵티무스 막시무스였다. 그러므로 유피테르는 이해했다, 허락했다. 그는 속세에서의 자기 종자의 핏줄에 신의 이코르(그리스 신화에서 신들의 혈관 속에 흐른다는 영액―옮긴이)가 한 방울 섞여 있음을 알았다. 카이사르는 다른 모든 면에서 최선을 다해 대제관 직의 교리를 지켰지만 그 대가는 부케팔로스였으며, 그에게는 수부라의 모든 여자들보다 그 말과의 교감이 훨씬 더 소중했다. 그녀들과 함께하는 카이사르는 그 자신보다 작은 존재였지만, 부케팔로스와 함께하는 그는 본인보다 큰 존재였다.

날이 저문 후 곧 카이사르는 떠날 준비를 마쳤다. 데쿠미우스와 그의 두 아들은 아우렐리아가 모으는 데 성공한 7만 6천 세스테르티우스를 손수레에 실어 퀴리날리스 성문까지 날랐다. 교차로 형제단의 또다른 두 명은 카이사르의 말들이 있는 라나타리우스 평원의 마구간으로 가서 먼길을 돌아 세르비우스 성벽 밖으로 말들을 데려왔다.

"정말이지," 아우렐리아는 마음속의 격렬한 불안을 내색하지 않으며 말했다. "네가 타고 온 라티움을 질주하던 그 구렁말보다는 덜 눈에 띄는 동물을 택했으면 좋겠구나."

카이사르는 입을 딱 벌렸다. 잠시 말문이 막혔다가 포복절도했다. 간신히 웃음을 그친 그는 눈물을 닦아내며 말했다. "말도 안 돼! 어머니, 언제부터 부케팔로스에 대해 아신 거예요?"

"그게 그 말 이름이니?" 그녀는 콧방귀를 뀌며 말했다. "아들아, 네겐 신관으로서의 네 소명과 어울리지 않는 과대망상이 있지." 그녀의 얼굴에 즐거운 기색이 반짝 스쳤다. "난 처음부터 알고 있었단다. 심지어 그 말의 수치스러울 정도로 비싼 가격도 알고 있지―5만 세스테르티우스라니! 네 낭비벽은 구제불능이야, 카이사르. 거기다 그 돈이 어디서 났는지 모르겠구나. 내가 준 건 분명 아닌데."

카이사르는 어머니를 안고서 그녀의 넓고 주름 없는 이마에 입을 맞추었다. "어머니, 저의 장부는 오직 어머니한테만 맡기겠다고 약속할게요. 그나저나 부케팔로스에 대해선 어떻게 아셨어요?"

"난 정보원들이 많아." 그녀는 웃음을 지으며 말했다. "수부라에서 23년을 살면 그럴 수밖에 없지." 그녀는 웃음기를 거두고 탐색하듯 아들을 올려다보았다. "킨닐라한테 아직 얘기 안 했지? 그앤 안절부절못하고 있어. 자기 방으로 보내긴 했지만, 뭔가 잘못되었음을 아는 것 같구나."

한숨과 찌푸림, 애원하는 듯한 표정. "뭐라고 해야 할까요, 어머니?

어디까지, 아니 사실대로 말해도 될까요?"

"사실대로 말하거라, 카이사르. 그앤 열두 살이다."

킨닐라는 예전에 카르딕사가 쓰던 방을 쓰고 있었다. 파트리키 구쪽을 향해 있는, 위층 공간으로 올라가는 계단 밑 방이었다. 카르딕사는 이제 부르군두스와 아들들과 함께, 카이사르가 즐거워하면서 설계하고 하인들의 숙소 위에 직접 만든 특별실에서 살고 있었다.

카이사르는 노크 소리의 여운이 사라지기도 전에 들어갔다. 아내는 베틀에 앉아 있었다. 유피테르 여제관 의복의 일부가 될, 색이 칙칙하고 털이 부슬부슬한 천을 부지런히 짜는 중이었다. 그 지독하게 매력 없고 달갑지 않은 광경이 어떤 이유에서인지 카이사르의 심장을 세게 때렸다.

"아, 이건 부당해!" 카이사르는 외치며 아내를 의자에서 휙 안아올렸다. 그리고 유일하게 앉을 만한 공간인 그녀의 작은 침대에 앉아 그녀를 무릎 위에 올렸다.

카이사르는 킨닐라에게 미묘한 아름다움이 있다고 생각했다. 아내의 싹트는 여성성 자체가 매력적임을 알기에는 그가 아직 어렸다. 그는 자기보다 나이가 훨씬 많은 여자들을 좋아했다. 하지만 키가 크고 날씬하며 피부가 흰 사람들에게 둘러싸여 평생을 살아온 사람에게 피부색이 거무스름하고 통통한 아이는 거부할 수 없는 매력을 지닌 존재였다. 아내에 대한 카이사르의 감정은 혼란스러웠다. 킨닐라는 그의 집에서 그의 누이로 5년을 살았지만 그는 그녀가 자신의 아내임을, 아우렐리아의 허락이 떨어지면 그녀를 이 방에서 자신의 침대로 데려갈 것임을 잊은 적이 없었다. 이 혼란은 도덕과는 무관했다. 단순한 공간 이동의 문제라고 불릴 수 있는 문제에서 비롯된 그 혼란에 도덕적인 것은 전혀 없었다. 어느 순간 그녀는 누이였다가 다음 순간 아내가 될 터였다. 물론 동방의 왕들은 모두 그렇게 했다—자신의 누이와 결혼했다. 그러나 카이사르는 프톨레마이오스와 미트리다테스 왕가의 육아실은 전쟁이 난 듯 시끄럽다고, 형제와 자매가 짐승처럼 싸운다고 들은 적이 있었다. 카이사르는 킨닐라와 한 번도 싸운 적이 없었다. 그는 친누이들과도 싸운 적이 없었다. 아우렐리아는 그런 태도를 좌시하지 않았을 것이다.

"멀리 떠나나요, 카이사르?" 킨닐라가 물었다.

카이사르는 그녀의 이마에 내려와 있는 머리카락 한 가닥을 부드럽게 뒤로 넘기고, 마치 애완동물인 듯 그녀의 머리카락을 계속 쓰다듬었다. 규칙적이고 편안하고 관능적인 손길이었다. 킨닐라의 눈이 감겼다. 그녀는 남편의 품에 편안하게 기댔다.

"이런, 잠들면 안 돼!" 카이사르가 그녀를 흔들며 높아진 목소리로 말했다. "잘 시간이 지난 건 알지만 할 얘기가 있어. 사실이야, 난 멀리 떠나."

"요즘 왜들 이러죠? 공권박탈 때문인가요? 어머님이 그러는데 우리 오빠가 히스파니아로 도망갔대요."

"공권박탈과 관련이 있긴 하지만 배후에 술라가 있다는 것 정도야, 킨닐라. 내가 멀리 떠나는 이유는 술라가 나의 대제관 직에 문제가 있다고 해서야."

킨닐라가 웃음을 지었다. 도톰한 윗입술에 주름이 잡히며 입술 안쪽이 살짝 드러났다. 그녀를 아는 모든 이가 매혹적이라고 동의하는 모습이었다. "그럼 당신은 기쁘겠네요. 유피테르 대제관이 아니기를 간절히 원하잖아요."

"아, 난 여전히 유피테르 대제관이야." 카이사르가 한숨을 쉬고 말했다. "신관들 말로는 당신이 문제래." 카이사르는 킨닐라가 그의 무릎 가장자리에 똑바로 앉게 했다. 그녀의 얼굴을 보기 위해서였다. "당신 가족들이 어떻게 됐는지는 알지? 하지만 당신 아버지가 사케르, 즉 버려진 자로 선포되었을 때 그분이 로마 시민의 지위를 잃었다는 건 몰랐을 수도 있겠군."

"술라가 우리집 재산을 전부 가져간 이유는 잘 알지만, 아버지는 술라가 귀국하기 한참 전에 돌아가셨는걸요." 킨닐라가 말했다. 그녀는 그렇게 똑똑하진 않아서 설명이 필요했다. "아버지가 어째서 시민권을 잃는 거죠?"

"술라의 법은 공권박탈자가 자동으로 시민권을 잃게 하니까. 술라의 공권박탈자 명단에는 마리우스 2세와 당신 아버지, 법무관 카리나스와 다마시푸스처럼 이미 죽은 사람들도 많이 올랐지만, 그렇다고 그들의 시민권이 유지되지는 않았어."

"그건 별로 공정하지 않은 것 같아요."

"나도 그렇게 생각해, 킨닐라." 카이사르는 자신에게 쉽게 설명하는 재능이 있기를 바라며 말을 이었다. "처남은 당신 아버지가 공권박탈을 당했을 때 성인이었기 때문에 로마 시민권이 유지되었어. 다만 토지도 돈도 상속받을 수 없고 고위 정무관 직에 출마할 수 없을 뿐이야. 하지만 당신의 경우는 달라."

"왜요? 내가 여자라서요?"

"아니, 당신이 미성년자라서 그래. 성별은 상관없어. 미니키우스 자녀법에 따르면 로마인과 비로마인의 자식은 비로마인 부모의 시민권을 갖게 돼. 이 말은—적어도 신관들에 따르면—당신은 이제 비로마인이라는 뜻이야."

킨닐라는 몸을 떨기 시작했지만 울지는 않았다. 고통스러운 사실을 깨달은 그녀는 크고 거무스름한 눈으로 카이사르의 얼굴을 응시했다. "오! 그러면 난 이제 당신의 아내가 아닌가요?"

"아니야, 킨닐라, 그렇지 않아. 당신은 우리 중에 한 명이 죽을 때까지 나의 아내야. 우린 옛날 방식으로 결혼했으니까. 로마인과 비로마인의 결혼을 금지하는 법은 없으니까 우리의 결혼에는 의심의 여지가 없어. 문제는 당신의 시민 지위야—그리고 공권박탈자의 미성년 자식들의 시민 지위. 이해하겠어?"

"그런 것 같아요." 집중하느라 찌푸린 그녀의 표정은 계속 어두웠다. "그럼 우리가 낳을 자식들은 로마 시민이 아니라는 건가요?"

"미니키우스법에 따르면, 그래."

"오, 카이사르, 너무 끔찍해요!"

"그래."

"하지만 나는 파트리키예요!"

"이제는 아니야, 킨닐라."

"난 이제 어떡하죠?"

"당장은 할 수 있는 게 없어. 하지만 술라는 이 문제에 관해 자신의 법을 명확하게 해야 한다는 걸 알아. 그러니 그가 적어도 우리 자식들은 로마인이 될 수 있는 방식으로 그 일을 하기를 바랄 수밖에." 킨닐라를 잡고 있는 카이사르의 손에 힘이 조금 들어갔다. "오늘 술라는 나를 불러서 당신과 이혼하라고 했어."

이 말에 킨닐라는 눈물을 흘렸다. 조용히, 비통하게. 카이사르는 열여덟 살에 이미 여자들의 눈물에 이골이 나 있었다. 보통 그가 누군가에게 싫증이 났거나, 다른 여자와 밀통하다 누군가에게 들켰을 때 보게 되는 것이었다. 그런 눈물은 카이사르를 화나게 했으며, 그의 불같은 성미를 시험에 들게 했다. 그런 성미를 잘 다스리는 법을 알았음에도 그는 여자들이 눈물을 흘릴 때면 울화를 터뜨렸고, 그 결과는 적어도 눈물을 흘린 사람에겐 몹시 충격적이었다. 그러나 킨닐라의 눈물은 순수한 슬픔의 눈물이어서, 카이사르의 분노는 킨닐라를 울게 만든 술라에게만 향했다.

"괜찮아, 내 사랑." 카이사르는 아내를 더 가까이 끌어당기며 말했다. "유피테르 막시무스가 사람으로 나타나서 명령한다 해도 난 당신과 이혼하지 않을 거야! 천 살까지 산다 해도 당신과 이혼 안 해!"

킨닐라는 피식 웃음을 터뜨리며 코를 훌쩍거렸고, 카이사르가 손수건으로 자신의 얼굴을 닦게 내버려두었다.

"코 풀어!" 그가 말하자 그녀는 그렇게 했다. "이제 됐어. 울 필요 없어. 당신은 내 아내야. 언제까지나, 무슨 일이 있어도 내 아내야."

킨닐라는 한쪽 팔을 슬며시 그의 목에 감으며 그의 어깨에 얼굴을 묻고 기쁨의 한숨을 쉬었다. "오, 카이사르, 정말 사랑해요! 어른이 되는 날을 기다리기가 너무 힘들어요!"

이 말은 그를 충격에 빠트렸다. 부풀기 시작한 그녀 젖가슴의 감촉도 그랬다. 그는 튜닉만 입고 있었기 때문이다. 그는 그녀의 머리카락에 뺨을 갖다대면서도, 포옹은 살짝 풀었다. 그의 명예가 끝까지 가지 못하게 막을 일을 시작하고 싶진 않았다.

"유피테르 옵티무스 막시무스는 사람으로 나타날 수 없어요." 로마의 신학을 아는 착실한 로마 어린이인 그녀가 말했다. "그분은 로마의 모든 곳에 존재하세요—그래서 로마가 가장 훌륭하고 위대한 거고요."

"당신은 훌륭한 유피테르 여제관이 됐을 거야!"

"당신을 위해 노력했을 거예요." 킨닐라는 고개를 들어 카이사르를 바라보았다. "나와 이혼하라는 술라의 명령을 거부했다면, 그가 당신을 죽이려고 할 거라는 뜻인가요? 그래서 멀리 떠나는 거예요, 카이사르?"

"응. 술라는 분명 나를 죽이려 할 거고, 그래서 나는 멀리 떠나는 거야. 내가 로마에 있으면 그는 나를 쉽게 죽일 수 있어. 그의 수하들은 너무 많은데다 그들의 이름이나 얼굴을 아는 사람도 없으니까. 하지만 시골에서라면 나는 좀더 유리해." 카이사르는 킨닐라가 처음 여기서 살러 왔을 때 했던 것처럼 그녀를 그의 무릎 위에서 들렸다 내렸다 했다. "내 걱정은 하지 마, 킨닐라. 내 명줄은 질겨—장담컨대 술라의 가위로는 잘리지 않을 만큼! 당신이 할 일은 어머니의 걱정을 덜어드리는 거야."

"노력할게요." 킨닐라는 그렇게 말하고 카이사르의 뺨에 입을 맞췄다. 그녀 자신이 원하는 걸 하기에는, 그의 입술에 입을 맞추고 자기도 그럴 나이가 됐다고 말하기에는 확신이 부족했다.

"좋아!" 카이사르는 그렇게 말하고 아내를 바닥에 내려놓고 일어섰다. "술라가 죽으면 돌아올게." 그러고서 그는 떠났다.

카이사르가 퀴리날리스 언덕에 도착하니 데쿠미우스가 아들들과 기다리고 있었다. 돈을 노새 두 마리의 양 옆구리에 똑같이 나누어 실은 터라 노새들에게 짐이 무겁진 않았다. 가죽 돈주머니는 보이지 않았다. 데쿠미우스는 현금을 가짜 책 바구니에 위장해 담은 터였다. 책 바구니는 언뜻 보기에—게다가 실제로도!—두루마리 서책으로 가득했다.

"이걸 오늘 단 몇 시간 만에 준비하신 건 아니겠죠." 카이사르가 빙긋 웃으며 말했다. "평소에 돈을 이렇게 나르세요?"

"가서 네 말이랑 얘기 나누렴. 한데 일단 기억해. 돈은 반드시 부르군두스가 들게 해라." 데쿠미우스는 이렇게 훈수하고 게르만족 거인 쪽으로 몸을 돌렸다. 눈초리가 어찌나 매서운지 부르군두스는 자기도 모르게 한 발짝 뒤로 물러섰다. "이 후레자식아, 여기 봐. 책 바구니를 들 때는 마치 깃털을 들듯 가볍게. 알았냐?"

부르군두스가 고개를 끄덕였다. "알겠어요, 루키우스 데쿠미우스. 깃털같이."

"이제 다른 짐도 전부 책 위로 실어. 저애가 바람처럼 달려도 네놈은 노새들을 꽉 붙들어!"

카이사르는 말 머리맡에 서서 볼을 비비며 다정히 밀어를 속삭였다. 그는 부르군두스가 노새에 나머지 짐을 다 묶자 그제야 비로소 움직였다. 부르군두스가 카이사르를 안장 위로 던져 올렸다.

"공작새, 몸조심해라!" 데쿠미우스가 눈물을 글썽이며 바람에 대고 크게 소리쳤다. 그는 꼬질꼬질 때가 낀 손을 카이사르에게 뻗었다.

평소 결벽이 심한 카이사르였지만, 그는 허리를 숙여 데쿠미우스의 손을 맞잡고 손등에 입을 맞췄다. "네, 아빠!"

두 사람은 눈의 장벽 속으로 사라졌다.

부르군두스를 태운 말은 카이사르 가문의 마필이었고 부케팔로스 못지않게 비쌌다. 메디아 순혈종의 니사이아 말로, 지중해 주변 민족들이 타는 말보다 몸집이 훨씬 컸다. 니사이아 말은 이탈리아에 흔하지 않았다. 덩치 큰 사람을 태울 수 있는 것말고는 아무짝에도 쓸모가 없었기 때문이다. 처음에 농부나 무역상 들은 니사이아 말이 황소보다 빠르고 영리하니까 짐을 나르거나 수레나 쟁기를 끌리기 좋겠다고 생각해 탐을 냈다. 하지만 안타깝게도 니사이아 말은 멍에를 씌워 무거운 것을 끌게 하면 곧장 목이 졸려 죽고 말았다. 전진운동으로 마구에 숨통이 눌렸던 것이다. 먹는 양이 어마어마해서 데리고 다니는 비용이 만만치 않았기에 짐 나를 때 부리기도 영 마땅치 않았다. 하지만 보통 말은 부르군두스의 무게를 감당할 수 없었다. 어쩌면 힘센 노새를 찾을 수도 있겠지만, 그러면 부르군두스의 발이 땅에 질질 끌릴 것이었다.

카이사르는 크루스투메리움을 향해 달렸다. 그는 부케팔로스의 말갈기 뒤로 몸을 잔뜩 웅크렸다. 아, 때는 추운 겨울이었다!

그들은 밤새 달렸다. 로마에서 될 수 있는 대로 멀리 떨어져야 했다. 두번째 밤이 엄습해올 때에야 그들은 가던 길을 멈췄다. 도착한 곳은 트레불라로, 첫번째 산줄기 정상이 얼마 멀지 않은 곳이었다. 작은 마을임에도 여관이 있었다. 술집을 겸하고 있어 안은 시끄럽고 북적이고 후텁지근했다. 전반적으로 지저분하고 관리가 소홀한 인상에 카이사르는 영 비위가 상했다.

"그래도 지붕이 있고 침대랄 만한 것도 있으니까." 양치기 개들과 암탉 여섯 마리와 같이 잘 위층 방을 둘러본 뒤 카이사르가 부르군두스에게 말했다.

당연히 두 사람은 다른 손님들의 이목을 끌었다. 거의가 술을 마시러 나온 마을 주민들이었다. 대부분은 비틀거리면서나마 눈 속을 걸어 집에 돌아가겠지만, 일부는 (여관 주인장 말에 따르면) 가다 쓰러지면 아무데나 드러누워 밤새 그냥 자버릴 것이었다.

"소시지와 빵이 있소이다." 주인장이 말했다.

"둘 다 주시오." 카이사르가 말했다.

"포도주?"

"물." 카이사르가 단호히 말했다.

"술을 마시기엔 너무 어리신가?" 주인장이 못마땅해 물었다. 주로 이 문이 남는 건 포도주였다.

"한 모금이라도 입에 댔다간 어머니 손에 죽을 거요."

"그러면 당신 친구는 뭐가 문제요? 나이도 찼구먼."

"그거야 그렇지만 이 사람은 정신지체자요. 술이 좀이라도 들어가면 당신 아주 험한 꼴을 보게 될걸. 히르카니아 곰도 맨손으로 찢어 죽이니까. 한번은 로마의 법무관이 경기대회에서 선보이려고 한 사자 두 마리도 처치해버렸소." 카이사르가 정색하고 말했다. 부르군두스는 멍한 표정이었다.

"어이쿠!" 주인장이 소리치며 잽싸게 물러갔다.

부르군두스와 함께 있는 동안에는 아무도 카이사르를 귀찮게 하지 않았다. 따라서 두 사람은 분잡한 실내에서 가장 평온한 자리에 앉아 마을 사람들이 노는 모습을 구경했다. 대개는 제일 많이 취한 젊은이에게 내리 술을 강권하며 그가 과연 얼마나 오래 버틸지 내기를 걸었다.

"시골의 삶이란!" 카이사르가 자기 맨팔을 찰싹 때리며 말했다. "그래도 여기는 로마에 꽤 가까워서 저 촌 무지렁이들이 해마다 로마로 투표하러 온다는 걸 부르군두스 넌 모를 거야, 그렇지? 게다가 이곳은 지방 트리부스에 속해서 저 사람들의 표는 아주 중요해. 반면에 온갖 정치적 수를 꿰뚫어보는 똑똑한 사람이라도 출생지가 로마면 그 사람 투표권은 있으나마나지. 참 불합리해!"

"심지어 저 사람들은 글도 못 읽잖아요." 부르군두스가 말했다. 카이사르와 니포 덕분에 그는 이제 글을 읽을 줄 알았다. 부르군두스의 얼굴에 서서히 미소가 피어올랐다. "잘됐어요, 카이사르. 우리 책 바구니는 안전해요."

"그래, 그렇군." 카이사르가 자기 팔을 또 찰싹 때렸다. "여긴 망할 놈의 모기가 극성이구나!"

"겨울이라 실내로 들어왔나봐요." 부르군두스가 말했다. "안이 너무 뜨거워서 달걀도 익겠어요."

물론 과장이었다. 하지만 실내가 참기 힘들 정도로 더운 건 사실이었다. 한정된 공간에 몸뚱이들이 꽉꽉 들어차 있는데다, 한쪽 벽에 붙박인 두꺼운 돌 난로에서 거대한 불덩이가 맹렬히 타올랐다. 연기가 밖으로 나가도록 난로 위쪽이 바깥으로 뚫려 있었지만, 장정 허리만한 통나무 장작들이 구멍 밖으로 거대한 혓바닥을 날름거리고 있어서 바깥의 추위는 안에 얼씬도 할 수 없었다. 여기저기 땔나무 천지인 이곳 트레불라의 사내들은 추위를 몹시 싫어하는 게 분명했다.

깜깜한 방구석이 모기로 들끓었다면 침대는 벼룩을 비롯한 온갖 벌레의 온상이었다. 카이사르는 딱딱한 의자에서 밤을 보낸 뒤 날이 밝자마자 감사한 마음으로 말에 올랐다. 카이사르가 떠난 후 술집에서는 그와 거구의 하인이 왜 이런 날씨에 로마를 벗어나는지, 그의 계급이 무엇일지 추측이 난무했다.

"아주 높은 계급 같아!" 주인장이 말했다.

"공권박탈자 명단에 올랐겠죠." 주인장 아내의 짐작이었다.

"그러기엔 너무 젊었소." 어쩐지 도시 사람 분위기가 나는 사내가 말했다. 카이사르와 부르군두스가 여관을 나설 때 막 도착한 자였다. "게다가 술라에게 쫓기는 처지라면 훨씬 더 겁먹은 모습이었을 텐데!"

"그러면 누굴 찾아가는 길인가보죠." 주인장 아내가 말했다.

"그럴 가능성이 높겠군." 낯선 사내가 문득 확신이 없는 표정을 지었다. "좀 캐봐야 할 것 같아. 굉장히 독특한 한 쌍이잖소? 아킬레우스와 아약스처럼." 그가 말끝에 배운 티를 냈다. "제일 수상한 건 그자들이 타던 말이오. 둘 다 굉장히 비싼 말이거든! 분명 돈을 갖고 있어."

"레아테에 로세아 루라 땅을 좀 갖고 있나보오." 주인장이 말했다. "로세아 루라 말들이었어. 내 장담해."

"팔라티누스 동네 사람 분위기야." 낯선 자가 말했다. 그는 이제 단단히 의혹을 품고 있었다. "로마 명문가 사람이야. 그래, 분명히 돈을 갖고 있어."

"하, 원래 돈 있는 자인지는 몰라도 지금은 아닐걸." 주인장이 시큰둥하게 말했다. "노새에 뭘 실었는지 아시오? 책! 커다란 바구니 열두 개에 책만 꽉꽉 찼더라고! 알아듣겠소? 모조리 책이더라고!"

피스켈루스 산의 능선을 따라 오르면 오를수록 날씨는 더욱 매서워졌다. 두 사람은 악전고투한 끝에 만 하루가 지나 네르사이에 도착했다.

퀸투스 세르토리우스의 모친은 혼자된 지 30년이 넘었고, 이제는 살면서 남편이라곤 있어본 적 없는 여자 같았다. 그녀를 볼 때마다 카이사르는 사람들이 몹시 아쉽게 세상에서 떠나보낸 원로원 최고참 의원 스카우루스가 떠오르곤 했다. 생전의 스카우루스처럼 그녀 역시 작고 가느다란 체형에 주름투성이였고, 여자인데도 머리숱이 거의 없었다. 그리고 꼭 스카우루스처럼 유달리 생기 넘치는 한 쌍의 푸른 눈동자를 지니고 있었다. 그렇게 아담한 몸에서 세르토리우스같이 큰 사내가 태어났다는 건 좀처럼 상상하기 어려웠다.

"퀸투스는 잘 지낸단다." 리아가 카이사르에게 말했다. 그녀는 깨끗이 닦은 식탁에 훈연실과 식품 저장실에서 꺼내온 음식을 차렸다. 시골에서는 음식을 들려면 모두가 식탁 앞에 놓인 의자에 앉았다. "가까운 히스파니아에 총독으로 자리잡는 데까지는 별문제가 없었지만, 이제 술라가 독재관이 되었으니 큰 문제가 생길 거야." 그녀가 환하게 웃음을 터뜨렸다. "그래도 괜찮아. 내게 사촌오빠였던 마리우스의 가엾은 아들 녀석보다는 우리 애가 술라 인생을 더 고달프게 만들어줄 테니까. 마리우스의 아들은 너무 무르게 컸어. 율리아는 사랑스러운 여자지. 하지만 너무 물러. 게다가 애가 한창 커갈 시기에 마리우스가 집을 자주 비웠고. 그건 너도 마찬가지였지, 카이사르? 하지만 네 어머니는 무른 사람이 아니야, 그렇지?"

"그럼요, 리아." 카이사르가 그녀의 눈을 보며 미소 지었다.

"어쨌거나 퀸투스 세르토리우스는 히스파니아를 좋아해. 전부터 그랬어. 수년 전에 게르만족에 대해 캔다고 술라와 그곳에 갔었지. 지금 오스카에 게르만족 아내와 아들이 있다는구나. 다행이야. 안 그러면 그 애가 세상을 떠난 후에 아무도 남지 않을 테니까."

"로마인 여자와 결혼을 해야지요." 카이사르가 진중하게 말했다.

리아가 풉 하고 웃음을 터트렸다. "하지 않을걸! 우리 퀸투스는 아니야! 그앤 여자를 안 좋아해. 게르만족 여자가 그애를 차지할 수 있었던 건 그애가 부족에 들어가려면 아내가 있어야 해서였어. 아니, 그애는 여자들을 좋아하지 않아." 그녀는 입을 꽉 다물고 고개를 양옆으로 저었다. "그렇다고 남자를 좋아하는 것도 아니고."

대화는 얼마 동안 퀸투스 세르토리우스가 어떻게 지냈는지를 중심으로 이루어졌지만, 결국 리아는 아들 이야기에서 벗어나 본격적으로 카이사르가 해야 할 일에 대해 얘기를 시작했다.

"내가 직접 너를 데리고 있고 싶지만 우리 관계가 사람들에게 너무 잘 알려져 있는데다, 나는 전에도 도피자를 숨겨준 적이 있어. 마리우스가 나한테 무려 볼카이 텍토사게스족의 왕을 보냈었지. 이름은 코필루스였어. 참 좋은 사람이었지! 야만인치고 상당히 세련된 사람이었어. 물론 마리우스가 개선식을 올린 뒤에 지하 감옥에서 교살되었단다. 그래도 마리우스의 부탁을 받고 그를 오래 숨겨준 덕에 살림 밑천을 마련할 수 있었어…… 4년이었지, 아마……. 마리우스는 씀씀이가 늘 호탕했어. 그 일에 대한 대가로 거금을 보내왔거든. 사실 나는 아무 대가 없이도 그렇게 했을 거야. 코필루스와 함께 지내는 게 좋았거든……. 퀸투스 세르토리우스는 집에 있길 좋아하지 않아. 싸움을 좋아하지." 그녀는 어깨를 으쓱하더니 양 무릎을 탁 내리치고 본론으로 되돌아갔다. "여기서 아미테르눔에 못 미쳐 산속에 사는 부부를 알아. 가욋돈이 생기면 그 부부한테도 좋을 거야. 믿을 만한 사람들이야. 그건 틀림없어. 내가 편지를 써주마. 그리고 떠날 준비가 다 되면 가는 길도 알려줄게."

"내일이요." 카이사르가 말했다.

하지만 그녀는 고개를 가로저었다. "내일은 안 돼! 그 다음날도 안 되고. 곧 폭풍이 올 거야. 폭풍이 몰아치기 시작하면 길을 찾을 수가 없고 발밑에 뭐가 있는지조차 안 보여. 저 게르만족 거인은 얼음물 속에 처박히고 나서야 거기가 강이라는 걸 알 거야! 겨울이 굳기 전까진 너희는 나랑 여기서 지내야 해."

"겨울이 굳는다고요?"

"지독한 첫 폭풍이 끝나고 결빙이 시작된단 뜻이야. 그때는 여행을 해도 안전해. 모든 게 단단히 얼어붙으니까. 그래도 말을 타긴 쉽지 않겠지만, 어쨌거나 갈 수는 있어. 게르만족 거인을 앞장세워라. 저 거인의 말은 발굽이 엄청 크니까 잘 넘어지지 않을 거야. 또 얼음을 조금씩 깨면서 갈 테니까 카이사르 네가 타는 그 아담한 녀석이 밟고 가기 더 수월하겠지. 겨울에 이렇게 높은 곳으로 말을 타고 오다니! 너도 참 생각이 없구나."

카이사르의 얼굴에 후회하는 빛이 떠올랐다. "어머니도 그렇게 말씀하셨어요."

"그래, 네 어머닌 지각 있는 분이시지. 사비니족은 말을 많이 타. 저렇게 좋은 말은 눈에 잘 띈단다. 그나마 네가 갈 길이 인적이 드문 곳이라 다행이야." 리아가 활짝 웃자 까맣게 변색된 치아 몇 개가 보였다. "아직 열여덟 살이잖니. 차차 배워나가면 돼!"

다음날이 되고 보니, 날씨에 관한 리아의 말은 과연 옳았다. 눈은 조금도 수그러들 기색을 보이지 않고 줄기차게 내려 곧 사방에 높이 쌓였다. 카이사르와 부르군두스가 밖에 나와 눈을 열심히 퍼내지 않았다면 리아의 아늑한 돌집은 눈에 파묻혀 거인 부르군두스조차 문을 열 수 없었을 것이다. 그렇게 나흘 더 눈이 내리고 난 후에야 마침내 군데군데 파란 하늘이 보이기 시작했다. 날은 전보다 훨씬 더 추웠다.

"난 이곳의 겨울이 좋아." 리아가 말했다. 그녀는 카이사르와 부르군두스가 마구간에 따뜻하게 짚을 쌓아올리는 것을 도와주고 있었다. "로마에서는 추운 겨울을 나기가 참 힘들지. 게다가 이번 10년은 주기상 겨울이 유난히 추운 때야. 하지만 여기에서는 겨울이 아무리 춥다고 해도 공기가 청명하고 개운해."

"하루빨리 여기서 떠나야 해요." 카이사르가 건초를 쌓으며 말했다.

"너의 저 게르만족 거인과 커다란 말이 먹는 양을 생각하면 그편이 나한테도 좋지." 세르토리우스의 모친이 투덜댔다. "그래도 내일은 안 돼. 어쩌면 모레쯤? 로마에서 네르사이로 오는 길이 뚫리면 넌 여기서 안전하지 않을 거야. 분명히 술라가 나를 기억하고 있을 테니까. 술라는 내 아들을 아주 잘 알잖아. 술라가 나를 기억한다면 부하들을 제일 먼저 이리로 보낼 거고."

하지만 그들은 그곳을 떠날 운명이 아니었다. 떠나기로 한 바로 전날 밤 카이사르가 갑자기 아프기 시작했다. 빙점을 훨씬 밑도는 날씨이긴 했지만, 리아의 집은 화로도 여러 개 두었고 돌벽은 두꺼웠으며 튼튼한 창틀은 바람을 제대로 막아주어서 여느 시골집처럼 무척 따뜻했다. 하지만 카이사르는 자꾸 춥다고 했고 갈수록 그 정도가 더 심했다.

"예감이 좋지 않아." 리아가 카이사르에게 말했다. "이까지 덜덜 부딪는구나. 단순한 학질로 보기엔 너무 오래가는데." 그녀가 카이사르의 이마에 손을 얹었더니 소스라치게 놀랐다. "이마가 펄펄 끓는구나! 두통도 있니?"

"지독해요." 그가 작게 내뱉었다.

"그러면 내일 아무데도 못 가. 너 이 거인 녀석! 어서 네 주인을 침대로 모셔라."

카이사르는 침대에 누운 채 고열과 마른기침과 계속되는 두통에 시달렸다. 음식도 전혀 넘기지 못했다.

"학질입니다." 환자를 보러 온 주술사가 말했다.

"하지만 전형적인 학질 증상이 없어요." 리아가 완강하게 말했다. "사일열도, 삼일열도 아니에요. 땀도 안 나고요."

"오, 학질이에요, 리아. 뚜렷한 반복이 없는 학질이지요."

"그러면 죽을병이란 건가요!"

"이 사람은 강해요." 주술사가 말했다. "계속 물을 먹여요. 그 이상 드릴 말이 없네요. 물에 눈을 섞어 먹이세요."

술라가 아프리카에서 폼페이우스가 보내온 편지를 읽으려는데, 집사 크리소고노스가 허둥대며 방으로 들어왔다.

"뭔가? 지금 바빠. 편지를 읽으려던 참이야!"

"주인어른, 어떤 부인이 뵙기를 청합니다."

"그냥 꺼지라고 해."

"못합니다, 주인어른!"

집사의 이 대답은 편지에 대한 술라의 관심을 저멀리 날려버렸다. 그는 놀란 표정으로 크리소고노스를 쳐다보며 편지를 내려놓았다. "산 사람 중에 자네를 꺾을 자는 없을 줄 알았는데." 슬슬 구미가 당긴다는 듯 술라가 말했다. "크리소고노스, 자네 떨고 있군. 그 부인네가 자네를 물어뜯기라도 했나?"

"아닙니다, 주인어른." 평소 유머 감각이라곤 눈곱만치도 없는 집사가 말했다. "하지만 그 부인이 정말로 절 죽일 수도 있겠다 싶었습니다."

"오! 꼭 만나봐야겠군. 이름은 말하던가? 사람이긴 한가?"

"아우렐리아라고 하셨습니다."

술라가 한 손을 쭉 내밀더니 그 손을 바라보았다. "아니야, 나는 아직 떨고 있진 않아!"

"부인을 방으로 들일까요?"

"아니, 다시는 보고 싶지 않다고 전하게." 술라가 말했다. 그러면서도 그는 폼페이우스의 편지를 다시 집어들지는 않았다. 흥미가 싹 가셔버린 터였다.

"주인어른! 부인이 주인어른을 뵙기 전엔 안 가겠답니다!"

"그러면 하인들을 시켜서 강제로 끌어내."

"이미 해봤습니다, 주인어른. 그런데 하인들이 부인께 손도 못 댑니다."

"그래, 그랬겠지!" 술라가 씩씩대며 눈을 감았다. "알겠네, 크리소고노스. 부인을 안으로 들이게." 아우렐리아가 당당한 걸음으로 들어왔다. 술라가 말했다. "앉으시오."

아우렐리아가 의자에 앉았다. 찬란한 겨울 햇빛이 그녀에게로 사정없이 쏟아지며 완벽한 아름다움 앞에서 시간이 얼마나 무력한지를, 이제는 예전 모습의 잔해일 뿐인 술라에게 다시 한번 여실히 보여주었다. 테아눔의 장군 막사에서는 안이 너무 어두워 그녀의 모습을 제대로 볼수 없었지만 이번에 그는 그녀를 마음껏 바라보았다. 지나치게 마른 듯했다. 그러면 분명 아름다움이 전만 못해야 할 텐데 그녀에게는 그것이 오히려 아름다움을 더했다. 입술과 볼로 번지곤 하던 장밋빛 홍조가 사라진 대신, 대리석처럼 하얀 살결이 한결 더 도드라져 보였다. 머리는 아직 세지 않았고, 부드러운 인상을 주는 머리 모양으로 바꾸어 젊음을 되돌리려는 소망에 굴복하지도 않았다. 여전히 머리를 전부 뒤로 빗고 단단히 쪽을 지어 목덜미 위로 내린 채였다. 숱 많은 눈썹 아래 역시 굵고 검은 속눈썹에 둘러싸인 눈은 너무나 사랑스러웠다. 그 눈은 지금 단호한 빛을 띤 채 그를 향해 있었다.

"아들 일로 왔군." 술라가 의자 등받이에 몸을 기대며 말했다.

"그래요."

"듣고 있으니 얘기하시오!"

"그애가 죽은 당신 아들을 닮아서인가요?"

그의 마음에 격심한 동요가 일었다. 아우렐리아의 눈을 계속 쳐다볼 수가 없어서, 그는 방금 전의 가시 돋친 말로 인한 고통이 누그러질 때까지 폼페이우스의 편지만 물끄러미 바라보았다. "그앨 처음 보고 굉장히 놀란 건 사실이오. 하지만 그 때문은 아니오." 그는 그녀를 다시 마주보았다. 차갑고 음침한 눈빛이었다.

"저는 당신 아들을 좋아했어요, 루키우스 코르넬리우스."

"당신이 원하는 건 절대 이런 식으로 얻을 수 없소, 아우렐리아. 내 아들은 오래전에 죽었어. 나는 그애가 없는 삶에 가까스로 적응했소. 이렇게 당신 같은 사람들이 그애의 죽음을 이용하려는 와중에도."

"그러니까 당신은 제가 뭘 원하는지 아는군요."

"잘 알지." 그는 앉은 채 의자를 뒤로 기울여 세웠다. 다리가 바깥쪽으로 곡선 처리된 견고한 로마식 의자로는 쉽지 않은 자세였다. "당신 아들을 살려달라는 거 아니오. 내 아들은 살아남지 못했는데도."

"그건 저나 제 아들 탓이 아니잖아요!"

"나는 무슨 일에든 누구든 탓할 수 있소! 나는 독재관이니까!" 술라가 소리쳤다. 양 입가에 거품이 구슬처럼 일었다.

"말도 안 돼요, 술라! 그게 말도 안 된다는 건 당신이 더 잘 알잖아요! 전 제 아들을 살려달라고 부탁하러 왔어요. 그애는 죽을 이유가 없어요. 그건 그애가 유피테르 대제관이 된 것만큼이나 부당해요."

"동의하오. 그애는 그 일에 어울리지 않아. 하지만 자기가 그걸 받아들였소. 분명 당신도 바랐을 테고."

"저는 그애가 유피테르 대제관이 되길 바라지 않았어요. 제 남편도 마찬가지였고요. 우린 일방적으로 통보받았어요. 마리우스가 그렇게 정했죠. 잔학한 짓을 일삼던 때에." 아우렐리아는 혐오스럽다는 듯이 입술을 살짝 들어올렸다. "마리우스가 역시 킨나더러 딸을 우리 아들한 테 주라고 시켰어요. 킨나 역시 킨닐라가 유피테르 여제관이 되길 결코 바라지 않았어요!"

술라는 대화의 주제를 바꾸었다. "당신, 예전에 입던 고운 색 옷은 입 지 않나보군." 그가 말했다. "지금 입은 미색 옷은 당신한테 전혀 안 어 울려."

"오, 또 헛소리!" 그녀가 딱딱댔다. "전 당신 안목을 만족시키러 여기 온 게 아니에요. 제 아들을 살리러 왔어요!"

"나 역시 당신 아들을 살릴 수 있다면 몹시 기쁘겠소. 당신 아들은 목 숨을 부지하려면 어떻게 해야 할지 잘 알고 있소. 킨나의 딸년과 이혼 하면 돼."

"그앤 이혼하지 않을 거예요."

"왜?" 술라가 벌떡 일어서며 소리쳤다. "도대체 왜?"

그녀의 볼에 엷은 홍조가 떠오르더니 이내 입술까지 붉게 물들었다. "왜냐고요, 바보 같으니! 당신 덕분에 그애는 자기가 혐오해 마지않는 그 일을 벗어날 유일한 수단이 킨닐라란 걸 안 거예요! 킨닐라와 이혼 하고, 유피테르 대제관으로 평생 살라고요? 그앤 차라리 죽음을 택할 거예요!"

술라의 입이 딱 벌어졌다. "뭐라고?"

"바보 같으니라고, 술라! 당신은 바보예요! 그앤 절대 킨닐라와 이혼 하지 않아요!"

"날 힐난하지 마시오!"

"전 당신한테 하고 싶은 말은 할 거예요! 이 사악한 노친네!"

묘한 침묵이 내려앉았다. 아우렐리아의 화가 커지는 속도만큼 술라의 화는 누그러지고 있었다. 그는 창밖을 향하고 있던 몸을 돌려 다시 아우렐리아를 마주보았다. 그의 마음에는 아우렐리아의 분노나 고통이 아닌 다른 것이 자리를 잡았다.

"다시 시작하지." 그가 말했다. "당신들 아무도 원치 않는데, 왜 마리우스는 당신 아들을 유피테르 대제관으로 만든 거요?"

"예언 때문이에요." 그녀가 말했다.

"그래, 나도 그 예언을 알지. 마리우스가 집정관을 일곱 번 지내고, 로마 제3의 건국자가 된다는 예언. 마리우스는 누구에게나 그 얘길 했소."

"하지만 전체를 다 말한 건 아니에요. 예언의 뒷부분은 정신이 흐려지기 전까지 아무에게도 얘기하지 않았죠. 하지만 나중에 자기 아들에겐 얘기했어요. 그리고 마리우스 2세가 율리아에게 얘기했고, 다시 율리아가 제게 말해주었어요."

술라가 인상을 찌푸리며 다시 앉았다. "계속하시오." 그가 짧게 말했다.

"예언 뒷부분은 제 아들과 관련이 있었어요. 그 마르타라는 노파는 그애가 역사상 가장 위대한 로마인이 된다고 예언했어요. 가이우스 마리우스는 그 예언 역시 믿었죠. 그래서 카이사르를 유피테르 대제관 직으로 묶어놓은 거예요. 전쟁에 못 나가고 정치계에도 발을 못 들이도록." 아우렐리아가 창백한 얼굴로 다시 자리에 앉았다.

"전쟁에 나갈 수 없고 집정관이 될 수 없는 사내는 자신을 빛낼 수 없으니까." 술라가 고개를 끄덕이며 말했다. 그는 휘익 하고 휘파람을 불었다. "영리하군, 마리우스! 훌륭해! 경쟁자를 유피테르 대제관으로 만들어서 승리를 쟁취한다! 그 늙은이가 그렇게 치밀한 수를 쓸 줄은 몰랐군."

"오, 치밀했지요!"

"흥미로웠소." 술라는 이렇게 말하고 폼페이우스의 편지를 집어들었다. "가도 좋소. 궁금한 이야기는 이제 다 들었으니까."

"우리 애를 살려줘요!"

"킨나의 딸과 이혼하지 않으면 그럴 수 없소."

"그앤 절대 이혼하지 않을 거예요."

"그러면 더 할말 없소. 가시오, 아우렐리아."

한번 더. 카이사르를 위해 한번 더. "일전에 제가 당신을 위해 울었지요. 그때 당신은 참 기뻐했어요. 오늘 저는 다시 한번 당신을 위해 울고 싶어요. 하지만 이번에 흘릴 눈물은 당신에게 기쁘지 않을 거예요. 한 위인의 죽음을 슬퍼하는 눈물이니까요. 저는 지금 자기 안에서 너무도 작아져 어린애들을 희생양으로 삼는 한 남자를 보고 있어요. 킨나의 딸은 열두 살이에요. 제 아들은 열여덟이고요. 아직 애들이죠! 반면에 킨나의 과부는 이제 다른 남자의 아내가 되어 뻔뻔스레 로마 거리를 활보하고 있어요. 그 다른 남자란 다름 아닌 당신 편 사람이고요. 돈 한 푼 없는 킨나의 아들에게는 이 나라를 떠나는 것 말곤 다른 선택권이 없어요. 그애도 어린애죠. 반면 다 큰 어른인 킨나의 과부는 떵떵거리며 잘살고 있고요." 아우렐리아가 술라를 향해 냉소를 짓더니 경멸에 찬 소리를 냈다. "안니아는 빨간 머리죠. 당신 그 벗겨진 늙은 정수리에 얹은 건 그 여자 머리털인가요?"

이 독설을 끝으로 아우렐리아는 휙 돌아 뚜벅뚜벅 걸어나갔다.

크리소고노스가 부산스레 안으로 들어왔다.

"사람을 찾아와." 술라가 말했다. 표정이 그 어느 때보다 험악했다.

"공권박탈자 명단에 올리거나 죽이는 게 아니라, 찾아서 내 앞에 대령해야 해, 크리소고노스."

집사는 주인어른과 그 범상치 않은 여인 사이에 무슨 일이 있었는지 궁금해 죽을 지경이었다. 한때 특별한 사이였던 게 분명해! 하지만 그는 속으로 한숨을 삼켰다. 어차피 절대 알 수 없을 것이다. 그래서 그는 능숙하게 대꾸했다. "사적인 일이로군요?"

"적절한 표현이로군! 그래, 이건 사적인 일일세. 유피테르 대제관 가이우스 율리우스 카이사르를 찾아내는 자에게 2탈렌툼을 주지. 단 머리카락 하나도 건드리지 말고 온전히 내 앞에 데려와야 해! 그 점을 모두에게 분명히 하게, 크리소고노스. 어느 누구도 유피테르 대제관을 죽여선 안 돼. 내가 원하는 건 단지 그를 여기 대령하는 것일세. 이해했나?"

"물론입니다, 주인어른." 하지만 집사는 나가지 않았다. 그 대신 조심스럽게 헛기침을 했다.

시선을 다시 폼페이우스의 편지로 옮기던 술라가 기침 소리에 고개를 들었다. "뭔가?"

"공권박탈 조치 총괄 책임자로 저를 지명해주십사 하는 의향을 주인어른께 처음 밝혔을 때 주인어른께서 요구하셨던 기획안을 준비해왔습니다. 또 주인어른께서 저를 총괄로 임명하실 경우를 대비해 부집사 후보도 구해두었습니다."

술라의 미소가 곱지 않았다. "자네, 정말 내가 부집사만 붙여주면 두 가지 일을 다 해낼 수 있겠나?"

"주인어른, 제가 두 가지 일을 다 하는 게 최상의 조합입니다. 일단 제 기획안을 읽어보십시오. 제가 이번 조치의 본질을 제대로 이해하고 있음을 주인어른께서도 확신하게 될 겁니다. 이걸 어느 국고위원회 전문가한테 맡겨서 되겠습니까? 지나치게 조심스러워서 매번 주인어른 눈치를 살살 살피겠지요. 또 국고위원회 특유의 고루한 방식에 갇혀서 이 조치의 상업적 측면을 제대로 활용하지 못할 게 분명하고요."

"생각해보고 알려주겠네." 술라가 불운한 폼페이우스의 편지를 다시 한번 집어들었다. 그는 집사가 허리를 굽히고 방에서 나가는 것을 무표정한 얼굴로 지켜보다가 문이 닫히자 불쾌한 미소를 지었다. 저 역겨운 놈! 두꺼비! 하지만 공권박탈 조치에 필요한 건 바로 저런 자였다. 그야말로 역겨운 인간. 하지만 믿을 만한 인간. 총괄 자리를 크리소고노스에게 맡긴다면 무분별한 재량권 행사로 대재앙이 벌어지는 일은 없을 것이다. 물론 크리소고노스는 분명 어디선가 이익을 두둑이 챙길 것이다. 하지만 어떤 식으로든 술라에게 누를 끼치는 건 자기 신상에 해롭다는 사실을 크리소고노스보다 잘 아는 자는 없었다. 공권박탈 조치의 상업적 측면, 즉 부동산, 현금 자산, 귀금속, 가구, 예술품, 회사 지분 및 주식의 처분은 긍정적이고 품격 있는 분위기로 진행되어야 했다. 그걸 다 술라가 혼자 할 수는 없는 노릇이니 누군가에게는 그 일을 맡겨야 했다. 크리소고노스의 말이 맞다. 국고위원회 관리보다야 그놈이 낫겠지! 이걸 국고위원회 관리에게 맡겨두면 도무지 진척이 없을 테니까. 이 조치는 신속히 처리되어야 한다. 또한 술라가 사적인 이득을 취하기 위해 국가에 해를 끼쳤다는 말이 나올 빌미를 주어서도 안 되었다. 크리소고노스는 해방노예 신분이었지만 어느 모로 보나 술라의 사람이었다. 그리고 크리소고노스는 만에 하나 자기가 잘못하면 주인이 일말의 거리낌도 없이 자기를 죽이리라는 걸 잘 알았다.

술라는 공권박탈 조치에서 가장 큰 딜레마를 해결해서 흡족해진 기분으로 폼페이우스의 편지를 차근히 읽기 시작했다.

아프리카 속주와 누미디아 둘 다 완전히 평정되었습니다. 임무 완수에 소요된 기간은 총 40일입니다. 10월 말, 저는 6개 군단과 말 2천 필을 끌고 릴리바이움에서 떠났습니다. 시칠리아는 가이우스 멤미우스한테 맡겼습니다. 그곳에 수비대를 배치할 필요는 없다고 판단했고요. 시칠리아에 도착하자마자 배를 모은 터라, 10월 말에 수송선이 800척 넘게 준비되어 있었습니다. 저는 항상 미리 준비해두는 걸 좋아합니다. 시간이 많이 절약되니까요. 출항 직전에 마우레타니아의 보구드 왕에게 사절을 보냈습니다. 보구드 왕은 요즘 군사를 팅기스에서 멀지 않은 이올에 두고 있지요. 현재 이올에서 나라를 통치하고 있고, 팅기스에는 소왕(小王) 아스칼리스를 두었습니다. 이렇게 된 건 전부 누미디아에서 벌어진 내란 탓입니다. 야르바스 왕자가 히엠프살의 왕권을 찬탈했거든요. 저는 보구드 왕에게 보낸 사절을 통해 즉각 누미디아를 서쪽에서 치라고 지시했습니다. 어떤 변명도 필요 없으니 한시도 지체하지 말라고 일렀어요. 제 작전은 보구드 왕이 야르바스를 동쪽으로 몰아오면 제가 기다리고 있다가 놈을 때려눕히는 거였죠.

저는 병사들을 2개 분대로 나누어 각각 옛 카르타고와 우티카에 배치했습니다. 제가 두번째 분대를 지휘했지요. 그런데 저와 병사들이 뭍에 오르자마자, 나이우스 아헤노바르부스의 병사 7천여 명이 제게 투항해 왔습니다. 길한 징조였죠. 아헤노바르부스는 곧장 교전을 벌이기로 결정했습니다. 안 그러면 더 많은 병사들이 자기를 버리고 저한테 올까봐 두려웠던 겁니다. 그는 협곡 건너편에 잠복해 있다가 제가 거길 통과해갈 때 급습할 계획을 세웠습니다만, 가파른 봉우리를 타고 올라가던 제가 적의 군대를 먼저 발견했지요. 그러니 저는 함정에 빠지지 않았습니다. 때마침 비가 쏟아졌고(아프리카 속 주에서 겨울은 우기이지 않습니까) 아헤노바르부스의 군인들 눈에 빗물이 파고들어 저한테 무척 유리했지요. 결국 저는 대승을 거두었고, 제 병사들은 저를 전장의 임페라토르라고 부르며 환호했습니다. 하지만 아헤노바르부스와 그의 3천 병사들은 그 자리에서 무사히 도망쳤어요. 제 병사들은 그래도 저를 전장의 임페라토르라며 환호했지만, 저는 환호는 이따가 해도 늦지 않다며 그들을 제지했습니다. 병사들은 즉각 제 말뜻을 알아차리고 환호를 멈췄죠. 저희는 다 같이 아헤노바르부스의 진지로 쳐들어가 그와 그의 병사들을 모조리 죽였습니다. 저는 그제야 제 병사들이 저를 전장의 임페라토르로 환호하는 것을 허락했습니다.

그리고 저는 누미디아로 진격했습니다. 앞서 아프리카 속주에서는 그동안 잡지 못했던 반란 분자들을 모조리 내주었어요. 저는 우티카에서 그들을 전부 처형했습니다. 왕위를 찬탈한 야르바스는 불라 레기스(바그라다스 강 상류에 위치해 있습니다)에 잠적해버렸습니다. 동쪽에서 제가, 서쪽에서 보구드 왕이 자기한테 다가가고 있다는 소식을 미리 입수한 것이지요. 당연히 제가 보구드 왕보다 먼저 불라 레기스에 닿았습니다. 불라 레기스는 제가 도착하자마자 성문을 열어젖히고 야르바스를 제게 넘겼지요. 저는 야르바스와 마시니사라는 다른 귀족을 그 자리에서 바로 처형했습니다. 저는 키르타에서 히엠프살 왕을 다시 권좌에 앉혔습니다. 요즘은 야생동물 사냥이나 즐기며 시간을 보내고 있습니다. 이 나라는 야생동물이 수두룩해요. 코끼리부터 시작해 엄청나게 큰 소같이 생긴 짐승까지, 생김새도 다양합니다. 저는 이 서한을 누미디아 평원에 세운 진지에서 쓰고 있습니다.

조만간 우티카로 돌아갈 생각입니다. 앞에 썼듯이 40일 만에 북아프리카 전역을 평정했으니까요. 여기 속주에 군을 주둔시킬 필요도 없습니다. 염려말고 총독을 보내십시오. 저는 제 6개 군단과 말 2천 필을 제 배에 태워 타렌툼으로 갈까 합니다. 그곳에서 아피우스 가도를 타고 로마로 행군하겠습니다. 로마에 도착했을 때는 개선식을 열고 싶습니다. 제 병사들이 저를 전장의 임페라토르로 환호했으니, 저는 개선식을 열 자격이 충분합니다. 저는 시칠리아와 아프리카를 100일 내에 평정했고, 독재관님의 적을 남김없이 처형했습니다. 또 개선식에 전시할 좋은 전리품들도 갖고 있습니다.

술라는 폼페이우스의 편지를 다 읽었을 즈음 눈물을 찔끔거리며 폭소했다. 이 편지가 웃긴 이유가 오만함이라기보다는 어린애같이 노골적이고 유치한 자신감 때문인지, 또는 아프리카는 겨울이 우기라는 둥 불라 레기스가 바그라다스 강 상류에 위치한 마을이라는 둥 하는 설명에 있는 것인지, 술라조차도 잘 알 수 없었다. 술라가 전에 아프리카에서 수년을 지냈고 혼자 힘으로 유구르타 왕을 생포한 걸 폼페이우스가 모를 리가 없는데? 겨우 40일 지내놓고 제가 뭐든 다 알아? 게다가 병사들이 자기를 전장의 임페라토르로 환호했다고 대체 몇 번을 쓴 건가? 오, 정말 재미있는 녀석이야!

그는 종이 한 장을 끌어다가 폼페이우스에게 편지를 썼다. 이 편지만큼은 비서가 받아쓰게 하고 싶지 않았다.

자네의 편지를 받아서 정말 기쁘네. 아프리카에 대해 흥미로운 사실들을 알려준 것도 고맙네. 자네가 '엄청나게 큰 소'같이 생겼다고 한 짐승을 직접 보기 위해서라도 나도 꼭 그곳을 방문해봐야겠어. 자네처럼 나도 코끼리 정도는 분간할 수 있다네.

축하하네. 젊은 사람이 일 처리가 어떻게 그리 빠른가? 40일이라. 천 년 전 메소포타미아가 물에 잠겨 있던 기간이 그 정도였지, 아마.

아프리카와 시칠리아 두 군데 다 주둔군이 필요 없다는 자네의 말을 받아들이겠네만, 이보게, 친애하는 폼페이우스, 아무리 사소한 일이라도 규정은 반드시 지켜야 해. 그러니 나는 자네에게 자네 군단 중 5개 군단은 우티카에 남겨두고, 로마에는 1개 군단만 데려오라고 명령하겠네. 어느 군단을 데리고 들어오건 그것은 상관하지 않겠네. 자네가 특별히 아끼는 군단이 있다면 선택해서 데려오게. 선택 말이 나와서 말인데, 자네야말로 포르투나 여신의 선택을 받은 게 분명해!

안타깝네만, 개선식은 허락할 수 없네. 자네 군대가 자네를 수없이 여러 번 전장의 임페라토르로 환호했다고는 하나, 개선식은 법무관 정도 지위의 원로원 의원이 되어야 치를 수 있네. 자네는 앞으로 몇 년간 전쟁에 참여할 기회가 여러 번 있을 테니까, 폼페이우스, 이번이 아니더라도 훗날 개선식을 치를 기회가 꼭 있을 거야.

자네한테 내가 감사해야 할 게 한 가지 더 있어. 바로 내게 카르보의 미각, 시각, 청각, 후각 기관을 속달로 송부해준 일 말일세. 호메로스의 표현을 빌자면, 누군가의 명줄이 끊어졌음을 확인하는 데는 잘린 머리통만한 게 없지. 카르보가 죽었으니 이제 로마에는 집정관이 없다는 내 주장이 자네 덕분에 강력한 근거를 얻었네. 머리통을 식초에 담가 보내다니 정말 똑똑해! 소라누스의 머리도 고맙네. 늙은 브루투스의 머리 역시.

하지만 한 가지 사소한 얘기를 하고 싶네, 친애하는 폼페이우스. 자네가 카르보를 그렇게 야만적으로 처리할 요량이었다면 좀 덜 공개적인 방법을 택하는 게 나로서는 더 좋았을 것 같네. 피케눔에서 사람을 구해놓으면 십중팔구 갈리아 야만인이더라, 하는 말도 틀리지만은 않은 것 같단 말이지. 자네가 토가 프라이텍스타 차림으로 고관 의자에 앉아 릭토르들을 거느리고 재판정에 등장했다면, 자네는 로마를 대표하는 거야. 하지만 자네의 처신은 로마인답지 않았어. 가엾은 카르보를 뜨거운 햇볕 속에 몇 시간 동안 세워두며 고문한 끝에, 그자가 재판을 받을 자격조차 없고 그 자리에서 즉결 처형되어 마땅하다고 왕처럼 거만한 목소리로 선언했다지. 그 괴롭도록 공개적인 재판소에 세워두기에 앞서 며칠간 자네가 카르보를 형편없이 재우고 먹인 탓에 그자는 몸 상태가 좋지 않았고 말이야. 하지만 그가 죽기 전에 자네에게 잠시 그 자리에서 물러나 혼자 조용히 변을 볼 시간을 달라고 부탁했을 때, 자네는 그 청마저 들어주길 거절했다더군! 결국 그는 죽으며 옷에 실수를 했다지만, 차라리 그렇게라도 빨리 죽는 게 다행이었겠지.

어떻게 내가 이런 일들을 다 아느냐? 나도 내 정보원들이 있다네. 그렇지 않으면 내가 이렇게 로마의 독재관 자리까지 오를 수 있었겠나. 자네는 너무 어려. 내가 카르보가 죽기를 원한다는 이유로 내가 그를 하찮게 생각한다고 넘겨짚었지. 어떤 면에서는 맞아. 하지만 나는 로마의 집정관 직을 고귀하게 여긴다네. 카르보가 죽었을 당시 그는 여전히 정식으로 선출된 집정관이었어. 그러니 앞으로 우리 젊은 폼페이우스께서는 모든 집정관은, 설사 그의 이름이 나이우스 파피리우스 카르보라 할지라도, 명예로운 대접을 받을 자격이 있다는 사실을 기억하는 편이 좋을 걸세.

이름 이야기가 나와서 말인데, 릴리바이움의 광장에서 벌어진 이 야만적인 사건 덕분에 자네가 새로운 별명을 얻었다고 하던데. 자신을 빛내줄 세번째 이름이 아직 없는 자네로선 이거 굉장히 좋은 일이 아닌가? 아둘레스켄툴루스 카르니펙스. 꼬마 도살자. 내 생각엔 자네에게 꼭 맞는 멋진 별명이야, 꼬마 도살자! 앞서 자네 선친이 그랬듯 자네 역시 도살자야.

반복하겠네. 자네 수하 군단 중 5개 군단은 우티카에 두어서 내가 그리로 신임 총독을 보내면 그를 기쁘게 맞이하라고 하게. 자네는 이제 돌아와도 좋아. 다시 만나기를 고대하고 있네. 우리 같이 코끼리에 대해 즐겁게 이야기를 나누세. 그리고 아프리카나 그쪽 정세에 대한 나의 지식도 넓혀주게나.

자네 장인, 장모인 푸블리우스 안티스티우스 베투스와 그 아내의 죽음에 대해 자네에게 애도의 뜻을 표해야겠군. 브루투스 다마시푸스가 왜 안티스티우스까지 희생자로 삼았는지 도무지 모르겠어. 하지만 물론 브루투스 다마시푸스는 죽었네. 내가 처형시켰지. 하지만 은밀히 처리했네, 꼬마 도살자 폼페이우스. 은밀히.

이 편지만큼은 정말 즐겁게 썼어! 술라는 편지를 끝맺으며 생각했다. 하지만 곧 인상을 찌푸리며 이 꼬마 도살자를 당분간 어떻게 해줘야 좋을지 궁리했다. 녀석은 뭐가 시야에 포착되면 쉽게 포기하는 놈이 아니었다. 바로 이 개선식도 그렇고. 게다가 로마령이 아닌 마을의 공개 광장에 릭토르부터 고관 의자까지 완벽하게 갖추고 나타나 완벽하게 야만적인 행동을 하는 녀석이 개선식 의전에 함축된 의미를 이해하고 있을 리 없다. 그러면서도 이 교활한 꼬마 도살자는 보나마나 술라가 계속 거절하기 힘들게 온갖 방식을 써서 개선식을 얻어내려 할 것이다. 따라서 술라는 묘안을 짰다. 그의 얼굴에 다시 한번 미소가 번졌다. 방에 들어온 비서가 술라의 얼굴을 보고 안도의 한숨을 내쉬었다. 지금은 어른이 기분좋으신 때로군!

"아, 플로스쿨로스! 마침 잘 왔네. 여기 앉아서 서판 꺼내게. 난 지금 세상 모든 종류의 인간들에게 한없이 너그러운 기분이야. 아시아 속주 총독으로 있는 우리 훌륭하신 친구 루키우스 리키니우스 무레나까지 포함해 말이지. 그래, 나는 그 인간이 독단적으로 미트리다테스 왕을 공격해서 내 명령을 어긴 죄를 용서하기로 마음먹었어. 그 하찮은 무레나가 나한테 필요하게 돼서 말이지. 그자한테 편지를 써서 알리게. 가능한 한 빨리 로마로 돌아와 개선식을 열라고 내가 지시했다고 말이야. 그리고 알프스 너머 갈리아에 있는 플라쿠스한테도 편지를 써서 즉시 로마로 돌아와 개선식을 열라고 내가 명령했다고 알리게. 둘 다 적어도 2개 군단을 데려오라고 쓰는 것 잊지 말고……."

술라는 본격적으로 지시사항을 나열했고 비서는 바쁘게 받아 적었다. 아우렐리아나 그녀와 있었던 불쾌한 면담에 대한 기억은 모두 사라졌다. 심지어 로마의 유피테르 대제관이 대단한 황소고집이라는 사실조차 잊어버렸다. 지금은 훨씬 더 위험한 다른 청년을, 어쩌면 지나치리만큼 교묘하게 다루어주어야 했다. 하지만 교묘함이 너무 지나쳐서도 안 되었다. 꼬마 도살자는 자기 자신에 관해서만큼은 매우 똑똑했으니까.

리아 말대로 네르사이의 날씨는 본격적인 겨울로 접어들었다. 청명한 하늘과 낮은 기온의 날들이 이어졌다. 하지만 로마로 가는 살라리아 가도가 뚫렸고, 네르사이에서 레아테로 이어지는 도로와 이어 아테르누스 강 협곡으로 연결되는 능선 너머 도로도 모조리 뚫렸다.

하지만 이 모든 건 카이사르와 상관없는 일이었다. 그의 상태는 날마다 서서히 악화되었다. 정신이 다소 깨어 있던 처음 며칠간 카이사르는 침대에서 일어나 떠나려 했지만, 몸을 일으킬 때마다 심한 현기증을 느끼며 이제 막 걸음마를 뗀 어린아이처럼 픽픽 쓰러지고 말았다. 이레째 되는 날부터는 자꾸 졸려 하더니 점차 가벼운 혼수상태에 빠져들었다.

그러던 어느 날 리아의 집 현관에 루키우스 코르넬리우스 파기테스가 도착했다. 트레불라 여관집에서 카이사르와 부르군두스를 본 낯선 사내와 함께였다. 리아 곁에 부르군두스가 없었기 때문에(리아가 나무를 베어오라고 시킨 터였다) 그녀는 집안으로 들이닥치는 사내들을 저지할 수 없었다.

"당신은 퀸투스 세르토리우스의 모친이고, 침대에 잠들어 있는 이 친구는 유피테르 대제관 가이우스 율리우스 카이사르지." 파기테스가 흡족한 표정으로 말했다.

"잠든 게 아니야. 깨어나질 않아."

"자고 있잖아."

"달라. 당신은 그애를 깨울 수 없어. 다른 누구도 마찬가지야. 그애는 뚜렷한 패턴이 없는 학질에 걸렸어. 곧 죽는단 얘기야."

이것은 파기테스에게 좋은 소식이 아니었다. 카이사르의 목이 산 몸통에 붙어 있지 않으면 로마에 데려가봐야 아무 값도 쳐주지 않으리라는 것을 그는 알고 있었다.

술라의 해방노예 하수인들이 다 그렇듯 파기테스 역시 양심이나 윤리 따위는 없었다. 그는 사십대 초반의 호리호리한 그리스인으로, 가난한 조국에서 어렵게 생계를 꾸리느니 차라리 타국에서 노예로 살기로 자청한 자였다. 그는 술라에게 거머리처럼 들러붙어 충성한 대가로 공권박탈 조치를 시행한답시고 몰려다니는 패거리들 중 하나의 대장으로 지목되었다. 카이사르를 잡으러 리아의 집에 도착하기까지 그는 공권박탈자 명단에 이름이 오른 자들을 죽여 총 14탈렌툼을 벌어들인 터였다. 그리고 카이사르를 술라에게 산 채로 데려갈 수만 있다면 그의 수입은 총 16탈렌툼에 이를 것이었다. 파기테스는 뭔가 속고 있는 것 같아 꺼림칙한 기분이 들었다.

하지만 그는 이번 임무의 자세한 내용을 리아에게 밝히지 않았다. 그는 카이사르의 침대 옆에 선 채로 일단 밀고자에게 돈을 치르고 그자를 떠나보냈다. 죽은 채로 데려가봤자 로마에서 아무 소득도 올릴 수 없다. 하지만 이 소년의 수중에 돈이 좀 있을지도 모르지. 지금 머리를 잘 굴려서 저 노파에게 얘기를 잘하면 그 돈을 빼낼 수 있을 거야, 하고 파기테스는 생각했다.

"흠." 그가 커다란 칼을 꺼내들며 말했다. "어쨌든 목만 베어 가면 그만이지. 그러면 2탈렌툼이 나오니까."

"조심해, 이 후레자식아!" 리아가 날카롭게 맞서며 외쳤다. "집에 사람이 오고 있어. 만일 네놈이 자기 주인에게 손을 대면, 그 녀석은 네놈이 미처 도망가기도 전에 때려죽일걸!"

"아, 그 게르만족 거인? 어머님, 그러면 일단 가서 그놈을 데려오시지. 나는 이 어린 주인님 침대 맡에 가만히 앉아 있을 테니까." 그는 침대 머리맡에 앉았다. 그러고는 인형처럼 누워서 아무런 저항도 하지 않는 카이사르의 목에 검을 갖다댔다.

리아가 부르군두스의 이름을 외치며 황급히 차디찬 바깥으로 나가자, 파기테스는 현관문을 열었다. 밖에는 십인대 대원들이 그를 기다리고 있었다.

"게르만족 거인이 여기 있어. 불가피한 경우 놈을 죽여야겠지만 그러다가 자칫 우리가 뼈도 못 추릴 수 있으니까, 되도록 거인 놈과 싸우지 않는 게 좋을 거야. 애가 죽어가고 있어서, 저대로는 기껏 데려가봐야 우리한테 돌아오는 게 없어." 파기테스가 하수인들에게 설명했다. "그래서 저 사람들한테서 돈을 뜯어낼 생각이야. 하지만 돈을 넘겨받을 때 네놈들이 그 게르만족 거인으로부터 날 지켜줘야 해, 알아들었지?"

그는 다시 집안으로 들어갔다. 리아가 부르군두스를 데리고 돌아왔을 때 파기테스는 카이사르의 목에 검을 대고 앉아 있었다. 부르군두스의 목구멍에서 신음 소리가 끓어올랐지만, 그는 침대 쪽으로 다가가지 못하고 문가에 서서 거대한 주먹을 쥐락펴락했다.

"좋아!" 파기테스는 조금도 두려워하는 기색 없이 친근하게 말했다. "그러면 이렇게 하지, 할멈. 당신네들한테 충분한 돈이 있으면 나는 이 청년의 머리통을 어깨 위에 그대로 두고 갈 용의가 있어. 하지만 반대로 당신의 저 게르만족 거인이 이 침대까지 오기 전에 이 예쁘장한 목덜미를 확 베어서 밖으로 도망칠 수도 있지. 지금 집 앞 길가에 내 부하 아홉이 있으니까. 내 말 알아들었소?"

"지금 부르군두스한테도 같이 얘기하는 건가? 이 친구는 못 알아들었을 거야. 그리스어를 전혀 못하니까."

"저런 짐승이 있나! 그러면 어머님을 통해서 협상을 해야겠군. 돈 있소?"

그녀는 잠시 두 눈을 감고 서서 무엇이 최선일지 따졌다. 그녀 역시 아들처럼 현실적인 사람이었기에 일단 파기테스를 처리해야 한다고, 일단 그를 여기서 내보내야 한다고 판단했다. 안 그러면 카이사르는 부르군두스가 침대에 닿기도 전에 죽을 것이고, 곧 부르군두스도 죽을 것이다. 그리고 그녀 역시 죽을 것이다. 그녀는 눈을 뜨고 방 한구석에 쌓여 있는 책 바구니들을 가리켰다.

"저기. 3탈렌툼." 그녀가 말했다.

파기테스의 연갈색 눈동자가 책 바구니를 향했다. 그는 휘파람을 불었다. "3탈렌툼이라! 근사하군!"

"어서 갖고 가. 이 소년이 평화로이 죽음을 맞을 수 있게."

"오, 그럽시다, 어머님. 그럽시다!" 그는 입술에 손가락을 갖다대고 쉬익 날카로운 휘파람 소리를 냈다.

하수인들은 부르군두스를 죽여야 하는 줄 알고 검을 뽑아든 채 우르르 달려 들어왔지만 뜻밖에도 집안은 조용했다. 그들이 상대해야 할 것은 책 바구니 열두 개였다.

"하, 엄청나게 무겁고만!" 바구니의 무게를 확인한 파기테스가 말했다. "우리 유피테르 대제관께서는 아주 똑똑한 젊은이셨어, 그래."

세 번을 왔다갔다하고 나서야 책 바구니가 모두 사라졌다. 하수인들이 세번째로 방에 들어왔을 때 파기테스는 침대에서 일어나 잽싸게 하수인들 사이에 끼어들었다. "안녕히 계시오!" 그가 떠났다. 집밖에서 움직이는 소리가 들리더니 이내 자갈길에 말발굽 소리가 울려퍼졌다. 이

옥고 그 소리마저 사라지고 정적이 내려앉았다.

"제가 놈들을 죽이게 놔두지 그러셨어요." 부르군두스가 말했다.

"나도 그러고 싶었어. 하지만 그러면 네 주인이 제일 먼저 죽었을 거야." 노파가 한숨을 지었다. "흠, 놈들이 가져간 돈을 다 쓸 때까진 괜찮겠지만, 놈들은 다시 올 거다. 네가 카이사르를 데리고 산을 넘어야 해."

"하지만 가는 도중에 돌아가실 텐데요!" 부르군두스가 흐느끼기 시작했다.

"그럴 수도 있겠지. 하지만 여기 있으면 무조건 죽어."

카이사르는 헛소리를 하지도 몸을 뒤척이지도 않고 줄곧 평온한 혼수상태에 있었다. 무척 마르고 지쳐 보였다. 입가에 열꽃이 피었지만 희한하게도 무엇이든 입에 넣어주면 자면서도 곧잘 마셔넘겼다. 한자리에 오래 누워 있으면 보통은 음식이 체한 소리가 가슴께에서 들리기 마련이지만, 카이사르에게는 아직 그런 증상이 나타나지 않았다.

"돈을 내줘야 했던 건 애석한 일이야. 저애를 옮기려면 썰매가 있어야 할 텐데, 나한테는 썰매가 없거든. 썰매를 팔 만한 사람을 하나 알긴 하는데, 퀸투스 세르토리우스가 공권박탈자 명단에 오르는 바람에 내 수중에는 돈이 전혀 없어. 이 집은 내 결혼지참금으로 마련했기 때문에 겨우 지킬 수 있었지."

무표정하게 듣던 부르군두스가 자기도 나름대로 생각을 할 줄 안다는 것을 증명해 보였다. "주인님의 말을 팔아요." 그는 이렇게 말하더니 다시 울기 시작했다. "아, 주인님 마음이 찢어지게 아플 텐데! 하지만 다른 방법이 없어요."

"착하지, 부르군두스!" 리아가 씩씩하게 말했다. "말은 금세 팔릴 거야. 제값은 못 받겠지만, 썰매와 황소 몇 마리 살 돈과 너희가 프리스쿠스와 그라티디아 집에 머무르는 동안 치를 숙박료 정도는 될 거야. 네가 먹는 무시무시한 음식량을 감안하더라도 말이지."

일은 신속히 처리되었다. 부케팔로스의 새 주인은 재수좋게도 겨우 9천 세스테르티우스에 이렇게 좋은 말이 생긴 게 도무지 믿기지 않아서, 늙은 리아가 말을 바꿀세라 잠시도 뭉그적대지 않고 곧장 자리를 떴다.

썰매—양 끝부분이 곡선으로 휜 반질반질한 판자를 바퀴에 달았을 뿐 사실 수레와 별다를 바 없었다—값이 4천 세스테르티우스, 수레를 끌 황소 두 마리 값이 각각 1천 세스테르티우스였다. 썰매 주인은 여름에 4천 세스티르티우스로 전체를 되사줄 용의가 있다고 했다. 도합 2천 세스티르티우스를 거저먹겠다는 뜻이었다.

"여름 전에 돌려받을 거요." 리아가 딱 잘라 말했다.

리아와 부르군두스는 카이사르가 썰매에 편하게 누워 있도록 정성을 다해 이불로 꼭꼭 감쌌다.

"꼭 몸을 자주 뒤집어주거라! 그래야 뼈가 살 속으로 파고들지 않아. 하긴 남은 살도 얼마 없구나, 가엾은 녀석. 날씨가 추워서 음식은 꽤 오래갈 테니 그건 다행이다. 주인님께 물을 자주 먹이고, 암양 젖도 짜서 먹여." 리아가 괴팍스런 말투로 잔소리를 주워섬겼다. "아, 나도 같이 가면 좋으련만. 하지만 난 너무 늙었어."

리아는 집 뒤에 서서, 썰매를 끌고 가는 부르군두스의 모습이 완전히 보이지 않을 때까지 하얗게 펼쳐진 목초지를 바라보았다. 암양은 카이사르가 생존을 위해 필요한 최소한의 영양분을 얻을 수 있도록 그녀가 내준 것이었다. 두 사람의 모습이 마침내 사라지자 그녀는 집으로 들어갔다. 가정의 여신 베누스에게 바칠 비둘기 한 마리와, 이탈리아의 만물을 관장하는 어머니와 아버지인 텔루스와 솔 인디게스에게 바칠 달걀 열두 알을 준비했다.

프리스쿠스와 그라티디아의 집에 도착하기까지 여드레가 걸렸다. 황소들이 너무 느려서 부르군두스는 애가 탔지만 카이사르에게는 오히려 다행이었다. 자신을 실어나르는 이 독특한 교통수단의 움직임에 좀체 방해를 받지 않았던 것이다. 활주부에 밀랍을 수차례 문질러 놓은 덕분에 썰매는 얼어붙은 눈길을 부드럽게 미끄러져 갔다. 그들은 네르사이 옆으로 뻗어 있는 세찬 히멜라 강 유역에서 가파른 오르막길을 올랐다. 도로는 급경사 길을 지그재그로 가로질렀다. 길이 한 번 꺾일 때마다 고도는 조금 더 높아졌다. 그리고 다시 똑같은 방식으로 반대편의 가파른 내리막길을 내려가 이윽고 아테르누스 강 유역에 도착했다.

이상한 점은 카이사르가 리아의 따뜻한 집을 떠나 몸이 차가워지자 바로 상태가 호전되기 시작했다는 사실이다. 그는 부르군두스가 몸을 뒤집어줄 때마다 먹여주는 암양 젖을 잘 삼켰고(부르군두스의 손이 너무 커서 암양한테서 젖을 짜기가 여간 고역스러운 것이 아니었지만, 리아가 준 암양은 다행스럽게도 늙고 참을성 있는 짐승이었다) 심지어 게르만족 거인이 입에 물려준 치즈 조각을 천천히 씹어먹기까지 했다. 하지만 나른한 상태는 계속되었고 여전히 말도 하지 못했다. 가는 길 내내 사람들과 전혀 마주치지 않았기 때문에 밤에 쉴 곳을 기대할 수 없었는데도, 혹한은 계속되었다. 구름 한 점 없는 새파란 하늘이 펼쳐지는 낮과, 별빛이 구름처럼 뭉쳐 하얗게 보이는 천국의 밤이 번갈아 그들을 찾아왔다.

혼수상태가 걷혔다. 전에 보이던 졸음 증세가 다시 나타났지만 나중에는 그것도 서서히 사라졌다. 부르군두스는 이것도 일종의 호전 증세일 거라고 자신의 아둔한 머리를 써서 짐작했다. 하지만 여전히 카이사르는 어느 지독한 지하세계 괴물에게 피를 다 빨아먹힌 듯한 모습이었고, 손조차 들어올리지 못했다. 단, 아주 중요한 그 무엇이 사라졌다는 사실을 깨달았을 때 딱 한 번 말을 했다.

"부케팔로스는 어딨지? 부케팔로스가 안 보여!"

"부케팔로스는 네르사이에 두고 올 수밖에 없었어요, 카이사르. 길이 어떤지 직접 보세요. 부케팔로스는 절대 이 길로 못 가요. 하지만 걱정 마세요. 리아가 안전하게 데리고 있으니까요." 진실을 밝히는 것보다 이것이 더 나을 듯했다. 게다가 카이사르는 그 말을 믿는 것 같았다.

프리스쿠스와 그라티디아는 아미테르눔에서 몇 킬로미터 떨어진 작은 농가에 살고 있었다. 리아와 비슷한 연배였고 돈이 별로 없었다. 재산을 늘리는 데 기여해주었어야 할 두 아들은 모두 이탈리아 전쟁에서 사망했고, 딸은 원래부터 없었다. 따라서 그들은 리아의 편지를 읽은 뒤 부르군두스가 남은 여비 3천 세스테르티우스를 전부 그들에게 건네자 도피자들을 기꺼이 받아들였다.

"혹시 열이 더 오르면 집밖에서 간호할게요." 부르군두스가 말했다. "리아의 집을 떠나고 몸이 추우니까 나아지기 시작했거든요." 그는 썰매와 황소들을 손으로 가리켰다. "저것들도 가지셔도 돼요. 카이사르가 살아난다면, 저런 것들은 보기 싫을 거예요."

카이사르가 살 수 있을까? 그를 보살피는 세 사람은 전혀 알 수 없었다. 그의 상태는 며칠 동안 달라지긴 했지만 아주 미미하게였다. 이따금 강풍이 분 뒤 영원히 그치지 않을 듯이 눈이 내리고 한층 더 매서운 추위가 찾아왔지만 카이사르는 그런 것들을 전혀 모르는 듯했다. 열이 내리면서 혼수상태도 사라졌지만 여전히 뚜렷한 변화는 나타나지 않았고 얼굴에 핏기가 없었다.

4월이 끝을 향해 갈 무렵 해빙기가 찾아오며 봄이 돌아올 것을 기약했다. 이탈리아의 이쪽 지역 사람들은 올겨울이 그들이 기억하는 가장 지독한 겨울이라고 했다. 카이사르에게는 평생 동안 가장 지독한 겨울이 될 것이었다.

리아의 친척 그라티디아가 말했다. "로마 같은 데로 옮기지 않으면 이러다 죽고 말겠어. 산속에 사는 우리로선 의사나 약이나 음식을 구할 수가 없어. 지금 카이사르의 핏속에는 생명이 없어. 그래서 아무런 차도가 없는 거야. 나는 카이사르를 낫게 할 방법을 모르는데, 카이사르를 봐줄 사람을 아미테르눔에서 데려오자고 하면 너는 한사코 안 된다고 하는구나. 그러니 부르군두스, 네가 말을 타고 로마로 가서 카이사르의 어머니께 이 상황을 알리거라."

게르만족 거인은 묵묵히 집밖으로 나가 니사이아 말에 안장을 씌웠다. 그러고는 그라티디아가 먹을 것을 싸줄 새도 없이 금방 사라져버렸다.

"왜 소식이 없나 했어." 아우렐리아가 창백한 얼굴로 말했다. 그녀는 입술을 깨물더니, 마치 작은 고통으로 자극을 주어야 생각이 더 잘된다는 듯이 입술을 잘근잘근 씹기 시작했다. "부르군두스 네게 고맙다는 말을 이루 다 할 수가 없구나. 네가 아니었다면 내 아들은 분명 죽었을 거야. 그애가 정말로 죽기 전에 한시바삐 로마에 데려와야겠다. 이제 가서 카르딕사를 만나보거라. 카르딕사와 네 아들들이 널 몹시 보고 싶어했어."

술라에게 다시 혼자 가봐야 소용이 없을 것이었다. 해가 바뀌기 전에 통하지 않은 방법이 새해로부터 넉 달이 지난 지금이라고 통할 리는 없었다. 공권박탈 조치는 여전히 서슬이 시퍼렜지만 요즘 그는 법률 제정에 주안점을 두는 듯했다. 그 법이 누구에게 적용되느냐에 따라 좋은 법이 될 수도 나쁜 법이 될 수도 있을 것이다. 어쨌든 술라는 요즘 눈코 뜰 새 없이 바빴다.

술라는 아우렐리아와의 면담이 있은 며칠 후 마르쿠스 푸피우스 피소 프루기에게 사람을 보냈고, 안니아가 킨나의 과부라는 이유를 들어 그녀와 이혼하라고 명령했다. 아우렐리아는 그 소식을 듣고서 잠시나마 카이사르에 대해 얼마간 희망을 품었다. 하지만 피소 프루기가 서둘러 안니아와 이혼한 후로도 아무 일이 없었다. 리아는 편지에 돈은 어떤 놈(그가 집어삼킨 돈의 액수로 지칭되었다)이 꿀꺽 삼켰고, 카이사르와 부르군두스는 리아의 집을 떠났다고 썼다. 하지만 리아는 카이사르의 병은 언급하지 않았고, 아우렐리아는 줄곧 무소식이 희소식일 거라고 스스로를 안심시켜온 터였다.

"달마티카를 만나야겠어." 그녀는 결심했다. "술라에게 접근할 방법을 어쩌면 다른 여자가 알려줄 수 있을지 몰라."

로마는 지난해 12월 브룬디시움에서 돌아온 술라의 부인 달마티카에 대해 통 아는 바가 없었다. 혹자는 그녀가 아프다고 했고, 혹자는 술라가 사생활에 할애할 시간이 없어서 그녀를 방치한다고도 했다. 하지만 술라가 아내를 다른 사람으로 갈아치웠다고 수군대는 사람은 없었으므로, 아우렐리아는 그녀에게 짧은 편지를 써서 면담을 청했다. 되도록이면 술라가 집에 없을 때가 좋겠다는 단서를 붙였는데, 단순히 독재관을 번거롭게 하고 싶지 않아서라고 조심스럽게 설명했다. 또한 코르넬리아 술라도 함께할 수 있느냐고 물으면서 한때 잘 알고 지내던 그녀와 인사를 나누고 싶다고 썼다. 어쩌면 코르넬리아 술라도 그녀에게 좋은 조언을 해줄 수 있을지 몰랐다. 그리하여, 그녀는 실은 자신에게 어떤 문제가 생겨서 상의를 구한다는 말로 편지를 끝맺었다.

이제 술라는 새로 고친 자기 저택에서 살고 있었다. 대경기장이 내려다보이는 집이었다. 안내를 받아 들어간 집에서는 아직 덜 마른 석고 반죽과 물감 냄새가 진동했고 어지간해서는 잊히지 않을 저속한 분위기가 풍겼다. 아우렐리아는 널따란 아트리움과 그보다 더 넓은 주랑정원을 지나 마침내 달마티카의 거처에 도착했다. 그녀 혼자 지내는 거처가 아우렐리아의 인술라 전체보다 넓었다. 두 사람은 초면은 아니었지만 지금까지 친구로 지낸 적은 한 번도 없었다. 아우렐리아는 로마 주요 명사들의 부인네들이 여는 팔라티누스 모임에 드나들지 않았다. 그녀는 수부라 지구 인술라의 바쁜 여주인이었고, 물을 탄 달콤한 포도주와 작은 케이크를 앞에 두고 벌이는 담소 따위에는 관심이 없었으니까.

그리고 달마티카 역시 팔라티누스 모임에 속하지 않았다. 전남편인 원로원 최고참 의원 스카우루스 때문에 여러 해 감금생활을 했고, 나이가 들어서는 물을 탄 달콤한 포도주와 작은 케이크를 앞에 두고 벌이는 담소 따위에 흥미를 잃었던 것이다. 그다음에는 그리스 망명 생활이 있었다. 에페소스, 스미르나, 페르가몬에서 술라와 함께한 전원생활, 쌍둥이 출산, 술라를 덮친 지독한 병. 지난 세월 그녀가 감당해야 했던 숱한 걱정과 불안과 향수와 고통. 카이킬리아 메텔라 달마티카가 이제 와서 쇼핑이나 희극 배우들, 소소한 갈등, 추문, 나태한 생활 따위에 취미를 붙일 일은 없었다. 술라는 그동안 그녀를 너무도 그리워한 나머지 그녀를 어느 때보다 깊이 사랑하고 있었고, 그런 술라의 모습에 달마티카는 그저 로마에 돌아온 것만으로 개선장군이 된 기분이었다.

하지만 술라는 평소 아내에게 속내를 털어놓지 않았으므로 그녀는 유피테르 대제관의 운명에 대해 전혀 아는 바가 없었다. 사실 아우렐리아가 유피테르 대제관의 어머니인 것조차 몰랐다. 그리고 코르넬리아 술라에게도 아우렐리아는 단순히 유년 시절의 일부분으로서, 그러니까 매일같이 술을 퍼마시다 어느 날 스스로 생을 마감한 어머니에 대한 어렴풋한 기억과, 사랑하는 의붓어머니 아일리아에 대한 생생한 기억 사이의 연결고리로서 남아 있을 뿐이었다. 코르넬리아 술라의 첫번째 결혼(아버지의 동료 집정관 아들과의 혼인)은 술피키우스가 호민관을 지내던 시절 포룸 로마눔에서 벌어진 폭동에서 남편이 죽으며 비극적으로 끝났고, 두번째 결혼(드루수스의 동생 마메르쿠스와의 혼인)은 그녀에게 크나큰 만족을 가져다주었다.

세 여성 모두 상대방들의 외모에 기분이 흡족했다. 다들 로마에서 대단한 미인으로 정평이 나 있었으므로, 그들 모두 다른 누구보다 시간의 풍파를 제법 잘 견뎌냈다고 느꼈대도 그리 틀린 생각은 아니었을 것이다. 아우렐리아가 마흔둘로 나이가 가장 많았다. 달마티카는 서른일곱이었고, 코르넬리아 술라는 겨우 스물여섯이었다.

"이제는 아버지를 더 많이 닮아 보이는구나." 아우렐리아가 코르넬리아 술라에게 말했다.

술라보다 훨씬 더 푸르고 반짝반짝한 두 눈에 장난기가 어리더니, 이내 그녀가 웃음을 터트렸다. "오, 그런 말씀 마세요, 아우렐리아! 저는 피부도 깨끗하고 가발도 안 써요!"

"가엾은 사람." 아우렐리아가 말했다. "많이 힘들 거야."

"맞아요." 달마티카가 동의했다. 그녀의 머리카락과 피부는 아우렐리아가 기억하던 것보다 더 부드러운 갈색빛이었다. 회색 눈동자는 전보다 훨씬 더 애수에 젖어 있었다.

대화는 잠시 일상적인 얘기로 넘어갔다. 달마티카는 의붓딸이 끄집어낼 법한 불편한 주제들을 요령껏 피했다. 천성적으로 말이 적은 아우렐리아는 다른 사람들 말에 이따금씩 맞장구를 칠 뿐이었다.

달마티카에게는 술라와의 사이에서 얻은 쌍둥이 외에도 첫 남편 마르쿠스 아이밀리우스 스카우루스와의 사이에서 얻은 아들 하나와 딸하나가 있었다. 그녀는 자식들 중 맏이인 아이밀리아 스카우라 이야기에 열을 올렸다.

"정말 예쁜 애예요!" 그녀가 생기를 띠며 행복한 얼굴로 말했다. "아무래도 임신한 것 같아요. 아직 확신하긴 이르지만."

"누구와 결혼했죠?" 아우렐리아가 물었다. 그녀는 남들 혼인 소식에 늘 어두웠다.

"마니우스 아킬리우스 글라브리오요. 여러 해 정혼한 사이었어요. 스카우루스의 뜻이었죠. 대대로 연을 맺은 가문이거든요."

"괜찮은 사람이지요." 아우렐리아가 중립적인 어조로 신중하게 말했다. 그녀는 솔직히 그가 인품이 훌륭했던 부친과 달리 언행에 조심성이 없고 자만심이 과한 자라고 생각했다.

"자만심이 과한 데다 입이 싸요." 코르넬리아 술라가 딱 잘라 말했다.

"그래, 그래. 그가 너하곤 안 맞을지 모르겠지만 아이밀리아 스카우라와는 잘 맞는단다."

"그런데 꼬마 폼페이아는 요즘 어떠니?" 아우렐리아가 재빨리 물었다.

코르넬리아 술라는 활짝 웃었다. "눈부시게 예뻐요! 올해로 여덟 살이고 학교에 다녀요." 하지만 그녀는 술라의 딸답게 매정하리만치 자기 딸에게 거리를 두고 말했다. "당연히 머리는 말도 못하게 멍청해요! 라틴어로 감사 편지 쓸 정도만 돼도 좋겠다 싶은 걸요. 그리스어는 죽을 때까지 배울 엄두도 못 낼 거고요! 장차 미인으로 자랄 테니 어쩌나 다행인지. 여자애가 똑똑한 것보다는 예쁜 게 낫지요."

"남편감을 구할 때는 확실히 그렇지. 하지만 넉넉한 지참금도 도움이 돼." 아우렐리아가 건조하게 말했다.

"아, 그앤 지참금이 어마어마할 거예요!" 폼페이아의 어머니가 말했다. "그애 외할아버지가 엄청난 부자가 되었으니, 폼페이우스 루푸스 집안에서뿐만 아니라 외할아버지한테서도 재산을 상속받겠죠. 폼페이우스 루푸스 집안사람들은 제가 자기들 집에서 과부로 살던 때와 태도가 사뭇 달라졌어요! 그땐 그 사람들이 제 인생을 비참하게 만들었지만, 이제 저는 아빠의 후광을 입고 있으니까요. 아빠가 자기들을 공권박탈자 명단에 올리기라도 할까봐 잔뜩 겁먹었어요."

"그러면 우린 폼페이아가 아주 좋은 남편을 구하기를 바라야겠구나." 달마티카가 말하고는, 좀더 진지해진 눈빛으로 아우렐리아를 바라보았다. "이렇게 뵙게 되어 기뻐요. 늘 좋은 친구가 있었으면 했는데 앞으로 당신에게 의지할 수 있겠네요. 하지만 오늘 단순히 인사를 하러 저를 찾아오신 게 아닌 걸로 알아요. 아우렐리아 당신은 묵묵히 자기 일을 하는 분별 있는 분이신 걸 누구나 잘 아니까요. 문제란 게 무엇이죠? 제가 어떻게 도울 수 있을까요?"

아우렐리아가 이야기를 털어놓았다. 늘 그렇듯 그녀는 있는 그대로의 사실을 어떠한 윤색도 없이 담담하게 말했다. 그녀의 청중은 나무랄

데 없는 태도로, 아무 말 없이 귀를 기울여주었다.

"저희가 무슨 일이든 해야겠군요." 이야기를 다 들은 달마티카가 말했다. 그녀는 한숨을 쉬었다. "루키우스 코르넬리우스는 머릿속에 생각이 너무 많아요. 그리고 안타깝지만 그다지 따뜻한 사람이 아니고요." 그녀는 자리가 불편한 듯 자세를 바꾸어 앉았다. "그분과 여러 해 동안 친구로 지내셨잖아요." 그녀가 어색하게 말했다. "당신도 그를 설득시키지 못했는데 저라고 별수 있을까 하는 생각을 떨칠 수 없네요."

"그렇지 않아요." 아우렐리아가 뻣뻣하게 말했다. "그가 가끔씩 저를 만나러 온 건 사실이지만, 그와 저 사이에 별다른 일은 없었다고 분명히 말씀드릴 수 있어요. 그가 저를 찾아왔던 건 남들이 말하는 제 외모 때문이 아니었어요. 썩 낭만적으로 들리진 않겠지만, 그는 저의 상식을 높이 샀어요."

"그 말을 믿어요." 달마티카가 미소를 지으며 말했다.

코르넬리아 술라가 지휘봉을 잡았다. "흠, 갈 길이 아주 멀군요." 그녀의 목소리가 활기찼다. "그렇다고 우리가 오늘 할 일을 안 할 순 없죠. 외숙모 혼자서 아빠를 다시 만나봐야 소용이 없을 거란 말씀은 옳아요. 하지만 외숙모는 반드시 아빠를 만나보셔야 해요. 시기는 빠르면 빠를수록 좋고요. 아빠는 요즘 법 제정 문제로 바쁘세요. 그러니까 정식 대표단을 꾸려야 해요. 신관들, 남자 친인척들, 베스타 신녀들, 그리고 외숙모. 마메르쿠스도 도움이 될 테니, 제가 그이한테 얘기할게요. 카이사르의 가까운 친척 중에서 공권박탈자 명단에 오르지 않은 사람은 누가 있어요?"

"코타 가문에 내 이부동생 셋이 있어."

"좋아요. 그분들이 있으면 대표단이 더 화려해지겠네요! 가이우스 코타는 신관이고 루키우스 코타는 조점관이니 종교적인 무게도 더해지겠어요. 마메르쿠스도 외숙모 편을 들 거예요. 그리고 베스타 신녀 네 명도 필요해요. 일단 수석 베스타 신녀인 폰테이아, 그리고 파비아, 리키니아, 카이사르 스트라보의 딸 율리아. 바로 카이사르 가문 출신이죠. 혹시 이중에 개인적으로 아는 분이 있으세요?"

"심지어 율리아 스트라보와도 모르는 사이란다." 아우렐리아가 대답했다.

"괜찮아요. 제가 다 아니까요. 저한테 맡겨두세요."

"나는 무엇을 도와줄 수 있을까?" 달마티카가 물었다. 술라 집안사람 특유의 빠른 일 처리에 다소 기가 눌린 듯했다.

"어머닌 대표단이 내일 오후에 아빠를 뵐 수 있게 약속을 잡아주세요." 코르넬리아 술라가 말했다.

"말처럼 쉬운 일이 아닐 텐데. 너무 바쁘시잖아!"

"말도 안 돼요! 어머니께선 지나치게 겸손하세요. 어머니께서 부탁하면 아빠는 뭐든지 다 들어주실 걸요. 어머니께서 아빠에게 뭘 부탁하는 일이 없으니까, 아빠가 얼마나 어머니를 위해 뭔가를 해주고 싶어하는지 전혀 모르시는 거예요. 걱정 마시고 오늘 저녁식사 때 부탁드려보세요." 술라의 딸이 말했다. 이어 그녀는 아우렐리아에게 이렇게 말했다. "모든 분들이 여기에 일찍 모이게 할게요. 면담에 들어가기 전 다른 분들과 시간을 좀 가질 수 있게요."

"그날 나는 어떤 옷을 입어야 할까?" 떠날 채비를 하며 아우렐리아가 물었다.

코르넬리아 술라가 눈을 깜빡였다. 달마티카도 마찬가지였다.

"다른 게 아니라," 아우렐리아가 변명하듯 덧붙였다. "지난번에 만났을 때 술라가 내 옷차림에 대해 몇 마디 했거든. 마음에 들지 않는 다고."

"어떤 점이요?" 코르넬리아 술라가 자세히 물었다.

"내 옷이 칙칙해 보였나봐."

"그럼 좀더 화사한 걸 입으세요."

그리하여, 아우렐리아가 로마의 귀부인이 입기에는 너무 품위가 없거나 경박스럽다고 생각해서 수년 전에 치워두었던 옷가지들이 줄줄이 장롱 밖으로 나왔다. 파랑? 초록? 빨강? 분홍? 연보라? 노랑? 마침내 그녀가 고른 옷은 여러 겹의 분홍빛 드레스였다. 가장 어두운 분홍색 천 위로 점차 더 밝은 분홍 천이 겹겹이 덮여 맨 바깥쪽은 연한 장밋빛 얇은 면사로 마무리된 옷이었다.

카르딕사가 고개를 내둘렀다. "그렇게 한껏 치장하시니까 카이사르의 부친께서 루틸리우스 루푸스 숙부님 댁에 만찬을 들러왔던 날 모습 그대로시네요. 꼭 그때 같으세요!"

"한껏 치장했다고?"

"그러니까, 마치 행렬에 나서는 공마처럼요."

"갈아입을래."

"안 돼요! 그럴 시간 없어요. 당장 출발하세요. 루키우스 데쿠미우스가 모셔다드릴 거예요." 카르딕사가 단호히 아우렐리아를 집밖으로 밀어냈다. 아니나 다를까 밖에는 데쿠미우스가 아들 둘을 데리고 기다리고 있었다.

눈치가 빠른 데쿠미우스는 아우렐리아의 차림새에 대해 일절 함구했고 그의 아들들도 아무 말이 없었기에, 팔라티누스 언덕 저편으로 가는 긴 시간 내내 침묵만이 이어졌다. 아우렐리아는 프리스쿠스와 그라티디아로부터 너무 늦었다, 카이사르는 죽었다는 소식을 전해 들을 각오가 되어 있었다. 그 소식이 오지 않은 매 순간이 또하나의 축복이었다.

어찌된 일인지, 카이사르가 죽음의 문턱에 있다는 소식은 인술라에 파다하게 퍼져 있었다. 쿠페데니스 시장에서 보내온 꽃다발에서 5층에 사는 리키아인이 준 특이한 부적까지 작은 선물들이 계속 들어왔고, 유대인들이 사는 층에서는 특별 기도를 올리는 구슬픈 소리가 울려퍼졌다. 아우렐리아의 인술라 주민들은 대부분 세든 지 수년째 되는 사람들로 카이사르를 아기 때부터 봐왔다. 언제나 명민하고 호기심이 넘치며 재잘재잘 말이 많은 아이였던 카이사르는 이층에서 저층으로 자신의 넘치는 매력(어머니는 늘 마뜩잖게 여겼지만)을 시험하며 돌아다녔다. 숱한 여자들이 그에게 젖을 물렸고, 자기 민족의 전통요리를 간식으로 주었으며, 자기들 모국어로 노래를 불러주었다. 나중에 카이사르는 그 노랫말들을 다 이해하여 그들과 함께 노래를 불렀고―그는 음악적 재능이 뛰어났다―독특한 현악기나 각종 피리와 플루트 연주법을 혼자서 터득했다. 그는 자라나면서, 인술라 1층의 맞은편 집에 사는 절친한 친구 가이우스 마티우스와 함께 그들이 사는 인술라를 넘어 수부라 지구 전체로 활동영역을 넓혀가며 사람들을 만났다. 그리하여 카이사르가 병에 걸렸다는 소식은 이제 온 수부라 지구에 퍼져 점차 더 먼 곳에서 작은 선물들이 들어오고 있었다.

카이사르가 온갖 사람들에게 제각기 다른 의미를 지닌다는 사실을 술라에게 어떻게 설명할까? 카이사르는 가장 강렬한 로마인다움을 지닌 동시에 열 가지도 넘는 민족성 또한 지니고 있다는 걸? 지금 내게 제일 중요한 건 카이사르가 대제관 직을 그만두느냐 마느냐가 아니라,

카이사르가 그애를 아는 모든 사람들에게 지니는 의미야. 카이사르는 로마에 속하지만, 그 로마는 팔라티누스 사람들의 로마가 아니야. 카이사르가 속한 로마는 수부라와 에스퀼리누스 사람들의 로마지. 그리고 그애는 마침내 위대한 인물이 되었을 때 자신의 자리를 지금까지 어느 누구도 상상하지 못한 차원으로까지 끌어올릴 거야. 단지 경험의 폭이, 인생의 폭이 어느 누구보다 넓기 때문에. 그애가 얼마나 많은 여자애들과─그리고 나만큼 나이 많은 여자들과도!─동침했는지, 얼마나 여러 번 루키우스 데쿠미우스와 저 교차로단 깡패들과 한패가 되어 약탈을 감행했는지, 얼마나 많은 이들의 삶에 영향을 주었는지 오직 유피테르 신만이 아실 거야. 그애는 절대 멈춰 있지 않고 어떠한 경우에도 소홀히 듣지 않으며 무엇에든 흥미를 잃지 않으니까. 내 아들은 이제 겨우 열여덟 살이야. 하지만 가이우스 마리우스, 나 역시 그 예언을 믿는답니다! 내 아들은 마흔 살 즈음에 어마어마한 인물이 되어 있을 거예요. 그러니 나는 이 세상의 모든 신들께 맹세합니다. 만일 내가 지하세계로 내려가 하데스의 머리 셋 달린 개를 데려와야 한다면, 나는 그렇게 할 겁니다. 내 아들을 살리기 위해.

하지만 막상 술라의 집에 도착해 유력 인사들이 가득한 방으로 들어서자 방금 전의 호소력 짙은 생각들은 안으로 쑥 숨어버렸다. 그녀의 얼굴은 생각을 담아내지 않았다. 그녀는 다만 근엄하고 엄숙해 보였다. 위압적이었다.

코르넬리아 술라가 약속한 대로 베스타 신녀 네 명이 와 있었다. 네 사람 모두 아우렐리아보다 나이가 어렸다. 베스타 신녀는 일고여덟 살에 입교해 30년 후에 교단(敎團)을 떠나는데, 수석 신녀를 비롯해 그들 모두 아직 은퇴할 때가 아니었다. 신녀들은 하얀 로브를 입고 있었다.

긴 소매는 세로로 난 골을 따라 곱게 주름이 잡혀 있었고 그 위로 더 하얀 천이 늘어뜨려져 있었다. 베스타 신녀만의 불라 부적이 걸린 목걸 이를 차고, 머리에는 양모를 돌돌 말아 7단으로 쌓아올린 관을 쓰고 그 위로 또 하늘거리는 고운 하얀색 베일을 드리우고 있었다. 세상으로부 터 격리된 삶은 아니지만 여성들만 모여 순결을 지키며 생활한다는 점 에서 베스타 신녀들은 그중 제일 어린 신녀라 해도 어디서나 크나큰 존재감을 띠었다. 그들의 순결이 로마의 행운을 지킨다는 것을 누구보 다도 그들 자신이 더 잘 알고 있었고, 그들 스스로 그 특별한 위상을 의 식하고 있음이 온몸에서 느껴졌다. 베스타 신녀들 중에 서약을 어길 생 각을 품는 이는 거의 없었다. 그들 대부분은 유순한 나이 때부터 이 역 할에 길들여지며 자랐고, 자기 일에 굉장한 자부심을 느꼈다.

남자들은 토가 차림이었다. 마메르쿠스는 외인 담당 법무관이라는 직책 덕분에 이제 자주색 단을 댄 토가를 걸칠 수 있었다. 자주색 단을 댄 토가를 입기에 아직 젊은 코타 형제는 단순한 흰색 토가 차림이었 다. 따라서 다양한 농도의 분홍색 드레스를 입은 아우렐리아는 그날 모 인 사람들 중에 단연 가장 화사했다! 아우렐리아는 몹시 당황한 나머 지 몸이 돌처럼 딱딱하게 굳어갔다. 오늘 잘해낼 수 없을 것만 같았다.

"정말 고우세요!" 코르넬리아 술라가 아우렐리아의 귀에 속삭였다. "미모를 내보이려고 작정하면 이렇게 눈부시게 아름다운 자태가 드러 난다는 걸 잊고 있었어요. 정말 예쁘세요. 아닌 척 슬그머니 감추고 계 시더니, 갑자기 이렇게 아름다운 모습으로 나타나시다니요!"

"다른 분들이 이해해주시니? 다들 내 뜻에 동의하셨어?" 아우렐리아 가 귓속말로 되물었다. 상아색이나 미색 옷을 입고 왔더라면 싶은 생각 이 간절했다.

"당연하지요. 일단 카이사르는 유피테르 대제관이잖아요. 그리고 여기 모인 분들 모두 독재관에게 맞선 카이사르가 굉장히 용감하다고 생각해요. 아무도 그렇게 못하니까요. 심지어 마메르쿠스도요. 저는 가끔 대들어요. 아시죠, 아빠는 사실 누가 자기에게 대들면 좋아한다는 걸요. 폭군들은 대개 그렇죠. 자기 주변에 약골들만 두지만, 사실은 약골들을 혐오하잖아요. 그러니까 외숙모가 대표단의 맨 앞에 서서 들어가세요. 그리고 그분께 맞서요!"

"나야 줄곧 그래왔단다." 카이사르의 어머니가 말했다.

크리소고노스도 거기에 있었다. 그는 대표단의 다양한 구성원들에게 각각 딱 적절한 만큼의 아첨을 떨고 있었다. 요즈음 그는 공권박탈 조치로 제일 득을 본 사람이라는 평판이 돌았고 엄청난 부자가 된 터였다. 하인 하나가 와서 그의 귀에 대고 속삭였다. 그는 허리를 구부리고 술라의 아트리움을 향해 양쪽으로 열리는 커다란 문으로 대표단을 안내한 뒤, 그들이 입장하도록 한걸음 뒤로 물러섰다.

대표단을 기다리는 술라의 기분은 여간 못마땅하지 않았다. 그는 자신이 여자들 꾀에 걸려들었음을 알고 있었다. 그리고 매몰차게 그들을 무시해버릴 수 없었다는 사실에 못내 화가 났다. 이건 부당해! 아내와 딸이 동시에 달라붙어서 사정하고 조르고 서운한 표정을 지었고, 그가 이 쓸데없는 짓을 해주기만 하면 자기들이 그에게 영원히 큰 빚을 지게 될 거라는 듯이 굴었다. 만일 아내와 딸의 뜻대로 해주지 않으면 그들은 단단히 토라질 것이었다. 달마티카는 그리 심하지 않을 것이다. 어디에 감금되어 채찍질을 당한 적이 있는 겁먹은 똥개 같은 데가 있었으니까. 분명 스카우루스가 수년간 가두어두면서 그렇게 만들었으리라. 하지만 자신의 핏줄인 코르넬리아 술라는 척 봐도 달랐다. 입심이 어쩌나 센지! 마메르쿠스는 어떻게 그런 애랑 살면서도 늘 행복해 보일까? 아마도 절대 마누라에게 맞서지 않는 거겠지. 현명한 녀석. 가정의 화목을 위해 우리 남자들이 얼마나 노력을 하느냐 말이다! 지금의 나처럼.

하지만 이것은 최소한 기분전환이긴 했다. 독재관의 길고 따분한 일과에서 잠시 벗어날 기회. 아, 그는 권태로웠다! 권태, 권태, 권태……. 로마는 늘 술라를 이렇게 만들었다. 금지된 밀어를 속삭이고, 그가 갈 수 없는 파티들과 속할 수 없는 단체들을 그에게 끊임없이 상기시키며……. 메트로비오스. 결국엔 언제나 메트로비오스로 돌아왔다. 그를 만난 지가 벌써 몇 년인가? 군중 사이로 그의 모습을 마지막으로 본 게, 그러니까 내 개선식 때였나? 집정관으로 취임할 때? 어떻게 이런 것조차 기억나지 않을까?

하지만 적어도 그 그리스인 젊은이를 처음 만났던 때만큼은 정확히 기억할 수 있었다. 그날 파티에서 술라는 고르곤 메두사로 분장하고 머리에는 살아 있는 뱀들이 달린 관을 쓰고 있었다. 모두들 얼마나 비명을 질러댔는지! 그러나 메트로비오스는 그러지 않았다. 그날 사랑스럽고 작은 큐피드 분장을 하고 등장한 그의 뽀얀 양 허벅지 안쪽으로 흘러내리던 샛노란 사프란 염료. 세상에서 가장 달콤했던 그의 엉덩이…….

대표단이 입장했다. 넓은 아트리움 한가운데에 자리한 거대한 직사각형 청록색 수조 저편에 서 있는 술라의 시선은 대표단의 전체 모양새를 한눈에 빨아들일 정도로 강렬했다. 그의 생각이 연극판(그리고 한 특정한 배우)에 머물러 있었던 탓일까, 술라 눈에 비친 것은 점잖은 로마인 대표단이 아닌, 그가 제일 좋아하는 색인 분홍빛으로 완벽하게 차려입은 눈부신 미인이 이끄는 화려한 가장행렬이었다. 게다가 그녀는 영리하게도 자기 주변을 자줏빛이 살짝 가미된 하얀색 옷을 입은 사람들로 가득 채웠다!

독재관의 의무로 가득찬 세계는 저멀리 날아가버렸다. 불만스럽던 기분 역시 사라졌다. 술라는 밝은 얼굴로 기쁨의 함성을 질렀다.

"아, 이거 훌륭하군! 웬만한 연극이나 경기보다 나은데! 아니, 아니, 내 쪽으로 한 발짝도 더 다가오지 마시오! 거기 수조 반대편에 서 있어요! 아우렐리아, 앞으로 살짝 나오시오. 크고 날씬한 장미 같은 모습으로 있는 거요. 베스타 신녀들은 오른쪽으로. 하지만 제일 어린 신녀는 아우렐리아 뒤쪽에 서시오. 아우렐리아가 흰색을 배경으로 서 있었으면 하니까. 그래, 그거야, 좋아! 이번엔 남자들. 남자들은 왼쪽에 서고. 젊은 루키우스 코타도 아우렐리아 뒤에 서게. 제일 어리고 대사도 없을 테니까. 마메르쿠스, 튜닉의 자줏빛이 마음에 들긴 하지만, 자네 지금 전체 그림을 망치고 있어. 프라이텍스타를 입지 말았어야지. 자주색이 과도하잖아. 자넨 왼쪽 끝으로 빠지게." 독재관은 한 손을 턱에 갖다대고 대표단의 모습을 찬찬히 뜯어보더니, 고개를 끄덕였다. "좋아! 마음에 들어! 한데 나한테도 좀더 화려한 느낌이 필요하겠는데, 안 그렇소? 마메르쿠스처럼 청승맞게 프라이텍스타를 입고 여기 이렇게 혼자 서 있잖아!"

그가 양손으로 손뼉을 쳤다. 크리소고노스가 대표단 뒤에서 튀어나와 허리를 숙이며 수차례 인사했다.

"크리소고노스, 내 릭토르들을 안으로 들이게. 그 두껍고 낡은 흰색 토가말고 진홍색 튜닉 차림으로. 그리고 내가 앉을 이집트 의자를 갖고 오게. 알지? 팔걸이에 악어가 있고 등받이에 독사들이 서 있는 의자. 그리고 작은 단상. 그래, 작은 단상이 있어야지! 위에 음, 자줏빛 천을 씌워 오게. 인조말고 진짜 티로스 자주로. 그래, 어서, 빨리!"

아직 말 한 마디 꺼내지 못한 채, 대표단은 무대 지시가 전부 이행될 때까지 긴 시간을 묵묵히 기다렸다. 하지만 크리소고노스가 공권박탈 조치 최고 책임자이자 독재관의 개인 집사인 데는 다 이유가 있었다. 먼저 릭토르 스물네 명이 진홍빛 튜닉 차림으로 도끼머리를 꽂은 파스케스를 손에 들고 무표정하고 경직된 얼굴로 줄지어 들어왔다. 뒤따라 건장한 노예 넷이 작은 단상을 들고 들어와 수조 뒤쪽 정중앙에 놓더니, 정확히 술라가 말한 대로 굉장히 짙어서 거의 검은색으로 보이는 티로스 자주 천으로 그 위를 깔끔하게 덮었다. 그다음에는 이집트 의자가 도착했다. 윤이 반지르르한 흑단나무에 금박을 입힌 것으로 뱀의 눈에는 루비가, 악어의 눈에는 에메랄드가 박혀 있었고, 의자 뒷면 중앙에는 다채롭고 화려한 풍뎅이 문양이 있었다.

무대 설정이 끝나자 술라는 릭토르들에게 주목했다. "나뭇가지 다발 사이로 도끼머리가 꽂혀 있는 것이 마음에 드는군. 내가 신성경계선 내에서 사형을 집행할 수 있는 권력을 가진 독재관이라는 게 기뻐지는군! 그리고 어디 보자……. 열두 명은 내 왼쪽에 서고 열두 명은 내 오른쪽으로. 한 줄로 서는 거야. 서로 붙어서. 부채꼴 대형을 만들어서 나한테서 가장 가까운 사람이 내 옆에 서고, 거기서부터 저 끝까지 조금씩 떨어져서 서도록…… 좋아, 좋아!" 그는 뒤로 홱 돌아서서 대표단을 바라보더니 얼굴을 찌푸렸다. "아니, 틀렸어! 크리소고노스, 아우렐리아의 발이 안 보이잖아! 미트리다테스한테서 슬쩍해온 작은 황금 의자를 가져오게. 아우렐리아를 그 위에 세워. 이봐, 어서, 빨리! 빨리!"

마침내 그의 취향에 맞게 모든 것이 준비되었다. 술라는 티로스 자주 천이 씌워진 작은 단상 위에 얹은 악어와 뱀 의자에 앉았다. 원래 평소의 상아 고관 의자에 앉아야 한다는 생각은 아예 잊어버린 듯했다. 하지만 방안의 어느 누구도 군이 그 점을 지적하지 않았다. 중요한 것은 독재관이 이 상황을 몹시 즐기고 있다는 사실이었다. 그리고 그것은 그가 더 우호적인 결정을 내릴 가능성이 훨씬 더 크다는 의미였다.

"말하시오!" 그가 장중한 목소리로 말했다.

"루키우스 코르넬리우스, 제 아들이 죽어가고 있어요."

"더 크게, 아우렐리아! 관객석 맨 뒤까지 들리도록!"

"루키우스 코르넬리우스, 제 아들이 죽어가고 있어요! 저는 당신께 그 아이를 용서해달라고 청하기 위해 제 친구들과 함께 왔어요!"

"당신 친구들이라고? 이들이 전부 당신의 친구들이란 말이오?" 다소 과장되게 놀라며 그가 물었다.

"모두 제 친구들이에요. 제 아들이 살아서 집으로 돌아올 수 있게 허락해달라고 당신께 청하기 위해 저와 함께 왔어요." 아우렐리아가 관객석 맨 끝줄까지 잘 들릴 정도로 크고 낭랑한 목소리로 말했다. 그녀는 제대로 감을 잡아가고 있었다. 그가 그리스 비극을 원한다면 그리스 비극을 주리라! 그녀가 그를 향해 두 팔을 뻗었다. 장밋빛 천이 그녀의 상아색 살결을 타고 미끄러져 내렸다. "루키우스 코르넬리우스, 제 아들은 이제 겨우 열여덟 살이에요! 제겐 하나밖에 없는 아들입니다!" 목소리에 작은 떨림이 있었다. 잘되어가고 있었다. 그래, 술라의 표정이 말해주고 있어, 잘되어가고 있어! "당신은 제 아들을 보았어요. 신! 로마의 신! 베누스만큼 훌륭한 베누스의 후손! 그리고 그 아이의 용기! 그 아이는 세상에서 가장 위대한 당신에게 맞설 정도의 용기를 갖고 있지 않던가요? 그 아이가 두려움을 보이던가요? 아니에요!"

"아, 훌륭하군!" 술라가 감탄했다. "당신에게 이런 끼가 있을 줄 몰랐어, 아우렐리아! 계속 감정을 살려보시오, 계속!"

"루키우스 코르넬리우스, 당신께 간청합니다! 제 아들을 살려주세요!" 아우렐리아는 좁은 의자 위에서 조심스레 돌아서서 폰테이아를 향해 두 팔을 뻗었다. 그녀는 이 기품 있는 여인이 자신의 배역을 잘 이해하고 있기를 간절히 바랐다. "로마의 수석 베스타 신녀 폰테이아에게 청합니다. 제발 제 아들의 목숨을 살리도록 빌어주세요!"

다행히 아우렐리아의 이 말에, 그동안 어안이 벙벙해 있던 나머지 사람들도 조금씩 정신을 차리고 최소한 애를 써보기라도 할 정도가 되었다. 폰테이아는 두 손을 앞으로 뻗고, 네 살 이후로 지어본 적이 없는 괴로운 표정을 지어 보였다.

"그를 살려주세요, 루키우스 코르넬리우스!" 그녀가 울부짖었다. "그를 살려주세요!"

"그를 살려주세요!" 파비아가 조그맣게 말했다.

"그를 살려주세요!" 리키니아가 소리쳤다.

그때 열일곱 살 난 율리아 스트라보가 느닷없이 울음을 터트리며 모두의 관심을 한몸에 모았다.

"로마를 위하여, 루키우스 코르넬리우스! 로마를 위하여 그를 살려주세요!" 가이우스 코타가 쩌렁쩌렁 외쳤다. 성량이 크기로 유명하던 부친과 똑같았다. "우리 모두 당신께 간청합니다, 그를 살려주세요!"

"로마를 위하여, 루키우스 코르넬리우스!" 마르쿠스 코타가 소리쳤다.

"로마를 위하여, 루키우스 코르넬리우스!" 루키우스 코타가 우렁차게 외쳤다.

마지막으로 남은 마메르쿠스가 염소 울음소리로 외쳤다. "그를 살려 주세요!"

정적. 양측은 상대편을 응시했다.

술라는 의자에 앉아 반듯이 상체를 세우고, 오른발은 앞으로 내밀고 왼발은 뒤쪽에 두어 전형적인 로마 위인의 자세를 취했다. 그는 턱을 당기고 눈썹을 찌푸렸다. 잠시 기다리다가, 이윽고 말했다. "안 되오!"

그리하여 모든 것이 처음부터 다시 시작되었다.

그리고 다시 그가 말했다. "안 되오!"

아우렐리아는 지칠 대로 지쳤지만, 마지막 남은 힘까지 쥐어짜내는 기분으로—하지만 사실 그녀의 연기는 발전에 발전을 거듭하고 있었다—양손을 떨며 비통한 목소리로 아들을 살려달라고 세번째로 간청했다. 율리아 스트라보가 큰 소리로 울부짖는 바람에 이제 리키니아까지 같이 울 기세였다. 간청의 합창 소리는 점차 크게 퍼지다 서서히 잦아들더니 마메르쿠스의 세번째 염소 울음소리로 끝이 났다.

정적이 내려앉았다. 술라는 제우스를 닮은 모습으로, 당장에라도 벼락을 내리칠 듯 제왕 같은 거만한 기운을 내뿜으며 기다리고 기다렸다. 마침내 그가 자리에서 일어서서 티로스 자주색 단상 끝으로 걸어나오더니, 무서운 표정을 지으며 장중한 위엄을 갖추고 섰다.

그는 관객석의 맨 뒷줄에서도 들릴 정도로 크게 한숨을 내쉬고, 불끈 쥔 두 주먹을 금도금된 천장의 화려한 별들을 향해 쳐들었다. "그래, 좋소, 그대들 마음대로 하시오!" 그가 외쳤다. "그를 살려주겠소! 하지만 명심하시오! 나는 그 젊은이 안에서 수없이 많은 마리우스를 보았다는 것을!"

이 말을 마치고, 그는 단상 끝에서 바닥으로 새끼 염소처럼 폴짝 뛰어내리더니 수조 옆을 따라 신이 나서 깡충깡충 뛰어갔다. "아, 바로 이런 게 필요했어! 좋았어, 아주 좋았어! 의붓어머니와 애인 가운데서 자던 시절 이후에 제대로 재미를 본 적이 없었단 말이지! 독재관으로 사는 건 사는 것도 아니야! 연극 볼 시간조차 없다고! 하지만 이건 내가 여태껏 본 그 어떤 연극보다 훌륭했어! 게다가 내가 주연이었지! 다들 정말 잘했어. 지네는 빼고, 미메르쿠스. 자넨 그 프라이텍스타와 괴성 망측한 목소리로 역할을 망쳤어. 자넨 너무 경직됐어. 지나치게 딱딱해! 역할에 좀더 몰입했어야지!"

술라는 아우렐리아에게 손을 내밀어 그녀가 튼튼한 황금 의자에서 내려오도록 도와주었다. 그러고는 그녀를 끌어안더니, 재차 다시 끌어안았다. "훌륭해, 정말 훌륭해! 당신 꼭 아울리스의 이피게네이아 같더군."

"익살극의 억척 마누라가 된 기분이었어요."

술라는 릭토르들을 잊고 있었다. 그들은 비어 있는 악어 의자의 양옆으로 돌처럼 굳은 얼굴을 하고 늘어서 있었다. 그들이 이 직업에 종사하면서 오늘보다 더 놀랄 일은 또 없을 터였다!

"이리들 오시오. 식당으로 가서 파티를 엽시다!" 독재관이 자기 앞에 서 있는 합창단 전원을 한쪽으로 몰며, 겁에 질린 율리아 스트라보를 한 팔로 감쌌다. "울지 말아요, 바보 아가씨, 괜찮아! 그냥 좀 장난을 친 것뿐이니까." 그는 이렇게 말하고, 눈길을 마메르쿠스에게 돌리더니 율리아 스트라보의 어깨뼈 사이를 손으로 살짝 밀었다. "여기, 마메르쿠스, 자네 손수건으로 눈물 좀 닦아주게." 그는 이번에는 그 팔로 아우렐리아를 감쌌다. "아름답소! 참으로 아름다워! 당신은 항상 분홍색을 입어야 해!"

긴장이 풀린 나머지 그녀의 양 무릎이 흔들렸다. 아우렐리아가 날카롭게 인상을 찌푸리며 떨리는 음성으로 말했다. "그애 안에서 수없이 많은 마리우스를 보았다고요? 그애 안에서 수없이 많은 술라를 보았다고 말했어야죠! 그게 더 정확해요. 그애는 마리우스하곤 전혀 닮지 않았지만 가끔 섬뜩하게 당신 같을 때가 있으니까요."

밖에서 기다리던 달마티카와 코르넬리아 술라는 몹시 어리둥절했다. 릭토르들이 들어갈 때는 그다지 놀라진 않았지만 이어 작은 단상이 들어가고 티로스 자주 천에 이집트 의자, 마지막으로는 황금 의자까지 방안으로 들여지더니, 이제는 모두가 한껏 웃으며 나오고 있지 않은가. 율리아 스트라보는 왜 울고 있지? 술라는 아우렐리아에게 팔을 둘렀고, 아우렐리아는 영원히 그치지 않을 듯 환한 미소를 짓고 있었다.

"파티!" 술라가 소리치며 아내에게 달려가더니 그녀의 얼굴을 두 손으로 감싸고 입을 맞췄다. "파티를 열 거요. 오늘은 아주, 아주 많이 취할 작정이라오!"

이날의 놀라운 무대에 참여한 배우들 중 술라의 즉석 공연이 저속하다고 느낀 사람은 한 명도 없었다는 사실을 아우렐리아는 나중에야 깨달았다. 또한 그런 무대를 연출했다는 이유로 술라를 얕잡아보는 실수를 범한 사람도 없었다. 사실은 그 반대였다. 자신이 남들에게 어떻게 보일지 전혀 개의치 않는 사람을 어찌 두려워하지 않을 수 있겠는가?

그날의 연극에 참여한 사람들 중 어느 누구도 이 이야기를 다시 꺼내지 않았다. 만찬 자리에서 그날의 무대나 술라를 얘깃거리로 삼지도 않았고, 물을 탄 달콤한 포도주와 작은 케이크를 앞에 두고 벌이는 대화에서도 이 일을 입에 올리지 않았다. 목숨을 잃을까 두려워서가 아니었다. 그들 중 아무도 로마가 이 이야기를 믿어줄 거라고 생각지 않았기 때문이었다.

집으로 돌아온 카이사르는 어머니가 열연한 단막극의 최종 결과를 즉각 체험했다. 술라가 자신의 주치의인 루키우스 투키우스를 보내온 것이다.

"솔직히 술라가 추천한 의사를 크게 신뢰하진 않아요." 아우렐리아가 루키우스 데쿠미우스에게 말했다. "하지만 루키우스 투키우스를 받아들이지 않으면 술라가 더 골치 아프게 굴 거예요."

"그 의사는 로마인이에요." 데쿠미우스가 말했다. "그게 중요하죠. 난 그리스인들은 안 믿어요."

"그리스 의사들은 아주 똑똑해요."

"거 뭐 이론 같은 건 그렇겠지요. 그리스 의사들은 늘 새로운 이론 따위로 환자를 치료하려고 하고, 오래된 방식은 쓰질 않아요. 오래된 방식이 최고이지요. 나는 어느 때라도 으깬 재색 거미와 겨울잠쥐 가루를 먹을 겁니다!"

"흠, 루키우스 데쿠미우스, 당신 말대로 이 사람은 로마인이에요."

그때 술라의 주치의가 카이사르 방 쪽에서 걸어나왔기 때문에 대화는 거기서 중단되었다. 투키우스는 작은 몸집에 둥글둥글하고 부드러운 인상이었고 굉장히 청결해 보였다. 그는 술라의 최고 군의관으로, 술라가 그리스에서 큰 병에 걸렸을 때 그를 아이뎁소스로 보낸 장본인이었다.

"네르사이의 주술사 말이 맞는 것 같습니다. 아드님은 뚜렷한 패턴이 없는 학질을 앓았어요." 그가 활기차게 말했다. "아드님이 운이 좋군요. 보통은 그 병에 걸리면 십중팔구 죽습니다."

"그러면 그애가 살아날 거란 말씀이세요?" 아우렐리아가 걱정스럽게 물었다.

"아, 그럼요. 고비는 예전에 넘겼습니다. 하지만 병 때문에 핏속의 기력이 몹시 떨어진 상태입니다. 그래서 얼굴에 핏기가 전혀 없고 몸도 허약한 것이지요."

"그래서 우리더러 어쩌란 겁니까?" 데쿠미우스가 시비조로 따졌다.

"흠, 외상으로 피를 많이 흘린 사람들도 카이사르와 아주 유사한 증상을 보이지요." 투키우스가 개의치 않고 말했다. "그런 경우 대부분 서서히 체력을 회복해갑니다. 하지만 양의 간을 하루에 한 번 섭취하면 예외 없이 도움이 되더군요. 양이 어릴수록 회복도 빠릅니다. 카이사르에게 매일 어린 양의 간을 먹이고, 염소젖에 달걀 세 알을 풀어서 마시게 할 것도 권합니다."

"뭐요? 약은 안 먹어요?" 데쿠미우스가 의심스럽다는 듯 물었다.

"약으로는 카이사르의 병을 고칠 수 없습니다. 아이뎁소스의 그리스인 의사들처럼 저 역시 대개의 경우 약보다 식이요법이 더 효과적이라고 생각합니다." 투키우스가 단호하게 말했다.

"봤죠? 저 사람도 결국엔 그리스 사람이네요!" 의사가 떠난 뒤 데쿠미우스가 말했다.

"그런 건 신경쓰지 말아요." 아우렐리아가 기운찬 목소리로 말했다. "적어도 한 주 동안은 의사가 권한 대로 해봐야겠어요. 그때 다시 생각하기로 하죠. 하지만 합리적인 조언 같아요."

"라나타리우스 평원에 가봐야겠어요." 카이사르를 자기 아들들보다도 사랑하는 왜소한 사내가 말했다. "양을 사서 그 자리에서 도축해 올게요."

알고 보니 진짜 문제는 환자였다. 양의 간은 먹기를 완강히 거부했고, 구역질을 참으며 간신히 마신 달걀 푼 염소젖도 결국엔 게워내고 말았다.

모두 모여 아우렐리아와 함께 대책회의를 열었다.

"반드시 생간이어야 합니까?" 요리사 무르구스가 물었다.

아우렐리아가 눈을 깜빡였다. "모르겠어. 그냥 당연히 그럴 거라 생각했다네."

"그러면 루키우스 투키우스에게 사람을 보내 물어볼 수 있을까요?" 집사 에우티코스가 말했다. "주인님은 먹성 좋은 분이 아닙니다. 그러니까, 음식에서 황홀경을 느끼는 미식가는 아니란 뜻입니다. 익숙한 맛을 좋아하지만 그렇다고 까다롭진 않아요. 하지만 제가 지금까지 봐온데 따르면 그 자체로 향이 강한 음식은 먹지 않으려고 하세요. 가령 달걀이요. 게다가 생간이라니, 웩! 너무 비리잖아요!"

"간은 요리를 하고, 달걀 푼 젖에도 달콤한 포도주를 듬뿍 넣었으면 해요." 무르구스가 사정했다.

"간 요리를 어떻게 할 셈인가?" 아우렐리아가 물었다.

"얇게 저며서 한 장씩 소금과 스펠트 밀가루를 묻힌 뒤 아주 뜨거운 불에 살짝 굽겠습니다."

"알겠네, 무르구스. 루키우스 투키우스에게 사람을 보내서 자네가 말한 대로 설명하라고 하겠네." 환자 어머니가 말했다.

답장이 돌아왔다. "달걀 푼 젖에 뭐든 넣어도 좋습니다. 그리고 간은 당연히 요리를 하십시오!"

그후로도 역시 전혀 좋아하는 기색은 아니었지만, 환자는 겨우 치료식을 참아냈다.

"음식이 입에 맞는지 말해보렴, 카이사르. 효과가 있는 것 같구나." 어머니의 결론이었다.

"효과가 있다는 건 저도 알아요! 안 그러면 왜 그런 걸 먹겠어요?" 환자가 불만에 찬 반응을 보였다.

아우렐리아는 등잔에 불을 붙이고 카이사르가 누운 긴 의자 옆에 앉았다. 원하는 대답을 얻을 때까지 그 자리를 떠나지 않겠다는 결의가 그녀의 표정에 어려 있었다. "그래, 뭐가 진짜 문제니?"

입술을 꽉 다문 채, 그는 응접실의 열린 창문 밖으로 가이우스 마티우스가 채광정 바닥에 가꾸어놓은 정원을 응시했다. "혼자 힘으로 나선 첫 여행을 망쳤어요." 그가 마침내 입을 열었다. "다른 사람들은 모두 놀라운 용기와 대담성을 보였지만, 저는 아무런 대사도 역할도 없이 나무토막처럼 누워만 있었어요. 영웅은 부르군두스와 어머니와 리아였어요."

아우렐리아는 몰래 미소를 지었다. "어쩌면 네가 배워야 할 교훈이 거기 있는 것 같구나, 카이사르. 어쩌면 위대한 신께서—넌 지금도 여전히 그를 모시는 신관이지!—네가 도무지 배우려 들지 않는 교훈을 꼭 일깨워주어야겠다고 느낀 것인지도 모르겠어. 인간은 신과 대적할 수 없다는 것. 그리고 히브리스(자만심을 뜻함—옮긴이)에 관한 그리스인들의 말은 옳다는 것. 신들은 히브리스를 지닌 인간을 몹시 싫어해."

"어머니께선 정말 제가 자긍심이 지나쳐서 히브리스를 지녔다고 할 정도라고 생각하세요?"

"오, 그럼. 네겐 그릇된 자만심이 가득해."

"제 생각에 네르사이에서 있었던 사건과 히브리스 사이에는 아무 관련도 없어요." 카이사르가 고집스럽게 말했다.

"그리스인들은 그런 걸 가설이라고 하지."

"아뇨, 철학이라고 하죠."

아우렐리아는 자기가 받은 교육이 틀리지 않았다고 생각했기 때문에, 아들의 하찮은 궤변을 무시하고 하던 말을 이었다. "너의 지나친 자만심은 신들에게 굉장한 유혹이야. 히브리스는 주제넘게 신들을 조종하려고 하고 인간이 제 분수를 깨닫지 못하게 만들어. 로마인이라면 다들 알듯이, 신들은 제 분수를 모르는 인간에게 이른바 개인적인 중재로써 깨달음을 주지 않아. 유피테르 옵티무스 막시무스는 사람들에게 인간의 음성으로 말하지 않아. 내 생각에, 사람들이 꿈에서 보았다고 하는 유피테르 옵티무스 막시무스는 그저 상상으로 만들어낸 꿈의 단편에 지나지 않는단다. 신들이 인간을 중재하는 방식은 자연을 통해서야. 신들은 자연을 통해 인간에게 벌을 내려. 너는 자연을 통해 벌을 받았어. 병에 걸렸지. 그리고 나는 네가 앓은 병의 경중이 바로 네 자만심의 정도를 말해준다고 믿는다. 너는 그 병으로 목숨을 잃을 뻔했어!"

"어머니께선 지극히 동물적인 현상의 원인을 신적인 데서 찾고 계세요. 저는 제 병의 원인이 그냥 보이는 대로 지극히 세속적이고 동물적인 것에 있었다고 믿어요. 하지만 어머니나 저나 각자의 의견을 증명할 길이 없으니 그게 뭐가 중요하겠어요? 중요한 건 제가 제 인생을 스스로 다스려가려는 첫 시도를 그르쳤다는 거예요. 저는 영웅들의 도움을 받는 수동적인 존재였어요. 제 행동에서 영웅적인 부분은 아무것도 없었다고요."

"오, 카이사르, 넌 죽을 때까지 교훈을 받아들이지 않을 거니?"

아름다운 미소가 떠올랐다. "아마 그럴 거예요, 어머니."

"술라가 너를 만나겠단다."

"언제요?"

"네가 충분히 회복하는 대로 곧장. 내가 사람을 보내서 날짜를 알려주기로 했어."

"그러면 내일요."

"아니, 한 주 지나고 가렴."

"내일요."

아우렐리아가 한숨을 지었다. "알았다, 내일."

그는 혼자 걸어가겠다고 고집했다. 그러다 데쿠미우스가 몇 발자국 뒤에 숨어서 따라오고 있는 것을 발견하고, 데쿠미우스마저 거역할 수 없을 만큼 단호한 태도로 감시인을 돌려보냈다. "어린애 취급에 질렸어요!" 그가 매섭게 소리쳤다. "저를 좀 내버려두세요!"

걷기가 무척 힘들었지만, 술라의 집에 도착했을 때 그의 상태는 지친 것과는 거리가 멀었다. 이제 그는 회복세로 돌아섰고 회복 속도도 빨랐다.

"토가를 입고 왔군." 술라가 책상에 앉아 말했다. 그는 가까운 긴 의자에 단정하게 개켜져 있는 라이나와 아펙스를 가리켰다. "자네를 위해 보관해두었네. 여벌옷이 없나?"

"어쨌거나 아펙스는 저것 하나뿐입니다. 저의 고마우신 후원자 가이우스 마리우스께서 희사하셨지요."

"메룰라가 쓰던 건 안 맞나?"

"제 머리는 굉장히 크거든요." 카이사르가 정색하고 말했다.

술라가 빙그레 웃었다. "그렇군!" 그는 아우렐리아에게 사람을 보내 카이사르가 예언의 뒷부분을 아는지 물었다. 모른다는 대답을 듣고 그는 카이사르에게 직접 그 이야기를 해주지는 않기로 결심했다. 하지만 마리우스에 대해서는 카이사르와 꼭 이야기를 나누고 싶었다. 그는 이제 생각이 180도 바뀐 터였다. 이유는 두 가지였다. 첫번째 이유는 아우렐리아가 그에게 말해준, 카이사르가 유피테르 대제관 직을 맡은 경위였다. 두번째 이유는 그날의 단막극이었다. 그는 그날의 무대(또한 뒤이어 열린 파티)에서 즐거움을 만끽했고 머리끝부터 발끝까지 활력을 고스란히 되찾았다. 그로부터 벌써 한 달이 지났지만, 그는 요즘도 그날의 괴상했던 순간들을 하나하나 되씹으며 얻은 새로운 활기로 새 법을 제정해나갈 수 있었다.

그랬다. 그날 훌륭하게 차려입은 대표단이 그토록 엄숙하고 극적인 분위기 속에서 아트리움에 걸어들어온 순간 그는 예전의 자신으로부터 완전히 벗어났다. 이제껏 그를 가두어온 지겹고 끔찍한 껍질을 깨부수고, 즐거움과 가벼움이 부재한 삶과 영원히 일별했다. 그날의 짧았던 시간 동안 현실은 갑자기 증발했으며 그는 빛나고 화려한 가장행렬 속에 완전히 빠져 있었다. 그날 이후로 그는 희망을 발견했다. 지금의 삶은 끝날 것이다. 결국엔 이 삶에서 풀려나 그가 지금껏 갈망해온 삶을 살 것이다. 그와 그 자신의 추악함을 웃음과 화려함과 무위와 오락과 인위와 기괴함과 희화(戲化)의 세계에 묻어버릴 것이다. 현재의 고된 삶을 다 살아낸 뒤 앞으로는 아주 다른 삶, 그야말로 그가 바라온 삶을 살 것이다.

"도망칠 때 실수가 아주 많았어, 카이사르." 술라가 퍽 친근한 태도로 말했다.

"굳이 말씀하실 필요 없습니다. 저도 잘 알고 있으니까요."

"눈에 안 띄게 주변에 섞이기에는 자네 외모가 지나치게 예쁘장해.

또 자네에겐 타고난 극적인 분위기가 있지." 술라는 손가락을 하나씩 꼽으며 설명했다. "게르만족 거인, 자네의 말, 자네의 곱상한 얼굴, 타고난 도도함, 더 말해줄까?"

"아니요." 카이사르가 후회스러운 표정을 지으며 대답했다. "벌써 어머니께 다 들었습니다. 그리고 다른 분들께도요."

"좋아. 하지만 지금부터 내가 하는 충고는 다른 사람이 한 것과 분명히 다를 거야. 그건 말이지, 카이사르, 바로 자네의 운명을 받아들이라는 것일세. 자네가 눈에 띄는 존재라면, 그러니까 배경 속에 그냥 섞여들어갈 수 없다면, 자네에게 그러기를 요구하는 무모한 여행에 성급히 나서지 말라는 뜻이야. 과거의 나처럼 멋진 갈리아인으로 변장할 기회가 생긴다면 모를까. 그때 나는 목에 토르퀘스를 걸고 돌아왔지. 난 그게 행운의 징표라고 생각했어. 하지만 가이우스 마리우스가 옳았어. 토르퀘스는 내가 원치 않는 방식으로 사람들 눈에 띄었거든. 그래서 나는 그걸 벗어버렸네. 나는 로마인이지 갈리아인이 아니니까. 그리고 포르투나 여신이 사랑한 건 나지, 생명 없는 황금 덩어리가 아니니까. 그 금덩이가 얼마나 근사한지는 상관없어. 자네는 어딜 가든 남의 눈에 띌 거야. 꼭 나처럼. 그러니 자네의 타고난 성품과 외모로 인한 제약을 반드시 염두에 두고 움직이게." 술라가 끙 하는 소리를 냈다. 스스로 약간 놀란 표정이었다. "내가 이렇게 선의에 차 있다니! 난 좀처럼 남들에게 선의의 충고를 해본 적이 없는데."

"충고 감사합니다." 카이사르가 진심으로 말했다.

술라는 대수롭지 않게 넘어갔다. "가이우스 마리우스가 자네를 왜 유피테르 대제관으로 만들었는지에 대해 자네 생각을 듣고 싶네."

카이사르는 잠시 침묵하며 말을 골랐다. 논리적이고 감정에 치우치지 않은 대답이라야 했다.

"가이우스 마리우스는 두번째 뇌졸중이 있고 난 후 저를 가까이서 자주 보셨습니다."

술라가 끼어들었다. "그때 자네 나이가 몇이었지?"

"열 살 때 뵙기 시작해서 열두 살이 되기 전까지 곁에서 모셨습니다."

"계속하게."

"저는 군대에 대한 그분 생각이 궁금했습니다. 그래서 그분의 말씀을 열심히 경청했지요. 그분께선 제게 말 타는 법, 검 쓰는 법, 창 던지는 법, 수영을 가르쳐주셨어요." 카이사르가 씁쓸하게 웃었다. "그때 저는 군인으로서의 야망이 아주 컸거든요."

"그래서 아주 열심히 들었군."

"네, 정말 그랬습니다. 그런데 가이우스 마리우스께서는 제가 그분을 능가하고 싶어한다는 인상을 받으신 것 같습니다."

"어째서지?"

또다시 후회하는 낯빛이 떠올랐다. "제가 그렇게 말했습니다!"

"알겠네. 이제 대제관 직 이야기로 넘어가지. 자세히 얘기해보게."

"거기에 대해서는 논리적인 답변을 드릴 수 없습니다. 정말입니다. 하지만 그분이 저를 유피테르 대제관으로 만든 이유는 제가 군인이나 정치인의 길을 걷는 걸 막기 위해서였다고 저는 믿습니다." 카이사르가 몹시 불편한 표정을 지었다. "단지 제 자만심에 근거한 생각만은 아닙니다. 당시 가이우스 마리우스는 정신이 병들어 있었어요. 아마 그분의 망상 때문이었을 겁니다."

"흠." 술라가 말했다. 속내를 알 수 없는 표정이었다. "그분은 죽었으니 우리는 절대 답을 알 수 없겠지, 안 그런가? 하지만 당시에 그분의 정신이 온전치 않았음을 감안한다면 자네의 추측은 가이우스 마리우스라는 인물에 잘 들어맞는군. 그는 생득권을 지닌 사람들, 그러니까 유서 깊은 명문가 출신 사람들에게 밀려날까봐 전전긍긍했거든. 그는 신진 세력이었지. 그리고 늘 그 때문에 자기가 부당한 차별을 받는다고 느꼈어. 예를 들어 내가 유구르타 왕을 생포한 것도 그래. 그는 그 공을 전부 가로챘어! 그건 내 업적, 내 솜씨였는데! 내가 유구르타를 잡아오지 않았다면 아프리카 전쟁은 절대 그렇게 빨리 종결될 수 없었어. 자네 부친의 사촌형 카툴루스 카이사르가 회고록에서 그 공을 내게 돌리려 했지만, 다른 소란 때문에 그 주장은 묻혀버리고 말았지."

만일 이것이 자기 목숨이 달린 자리가 아니었다면, 카이사르는 유구르타 왕의 생포에 대한 이 놀라운 해석을 자기가 어떻게 생각하는지 말이나 표정을 통해 드러내버리고 말았을 것이다. 술라는 마리우스의 보좌관이었다! 실제 생포 과정이 얼마나 훌륭했든지 간에 그 성과의 공은 마리우스에게 있었다! 술라를 그 작전에 배치한 사람이 마리우스였고, 그 전쟁의 총사령관이 마리우스였으니까. 지휘관이 혼자 모든 걸 할 수는 없다. 애당초 그래서 보좌관을 두는 것이다. 하지만 아마도 내가 듣고 있는 이야기가 훗날에는 정사(正史)로 남게 되겠지! 하고 카이사르는 생각했다. 마리우스는 졌고 술라가 이겼다. 이유는 단 하나다. 술라가 마리우스보다 오래 살았기 때문에.

"그랬군요." 카이사르는 이렇게만 대답했다.

술라가 살짝 허청거리며 의자에서 일어나서 유피테르 대제관의 관복이 놓인 긴 의자 쪽으로 걸어갔다. 뾰족한 못이 박힌 모직 원반이 붙어 있는 상아색 모자를 집어들더니, 한 손에서 다른 손으로 살짝 던져 받았다. "안감을 잘 댔군." 그가 말했다.

"쓰고 있으면 상당히 덥습니다, 루키우스 코르넬리우스. 땀이 흐를 때 느낌도 싫고요." 카이사르가 말했다.

"안감을 자주 교체하나?" 술라가 이렇게 묻더니, 아펙스를 들어올려 안쪽 냄새를 맡았다. "향이 좋군. 으, 군인들 투구 냄새는 어찌나 지독한지! 군인들 투구에다 물을 담아주면 말도 재빨리 코를 돌린다네."

카이사르의 얼굴에 희미하게 불쾌감이 스치고 지나갔다. 하지만 그는 대수롭지 않다는 듯 어깨를 으쓱했다. "전시니까요." 그가 가볍게 말했다.

술라가 빙긋이 웃었다. "자네가 그런 일들에 어떻게 적응해가는지 보는 것도 참 흥미롭겠군! 자넨 참 귀하게 자랐지, 안 그런가?"

"어떤 면에선 그렇지요." 카이사르가 차분하게 대답했다.

상아색 아펙스가 긴 의자 위로 툭 떨어졌다. "그러니까 자네는 이 일이 싫다?" 술라가 물었다.

"네, 싫습니다."

"그런데도 가이우스 마리우스는 한낱 어린애를 두려워해서 이 직책으로 그 아이를 묶어두려 했다."

"그랬던 것 같습니다."

"내가 기억하기로는 자네 집안사람들이 자네가 아주 똑똑하다고 했던 것 같은데. 문장을 한번 쓱 보면 읽는다고. 사실인가?"

"그렇습니다."

술라는 다시 책상으로 돌아갔다. 책상 위를 뒤적거리더니 종이 한장을 집어들어 카이사르에게 건넸다. "읽어보게." 그가 말했다.

받아서 보니 읽어보라고 한 이유를 알 것 같았다. 엄청난 악필이었다. 글씨가 빽빽이 붙어 있고 행간에 여백도 없어서 얼핏 보면 무의미한 낙서 같았다.

"독재관께선 제가 누군지 모르시겠지만 드릴 말씀이 있습니다. 로마에 부동산이 많은 마르쿠스 아포니우스라는 루카니아 사람이 있는데, 마르쿠스 크라수스가 그자의 재산을 경매로 헐값에 사들이려고 그를 공권박탈자 명단에 올렸습니다. 그리하여 그는 그 부동산을 2천 세스테르티우스로 손에 넣었습니다. 당신의 친구로부터." 카이사르가 막힘없이 술술 글을 해독했다. 그러고서 눈을 반짝이며 술라를 쳐다보았다.

술라는 고개를 젖히며 웃음을 터트렸다. "그래, 그런 내용일 거라고 생각했어! 내 비서도 그랬고. 고맙네, 카이사르. 한데 자네는 이 편지를 보지 못했고, 설사 봤다고 해도 해독할 수 없었던 거네."

"명심하겠습니다!"

"모든 일을 직접 챙기지 못하면 끊임없이 문제가 생겨." 술라가 갑자기 정색하며 말했다. "독재관이 되면 가장 안 좋은 점이 그거야. 할 수 없이 나를 대신할 사람들을 써야 하는데, 그게 헤르쿨레스도 감당키 어려울 정도로 아주 까다로운 일이야. 여기 언급된 자는 내가 신뢰하던 인물인데. 흠, 그가 탐욕스럽다는 건 물론 알고 있었지만 이 정도로 뻔뻔할 줄은 몰랐어."

"수부라에서는 마르쿠스 리키니우스 크라수스를 모르는 사람이 없습니다."

"그가 전에 저지른 소소한 방화 때문에? 인술라 화재 사건 말인가?"

"네. 그가 그 인술라 건물을 헐값에 사들이자마자 소방관들이 도착해 불을 껐지요. 그는 수부라의 최대 지주가 되어가고 있습니다. 물론 가장 미움받는 이름이기도 하고요. 하지만 그는 제 어머니의 인술라에는 절대 손대지 못할 겁니다!" 카이사르가 다짐했다.

"그리고 앞으로는 공권박탈자 몰수 재산에도 더이상 손대지 못할 거야." 술라가 냉혹하게 내씹었다. "놈은 내 이름에 누가 되었어. 내가 미리 경고했단 말이야! 그런데도 내 말을 듣지 않았어. 그러니 나는 앞으로 그놈을 다시는 보지 않을 거야. 놈이 썩어 문드러지도록."

카이사르는 이런 얘기를 듣고 있기가 거북했다. 독재관이 아랫사람들을 관리하며 겪는 애로사항 따위가 그와 무슨 상관이란 말인가? 이제 로마에는 더이상 독재관이 없을 텐데! 하지만 그는 기다렸다. 술라가 마침내 본론에 들어갈 때까지. 한편으로는 술라가 이렇게 말을 빙빙 돌리는 게 자신의 인내심을 시험하기 위한, 또는 자신을 고문하기 위한 그만의 방식일 수도 있다는 느낌이 들었다.

"자네 어머니와 자네 모두 잘못 알고 있네만, 난 자네를 죽이라고 명령하지 않았어." 독재관이 말했다.

카이사르의 눈이 크게 떠졌다. "정말입니까? 그건 루키우스 코르넬리우스 파기테스라는 자가 리아에게 한 말과 다른데요? 제가 아파서 누워 있을 때 그자는 저를 살려주는 척하면서 제 어머니의 3탈렌툼을 들고 달아났어요. 대행인들이 탐욕스러운 걸 알면서도 불가피하게 써야 해서 고역이라 하시더니, 흠, 그건 고위공직자들뿐만 아니라 아랫것들에게까지도 적용되는 말이었군요."

"그 이름을 기억해두지. 자네 어머니는 돈을 돌려받으실 거야." 술라가 노기 띤 얼굴로 말했다. "하지만 나는 그 얘기를 하려던 게 아닐세. 내 말은, 나는 자네를 죽이라는 명령을 내리지 않았다는 거야! 나는 자네를 산 채로 데려오라고 했어. 아까 자네에게 했던 질문들에 대답을 듣기 위해서 말이야."

"그러고 나서 저를 죽일 생각이셨군요."

"애초 생각은 그랬지."

"하지만 이제 독재관께선 저를 죽이지 않겠다고 약속하신 터이고요."

"킨나의 딸과 이혼하지 않겠다는 생각에는 변함이 없겠지?"

"네, 절대 이혼하지 않을 겁니다."

"그러면 국가적 차원에서 문제가 까다로워지네. 나는 자네를 죽일 수 없고, 대제관 자리가 싫은 자네는 킨나 딸이 있어야 그 자리를 피할 수 있으니 이혼을 하지 않으려고 해. 굳이 명예나 윤리나 원칙에 관해 거창한 해명 따위를 늘어놓지도 않고 말이야!" 별안간 그의 망가진 얼굴에 믿기지 않을 정도로 팍삭 늙어버린 사람의 표정이 떠올랐다. 축 늘어진 입술이 접혔다가 펄럭이며 제멋대로 움직였다. 그는 마치 다음 자식을 통째로 삼키려고 바라보는 크로노스 같았다. "무슨 일이 있었는지 어머니가 자네에게 말하던가?"

"독재관께서 저를 살려주셨다는 말만 하셨습니다. 어머니가 어떤 분인지 아시지 않습니까."

"아우렐리아, 참 대단한 사람이지. 남자로 태어났어야 했어."

카이사르는 예의 그 매력적인 미소를 떠올렸다. "계속 그렇게 말씀하시는군요! 저는 솔직히 어머니가 남자가 아니어서 다행이라고 생각하는데요."

"그렇지, 그렇지! 아우렐리아가 남자로 태어났다면 내 자리가 위태로웠을 테니까." 술라가 양손으로 허벅지를 내리치더니 상체를 앞으로 숙였다. "그러니 나의 친애하는 카이사르, 자네는 신관단에 속한 우리 모두에게 골칫거리가 되고 있단 말씀이야. 우리가 자네를 어찌해야 할까?"

"저를 대제관 직으로부터 풀어주십시오, 루키우스 코르넬리우스. 안 그러면 저를 죽이는 것말고는 방법이 없습니다. 하지만 그건 스스로 하신 약속을 깨는 셈이 되지요. 저는 루키우스 코르넬리우스께서 함부로 약속을 깨실 거라고 생각하지 않습니다."

"왜 내가 약속을 깨지 않을 거라고 생각하지?"

카이사르가 눈썹을 치켜세웠다. "저는 독재관님처럼 파트리키 귀족입니다! 더군다나 율리우스 가문 사람이지요. 저처럼 출생이 고귀한 사람에게 한 약속을 깨실 리가 없습니다."

"맞아." 독재관이 의자 등받이에 몸을 기댔다. "우리 신관단에서는 자네의 추론대로 가이우스 율리우스 카이사르 자네를 대제관 직으로부터 풀어주기로 결정했네. 내가 이 자리에서 다른 사람들의 입장을 대변할 수는 없지만, 왜 내가 자네를 풀어주려고 하는지는 설명해줄 수 있어. 나는 유피테르 옵티무스 막시무스가 자신의 특별한 대제관으로 자네를 원하지 않는다고 생각해. 내가 보기에 유피테르 옵티무스 막시무스는 자네를 위해 다른 일들을 염두에 두고 있어. 그의 신전과 관련해 벌어진 모든 일들은 그가 자네를 풀어주기 위해 동원한 수단이었을 가능성이 매우 높아. 확실히는 모르겠지만 그냥 그런 예감이 뼛속 깊이 느껴져. 사람은 그런 본능적 예감을 되도록 따르는 게 좋지. 가이우스 마리우스는 내 인생 내내 가장 큰 시련이었어. 그리스의 네메시스처럼. 그는 이런저런 방법으로 나의 가장 빛나는 시간들을 망쳐놓았지. 마리우스는 내가 일일이 설명하지 않을 다양한 이유로 온힘을 다해 자네를 사슬에 묶어두었어. 내 말 잘 듣게, 카이사르! 그가 자네를 묶어두려 했다면, 나는 자네를 풀어줄 거야. 마지막 웃음은 내 것이어야 하니까. 그리고 누가 마지막으로 웃느냐는 내가 자네를 어떻게 하느냐에 달렸어."

카이사르는 자신의 구원이 이런 뜻밖의 자비를 통해 이루어지리라고 결코 예상치 못했었다. 그를 사슬로 묶은 자가 가이우스 마리우스이기 때문에, 술라는 그를 풀어주겠다는 것이다. 카이사르는 맞은편에 앉은 술라를 바라보며 자신이 풀려나는 데 다른 그 어떤 이유도 없음을 굳게 확신했다. 술라는 마지막으로 웃는 자가 되고 싶은 것이다. 그리하여 결국 가이우스 마리우스는 패배했다.

"나와 신관단 동료들은 자네를 유피테르 대제관으로 봉하는 축성식을 올릴 때 문제가 있었던 것 같다고 의견을 모았네. 우리들 중 일부가 의식에 참석했고—나는 그 자리에 없었지만 다른 사람들이 여럿 있었지—그 참석자들 중 축성식에 문제가 없었다고 절대적으로 확신하는 사람은 한 명도 없어. 당시 벌어지고 있던 유혈 사태를 고려한다면 의심할 이유는 충분하니까, 우리는 자네를 이 직위로부터 풀어주어야 한다는 데 동의했네. 하지만 축성식에 문제가 없었을 경우, 다시 말해 우리가 잘못 판단했을 경우를 대비해서, 자네가 살아 있는 동안에 다른 유피테르 대제관을 지명할 수는 없어." 술라는 책상에 양 손바닥을 올렸다. "지금 최선은 예외조항을 두는 거야. 유피테르 대제관이 부재하는 상황은 상당한 불편을 초래하겠지만, 유피테르 옵티무스 막시무스는 로마의 신이고, 그는 모든 것들이 합법적이길 바라지. 그러니 가이우스 율리우스 카이사르 자네가 살아 있는 동안엔 다른 대제관들이 유피테르 신에 대한 의무를 번갈아 수행할 거야."

이제 그가 말해야 했다. 카이사르는 입술을 적셨다. "합당하고 신중한 조치라고 생각합니다." 그가 말했다.

"우리도 그렇게 생각해. 하지만 그건 위대한 신께서 동의를 나타내는 순간 자네가 원로원 의원 직을 상실한다는 뜻이 돼. 위대한 신의 동의를 얻으려면 자네는 유피테르 옵티무스 막시무스에게 흰 황소를 제물로 바쳐야 해. 제물 봉헌식이 순조롭게 치러지면 자네의 대제관 임기는 끝나네. 만일 봉헌식이 순조롭게 끝나지 않으면, 흠, 그땐 다시 생각을 해봐야겠지. 최고신관과 제사장이 봉헌식을 주관할 거야." 창백하고 차가운 눈동자에 야릇한 장난기가 스쳐갔다. "하지만 제물 봉헌은 자네가 직접 할 거야. 봉헌식이 끝나고 포룸 로마눔 낮은 구역의 유피테르 스타토르 신전에서 신관단 사람들에게 베푸는 연회 역시 자네가 주관해야 하네. 제물 봉헌과 연회는 위대한 신을 모시는 특별 신관의 부재로 인해 위대한 신이 겪게 될 불편에 대한 속죄의 성격을 띠니까."

"기꺼이 따르겠습니다." 카이사르가 정중하게 말했다.

"이 모든 게 순조롭게 끝나면 자네는 자유의 몸이네. 누구든 배우자로 삼을 수 있지. 심지어 킨나의 딸년도."

"그렇다면 킨닐라의 시민권 지위에는 변화가 없는 겁니까?" 카이사르가 침착하게 물었다.

"당연하지! 안 그랬으면 자네는 라이나와 아펙스를 평생 벗지 못했어! 그런 질문을 하다니, 실망이군."

"루키우스 코르넬리우스, 제가 그 문제를 여쭌 이유는, 미니키우스법이 지금의 제 아내가 낳은 제 자식들에게 자동으로 적용되기 때문입니다. 납득할 수 없는 일입니다. 저는 공권박탈자 명단에 오르지도 않았는데 왜 제 자식들이 벌을 받아야 합니까?"

"그래, 무슨 말인지 알겠네." 술라가 말했다. 그는 카이사르의 직설적인 화법을 전혀 개의치 않았다. "자네 같은 사람들을 보호하기 위해 내 법을 고쳐야겠군. 미니키우스 자녀법은 공권박탈자의 자식에게만 적용이 될 거야. 그들 중에 운이 좋아서 로마인과 결혼하는 사람이 있다면 그들의 자식은 로마 시민권을 받을 수 있어." 그가 인상을 찌푸렸다.

"미리 예상했어야 하는데. 미처 못 생각했어. 단시간에 법을 여럿 제정하려니 이런 문제가 발생하는군. 하지만 내가 이 문제에 관심을 기울이게 된 경위 자체가 나를 공개적으로 우스운 꼴로 만들었어. 이게 다 자네 때문이야! 자네의 멍청한 외삼촌 코타도 그렇고. 대제관 직 문제를 해결하면서 내 법을 기존의 다른 법과 관련해 해석하다보니, 내가 공권박탈자의 자식 입장을 지지해야만 하는 상황이 되어버렸군."

"저는 그렇게 되어서 기쁩니다." 카이사르는 활짝 웃으며 말했다. "그렇게 해서 제가 가이우스 마리우스의 족쇄로부터 풀려났으니까요."

"그건 그렇군." 술라가 돌연 바쁘고 사무적인 태도를 취하더니 화제를 다른 데로 돌렸다. "미틸레네가 공세 납부를 거부하며 로마에 반란을 일으켰어. 지금은 일단 루쿨루스에게 재무관급 총독 자격으로 공석을 맡기고 법무관 테르무스를 아시아 속주 총독으로 보냈네. 테르무스의 첫째 임무는 미틸레네 반란 진압이 될 거야. 자네가 군 임무를 선호한다는 뜻을 내비쳤으니까, 테르무스의 군대에 들어가도록 자네를 페르가몬에 파견하지. 뛰어난 활약을 기대하겠네, 카이사르." 술라의 얼굴에 가장 험악한 표정이 떠올랐다. "이번 일 전체에 대한 최종 판결은 하급 군관으로서 자네의 성과에 달려 있어. 로마 역사상 가장 존경을 받아온 존재는 군사 영웅일세. 나는 군 영웅들을 높게 대우할 거야. 만일 자네가 전장에서 용맹을 떨쳐서 무훈을 세우고 돌아온다면 자네 역시 높게 대우하겠네. 하지만 잘하지 못했을 경우, 나는 가이우스 마리우스가 자네에게 했을 것보다 훨씬 더 가혹하게 자네를 쳐낼 거야."

"지당하신 처사입니다." 군사 작전에 배치된 것을 기뻐하며 카이사르가 말했다.

"한 가지 더." 술라가 말했다. 눈동자에 교활한 빛이 스쳐갔다. "자네의 말. 그러니까 자네가 유피테르 대제관으로 있는 동안 위대한 신과 관련된 모든 법을 어기면서 타고 다닌 그 짐승.”

카이사르의 몸이 뻣뻣해졌다. “예?”

“듣자 하니 그 짐승을 다시 사들이려고 하나보던데. 사지 말게. 내 명령하는데 자네는 노새를 타. 내 경우에 노새를 타도 충분히 좋았어. 분명히 자네한테도 충분히 좋을 거야.”

꼭 닮은 두 눈이 꼭 닮은 살의를 풍겼다. 하지만, 아, 안 돼! 가이우스 율리우스 카이사르는 속으로 말했다. 당신은 나를 이런 식으로 함정에 빠뜨릴 순 없어, 술라! “제가 스스로 노새나 타기에는 너무 뛰어나다고 생각하는 것 같습니까, 루키우스 코르넬리우스?” 그가 소리내어 물었다.

“자네 스스로 뭘 타기에 너무 뛰어나다고 생각하든 말든, 나로서는 전혀 알 바 없네.”

“저는 지금까지 저보다 말을 잘 타는 사람을 본 적이 없습니다.” 카이사르는 차분하게 말했다. “반면에 제가 들은 여러 얘기를 종합해볼 때 독재관께서는 정말로 말을 못 타는 축에 속하시던데요. 하지만 독재관께서 노새만으로 충분하셨다면 제게도 분명 충분하고 남겠지요. 넓은 아량에 진심으로 감사드립니다. 또한 사려 깊은 처사에 대해서도요.”

“그러면 이제 가보게.” 술라가 무심하게 말했다. “나가는 길에 내 비서 좀 들여보내주게.”

집으로 돌아가면서 카이사르는 살짝 울화가 치밀었다. 오늘 얻은 자유에 대해 감사하는 마음도 덜해졌다. 그러다 문득, 술라가 마지막에 요구한 노새에 대한 그 시답잖은 조건의 뜻이 자기가 애초 짐작한 바와 다를 수도 있지 않을까 하는 생각이 들었다. 술라는 그가 자기에게 고마워하길 바라지 않았다. 아우렐리아의 아들이 자기에게 일종의 피호민이 되기를 원하지 않은 것이다. 율리우스 가문 사람이 코르넬리우스 가문 사람에게 예속된다? 그런다면 파트리키 계급에 대한 조롱일 것이다. 생각이 여기까지 미치자, 카이사르는 루키우스 코르넬리우스 술라라는 인물에 대해 아까 그의 방을 나설 때보다도 더 높이 평가하게 되었다. 그는 나를 진정으로 자유롭게 해주었어! 내가 내 인생을 마음껏 살 수 있게 해준 거야! 적어도 내 능력껏. 나는 앞으로도 결코 그를 좋아할 수 없을 것이다. 하지만 이따금 내 안의 어떤 부분은 그를 사랑하고 있음을 느끼곤 했어.

그는 부케팔로스를 떠올렸다. 그리고 흐느껴 울었다.

"술라가 현명하구나, 카이사르." 아우렐리아가 전적으로 동의한다는 듯 고개를 끄덕이며 말했다. "무엇보다도 당장 네 주머니에서 빠져나가는 돈이 상당할 거야. 흠이 전혀 없는 순백색 황소를 사야 할 텐데, 5만 세스티르티우스 이하로는 어림도 없지. 로마의 모든 신관들과 조점관들에게 베풀 연회는 그 두 배의 비용이 들 거고. 그러고 나면 아시아에 갈 때 필요한 장비도 마련해야 하지. 그리고 그곳에 가면 넌 살인적으로 돈이 많이 드는 환경에서 생활하게 될 거야. 네 아버지께선 하급 군관들 중에 사치스러운 유행을 감당할 능력이 안 되는 사람들은 흔히 무리에서 얕보인다는 말씀을 하시곤 했어. 넌 부유하지 않아. 이제까진 크게 돈 쓸 일이 없어서 아버지께서 돌아가신 이후로 네 소유의 땅에서 나오는 수입을 차곡차곡 쌓아왔지만 이제부터는 사정이 달라질 거야. 그러니 네 말을 되사오는 건 반갑지 않은 추가 지출이야. 어쨌거나 이제 여기서 그 말을 탈 것도 아니지 않니? 술라가 말을 번복하기 전까진 넌 노새를 타야 해. 그리고 노새는 아무리 비싸도 1만 세스테르티우스를 넘지 않을 거야."

그가 어머니를 바라보는 시선은 그다지 효성스럽지 않지만, 그는 아무 말도 입 밖에 내지 않았다. 그의 말에 대한 꿈도, 영원한 이별로 인한 슬픔도, 모두 가슴속에 혼자 간직했다.

속죄의 봉헌식은 며칠 뒤에 치러졌다. 그때까지 카이사르는 아시아 속주 총독 마르쿠스 미누키우스 테르무스 밑에서 군사 임무를 수행하기 위해 떠날 채비를 모두 마쳤다. 연회는 유피테르 스타토르 신전에서 열릴 예정이었지만, 속죄 의식은 카피톨리누스 언덕의 유피테르 옵티무스 막시무스 신전으로 오르는 계단 아래 세워진 제단에서 거행하기로 되어 있었다.

카이사르는 토가 차림으로(그가 쓰던 라이나와 아펙스는 아직 지어지지 않은 유피테르의 새 신전에 안치되기 전까지 신관들에게 맡긴 터였다) 자신의 집에서 순백색 황소를 직접 데리고 나왔고 수부라 입구를 지나 아르길레툼 구역을 따라 걸었다. 황소의 잘생긴 뿔은 리본 장식만으로도 충분했겠지만, 카이사르는 경제성 따위는 철저히 무시하고 뿔에 두툼한 금박을 씌웠다. 황소의 목에는 이국적이고 값비싼 꽃을 엮어 만든 화환이 걸려 있었고, 두 뿔에는 순백의 장미꽃 화환이 씌워져 있었다. 발굽 역시 금박을 씌웠고, 꼬리에는 황금빛 천과 꽃을 한데 엮어 리본처럼 묶어두었다. 카이사르 주변에는 그의 내빈들이 함께했다. 코타 집안의 외삼촌들, 가이우스 마티우스, 루키우스 데쿠미우스와 그의 아들들, 교차로단 형제들이 거의 다 나와 카이사르와 함께 걸었다. 모두 토가 차림이었다. 아우렐리아는 그 자리에 없었다. 유피테르 옵티무스 막시무스는 로마 남자들을 위한 신이었으므로 그에게 바치는 제물 의식에 여자는 참석할 수 없었다.

다양한 신관단에 소속된 사제들이 제단 주변에 모여서서 그를 기다리고 있었다. 이날 희생제물의 숨을 직접 끊을 전문 시종인 포파와 쿨타리우스도 노예들을 데리고 먼저 와 있었다. 희생제물이 될 짐승에게는 미리 약을 먹이는 것이 관례였지만, 카이사르는 유피테르 신이 호불호를 드러낼 기회를 온전히 누려야 한다며 그러기를 거부했다. 호불호는 누가 봐도 명백했다. 흠을 전혀 찾아볼 수 없는 순백의 황소는 눈빛과 걸음걸이가 힘찼으며 꼬리를 휘두르는 모습이 으스대는 듯도 했다. 황소는 자신에게 집중된 이목을 한껏 즐기고 있었다.

"너 이 녀석, 제정신이냐!" 가이우스 아우렐리우스 코타가 귓속말로 외쳤다. 군중들이 점점 더 모여들었고, 가파르던 카피톨리누스 언덕길의 경사가 차츰 완만해지고 있었다. "모든 눈이 이 짐승을 향해 있을 텐데 약을 안 먹이다니! 이놈이 얌전히 굴지 않으면 어쩔 셈이냐? 그땐 너무 늦어!"

"말썽피우지 않을 거예요." 카이사르가 평온하게 대답했다. "녀석은 제 운명이 자기에게 달린 걸 알아요. 제가 위대한 신의 뜻을 온전히 따르는 것을 모든 사람들이 봐야 해요." 뒤이어 희미한 웃음소리가 들렸다. "그리고 포르투나 여신은 저를 선택했어요. 제게는 늘 운이 따라요!"

전원이 모였다. 카이사르가 몸을 옆으로 돌려 황동 삼각대에 놓인 수반에 손을 씻었다. 이어 최고신관(새끼 똥돼지 메텔루스 피우스)과 제사장(루키우스 클라우디우스)과 다른 두 대제관, 즉 마르스 대제관(원로원 최고참 의원 루키우스 발레리우스 플라쿠스)과 퀴리누스 대제관(이번에 새로 지명된 마메르쿠스)도 손을 씻었다. 의식에 합당하게 육신과 의복이 정결해지자, 그 자리에 함께한 모든 신관들이 어깨에 걸치고 있던 토가의 주름을 펴서 머리를 덮었다. 신관들이 이 동작을 마치자 나머지 사람들도 모두 그대로 따라 했다.

최고신관이 제단 앞에 가서 섰다. "오, 전능하신 유피테르 옵티무스 막시무스시여. 당신께서 이 이름으로 불리기를 원하신다면 이 이름을, 다른 이름을 원하신다면 그것이 무엇이든 당신께서 바라시는 대로 부르겠나이다. 여기 당신의 종복 가이우스 율리우스 카이사르를 받으시옵소서. 그는 과거에 당신의 대제관이었으나 이제 그 자리에 잘못 임명되었던 것을 속죄받길 바라오며, 또한 그것이 자신의 잘못에 의한 게 아니었음을 알리고자 하옵니다!" 새끼 똥돼지가 한마디도 더듬지 않고 외쳤다. 그는 애써 웃음을 참고 있는 술라를 사납게 쏘아보며 뒤로 물러섰다. 새끼 똥돼지는 이날의 의식을 실수 없이 치러내기 위해 군사 훈련보다도 고된 연습의 나날을 보내야 했다.

전문 시종들이 황소의 화환과 금박 장식을 벗겨내고 있었다. 그들은 카이사르 쪽은 쳐다보지 않은 채, 벗겨낸 금박 종이를 조심조심 공 모양으로 뭉쳤다. 카이사르가 앞으로 나와 희생제물의 축축한 분홍색 코에 한 손을 얹었다. 수정처럼 투명하고 길고 두꺼운 속눈썹 아래로 짙은 루비색 눈동자가 카이사르를 마주보았다. 흰 황소에 얹은 카이사르의 손에는 분노의 떨림이 전혀 느껴지지 않았다.

그는 모두에게 잘 들리도록 평소보다 훨씬 높은 목소리로 또박또박 기도문을 읊었다. "오, 전능하신 유피테르 옵티무스 막시무스시여. 당신께서 이 이름으로 불리기를 원하신다면 이 이름을, 다른 이름을 원하신다면 그것이 무엇이든 당신께서 바라시는 대로 부르겠나이다. 또한 당신은 당신이 바라는 대로 성(性)을 취하시오며, 당신이 로마의 정신이옵나이다. 제가 당신의 대제관으로 잘못 임명된 것에 대한 속죄로써 바치는 이 신성한 짐승을 기꺼이 받아주시길 바라옵니다. 저를 제 맹세로부터 풀어주시어 제가 다른 역할을 통해 당신께 봉사할 기회를 내려주옵소서. 저는 제 자신을 온전히 당신의 뜻에 맡기지만, 살아 있는 것들 중에서 가장 뛰어나고 가장 훌륭하며 가장 강한 이 짐승을 당신께 바치나이다. 제가 당신께 바쳐야 할 것을 정확히 바쳤기에, 제가 당신께 청하는 것을 제게 내려주시리라 믿습니다."

그가 황소를 향해 미소를 지었다. 황소는 마치 이 모든 상황을 꿰뚫고 있는 듯한 눈빛으로 그를 응시했다.

시종들이 앞으로 나왔다. 카이사르와 최고신관이 몸을 돌려 옆에 놓인 삼각대에서 각자의 황금 성배를 집어들었다. 제사장은 스펠트 밀가루가 든 황금 대접을 집어들었다.

"모두 침묵하라!" 카이사르가 우레와 같은 소리로 외쳤다.

침묵이 내려앉았다. 너무나도 조용해서, 저멀리 포룸 로마눔의 아케이드 복도를 따라 늘어선 상점의 활기찬 소음이 따뜻하고 부드러운 미풍을 타고 희미하게 들려왔다.

플루트 연주자가 적의 정강이뼈로 만든 악기를 입술에 대고 구슬픈 가락을 뽑아내어 포룸 로마눔의 소음을 몰아냈다.

연주가 시작되자 제사장이 황소의 얼굴과 머리에 스펠트 밀가루를 뿌렸다. 머리 주변에 밀가루가 엉겅퀴 갓털처럼 흩날리자, 황소는 비라도 내리는 줄 알았는지 분홍색 혀를 내밀어 코에 묻은 고운 가루를 핥았다.

포파가 황소 앞에 가서 섰다. 그는 번쩍번쩍 빛나는 망치를 한 손에 느슨하게 들고 있었다. "칠까요?" 그가 카이사르에게 큰 소리로 물었다.

"쳐라!" 카이사르가 외쳤다.

망치가 번쩍 들리더니, 황소의 의심 없고 유순한 두 눈 정중앙에 정밀하게 떨어졌다. 황소의 앞무릎이 구부러지며 쓰러지자 육중한 무게로 인해 땅이 흔들렸고, 머리통이 앞으로 축 늘어졌다. 몸 뒷부분이 서서히 오른쪽으로 기울었다. 길조였다.

포파처럼 역시 웃통을 벗은 쿨타리우스가 양손에 황소 뿔을 움켜쥐고, 축 늘어져 있는 황소의 머리통을 하늘로 치켜들었다. 16킬로그램이 넘는 황소의 머리통을 든 그의 양팔에 힘줄이 불끈 섰다. 그가 머리통을 다시 내려놓자 황소 주둥이가 자갈바닥에 닿았다.

"제물이 동의합니다." 그가 카이사르에게 말했다.

"그러면 제물을 바쳐라!" 카이사르가 외쳤다.

크고 예리한 칼이 칼집에서 빠져나왔다. 포파가 황소의 머리통을 공중으로 치켜올리자, 쿨타리우스가 칼을 들어 황소의 목을 크고 깊게 벴다. 피가 솟구쳤지만 주변으로 튀지는 않았다. 그는 일을 제대로 하는 사람이었다. 핏방울은 어느 누구에게도—심지어 쿨타리우스 자신에게도—튀지 않았다. 포파가 머리통을 오른쪽으로 돌려 바닥에 내려놓는 동안 쿨타리우스는 카이사르의 성배에 피를 받았다. 손길이 워낙 정확해 피가 한 방울도 넘치지 않았다. 이어 메텔루스 피우스 역시 성배를 건네어 잔을 채웠다.

카이사르와 최고신관은 언덕 아래로 연신 흘러내리는 굵은 진홍색 핏줄기를 피하며 빈 돌제단 앞으로 걸어가 섰다. 카이사르가 성배에 든 내용물을 조금씩 떨어뜨리며 말했다. "오, 전능하신 유피테르 옵티무스 막시무스시여. 당신께서 이 이름으로 불리기를 원하신다면 이 이름을, 다른 이름을 원하신다면 그것이 무엇이든 당신께서 바라시는 대로 부르겠나이다. 또한 당신은 당신이 바라는 대로 성(性)을 취하시오며, 당신이 로마의 정신이옵나이다. 당신께 속죄로 바치는 이 제물을 받아주옵소서. 희생제물의 뿔과 발굽에서 떼어낸 금 역시 받아들이시어, 당신의 새 신전을 장식할 수 있게 간직하여주옵소서."

이번에는 메텔루스 피우스가 성배를 비웠다. "오, 전능하신 유피테르 옵티무스 막시무스시여. 당신께서 이 이름으로 불리기를 원하신다면 이 이름을, 다른 이름을 원하신다면 그것이 무엇이든 당신께서 바라시는 대로 부르겠나이다. 당신께 청하오니 과거에 당신의 사제였고 지금도 여전히 당신의 종복인 가이우스 율리우스 카이사르의 속죄를 부디 받아들여주옵소서."

메텔루스 피우스가 기도문의 마지막 단어를 정확히 읊은 순간, 집단적인 안도의 한숨 소리가 들렸다. 구슬픈 피리 소리를 뒤덮을 만큼 큰 소리였다.

마지막 절차만이 남았다. 별 모양의 핏자국이 가득한 제단에 제사장이 남은 스펠트 밀가루를 뿌렸다. "오, 전능하신 유피테르 옵티무스 막시무스시여. 당신께서 이 이름으로 불리기를 원하신다면 이 이름을, 다른 이름을 원하신다면 그것이 무엇이든 당신께서 바라시는 대로 부르겠나이다. 저는 오늘 증인으로서 가장 좋고 가장 훌륭하며 가장 강한 이 짐승의 생명이 당신께 바쳐졌음을, 이 모든 의식은 정해진 절차에 따라 이행되었음을, 어떠한 실수도 없었음을 똑똑히 보았나이다. 당신께서 저희와 맺은 계약적 동의에 따라, 저는 당신께 바쳐진 제물과 이 제물을 바친 가이우스 율리우스 카이사르를 당신께서 흡족하게 여기신다고 결론을 내립니다. 덧붙여 가이우스 율리우스 카이사르는 당신께서 기뻐하시도록 그가 바친 이 제물을 통째로 태우고 그 자신을 위해서는 조금도 취하지 않으려 합니다. 그러하오니 로마와 그 안에 사는 저희 모두가 부디 번영케 하옵소서."

그렇게 모든 것이 끝났다. 단 한 번의 실수도 없었다. 신관과 조점관들은 머리에 뒤집어썼던 토가 천을 내리고 포룸 로마눔을 향해 카피톨리누스 언덕길을 걸어 내려갔고, 제물 담당 전문 시종들은 뒷정리를 시작했다. 권양기와 들것을 써서 거대한 사체를 땅에서 들어올려 장작더미에 얹고 불을 붙이고 자신들의 기도문을 읊조렸다. 시종의 노예들이 양동이에 퍼온 물로 땅에 남은 핏자국을 씻어내는 동안, 고소한 소고기 굽는 냄새와 카이사르가 장작더미 사이사이에 꽂아둔 값비싼 향료가 타는 냄새가 어우러져 독특한 향기가 피어올랐다. 제단에 남은 핏자국은 황소가 다 타고 뼛조각과 재만 남을 때까지 기다렸다가 닦아낼 것이었다. 금박 공은 벌써 국고로 옮겨지고 있었다. 국고에 도착하면 기증품에 기증자의 성명, 이날 의식의 성격과 날짜가 기록될 것이었다.

이어서 열린 연회 역시 제물 의식만큼이나 성공적이었다. 연회는 포룸 로마눔에서 제일 높은 지점인 벨리아 고지에 자리한 유피테르 스타토르 신전에서 치러졌다. 내빈들 사이를 돌며 음식을 권하고 인사를 주고받는 카이사르를 많은 사람들이 예의 주시했다. 전에는 그를 전혀 눈여겨보지 않던 자들이었다. 이제 카이사르는 정계에서 지위로나 출생으로나 막강한 경쟁자였다. 몸가짐이나 행동거지나 잘생긴 얼굴에 드러난 표정 등 모든 것이 그가 주목할 만한 인물임을 보여주고 있었다.

"카이사르는 자네 선친과 좀 닮았어." 메텔루스 피우스가 카툴루스에게 말했다. 그의 얼굴은 단 한 번의 발음 실수 없이 무사히 의식을 마친 만족감으로 아직도 붉게 상기되어 있었다.

"당연히 그렇겠죠." 카툴루스는 본능적인 불쾌감이 담긴 시선으로 카이사르를 바라보며 말했다. "제 선친께선 카이사르 가문 출신이셨으니까요. 참 반반하게 생겼죠? 그건 참아줄 수 있습니다. 하지만 저치의 오만한 태도까지 참아줄 수 있을지는 모르겠군요. 보세요! 폼페이우스보다도 한참 어리잖습니까! 그런데 세상을 다 가진 것처럼 우쭐대는 꼴이라니."

새끼 똥돼지는 그럴 만한 이유를 찾아보았다. "흠, 자네가 저 상황이면 어떻겠나? 그는 이제 그 끔찍한 대제관 직에서 벗어났지 않은가."

"우리는 술라가 저자를 풀어주도록 내버려둔 걸 훗날 후회할지도 몰라." 카툴루스가 말했다. "저기 술라와 함께 있는 거 보이나? 꼭 닮은 한 쌍이로군!"

새끼 똥돼지가 놀란 표정으로 그를 쳐다보았다. 카툴루스는 큰 실언을 할 뻔했다. 처남 퀸투스 호르텐시우스가 늘 옆에서 자기 말을 들어주는 데 익숙해진 나머지 지금 옆에서 듣고 있는 사람이 호르텐시우스가 아님을 깜빡 잊어버렸던 것이다. 호르텐시우스는 그 자리에 없었다. 술라가 새로 통보한 신관단 명단에 퀸투스 호르텐시우스의 이름은 제외되어 있었다. 카툴루스는 술라가 호르텐시우스의 이름을 뺀 것을 용서할 수 없었다. 호르텐시우스 역시 마찬가지였다.

술라는 자기가 카툴루스에게 미움을 샀다는 사실 따위는 알지 못한 채 카이사르에게 그날의 비화를 듣느라 바빴다.

"황소에게 약을 먹이지 않았다던데. 엄청난 위험을 감수했군." 술라가 말했다.

"저는 포르투나 여신의 선택을 받은 사람입니다."

"무엇이 자네를 그런 확신으로 이끄는 건가?"

"생각해보십시오! 저는 저를 가두어온 대제관 직에서 풀려났습니다.

그전에는 죽을병에 걸렸다 살아났고, 독재관께서 저를 죽이시려는 것도 피했지요. 최근에는 제 노새를 아주 훌륭한 품종의 말 못지않게 만들어놓으려는 노력이 상당한 성공을 거두기도 했습니다."

"이름은 지어줬나?" 술라가 빙긋 웃으며 물었다.

"물론이지요. 팔랑귀입니다."

"그러면 전에 갖고 있던 그 아주 훌륭한 품종의 말은 뭐라고 불렀지?"

"부케팔로스요."

술라는 파안대소했지만, 더이상 아무 말 없이 사방을 훑어보더니 한팔을 뻗었다. "열여덟 살 나이에 이런 행사를 제법 훌륭히 치러냈군."

"독재관님의 충고를 받아들였습니다." 카이사르가 말했다. "저는 배경에 쉽게 묻혀 들어가는 사람이 아니니, 제 이름으로 여는 최초의 연회도 저에게 걸맞게 치러야 한다고 판단했지요."

"오, 오만하긴! 자넨 정말 오만해! 걱정 말게, 카이사르. 아주 기억에 남을 만한 연회니까. 굴, 땅꾼 숭어, 티베리스 강의 리커피시, 새끼 메추라기까지. 음식에 아주 큰돈을 썼군."

"확실히 무리를 했죠." 카이사르가 덤덤하게 말했다.

"씀씀이가 헤퍼." 낭비벽과는 거리가 먼 술라가 말했다.

카이사르가 어깨를 으쓱했다. "돈은 수단입니다, 루키우스 코르넬리우스. 독재관께서는 돈이란 쌓아놓고 세는 것이 목적이라고 보시는지 모르겠습니다만, 저는 제게 돈이 있건 없건 상관하지 않습니다. 돈은 돌고 돌아야 한다고 생각합니다. 안 그러면 정체하지요. 경제도 마찬가지입니다. 이제부터 제 수중에 들어오는 돈은 모두 제 공직 진출을 위해 쓸 겁니다."

"파산하기 딱 좋겠군."

"항상 어떻게든 될 겁니다." 카이사르가 개의치 않고 말했다.

"그걸 자네가 어찌 아나?"

"왜냐면 저는 포르투나 여신의 선택을 받았으니까요. 운은 저를 따라다닙니다."

술라는 몸을 떨었다. "포르투나 여신의 선택을 받은 건 나지! 내게는 늘 운이 따랐어! 하지만 거기에는 치러야 할 대가가 있음을 기억하게. 포르투나는 질투심이 강하고 요구가 많은 애인이야."

"무릇 애인이란 그래야 제맛이죠!" 카이사르가 말했다. 그가 너무 크게 웃는 바람에 방안의 모두가 조용해졌다. 그 자리에 함께한 사람들은 카이사르의 이 모습을 나중에도 오래도록 기억했다. 어떤 두려운 예감 때문은 아니었다. 그가 지닌 두 가지 속성, 젊음과 아름다움이 그들 눈에 부러웠기 때문이었다.

당연히 카이사르는 마지막 내빈이 자리를 뜰 때까지 일어날 수 없었고, 수 시간이 지난 후에야 비로소 그곳을 떠났다. 이날 참석한 인물을 낱낱이 평가하고 그 내용을 이미 머릿속에 차곡차곡 정리한 터였다. 살면서 마주치는 모든 걸 머릿속에 저장해놓는 게 그의 타고난 버릇이었다. 그래, 흥미로운 군상들이었어.

"하지만 친구로 삼고 싶은 자는 한 명도 없었어." 다음날 새벽 가이우스 마티우스에게 그가 말했다. "정말 같이 안 갈 거야, 부스럼? 군사 작전에 열 번은 참가해야 하잖아."

"아니, 제안은 고맙지만 사양할게. 난 로마에서 너무 멀리 떨어져 있고 싶지 않아. 군대 배치를 기다려볼래. 기왕이면 이탈리아 갈리아였으면 좋겠어."

작별인사는 참으로 진 빠지는 절차였다. 생략할 수만 있으면 부디 생략하고 싶다는 바람 속에, 그는 최대한의 인내심을 발휘해서 이 절차에 임했다. 무엇보다 참을 수 없었던 건 그를 따라가겠다고 아우성치는 수많은 사람이었다. 하지만 그는 부르군두스를 제외하고 아무도 데려가지 않겠다며 단호히 거절했다. 그는 몸종 둘을 새로 샀다. 자기 어머니를 모르는 자들과 새 출발을 하려는 것이었다.

마침내 작별인사가 끝났다. 루키우스 데쿠미우스와 그의 아들들, 교차로 형제단, 가이우스 마티우스, 어머니의 하인들, 카르딕사와 그녀의 아들들, 누나 유유, 아내, 그리고 어머니. 그제야 카이사르는 그의 예사롭기 그지없는 노새에 올라타 길을 떠날 수 있었다.

〈2권에 계속〉

2단 노선 bireme 고대의 해상 전투용 갤리선. 대부분 갑판이 없는 개방형이었으며, 주로 돛보다 노를 이용해 움직였다. 노잡이들은 둘로 나뉘어 앉았다. 상단 노잡이들은 현외 장치에 앉아 노를 저었고, 하단 노잡이들은 배 안쪽에 앉아 현창 바깥으로 뻗어 있는 노를 저었다. 선체 길이는 30미터 정도였으며 길이와 폭의 비율이 7대 1 정도로 전체적으로 길쭉한 형태였을 것으로 짐작된다. 노잡이는 100명까지도 태울 수 있었다. 뱃머리에 해수면 바로 위 높이로 달린 충각은 적선을 들이받아 침몰시키는 데 쓰였는데 소재는 주로 떡갈나무였고 끝부분은 청동으로 보강했다. 고대 그리스, 로마 공화정 및 제정 시대에 걸쳐 항상 노예가 아닌 전문 노잡이들이 노를 저었다. 노예를 노잡이로 쓰는 관행은 기독교 시대에 이르러서야 생겼다.

헤미올리아(hemiolia)라는 매우 빠르고 작고 가벼운 2단 노선도 있었는데, 해적들이 선단을 조직하여 배와 해안 거주지를 집단적으로 습격하기 전에 애용하던 배였다. 갑판이 없고 돛대와 고물이 있어서 배 앞부분 위쪽 노의 개수가 줄어들었다.

3단 노선 trireme 고대의 해상 전투 갤리선 중에 2단 노선과 더불어 가장 선호된 형태. 기원전 600년경 출현하였으며 말 그대로 노가 3단으로 배치되었다. 노 길이는 5미터 정도였고 노 하나당 노잡이가 한 명만 배정되었다. 선체 길이는 약 40미터, 폭은 (현외 장치를 제외하고) 4미터를 넘지 않았다. 그리스인들이 탈라미오스(thalamios)라고 부른 맨 아랫단 노잡이는 선체의 현창(뱃전에 낸 창문)을 통해 노를 저었으며 맨 아랫단에 배치된 노는 총 54개였다. 지기오스(zygios)라고 불린 가운데 단 노잡이는 거널뱃전(선측외판과 갑판이 만나는 부분) 바로 아래의 현창을 통해 노를 저었다. 가운데 단과 맨 아랫단의 노잡이 수는 동일했다. 현외 장치에 배치된 노잡이 트라니테스

(thranites)의 노는 뱃전에서 60센티미터 정도 떨어진 현외 장치 밑바닥에 난 구멍을 통해 밖으로 나와 있었다. 선체가 고물 쪽으로 좁아져도 현외 장치는 돌출된 폭을 유지할 수 있었으므로, 한쪽 뱃전에 앉은 탈라미오스와 지기오스가 27명인 데 비해 트라니테스는 31명이었다. 따라서 3단 노선에는 모두 약 170개의 노가 동력을 제공했다.

3단 노선은 충각 전술에 안성맞춤인 선박이었다. 이 시기의 충각은 두 갈래로 나뉜 모양에 더 크고 육중해지고 방호력이 향상되었다. 기원전 100년경 전투 함대의 진정한 전함은 속도와 힘, 기동성을 모두 갖춘 3단 노선으로, 대개 갑판이 깔려 있었고 최대 50명가량의 해병을 태울 수 있었다.

5단 노선 quinquereme 아주 흔하고 인기 있던 고대의 해상 전투용 갤리선. 2단 노선, 3단 노선과 마찬가지로 선체 길이가 폭에 비해서 훨씬 길었고 해상 전투를 치르기 위한 목적으로 설계되었다. 한때는 노가 5단 배치된 배로 알려졌지만 지금은 노가 3단 이상 배치된 갤리선은 없었다는 것이 일반적인 통념이고, 대부분 3단이 아닌 2단에 그쳤을 것이다. '5단'이라는 말이 붙은 까닭은 노 하나에 다섯 명이 붙었거나, 2단 배치된 경우 위쪽과 아래쪽 노에 각각 세 명과 두 명, 총 다섯 명이 붙었기 때문일 것이다. 2단 노선, 3단 노선과 마찬가지로 노예가 아닌 전문 노잡이가 노를 저었다.

16단 노선 sixteener 고대의 초대형 갤리선. 노를 3단 이상 배치한다는 것은 현대에는 불가능하게 여겨진다. 가능성 있는 배치는 두 가지다. 첫째는 노를 2단 배치하고 노 하나당 여덟 명을 배정한 2단 노선이고, 둘째는 노를 3단 배치하고 위쪽 두 단에는 노 하나당 여섯 명, 맨 아랫단에는 노 하나당 네 명을 배정한 3단 노선이다. 선체 길이가 60미터에 육박하고 폭은 7.5~8.5미터 정도였을 것이며, 노잡이 수는 500명에서 800명 사이로 추정되고 해병 400명을 수용할 수 있었을 것으로 짐작된다. 이 초대형 갤리선은 실제 해전에는 쓸모가 없었다. 충각이 있긴 했지만, 선체가 너무 크고 항해에 적합하지 않아서 적의 배 옆에 대거나 포탄을 쏘는 데만 유용했다.

갈리아 땅(아게르 갈리쿠스) Ager Gallicus 정확한 위치나 경계는 알려져 있지 않지만 일부는 이탈리아의 아드리아 해 연안에, 또다른 일부는 이탈리아 갈리아에 있었던 것 같다. 아이시스 강이 남쪽 경계를 이루었을 것으로 추정되며 북쪽 경계는 아리미눔(오늘날의 리미니)에서 그리 멀지 않았을 것으로 보인다. 기원전 390년에 첫번째 브렌누스 왕의 침략 후 갈리아인 계통의 세노네스족이 정착했지만, 로마가 이 지역을 장악하고 난 뒤에는 로마의 공유지가되었다. 그후 기원전 232년 가이우스 플라미니우스가 이 땅을 개인들에게 나누어준 뒤로 전부 사유지가 되었다.

검투사 gladiator 관객의 여흥을 위해 싸운 전문적인 전사. 에트루리아인들의 유산인 검투사는 로마는 물론 이탈리아 전역에서 큰 인기를 누렸다. 검투사의 출신 성분은 군단의 탈영병부터 사형수, 노예, 자발적으로 등록한 자유인까지 다양했다. 공화정 시대의 검투사는 트라키아 투사와 갈리아 투사 두 부류뿐이었으며, 명예롭고 영웅적인 존재로서 세심한 관리를 받고 이동의 자유가 있었다. 4~6년간 활동하며 1년에 평균 4~5회 출전한 것으로 보인다. 공화정 시대에는 검투사가 죽는 경우는 드물었으며, 엄지를 치켜세우거나 내리는 판결도 먼 훗날인 제정 시대에 등장했다. 아마도 공화정 시대에는 국가가 소유하거나 관리하는 검투사가 없었고 노예 출신 검투사도 거의 없었기 때문일 것이다. 이 시대의 검투사들은 개인 투자자의 소유로, 검투사의 발굴과 훈련, 관리에 막대한 비용이 들었기 때문에 경기장에서 검투사가 죽거나 불구가 되기를 바랄 수 없었다. 공화정 시대의 검투사들은 대부분 로마인으로, 대개 군단의 탈영병이나 항명자였으며, 자신의 의사로 선택하는 직업이었다.

계급 classes 재산이나 지속적 수입이 있는 로마 시민을 다섯 경제 집단으로 나눈 것. 1계급이 가장 부유했고 5계급이 가장 가난했다. 최하층민(capite censi)은 다섯 계급에 속하지 않았고 따라서 백인조회에서 투표할 수 없었다. 사실 4계급, 5계급은 물론 3계급도 백인조회에서 투표하는 일이 드물었다.

관직의 사다리(쿠르수스 호노룸) cursus honorum 직역하면 '명예의 길'이라는 뜻. 집정관이 되려는 사람은 특정 단계들을 거쳐야 했다. 우선 원로원에 들어가야 했다(마리우스와 술라 시대에 원로원 의원은 감찰관들이 지명하거나 호민관으로 선출되어야 했으며, 재무관이 된다고 해서 자동적으로 원로원 의원이 될 수는 없었다). 그리고 원로원 입회 전후에 재무관을 역임해야 했다. 원로원에 들어간 후 최소 9년이 지나면 법무관으로 선출되어야 했다. 법무관을 역임한 후 2년이 지나면 마침내 집정관 직에 입후보할 수 있었다. 원로원 의원, 재무관, 법무관, 집정관이라는 네 단계가 바로 관직의 사다리였다.

군무관 tribune of the soldiers 매년 트리부스회는 25~29세 청년 스물네 명을 군무관으로 선출했다. 군무관은 트리부스회에서 선출되었기 때문에 진정한 의미의 정무관이었다. 집정관의 4개 군단에 여섯 명씩 배치되어 전반적인 지휘관 역할을 했다. 전장에서 집정관의 군단이 4개 이상일 경우에는 준비된 군단이 아무리 많더라도 모든 군단에 군무관이 고루 배치되었다.

권위(아욱토리타스) auctoritas 로마 특유의 개념으로, 타인을 능가하는 탁월함, 정치권력, 지도력, 공적·사적 영역에서의 존재감, 무엇보다 공적 또는 개인적 명성을 활용해 사회에 영향을 발휘하는 능력을 모두 아우른다. 로마의 모든 정무직에는 아욱토리타스가 기본적으로 따랐지만, 그렇다고 정무관들에게만 아욱토리타스가 있었던 것은 아니다. 원로원 최고참 의원, 최고신관, 제사장, 전직 집정관, 심지어 일개 개인도 권위를 쌓을 수 있었다.

기사(에퀴테스) equites 왕정 시대에 로마 최고의 시민들로 특별 기병대를 임명하면서 만들어졌다. 당시 이탈리아에서 훌륭한 품종의 말은 귀하고 비쌌기 때문에, 18개 백인대를 구성하는 기사 1천800명에게는 공마가 한 필씩 지급되었다. 기원전 2세기 즈음부터는 기병대를 국가 차원에서 관리하지 않았고, 기사계급은 군대와 별 관련이 없는 사회·경제 집단으로 바뀌었다. 포룸 로마눔의 특별 심사장에서 열리는 인구조사에서 40만 세스테르티우스 이상의 재산이나 수입을 감찰관에게 증명하면 기사로 인정받아 자동으로 1계급이 되었다.

노나이 Nonae 한 달에서 특별히 취급되는 세 날(칼렌다이, 노나이, 이두스라는 고정된 지점들을 기준으로 하여 거꾸로 날짜를 표현했다) 중 두번째. 긴 달에는(3월, 5월, 7월, 10월) 7일이었고 다른 달에는 5일이었다. 유노 여신에게 바쳐진 날이었다.

논 프로 콘술레, 세드 프로 콘술리부스 non pro consule, sed pro consulibus 폼페이우스에게 가까운 히스파니아의 퀸투스 세르토리우스와의 전쟁 지휘권을 허락해야 한다고 주장하면서 루키우스 마르키우스 필리푸스가 했던 유명한 말. 사소한 말장난처럼 보이지만 이것은 기발한 발상이었고, 아직 원로원 의원이 아닌 폼페이우스에게 집정관급 임페리움을 허락하는 것을 완고히 반대했던 많은 원로원 의원들의 마음을 돌리는 데 큰 역할을 했다. 직역하면 '임기를 마친 집정관 자격이 아닌 그해 집정관들의 대행 자격'을 뜻한다.

디비나티오 divinatio '짐작'이라는 뜻. 특별 지명된 재판관단이 고소인의 적합성을 결정하는 특별 청문회. 피고측이 고소인의 적합성에 이의를 제기하면 열렸다. 본 명칭은 재판관단이 구체적인 증거를 제시하지 않고(즉, 짐작에 의해) 결론을 내린다는 사실에서 비롯되었다.

라티움 Latium 이탈리아 반도에서 로마가 위치한 지역. 북쪽 경계는 티베리스 강이었고 남쪽은 키르케이 항구에서 내륙 쪽으로 뻗어 있었으며, 동쪽으로는 산세가 험준한 사비니족과 마르시족의 땅에 맞닿아 있었다. 로마가 볼스키족과 아이퀴족 정복을 마친 기원전 300년경에 온전한 로마 영토가 되었다.

로마의 비밀 이름 secret name of Rome 짐작건대 여신 로마로 의인화된 로마에는 비밀 이름이 있었다. 이 비밀 이름은 특별한 여신 앙게로나가 수호했는데, 볼루피아 성소의 제단에 세워진 이 여신상은 입에 붕대가 감겨 있었다. 이 이름을 말하는 비밀스러운 의식이 열리기도 했지만, 비밀 이름을 발설하는 행위는 철저히 금기시되었고 교양 높은 사람들조차 그 이름이 발설되면 위험이 닥친다고 믿었다. 그 비밀 이름은 로마(Roma)를 거꾸로 한 아모르(Amor)라는 것이 대다수 사람들의 생각이었다. 아모르는 '사랑'을 뜻한다.

릭토르 lictor 고등 정무관이 공식 업무를 보러 다닐 때 격식을 갖추어 수행하던 사람들. 파스케스를 왼쪽 어깨에 얹고 다녔다. 고관 앞에서 일렬종대로 걸으며 길을 텄고, 고관이 물리적인 제지나 매질을 필요로 할 때 동원되기도 했다.

모스 마이오룸 mos maiorum 뜻을 풀자면 기성 질서. 정부와 공공기관의 관습을 설명할 때 이용하는 말이었다. 모스 마이오룸은 로마에서 불문법이나 다름없었다. '모스'는 '이미 굳어진 관습'을 의미했고, '마이오룸'은 이 경우 '선조'나 '조상'을 의미했다. 다시 말해, 모스 마이오룸은 모든 일이 이전부터 처리되어 오던 방식을 뜻했고, 앞으로도 그런 식으로 처리되어야 함을 의미했다.

민회(코미티아) comitia 로마인들이 통치, 입법, 선거와 관련된 사안을 다루기 위해 소집한 모든 회합을 통칭하는 말. 공화정 시대에는 실질적으로 백인조회, 트리부스회, 평민회 세 종류의 민회가 있었다.

— **백인조회 Comitia Centuriata**
인민 즉 파트리키와 평민 모두 참여하는 민회로, 재산 평가에 따라 계급이 구분되는 사실상 경제계급 모임이었다. 집정관, 법무관, 감찰관을 선출했고 대반역죄 재판을 열거나 법안을 통과시킬 권한이 있었다. 본래 군사 단체였기 때문에 백인조 단위로 모였고, 보통 마르스 평원의 가설투표소에서 열렸다.

— **트리부스회 Comitia Populi Tributa**
'트리부스 인민회'라고도 한다. 35개 트리부스 단위로 모였다. 파트리키의 참여를 허용했고, 집정관이나 법무관이 소집했다. 보통 민회장에서 열렸다. 고등 조영관, 재무관, 군무관을 선출했고 법안을 제출·의결할 수 있었다.

마리우스 시대에는 재판권도 있었다.

— 평민회 Comitia Plebis Tributa 또는 Concilium Plebis
'트리부스 평민회'라고도 한다. 35개 트리부스 단위로 모였지만, 파트리키는
참여할 수 없었다. 평민회 소집 권한이 있는 정무관은 호민관뿐이었다. 보통
민회장에서 열렸다. 법(평민회 결의)을 제정하고 평민 조영관과 호민관을
선출했다. 평민회 역시 마리우스 시대에는 재판권이 있었다.

미오파로 myoparo 소형 전투용 갤리선. 해적들이 훨씬 더 큰 선박으로 체계가
잡힌 선단을 구성해 전문 해군을 물리칠 만큼 강해지기 이전에 흔히 이용했
던 선박이다. 크기와 형태는 수수께끼로 남아 있지만 헤미올리아를 개량한
형태로 짐작된다. 일반적으로 헤미올리아보다는 미오파로가 선호되었다. 현
존하는 미오파로의 그림 자료는 하나뿐이다. 이 그림을 통해 아주 많은 정보
를 얻을 수는 없지만, 1단 노선 형태로 노는 선박 벽면을 뚫고 나온 것이 아
니라 뱃전 위에 부착되었으며 돛대와 돛이 달려 있음을 확인할 수 있다.

버려진 자(사케르) sacer '신에게 바쳐진'이라는 의미가 더 일반적이지만 이 시
리즈에서는 신의 계율을 모독함으로써 신체와 재산을 신에게 박탈당한 사람
이라는 뜻으로 사용되었다. 술라가 공권박탈자 명단을 발표할 때 이 표현을
사용한 것은 로마가 여신이기 때문이다.

백인대장 centurion 로마 시민 군단과 보조부대 모두에 있던 정규 직업군관. 현
대의 하사관과 같이 생각해서는 안 된다. 이들은 오늘날 우리의 사회적 구별
을 적용받지 않는 지위를 누린 완벽한 전문가였다. 공화정 시대에는 사병이
진급을 통해 백인대장이 되었다. 백인대장 사이에도 계급이 존재했다. 가장
낮은 계급의 백인대장은 군단병 80명과 비전투원 20명으로 이루어진 백인대
를 통솔했다. 마리우스가 재편한 공화정 로마군의 보병대대는 백인대 6개로
구성되었는데, 백인대장(켄투리오, centurio)들 중 가장 높은 선임 백인대장
(필루스 프리오르, pilus prior)은 대대 전체를 통솔하는 동시에 소속 보병대

대의 선임 백인대를 이끌었다. 하나의 군단을 구성하는 보병대대 10개를 통솔하는 선임 백인대장들 10명 사이에도 계급이 존재했다. 군단의 최고참 백인대장(프리무스 필루스primus pilus, 나중에 프리미필루스primipilus로 축약됨)은 소속 군단의 사령관(선출직 군무관이나 총사령관의 보좌관)의 명령에만 따랐다. 백인대장은 쉽게 알아볼 수 있었다. 그들은 정강이받이를 착용하고 쇠사슬 갑옷 대신 쇠미늘 갑옷을 입었으며, 투구의 깃털 장식은 앞뒤가 아닌 양옆으로 튀어나와 있었다. 또한 튼튼한 포도나무 곤봉을 들고 다녔고 훈장도 많이 달고 있었다.

법무관 praetor 로마 정무관 중 두번째로 높은 직급(감찰관 직은 특별한 경우이므로 생략). 공화정 초기에는 가장 지위가 높은 정무관 두 명을 가리켰지만, 기원전 4세기 말경 가장 높은 정무관을 지칭하는 '집정관'이라는 말이 생겼다. 이후 수십 년 동안 법무관은 매년 한 명씩 선출되었다. 이 법무관은 두 집정관이 로마 밖에서 벌어지는 전쟁을 지휘하는 동안 로마 내에서 발생하는 사건에만 관여했기 때문에 수도 담당 법무관에 가까웠다. 기원전 242년부터는 두번째 법무관, 즉 외인 담당 법무관을 뽑아 로마보다는 외국인 및 이탈리아와 관계된 업무를 맡겼다. 이후 로마가 통치해야 할 속주가 늘어나면서 법무관 임기를 마친 후 권한대행으로서가 아니라 임기중에 속주로 파견되는 법무관 직이 추가로 생겨났다.

보조군 auxiliary 로마군에 편입된 비로마 시민 군단. 마리우스와 술라 시대에 보조 보병은 대부분 이탈리아 태생이었지만 보조 기병은 갈리아, 누미디아, 트라키아 등 로마나 이탈리아보다 일상적으로 말을 많이 타는 지역 출신이 대부분이었다.

비티니아 Bithynia 아시아 쪽으로 프로폰티스 해(오늘날 터키 마르마라 해)를 끼고 동쪽으로는 파플라고니아와 갈라티아, 남쪽으로는 프리기아, 서남쪽으로는 미시아까지 뻗어 있었던 왕국. 트라키아 혈통의 왕들이 다스리는 비옥하고 부유한 왕국이었다. 폰토스와 오랫동안 적대관계였다. 프루시아스 2세

때부터 로마의 우호동맹 지위를 누렸다.

상선 merchantman 상업용 화물선. 전투용 갤리선보다 길이가 훨씬 짧고 폭은 넓으며(길이와 폭 비율은 4대 1), 전나무 같은 소나뭇과의 튼튼한 목재로 건조되었다. 노보다 돛을 주로 이용하도록 설계되었지만 바람이 잔잔하거나 해적에게 추격당하는 상황에 사용할 노도 부착되어 있었다. 선미루가 높았고 화물을 보호하기 위해 갑판이 덮여 있었으며, 선실은 선박 중앙과 선미에 있었다. 일반적으로 대략 화물 100톤을 운송할 수 있었던 것으로 보인다.

시민관(코로나 키비카) Corona Civica 로마의 군사 훈장 중 두번째로 귀한 것. 떡갈나무 잎으로 만든 시민관은 전투 내내 전우들을 구하고 물러서지 않은 군인에게 주어졌는데, 그가 구해준 군인들이 장군 앞에서 그런 일이 있었다고 정식으로 맹세해야만 받을 수 있었다.

십인조 decury 열 명의 사람들로 이루어진 무리. 정돈된 것을 좋아하던 로마인들은 구성원이 수백 명인 집단을 편의상 열 명씩 세분하여 관리 및 감독상의 편의를 도모하는 경향이 있었다. 원로원 의원들도 십인조로 나뉘었고(각 십인조의 대표는 파트리키 의원이었다), 릭토르단과 대다수의 전문 관리집단도 마찬가지였다.

원로원 Senatus 로마인들은 로물루스가 원로원을 세웠다고 믿었지만 실은 로마 왕정 후기의 왕들이 설립한 자문기구였을 가능성이 크다. 왕정이 끝나고 공화정이 시작된 후에도 원로원은 파트리키 300명 규모로 존속되었다. 몇 년 지나지 않아 평민도 원로원 의원이 되었으나, 그들이 고위 정무관 직을 차지하기까지는 좀더 많은 시간이 걸렸다.
원로원은 워낙 오래된 조직이었기 때문에 그 권리와 권력, 의무에 관한 법적 정의가 거의 존재하지 않았다. 원로원 의원들은 행정부에서 그들의 우위를 지키려고 항상 맹렬히 싸웠다. 공화정 중기부터 재무관에 선출되면 곧이어 원로원 의원이 되는 것이 규정이었지만, 재무관 직을 통하는 길 외에는 원로원에 들어갈 수 없도록 술라가 조치하기 전까지는 원로원 의원 지명에 관한 재량권이 감찰관에게 있었다. 아티니우스법에 따라 호민관은 당선과 동시에 원로원 의원이 되었다. 원로원 의원의 자격 요건으로 자산 조사가 행해졌지만 이는 전적으로 비공식적인 관례였다.

원로원 회의에서 발언이 허락되는 의원들 사이에는 엄격한 위계질서가 존재했다. 평의원들은 투표권만 있고 발언은 할 수 없었다. 안건이 중요하지 않거나 만장일치인 경우 구두 또는 거수 표결로 처리할 수 있었다. 반면 공식 투표는 의원들이 자기 자리에서 나와서 가부 의견에 따라 고관석 단상 양쪽에 선 뒤 각각의 인원수를 세는 방식으로 진행되었다. 입법기관이 아닌 자문기관이었던 원로원은 결의를 통해 다양한 민회에 요구사항을 전달했다. 중대한 안건이 상정된 경우 정족수가 차야 투표를 실시할 수 있었다.

의사진행 방해 filibuster 최소한 로마 원로원만큼은 오래된, 오늘날에도 사용되는 정치행위의 명칭. 예나 지금이나 장황하게 이야기를 늘어놓아 어떤 제안을 막는 방식으로 행해진다. 방해자는 자신의 어린 시절부터 장례식 계획에 이르기까지 온갖 잡다한 이야기를 하고 또 하여, 정치적 위험이 지나갈 때까지 다른 사람의 발언을 막고 표결이 진행되지 못하도록 했다.

이두스 Idus 한 달 중 특별히 취급되는 세 날(칼렌다이, 노나이, 이두스라는 고정된 지점들을 기준으로 하여 거꾸로 날짜를 표현했다) 중 세번째. 긴 달에는(3월, 5월, 7월, 10월) 15일이었고 다른 달에는 13일이었다. 유피테르 옵티무스 막시무스 신을 위한 날로, 유피테르 대제관이 카피톨리누스 언덕의 아룩스에서 양을 산제물로 바쳤다.

인민 People 엄밀히 말해서 원로원 의원을 제외한 모든 로마인을 포괄하는 용어다. 평민부터 파트리키까지, 1계급부터 최하층민까지를 모두 포함한다.

임페리움 imperium 고등 정무관이나 정무관 권한대행에게 주어진 권한의 정도이다. 임페리움이 있다는 것은 그 사람이 해당 관직의 권한을 보유했으며,

본인의 임페리움과 처신을 규정하는 법에 따라 행동하는 한 그 권한을 부정할 수 없다는 의미였다. 임페리움은 쿠리아법에 의해 주어졌으며 원칙적으로 1년간 지속되었다. 임기가 연장된 총독의 임페리움 연장은 원로원 또는 트리부스회의 비준을 받아야 했다. 임페리움을 보유한 사람은 파스케스를 든 릭토르단을 거느렸는데, 릭토르와 파스케스 수가 많을수록 더 높은 임페리움의 보유자였다.

정무관 magistrates 투표로 선출되어 행정부를 구성하는 로마 원로원과 인민의 대표자들. 재무관에서 법무관을 거쳐 집정관까지 오르는 코스를 '관직의 사다리'라 칭했다. 감찰관, 두 가지 조영관(평민 조영관, 고등 조영관), 호민관은 관직의 사다리에 직접적으로 속하지 않고 보조 역할을 하는 직책이었다. 감찰관을 제외한 모든 정무관의 임기는 1년이었다. 독재관은 특별한 경우에 해당한다.

제관 flamen 최소한 왕정 시대까지 거슬러올라가는 로마의 가장 오래된 신관 집단. 총 15명으로 그중 3명은 대제관이었다. 대제관들은 각각 유피테르, 마르스, 퀴리누스 신을 섬겼다. 이중 유피테르 대제관이 가장 지켜야 할 금기가 많아서 힘든 자리였다. 대제관 세 명은 국가의 녹을 받고 국가에서 제공하는 집에서 살았으며 원로원 의원이 되었다.

조점관 augur 점술을 보는 신관. 조점관은 점괘를 자의적으로 해석하거나 미래를 예언하는 자가 아니었다. 그보다는 집회, 전쟁, 신규 법안, 선거와 같은 국가 행사와 시국적 사안에 대한 신의 승인 여부를 확인하기 위해 특정한 사물이나 징조를 면밀하게 관찰했다. 표준 지침서에 따라 '책에 나온 대로' 점괘를 해석했으며, 토가 트라베아를 입고 리투우스라는 굽은 지팡이를 들고 다녔다.

존엄(디그니타스) dignitas 로마 특유의 개념으로, 개인의 고결함, 긍지, 가문, 말, 지성, 행동, 능력, 지식, 사람으로서의 가치의 총체였다. 공적이라기보다 사적인 입지였으나, 훌륭한 존엄은 공적인 입지를 크게 강화시켰다. 로마 귀족은 소유한 모든 자산 중 디그니타스에 대해 가장 민감했다. 디그니타스를 지키기 위해서라면 그는 전쟁에 나가거나 망명길에 오르고, 자살을 하고, 아내나 아들을 죽일 수도 있었다.

참모군관 tribunus militum 사령관의 참모진 중 선출직 군무관이 아니면서 계급이 보좌관보다 낮고 수습군관보다 높은 이들. 사령관이 집정관일 때는 그를 위한 참모 업무를 맡아 했고, 집정관이 아닐 경우 직접 군단을 지휘할 수도 있었다. 기병대의 지휘관 역할도 수행했다.

최고신관 Pontifex Maximus 국가 종교의 수장으로, 신관 중에 가장 지위가 높다. 로마 초기에 처음 만들어진 지위로 보이며, 타인의 감정을 자극하지 않으면서 장애물을 피해가는 데 능숙했던 로마인의 특징을 잘 보여준다. 애초에는 로마의 왕에게 주어지는 직위인 제사장이 가장 높은 신관 역할을 맡고 있었다. 원로원을 통해 로마를 통치하게 된 새로운 지배자들은 제사장을 폐지하여 민심을 건드리는 대신 더 높은 신관 직을 만들어냈는데 그것이 바로 최고신관이었다. 최고신관은 다른 구성원들의 동의가 아니라 선거로 선출되었다는 점에서 정치인과 비슷했다. 초기에는 파트리키만 최고신관이 될 수 있었으나 공화정 중기에 이르러서는 평민에게도 허락되었다. 대신관, 조점관, 페티알레스 신관, 베스타 신녀를 비롯한 모든 신관들을 관리하고 감독했다. 최고신관은 가장 훌륭한 관저를 제공받았으며 그곳을 베스타 신녀들과 반반씩 나눠서 이용했다. 최고신관의 공식 집무실은 신전으로 분류되었는데, 포룸 로마눔 내 최고신관의 관저 바로 맞은편에 위치한 작고 오래된 레기아였다.

코그노멘 cognomen 이름(프라이노멘) 및 씨족명(노멘)이 같은 사람들과의 차별화를 위해 로마 남성이 붙였던 세번째 이름. 폼페이우스의 코그노멘인 마그누스처럼 개인이 직접 정할 수도 있었고, 율리우스 가문의 카이사르 분가처럼 집안 대대로 유지하는 코그노멘도 있었다. 일부 가문에서는 하나 이상의 코그노멘이 필요하게 되었다. 코그노멘은 튀어나온 귀, 평발, 곱사등, 부은 다리 같은 신체 특징을 묘사하거나 위대한 업적을 기리는 경우가 많았으며, 최고의 코그노멘은 극히 풍자적이거나 매우 익살맞았다.

트리부스 tribus 공화정이 시작될 무렵 로마인에게 트리부스는 자신이 속한 종족 집단 분류가 아니라 국가에만 유용한 정치 집단 분류로 인식되었다. 로마에는 모두 35개 트리부스가 있었는데 31개는 지방 트리부스였고 단 4개만 수도 트리부스였다. 유서 깊은 16개 트리부스는 다양한 파트리키 씨족의 이름을 지니고 있었다. 이는 해당 트리부스에 속하는 시민들이 그 파트리키 씨족의 구성원이거나 그 씨족의 소유지에 살았던 사람임을 의미했다. 공화정 초기와 중기 동안 로마가 이탈리아 반도에서 영토를 늘려감에 따라 새로운 시민들을 수용하기 위해 여러 트리부스가 추가되었다. 각 트리부스의 모든 구성원에게는 트리부스회에서 투표할 권리가 있었지만, 한 트리부스 전체가 한 표를 행사하는 방식이었기 때문에 이 표 자체는 큰 의미가 없었다.

파스케스 fasces 자작나무 가지들을 의식에 따라 붉은 가죽끈을 X자로 엇갈리게 하여 묶은 것. 원래 에트루리아 왕들의 상징이었으나 신생 로마의 관습으로 전해졌고 공화정 시대부터 제정 시대까지 로마의 공적 생활에 쭉 존재했다. 릭토르단은 파스케스를 들고 고위 정무관(혹은 집정관 및 법무관 권한대행) 앞에서 걸으며 해당 정무관에게 임페리움이 있음을 알렸다. 신성경계선 안에서는 나뭇가지들만 묶은 파스케스를 들어 고위 정무관에게 태형을 가할 권한만 있음을 알렸으며, 신성경계선 밖에서는 나뭇가지들 속에 도끼를 넣어 고위 정무관에게 사형을 내릴 권한도 있음을 알렸다. 신성경계선 안에서 파스케스에 도끼를 넣을 수 있는 사람은 독재관뿐이었다. 파스케스 수는 임페리움의 정도를 의미했다. 독재관은 24개(술라 이전에는 12개), 집정관과 집정관 권한대행은 12개, 법무관과 법무관 권한대행은 6개, 조영관은 2개를 보유했다.

파트리키 patricii 로마 구귀족. 왕정이 수립되기 이전부터 유명했던 시민들로 계속 이 칭호를 유지했다. 초반에는 집정관을 배출해 신귀족으로 부상한 평민들에게도 허락되지 않는 명성과 특권을 누렸다. 하지만 공화정이 발전하고 평민의 부와 권력이 커지자 특권이 점점 약화되었고, 마리우스 시대에는 파트리키 가문이 평민 출신의 신귀족 가문보다 오히려 가난해지기도 했다. 제사장과 유피테르 대제관 같은 일부 신관 직, 섭정관과 최고참 의원 같은 일부 원로원 의원 직은 파트리키에게만 허용되었다.

평민 plebs 파트리키가 아닌 모든 로마 시민. 공화정 초기에는 평민에게 신관 직, 고위 정무관 직, 원로원 의원 직조차 허락되지 않았다. 하지만 얼마 지나지 않아서 파트리키에게만 허락되던 직위들을 평민들이 하나씩 차지하기 시작했다. 마리우스 시대에는 정치적으로 그리 중요하지 않은 몇 가지 직책만이 파트리키 고유의 영역으로 남아 있었다.

포룸 로마눔 Forum Romanum 로마의 공적 생활 중심지였던 이 기다란 공터는 주위의 건물들과 마찬가지로 대부분 정치 · 법 · 업무 · 종교 활동에 쓰였다. 주변보다 지대가 낮아서 비교적 습하고 춥고 해가 들지 않았지만 공적 활동이 매우 활발하게 이루어졌다. 포룸 로마눔의 절반 정도를 차지하는 낮은 구역에서 늘 법과 정치 업무가 진행중이었다는 설명들로 볼 때, 이곳은 항상 노점과 매대, 손수레로 북적이지는 않았을 것이다. 포룸 로마눔의 에스퀼리누스 언덕 쪽 구역에 일련의 건물들로 구분된 매우 큰 시장이 두 개 있었는데, 이곳에 대부분의 매대와 노점이 있었을 것이다.

포르투나 Fortuna 운명의 여신. 가장 열렬히 숭배되던 로마의 신들 가운데 하나. 로마인들은 내심 운을 믿었지만, 운에 대해 지금의 우리와는 다른 생각을 갖고 있었다. 사람은 스스로 자신의 운을 개척하는 것이기도 했지만, 술라나 카이사르처럼 매우 지적인 사람들조차 미신을 신봉하는 것은 물론, 포르투나의 노여움을 사지 않으려고 매우 조심했다. 누군가가 포르투나의 총애를 받는다는 건 그 사람이 옹호하는 것들이 정당하다는 뜻으로 간주되었다.

폰토스 Pontus 흑해 남동쪽 끝에 위치했던 거대한 왕국. 서쪽으로는 파플라고니아의 시노페, 남쪽으로는 콜키스의 압사로스까지 이어져 있었다. 내륙으로는 폰토스 동쪽에 아르메니아 마그나, 남동쪽에 아르메니아 파르바가 있었다. 정남쪽에는 카파도키아가 있었고, 그 서쪽으로는 갈라티아가 있었다. 폰토스는 산이 많고 원시적 아름다움을 지닌 나라였으며, 비옥한 해안지역에는 시노페, 아미소스, 트라페주스 등 그리스인 거류지가 많았다. 해안선과 나란한 방향으로 우뚝 솟은 산맥 세 개로 내륙이 분리되어 있었기 때문에 고대에는 진정한 의미의 단일국가가 아니었다.

피호민 cliens 보호자(파트로누스, patronus)에게 입회를 약속한 자유인이나 해방노예를 뜻한다. 꼭 로마 시민일 필요는 없었다. 가장 엄숙하고 도덕적인 구속력 있는 방식을 통해, 보호자의 이익을 도모하고 그의 지시에 따를 것을 약속하는 대신 여러 가지 원조(일반적으로 돈이나 직위, 법률적인 도움)를 받았다. 해방노예는 자동으로 전 주인의 피호민이 되었고, 이러한 관계는 의무를 면제받는 날까지 지속되었다(그러나 그런 경우는 거의 없었다). 피호민인 동시에 보호자인 사람도 있었다. 이러한 경우 그는 최종 보호자가 아니었으며 그의 피호민은 그의 보호자의 피호민이기도 했다. 공화정 시대에는 피호민과 보호자의 관계에 관한 공식적인 법이 없었다. 필요가 없었기 때문이다. 어느 쪽이건 이 중요한 관계에서 불명예스럽게 처신하면 사회적인 성공은 기대할 수 없었다. 외국의 피호민과 보호자 관계를 다스리는 법도 있었다. 다시 말해 개인만이 아니라 도시나 국가 전체도 피호민이 될 수 있었다.

호민관 tribune of the plebs 공화정이 수립되고 오래지 않아 평민과 파트리키 귀족의 갈등이 극에 달했을 때 생긴 관직. 평민들로 구성된 트리부스 기구인 평민회에서 선출된 호민관은 평민계급 구성원들의 생명과 재산을 수호하고 정무관(당시에는 파트리키)의 손아귀로부터 그들을 구하겠다는 선서를 했다. 호민관은 트리부스회에서 선출되지 않았기 때문에 로마의 불문헌법 하에서 실질적 권한이 없었으며 군무관이나 재무관, 고등 조영관, 법무관, 집정관, 감찰관과 같은 종류의 정무관이 아니었다. 호민관은 평민들의 정무관이었고, 이들의 직무 권한은 자신들이 선출한 관리의 신성불가침성을 지켜주겠다는 평민계급의 서약에서 비롯되었다. 호민관에게는 임페리움이 없었고 부여된 직권은 첫번째 마일 표석 내에서만 행사할 수 있었다. 기원전 450년경에는 호민관이 총 열 명 있었다.

호민관의 진정한 권력은 국가의 거의 모든 조치에 거부권을 행사할 수 있는 권리에서 나왔다. 따라서 호민관의 역할은 새로운 제도의 도입보다 의사진행 방해로 나타나는 경우가 많았다. 마리우스와 술라 시대에 이들은 파트리키만이 아니라 원로원에 있어서도 눈엣가시 같은 존재였다.

히스파니아 Hispania 오늘날의 스페인. 이베리아라고도 한다.

— **가까운 히스파니아 Nearer Spain** 히스파니아 키테리오르라고 불린 로마 속주. 지중해 근처의 평원부터 그 뒤편의 구릉지대를 포함했고, 남쪽의 새 카르타고(오늘날 스페인 카르타헤나)에서 시작해 북쪽의 피레네 산맥까지 이어졌다. 먼 히스파니아 속주와의 남쪽 경계는 다소 불분명하지만 오로스페다 산맥, 혹은 압데라 뒤편의 조금 더 높은 솔로리우스 산맥을 경계로 삼았던 것으로 보인다. 이 시리즈에서 다루는 시기에는 가장 큰 정착촌이 새 카르타고였다. 그 뒤편의 오로스페다 산맥에는 은광이 많았고 카르타고 몰락 후 로마인들이 그 은광을 차지했기 때문이다. 로마에서 온 속주 총독들이 은광 외에 유일하게 관심을 보인 것은 이베루스 강(오늘날의 에브로 강)과 그 지류 부근의 비옥한 땅이었다. 속주 총독은 남쪽의 새 카르타고나 북쪽의 타라코에 머물렀다. 로마에게는 먼 히스파니아만큼 경제적으로 중요한 지역이 아니었지만, 그리로 통하는 유일한 통로였기 때문에 적당히 진압해놓을 필요가 있었다.

— **먼 히스파니아 Further Spain** 로마의 히스파니아 속주 두 곳 중 더 먼 히스파니아 울테리오르. 가까운 히스파니아와의 경계는 다소 불분명했으나 대체로 바이티스 강 유역 전체, 바이티스 강과 아나스 강이 발원하며 광석이 매장된 산지, 타구스 강어귀의 올리시포와 '헤라클레스의 기둥'까지 대서양 연안,

헤라클레스의 기둥에서 압데라 항구까지 지중해 연안을 가리켰다. 이곳에서 가장 큰 도시는 가데스였지만 총독 소재지는 코르두바였다. 스트라본은 먼 히스파니아가 세상에서 가장 부유한 경작지라고 했다.

포르투나의 선택 1

마스터스 오브 로마 3

1판 1쇄 2016년 6월 22일
1판 4쇄 2020년 10월 26일

지은이 콜린 매컬로 ┃ 옮긴이 강선재 신봉아 이은주 홍정인 ┃ 펴낸이 신정민

편집 신정민 신소희 ┃ 디자인 고은이 이주영
마케팅 정민호 김경환 ┃ 홍보 김희숙 김상만 지문희 김현지
저작권 한문숙 김지영 이영은 ┃ 모니터링 서승일 이희연 전혜진
제작 강신은 김동욱 임현식 ┃ 제작처 한영문화사

펴낸곳 (주)교유당
출판등록 2019년 5월 24일 제406-2019-000052호

주소 10881 경기도 파주시 회동길 210
문의전화 031) 955-8891(마케팅), 031) 955-3583(편집)
팩스 031) 955-8855
전자우편 gyoyudang@munhak.com

ISBN 978-89-546-4126-5 04840
       978-89-546-4125-8 (세트)